불안의 변이

The Collected Stories of
Lydia Davis

리디아 데이비스 작품집

불안의 변이

강경이 옮김

봄날의책

THE COLLECTED STORIES OF LYDIA DAVIS

차례

거의 없는 기억 1997

새뮤얼 존슨은 분개한다 2001

불안의 변이들 2007

일러두기

· 이 소설집은 *The Collected Stories of Lydia Davis* (2009)를
  원본으로 하여 옮겼고, 수록된 소설은 옮긴이가 선정했습니다.
  소설집에서 원서를 가리킬 때는 『이야기집』으로 표기했고,
  번역서를 가리킬 때는 『불안의 변이』로 표기했습니다.
· 원서에서 강조하기 위해 이탤릭체로 표기한 부분은
  고딕체로 표기했습니다.
· 본문 하단에 있는 주석은 독자의 이해를 돕기 위해
  옮긴이가 작성했습니다. 단, 「남쪽을 향해」, 「최악을 향하여」를
  읽다」(457쪽)에 달린 일련의 주석은 저자가 작성한 것입니다.

분석하다

Break It Down

1986

나의 몇 가지 잘못된 점

A Few Things Wrong with Me

그는 처음부터 내게 마음에 안 드는 점들이 있었다고 말했다. 못되게 말하지는 않았다. 그는 못된 사람이 아니고, 적어도 일부러 못되게 굴지는 않는다. 그 말을 했던 이유는 나에 대한 그의 마음이 돌변한 이유를 내가 캐물었기 때문이다.

그에 대해서는 나보다 그의 친구들이 더 잘 알기 때문에, 어쩌면 나는 그들에게 이 문제에 대해 어떻게 생각하는지 물을 수도 있을 것이다. 그들은 십오 년 넘게 그를 알고 지냈지만 나는 고작 열 달을 알고 지냈다. 나는 그들을 좋아하고, 그들도 나를 좋아하는 것 같지만, 서로 잘 알지는 못한다. 나는 그들 중 적어도 두 사람과 식사를 하거나 술을 마시며 내가 그를 더 잘 알게 될 때까지 그에 대해 이야기하고 싶다.

사람에 대해 잘못된 결론을 내리기는 쉽다. 이제 나는 지난 몇 달 내내 내가 그에 대해 줄곧 잘못된 결론을 내렸다는 걸 깨닫는다. 이를테면, 내게 못되게 굴거라 생각했을 때 그는 친절했다. 그리고 그가 나를 무척 반가워하리라 생각했을 때 그는 그냥 정중했다. 전화로 내 목소리를 듣고 언짢아하리라 생각했을 때 그는 좋아했다. 내가 그를 조금 차갑게 대했기 때문에 내게 등을 돌릴 거라 생각했을 때 그는 나와 함께 있기를 그 어느 때보다 간절히 바라며 우리가 얼마간 함께 시간을 보낼 수 있도록 수고와 비용을 감당하기까지 했다. 그러고 나서 그가 내게 맞는 남자라고 내 마음을 굳혔을 때 그는 돌연 모든 것을 끝내버렸다.

내게는 이 일이 갑작스러워 보였지만 사실 지난 한 달간 그가 멀어지는 것을 느낄 수는 있었다. 이를테면, 예전처럼 자주 편지하지 않았고, 그러다가 함께 있을 때면 냉정한 말을 그 어느 때보다 많이 했다. 함께 있다가 떠날 때 나는 그가 그걸 고민하는 중이라는 것을 알았다. 그는 한 달간 고민했고, 나는 그가 그 말을 할 확률이 50 대 50이라는 것을 알고 있었다.

그 일이 갑작스러워 보였던 이유는 아마 그때쯤 내가 그와 나에 대해 가졌던 희망들과, 우리에 대해 가졌던 꿈들 때문이었던 것 같다. 좋은 집과 착한 아기들과 저녁에 아기들이 자는 동안 집에서 우리 둘이 함께 일하는 평범한 꿈도 있었고 다른 꿈들, 우리가 어떻게 함께 여행할지, 그는 아름다운 테너 목소리를 가졌으니 내가 어떻게 밴조나 만돌린을 배워 그와 함께 연주할지에 대한 꿈도 있었다. 이제, 내가 밴조나 만돌린을 연주하는 모습을 떠올리니 실없는 생각처럼 보인다.

그 모든 것이 어떻게 끝났느냐면, 그가 평소에는 전화하지 않는 날에 전화해서 드디어 결정을 내렸다고 말했다. 그러고는 이 모든 것을 정리하기가 힘들었기 때문에 할 말을 좀 메모해두었다고 했고 그 메모를 읽어도 괜찮은지 내게 물었다. 나

분석하다

는 별로 괜찮지 않다고 답했다. 그는 말하는 동안 적어도 가끔은 메모를 봐야 할 거라고 말했다.

그러고는 우리가 함께 행복할 확률이 얼마나 낮은지에 대해, 너무 늦기 전에 우정으로 갈아타는 것에 대해 매우 이성적으로 말했다. 나는 그가 나를 마치 고속도로에서 터져버릴 낡은 타이어인 것처럼 말한다고 했다. 그는 그 말이 재미있다고 생각했다.

우리는 그가 이런저런 때에 나에게 어떤 감정이었는지, 그리고 나는 이런저런 때에 그에게 어떤 감정이었는지 이야기했고, 그 느낌들은 서로 그다지 잘 맞지 않는 것 같았다. 그러다가 나는 처음부터 나에 대한 그의 감정이 정확히 어떠했는지, 그가 가장 많이 느낀 감정이 무엇이었는지 물었고, 바로 그때 그는 처음부터 내게 마음에 들지 않는 점들이 있었다는 매우 솔직한 발언을 했다. 그는 못되게 굴려고 한 게 아니라 그냥 분명하게 해두기 위해서 그 말을 했다. 나는 그 점이 무엇인지 묻지 않겠다고 말했지만 내가 전화를 끊고 나서 그 문제에 대해 생각하리라는 걸 알고 있었다.

나의 어떤 점들이 그에게 거슬렸다는 말을 들으니 기분이 좋지 않았다. 내가 사랑했던 사람이 나의 어떤 점들은 결코 좋아하지 않았다니 충격이었다. 물론 나도 그가 마음에 들지 않는 점이 몇 가지 있었고, 예를 들면 대화할 때 외국어 표현을 끼워 넣으며 젠체하는 태도 같은 것이었지만, 그런 점들이 눈에 띄어도, 그에게 이런 식으로 말한 적은 없었다. 그러나 논리적으로 생각해보면, 어쨌든 내게 몇 가지 잘못된 점이 있으리라 생각할 수밖에 없다. 그렇다면 문제는 그것이 무엇인지 알아내는 것이다.

이야기를 나눈 뒤, 며칠 동안, 나는 이 문제를 생각했고, 그럴듯한 답을 몇 개 떠올렸다. 어쩌면 나는 말수가 적었는지 모른다. 그는 말을 많이 하길 좋아하고 다른 사람도 말을 많이 하길 바란다. 나는 별로 수다스럽지 않거나, 적어도 아마 그가 좋아할 만하게 수다스럽지는 않다. 가끔 좋은 생각은 조금 떠올리지만 아는 게 많지 않다. 지루한 주제에 대해서만 오래 말할 수 있다. 어쩌면 나는 어떤 음식을 먹어야 한다는 말을 너무 많이 했는지 모른다. 나는 식습관을 염려하며 무엇을 먹는 게 좋은지 알려주곤 하는데, 그건 성가신 일인 데다, 내 전남편도 결코 좋아하지 않았던 일이다. 어쩌면 나는 전남편을 너무 자주 들먹여서, 사실과는 달리, 여전히 그를 마음에 두고 있는 것처럼 보였는지 모른다. 어쩌면 그는 내 안경에 눈이 찔릴까 봐 길에서 키스할 수 없는 것에 짜증이 났는지 모른다. 아니 어쩌면 안경 쓴 여자와 사귀는 것조차 좋아하지 않았거나, 늘 푸른색 안경 렌즈를 통해 내 눈을 봐야 하는 것이 싫었는지 모른다. 아니 어쩌면 색인 카드에 이것저것 쓰는 사람을, 작은 색인 카드에는 식단을, 큰 색인 카드에는 플롯 요약을 메모해두는 사람을 좋아하지 않는지 모른다. 그건 나도 그리 좋아하지 않는 일이고, 항상 그렇게 하지도 않는다. 그냥 내가 내 삶을 질서 있게 정리하려는 방법 중 하나일 뿐이다. 하지만 어쩌면 그는 그런

분석하다

색인 카드 몇 장을 우연히 보았을지도 모른다.

그런 것 말고는 달리 내가 처음부터 그에게 거슬렸을 만한 것들을 생각해낼 수 없었다. 그러다가 나는 나의 어떤 점이 그에게 거슬렸는지 결코 알아낼 수 없을 것이라는 결론에 도달했다. 무슨 답을 생각해내든 그건 그가 생각하는 것과 아마도 같지 않을 것이다. 그리고 어쨌든, 무엇인지 안다 해도 그것에 대해 내가 할 수 있는 일이 전혀 없으니, 무엇인지 알려고 계속 애쓰지 않을 것이다.

전화 통화 후반부에, 그는 새로운 여름 계획 때문에 자신이 얼마나 설레는지 내게 말하려 했다. 이제 그는 나와 함께하지 않을 테니 정글에서 인류학을 연구하는 친구들을 방문하기 위해 베네수엘라로 갈 생각이었다.

그와 전화로 이야기하는 동안, 나는 내가 연 큰 파티에서 남은 와인을 마시고 있었다. 전화를 끊자마자 나는 다시 수화기를 들고 연달아 통화를 몇 통 했고, 통화하는 동안 남아 있는 와인을 다 비운 다음 그것보다 더 달달한 와인 한 병을 또 따서 그것마저 다 마셨다. 처음에는 이 도시에 있는 몇몇 사람에게 전화를 했고, 그러다가 전화하기에 너무 늦은 시간이 되자 캘리포니아의 몇몇 사람에게 전화를 했고, 캘리포니아에 전화하기에도 늦은 시간이 되자 영국에 있는 사람에게 전화를 했는데 그 사람은 잠이 막 깨어 그다지 기분이 좋지 않았다.

전화를 거는 사이사이에 나는 창가를 걷곤 했고, 반달이지만 눈에 띄게 환한 달을 올려다보며, 그를 생각하다가 언제쯤

이면 달을 쳐다볼 때마다 더 이상 그를 생각하지 않게 될지 궁금해졌다. 달을 보면 그가 생각나는 이유는 우리가 처음으로 함께 지냈던 사박오일 동안에 달이 지더니 다시 차올랐고, 하늘은 맑았고, 우리는 시골에 있어서 하늘을 더 많이 보았고, 매일 밤, 일찍 또는 느지막이, 함께 산책을 나가곤 했는데, 집에 있는 우리 가족들로부터 벗어나기 위해서이기도 했고 달빛이 비추는 초원과 숲을 그냥 즐기기 위해서이기도 했다. 집에서 숲으로 이어지는 비탈진 흙길에는 바큇자국과 바위들이 가득해서, 우리는 계속 함께 휘청대며 서로의 품에 더 꼭 안겼다. 우리는 침대를 목초지로 들고 나와 달빛 아래 누우면 얼마나 좋을까 이야기했다.

다음번 달이 찼을 때 나는 도시로 돌아와 있었고 새 아파트의 창문으로 달을 보았다. 나는 그와 함께한 지 한 달이 지났다고, 그리고 시간이 참 느리게 갔다고 혼자 생각했다. 그 뒤 달이 차서 뒷마당의 무성하고 키 큰 나무와 콜타르 평지붕을 비추고, 그러다 겨울이면 벌거벗은 나무와 눈 쌓인 바닥을 비출 때마다, 나는 또 한 달이, 가끔은 빨리 그리고 가끔은 느리게 지나갔다고 혼자 생각하곤 했다. 나는 그렇게 달을 세는 것이 좋았다.

그와 나는 늘 지나가는 시간을 세면서 우리가 다시 함께할 날이 오길 기다리는 것 같았다. 그것이 그가 이렇게 더는 계속할 수 없다고 말한 한 가지 이유였다. 어쩌면 그 말이 옳을 것이다. 너무 늦지는 않았으니, 우리는 우정으로 갈아탈 것이고

분석하다

그는 가끔씩 장거리 전화를 걸어 나와 이야기를 할 테고, 주로 그의 일이나 내 일에 대해 이야기를 나누며 내게 좋은 충고를 하거나 필요하다면 해결 방안을 알려주며, 자신을 내 '에미낭스 그리즈'* 같은 존재라 부를 것이다.

전화 걸기를 그만뒀을 때, 나는 와인 때문에 너무 어지러워 잠을 잘 수 없었고, 텔레비전을 틀어 경찰 드라마와 철 지난 시트콤을 보았고, 전국 각지의 특이한 사람들에 대한 방송을 마지막으로 보았다. 새벽 다섯 시 하늘이 밝아질 무렵 텔레비전을 껐고 바로 잠이 들었다.

사실, 그 밤이 끝날 무렵 나는 나의 잘못된 점이 무엇인지 더이상 걱정하고 있지 않았다. 그런 새벽 시간에 보통 나는 그런 걱정들이 내게 닿을 수 없는, 사방이 물로 가득한 기다란 제방 같은 곳의 끄트머리에 나를 데려다 놓을 수 있었다. 그러나 그날 오후나 하루 이틀 뒤에는 그 어려운 질문을, 사실 나는 답할 수가 없고 답을 하려는 사람 누구든 각자 다른 답을 떠올릴 테니 물으나 마나 한 그 질문을, 내게 묻고, 또 묻고, 다시 묻는 시간이 항상 오기 마련이지만, 그 모든 답을 더하면 혹시 정답에 도달하게 될지도 모를 일이다, 그런 질문에 정답이라는 게 있다면.

---

*   éminence grise. 프랑스어로 배후 인물, 막후 실력자를 뜻한다.

바실리 평전을 위한 스케치

Sketches for a Life of Wassilly

1

바실리는 많은 면을 지닌 인물로, 변화무쌍하고, 변덕스러우며, 가끔은 야심 차지만, 가끔은 무기력하고, 가끔은 사색적이며, 가끔은 조급하다. 꾸준한 습관이 있는 사람은 아니지만, 그런 사람이 되고 싶어 하며, 습관을 키우려 노력하고, 한동안 진짜 그에게 필요해 보이고 습관이 될 만한 일을 발견하면 크게 기뻐했다.

한동안 그는 매일 저녁을 먹은 뒤 안락의자에 앉아 있었고 그 일에 만족했다. 한번은 향긋한 파이프 담배를 피우며 하루 동안 일어난 일을 곰곰이 생각하기를 진정으로 즐겼다. 그러나 다음 날 저녁에는 배에 가스가 차서 가만히 앉아 있을 수 없었다. 담배도 계속 꺼졌다. 게다가 어떤 까닭인지 불이 계속 깜박이며 희미해졌고, 잠시 뒤 그는 한가롭게 사색하는 척하기를 포기했다.

몇 달 뒤 그는 저녁 식사 후 산책도 인기가 있고 쉽게 습관이 될 만한 일이라고 판단했다. 여러 날에 걸쳐 정해진 시간에 집을 나가 가까운 길을 천천히 걸으며 고요한 사색의 기분을

분석하다

내는 데 성공했고, 강 위를 나는 제비들과 불그스름한 햇살에 물든 집들을 보며 근거 없는 과학 법칙을 이것저것 끌어냈다. 또는 길거리에서 그를 지나쳐 걷는 사람들에 대한 상념에 잠겼다. 그러나 이것도 습관이 되지는 못했다. 실망스럽게도 일단 집에서 한 시간 안에 산책할 만한 길을 전부 가보고 나자 솔직히 걷는 게 지루해졌고, 건강에 도움이 되기는커녕 집에 돌아오자마자 약을 먹어야 할 정도로 속이 거북해졌다. 누이의 갑작스러운 방문으로 산책은 완전히 중단됐고 누이가 떠난 뒤에도 다시 시작되지 않았다.

바실리는 배움에 대한 야망이 있었지만, 그래도 때로는 며칠씩 공부할 마음을 먹지 못한 채, 자신의 불안한 시선을 피하려는 듯 슬금슬금 구석으로 가서, 십자말풀이에 코를 박고 오랜 시간을 보내곤 했다. 그는 자신의 이런 모습에 짜증이 나고 무기력해졌다. 그는 십자말풀이를 더 긍정적인 관점에서 자기 개선의 일환으로 보려고 노력했다. 사흘 동안, 그는 시간을 재며 자신을 시험했다. 하루는 십자말풀이의 대부분을 이십 분에 풀었고, 다음 날에는 이십 분에 모두 풀었으며, 셋째 날에는 이십 분에 조금도 풀지 못했다. 그날 그는 규칙을 바꿨고, 시간이 얼마나 걸리든, 매일 퍼즐을 다 풀기로 결심했다. 자신이 십자말풀이의 거장이 될 날이 분명 다가오는 듯했다. 그날을 위해 십자말풀이에 자주 나오고 적어두지 않으면 곧 잊어버릴 단어들, 이를테면 '스토아: 그리스의 회랑' 같은, 한층 난해한 단어들을 공책에 적어두기 시작했다. 이런 식으로 십자말풀이로 무언가를 공부하고 있다고 자신을 설득했으며, 황홀한 몇 시간 동안 자신의 저급한 취향과 고귀한 야망이 결합되는 체험을 했다.

그의 비일관성. 그 무엇도 끝내지 못하는 무능력. 자신이 하는 일이 하나같이 하찮다는 두려움, 바깥세상의 일이 자신의 삶에서 일어나는 그 무엇보다 더 중요하다는 깨달음.

가끔 바실리는 자신이 제대로 이해할 수 없을 만큼 깊은 권태에 빠져 있다고 어렴풋이 느꼈다. 이럴 때면, 해마다 아버지에게 받는 용돈에 대해 곰곰이 생각하곤 했다. 어쩌면 그것이 그에게 일어난 가장 불행한 일이라고. 그나마 남은 자기 삶을 망칠지 모른다고. 그러나 바실리가 자신에 대해 확신할 수 있는 많지 않은 것 중 하나는 상황이 생각만큼 나쁘게 끝나지 않으리라 믿는, 꺾이지 않는 희망이었다.

세상에 미칠 그의 영향은 아마 놀라울 것이다.

2

현실에서 이룬 약간의 성공에 바실리는 별다른 감흥을 느끼지 않았다. 사실, 그는 자신이 쓴 기사를 차마 볼 수 없었고 그 잡지들이 커피로 얼룩지고 모서리가 구부러지게 놔두곤 했다. 기사에 인쇄된 이름이 진짜 자기 이름 같지 않았고, 종이에 찍힌 단어들이 진짜 자기 펜에서 나온 것 같지도 않았다. 그의 누이도 그가 보내준 것에 대해 한마디도 하지 않았고, 그가 자신의 성취 때문에 누이가 자신을 새롭게 보리라 생각했는데도 평소와 똑같이—무난하나 무능한 사람으로—그를 대함으로써 그의 느낌이 옳다는 것을 확인해주었다. 일종의 보복으로 그는 길고 엄청나게 진지하고, 신중하게 표현을 골라 쓴 편지로 누이의 사생활을 비난했다. 이런 편지에 대해 누이는 몇 달이 지난 뒤에야, 무심하게 언급하곤 했다.

발표된 글과 이름이 다른 사람의 것처럼 보였을 뿐 아니라 그는 자신이 쓴 그 무엇에서도 그다지 기쁨을 느끼지 않았다. 일단 다 쓴 글은 그의 손을 벗어났다. 무인지대에 놓였다. 색깔이 없었다. 그에게 호소하지 않았다. 그는 자부심을 느끼고 싶었지만 자책감만 느꼈다. 더 많이, 더 잘하지 못했다는 자책. 그는 책을 쓰기 시작해, 책을 쓰고, 그것에 뿌듯해하고, 책이 출판되면 신선한 즐거움으로 끝까지 다시 읽고 나서 다음 프로젝트로 쉽게 관심을 돌리는 사람들이 부러웠다. 그는 자기 앞에 무시무시한 공허만 있다고, 계획이 있어야 할 자리가 비어 있다고 느꼈고, 그의 모든 글은 충동에서 나왔다.

3

바실리는 극도로 수줍은 사람이다 보니 가끔은 자기 개의 관심을 끌려고 바보처럼 굴다가 개의 부드러운 눈길과 마주칠 때조차 얼굴이 빨개지며 부끄러워했다. 전화로 친구들과 이야기할 때면 친구들의 말을 기상천외하게 해석하고는 엉뚱한 대답을 해서 친구들을 어리둥절하고 긴장하게 만들었다.

낯선 사람들과 있을 때는 자기 말이 오해받을까 염려하며,

들리지 않을 정도로 아주 작게 말했다. 그가 말을 할 때마다 사람들이 못 알아듣는 표정으로 더 잘 들으려고 애쓰거나, 심지어 그가 말을 했다는 것조차 알아차리지 못하기 때문에 그는 자신감을 더욱 잃었다.

가끔 그는 낯선 사람에게 잘 가라는 인사를 해야 할지 알 수 없었다. 그래서 딴 곳을 보며 작은 소리로 인사하는 방법으로 절충했다.

저녁 식사나 주말 파티에 참석한 뒤에는 정확히 언제 주인에게 감사 인사를 해야 하는지 알지 못했다. 그는 머뭇대며 고맙다고 말하고 또 말했다. 마치 자기 말이 아무 영향도 끼치지 못하므로 한 번으로 안 되는 것을 누적 효과로 얻으려는 사람 같았다.

바실리는 다른 사람들은 이런 사교적 반응이 자연스럽게 나오는 것 같은데 왜 자신은 그러지 못하는지 당혹스러웠다. 그는 다른 사람을 자세히 관찰하며 배우려고 노력했고, 어느 정도까지는 성공했다. 하지만 왜 이런 일이 그렇게 어려운 게임이어야 했을까? 가끔 그는 자신이 인간 사회에 온 지 얼마 안 된 늑대 소년 같다고 생각했다.

4

바실리는 끊임없이 사랑에 빠졌다. 가장 둔하고 가장 매력 없는 여자들에게마저도 사랑을 느꼈는데 그 먼 시골에서 워낙 고립된 탓에 외로움이 처음 느낀 혐오감을 곧 극복했기 때문이었다. 자신의 미친 짓에서 깨어날 무렵 그는 다시 혐오감을 느끼며 당혹하곤 했다.

바실리는 식료품 가게의 점원과 쉽지 않은 관계에 있었다. 그는 그녀의 차가운 태도에 모욕감을 느꼈다. 집에서 가끔 그녀에 대한 분노를 주체하지 못하고는 큰 소리로 신랄한 말을 내지르기도 했다. 그러고 나면 자신이 부끄러워졌고, 그녀가 그저 작은 소읍의 식료품 가게에서 일하는 희망도 이상도 미래도 없는 못난 여자일 뿐이라는 사실을 생각하며 더 교양 있는 태도를 취하려고 애썼다. 그러면 어느 정도 평정을 되찾았다. 그리고 지난봄의 어느 날이 떠오르곤 했다. 그 소읍의 언덕에서 열린 사격 경기에서, 물론 주변 사람들이 모두 들떠 있긴했지만, 그녀는 흰 모자를 보란 듯이 쓰고 그에게 고개를 끄덕이는 정도로밖에 알은체를 하지 않았다. 그것으로 끝이 아니었다. 그는 옆 언덕 꼭대기의 과녁을 향해 총을 한 발 쏘았는데 총의 반동으로 어깨를 심하게 다쳤다. 사람들이 모두 웃었다. 그러나 그는 어쨌든 그들은 노련한 사냥꾼이고 자신은 그저 살찐 지식인일 뿐이라고 생각했다.

5

그의 좋은 의도와 달리 아무것도 되지 않는 날들이 있었다. 그는 일에 필요한 것들(펜, 공책, 담배)을 제자리에 두지 않곤 했고, 정리가 끝나면 전화가 울리거나 잉크가 떨어지곤 했으며, 일을 다시 시작하면 갑자기 배가 고파지곤 했고, 부엌에서는 사고를 쳐서 시간이 지체되곤 했으며, 다시 앉으면 너무 산만해져서 생각을 할 수 없었다.

한 시간을 제대로 일한 뒤에, 하루가 날아가 버릴 수도 있었다. 그는 생산적인 오후가 자신을 기다린다는 느낌에 힘입어 정원에서 다리를 뻗으며 휴식을 취하곤 했다. 그러다가 하늘을 올려다보곤 했고, 낯선 새에게 관심이 가곤 했고, 조류 도감을 꺼내 들고 정원 밖 황야를 지나, 덤불을 헤집다가, 얼굴을 긁히고, 양말에 가시들을 묻히며 새를 따라다니곤 했다. 집으로 돌아오면 너무 덥고 지쳐서 일할 수 없곤 했고, 자책감과 함께 누워 쉬면서 가벼운 읽을거리를 읽곤 했다.

6

바실리는 가끔 자신이 만년필과 검은 잉크로 글 쓰는 게 좋아서 기사를 쓰는 것이 아닐까 생각했다. 예컨대, 볼펜으로는 괜찮은 글을 조금도 쓸 수 없었다. 그리고 파란 잉크로 쓰면 글이 잘 풀리지 않았다. 누이와 함께 진러미 카드게임을 할 때면 점수 기록하기를 즐겼다. 그러나 손에 잡히는 게 연필만 있을 때는 누이에게 점수 기록을 맡겼다.

그는 다른 일에도 만년필을 사용하길 좋아했다. 흰 쪽지들에 목록을 적고, 작은 파일에 보관했다. 도시를 다시 방문할 때 꼭 해야 할 일 목록(가난한 동네 산책, 이런저런 거리 사진 찍기)이 적힌 쪽지가 있었고, 시골을 떠나기 전에 해야 일 목록(호수 방문, 온종일 산책하기)이 적힌 쪽지가 있었다. 또 다른 쪽지에는

분석하다

완벽한 하루를 위해 시도해볼 계획이 쓰여 있는데, 운동과 일, 진지한 독서, 편지 쓰기를 위한 시간을 따로 정해두었다. 그리고 글쓰기용 탁자와 요리용 스토브를 포함해 무게가 이십 킬로그램이 넘지 않도록 캠핑 장비 세트를 꾸릴 계획을 대충 적어둔 쪽지도 있었다. 그리고 더 많은 목록이 있었다. 이를테면, 언어를 공부할 때 마주치는 난제들, 그리고 해결책을 찾을 만한 곳들에 대한 제안들(을 쓰고 나서 그는 도시에서 할 일 목록에 이렇게 첨가했다. 도서관 방문).

그러나 목록들은 그의 삶을 정리하는 데 도움이 되기는커녕 그를 무척 혼란스럽게 했다. 목록 하나를 작성하기 위해 책의 제목이나 날짜를 확인하려고 방에 들어갔다가 마무리하지 못한 또 다른 일이 눈에 들어와 그 일에 정신을 파느라 정작 왜 그곳에 왔는지는 잊어버리곤 했다. 그는 서로 무관한, 기억할 수 없는 많은 지시들을 자신으로부터 받았고, 쓸데없이 이 방에서 저 방으로 급하게 돌아다니며 오전을 다 보냈다. 의지와 행동 사이에는 이상한 간극이 있었다. 그는 일거리를 앞에 놓고 책상에 앉았지만 일은 하지 않고, 많은 일에서 완벽을 꿈꾸며 가슴이 뛰었다. 그러나 그 완벽을 향해 한 걸음을 내디디면, 그것의 요구 사항 앞에서 휘청거렸다. 아침에 잠이 깨면 너무나 무거운 좌절감에 짓눌려 침대에서 일어나지 못하고 온종일 자리에 누워 햇빛이 바닥을 가로질러 벽을 타고 올라가는 모습을 바라보는 날들이 있었다.

7

바실리의 자신에 대한 생각. 바실리는 보기 드물게 건강하고 민첩하며, 신체적 두려움이 없는 소년이었다. 그리고 자신이 그런 사람이라고 계속 생각했다. 몇 년 동안 거의 쉴 틈을 주지 않고 연달아 찾아온 다양한 질병에 굴복하면서도 그때마다 자신처럼 건강한 사람이 그런 병에 걸리다니 이례적이라고—심지어 흥미롭다고—여겼다. 어느 날 누이가 집에 들렀다가 그가 고통스러운 급성 부비동염으로 누워 있는 모습을 보고는, 특유의 퉁명스러운 태도로 그렇게 자주 아픈 사람은 본 적이 없다고 말하고 나서야 그는 자신이 약해지고 있다는 사실을 인정했다.

그 뒤 한동안 요가를 했고, 매일 아침 어깨로 물구나무서기를 했는데, 그가 읽은 책에 따르면 "부비동을 뚫어주는 동시에 체중을 분산"시키는 자세였기 때문이다. (그래서 그의 가정부는 그가 턱으로 갑상선을 누른 채, 뱃살을 응시하는 모습을 발견하곤 했다.)

그는 더 현명한 식생활을 하기로 했고, 단백질을 주로 요구르트로 섭취했다.

그가 참고한 또 다른 책에 따르면 비타민 D는 자연적으로 가장 얻기 힘든 비타민이고 (북반구의) 서방 국가에서는 오월부터 구월에 이르는 몇 달 동안 열 시에서 두 시 사이에 햇빛에 노출된 피하지방에서 만들어졌다. 따라서 오월 첫째 날 아침에 바실리는 뒷마당에서 피부의 대부분을 희미한 햇빛에 노출한 채 몸을 떨며 반 시간 동안 누워 있다가 더 이상 견딜 수 없어서 포기했다. 나중에, 여름이 되자, 어깨로 물구나무서기와 일광욕을 결합하기로 마음먹었다. 그는 정오에 밖으로 나가 발가락을 하늘로 들어 올렸지만, 어지러움을 느껴 곧 모든 흥미를 잃었고 한동안 요가도 일광욕도 그만두었다.

모든 것의 열쇠는 편히 쉬는 것이라고, 그는 결론을 내렸다.

8

갑자기 깨달음을 얻은 바실리는 자신이 생각하는 자신과 현실 사이에 끔찍한 괴리가 있다는 것을 이해했다. 그는 자신에게 감탄했고 가끔은 자신이 다른 사람보다 조금 우월하다고 느꼈는데 그건 실제의 그 자신과 자신이 실제로 이룬 일 때문이 아니라, 어쩌면 자신이 할 수도 있는 일, 곧 하게 될 일, 앞으로 몇 년 사이에 성취하게 될 일, 언젠가 자신이 되어 있을 사람, 자신의 정신이 지닌 용기 때문이었다. 때로 그는 자신이 영광스럽게 극복할 난관들에 대해 꿈꿨다. 불치병, 영구적인 실명, 죽지 않을 만큼의 홍수나 화재, 산악 지방을 통과하는 긴 난민 행렬, 신념을 지킬 어떤 극적인 기회. 그러나 이런 상황에서는 고결하게 행동하기가 더 어렵지 않고 더 쉬울 테니, 결국 현재의 권태로운 상황이 가장 극복하기 힘든 난관이라는 결론에 도달했다.

한 가지 중요한 것은 인생에서 무엇을 이루고 싶은지 잊지 않는 것이었다. 또 하나 중요한 것은 자신에 대한 낭만적 이상

—이를테면 아프리카에서 활동하는 의사 같은—과 실제 가능성을 혼동하지 않는 것이었다. 그리고 그는 자신이 어른 세상에 속한 어른, 책임 있는 어른이라는 사실을 잊지 않으려고 애썼다. 쉽지 않았다. 다른 남자들이 많은 가족을 부양하기 위해 일하거나, 이국에서 나라를 대표하는 바로 그 순간에 그는 양지바른 곳에 앉아 크리스마스트리를 장식할 종이 별들을 오리곤 했으니까. 진실을 찾는 힘든 순간들에 이런 부조화를 발견할 때면 그는 마치 달갑지 않은 손님처럼, 짐짝 같은 자신에게 매여 있다는 사실이 역겨워졌다.

9

바실리의 부동不動. 한겨울에 바실리의 형이 죽었다. 아버지는 그에게 형의 아파트에 가서 유품을 정리하길 부탁했다. 형은 도시에서 혼자 살았다. 형이 몇 년 동안 그를 보고 싶어 하지 않았기 때문에 바실리는 형을 만나러 그곳에 간 적이 없었다.

아파트 문에는 자물쇠가 많았고 바실리는 어느 것이 잠겨 있고 어느 것이 열려 있는지 몰라서 안으로 들어가는 데 시간이 좀 걸렸다. 일단 안에 들어서자, 그는 아파트의 불결함과 휑함에 놀랐다. 아주 가난한 남자의 집처럼 보였다. 벽이나 바닥에 아무것도 없었다. 가구는 다 낡았고, 몇 개 되지 않았다.

바실리는 방들을 천천히 걸어 다녔다. 형의 흔적이 곳곳에 있었다. 욕실의 전등 스위치 둘레에는 거무스름한 손가락 자국들이 있었다. 욕조에는 물때가 껴 있었고 세면대와 변기에는 먼지가 딱딱하게 굳어 있었다. 부엌의 한쪽 구석에는 유리병과 통들이 모아져 있었다. 탁자에는 쪽마늘 껍질과 뿌리가 가는 눈처럼 쌓여 있었다. 마치 형이 언제라도 돌아올 것 같았다.

바실리는 거실로 걸어갔다. 가구라고는 책상 하나, 수납장 하나, 의자 몇 개, 그리고 형이 병원으로 실려가기 전에 누워 있던 어수선한 침대뿐이었다. 창문 아래 바닥에는 종이와 공책 더미가 무너져 있었다. 바실리는 그것들을 뒤져봤지만 아무것도 발견하지 못했다. 그는 접이식 나무의자를 거실 한가운데로 끌어다 놓고 앉았다. 이 아파트와 함께 마당과 홀쭉한 아카시아나무 한 그루를 에워싸고 있는 다른 아파트 건물들의 벽돌벽을 창밖으로 내다봤다.

바실리는 형에 대해 생각하려 했다. 구부정하고 땅딸막한 체형, 느릿한 말투, 머뭇거리는 태도. 그러나 그의 마음은 방황하고 또 방황했다. 근처 건물들에는 햇빛이 비쳤지만, 방은 어두웠다. 이웃 한 사람이 주방 레인지 뒷벽에 대고 뭔가를 탕탕 쳤고 곧이어 복도에서 문이 쿵 닫혔다. 바실리는 턱을 옷깃에 대고 졸기 시작했다.

적막함에 화들짝 놀라 깬 그는 주위를 둘러보았다, 너무 낯설었다. 이제 햇빛은 벽 하나를 가로지르며 비추고 있었다. 바실리와 형은 오랫동안 멀리 떨어져 있었다. 바실리의 어린 시절 기억은 형이 떠나고 돌아오고 다시 떠나는 것과 관련이 있었다. 형은 조용히 집에 왔고, 조용히 떠났다. 그리고 바실리는 설레는 마음으로, 항상 창가에 있었다. 바실리의 흠모는 여러 해 전 시들해졌다. 어쨌든 그 무렵 형은 그를 전혀 보고 싶어 하지 않았다.

바실리는 접이식 의자에서 일어나 외투의 단추를 풀었다. 그는 마음이 조금 불편해지기 시작했다. 이게 책임 있는 행동이었나? 그는 자신에게 물었다. 그는 형의 물건을 정리하러 왔다. 지금쯤 정리를 거의 끝냈어야 했다. 그러나 한 시간 동안 그는 같은 자리에 앉아 있었다. 형이 이런 입장이었다면 어떻게 했을까? 그는 생각했다. 형이었다면 아예 아파트에 오지도 않았을 것이다. 장례식조차 가지 않았을 것이다.

바실리는 외투를 벗을까 생각했지만 벗지 않았다. 욕실로 가서 약품 수납장을 열고 자신이 쓸 생각으로 모든 통과 병을 종이상자에 담았다. 도둑이 된 기분이 들었다. 수건걸이의 수건과 바닥의 매트를 걷어내 큼직한 세탁 가방에 쑤셔 넣었다. 형의 칫솔을 버리는 일에 이르자 역겨워서 더는 계속할 수 없었다.

•

일주일 뒤, 바실리는 그가 생각하기에 그 일을 하기에 적절한 마음 상태로 잠을 깼다. 그는 다시 형의 아파트로 갔다. 그러나 이번에도 지난번 이상으로 해내지 못했다. 그 아파트의 공기 자체가 그를 움직이지 못하게 만들었다. 몇 시간 뒤 그는 벽난로 선반에 뒤집힌 채 놓여 있던 할아버지의 사진 액자를 들고 나왔다. 집에 와서 누이에게 편지를 썼고 자기 대신 그 일을 해달라고 부탁했다.

　그날 저녁 그의 개는 그의 옆, 바닥에 누워 있었고 그는 침대에 누워 어두운 구석에서 그를 향해 눈을 빛내는 할아버지의 사진을 가만히 올려다보았다. 가족의 삶에 대한 실망이 가슴을 내리누르는 듯이 그는 움직일 수 없었다. 겹겹이 쌓인 슬픔이 그를 꼼짝 못하게 했다. 형을 더 많이 만나지 않았다는 사실이, 형을 좋아하지 않았다는 사실이, 형이 혼자 죽었다는 사실이, 그의 가족이 그렇게 지저분한 곳에 살아야 했다는 사실이. 그러나 형이 그에게 낯선 사람이었다면, 그 모든 게 무슨 문제였을까? 그는 가족의 이상한 특성―공통점이 거의 없는 사람들을 가족이라는 끈으로 묶는―에 대해 골똘히 생각했지만 그런 생각이 처음은 아니었다.

　그였다면 자기 가족들을 결코 친구로 선택하지 않았을 것이다. 그는 이 더러운 이방인의 아파트에 가서 그의 물건을 정리했어야만 했다는 것이 이상했다. 그는 할아버지의 얼굴을, 억눌린 미소와 신중하게 접은 크라바트 넥타이를 쳐다보았다. 그는 가족을 꾸리고픈 마음이 없었다. 무겁게 몸을 일으켜 부엌으로 내려갔다. 두툼한 샌드위치 몇 개를 들고 침대로 돌아와 더 이상 눈을 뜰 수 없을 정도로 졸릴 때까지 먹었다. 그가 잠을 자며 가벼운 악몽을 꾸는 동안, 개가 옆으로 기어 올라와 남은 음식을 집어삼켰다.

이상의 다섯 가지 징후

Five Signs of Disturbance

도시로 돌아온 그녀는 대부분의 시간을 혼자 보낸다. 큰 아파트에서 지내고, 그곳은 익숙하긴 하지만 그녀의 아파트는 아니다.

혼자서 일하려고 애쓰며 시간을 보내다가, 이 아파트에는 여름 동안만 있을 수 있기 때문에, 가끔 고개를 들어 살 곳을 어떻게 찾을지 걱정한다. 그러다가 늦은 오후에는 누군가에게 전화를 해야겠다는 생각이 들기 시작한다.

그녀는 모든 것을 매우 자세히 관찰한다. 그녀 자신과 이 아파트, 창밖에 있는 것, 날씨.

뇌우가 쏟아지는 날이 있는데, 거리에는 암황색과 암녹색 빛이, 골목에는 검은색 빛이 번쩍인다. 그녀는 골목을 살피며 빗물에 배수구로 쓸려 나온 거품이 콘크리트 포장도로로 넘치는 모습을 본다. 그러다가 강풍이 부는 날이 있다.

지금 그녀는 문 옆에 서서 손잡이를 주시하고 있다. 놋쇠 손잡이가 저절로 좌우로 미세하게 돌아가다가 가볍게 흔들린다. 그녀는 소스라치게 놀라지만, 곧 문 맞은편에서 발을 끌며 걷는 소리와 벽널을 천으로 닦는 소리와 다른 작은 소리들이 희

분석하다

미하게 들려오고, 관리인이 청소하러 왔음을 깨닫는다. 그러나 그녀는 손잡이의 움직임이 멈출 때까지 그곳에 가만히 서있는다.

그녀는 시간을 알 필요가 없는데도 시계를 자주 보고, 지금과 앞으로 십 분 뒤의 시간을 정확히 안다. 자신이 무엇을 느끼는지도 정확히 안다. 지금은 불안하고, 앞으로 십 분 뒤에는 화가 난다. 이렇게 자신의 느낌을 아는 것이 지긋지긋하지만, 한시라도 지켜보지 않으면 자신이 사라지기라도(정처 없이 떠돌기라도) 할 것처럼 멈출 수 없다.

환한 빛이 주방에서 새어 나온다. 그녀는 주방에 불을 켜두지 않았다. 빛은 열린 창문으로 들어오고 있다(늦여름이다). 아침이다.

또 다른 날에는 낮게 뜬, 이른 아침 해가 길 건너 공원을 비춘다. 아파트와 가까운 공원의 가장자리를 비추며 한 나무의 벌거벗은 몸통과 이곳에서 보이는 숲의 바깥쪽 잎들에 회색 재가 한 줌 뿌려진 것처럼 하얗게 보이게 만든다. 그 뒤로는, 어둠이 있다.

그녀가 서서 공원을 내다보는 앞 창문의 창턱에 놓인 식물들에서 잎이 더러 떨어졌다.

그녀는 전화 통화를 한다면 아무도 듣고 싶지 않을 무언가가 자신의 목소리에 실려 전달되리라는 것을 안다. 그리고 상대에게 들릴 만큼 목소리를 내기도 힘들 것이다.

마당에서 마구잡이로 들려오는 소음들 속에서(그녀는 저녁에 소음의 목록을 정리해본다. 접시 달그락대는 소리, 전자기타 소리, 여자의 웃음소리, 변기 물 내리는 소리, 텔레비전 소리, 수돗물 소리) 갑자기 한 남자와 그의 엄마 사이에서 싸움이 시작된다. (남자가 굵은 음성으로 소리친다. "엄마!")

몇 년 만에 이곳에 돌아온 그녀는 이곳이 문제로 가득한 장소라고 생각한다.

그녀는 텔레비전을 많이 보지만, 좋아하는 프로그램도 별로 없고 화면의 초점을 맞추는 것도 힘들다. 화면이 깨끗하게 잡히는 것은 무엇이든, 불쾌해도, 본다. 어느 날 저녁에는 두 시간 동안 영화에 나온 얼굴 하나를 쳐다보면서 자신의 얼굴이 달라진 것 같다고 생각한다. 다음 날 밤 같은 시간, 텔레비전을 보지 않는 동안 이렇게 생각한다. 시간은 같을지 몰라도 밤은 같지 않다고.

나중에, 그녀가 이상의 징후들을 나열하며 세어볼 때, 적어도 두 개는 텔레비전과 연관된다.

이제 더는 미룰 수 없다. 나가서 살 곳을 찾아야 한다. 그녀는 자기만의 공간이 정말 없다고 스스로 인정하고 싶지 않기 때문에, 살 곳을 찾으러 나가고 싶지 않다. 차라리 이 아파트에 온종일 앉아서 그 문제에 대해 아무것도 안 하고 싶다.

그녀는 몇 차례 아파트를 보러 나간다. 많은 돈을 감당할 수 없으므로 아주 싼 아파트들을 본다. 사탕가게 위층과 이탈리아 남성 사교클럽 위층. 세 번째 아파트는 뒷방 바닥에 큼직한 구멍이 뚫린 껍데기에 불과했고 뜰에는 가시덤불이 무성하다.

분석하다

부동산 중개인이 그녀에게 사과한다.

더 이상 아파트를 보러 다니기에는 너무 늦은 오후가 되고 집으로 돌아와 텔레비전을 보고 먹고 마실 수 있게 되자 그녀는 안도한다.

그녀는 텔레비전을 보며 자주 운다. 대개 저녁 뉴스에 나오는 어떤 소식, 어딘가에서 일어난 어떤 죽음이나 많은 죽음, 또는 용감한 행동이나, 선천성 질환을 갖고 태어난 아기에 대한 영상 같은 것들 때문이다. 그러나 광고도, 노인이나 아이들과 관련이 있다면, 가끔 그녀를 울린다. 아이가 어릴수록, 더 잘 울지만, 그녀가 좋아하지 않는 청소년들이 나와도 가끔 운다. 뉴스가 끝나면, 여전히 가쁜 숨을 고르며 주방으로 가곤 한다.

텔레비전 앞에서 저녁을 먹는다. 한두 시간 뒤에는 술을 마시기 시작한다. 결국 물건을 떨어뜨리고 글씨를 알아볼 수 없게 쓰고 몇몇 단어의 철자를 빼먹고는 단어를 전부 주의 깊게 다시 읽으며 빠진 철자를 더하고 알아볼 수 없는 글씨 위에 다시 글씨를 써넣어야 할 만큼 취할 때까지 마신다.

그녀는 절제에 대해 가졌던 생각을 잊어가고 있다.

설거지를 얼마나 거칠게 해대는지 비눗물이 곳곳으로 날아가고 물이 바닥과 옷 앞부분에 튄다. 낮에는 자신이 만지는 모든 것이 기름에 덮여 있는 듯해서 손을 자주, 기세 좋게, 거의 난폭할 정도로 비비며 씻는다.

문 옆에 서서 누군가 대리석 로비에서 휘파람 부는 소리를 듣는다.

어느 날 그녀는 계약하고 싶은 아파트를 본다. 그다지 예쁜 아파트는 아니지만, 집을 다시 갖고 싶어서, 임대차계약으로 이 도시에 묶여 있고 싶어서, 세상에서 헐거워진 느낌, 혼자만 아무 공간이 없는 기분을 그만 느끼고 싶어서 계약하기로 마음먹는다. 그곳으로 이사해서 파티를 여는 상상을 한다. 몇 가지 서류에 서명을 한다. 계약 성사 여부는 나중에 중개인이 전화로 알려주기로 한다. 그녀는 너무 서두르면 무언가 부서지기라도 할 듯, 침착하려 애쓰며 집으로 걸어오는 길에 먹을 것을 산다. 남은 하루 내내, 그렇게, 조심스럽게, 신중하게 움직인다. 중개인은 저녁에 전화를 걸어 와 계약이 무산됐다고 말한다. 집주인이 갑자기 아파트를 빌려주지 않기로 결정했다는 것이다. 도무지 믿기 힘든 설명이다.

그녀는 이제 살 곳을 결코 찾지 못하게 되리라 확신한다.

병맥주 하나를 들고 침대에 눕는다. 맥주를 다 마시고 병을 내려놓고 싶다. 침대 옆, 테이블보를 덮지 않은 나무 탁자에는 자국이 남을 테고 탁자는 그녀의 것이 아니니 거기에는 놓을 수 없다. 책 위에 내려놓지만, 책도 그녀의 것이 아니다. 또 다른 책으로 병을 옮긴다. 그녀의 책이다. 노래책.

그러고 나자 조금 전에 벗은 옷들이 의자에 쌓여 있는 모습이 눈에 들어와 자리에서 일어난다. 다음 날 입고 싶어질지 모르니 옷을 똑바로 펴서 놓고 싶다. 옷을 펴보지만 술에 꽤 취한 상태이니, 똑바로 펴지 못한다. 그녀는 이미 맥주 두 병과 드람뷔 한 잔을 마셨고, 그러고 나서 세 번째 맥주를 마셨기 때문에 취해 있다.

술에 취했는데도, 그녀는 여전히, 물론 간신히, 어떤 것들을 잊지 않는다. 그녀는 자신이 얼마나 잘 기억하는지 보면서 아직도 똑똑하다고 생각한다. 그리고 자신의 똑똑함이, 더는 예전처럼 중요하지 않은 듯한 상황에 대해 생각한다. 나이가 들면 들수록 그녀의 똑똑함은 점점 덜 중요해진다. 그녀는 어둠 속 침대에 누워 정신을 차리려고 애쓴다. 이것이, 이번에 돌아온 것이 벼랑 끝이라는 걸 느낄 수 있다. 이제 새벽 두 시가 지났지만, 잠을 이룰 수 없다.

트럭의 하얀색 측면에, 날개를 들어 올린 진청색 독수리. 그녀가 그 우편 트럭을 기다리며 창밖을 볼 때 트럭이 소화전 옆에 멈춰 선다. 우편물 가방이 트럭에서 보도로 던져지고 아파트 관리인이 가방을 끌며 보도를 걸어오다가 우편물 가방의 목덜미를 붙든 채로, 다른 관리인과 함께 서서, 이야기를 나누는 모습이 보이고, 그녀는 가방 속에 자신에게 온 편지도 있을지 모르니, 슬슬 화가 나기 시작한다.

그녀는 어느 고상한 작은 거리에 위치한 아파트에 대한 이야기를 듣지만 그 아래층에 지적장애가 있는 남자와 그의 아버지가 사는데 두 사람이 다투고 고함치는 소리를 피할 수 없다는 이야기도 들어서 보러 가지 않는다.

비가 쏟아질 듯 어두운 날이다. 누런빛 속에서 그녀는 집 안 식물의 죽은 잎을 쓸어내고 화분에 물을 준다. 이날은 질서가 평소보다 더 많다.

주방에서 그녀는 선반 위에서 아주 오랫동안 한쪽으로 비스듬히 꽂혀 보기 흉하게 벌어졌던 탓에 표지가 휘어진 묵직한 책들을 밀어 똑바로 세운다. 거실에는 유리문 책장이 하나 더 있고 책장 위에는 초침이 특정 지점을 지날 때마다 쉿 소리가 나는 시계가 하나 있다. 이제 그녀는 통로를 걸어 다니며 지나치는 곳의 책들을 똑바로 세운다. 통로는 길고 어둡고, 꺾이는 곳이 많아서, 모퉁이를 돌 때마다 더 많은 통로가 펼쳐지고, 가끔 무한히 길어 보이기도 한다.

그녀가 텔레비전을 보는 침실에는 현악사중주나 다른 고전음악 소리가 자주 들린다. 작은 소리지만, 무척 또렷하다. 처음에는 방 어딘가에 라디오가 매우 작은 소리로 켜져 있나 생각했다. 그녀는 귀를 기울이며, 방을 천천히 돌았다. 벽은 어둡고, 유리창 블라인드는 내려져 있고, 긁힌 자국들이 보이는 초록색 목재 화장대가 있고, 그녀는 화장대 위 거울을 여러 번 쳐다보고, 옷장 문 세 곳에 달린 세 개의 긴 거울도 들여다본다. 음악은 수염 기른 남자의 사진 액자 아래, 라디에이터에서 나오고 있다. 사진 속 남자는 다른 방에서 무너져 내리는 책들의 주인인 고전학자다. 라디에이터에 귀를 대보니 온도조절 손잡이에서 음악이 나오고 있다. 이제 그녀는 가끔 침대에 누워 그 음악에 귀를 기울인다. 음악 소리는 나지막해서 그녀의 생각을 방해하지는 않는다.

어느 날인가는 파리 한 마리가 그녀의 손 위를 걸어 다니고, 그녀는 파리가 다정하게 느껴진다. 같은 날, 그녀는 거리에서

분석하다

경찰관을 멈춰 세우고 말을 걸고 싶어진다. 그러다가 그런 충동도 지나간다.

그녀는 몇몇 사람에게 전화를 걸기로 결정한다. 사람들과 이야기를 나눠야 한다고 자신을 설득한다. 그녀는 걱정이 되고, 그러다가 걱정하는 자신에게 화가 나고, 늘 자신만 생각하는 자신에게 화가 나고, 세상을 늘 너무 어둡게 보는 자신에게 화가 난다. 그러나 그녀는 그걸 멈추는 법을 알지 못한다.

선禪에 대한 책을 읽고 부처의 팔정도를 이루는 여덟 가지 덕목을 종이에 적고 어쩌면 그것을 따를 수 있을지 모른다고 생각한다. 그녀가 보기에 그것은 주로 모든 것을 올바르게 하는 일과 연결된다.

잠자리에 들 만큼 늦은 시간이지만 먹어야 할 것이 더 있다. 시리얼을 먹고, 시리얼 다음에는 빵에 버터를 발라 먹고, 그다음에는 마시멜로와 다른 음식을 먹는다. 그녀는 배를 깔고 엎드려서 책의 표지들을 본다. 이제 먹지 않고 계속 책을 읽을 수 있다. 그러나 배가 너무 불러서 편안히 엎드릴 수 없고, 바위나 나뭇가지 더미 위에 엎드려 있는 것 같다. 그녀는 긴 여행을 앞둔 사람이 배낭이나 보트를 채우듯 배를 채웠다. 여행은 느리고 더울 테고, 그녀는 자다 깨다를 반복하며 불편한 꿈을 꾸거나, 아니면 잠은 아예 오지 않고 힘든 질문만 찾아올 것이다. 그래도, 눈물은 오지 않을 것이다.

에어컨 소리 너머로 비가 추적추적 떨어진다. 이 나지막한 드럼 소리 사이사이에 이따금씩 정원에 물 떨어지는 더 큰 소리가 철썩 끼어든다.

그녀는 잠을 이루지 못한다. 침대 매트리스에 귀를 대고 크게 울리는 심장 소리를 듣는다. 처음에는 심장에서 피가 뿜어져 나오는 소리, 그리고 아주 잠시 후에 쿵 소리. 쉬쿵, 쉬쿵. 그러다 잠이 오기 시작하고 그녀의 심장이 경찰서가 된 꿈을 꾸기 시작할 때 다시 깬다.

또 다른 밤에는 그녀의 폐를 꿈꾼다. 두 눈을 감으면 방처럼 크고, 어둡고, 연약한 뼈에 둘러싸인 듯한 폐가 보이고, 어둑한 폐 한 곳에 그녀가 몸을 웅크리고 있고 바람이 윙윙대며 그녀 주위를 들락거린다.

이제 그녀는 자신의 어떤 행동들이 이상하다는 생각이 불현듯 든다. 그리고 그녀를 놀라게 할 만한 일이 일어나지만, 그녀는 놀라지 않는다.

이런 일들이다. 하루가 끝날 무렵 뉴스를 틀자마자 남자 앵커가 감당하기 힘들 만큼 강렬한 눈빛을 쏘며 그녀에게 말을 건다. 그날 처음으로 그녀에게 말을 건 사람이다. 그녀는 몇 분간의 이 직접적인 호명에 놀라 오믈렛을 만들기 위해 주방으로 간다. 달걀을 풀고, 버터가 끓기 시작하는 프라이팬에 붓는다. 오믈렛은 모양을 갖추는 동안 부글거리고 탁탁거리며 특유의 격렬한 소음을 내는데, 문득 그녀는 오믈렛이 자신에게 말을 걸려 한다고 생각한다. 환한 노란색으로 반짝이며 기름이 군데군데 묻은 오믈렛이 프라이팬에서 살포시 부풀었다 가라앉는다.

분석하다

아니, 정확히 말해, 그녀는 오믈렛이 말을 걸리라 기대하지는 않았지만, 오믈렛이 알아들을 만한 무언가를 발음하지 않아서 놀란다. 그러나 나중에 그 일을 생각해보니 그녀는 자신이 정말 어떤 신체적 공격 같은 것을 당했음을 깨닫는다. 오믈렛의 침묵이 커다란 풍선으로 부풀어 그녀의 고막을 짓눌렀다.

그러나 그녀가 이상의 징후들을 나열하며 세어보게 된 것은 이 사건 때문이 아니라 가장 최근에 고속도로에서 일어난 사건 때문이었지만, 징후들을 셀 때조차 그녀는 자신이 보기에 이상의 징후처럼 보이는 것을 세어야 할지, 다른 누군가에게 조금이라도 비정상적으로 보이는 것을 세어야 할지 결정할 수 없었는데, 왜냐하면 큰 소리로 혼잣말하기나 과식 같은 건 그녀에게는 상당히 정상적이기 때문이고, 그래서 열 개나 열한 개의 징후를 생각한 뒤, 진짜 징후를 다섯에서 일곱 개로 줄이려고 망설이다가 결국 다섯 개로 정했는데 자신에게 이상의 징후가 일곱 개씩이나 있을 수 있다고 인정할 수 없었기 때문이기도 했다.

그녀는 이 모든 것이 극심한 피로 때문이길 바란다. 살 곳을 찾으면 이 모든 일이 끝나리라 생각한다. 어떤 종류의 장소인지는 그다지 신경 쓰지 않을 것이다. 어쨌든, 처음에는 그럴 것이다. 이제 두 가지 선택지가 있다. 그녀가 위험하다고 여기는 동네의 환하고 넓은 아파트와 좋아하는 동네의 비좁고 시끄러운 아파트.

고속도로에서 무슨 일이 일어났는가 하면, 요금소의 줄에 가까워질 때 그녀의 손에 25센트 동전 세 개가 있었다. 요금은 50센트이므로 동전 둘은 손에 남기고 하나는 도로 집어넣어야 했다. 문제는 어느 동전을 집어넣을지 결정할 수 없었다는 것이다. 그녀는 동전을 내려다보다가 다시 고개를 들어 앞을 보기를 반복하는 동시에 운전하려고 애쓰며, 혹시나 멈춰야 할 상황에 대비하려는 듯 차를 왼쪽으로 틀면서, 요금소에 점점 가까이 갔다. 동전을 내려다볼 때마다 동전 셋이 한 쌍과 나머지 하나로 분리됐지만 그 나머지 하나를 도로 집어넣으려고 마음먹으면 그 동전이 한 쌍을 이루는 한 짝인 것 같아서 차마 집어넣을 수 없었다. 이런 일이 반복되는 동안 요금소는 점점 가까워졌고, 그녀는 결국 억지로 동전 하나를 도로 집어넣었다. 이런 선택에는 규칙이 없다고 되뇌었지만, 그렇지 않다는 느낌이 강하게 들었다. 중요한 규칙이 있는 것 같지만, 그 규칙이 무엇인지 그녀는 알 수 없었다.

그녀가 두려웠던 이유는 무언가를 위반해서만이 아니라 몇 분 동안 행동할 능력을 잃어버린 일이 그게 처음이 아니었기 때문이었다. 결국, 간신히 동전 하나를 집어넣고, 요금소로 차를 몰고 가서, 요금을 내고, 가던 길을 계속 가긴 했지만, 어쩌면 속수무책으로 고속도로 한복판에 차를 세우고 그곳에 마냥 남아 있었을지도 모를 일이다.

게다가 그날 혹시라도 일어날 뻔했던 것처럼, 만약 이 한 가지 작은 일을 결정할 수 없었다면, 아마 다른 어떤 것도 결정할 수 없을 텐데, 왜냐하면 그런 결정들, 이를테면 이 방에 들어갈

분석하다

지, 저 방에 들어갈지, 이쪽으로 걸을지, 저쪽으로 걸을지, 지하철에서 이 출구로 나갈지 저 출구로 나갈지 같은 결정을 하루 종일 내려야 하기 때문이다. 하나의 결정마다 판단에 이르는 길이 많고, 그녀는 결정을 내리기는 고사하고 어떤 길로 판단에 이를지도 결정하지 못할 때가 많았다. 어쩌면 이런 식으로 완전히 마비되어 삶을 계속 이어갈 수 없게 될지 몰랐다.

그러나 그날 나중에 그녀는 허리까지 오는 바닷물에 서서 자신이 옳다고 생각한다. 이 모든 것이 그저 극심한 피로일 뿐일 거라고. 그녀는 안경을 쓰지 않은 채 바위 해안의 바닷물에 허리까지 담그고 섰다. 어떤 계시 같은 것이 다가오는 것 같아서 기다리는 중이지만, 이런저런 생각들이 떠오르긴 해도 어느 하나 그다지 계시 같지 않다.

그녀는 거센 맞바람에 바위처럼 단단해져서 다가오는 회색 파도를 노려보며 서 있고 회색 바닷물에 눈이 씻기는 것을 느낀다. 자신을 흔드는 것이 단지 집이 없는 상황만이 아니라 인생의 더 큰 파열 때문이라는 것을 알지만, 그래도 집을 찾으면 도움이 될 것이다. 어쩌면 이 모든 것이 괜찮아질 거라고, 나쁘게 끝나지 않을 거라고, 그녀는 생각한다. 그때 작은 만 너머로, 거의 보일 듯 말 듯한 굴뚝들이 눈에 들어오지만, 그것도 자신이 기다리던 계시는 아닌 것 같았다.

올랜도 부인의 공포

The Fears of Mrs. Orlando

올랜도 부인의 세상은 어두운 곳이다. 집 안에서 그녀는 무엇이 위험한지 잘 안다. 가스레인지와 가파른 계단, 미끄러운 욕조, 상태가 좋지 않은 몇몇 종류의 배선들. 집 밖에서는 무엇이 위험한지 일부는 알지만 전부는 알지 못하고, 모른다는 것을 두려워하며, 범죄와 재난에 대한 정보에 몰두한다.

모든 대비를 하지만 어떤 대비로도 충분하지 않다. 갑작스러운 허기에, 추위에, 지루함에, 심한 출혈에 대비하려 애쓴다. 반창고와 안전핀, 칼을 꼭 갖고 다닌다. 차에 갖춰둔 물건들 중에는 밧줄 한 줄과 호루라기가 있고, 쇼핑을 오래 즐기는 딸들을 기다리는 동안 읽을 잉글랜드 사회사 책도 한 권 있다.

대체로 그녀는 남자를 데리고 다니길 좋아한다. 남자들은 큰 몸집뿐 아니라 세상에 대한 합리적 관점 때문에 보호막이 되어주기 때문이다. 그녀는 신중한 태도에 감탄하며, 식당에 자리를 미리 예약하는 남자뿐 아니라 자신이 묻는 어떤 질문에도 뜸을 들이고 나서야 대답하는 남자도 존경한다. 변호사들을 고용하는 게 좋다고 믿으며, 변호사들의 말은 한 마디 한 마디가 법으로 보증되기 때문에 그들과 말할 때 마음이 가장

분석하다

편하다. 그러나 시내에 쇼핑을 갈 때는 혼자 다니기보다 딸들이나 여자 친구에게 함께 가길 부탁한다.

그녀는 시내의 엘리베이터에서 남자에게 폭행당한 적이 있다. 밤이었고 남자는 흑인이었으며 그녀는 그 동네를 잘 몰랐다. 더 젊었을 때였다. 사람 많은 버스에서 추행당한 적이 여러 번 있다. 한번은 식당에서 말다툼 끝에 흥분한 웨이터가 그녀의 손에 커피를 쏟은 적도 있다.

도시에서 그녀는 지하철을 잘못 타서 길을 잃을까 두렵지만 자신보다 계급이 낮은 낯선 사람에게는 절대 길을 묻지 않는다. 서로 다른 범죄를 계획 중인 많은 흑인 남자들이 그녀 옆을 지나간다. 누구든, 어쩌면 다른 여성조차 그녀에게서 금품을 강탈할 수 있다.

집에서 그녀는 딸들과 여러 시간 통화하는데 모두 재앙이 닥칠 듯한 불길한 예감에 대한 이야기다. 그녀는 행운이 달아날까 두려워서 만족감을 표현하길 꺼린다. 어떤 일이 순조롭다고 말할 때면 목소리를 낮춰 말한 뒤 전화 탁자를 똑똑 두드린다. 딸들은 자신들의 말에서 그녀가 불길한 무언가를 찾아낼 것을 알기 때문에 말을 조금밖에 하지 않는다. 그리고 딸들이 말을 너무 적게 할 때면 그녀는 뭔가에, 딸들의 결혼이나 건강에 문제가 있다고 불안해한다.

어느 날 그녀는 딸들에게 전화로 이야기를 하나 한다. 그녀는 혼자 시내에 쇼핑을 다녀왔다. 그녀는 차에서 내려 옷감 가게로 간다. 옷감을 살펴보고 사지는 않지만, 견본 두 개를 가방에 챙겨 넣는다. 보도에는 많은 흑인이 걸어 다니고 그들 때문에 그녀는 불안하다. 차로 간다. 열쇠를 꺼낼 때, 손 하나가 차 밑으로 나와 그녀의 발목을 움켜쥔다. 차 밑에 한 남자가 누워 있었고, 이제 검은 손으로 그녀의 스타킹 신은 발목을 움켜쥐고는 차체에 가려 불분명한 목소리로 가방을 내려놓고 꺼지라고 말한다. 그녀는 제대로 서 있을 수도 없지만, 남자가 시키는 대로 한다. 어느 건물의 벽 옆에서 기다리며 가방을 지켜보지만 가방은 놓인 자리에서 움직이지 않는다. 몇 사람이 그녀를 흘끔거린다. 그녀는 차로 걸어가, 인도에 무릎을 꿇고 앉아, 차 밑을 본다. 차 맞은편 도로로 떨어지는 햇빛과 차 바닥의 배관들이 보인다. 남자는 없다. 그녀는 가방을 집어 들고 차를 몰고 집으로 돌아온다.

딸들은 그녀의 이야기를 믿지 않는다. 왜 남자가 그렇게 이상한 일을, 그것도 벌건 대낮에 하겠느냐고 묻는다. 남자가 그냥 사라질 수는 없다고, 허공으로 증발해버릴 수는 없다고 지적한다. 그녀는 딸들이 자기 말을 믿지 않으니 화가 나고, 벌건 대낮이니, 허공이니 하는 말이 마음에 들지 않는다.

발목 습격 며칠 뒤, 두 번째 사건이 그녀를 불안하게 한다. 그녀는 가끔 하는 대로 차에 앉아 일몰을 보기 위해, 저녁에 차를 몰고 해변 주차장으로 간다. 그러나 바닷가 산책로를 보니 평소처럼 한적하고 평화로운 해변이 아니라 한 무리의 사람들이 모래 위에 누워 있는 듯한 무언가를 에워싸고 서 있는 모습이 보인다.

분석하다

그녀는 즉시 호기심이 동하지만 한편으로는 일몰을 보거나, 모래에 누워 있는 것을 보러 가지 않고 차를 몰고 자리를 뜨고 싶은 마음도 생긴다. 그게 무엇일까 생각해본다. 아마 동물의 일종일 것이다. 살아 있거나, 살아 있었던 것이 아니라면 사람들은 그렇게 오래 바라보지 않을 것이다. 그녀는 커다란 물고기를 상상한다. 작은 물고기는 흥미롭지 않을 테고, 마찬가지로 작은 해파리 같은 것도 흥미롭지 않을 테니 틀림없이 클 것이다. 돌고래를 상상하고, 상어를 상상한다. 어쩌면 물개일 수도 있다. 이미 죽었을 테지만, 어쩌면 죽어가고 있어서 사람들은 죽어가는 모습을 보는 데 정신이 팔린 건지 모른다.

결국 직접 가보지 않을 수 없다. 가방을 집어 들고 차에서 나와 등 뒤로 문을 잠그고 낮은 콘크리트 벽을 넘어 모래사장으로 내려선다. 그녀가 하이힐 신은 발로 어기적대며 힘들게 모래사장을 헤치며 걸어가는 동안 끈에 매인 반짝이는 핸드백이 앞뒤로 거칠게 흔들린다. 불어오는 바닷바람에 꽃무늬 원피스가 허벅지에 달라붙고 치맛단은 무릎 둘레에서 경쾌하게 퍼덕이지만 촘촘한 은발 곱슬머리는 흐트러짐이 없고 그녀는 얼굴을 찡그리며 급히 걸어간다.

그녀는 사람들 틈에 끼어 바닥을 내려다본다. 모래에 누워 있는 것은 물고기나 물개가 아니라 젊은 남자다. 두 발을 모으고 두 팔을 양옆에 늘어뜨린 채 반듯이 누워 있고 죽어 있다. 누군가 신문지로 그를 덮었지만 바람에 신문지들이 들썩이며 한 장씩 모래사장으로 말려 밀려나면서 구경꾼들의 다리에 들러붙는다. 올랜도 부인이 보기에 멕시코인 같은 어두운 피부의 남자가 한 발을 내밀어 마지막으로 남은 신문지를 천천히 밀어내자 이제 모두 죽은 남자를 잘 볼 수 있다. 남자는 잘생기고 마르고, 색깔은 잿빛인데 군데군데 누르스름해지기 시작했다.

올랜도 부인은 넋을 놓고 남자를 바라본다. 다른 사람들을 둘러보니 그들 역시 무아지경에 빠져 있다. 익사. 이건 익사다. 어쩌면 자살일지 모른다.

그녀는 힘들게 모래사장을 걸어 되돌아온다. 집에 오자마자 딸들에게 전화를 걸어 자신이 본 것을 말한다. 해변에서 죽은 남자를, 익사한 남자를 봤다고 말을 꺼낸 뒤, 다시 이야기를 시작해서 더 많은 것을 이야기한다. 이야기를 할 때마다 그녀가 너무 흥분하므로 딸들은 걱정스러워한다.

다음 며칠 동안 그녀는 집 안에 머문다. 그러다가 갑자기 집을 나서서 친구 집으로 간다. 외설스러운 전화를 받았다고 친구에게 말하고는 그날 밤을 친구 집에서 보낸다. 이튿날 집에 돌아왔을 때, 그녀는 누군가 집에 침입했다고 생각하는데, 이런저런 물건들이 사라졌기 때문이다. 나중에 뜻밖의 장소에서 물건을 하나씩 찾지만 침입자가 들어왔었다는 느낌은 사라지지 않는다.

그녀는 침입자를 두려워하며 집 안에 앉아 혹시 무슨 문제가 생기지 않을까 경계한다. 집에 앉아 있으면, 특히 밤에, 이상한 소음이 무척 자주 들리고 그녀는 분명 창턱 밑에 도둑이

분석하다

있다고 확신한다. 그럴 때는 밖으로 나가 집을 확인해봐야 한다. 어둠 속에서 집을 한 바퀴 돌고 도둑은 발견하지 못하고 다시 들어온다. 그러나 삼십 분쯤 집 안에 앉아 있으면 다시 밖으로 나가 집을 확인해봐야 할 것 같다.

그렇게 집 안팎을 들락거리고, 다음 날에도 들락거린다. 그러다가 집 안에만 머물며 전화로만 이야기하고, 문과 창문을 주시하며 이상한 그림자들에 신경을 곤두세우고, 그 뒤 한동안은 이른 아침 흙에 찍힌 발자국이 있는지 살펴볼 때 말고는 밖으로 나가지 않는다.

버도프 씨의 독일 체류

Mr. Burdoff's Visit to Germany

과업

그해 버도프 씨는 독일어를 배우기 위해 쾰른의 한 하급 서기 가족의 집에서 하숙한다. 그것은 잘못 계획되고 불운하게 끝날 과업이었는데 왜냐하면 그가 많은 시간을 자기 성찰에 허비하고 독일어는 매우 조금 배우게 될 터였기 때문이다.

상황

그는 미국에 있는 옛 학교 친구에게 대단히 열광적인 편지를 보내 독일과 쾰른, 그가 머무는 하숙집, 그리고 전망이 빼어나 공사장과 저 멀리 산까지 보이는 자신의 다락방에 대해 이야기한다. 그러나 그에게는 새로워 보일지라도, 그의 상황은 사실 이전에 여러 번, 별다른 성과 없이 반복된 것이다. 옛 학교 친구에게는 그 모든 것이 너무나 익숙하게 들린다. 자질구레한 장식품들로 어수선한 하숙집이며, 오지랖 넓은 주인아주머니, 재바르지 못한 딸들, 그의 방에서 느끼는 외로움. 사람좋은 외국어 선생님과 피곤한 학생들, 낯선 도시의 거리들.

무기력

버도프 씨는 자신이 생산적 일정이라 여기는 것에 정착하자마자 무기력에 빠진다. 집중을 할 수 없다. 너무 불안해서 담배를 내려놓을 수 없고, 담배를 피우면 머리가 아프다. 문법책의 단어들은 읽을 수 없고 어마어마한 노력을 들여 구문 하나를 간신히 이해해도 뿌듯함을 거의 느끼지 못한다.

간肝 완자

버도프 씨는 식사하러 내려갈 시간이 되기 한참 전부터 자신도 모르게 점심 생각을 하고 있다. 그는 창가에 앉아 담배를 피운다. 벌써 수프 냄새가 난다. 식탁은 레이스 식탁보로 덮여 있겠지만 아직 점심상이 차려지지는 않았을 것이다.

버도프 씨는 하숙집 뒤 공사장을 내려다본다. 흙구덩이 속에서 기중기 세 대가 몸체를 숙였다 펴며 좌우로 움직인다. 멀리 아래쪽에 일꾼들의 무리가 주머니에 손을 찌른 채 서 있는 모습이 작게 보인다.

수프는 묽고 맑을 것이다. 국물에는 간 완자들이 떠다니고 국물 위로 구불구불 올라가는 김 아래로 기름이 몇 방울, 파슬리 조각이 조금 떠 있을 것이다. 수프 다음으로 얇게 저민 송아지 커틀릿, 그다음에는 페이스트리 한 조각이 나올 때가 많다. 이제 페이스트리가 구워지는 중이고 버도프 씨는 그 냄새를 맡는다. 여태껏 저 아래에서 들려오던, 기중기와 불도저 같은 중장비들이 삐걱대며 돌아가는 소리는 이제 복도에서 들려오는 진공청소기 소리에 묻히고 만다. 그 뒤 진공청소기는 집의 다른 곳으로 이동한다. 정오가 되자 아래쪽 기계들이 조용해지고, 잠시 뒤 돌연한 적막을 뚫고 주인아주머니의 목소리, 아래층 마룻바닥이 삐걱대는 소리, 나이프와 포크, 수저의 흥겨운 달그락 소리가 들려온다. 그가 기다린 소리들이다. 그는 방을 나가 점심을 먹으러 내려간다.

수업

그의 독일어 선생님은 유쾌하고 재미있으며, 반의 모든 학생은 즐겁게 수업을 듣는다. 버도프 씨는 자신이 수업을 잘 이해하지 못하지만, 반에서 가장 늦된 학생은 아니라는 사실에 안도한다. 큰 소리로 함께 외치는 연습이 많고 그는 열정적으로 참여한다. 그는 반 학생들과 함께 너무나 고통스럽게 공부하는 짧은 이야기에서 즐거움을 느낀다. 이를테면, 카를과 헬가가 나선 관광이 가벼운 놀라움으로 끝나는 이야기인데, 학생들은 큰 소리로 함께 웃으며 그 이야기를 즐긴다.

망설임

버도프 씨는 작은 하와이 여성 옆에 앉아 프랑스 여행에 대해 고뇌하며 말하는 그녀의 새빨간 입술을 바라본다. 반 학생들이 무언가 말하려 할 때 그들의 망설임에는 매력이 있다. 약점을 드러낼 때 그들은 새로이 순수해진다.

분석하다

버도프 씨 사랑에 빠지다

이제 버도프 씨는 바로 앞자리로 옮겨 온 그 하와이 여성에게 점점 끌린다. 수업 시간마다 버도프 씨는 윤기 나는 검은 말총머리와, 좁은 어깨, 자신의 무릎에서 몇 인치 떨어진 지점에, 의자 등받이의 뚫린 곳으로 우아하게 튀어나온 엉덩이의 아래쪽 윤곽을 응시한다. 그녀의 단정하게 꼰 다리와 질문에 대답하려 애쓸 때 까딱거리는 납작한 숙녀화, 책상 위를 움직이며 글씨를 쓰다가 다시 시야에서 사라지는 가는 손을 흘긋 보기를 몹시 갈망한다.

그녀가 입는 색과 들고 다니는 물건들에 매혹된다. 매일 밤 잠들지 못한 채 누워 중대한 곤경에 빠진 그녀를 돕기를 꿈꾼다. 모든 꿈이 똑같고 첫 키스 직전에 끝난다.

그러나 그의 사랑은 생각보다 허약해서, 키 크고 화려한 노르웨이 여성이 반에 들어오는 순간 생명을 다한다.

헬렌의 출현

그녀가 조용한 학생들을 피해 엉덩이를 실룩대며 교실로 들어올 때, 버도프 씨에게 그 모습은 당당하고 버거워 보인다. 그녀가 의자 한쪽의 필기용 테이블을 피해 엉덩이를 밀어 올리자마자 다른 쪽으로 낮게 내려온 그녀의 가슴 때문에 엑상프로방스 출신의, 화난 여성의 올림머리가 풀려버린다. 학생들은 길을 터주려 힘써보지만 의자가 세 개씩 볼트로 연결돼 있어서 서로의 동작을 맞출 수 없다. 헬렌의 목과 뺨이 서서히 빨개진다.

버도프 씨가 기쁘게도 헬렌은 그의 무릎을 밀치며 옆 빈자리에 앉는다. 그녀는 버도프 씨와 반 전체에 미안한 미소를 보낸다. 그녀의 겨드랑이와 목, 머리카락에서 여러 냄새가 뒤섞인 따스한 냄새가 밀려오고 버도프 씨는 즉시 일치와 어형변화, 서법을 잊어버리고, 선생님을 올려다보며 오직 헬렌의 흰 속눈썹을 볼 뿐이다.

버도프 씨가 헬렌을 조각상 뒤로 데려가다

헬렌은 바로 첫 데이트에서 레오폴트 모차르트 조각상 뒤 젖은 풀밭에서 몸부림치며 보낸 저녁 끝에 버도프 씨에게 굴복한다. 버도프 씨가 처음에 헬렌을 공원으로 데려가는 것이 힘들지 않았다면, 그녀의 축축한 거들을 허리까지 말아 올리고 그 뒤에는, 그 모든 헐떡임과 신음이 끝난 뒤, 당국의 관계자나 가까운 친구의 눈에 띄지 않았다고 헬렌을 안심시키는 것이 오히려 더 어려운 문제다. 일단 헬렌이 그 점에 대해 안심하고 나자, 버도프 씨에게 남은 그녀의 질문은 이것이다. 그가 여전히 헬렌을 존중하는가?

〈탄호이저〉 공연 중의 버도프 씨

자신의 소망과는 크게 어긋나지만 헬렌에 대한 사랑으로, 버도프 씨는 쾰른 오페라하우스에서 상연되는 바그너 오페라를 보러 가기로 한다. 버도프 씨는 18세기의 선명한 음악에 익숙한지라, 1막 동안 가슴이 답답해지고 자신이 오페라 극장 꼭대기의 딱딱한 의자에서 기절할까 두려워진다. 스카를라티의 엄격한 화성 진행을 교육받은 그는 이 음악에서 아무런 진행도 알아차리지 못한다. 그의 논리로는 이해가 되지 않는 지점에서 1막이 끝난다.

불이 켜지자 버도프 씨는 헬렌의 얼굴을 찬찬히 살핀다. 입가에 미소가 맴돌고, 이마와 뺨은 촉촉하며, 눈은 잘 차린 식사를 먹은 것처럼 포만감으로 빛이 난다. 반면에 버도프 씨는 우울함에 짓눌린다.

나머지 공연 내내 버도프 씨는 집중하지 못한다. 오페라 극장의 수용 인원을 계산해보고, 그 뒤에는 둥근 천장의 흐릿한 프레스코화를 유심히 뜯어본다. 좌석 팔걸이에 놓인 헬렌의 튼튼한 팔을 가끔 흘끔거리지만 감히 팔을 건드려 방해하지 못한다.

버도프 씨와 19세기

그들의 연애 후반기, 버도프 씨가 〈니벨룽의 반지〉 연작 전체와 〈방황하는 네덜란드인〉뿐 아니라 슈트라우스의 교향시와 그에게는 무수히 많아 보이는 부르흐의 바이올린 협주곡 공연에서 끝까지 자리를 지켰을 무렵, 그는 자신이 헬렌에게 이끌려, 그동안 늘 신중하게 피했던 19세기로 깊숙이 들어왔다고 생각한다. 버도프 씨는 19세기의 관능과 화려함, 여성적 감수성에 놀라고, 훨씬 나중에 기차를 타고 독일을 떠날 때는

생리 중인 헬렌과 사랑을 나누었던 그날 밤을—그들 관계의
진전에서 중요했던—떠올린다. 그때 라디오에서는 슈만의 〈만
프레드〉가 나오고 있었다. 버도프 씨가, 헬렌의 피로 끈적이며,
절정에 달했을 때 그는 헬렌의 피와, 헬렌, 19세기 사이에 심오
한 일체감이 존재한다고 착각한다.

요약

버도프 씨가 독일에 가다. 공사장이 보이는 하숙집에 살다.
점심시간을 고대하다. 매일 잘 먹고 살이 찌다. 수업에 가고,
박물관에 가고, 비어가든에 가다. 야외에서, 철제 탁자에 팔을
얹고 자갈에 발을 얹은 채 현악사중주 듣기를 즐기다. 여자들
에 대해 공상하다. 헬렌과 사랑에 빠지다. 어렵고 거북한 사랑.
점점 익숙해지다. 헬렌이 바그너 오페라에 애정을 드러내다.
안타깝게도 버도프 씨는 스카를라티를 좋아하다. 헬렌의 마음
이라는 수수께끼.

헬렌의 아이가 아프고 헬렌은 아이를 간호하기 위해 노르웨
이 집으로 돌아가다. 헬렌은 결혼생활을 그만둘지 확신이 없
다. 버도프 씨는 최소 하루에 한 번 헬렌에게 편지를 쓰다. 그
가 미국으로 떠나기 전에 헬렌은 돌아올 수 있을까? 헬렌의 답
장은 매우 짧다. 버도프 씨가 헬렌의 편지를 비난하다. 헬렌은
편지를 더 드물게 쓰고 버도프 씨가 듣고 싶은 말은 조금도 쓰
지 않다. 버도프 씨가 교육과정을 마치고 미국으로 떠날 준비
를 하다. 기차를 타고 혼자 파리로 가는 길에, 허약하고 무능

한 느낌으로, 밖을 내다보다. 헬렌은 잠든 아이 옆에 앉아 침실 유리창을 물끄러미 바라보며 버도프 씨를 생각하다. 그러다가 그를 만나기 전에 만났던 애인들과, 그들이 몰던 차들을 떠올리다.

그녀가 아는 것

What She Knew

　사람들은 그녀가 아는 것을 몰랐는데, 그러니까 그녀가 사실은 여자가 아니라 남자이며, 대개는 살찐 남자이지만, 그보다 더 자주는, 아마, 늙은 남자라는 것이었다. 그녀는 자신이 늙은 남자라는 사실 때문에 젊은 여자로 지내기가 어려웠다. 이를테면, 젊은 남자가 분명 그녀에게 관심을 보이는데도 그녀는 그 젊은 남자와 이야기를 나누기 어려웠다. 그녀는 이렇게 혼잣말을 하지 않을 수 없었다. 왜 이 젊은 남자가 나 같은 늙은 남자에게 치근대는 거지?

분석하다

생선

The Fish

그녀는 생선을 내려다보며 오늘 자신이 저지른 돌이킬 수 없는 어떤 실수들을 생각한다. 이제 생선은 익었고, 그녀는 생선과 단 둘이 남았다. 생선은 그녀의 것이다. 집에 다른 이는 없다. 그러나 그녀는 괴로운 하루를 보냈다. 대리석판 위에서 식혀지는, 이 생선을 어떻게 그녀가 먹을 수 있겠는가? 그러나 이제 뼈로부터 뜯겨나가고, 은빛 비늘이 벗겨진 채 움직임 없는 생선도 지금처럼 완벽히 혼자인 적은 없었다. 오늘 하루의 또 다른 실수를 막 저질렀고, 그 실수를 자신에게 저지른 이 여자에게 최종적인 방식으로 훼손당하고 여자의 피곤한 시선 아래 놓인 채로.

쥐

The Mouse

처음에 한 시인이 달빛 아래 눈 속의 쥐에 대한 이야기를 쓴
다. 어떻게 그 쥐가 그의 그림자 속에 숨으려 하는지, 어떻게
그의 소매로 기어오르고 그는 소매에 매달린 것이 무엇인지도
모른 채 흔들어 눈 위로 떨어뜨리는지. 그의 고양이가 가까이
에 있고 고양이 그림자는 눈 위에 있고 고양이는 쥐를 쫓는다.
그 뒤 한 여자가 욕조에서 이 이야기를 읽는다. 머리카락의 반
은 마른 상태로, 반은 욕조 물에 떠 있는 상태로. 여자는 그 이
야기가 마음에 든다.

그날 밤 여자는 잠을 이루지 못하고 그 시인이 쓴 또 다른
책을 읽기 위해 부엌으로 간다. 조리대 옆 스툴에 앉는다. 밤은
늦고 조용한데, 이따금씩 조금 먼 곳에서 기차가 지나가며 건
널목에서 기적을 울린다. 쥐 하나가 레인지 화구의 냄비 아래
에서 나와 코를 킁킁대는 바람에 그녀는 깜짝 놀라지만, 사실
쥐가 거기에 산다는 것은 알고 있다. 쥐의 발은 작은 가시들 같
고, 두 귀는 의외로 크고, 한 눈은 감겨 있고 다른 눈은 뜨고 있
다. 쥐는 화구 받침에서 무언가를 야금야금 뜯어 먹는다. 그녀
가 움직이면 쥐는 휙 들어가고, 그녀가 가만히 있으면 다시 나

오고, 그녀가 다시 움직이면 쥐는 잽싸게 화구 속으로 되돌아 간다. 새벽 네 시에 여자는, 책을 읽다가 가끔 쥐를 구경하다 가, 여전히 정신은 말똥하지만, 책을 덮고 자러 간다.

아침에 한 남자가 여자가 앉았던 바로 그 조리대 옆 스툴에 앉아서, 그들의 어린 고양이를 팔로 살며시 받쳐 들고 분홍색 큼직한 두 손으로 고양이 목을 붙잡은 채 두 엄지로 정수리를 쓰다듬고, 그의 뒤에는 그 여자가 남자의 어깨뼈에 가슴을 밀 착시킨 채 그의 등에 기대고 서서 두 손으로 그의 가슴을 감싸 안고 있고, 두 사람은 쥐가 냄새를 맡도록 빵 부스러기를 조리 대 위에 늘어놓아 두고는, 아무것도 모르는 쥐가 나오길, 그리 고 어린 고양이가 그 쥐를 잡기를 기다리고 있다.

그들은 완벽에 가까운 침묵에 싸인 상태로 거의 움직이지 않는다. 남자의 부드러운 엄지만 고양이의 머리뼈 위를 움직 이고 여자가 가끔 남자의 향긋하고 부드러운 머리칼에 뺨을 갖다 댔다가 다시 들어 올리고 고양이의 눈이 이리저리 휙휙 움직일 뿐이다. 부엌에서 모터 하나가 켜진다, 가스 온수기에 갑자기 불꽃이 인다, 저 아래 고속도로에서 차 몇 대가 휙 지나 간다, 목소리 하나가 길에서 들린다. 그러나 쥐는 거기에 일행 이 있음을 알고 절대 나오지 않는다. 고양이는 배가 너무 고파 서 가만히 있을 수가 없고 한 발, 그리고 다른 발을 뻗어 자신 을 살짝 붙든 남자의 손아귀를 빠져나와 조리대 위로 올라가 빵 부스러기를 먹어치운다.

고양이는 집 안으로 들어올 수 있거나 집 안에 들일 때마다 레인지 옆 조리대 위에 나른하게 몸을 웅크리고, 쥐가 나타날 만한 레인지에 시선을 둘 뿐, 더 열심히 망을 보지는 않고, 반쯤 잠이 든 상태에서, 쥐를 사냥하되 조금도 움직이지 않는 그 상황을 즐기는 듯 보인다. 사실 고양이는 쥐의 친구가 되어주고 있다. 쥐는 레인지 안에서 망을 보거나 잠을 자고, 고양이는 레인지 밖 근처에서 망을 보거나 잠을 잔다. 쥐는, 레인지 속에서, 아기를 가졌고, 고양이도 몸속에 아기를 품고 있으며, 폭신한 배털 사이로 젖꼭지가 두드러지기 시작한다.

여자는 자주 고양이를 쳐다보고 가끔 또 다른 이야기를 떠올린다.

여자와 남편은 시골의 커다란 빈집에 살고 있었다. 방들이 얼마나 컸던지 가구들이 빈 공간으로 푹 주저앉은 듯 보일 정도였다. 카펫은 없었고 커튼은 얇았으며, 겨울이면 유리창은 싸늘했고, 낮의 햇빛도 밤의 불빛도 차고 창백한 빛으로 휑한 바닥과 휑한 벽을 밝혔지만 집 안의 어둠을 어쩌지는 못했다.

집의 양옆으로는 마당이 있고 그 너머로 숲이 있었다. 한쪽 숲은 깊고 울창했으며 언덕 너머까지 이어졌다. 언덕 기슭의 나무들 사이에 습지가 있었는데 철둑에 막혀 물이 고였던 곳이었다. 이제 철둑에는 철로와 침목이 사라졌고, 어린 나무들이 무성했다. 다른 쪽 숲은 나무가 듬성했고 초원에 접해 있어서 사슴들이 숲을 통과해 초원으로 잠을 자러 갔다. 겨울에 여자는 눈 위에 난 사슴들의 발자국을 따라 도로에서 그들이 뛰어든 곳으로 가볼 수 있었다. 날씨가 추워지자 숲과 초원에 있던 쥐들이 집으로 들어와 벽을 내달리고 굽도리판자 뒤에서 싸우고 찍찍거렸다. 여자와 남편은 사방에 떨어진 작고 검은 똥만 아니면 쥐들을 성가시게 여기지 않았지만 쥐들이 가끔 벽의 전선을 갉아먹어 화재를 일으킨다는 이야기를 들어서 쥐들을 없애기로 마음먹었다.

여자가 철물점에서 빨간 글자들이 찍힌 거친 목재와 반짝이는 황동색 금속 코일로 만들어진 쥐덫 몇 개를 샀다. 철물점 남자가 설치법을 알려주었다. 스프링이 무척 세고 팽팽해서 다치기가 쉬웠다. 이런 일을 하는 사람은 늘 여자였으므로 쥐덫을 놓을 사람도 여자일 수밖에 없었다. 저녁에 두 사람이 잠자리에 들기 전 여자는 손가락이 물릴까 걱정하면서 덫 하나를 조심스럽게 설치해 자신과 남편이 다음 날 아침 주방으로 들어가다가 잊어버리고 밟지 않을 만한 곳에 놓아두었다.

그들은 잠자리에 들었고 여자는 잠들지 않고 책을 읽었다. 남편이 깨어 불빛에 대해 불평할 때까지 읽을 터였다. 그는 무언가에 대해 자주 화를 냈는데 밤에 여자가 책을 읽을 때면 불빛이 문제였다. 밤이 늦도록 여자는 깨어 있었고 쥐덫이 튀는 총소리 같은 소리가 들렸지만 집이 추웠기 때문에 아래층으로 내려가보지는 않았다.

아침에 주방으로 들어간 여자는 쥐덫이 뒤집혀 있는 것을 보았는데 덫 안에 쥐가 한 마리 있었고 분홍색 리놀륨 바닥 곳곳이 피로 얼룩져 있었다. 여자는 쥐가 죽었다고 생각했지만, 발로 덫을 움직였을 때 아니라는 것을 알았다. 쥐는 덫에 머리가 긴 채 파닥이며 리놀륨 바닥을 돌아다니기 시작했다. 그때 남편이 들어왔고 두 사람 모두 죽어가는 쥐를 어떻게 해야 할지 몰랐다. 그들은 그 쥐를 죽이려면 망치나 다른 무거운 도구가 제격이라고 생각했지만 둘 중 한 사람이 그 일을 한다면 그건 여자였을 텐데 여자는 그 일을 할 배짱이 없었다. 몸을 구부려 쥐를 보니 여자는 속이 울렁거렸고 죽은 것이나 거의 죽은 것, 몸이 절단된 것에 대한 공포로 마음이 심하게 흔들렸다. 두 사람 다 흥분한 상태에서 쥐를 노려보다가 외면했다가 주방을 서성이길 반복했다. 그날은 더 많은 눈이 다가오며 날이 흐렸고 부엌으로 들어오는 빛은 창백했으며 그림자가 생기지 않았다.

마침내 여자는 쥐를 그냥 밖에 내다 버리기로, 쥐가 추위 속에서 죽도록 집 밖으로 내치기로 결정했다. 여자는 쓰레받기를 집어 들고 쥐덫과 쥐 아래로 밀어 넣고는 쥐가 다시 뛰어 올라 떨어지지 않을까 두려워하며 빠른 걸음으로 나무문을 지나 현관을 통과해 덧문 밖으로 나와 계단을 내려갔다. 거친 콘크리트 보도와 진입로를 지나 숲 가장자리까지 가서 얼어붙은 눈 위로 쥐덫과 쥐를 내동댕이쳤다. 쥐가 고통을 느끼지는 않을 거라고, 어쨌든 쇼크 상태일 거라고 믿으려 애썼다. 분명 사람이 덫에 머리가 낀 채 하얗게 얼어붙은 딱딱한 눈 위에 누워서 피를 흘리며 얼어 죽어갈 때와 똑같은 느낌은 아닐 거라고. 여자는 확신할 수 없었다. 그다음에는 혹시 이미 죽었지만 추운 날씨 때문에 썩지 않은 쥐를 기꺼이 먹을 만한 동물이 있을지 궁금해졌다.

그들은 나중에 그 덫을 찾아보지 않았다. 한겨울에 남자는 떠났고 여자는 그 집에서 혼자 살았다. 그 뒤 여자는 도시로 이사를 했고 집은 학교 선생 부부가 세 들어 살다가 일 년 뒤 도시의 변호사에게 팔렸다. 마지막으로 여자가 집 여기저기를 걸어 다닐 때 방들은 여전히 텅 비고 어두웠으며 휑한 벽을 배경으로 놓인 가구는, 예전과는 다른 가구였지만, 여전히 그 텅 빈 공간의 무게에 기가 꺾인 듯한 모습이었다.

분석하다

Break It Down

　그는 앞에 놓인 종이 한 장을 노려보며 앉아 있다. 그것을 분석하려 애쓰는 중이다. 그는 말한다.

　그것을 다 분석할 거야. 비행기표가 600달러였고 그다음에 단 열흘 동안 호텔과 식비 등으로 더 들었지. 하루에 80달러쯤, 아니 하루에 100달러에 더 가까워. 그리고 우리는 사랑을 나눴는데, 평균 하루 한 번쯤이라고 하자. 그럼 한 번에 100달러야. 그리고 한 번마다 아마 두세 시간은 계속됐으니 시간당 33달러에서 50달러쯤일 텐데, 그건 비싼 편이지.

　물론 그게 전부는 아니긴 해, 우리는 거의 하루 종일 같이 있었으니까. 그녀는 나를 자꾸 쳐다봤는데 그녀가 나를 볼 때마다 그건 값어치가 어느 정도 있는 거지, 그리고 내게 미소를 지으며 끊임없이 말하고 노래했는데, 내가 무언가 말을 하면 짧은 소절로 노래하며 응답하곤 했지, 나와 조금 떨어져 있기도 했지만 여전히 미소를 짓고 농담을 했어, 나는 그게 정말 좋았지만 그런 농담에 정확히 어떻게 반응해야 하는지 몰라서 그냥 미소만 지었어, 내가 그녀에 비해 둔하다고, 별로 영리하지 못하다고 느꼈어. 서로 온종일 함께 있으면 그게 계속 일어나지, 만지고 미소 짓는 거 말이야, 그 모든 것이 점점 쌓이고 더해져서, 너는 그날 밤 어디에 있게 될지 알게 되지. 말을 하면서도 이따금 그것에 대해 생각해, 아니, 생각하는 게 아니고, 그냥 종착지 같은 것으로 느끼게 돼, 저녁 내내 어디에 있든 그곳을 떠난 뒤 다가올 일에 대해, 행복해하며, 머릿속이 아니라 몸속 어딘가에서, 아니 온몸으로 그 모든 걸 계획하지, 그 모든 것이 쌓이고 쌓여서 침대에 들어갈 즈음 너는 어쩔 수가 없어, 진짜 실행이 시작되는 거야, 그 모든 게 쏟아져 나오지만, 천천히, 더 이상 할 수 없을 때까지 조금씩 쏟아내거나, 아니면 내내 참는 거지, 모든 것의 가장자리를 만지고 돌다가, 마침내 뛰어들어 끝내버리고 나면, 너무 힘이 빠져서 일어설 수도 없어, 하지만 잠시 뒤에는 화장실에 가야 하니, 떨리는 다리로 일어서서, 문틀에 몸을 의지하지, 창으로 들어오는 약간의 빛에 화장실을 드나드는 길은 보이지만 침대는 잘 볼 수가 없어.

그러니 사실 한 번에 100달러라고는 할 수 없지, 그것이 온종일 일어나니까, 깨어나서 옆에 있는 그녀의 몸을 느끼는 순간부터 시작해서, 너는 하나도 놓치지 않아, 네 옆에 있는 것의 어느 한 부분도, 그녀의 팔, 그녀의 다리, 그녀의 어깨, 그녀의 얼굴, 그 좋은 피부, 나는 다른 좋은 피부도 느껴봤지만, 이 피부는 차원이 달라, 그러면 다시 시작되고 아무리 서로의 몸을 온통 기어다녀도 충분하지 않을 거야. 갈망이 조금 잦아들 즈음 너는 얼마나 그녀를 사랑하는지 생각하게 되고, 그러면 다시 시작되는 거지, 그리고 그녀의 얼굴, 너는 그녀의 얼굴을 보면서 네가 어떻게 거기까지 왔는지, 얼마나 운이 좋은지 믿을 수 없어 해, 그 모든 게 여전히 놀랍고 그 놀라움은 결코 멈추지 않아, 그것이 끝난 뒤에도, 계속 놀라움으로 남지.

하루에 족히 열여섯이나 열여덟 시간쯤 이런 일이 계속 일어나지, 그녀와 함께 있지 않을 때도 계속 일어나는 거야, 떨어져 있는 건 나쁘지 않아, 그러다가 다시 그녀를 만나면 너무 좋을 테니까, 그러니까 그것이 여전히 함께 있는 거지. 밖에 나가 오래된 거리나 오래된 그림을 쳐다봐도 몸속에서 그것을 여전히 느끼지 않을 수 없고 그 전날 일어난 몇 가지 일은 그 자체로는 별 의미가 없거나 그녀와 함께하지 않았다면 별 의미가 없을 테지만, 너는 잊을 수 없고 그 모든 것이 네 안에 있지, 자, 그러니까, 100을 16으로 나누면 시간당 6달러가 될 텐데, 그건 그리 비싼 편은 아니지.

게다가 그것은 잠든 사이에도 지속되거든, 아마 다른 것에 대해, 어쩌면 건물에 대해 꿈을 꾼다고 해도 말이야, 내가 거의 매일 밤, 꿈을 꾸던 건물이 있었는데, 내가 그 오래된 석조 건물에서 매일 오전의 많은 시간을 보내곤 했기 때문에, 눈을 감으면 그 서늘한 공간들이 떠오르며 내 안에 어떤 평화가 생기곤 했어, 바닥의 벽돌들과 석조 아치들과 아치 사이의 텅 빈 그 공간, 그건 마치 아치 너머로 보이는 정원을 둘러싼 어두운 액자 같았고, 그 공간마저 돌처럼 느껴졌는데 그건 그 서늘함과, 아치 너머로 떨어지는 햇빛에 빛나는 환한 그림자, 그 회색 그림자 때문이었지, 그리고 둥근 천장이 만들어내는 그 엄청난 높이감이 있었는데, 눈을 감기 전까지는 나는 이 모든 게 늘 내 마음에 있다는 것을 알지 못했지만, 그래도 늘 내 마음에 있었던 거지, 나는 잠이 들고 그녀에 대해 꿈을 꾸지는 않지만, 그녀는 내 옆에 누워 있고, 나는 그녀가 내 옆에 있다는 것을 기억할 만큼은 잠을 깨서 알게 되지, 아까는 그녀가 반듯이 누워 있었는데 이제는 내게 몸을 감고 있네, 나는 그녀의 감은 눈을 봐, 그 눈꺼풀에 입을 맞추고 싶어, 내 입술에 닿는 그 부드러운 피부를 느끼고 싶어, 하지만 그녀의 잠을 방해하고 싶지는 않아, 그녀가 잠결에 내가 누구인지 잊고는 성가신 양 얼굴을 찌푸리는 모습은 보고 싶지 않으니까 그냥 쳐다만 보며 그 모든 것을 놓치지 않으려 하지, 잠이 든 그녀를 내가 지켜보고 그녀가 나중처럼 나를 떠나지 않고 내 곁에 있는 그 시간들을, 나는 밤새 깨어 그 느낌을 계속 느끼고 싶지만, 그러지 못해, 다시 잠이 들어도, 그걸 놓치지 않으려고 여전히 애쓰느라 깊은 잠을 이루지는 못하지.

하지만 그건 끝난다고 끝난 게 아니라, 모두 끝난 뒤에도 계속되지, 그녀는 달콤한 독주처럼 아직 네 안에 남아서, 너는 그녀로 가득 채워지고, 그녀의 모든 것이 네게 스며들어, 그녀의 냄새, 그녀의 목소리, 그녀의 몸놀림, 그 모두가 네 안에 있어, 끝나고 나서도 적어도 당분간은, 그 뒤에 너는 잃어버리기 시작하지, 나는 그것을 잃어버리기 시작할 거야, 너는 네 허약함 때문에, 그녀의 모든 것을 네 안으로 되돌리지 못할까봐 두려워져, 이제 그 모든 일이 몸에서 빠져나가고 몸보다는 마음에 남아 있게 되어서, 기억이 그림으로 하나씩 떠오르고 너는 그것들을 쳐다보지, 어떤 그림은 다른 그림보다 더 오래 남아, 매우 희고 깨끗한 어느 카페에서, 둘이 함께 아침을 먹은 적이 있지, 그곳은 무척 하얗기 때문에 그 흰 배경 속에서 그녀를 또렷하게 볼 수 있어, 그녀의 파란 눈, 그녀의 미소, 그녀가 입은 옷의 색깔, 심지어 그녀가 너를 쳐다보지 않을 때 읽고 있던 신문의 활자까지, 고개 숙인 그녀의 머리카락에서 보이는 연갈색과 붉은색, 금색, 그 하얀 탁자를 배경으로 놓인 갈색 커피, 갈색 롤빵들, 하얀 접시들, 은제 통들과 은제 칼과 스푼들, 그리고 잠이 덜 깬 채 테이블에 혼자 앉아 스푼과 잔을 받침에 내려놓으며 달각대는 소리를 낼 뿐인 사람들의 침묵과 소리 죽여 말하는 몇몇 목소리를 배경으로 가끔씩 오르내리던 그녀의 목소리. 그 기억들이 떠오르고 너는 그들이 너무 빨리 생명을 잃고 말라비틀어지지 않기를 바라지만 물론 그렇게 되리라는 것을, 더러는 잊게 되리라는 것을 알고 있지, 왜냐하면 벌써 거의 잊어버린 사소한 것들을 뜻밖에 발견하게 될 때가 있으니까.

우리가 함께 침대에 있을 때 그녀가 내게 물었어, 내가 뚱뚱한 거 같아? 그녀는 그런 쪽으로는 전혀 걱정하지 않는 사람 같았기 때문에 나는 놀랐고 그녀가 정말 걱정하나 보다 해석하고는 내 생각을 말했어, 그녀가 매우 아름다운 몸을 가졌다고, 그녀의 몸이 완벽하다고 바보같이 대답했고, 그건 정말 진심이었는데, 그녀는 약간 짜증을 내며 말했지, 그걸 물어본 게 아니잖아, 그래서 나는 정확히 그녀가 물은 것에 대해, 다시,

대답하려 애써야 했어.

한번은 밤에 그녀가 내게 몸을 포개고 누워 말을 하기 시작했어, 내 귀에 그녀의 숨이 닿았지, 그녀는 그렇게 말하고 또 말했고, 말이 점점 빨라지고 빨라졌어, 그녀는 말을 멈출 수 없었고 나는 그게 너무 좋았지, 그녀 안에 있는 모든 생명이 내게로도 흘러 들어오는 기분이었거든, 내 안에는 생명이 아주 조금밖에 없었는데, 내 귀에 닿는 그 뜨거운 숨결에 실려 그녀의 생명, 그녀의 불이 내게로 왔어, 나는 그녀가 내 곁에서 영원히 계속 말하길 바랐지, 그러면 나는 그렇게, 계속 살아갈 텐데, 계속 살아갈 수 있을 텐데, 하지만 그녀가 없다면 모르겠어.

그러다가 그 모든 것의 일부를, 어쩌면 그 모든 것의 대부분을, 결국은 그 모든 것의 거의 모두를 잊어버리지, 잊지 않기 위해 모든 것을 기억하려고 무진 애를 쓰지만, 너무 많이 생각해도 그것의 소멸을 앞당길 수 있어, 그래도 거의 줄곧 그것에 대해 생각하지 않을 수가 없지.

그러다가 그 기억들이 사라지기 시작할 때쯤 너는 질문을 던지기 시작해, 그냥 사소한 질문들, 아무 답도 없이 마음에 남은 그런 질문들. 이를테면 왜 그녀가 어느 밤에는 네가 침대에 들어갔을 때 불을 켰지만, 다음 밤에는 껐고, 그다음 밤에는 켰고 마지막 밤에는 껐는지, 왜 그랬는지, 그리고 또 다른 질문들, 그런 식으로 너를 괴롭히는 사소한 질문들.

그러다 마침내 그 기억들은 사라지고 생기 없는 사소한 질문들만 아무 답 없이 그 자리에 남고 너는 네 안에 들어앉은 크고 묵직한 고통과 남겨진 채 책을 읽으며 고통을 누그러뜨리거나, 아니면 사람 많은 곳으로 나가 고통을 덜어보려 하지만, 아무리 재주껏 고통을 밀어내도, 이제 당분간은 괜찮을 거라고, 안전할 거라고, 온 힘을 다해 그걸 틀어막고 있다고, 이제 작고 휑한 무감각의 지대 같은 곳에 있다고 생각하는 바로 그때, 그 모든 게 불쑥 되돌아오지, 어떤 소리를, 아마 고양이나 아기 울음소리, 아니면 그녀의 울음소리 같은 어떤 소리를 듣게 될 거야, 그 소리에 네가 손쓸 수 없는 마음 한구석이 그녀를 떠올리면 그 고통이 너무나 세차게 되돌아와서 두려워지지, 어떻게 다시 그 고통 속으로 떨어지게 될지 겁을 내며 묻지, 어떻게 그곳에서 올라올 수 있을지, 아니, 사실 너무 겁에 질려서 묻지도 못해.

그러니 그 일은 일어나는 동안 매일 매시간만이 아니라, 사실 그 이후에도, 여러 주 동안 지속되는 거야, 물론 매일 몇 시간씩, 점점 더 줄어들긴 하지, 원한다면 아마 비율을 계산해볼 수도 있겠지, 어쩌면 육 주 뒤에는 다 합쳐서 하루에 한 시간쯤만 그것에 대해 생각할지 몰라, 이런저런 때에 몇 분씩 산발적으로, 또는 이런저런 때에 몇 분씩과 잠들기 전 삼십 분쯤, 혹은 가끔 그 모든 게 되돌아와서 그 생각을 하느라 밤의 절반 정도를 뜬눈으로 보내게 될 거야.

그러니까 그 모든 걸 다 합하면, 시간당 3달러쯤만 쓴 셈이지.

나쁜 시간들까지 포함해야 하는지에 대해선, 잘 모르겠어.

분석하다

그녀와는 나쁜 시간이 전혀 없었거든, 어쩌면 한 번은 있었다고 할 수 있어, 내가 그녀에게 사랑한다고 말했을 때였지. 그러지 않을 수 없었어, 그녀에게 사랑한다고 말한 건 그때가 처음이었고, 그때 나는 그녀와 반쯤 사랑에 빠지고 있었거나, 그녀가 허락만 했다면, 아마 푹 빠졌을 테지만, 아마 그 모든 일이 너무 짧게 끝날 예정이었거나 다른 이유들 때문에, 그녀가 그걸 허락할 수 없었거나 아니면 내가 푹 빠질 수는 없었고, 나는 그녀에게 사랑한다고 말하면서, 그녀가 그것에, 그러니까 내가 그녀를 사랑한다는 사실에 부담을 느낄 필요가 없다거나, 그녀도 내게 똑같은 감정을 느낄 필요나 사랑한다고 답해야 할 필요가 없다거나, 그냥 내 안에서 그게 꽉 차올라 터질 것 같아서 어쩔 수 없이 하는 말일 뿐이라고 먼저 말할 방법을 알지 못했지, 그 말을 해도 내 감정이 조금도 해결되지는 않았을 텐데, 사실 나는 내 감정에 대해 조금도 말할 수 없었는데, 왜냐하면 너무 많았기 때문에, 말은 그걸 감당할 수 없었고 사랑을 나눌 때면 말을 하기가 더욱 어려워졌을 뿐인데, 왜냐하면 그때는 내가 말을 간절히 원할 때였지만 말은 소용이, 아무 소용이 없었으니까, 하지만 어쨌든 나는 그녀에게 말했어, 나는 그녀 위에 엎드려 있었고 그녀의 머리 옆에 놓인 그녀의 손에 내 손을 얹고 우리는 손깍지를 끼고 있었고 창으로 빛이 조금 들어와서 그녀의 얼굴을 비추고 있었지만 나는 그녀를 거의 볼 수 없었는데 그 말을 하기가 두려웠지만 해야만 했어, 그녀에게 알려주고 싶었으니까, 그게 마지막 밤이었고, 그때 말하지 않으면 다시 기회가 없을 테니까, 그래서 그냥 말했어, 당신이 잠들기 전에, 할 말이 있어, 당신이 잠들기 전에 사랑한다고 말해야겠어, 그러자마자 그녀가 말했지, 나도 당신을 사랑해, 내 귀에는 진심으로 하는 말처럼 들리지 않았어, 조금 밋밋했지, 하지만 따지고 보면 누군가, 나도 당신을 사랑해, 라고 말할 때는 조금 밋밋하게 들리는 법이지, 그게 진심이라 해도 그냥 상대의 말을 되돌려주는 것일 뿐이니까, 문제는 그 말이 진심이었는지 이제 나는 결코 알지 못하리라는 거야, 아니 어쩌면 언젠가 그 말이 진심이었는지 아니었는지 그녀가 내게 알려줄지도 모르지만, 지금은 알 길이 없지, 그래서 나는 그 말을 한 것을 후회해, 나는 의도치 않게 그녀를 덫으로 몰아넣은 거야, 그게 덫이었다는 걸 이제야 알겠어, 왜냐하면 그녀가 아무 말도 하지 않았다면 그것도 내게 상처를 줬을 테니까, 마치 그녀가 내게 뭔가를 받았는데 그냥 받기만 하고 아무것도 돌려주지 않는 것 같았겠지, 그러니 그녀는 돌려줘야 했던 거지, 그냥 내게 친절하기 위해서라도, 그 말을 해야 했던 거고, 이제 나는 그 말이 진심이었는지 정말 모르게 됐어.

그것 말고 나쁜 시간은, 아니 딱히 나쁘다고는 할 수 없지만 쉽지도 않았던 시간은 내가 떠나야 했을 때인데, 떠날 시간이 다가오자, 나는 몸이 떨리고 텅 빈 느낌이 들기 시작했어, 내 중심에 아무것도 없었어, 내 안에 아무것도 없었어, 나를 쓰러지지 않도록 붙잡아주는 게 아무것도 없었어. 그리고 그 시간이 왔어, 모든 준비가 끝났고, 나는 가야 했고, 그래서 키스가,

분석하다

마치 우리가 그 뒤에 혹시 무슨 일이 일어날지 두려워하는 것처럼 짧은 키스가 있었을 뿐이고, 그때 그녀는 몹시 화를 내면서, 문 옆의 고리로 손을 뻗어 초록색과 파란색이 들어간 낡은 셔츠를 끌어내 내게 안기며 갖고 가라고 했는데 셔츠의 부드러운 천에 그녀의 냄새가 가득했고 우리는 그렇게 붙어 서서 그녀의 손에 들린 종이 한 장을 함께 봤고 나는 조금도 놓치지 않았어, 그 마지막 일 이 분을, 꼭 붙들었는데, 왜냐하면 그것으로 끝이었으니까, 우리가 그것의 끝에 도달했으니까, 상황은 변하기 마련이고, 그래서 이것으로 정말 끝, 끝이 난 거야.

어쩌면 잘 풀렸다고 할 수 있어, 어쩌면 너는 그것으로 손해를 보지는 않았겠지, 잘 모르겠어, 그래, 정말 모르겠어, 가끔 그것에 대해 생각할 때면 진짜 왕자 같은 기분이 들지, 꼭 왕이 된 듯한 기분이 들고, 그러다가 두려울 때도 있어, 늘 두려운 건 아니고 가끔씩, 그것이 네게 무슨 짓을 할지 두려워지지, 그리고 이젠 네가 그것에 대해 무엇을 해야 할지 알기가 힘들고.

떠나올 때 나는 뒤를 한번 돌아봤고 문은 여전히 열려 있었는데, 그녀가 어두운 방 저 뒤쪽에 서 있는 모습이 보였고, 나는 아직 나를 쳐다보는 그녀의 흰 얼굴과, 흰 팔만 볼 수 있었지.

아마 너는 이제 그 고통을 일 미터 앞, 어느 유리 진열장 속 열린 상자에 놓인 것처럼 바라보는 단계에 있겠지. 그 고통은 금속막대처럼 단단하고 차가워. 너는 그걸 보며 이렇게 말해, 좋아, 저걸 갖겠어, 저걸 사겠어. 바로 그런 거야. 왜냐하면 너는 이 일에 뛰어들기 전부터 모두 알고 있었으니까. 고통이 이

일의 일부라는 걸 알고 있지. 그리고 나중에 즐거움이 고통보다 더 컸다고, 그래서 그것을 다시 할 거라고 말할 수 있는 문제가 아니라는 걸. 그런 건 아무 상관이 없지. 그건 측정할 수 있는 게 아니거든, 왜냐하면 고통은 나중에 오고 오래 남으니까. 그러니까 질문은 바로 이거야, 왜 고통은 너로 하여금, 나는 그걸 다시 하지 않을 거야, 라고 말하게 만들지 않을까? 고통이 아주 심하다면 그렇게 말해야 하는데, 너는 그러지 않잖아.

그래서 나는 생각하는 중이야, 어떻게 네가 600달러, 아니 1,000달러를 들고 들어가서, 어떻게 낡은 셔츠 하나를 들고 나올 수 있는지.

분석하다

편지

The Letter

그녀의 애인이 옆에 누워 있고 그녀가 그 이야기를 꺼냈으므로 그는 그 일이 언제 끝났는지 묻는다. 그녀는 일 년 전에 끝났다고 말하고 나서는 더 말할 수 없었다. 그는 기다리다가 그 일이 어떻게 끝났는지 묻고 그녀는 폭풍처럼 끝났다고 말한다. 그는 그 일에 대해, 그녀 삶의 모든 것에 대해 알고 싶지만 그녀가 원치 않는다면 자신도 그녀가 말하길 원치 않는다고 조심스럽게 말한다. 그녀는 그에게서 살짝 얼굴을 돌리고 램프 불빛이 그녀의 감은 두 눈을 비춘다. 그녀는 그에게 말하고 싶다고 생각했었지만, 말을 할 수 없고 눈꺼풀 밑에 고이는 눈물을 느낀다. 그녀는 놀라는데 왜냐하면 오늘 그녀가 운 것이 두 번째이고 여러 주 동안 울지 않았기 때문이다.

그녀는 그 일이 정말 끝났다고 자신에게 말할 수 없지만, 남들은 다 끝났다고 말할 텐데, 그는 다른 도시로 옮겨갔고, 일 년 넘게 그녀와 연락하지 않았으며, 다른 여자와 결혼했기 때문이다. 가끔씩 그녀는 소식을 듣는다. 누군가 그에게 편지를 받았는데, 그가 재정난을 벗어났고 잡지를 발행할까 생각 중이라는 소식이다. 그보다 전에는, 다른 누군가가 그가 나중에 결혼한 그 여자와 시내에 산다는 소식을 전한다. 그들에게는 전화가 없는데, 밀린 전화 요금이 너무 많아서다. 그 무렵 전화 회사는 가끔 그녀에게 전화를 해서 그가 어디에 있는지 정중하게 묻곤 한다. 한 친구는 그가 밤에 부두에서 성게를 포장하고 새벽 네 시에 집에 들어온다고 알려준다. 그다음에 또 그 친구는 그가 한 외로운 여인에게 무언가를 제공하는 대가로 거액을 요구해서 그 여인이 엄청난 모욕감과 불쾌감을 느꼈다는 이야기를 전해준다.

그보다 더 전에, 그가 여전히 근처에서 일할 때, 그녀는 차를 몰고 그가 일하는 주유소로 찾아가 말다툼을 하곤 했는데, 그는 사무실 형광등 불빛 아래에서 포크너를 읽다가 경계심이 가득한 눈을 들어 그녀가 들어오는 모습을 보곤 했다. 그들은 손님이 오가는 사이사이에 다투곤 했고 그가 주유하는 동안 그녀는 다음에 할 만한 말을 생각하곤 했다. 나중에 더 이상 그곳에 가지 않게 된 뒤, 그녀는 그의 차를 찾아 시내를 걸어 다니곤 했다. 한번은 빗속에서 승합차 한 대가 갑자기 그녀 쪽으로 모퉁이를 돌았고 그녀는 장화 신은 자기 발에 걸려 도랑에 빠졌고 그때 자신을 또렷이 보았다. 고무장화를 신고 어둠 속을 걸으며 하얀 차를 찾다가 이제 도랑에 빠졌고, 다시 길을 갈 준비를 하며, 비록 그가 다른 곳에서 다른 여자와 함께 있을지라도, 끝내 어느 주차장에서 그의 차를 보아야만 만족할 이른 중년의 한 여자. 그날 밤 그녀는 오랫동안 걸어서 시내를 돌고 또 돌고, 같은 장소들을 확인하고 또 확인하며 자신이 시내의

분석하다

한쪽 끝에서 다른 쪽 끝까지 걸어가는 십오 분 사이에, 그가 어쩌면 십오 분 전 그녀가 떠난 지점에 도착했을지 모른다고 생각했지만, 그 차를 찾지는 못했다.

그 차는 오래된 하얀 볼보 자동차다. 아름답고 부드러운 모양이다. 그녀는 거의 매일 다른 오래된 볼보를 보는데, 몇은 갈색이거나 크림색이고―그의 차 색과 가까운―몇은 그의 차 색인 하얀색이지만, 찌그러지지도 않았고 녹이 슬지도 않았다. 그들의 번호판에는 K가 절대 없고, 항상 실루엣으로 보이는 운전자는, 여자이거나 안경을 쓴 남자이거나 머리가 그보다 작은 남자다.

그 봄에 그녀는 책을 번역하고 있었는데 그것이 그녀가 할수 있는 유일한 일이었기 때문이다. 타자를 멈추고 사전을 집어 들 때마다 그의 얼굴이 그녀와 책장 사이에 떠다녔고 고통이 다시 그녀에게 내려앉았고, 사전을 내려놓고 타자할 때마다 그의 얼굴과 고통이 사라졌다. 그녀는 그냥 고통을 피하기 위해서 힘든 번역 작업을 많이 했다.

그보다 더 전에, 삼월 말에, 사람이 북적대는 술집에서, 그는 그녀가 듣게 되리라 예상했던 것과 듣기 두려워했던 것을 그녀에게 말했다. 그 즉시 그녀는 입맛을 잃었지만, 그는 매우 잘먹었고 그녀의 식사까지도 먹었다. 그는 저녁값을 낼 돈이 없었으므로 그녀가 계산했다. 저녁 식사 뒤 그는 말했다, 어쩌면 십 년 뒤에. 그녀는, 어쩌면 오 년 뒤에, 라고 말했지만, 그는 대답하지 않았다.

그녀는 수표를 받기 위해 우체국에 들른다. 가야 할 곳에 이미 늦었지만, 그 돈이 필요하다. 자신의 우편함에서 봉투에 쓰인 그의 글씨를 본다. 그녀에게 익숙한데도, 아니 지나치게 익숙하기 때문에, 그녀는 누구의 글씨인지 바로 알아보지 못한다. 누구의 글씨인지 깨닫자, 차로 걸어가는 동안 큰 소리로 욕을 하고 또 한다. 욕을 하면서 그녀는 생각을 하고, 이 봉투 안에 그가 빌려간 돈의 일부가 수표로 있으리라 결론을 내린다. 그는 그녀에게 300달러를 빚졌다. 그가 그 빚 때문에 부끄러웠다면, 이것이 일 년 동안의 침묵을 설명해줄 테고, 만약 그가 이제 그녀에게 보낼 돈이 좀 생겼다면, 그것이 그가 침묵을 깬 이유일 것이다. 그녀는 차 안으로 들어가, 열쇠를 꽂아 시동을 걸고, 봉투를 연다. 수표는 없고, 안에 들어 있는 것은 편지가 아니라, 그가 손 글씨로 옮겨 적은 프랑스 시다. 시는 compagnon de silence로 끝난다. 그리고 그의 이름이 있다. 그녀는 잘 알지 못하는 사람들과 만날 약속에 늦었기 때문에 시를 다 읽지 않는다.

그녀는 고속도로에 들어설 때까지 계속 그를 욕한다. 그가 편지를 보냈기 때문에, 그 편지가 그녀를 즉시 행복하게 만들었고, 그 행복이 다시 고통을 기억나게 했기 때문에 화가 난다. 그리고 아무것도 그 고통을 보상해줄 수 없기 때문에 화가 난다. 물론 그것은 편지라고 부르기도 힘든데, 그냥 시, 프랑스어로 쓰인 시일 뿐이고, 다른 사람이 쓴 시다. 그리고 그녀는 나중에 자신이 그 편지에 어떻게 답장을 쓸지 생각한다 해도, 가능한 답장이 없다는 걸 바로 알았기 때문에 화가 난다. 그녀는 어지럽고 속이 울렁대기 시작한다. 오른쪽 차선으로 천천히 운전하며 어지러움이 사라질 때까지 목을 세게 꼬집는다.

그날 하루 종일 그녀는 다른 사람들과 함께 있어서 그 편지를 다시 볼 수 없다. 저녁에, 혼자 있을 때, 그녀는 번역에, 어려운 산문시에 매달린다. 애인이 전화를 걸고 그녀는 그에게 번역이 얼마나 어려운지 말하지만 편지에 대해서는 말하지 않는다. 일을 끝낸 뒤, 집을 아주 꼼꼼하게 청소한다. 그러고 나서 가방에서 편지를 꺼내 침대로 가서 이제 그 편지를 어떻게 생각해야 할지 본다.

처음에는 소인을 살펴본다. 날짜와 시간과 도시명이 매우 뚜렷하다. 그다음에 주소 위 자신의 이름을 살펴본다. 한 글자의 흰 부분에 작은 잉크 방울이 있는 것으로 보아, 아마 그는 그녀의 성을 쓰면서 망설였던 것 같다. 그는 주소를 조금 틀리게 썼고 그녀의 우편번호가 달랐다. 그녀는 그의 이름을, 아니 매우 모양이 좋은, 그의 이름 머리글자 G와 그 옆에 쓰인 그의 성을 본다. 그리고 그의 주소, 그녀는 왜 그가 편지에 발신인 주소를 썼는지 궁금해한다. 답장을 바라는 건가? 그보다는 그녀가 여전히 여기에 있는지 확신할 수 없고 혹시 여기에 살지 않는다면 그걸 알 수 있도록 편지가 반송되길 바랐을 것이다. 그가 쓴 우편번호는 소인의 우편번호와 다르다. 분명 동네가 아닌 다른 곳에서 편지를 부친 모양이다. 편지를 쓴 것도 집 밖에서였을까? 어디에서?

그녀는 봉투를 열고, 깨끗하고 산뜻한 종이를 펼친다. 이제 정확히 종이 위에 무엇이 있는지 더 많이 눈에 들어온다. 날짜, 5월 10일이 위쪽 오른편 구석에 나머지 글자보다 더 작고, 더 진하고, 더 촘촘하게 적힌 것이 마치 다른 시간에, 나머지를 쓰기 전이나 후에, 쓴 것 같다. 그는 날짜를 먼저 쓴 뒤 멈춰서, 입술을 꼭 다문 채 생각하거나, 시를 옮겨 쓸 책을 찾는다. 물론 편지를 쓰기 위해 자리에 앉을 때 책을 이미 앞에 준비해두었을 테니, 그럴 가능성이 적긴 하다. 아니면 그는 다 쓰고 나서 날짜를 쓰겠다고 생각한다. 편지를 다시 읽고, 날짜를 쓴다. 이제 그녀는 그가 맨 위에 그녀의 이름을 쓰고, 편지 아래쪽 그의 이름과 나란히 오게, 콤마를 찍은 것을 알아차린다. 날짜, 그녀의 이름, 콤마, 그다음에 시, 그다음에 그의 이름, 마침표. 그러므로 이 시는 편지다.

이 모든 것을 살펴보고 나서, 그녀는 시를 신중하게, 몇 번 읽는다. 그녀가 해독할 수 없는 단어가 하나 있다. 행의 맨 끝에 있으므로 각운 체계를 살펴보니 단어는 pures, 순결한(순결한 생각)과 각운을 이루어야 하므로, 읽을 수 없는 그 단어는 아마 obscures, 어두운(어두운 꽃)일 것이다. 그리고 8행 시의 마지막 행의 첫머리에 쓰인 다른 두 단어도 읽을 수가 없다. 그가 다른 대문자들을 어떻게 쓰는지 보니 그 대문자는 L임이 틀림없고, 그 단어들은 분명 La lune, 달, aux insensés—미친 사람들에게—관대하거나 친절한 달일 것이다.

그녀가 처음에 본 것과 고속도로를 타고 북쪽으로 운전할

분석하다

때 기억에 남았던 단어들이라고는 compagnon de silence, 침묵의 동반자와, 손 잡기에 대한 어떤 행과, 불어로 priaires인 푸른 초원과 달, 이끼 위에서 죽어가는 것에 대한 또 다른 행뿐이었다. 그녀가 이번에 본 것을 그때는 보지 못했는데, 그러니까 그들이 죽어도, 곧 시의 이 두 사람이 죽어도, 그다음에 다시 만난다는, nous nous retrouvions, 저 위에서, 분명 천국일 immense한 무언가에서 서로를 다시 발견한다는 내용이다. 그들은 울고 있는 서로를 발견한다. 그리하여 시는, 대략, 우리는 울고 있는 서로를 발견한다, 소중한 침묵의 동반자여로 끝난다. 그녀는 retrouvions이라는 단어의 글자를 찬찬히 보며, 그 글자들이 정말 서로 다시 찾는 것을 분명히 말하고 있는지 확인하려 한다. 마치 올바른 기울기의 획과 그녀가 바라는 대로 휘어진 또 다른 획에 모든 것이 달려 있기라도 한 것처럼, 얼마나 집중하여 글자들을 보는지, 잠시 동안 그녀 안의 모든 것이, 방에 있는 모든 것까지, 그리고 이제까지 그녀 삶의 모든 것이 그녀의 눈 뒤로 모이는 느낌이 들 정도다. retrouvions에 조금도 의심이 있을 수 없고, 의심이 없는 것처럼 보인다면, 그렇다면 그녀는 그가 이곳에서 1,300킬로미터 떨어진 곳에서 지금부터 십 년 뒤나 오 년 뒤, 아니, 일 년이 이미 지났으니 지금부터 구 년 뒤나 사 년 뒤에도 다시 만날 수 있으리라 여전히 생각하고 있다고 믿을 수 있다.

그러나 그녀는 시에서 죽어가는 것에 대한 부분이 걱정스럽다. 그건 그가 그녀를 다시 만나길 진짜 기대하지는 않는다는 뜻일 수도 있다. 왜냐하면 결국 그들은 죽었으므로. 아니면 그 시간이 평생에 이를 정도로 아주 길 것을 뜻할 수도 있다. 아니면 이 시는 그가 동반자와 침묵, 울음, 상황의 끝에 대해 생각하는 것을 그가 찾아낼 수 있는 한, 가장 가깝게 표현한 시일 뿐이고, 그가 생각하는 것과는 똑같지 않을 수도 있다. 아니면 그는 프랑스 시집을 읽다가 이 시를 우연히 마주쳤고, 잠시 그녀를 떠올렸고, 이 시를 보내고 싶은 마음이 들어서, 뚜렷한 의도 없이 얼른 보냈을 수도 있다.

그녀는 편지를 접어 다시 봉투에 넣고, 가슴에 올려 한 손으로 누른 뒤 눈을 감고, 잠시 뒤, 불이 켜진 채로, 잠이 들기 시작한다. 어렴풋한 꿈결에, 그녀는 그의 냄새 같은 것이 여전히 그 종이에 있을지 모른다고 생각하며 잠을 깬다. 종이를 봉투에서 꺼내 펴서 종이 아래쪽 넓고 흰 여백을 깊이 들이마신다. 아무 냄새도 없다. 그다음에는 시를 깊이 들이마시고, 그곳에서 무슨 냄새가 나는 것 같다고 생각하지만, 아마 그냥 잉크 냄새일 뿐일 것이다.

분석하다

W. H. 오든이 친구 집에서 밤을 보내는 방법

How W. H. Auden Spends the Night in a Friend's House

깨어 있는 유일한 사람, 집은 조용하고, 거리는 어두워지고, 한기는 이불을 내리누르며 스미고, 그는 집주인을 방해하는 것이 내키지 않아서, 처음에는 태아처럼 몸을 말고, 매트리스에서 움푹 꺼진 따뜻한 부분을 찾아보고······.

그러다가 바닥을 살금살금 내디디며 딛고 설 의자를 찾고 커튼을 향해 휘청대며 손을 뻗고, 커튼을 침대 위 다른 이불 위에 덮고······.

그를 내리누르는 새로운 무게에 만족하고, 그러고 나서 평화로운 잠······.

다른 경우에 잠이 깬 이 손님은, 다시 한기를 느끼는데 방에 커튼이 없어서, 살그머니 방을 나와 커튼 대신 복도의 카펫을 집어, 어둑한 복도에서 구부리고 펴면서······.

카펫의 무게가 어찌나 무겁게 그를 내리누르는지, 그의 콧구멍을 틀어막는 먼지는 그 카펫이 그의 불안을 틀어막는 것에 비하면 아무것도 아니다······.

어느 포위된 집에

In a House Besieged

어느 포위된 집에 한 남자와 한 여자가 살았다. 부엌에서 몸을 웅크린 채 남자와 여자는 작은 폭발 소리를 들었다. "바람." 여자가 말했다. "사냥꾼들." 남자가 말했다. "비." 여자가 말했다. "군대." 남자가 말했다. 여자는 집에 가고 싶지만 이미 집에 있었다. 시골 한가운데 어느 포위된 집에.

분석하다

가을의 바퀴벌레들

Cockroaches in Autumn

한 번도 열린 적 없는 문의 흰색 페인트칠 된 걸쇠 위, 아주 작은 검정 알갱이로 이루어진 굵은 선, 바퀴벌레 똥.

그들은 커피 필터 속에, 고리버들 선반 속에, 문 꼭대기 틈새에 둥지를 틀고, 그곳에 손전등을 비추면 움직이는 다리들의 숲이 보인다.

배들이 도버 항구 근처 바다에 다종다양한 각도로 흩어진 모습이 밤중 부엌에서 깜짝 놀라 움직이기 직전의 바퀴벌레들 같다.

가장 어린 것은 아주 빛나고, 아주 씩씩하고, 아주 활동적이다.

그는 내려오는 손을 보고 반대쪽으로 달아난다. 갈 곳이 너무 멀거나, 그가 충분히 빠르지 못하다. 한편 우리는 그토록 살려는 의지에 감탄한다.

나는 움직이는 작은 것들에 깜짝 놀라, 몸을 휙 돌려 떠다니는 먼지 티끌을 대면한다. 밝은 배경의 짙은 점들에 깜짝 놀라지만, 내 베갯잇의 장미들일 뿐이다.

•

저녁, 새로운 가을의 고요. 동네의 창들은 닫혀 있다. 창유리로부터 한기가 집 안으로 스민다. 수납장 문 뒤, 긴 상자 속 그들이 쪼그리고 앉아 스파게티를 먹는다.

죽음의 정적. 내리치는 손으로부터 작은 생명체가 벗어나지 못할 때.

우리는 그토록 눈치 빠른 악당들, 그토록 민첩한 것들, 그토록 영리한 도둑들에 존경을 느낀다.

흰 종이가방 안에서 생명체가 긁는 소리가 들린다. 생명체 하나라고, 나는 생각한다. 그러나 가방을 비우자, 호밀빵 조각으로부터 한 무리의 그들이 주방 조리대에 흩어지는 호밀 씨처럼, 건포도처럼 흩어져 나온다.

뚱뚱하고, 거의 다 자란, 반짝이는 검은 등의 그가 허둥지둥 달려가다가 갑자기 멈추더니 거의 동시에 몇 가지 다른 동작을 시도해본다. 흰색 식기건조대 위, 제자리에서 덜컹대고 있는 범퍼카 한 대.

여기 문 꼭대기 틈새에, 그토록 많은 무리가 손전등 불빛 뒤 우리를 의식하며 다리를 움직인다.

당신이 그를 지적인 생명체로 느낄 때는 그가 망설이는 순간이다. 잠깐 멈춤과 방향 전환 사이에, 짧은 생각의 순간이 있다고, 당신은 확신한다.

그들은 먹지만 먹은 흔적을 남기지 않는다고, 우리는 생각한다. 그러나 여기 이파리 가장자리에, 작은 초승달 모양들. 그들이 조금씩 깨물어 먹은 곳.

•

그는 짙어지는 그림자 같다. 창문의 작은 틈새에서 그림자가 어떻게 짙어지며, 벽에서 나와, 사라지는지 보라!

마분지로 만든 덫 안에 그들 대여섯이 붙어 있다. 아이의 모형극장 같은 이 상자 속에서, 다종다양한 각도로 얼어붙어, 기괴한 정지 상태로 살아 있다.

집에 있는 또 다른 종의 곤충에게는 내가 얼마나 친절한 감정을 느끼는지! 그것의 얇은 천 같은 날개! 그것의 어리둥절함! 전등갓을 머뭇거리며 내려가는 걸음! 그것은 달아나기 위해 생각하지 않는다!

식사 끝에 치즈가 나왔다. 로크포르 치즈 말고는 온통 흰 치즈들, 풀을 뜯는 소들이나 바다에 떠 있는 배들처럼, 치즈판 위에 다종다양한 각도로 흩어져 있다.

일주일 뒤, 나는 그들이 방문했던 오븐에 잊고 놔둔 빵 한 조각을 꺼낸다. 이제 빵은 말라버렸고, 갈색 레이스 조각이 되었다.

가을 오후의 하얀 햇살. 그들은 부엌 벽에 붙은 아이의 그림들 뒤에서 잠을 잔다. 내가 종이를 하나씩 톡톡 두드리자 별똥별, 미사일, 기관총, 지뢰……로 이미 가득한 그림 가장자리에서 그들이 터져 나온다.

분석하다

시의 일자리
City Employment

도시 곳곳에서 나이 든 흑인 여자들이 아침 일곱 시에 사람들에게 전화를 걸어 우물거리는 목소리로 리사를 바꿔달라고 말하도록 고용됐다. 이 일은 그들에게 집에서 할 수 있는 일자리를 제공한다. 이들은 전화를 잘못 거는 일을 하도록 시에 고용된 더 큰 인력에 속한다. 그중 가장 돈을 많이 버는 사람은 인도 출신의 한 인도인으로, 자신이 전화를 잘못 걸지 않았다고 우기는 능력이 있다.

다른 사람들—주로 노인들—은 이상한 모자를 써서 우리에게 즐거움을 주는 일에 고용됐다. 이들은 눈썹 위에서 일어나는 일은 자기 책임이 아니라는 듯 이상한 모자를 쓰고 다닌다. 모자 둘—늙은 남자의 머리 위로 높이 솟은 홈부르크 모자와 키 작은 여자의 머리 위 검정 베일에 체리가 달린 물건—이 함께 까닥거리고 모자들 아래에서 노인들이 말다툼을 한다. 또다른 나이 든 여자가, 구부정하고 허약한 몸으로, 느릿느릿 길을 건너 우리 차 앞을 지나는데 이마를 짓누르는 너무나 무겁고 큼직한 빨간 고깔모자를 써야 하는 것에 화가 난 듯하다. 한편 또 다른 나이 든 여자는 걷기 불편한 보도에서 조심스럽게 발을 내딛고 있다. 그녀는 모자를 쓰지 않았는데, 일자리를 잃었기 때문이다.

다양한 연령대의 사람들이 미친 사람 행세를 하도록 시에 고용되어 나머지 사람들이 자신은 미치지 않았다고 느끼게 해준다. 우리가 미치지 않았을 뿐 아니라 부자라고 느낄 수 있도록, 미친 사람 몇은 거지이기도 하다. 미친 사람의 일자리는 수가 제한돼 있다. 이 일자리는 이미 다 차버렸다. 예전에는 여러 해 동안 뉴욕항의 섬들에 미친 사람들을 함께 가뒀다. 그러다가 시 당국이 그들을 대거 석방해 거리에서 우리를 안심시키는 존재가 되도록 했다.

당연히 미친 사람 몇은 동시에 두 가지 일을 문제없이 해내기 때문에 경중경중 뛰고 발을 끌며 걸어 다니는 동안 이상한 모자도 쓰고 있을 수 있다.

분석하다

어머니

The Mother

소녀가 이야기를 하나 썼다. "하지만 소설을 쓴다면 얼마나 더 좋겠니." 소녀의 어머니가 말했다. 소녀가 인형의 집을 지었다. "하지만 진짜 집이라면 얼마나 더 좋겠니." 소녀의 어머니가 말했다. 소녀가 아버지를 위해 작은 쿠션을 만들었다. "하지만 퀼트 이불이라면 더 실용적이지 않을까." 소녀의 어머니가 말했다. 소녀가 정원에 작은 구덩이를 팠다. "하지만 큰 구덩이를 파면 얼마나 더 좋겠니." 소녀의 어머니가 말했다. 소녀가 큰 구덩이를 파고 그 안에서 잠이 들었다. "하지만 영원히 잔다면 얼마나 더 좋겠니." 소녀의 어머니가 말했다.

치료

Therapy

나는 크리스마스 직전에 도시로 이사 왔다. 혼자였고, 그건 내게 새로운 상황이었다. 남편은 어디로 가버렸나? 그는 강 건너 물류창고들이 있는 구역의 작은 방에 살고 있었다.

내가 이곳으로 이사 오기 전 지내던 시골은 창백하고 느린 사람들이 어쨌거나 다들 나를 이방인으로 여기는 곳, 말을 걸어봐야 별 소용 없는 곳이었다.

크리스마스 뒤에 눈이 보도를 뒤덮었다. 그리고 녹았다. 그래도 나는 걷기가 힘들었고, 그러다 며칠 동안 걷기가 더 수월해졌다. 남편은 아들을 더 자주 볼 수 있도록 우리 동네로 이사 왔다.

이곳 도시에서도, 오랫동안, 나는 친구가 없었다. 처음에 나는 그냥 의자에 앉아서 옷에 묻은 머리카락과 보풀을 떼어내다가, 일어나 기지개를 켜고 다시 앉았다. 아침에는 커피를 마시고 담배를 피웠다. 저녁에는 차를 마시고 담배를 피웠으며 어슬렁거리며 유리창까지 오갔고 이 방 저 방을 서성였다.

가끔은, 잠시, 내가 뭔가를 할 수 있을 거라는 생각이 들기도 했다. 그러다 그 순간도 지나가곤 했고 나는 움직이고 싶지만

분석하다

움직일 수 없었다.

시골에 살 때, 어느 날, 나는 움직일 수가 없었다. 처음에는 가까스로 몸을 끌며 집을 한 바퀴 돌았고, 그러다가 현관에서 마당으로, 그다음은 차고로 들어갔는데, 그곳에서 결국 머리가 파리처럼 핑핑 돌았다. 번들거리는 기름을 내려다보며 그렇게 서 있었다. 차고를 나가야 할 이유들을 떠올려봤지만, 어느 이유도 그럴듯해 보이지 않았다.

밤이 왔고, 새들이 잠잠해졌고, 차들은 더 이상 지나가지 않았고, 모든 것이 어둠 속으로 물러났고, 그때 나는 움직였다.

그날에 대해 내가 떠올릴 수 있는 것이라곤 그 일을 누구누구에게는 말하지 않겠다는 결심뿐이다. 누군가에게는, 물론, 그것도 즉시, 말했다. 그러나 그는 관심이 없었다. 그 무렵 그는 나에 대한 어떤 것에도 별로 관심이 없었고, 내 문제에 대해서는 확실히 관심이 없었다.

도시에서 나는 어쩌면 다시 책을 읽기 시작할 수 있을 거라고 생각했다. 망신당하는 것도 지겨웠다. 그러다, 책을 읽기 시작하자, 한 권이 아니라 동시에 여러 권―모차르트의 삶과 변화하는 바다에 대한 연구와 지금은 기억할 수 없는 다른 것들―을 읽었다.

남편은 이런 활기의 신호에 고무되었고 자리에 앉아서, 내 얼굴에 입김을 불어넣으며 내가 녹초가 될 때까지 말을 하곤 했다. 나는 내 삶이 얼마나 힘든지 그에게 숨기고 싶었다.

읽은 것을 바로 잊어버리지 않았으므로 나는 정신이 건강해지고 있다고 생각했다. 잊으면 안 될 것 같은 사실들을 메모했다. 육 주 동안 읽었고, 그러다가 멈췄다.

한여름에, 나는 다시 용기를 잃었다. 의사에게 치료를 받기 시작했다. 의사를 만나자마자 나는 그가 마음에 들지 않았고 그와의 치료를 그만두지는 않았지만 다른 의사, 여자 의사와 예약을 잡았다.

여자 의사의 진료실은 그래머시파크 근처의 부유한 동네에 있었다. 나는 초인종을 눌렀다. 놀랍게도 문을 연 것은 그녀가 아니라 나비넥타이를 한 남자였다. 남자는 내가 그의 초인종을 눌러서 무척 화를 냈다.

그러자 여자가 자신의 진료실에서 나왔고 두 의사는 싸우기 시작했다. 남자는 여자의 환자들이 늘 자신의 초인종을 울려서 화가 났다. 나는 두 사람 사이에 서 있었다. 그 방문 이후로 나는 그곳에 다시 가지 않았다.

다른 의사를 만나 보려 했다는 이야기를 내 의사에게는 몇 주 동안 하지 않았다. 그의 마음을 상하게 할 것 같았다. 내가 틀렸다. 그때 나는 내가 치료비를 내는 한 그가 무례와 모욕을 끝없이 감당할 수 있다는 사실이 신경 쓰였다. 그는 아니라고 항변했다. "어느 지점까지만 모욕을 허락할 뿐입니다."

매번 치료가 끝나면 나는 다시 오지 않겠다고 생각했다. 거기에는 몇 가지 이유가 있었다. 그의 진료실은 오솔길과 문과 꽃밭이 가득한 정원 속의 오래된 집에 있었고 다른 건물들에 가려 길에서는 보이지 않았다. 이따금 내가 그 집에 들어가거

분석하다

나 나올 때 이상한 형체가 계단을 내려오거나 출입구로 사라지는 모습이 얼핏 보였다. 텁수룩한 검은 머리에, 단추를 목까지 단단히 채운 흰 셔츠를 입은 작고 땅딸막한 사내였다. 내 옆을 지나치면서 나를 쳐다보곤 했는데, 내가 분명 그곳에 있었고, 계단을 올라가고 있었지만, 남자는 아무 표정도 짓지 않았다. 이 남자가 더욱 신경 쓰였던 이유는 그와 의사가 무슨 관계인지 알 수 없었기 때문이었다. 치료 때마다 중간쯤에 계단 밑에서 한 남자의 목소리가 한 단어를 외치곤 했다. "고든."

그 의사를 계속 찾아가고 싶지 않았던 또 다른 이유는 그가 메모하지 않는다는 것이었다. 나는 그가 메모하고 내 가족에 대해 기억해야 한다고 생각했다. 오빠는 도시의 방 하나에서 혼자 산다는 것, 언니는 두 딸이 있는 과부라는 것, 아빠는 신경질적이며 까다롭고 툭하면 화를 낸다는 것, 엄마는 아빠보다 더 심하게 나를 비난한다는 것. 나는 상담이 끝날 때마다 의사가 메모를 살펴봐야 한다고 생각했다. 대신에 그는 내 뒤를 쫓아 계단을 뛰어 내려와서는 커피를 타기 위해 탕비실로 들어갔다. 나는 이런 행동이 그의 진지하지 않은 태도를 보여준다고 생각했다.

그는 내가 말한 어떤 것들에 웃었는데, 그것이 나를 화나게 했다. 그러나 내가 재미있다고 생각한 다른 일들에는 미소조차 짓지 않았다. 그는 엄마에 대해 무례한 말을 했고, 나는 엄마를 위해 그리고 내 어린 시절의 행복했던 몇몇 시간을 위해 울고 싶었다. 무엇보다 그는 안락의자에 주저앉아, 한숨을 쉬며, 다른 곳에 정신을 팔고 있는 것처럼 보일 때가 많았다.

놀랍게도 그가 나를 얼마나 불편하고 불행하게 만드는지 그에게 말할 때마다, 나는 그가 더 좋아졌다. 몇 달 뒤에는, 더 이상 그런 말을 할 필요가 없어졌다.

나는 그를 방문한 지 무척 오래됐다고 생각해서, 그를 다시 보러 가곤 했다. 일주일밖에 안 지났지만 일주일 사이에도 많은 일이 일어나는 법이다. 예를 들어, 하루는 아들과 심하게 싸웠고, 이튿날 아침에는 집주인에게 퇴거 통지를 받았으며, 그날 오후에는 남편과 절망스러운 긴 대화를 나누며 우리가 결코 화해할 수 없을 거라는 결론에 도달하곤 했다.

이제는 내가 하고 싶은 말을 다 할 시간이 너무 부족했다. 내 인생이 우습다고 말하고 싶었다. 집주인이 어떻게 나를 속였고, 남편에게 여자 친구가 둘 있는데, 어떻게 이 두 여자가 서로는 질투하지만 나는 질투하지 않으며, 남편의 가족들이 어떻게 전화를 걸어 내게 모욕적인 말을 하는지, 남편의 친구들은 어떻게 나를 무시하는지, 그리고 나는 어떻게 길을 가다가 끊임없이 발을 헛디디고 벽에 부딪히는지 말했다. 내가 하는 말마다 나는 웃고 싶었다. 그러나 상담이 끝나갈 즈음 나는 어떻게 다른 사람과 마주 보며 말할 수 없는지에 대해서도 말하고 있었다. 늘 벽이 있었다. "지금 당신과 저 사이에 벽이 있나요?" 그가 물었다. 아니, 그곳에는 더 이상 벽이 없었다.

의사는 나를 보며 나를 보지 않았다. 내 말을 들었고 동시에 다른 말을 들었다. 그는 나를 분해하고 다른 패턴으로 조립해 내게 보여주었다. 거기에는 내가 한 일이 있었고, 그가 보기에, 내가 그 일을 한 이유들이 있었다. 진실은 더 이상 분명하지 않았다. 나는 내 감정이 무엇인지 알 수 없게 됐다. 이유들이 떼를 지어 내 머리 주위를 윙윙 날아다녔다. 그 소리에 귀가 먹먹했고, 늘 혼란스러웠다.

늦가을에 나는 활기를 더 잃었고 말을 멈췄으며 새해 초가 되자 논리적으로 사고하는 능력을 거의 잃어버렸다. 갈수록 활기가 없었고, 거의 움직이지 않게 됐다. 의사는 계단에서 힘없이 터덜대는 내 발 소리를 듣고 진료실까지 올라올 힘이 있을까 생각했다고 말했다.

그 무렵 나는 모든 것에서 어두운 면만 보았다. 부자들은 미웠고 가난한 사람들은 역겨웠다. 아이들 노는 소리는 거슬렸고 노인들의 침묵은 불편했다. 세상을 혐오하며 돈의 보호를 갈망했지만 내겐 돈이 없었다. 주위에서 여자들이 온통 비명을 질렀다. 나는 시골의 평화로운 은신처 같은 곳을 꿈꿨다.

나는 계속 세상을 관찰했다. 내게는 두 눈이 있었지만 더는 많이 이해할 수 없었고 더는 어떤 말도 할 수 없었다. 느끼는 능력이 조금씩 사라지고 있었다. 내 안에는 더 이상 설렘도, 더 이상 사랑도 없었다.

그러다 봄이 왔다. 나는 겨울에 너무 익숙해졌던 터라, 나무에 돋아난 잎들을 보고 깜짝 놀랐다.

의사 때문에 상황이 나아지기 시작했다. 나는 쉽게 상처받지 않는 사람이 됐다. 특정 사람들이 나에게 망신 주려 한다고 항상 느끼지는 않게 됐다.

우스운 일들에 다시 웃기 시작했다. 웃다가 멈춰 생각하곤 했다. 그래, 겨우내 웃지 않았어. 사실, 일 년 내내 웃지 않았다. 일 년 내내 나는 워낙 작은 소리로 말해서 아무도 내가 무슨 말을 하는지 이해하지 못했다. 이제 지인들은 전화로 내 목소리를 들으며 마음이 덜 불편한 것 같았다.

나는 여전히 두려웠고, 한 번의 실수로 나를 들킬 수 있다는 걸 알고 있었다. 그러나 이제 나는 설렘을 느끼기 시작했다. 오후를 혼자 보내곤 했다. 다시 책을 읽고 이런저런 것들을 메모했다. 해가 진 뒤 거리로 나갔고 멈춰 서서 가게 진열장을 들여다보곤 했고, 몸을 돌려 자리를 뜨다가, 흥분한 나머지, 옆에 서 있는 사람들과 부딪히곤 했는데, 늘 옷을 구경하는 다른 여자들이었다. 다시 걸음을 옮길 때면 연석에 발이 걸려 휘청대곤 했다.

나는 이제 상태가 좋아졌으니, 치료가 곧 끝나야 한다고 생각했다. 조급해졌고, 궁금해졌다. 치료는 어떻게 끝나는 것일까? 다른 것들도 궁금했다. 이를테면, 나를 데리고 하루를 지나 또 다른 하루로 넘어가는 데만 온 힘이 필요한 이 상황이 얼마나 더 오래 지속될까? 그 질문에는 답이 없다. 치료에도 끝이 없거나, 아니면 치료를 끝내길 선택하는 사람이 나는 아닐 것이다.

프랑스어 수업 I: Le Meurtre

French Lesson I: Le Meurtre

vaches가 천천히, 머리부터 엉덩이까지, 머리부터 엉덩이까지, 언덕을 올라가고 있어요. vache가 무엇인지 배워봅시다. vache는 머리가 계류장치에 얹힌 채, 똥 묻은 꼬리를 휘두르며, 아침에 젖이 짜이고, 저녁에 다시 짜여요. 외국어를 배울 때는 항상 농장 동물의 이름부터 시작하세요. 동물 하나는 animal이지만 둘 이상은 animaux라는 걸 기억하세요. a u x로 끝나죠. x는 발음하지 마시고요. 이들 animaux는 ferme에 살아요. 단어 ferme은 지푸라기가 모든 것을 덮고, 마당에는 진흙이 두껍게 깔려 있고, 겨울 아침에는 헛간 문 옆에서 뜨거운 똥 무더기가 김을 내고 있는 장소를 가리키는 영어 단어와 큰 차이가 없어서 배우기가 쉬울 겁니다. Ferme.

이제 정관사 le, la, les를 소개하겠습니다. le car, le sandwich, le café, les girls처럼 우리 나라에서도 볼 수 있는 몇몇 표현들로 이미 알고 있는 것들이지요. 건물들은 비바람에 시달려 허름하고, 녹슨 못 자국들이 파여 있으며, 이상한 각도로 기울어져 있지만 트랙터는 새것인 la ferme에는 la vache 말고도 다른 animaux가 있어요. les chiens은 주인인 le fermier가 나타나면 움츠러들고 les chats를 향해서는 짖어대고요, les chats는 야옹대며 살금살금 뒷문으로 달아나지요. les poulets는 <u>꼬꼬</u> 댁대고 바닥을 쪼아대며 le fermier의 아이들에게 특별한 애완동물이 되지만 결국 le fermier에게 목이 잘리고 le fermier의 la femme의 손마디가 붉은 손에 털이 뽑힌 다음 요리되어 전체 famille에게 먹히지요. 추가 지시가 있을 때까지 새 어휘의 어떤 단어든 마지막 자음을 발음하지 마세요. e가 단어 뒤에 따라오지 않는 한은요. 가끔은 그 경우에도 발음하지 않습니다. 규칙과 규칙에 따라오는 수많은 예외는 이후 수업에서 다루도록 할게요.

자, 이제 언어의 역사에 대해 조금 말한 뒤, 언어에 대한 개념 하나를 소개하겠습니다.

농업은 우리나라에서처럼 프랑스에서도 하나의 직종이지만 발음이 다르지요, agriculture. 철자가 똑같은 이유는 이 단어가 라틴어에서 유래했기 때문이에요. 앞으로 수업 시간에 la femme처럼 우리 말 단어와 철자가 같거나 비슷한 프랑스어 단어들을 보게 될 텐데요, 이런 경우에는 두 단어가 똑같은 라틴어에서 유래한 겁니다. 프랑스어 단어 중에는 같은 것을 일컫지만 우리 말의 단어와 전혀 같지 않은 것도 있어요. 이런 경우, 프랑스어 단어는 대체로 라틴어에서 왔지만 같은 것을 부르는 우리의 단어는 라틴어가 아니라 앵글로색슨어나 덴마크어 등에서 유래한 것이지요. 이게 오늘 알려드릴 언어의 역사입니다. 언어의 역사는 정말 흥미롭기 때문에 이후 수업들에서 더 많이 다루게 될 텐데요, 여러분도 이 강좌가 끝날 무렵에는 그렇게 느끼게 되길 바랍니다.

바로 앞에서 프랑스어 단어와 같은 것을 가리키는 영어 단어들이 있다고 말했는데요, 엄밀히 말해서, 그건 맞지 않습니다. 같은 사물을 가리키는 여러 단어가 있다고는 말할 수 없어요. 실은, 정반대지요. 한 단어가 많은 것을 가리키고, 대개 그 단어조차, 명사일 때는, 너무 모호합니다. 이런 개념을 염두에 두면서 다음에 이어질 예를 들어보세요.

프랑스어 arbre는 우리 어린 시절의 끝없이 길고 뜨겁고 나른하고 멍한 여름날 뉴잉글랜드 소도시 중심가에 그늘을 드리우던 느릅나무나 단풍나무가 아니고, 물론 우리 어린 시절도 프랑스 아이들과는 다른데요, 만약 여러분이 미국의 어느 소도시에 서 있는 프랑스 남자가 느릅나무나 단풍나무를 가리키며 arbre라고 부르는 걸 본다면, 그건 아니라고 생각하실 겁니다. arbre는 오래된 도시 광장의 플라타너스나무로, 뭉뚝하게 가지치기당한 나뭇가지들과 나병에 걸린 듯 얼룩덜룩한 나무껍질을 두른 채, 다른 비슷한 플라타너스나무들과 함께 시청 맞은편에 줄 서 있고, 그 시청 앞으로는 피부가 거친 불그스름한 사내가 탄 자전거가 휘청대며 지나쳐 좁은 골목길로 들어가지요. 또는 arbre는 프로방스의 타는 듯이 뜨겁고 건조한 언덕에 빽빽이 자란 관목 참나무를 가리키기도 하는데요, 그 사이로는 파랑 재킷을 걸친 비슷한 형상의 사내가 그물이나 덫 같은 것을 들고 힘겹게 길을 헤치며 가겠지요. arbre는 또한 상쾌한 그늘을 드리워 여름에 la maison을 시원하게 만들어주지만 la maison은 옥상 베란다와 널찍한 앞 포치가 있는 목조 주택이 아니라 남북을 축으로 배치되고, 들쭉날쭉한 모래색 돌덩이로 지어졌으며, 붉은 기와지붕과 초록색 덧문이 달린 작은 네모 창문들이 있되, 북쪽 벽에는 창문이 없을 뿐 아니라 촘촘하게 줄지어 심은 사이프러스나무로 바람을 막는 반면 남쪽 벽에는 아마 예쁜 오디나무나 올리브나무가 그늘을 드리우는 곳이라는 걸 기억하세요. 그렇다고 기후와, 주변에 독일처럼 어떤 외국이 있느냐에 따라 건축이 달라지는 프랑스에 다양한 종류의 maison이 없다는 말이 아니라, 우리가 masion처럼 한 단어를 말할 때 그 단어 뒤에서 하나의 이미지밖에 볼 수 없다는 말입니다. 여러분은 house라고 말할 때 무엇을 보시나요? 한 종류 이상의 집을 보시나요?

우리의 ferme으로 언제쯤 돌아갈까요? 앞에서 지적한 대로 언어를 배우는 학생들은 la ferme을 먼저 습득한 다음에 la ville로 이동해야 하는데, 그건 우리가 자연이나 동물들의 삶이 더 이상 중요하거나 흥미롭게 느껴지지 않는 청소년기에 이르러서야 도시에 가는 것과 마찬가지입니다.

여러분이 la ferme 가장자리의 경작된 밭에 서면 les vaches가 음매 하고 우는 소리가 들릴 텐데요, 지금은 겨울 저녁 다섯 시여서 그들의 유방에 젖이 가득하기 때문이지요. 헛간에는 불이 켜져 있지만 밖은 어둡고 le fermier의 la femme이 채소 껍질을 벗기면서 cuisine의 유리창으로 조금 불안하게 밖을 내다

분석하다

보네요. 이제 농장 일꾼 남자의 실루엣이 헛간 입구에 보입니다. la femme은 왜 그가 오른손에 여전히 짧은 물체를 들고 있는지 의아해합니다. l e s라고 철자를 쓰는 복수 관사 les는 les vaches에서처럼 어형이 변화하지 않지만 s는 발음하지 마세요. 단수 관사는 함께 오는 명사에 따라 남성형 le이거나 여성형 la이므로 새 명사를 배울 때는 늘 관사를 함께 익혀야 해요. 왜냐하면 프랑스어에서는 대체 어떤 명사가 남성이고 어떤 명사가 여성인지를 구분할 다른 방법이 거의 없기 때문이랍니다. 묵음 e로 끝나는 모든 나라는 le Mexique를 제외하면 모두 여성이라거나, 묵음 e로 끝나는 미국의 모든 주는 메인주만 빼면 모두 여성이라고—독일어에서 모든 계절은 남성이고 모든 광물은 남성이듯—기억해보려고 하시겠지만, 곧 그런 규칙들을 잊어버리게 될 겁니다. 하지만 언젠가 la maison이, 환영의 뜻으로 활짝 열린 문과 어둑한 방, 따뜻한 주방과 더불어, 틀림없이 여성처럼 보이는 날이 올 거예요. 이제 소개할 단어인 la bicyclette도 여성스러워 보일 텐데요, 농장을 나와 자전거 바큇살의 리본을 펄럭이며 좁은 길을 따라 뒤뚱거리며 떠나가는 어린 소녀처럼 보일 수 있지요. 하지만 그건 더 이른 오후의 일이었고요. 이제 les vaches는 농장 문 앞에 서서 음매 하고 울며 되새김질감을 씹고 있네요. 되새김질감은 여러분이 프랑스어로 알 필요가 없는 단어이고 아마 '음매 하다'도 마찬가지일 겁니다. 여러분이 프랑스어로 그 단어를 사용할 일은 거의 없을 테니까요.

이제 농장 일꾼 남자가 la barrière의 문을 열고 les vaches는 유방을 흔들고 머리를 끄덕이면서 꼬리를 휘두르며 뒷다리 무릎까지 la boue에 빠지는 마당을 천천히 걸어갑니다. 이제 그들의 발굽은 la grange의 콘크리트 바닥을 달가닥거리며 가로지르고 있네요, 일꾼은 la barrière의 문을 획 닫아요. 그런데 le fermier는 어디에 있죠? 그리고, 사실, le fermier가 며칠 동안 un poulet를 죽이지 않았는데 왜 도마가 여전히 끈적이는 sang으로 뒤덮여 있는 걸까요? 여러분은 명사와 함께 정관사뿐 아니라 부정관사도 사용하셔야 하는데요, 관사와 명사를 동시에 공부한다면 명사의 성을 표현할 때 실수할 일이 없을 거라고 다시 말씀드려야겠네요. un은 남성이고, une은 여성입니다. 그렇다면, un poulet는 남성일까요, 여성일까요? 남성이라고 대답하셨다면, 맞는 대답이지만 병아리 자체는 어린 암평아리일 수도 있어요. 하지만 암평아리의 나이가 십 개월이 지나서, 그릴이나 오븐에 굽거나 튀기기보다 스튜로 끓여 먹어야 할 때가 되면 la poule이라 불리게 되고요, 양계장 구석에 알 한 배를 낳고 나서 야단법석을 떨지요. la femme은 아침에 알을 찾느라 고생하다가 그곳에 있으면 안 되는 무언가를 발견하고는, 앞치마에 알을 가득 담은 채, 우뚝 서서 먼 들판을 바라볼 겁니다.

poule, poulet, poultry는 특히 종이 위에서 보면 유사성이 있다는 점에 주목하세요. 이 세 단어 모두 같은 라틴어에서 나왔기 때문입니다. 이 사실은 단어 poulet를 기억하는 데 도움이 되실 겁니다. poule, poulet, poultry는 chicken과는 유사성이 없

분석하다

는데, 그건 chicken이 앵글로색슨어에서 나왔기 때문이지요.

　이 첫 수업에서 우리는 명사에 중점을 두었습니다. 하지만 이제 전치사를 소개해도 무리가 없을 것 같네요. 수업이 끝날 때 여러분이 간단한 문장을 만들어볼 수 있도록 수업을 끝내기 전에 동사도 하나 사용해보도록 할게요. 이 전치사가 사용된 맥락 속에서 그 의미를 생각해보세요. 이제까지 여러분에게 소개한 대부분의 어휘도 그렇게 배웠다는 것을 아실 겁니다. 그건 언어를 배울 때 좋은 방법인데, 아이들이 모국어를 배우는 방법이기 때문입니다. 아이들은 그들이 듣는 소리와 그 소리가 발화되는 맥락을 연결하면서 모국어를 배우지요. 맥락이 끊임없이 달라진다면, 아이들은 말하는 법을 배우지 못할 겁니다. 또한, 단어의 의미라는 것은 전적으로 말하는 맥락에 따라 결정되므로, 사실 의미와 단어가 떼려야 뗄 수 없이 연결되었다고 말할 수 없고, 시간의 흐름과 맥락에 따라 변화한다고 말할 수 있어요. 제가 앞에서도 말씀드리려 한 것처럼, 프랑스어 단어의 뜻이라는 것은 분명 그것에 대응되는 영어 단어가 아니라 그것이 프랑스의 삶에서 가리키는 대상을 말합니다. 이는 언어에 대해 근대나 현대에 등장한 생각이지만 일반적으로 받아들여지고 있지요. 자, 이제 우리가 어휘로 새로 추가할 단어는 dans, 철자는 d a n s입니다. 마지막 철자 s는 발음하지 않는다는 걸 기억하세요. 그리고 이 경우에는 끝에서 두 번째 철자 n은 콧소리로 발음합니다. dans.

　la femme을 기억하시나요? 그녀가 무엇을 하고 있었는지 기억하시나요? 날은 아직 어둡고, les vaches는 이제 그녀의 시야에서 보이지 않고, 아픈 탓에 그날 아침 le fermier가 다른 소들을 감염시킬까 염려해 내보내지 않았고 지금은 아파서 울부짖고 있는 vache 한 마리 말고는 모두 조용해졌고, la femme은 여전히 그곳에서, 채소 껍질을 벗기고 있어요. 그녀는―자, 주의 깊게 들어보세요―dans la cuisine에 있어요. 여러분은 la cuisine을 기억하시나요? 그곳은 아마 서늘한 늦여름의 양지바른 앞마당을 제외하면, une femme이 les legumes의 껍질을 벗기기에 알맞은 곳이겠죠.

la femme은 손마디가 붉은 손에(dans) 작은 칼을 쥐고 있고 손목에는 감자 껍질 조각들이 붙어 있는데, 마찬가지로 뒷문 밖 도마 위 le sang에는 깃털들이 들러붙어 있지만 un poulet에서 나온 것이라고 보기에는 짧네요. 흰색으로 반짝이는, 껍질이 벗겨진 pommes de terre가 dans une bassine에 있고 la bassine은 싱크대에(dans) 있고, les vaches는 이미 한 시간 전에 들어와 있어야 했던 dans la grange에 있어요. 그들 위 다락에(dans)는 건초 더미가 차곡차곡 쌓여 있고, 그 근처 송아지 우리에(dans) 송아지 한 마리가 있습니다. 천장에 여러 줄로 달린 알전구들이 쩔꺽대는 계류장치를 비추네요. 계류장치(stanchion)는 아마 여러분이 프랑스어로 알 필요가 없는 또 다른 단어이겠지만 영어로는 알아두면 좋겠지요.

자, 이제 여러분은 la femme과 dans, la cuisine이라는 단어를 알았으니 프랑스어로 된 완벽한 첫 문장을 어려움 없이 이해

분석하다

하실 거예요. La femme est dans la cuisine. 편안하게 느껴질 때까지 반복해서 말해보세요. La femme est—철자는 e s t이지만 s나 t는 발음하지 마세요—dans la cuisine. 연습을 이어갈 간단한 문장을 몇 개 더 알려드릴게요. La vache est dans la grange. La pomme de terre est dans la bassine. La bassine est dans 싱크대.

le fermier의 행방이 더 큰 문제지만, 다음 수업 시간에 우리는 아마 la ville로 그를 따라가 볼 수 있겠지요. 그러나 la ville로 가기 전에, 단어의 추가 목록을 꼭 공부하세요.

le sac 자루

la grive 개똥지빠귀

l'alouette 종달새

l'aile 날개

la plume 깃털

la hachette 손도끼

le manche 손잡이

l'anxiété 불안

le meurtre 살인

하녀

The Housemaid

나는 내가 예쁘지 않다는 걸 안다. 검은 머리는 짧고 숱이 워낙 적어서 내 머리통을 거의 가리지 못한다. 다리를 저는 것처럼 한쪽으로 몸을 기우뚱하게 기울이고 급하게 걷는다. 안경을 살 때 나는 이 안경이 우아하다고 생각했지만―나비 날개 모양의 검정 테다―지금은 내게 정말 어울리지 않다는 걸 알아도 새 안경을 살 돈이 없으므로 그냥 쓰고 다닌다. 피부는 두꺼비 뱃가죽 같은 색이고 입술은 얇다. 그러나 나보다 나이가 훨씬 많은 우리 엄마만큼 못생기지는 않았다. 엄마의 얼굴은 작고 주름지고 까매서 말린 자두 같고 입속의 이는 흔들거린다. 나는 식사 시간에 엄마의 맞은편에 앉는 것을 도저히 참을 수가 없고 엄마의 표정으로 보건대 엄마도 나에 대해 같은 느낌이라는 걸 알 수 있다.

여러 해 동안 우리는 지하에서 함께 살았다. 엄마는 요리사이고, 나는 하녀다. 우리는 훌륭한 하인은 아니지만 그래도 대부분의 하인보다는 훨씬 낫기 때문에 아무도 우리를 해고할 수 없다. 엄마의 꿈은 언젠가 돈을 충분히 모아서 나를 떠나 시골에서 사는 것이다. 내 꿈도 아주 비슷한데, 다른 점이 있다면 내가 화나고 불행할 때면 식탁 맞은편 엄마의 갈고리 같은 손을 보며 엄마가 목에 음식이 걸려 죽기를 바란다는 것이다. 그러면 내가 엄마의 벽장으로 들어가 돈통을 깨는 걸 막을 사람이 아무도 없을 것이다. 나는 엄마의 옷을 입고 엄마의 모자를 쓰고, 엄마 방의 창문을 열어 냄새를 뺄 것이다.

늦은 밤 부엌에 혼자 앉아 이런 상상을 할 때마다 다음 날 어김없이 나는 몸이 아프다. 그러면 부엌일을 내팽개치고 내 입술에 물을 축여주고 파리채로 내 얼굴에 부채질을 해주며 나를 돌보는 이는 다름 아니라 엄마이고, 나는 엄마가 약해진 내 모습을 보며 고소해하는 게 아니라고 애써 나 자신을 설득한다.

상황이 늘 이렇지는 않았다. 마틴 씨가 위층에 살 때 우리는, 서로 거의 대화는 하지 않았을지언정, 더 행복했다. 그때 나는 지금보다 더 예쁘지는 않았지만 마틴 씨 앞에서는 절대 안경을 쓰지 않았고 몸을 꼿꼿하게 펴고 우아하게 걸으려 신경 썼다. 내 발이 향하는 곳을 볼 수 없었기 때문에 자주 휘청댔고 철퍼덕 고꾸라질 때도 있었다. 볼록한 배를 집어넣으며 걷느라 밤새 몸이 욱신거렸다. 그러나 그 어느 것도 마틴 씨에게 사랑받을 수 있는 사람이 되려는 나의 노력을 막지 못했다. 그때는 응접실 꽃병의 먼지를 털고 식당 거울을 닦을 때 내 손이 가는 곳을 볼 수 없었기 때문에, 지금보다 물건을 더 많이 깨뜨렸다. 그러나 마틴 씨는 거의 알아차리지 못했다. 그는 난롯가 의자에서 벌떡 일어나, 유리가 산산조각 나는 동안, 어리둥절해서 천장을 올려다보곤 했다. 잠시 뒤, 내가 반짝거리는 유리 조 각들 옆에서 숨죽이고 있는 동안, 그는 흰 장갑 낀 손을 이마 뒤로 넘기며 다시 의자에 앉곤 했다.

그는 내게 한 번도 말을 걸지 않았지만, 따지고 보면, 나는 그가 누구에게든 말을 하는 걸 들은 적이 없었다. 나는 그의 목 소리가 따뜻하고 살짝 허스키할 것이라 상상했다. 감정이 북 받칠 때는 아마 말을 더듬을 것이다. 나는 그의 얼굴도 본 적이 없는데, 그건 그가 가면을 쓰고 있었기 때문이다. 가면은 옅은 색의 고무 재질이었다. 가면은 그의 머리를 빈틈없이 뒤덮고 셔츠 칼라 밑으로 사라졌다. 처음에 나는 가면 때문에 크게 놀 랐다. 처음 봤을 때는, 사실, 정신을 놓고 방에서 뛰쳐나갔다. 가면의 모든 것이 무서웠다. 벌어진 입과 말린 살구 같은 조그 만 귀, 얼어붙은 물결 모양으로 어색하게 칠해진 검은 머리카 락, 뚫려 있는 눈구멍. 누구의 꿈이든 끔찍한 공포로 채우기에 충분했고 처음에 나는 침대에서 잠 못 들고 뒤척이다 시트에 거의 숨이 막힐 뻔했다.

조금씩 나는 가면에 익숙해졌다. 마틴 씨의 진짜 표정을 상 상하기 시작했다. 그가 책을 펴놓고 딴생각을 하다가 내게 들 켰을 때 회색 뺨 위로 번지는 분홍빛 홍조가 보였다. 내가 일하 는 모습을 볼 때 그의 입술은 감정—동정과 감탄—으로 떨렸 다. 내가 고개를 쳐들고 그에게 잠깐 어떤 시선을 보내면 그의 얼굴에 미소가 번지곤 했다.

그러나 이따금 그의 옅은 회색 눈동자가 내게 고정될 때면,

분석하다

나는 내가 사실 착각했고 어쩌면 그는 내게―바보 같고, 요령 없는 하녀에게―절대 반응을 보인 적이 없다는 불안한 느낌이 들었다. 어느 날 다른 여자애가 들어와 먼지를 떨기 시작해도 그는 읽던 책에서 눈을 잠깐 들어 쳐다보고는 달라진 점을 조금도 눈치채지 못한 채 계속 책을 읽기만 할지 모른다. 이런 의심에 마음이 흔들릴 때면, 나는 무감각해진 손으로 아무 일도 없던 것처럼 쓸고 닦기를 계속했고, 그러면 의심이 곧 지나갔다.

마틴 씨를 위해 나는 점점 많은 일을 도맡아 했다. 처음에 우리는 그의 빨래를 다른 곳에 맡겼지만, 이제는 잘하지 못해도, 내가 직접 하기 시작했다. 그의 흰 속옷은 거무칙칙해졌고 바지는 다림질이 제대로 되지 않았지만, 그는 불평하지 않았다. 내 손은 주름이 생기고 부었지만, 나는 신경 쓰지 않았다. 예전에는 정원사가 일주일에 한 번씩 와서 여름에는 산울타리를 다듬고 겨울에는 장미 덤불에 삼베를 둘렀지만, 이제는 내가 정원사를 직접 해고하고 매일 그 일을 맡아 했다. 처음에는 정원이 망가졌지만 어느 정도 지나자 되살아났다. 다채로운 색상의 들꽃이 장미를 대신했고 무성한 초록 풀이 자갈길을 가로막았다. 나는 튼튼하고 억세졌으며 얼굴이 벌겋게 부풀어터지고 손가락 피부가 메마르고 갈라져도 싫지 않았고, 과도한 노동으로 몸이 여위고 말라깽이가 되고 말처럼 냄새가 나도 싫지 않았다. 엄마는 불평을 했다. 하지만 나는 내 몸을 하찮은 제물로 여겼다.

가끔 나는 내가 마틴 씨의 딸이라고 상상했고, 다른 때는 그의 아내라고, 또 다른 때는 그의 개라고도 상상했다. 내가 한낱 하녀일 뿐이라는 걸 잊었다.

엄마는 그에게 눈길 한 번 주지 않았기 때문에 그와 나의 관계는 더욱 은밀했다. 낮이면 엄마는 김이 자욱한 아래층 부엌에서 신경질적으로 껌을 씹으며 그의 식사를 준비했다. 저녁이 되어야 밖으로 나와 무성한 라일락 덤불 옆에서 구름을 올려다보며 흐뭇해했다. 가끔 나는 엄마가 어떻게 한 번도 본 적 없는 남자를 위해 계속 일할 수 있는지 궁금했지만 엄마는 그런 사람이었다. 나는 매달 엄마에게 돈봉투를 가져다줬고 엄마는 봉투를 받아서 다른 돈과 함께 숨겨놓았다. 엄마는 그가 어떤 사람인지 내게 한 번도 묻지 않았고 나는 자진해서 아무것도 말하지 않았다. 엄마는 내가 누구인지조차 몰랐기 때문에 그가 누구인지 묻지 않았던 것 같다. 어쩌면 엄마는 자신이 다른 여자들처럼 남편과 가족을 위해 요리하고 있으며, 나를 자신의 여동생이라고 생각했는지 모른다. 엄마는 가끔 산에서 내려가는 이야기를 했지만 우리는 산에 살지 않았고, 가끔 감자를 파내는 이야기를 했지만 우리 정원에는 감자가 없었다. 그러면 나는 불안해져서 엄마의 정신을 돌아오게 하려고 갑자기 고함을 지르거나 엄마의 코앞에서 험악한 표정을 지어 보이곤 했다. 그러나 아무것도 효과가 없었고, 마침내 자연스럽게 내 이름을 부를 때까지 기다려야 했다. 엄마가 마틴 씨에게 아무런 호기심도 보이지 않았으므로 나는 방해받지 않고 내 마음대로 그를 돌보며, 그가 드물게 산책을 위해 집을 나설 때

분석하다

주변에서 얼쩡대고, 식당의 반회전문 뒤에서 서성이며 문틈으로 그를 지켜봤으며, 그의 스모킹 재킷을 솔질하고 그의 슬리퍼 밑창에 묻은 먼지를 닦았다.

그러나 행복은 영원히 이어지지 않았다. 한여름 어느 일요일 아침 나는 유독 일찍 잠에서 깨어 밝은 햇살이 내가 잠을 자는 복도로 쏟아져 들어오는 것을 보았다. 오랫동안 나는 침대에 누워 집 밖 덤불에 앉아 노래하는 굴뚝새 소리를 듣고, 복도 끄트머리의 깨진 유리창으로 들락거리는 참새들을 지켜보았다. 나는 일어나서, 언제나처럼, 대단히 공들여 얼굴과 이를 닦았다. 날씨가 더웠다. 갓 세탁한 여름 원피스를 머리 위로 뒤집어서 입고 에나멜가죽 구두에 발을 집어넣었다. 내 생애 마지막으로 장미수를 듬뿍 뿌려 내 체취를 가렸다. 교회 종이 미친 듯 울리며 열 시를 알렸다. 내가 그의 아침 식사를 차리기 위해 위층으로 갔을 때 마틴 씨는 그곳에 없었다. 나는 여러 시간이라 느껴지는 시간 동안 그의 의자 옆에서 그를 기다렸다. 나는 집을 뒤지기 시작했다. 처음에는 쭈뼛대며, 그러다가 미친 듯 황급히, 마치 내가 방에 들어갈 때마다 그가 방에서 빠져나가 버리듯, 그를 찾아 곳곳을 뒤졌다. 그의 옷장에서 그의 옷들이 사라지고 그의 책장이 텅 빈 것을 보고서야 나는 그가 가버렸다는 것을 인정할 수 있었다. 그때조차, 그리고 이후 며칠 동안, 나는 그가 돌아올지 모른다고 생각했다.

한 주 뒤 한 나이 든 여자가 닳아 해진 여행용 가방 서너 개와 함께 도착해 벽난로 선반에 싸구려 장식품들을 늘어놓기 시작했다. 그때 나는 한마디 설명도 없이, 내 감정에 대한 배려도 없이, 사례금조차 없이 마틴 씨가 짐을 싸고 영원히 떠났다는 것을 이해했다.

∙

이곳은 임대용 주택일 뿐이다. 엄마와 나는 임대료에 포함된다. 사람들은 왔다가 떠나고, 몇 년마다 새 입주자가 온다. 나는 언젠가 마틴 씨도 떠날 것이라 예상했어야 했다. 그러나 나는 예상하지 못했다. 나는 그날 이후 오랫동안 아팠고, 내가 갈수록 지긋지긋하게 여기는 엄마는 수프와 내가 간절히 바라는 차가운 오이를 내게 갖다주느라 녹초가 되었다. 병을 앓은 뒤 나는 송장처럼 보였다. 입 냄새가 고약해졌다. 엄마는 역겨워서 내게서 고개를 돌리곤 했다. 입주자들은 내가 좁은 콧대에 나비 같은 안경을 걸치고도, 어설프게 문턱에 발이 걸려 비틀대며 방으로 들어갈 때면 몸서리를 쳤다.

나는 예전에도 결코 좋은 하녀가 아니었지만 지금은, 내가 아무리 노력해도, 워낙 부주의해서 청소를 전혀 하지 않는다고 생각하는 입주자도 있고 내가 일부러 손님들 앞에서 그들에게 망신 주려 한다고 생각하는 입주자도 있다. 그러나 그들이 나를 나무랄 때 나는 대답하지 않는다. 나는 그냥 무심하게 그들을 쳐다보다가 할 일을 계속한다. 그들은 내가 느낀 실망 같은 것은 결코 느껴본 적이 없다.

늙은 여자는 무엇을 입을까

What an Old Woman Will Wear

그녀는 늙은 여자가 되어 이상한 옷을 입게 될 날을 즐거운 마음으로 기다렸다. 얇은 천의 헐렁한 진갈색이나 검정 원피스를 입을 텐데, 아마 자잘한 꽃무늬가 있고 분명 목과 밑단과 팔 안쪽은 닳아 떨어졌을 테고, 그녀의 앙상한 어깨에 비뚜름하게 걸쳐진 다음 앙상한 엉덩이와 무릎을 지나 떨어질 것이다. 여름에는 갈색 원피스에 밀짚모자를 쓰고, 추운 날씨에는 터번이나 헬멧을 쓰고 양모처럼 곱슬곱슬하고 검은 천으로 만든 외투를 입을 것이다. 검정 통굽 구두와 발목으로 늘어진 두꺼운 스타킹쯤은 그다지 관심을 끌지도 않을 것이다.

그러나 그렇게까지 늙기 전에, 그래도 지금보다는 상당히 늙은 여자가 될 테고, 그녀는 그런 나이, 곧 인생의 전성기를 지났다고 할 만한 나이가 되어 삶이 느려지는 것도 즐거운 마음으로 기다렸다.

남편이 있다면 남편과 함께 잔디밭에 나와 앉을 텐데. 그녀는 그때쯤에는 남편이 생기기를 바랐다. 또는 여전히 있기를. 그녀는 한때 남편이 있었고, 자신에게 한때 남편이 있었는데 지금은 없고, 나중에 남편이 있기를 바란다는 사실이 놀랍지 않았다. 모든 것이 옳은 순서로 일어나는 듯했다, 대체로. 그녀에게는 아이도 있었다. 아이는 자라고 있었고, 몇 년 뒤에는 다 자랄 테고 그녀는 삶을 늦추고 누군가 말할 상대가 있기를 바랄 것이다.

그녀는 친구 미첼과 함께 공원에 앉아 있다가, 자신이 중년 후기를 즐거운 마음으로 기다린다고 말했다. 그녀는 또 다른 친구가 청년 후기라 불렀던 나이를 이제 지났고 중년 전기로 쑥 들어왔으니 그 나이를 그렇게 부를 수 있을 터였다. 그녀는 그때가 되면 훨씬 더 평온해질 텐데, 성욕의 부재 때문이라고, 미첼에게 말했다.

부재라고? 그는 말했다. 화가 난 듯 보였지만, 그가 그녀보다 나이가 더 많은 것은 아니었다.

그러자 성욕의 감소 때문이라고, 그녀는 말했다. 그는 미심쩍은 표정을 지었지만, 그녀가 아는 한, 그는 그날 오후 기분이 좋지 않았고 그녀가 이제껏 말한 모든 것에 미심쩍거나 화난 표정만 지었다.

그 후 그는, 한 가지는 확신할 수 있다는 듯, 그 나이가 되면 더 지혜로워질 거라고 말했지만, 그녀는 그것에 대해서는 확신할 수 없었다. 그래도 통증을 생각해봐, 그가 덧붙였다. 아무리 좋아봤자 건강에 문제가 생길 거야, 라고 말하더니 팔짱을 끼고 공원으로 들어오는 지긋한 중년 커플을 가리켰다. 그녀는 이미 그들을 지켜보고 있었다.

지금 저들에겐 통증이 있을 거야, 그가 말했다. 사실 그들은 자세가 꼿꼿하긴 했지만 서로를 지나치게 꼭 붙들고 있는 데다, 남자의 걸음이 조심스러웠다. 그들이 어떤 통증에 시달리는지 누가 알겠는가? 그녀는 통증을 항상 얼굴에 드러내지는 않는, 그 도시의 모든 중년 후기와 노년기의 사람들에 대해 생각했다.

그래, 모든 것이 고장 날 때가 노년기다. 청력이 사라질 것이다. 그녀의 청력은 벌써 약해지고 있었다. 단어들을 알아듣기 위해서 손을 오므려 귀에 갖다 대야 하는 상황들이 있었다. 두 눈 모두 백내장 수술을 받게 될 테고, 그러기도 전에 이미 정면에 있는 사물만 동전 같은 점들로 볼 수 있고, 양옆으로는 아무것도 보지 못하게 될 것이다. 물건을 엉뚱한 곳에 놓고 찾지 못할 것이다. 그래도 두 다리는 여전히 쓸 수 있기를 바랐다.

그녀는 지나치게 높이 솟은 밀짚모자를 쓰고 우체국에 갈 것이다. 접수대에서 볼일을 보고 줄 서 있는 사람들을 지나쳐 나올 때 그중에는 유아차에 누운 아기도 있을 것이다. 그녀는 아기를 발견하고는, 많지 않은 이를 드러내며 탐을 내는, 고통스러운 미소를 지을 테고, 사람들에게 큰 소리로 뭐라고 말하면서 아기를 보러 다가가겠지만, 아무도 반응을 보이지 않을 것이다.

그녀는 일흔여섯 살이 될 테고, 대화를 이미 나눴거나 이따 저녁에 나눌 예정이기 때문에 잠시 누워 있어야 할 것이다. 파티에 갈 것이다. 이런저런 사람들에게 자신이 여전히 살아 있다는 것을 확인시켜주기 위해서 갈 뿐이다. 파티에서 거의 모든 사람이 그녀와 말하길 피할 것이다. 그녀가 술을 엄청 많이 마셔도 아무도 감탄하지 않을 것이다.

잠을 자는 데 어려움이 있을 테고, 밤에 자주 깨고 아직 어두운 새벽에도 잠이 깨어, 언제나처럼 세상에 혼자 남은 느낌이 들 것이다. 이른 새벽에 밖으로 나갈 것이고 가끔은 이웃집 정원에서 작은 식물을 파낼 텐데, 먼저 이웃의 블라인드가 내려져 있는지 확인할 것이다. 기차나 버스에 앉아 창밖 풍경을 물끄러미 바라볼 때면, 모기 소리를 조금 닮은 떨리는 고음의 목소리로 쉼 없이 한 시간씩 노래를 흥얼거려 주변 사람들을 짜증스럽게 만들 것이다. 흥얼거림을 멈추고 나면 머리를 뒤로 젖히고 입을 벌린 채 잠이 들 것이다.

그러나 우선 한창때를 조금 지나면 삶이 느려져서, 지금만큼 많은 일이 일어나지 않을 테고, 지금만큼 많은 것을 기대하지 않을 테고, 아마도 안정된 어떤 지위를 성취하거나 성취하지 못했을 테고, 무엇보다 고정된 습관이 몇 개 생겨서, 이를테면, 저녁을 먹은 뒤에는 남편과 함께 잔디밭에 앉아 여름의 긴 긴 저녁 동안 책을 읽게 되리라는 걸 알게 될 테고, 남편은 반바지를 입을 테고 그녀는 깨끗한 스커트와 블라우스를 입고 맨발을 남편의 의자 모서리에 올린 채 책을 읽을 테고, 어쩌면 그녀의 엄마나 남편의 엄마도 함께 그곳에서 책을 읽을 테고, 엄마는 그녀보다 스무 살 더 많아서, 노년기가 꽤 많이 진행된 상태겠지만 여전히 정원을 일굴 수 있어서, 그들 모두 함께 정원을 일구고, 낙엽을 줍거나, 정원을 조성할 계획을 세울 것이다. 하늘 아래 이곳 도시의 작은 땅뙈기에 서서 함께 정원을 생각하며, 그들이 저녁에 접이식 의자 셋을 바짝 붙이고 앉아, 거의 말없이 책을 읽을 때 그들을 둘러쌀 정원이 어떤 모양이어야 할지 세세히 계획할 것이다.

그러나 그녀는 삶이 느려지고, 그녀와 마찬가지로 남편의 기력도 약해질 그 나이만 기다리는 것은 아니라고, 그 후로 이십 년쯤이 더 지나 아무 모자나 마음 내키는 대로 쓰고도 바보처럼 보일까 신경 쓰지 않아도 되고, 바보처럼 보인다고 말할 남편조차 없게 될 그 나이도 즐겁게 기다린다고, 미첼에게 말했다.

친구 미첼은 그녀를 조금도 이해하지 못하는 것 같았다.

물론 그녀는 사실 그때가 오면, 나이와 함께 잃어버린 다른 모든 것을 모자와 그런 자유가 보상해주지 못하리라는 것을 알고 있었다. 더구나 이제 소리 내어 이런 이야기를 하고 보니, 어쩌면 그런 자유에 대해 생각하는 것조차 조금도 즐겁지 않은 것 같았다.

양말

The Sock

내 남편은 이제 다른 여자와 결혼했고, 그녀는 나보다 작아서 152센티쯤 되는 키에 체격이 다부지기 때문에, 그는 물론 예전보다 더 키가 크고 더 가늘어 보이고, 머리는 더 작아 보인다. 그녀 옆에 있으면 나는 앙상하고 어색한 느낌이 들고 적절한 각도로 서거나 앉아서 눈을 맞추려 해봐도 그러기에는 그녀가 너무 작다. 한때 나는 그가 다시 결혼한다면 어떤 여자와 할지 분명히 알고 있었지만, 그의 여자 친구들은 다들 내 생각과 달랐고 그중 이 여자가 가장 다르다.

지난여름 그들은 그의 아들이자 내 아들이기도 한, 내 아들을 보러 몇 주간 이곳에 왔다. 몇몇 껄끄러운 순간이 있었지만, 좋은 시간도 있었고, 물론 좋은 시간도 조금 불편하기는 했다. 두 사람은 내게 많은 편의를 기대하는 듯했는데, 아마 그녀가 몸이 아픈 탓인 듯했다. 그녀는 아파했고 침울했으며, 눈 밑이 퀭했다. 그들은 내 집에서 내 전화와 내 물건들을 사용했다. 해변에서 집까지 천천히 걸어와서 샤워를 했고, 저녁이 되면 깔끔하게 차려입고, 내 아들의 손을 양쪽에서 하나씩 잡고, 데리고 나가곤 했다. 나는 파티를 열었고 두 사람은 거기 와서 함께

분석하다

춤을 추었고, 내 친구들에게 깊은 인상을 남겼으며, 파티가 끝날 때까지 머물다 갔다. 나는 그들을 위해 무리했고, 대체로 내 아들을 위해서였다. 나는 아들을 위해서 우리가 잘 지내야 한다고 생각했다. 그들의 방문이 끝나갈 무렵 나는 지쳐 있었다.

그들이 떠나기 전날 밤, 우리는 그의 어머니와 함께 베트남 식당에서 외식을 할 계획이었다. 그의 어머니는 다른 도시에서 비행기를 타고 이곳에 온 다음, 이튿날 두 사람과 함께 중서부로 떠날 예정이었다. 그곳에서 그의 아내의 부모가 큰 결혼 피로연을 열어, 그녀와 함께 자란 모든 사람들, 다부진 농부들과 그 농부들의 가족들에게 그를 소개할 터였다.

그날 밤 나는 그들의 숙소가 있는 시내로 가면서, 그들이 내집에 남겼고 그때까지 내가 발견한 물건들을 챙겼다. 옷장 문 옆에 남겨진 책 한 권과 다른 어딘가에 있던 그의 양말 한 짝. 그들이 머무는 건물 근처에 갔을 때 남편이 밖으로 나와 내게 차를 멈추라고 신호를 보내는 모습이 보였다. 그는 내가 안으로 들어가기 전에 할 말이 있었다. 어머니의 컨디션이 좋지 않아서 그들과 함께 머무를 수 없으니 나중에 내가 어머니를 집으로 모시고 가줄 수 있는지 물었다. 나는 별생각 없이 그러겠다고 말했다. 나는 그의 어머니가 내 집을 보던 시선과 그녀가 지켜보는 가운데 내가 제일 지저분한 부분을 청소했던 일을 잊고 있었다.

그들은 로비에서 서로 맞은편 안락의자에 앉아 있었는데, 이 자그마한 두 여자는 둘 다 다른 방식으로 아름다웠고, 둘 다

진한 립스틱을 다른 색조로 발랐고, 나중에 생각해보니, 둘 다 다른 방식으로 허약했다. 그들이 로비에 있는 이유는 그의 어머니가 위층으로 올라가기를 무서워했기 때문이었다. 그녀는 비행기는 문제없이 탔지만 아파트 건물에서는 이 층조차 올라갈 수 없었다. 이제는 예전보다 더 심해졌다. 예전에는 필요하다면 팔 층에도, 창문이 꼭 닫혀 있기만 하면, 있을 수 있었다.

저녁 식사를 하러 나가기 전에 남편은 책은 위층에 있는 아파트에 갖다 놨지만, 양말은 길에서 내게 받았을 때 아무 생각 없이 뒷주머니에 쑤셔 넣었고, 우리가 식당에서 식사하는 내내, 검은 옷을 입은 그의 어머니가 빈 의자 맞은편 탁자 끝에 앉아 내 아들과 아들의 장난감 자동차를 가지고 놀고, 가끔은 음식에 들어 있을 통후추를 비롯한 강한 향신료에 대해 내 남편에게, 그다음은 내게, 그다음은 그의 아내에게 물어보는 내내 그대로 꽂혀 있었다. 그리고 우리 모두 식당을 나와 주차장에 서 있을 때 남편은 그 양말 한 짝을 주머니에서 꺼내 쳐다보면서, 어떻게 그것이 거기에 있는지 의아해했다.

사소한 일이었지만, 나는 나중에 그 양말 한 짝을 잊을 수 없었는데, 왜냐하면 이 양말 한 짝이 도시 동부 베트남 거리의 안마시술소들 옆, 이 멀고 낯선 동네에, 그의 뒷주머니에 꽂혀 있었으며, 우리 중 누구도 이 도시를 잘 알지 못했지만 그곳에 함께 있었고, 나는 여전히 내가 그의 배우자인 듯 느껴져서, 그 상황이 이상했기 때문이었다. 사실, 우리는 오랫동안 서로의 배우자였고, 나는 여기저기서 우리가 함께한 삶 내내, 내가 치

분석하다

웠던, 땀이 차고 발바닥이 닳은, 그의 모든 다른 양말들에 대해 생각하지 않을 수 없었으며, 그러다가 그 양말 속에 있었던 그의 발에 대해, 발볼과 뒤꿈치의 닳아버린 올 사이로 살이 비치던 모습에 대해 생각했다. 그가 침대에 누워 책을 읽으며 발목 부분에서 발을 포개 발가락이 서로 다른 방구석을 향하게 하던 모습이며, 그러다가 과일의 두 반쪽처럼 두 발을 모으고 옆으로 돌아눕던 모습, 책을 읽는 와중에 손을 아래로 뻗어 양말을 잡아당겨 벗고 작은 공처럼 말아 바닥에 떨어뜨리고는 계속 책을 읽으며 다시 손을 아래로 뻗어 발가락을 쑤시던 모습이 떠올랐다. 가끔 그는 자신이 읽고 생각하는 것을 내게 말했고, 가끔은 내가 방에 있는지, 아니면 다른 곳에 있는지도 알지 못했다.

나는 한동안 그 양말을 잊을 수 없었는데, 그들이 떠난 뒤, 두고 간 다른 몇 가지 물건들, 아니 정확히 말해 그의 아내가 내 재킷 주머니에 놓고 간 물건들—빨간 빗, 빨간 립스틱, 약병—을 발견한 뒤에도 마찬가지였다. 한동안 이 세 물건은 하나의 작은 무리를 이루어 부엌 진열대 여기저기에 둘러앉아 있었고, 나는 약은 중요한 것일 수도 있으니 그녀에게 보내려고 생각했지만, 계속 잊어버리다가, 결국 머지않아 그들이 올 테니, 다음에 올 때 주려고 서랍 속으로 치워버렸으며, 그것에 대해 생각하는 것만으로도 다시 온통 지쳐버렸다.

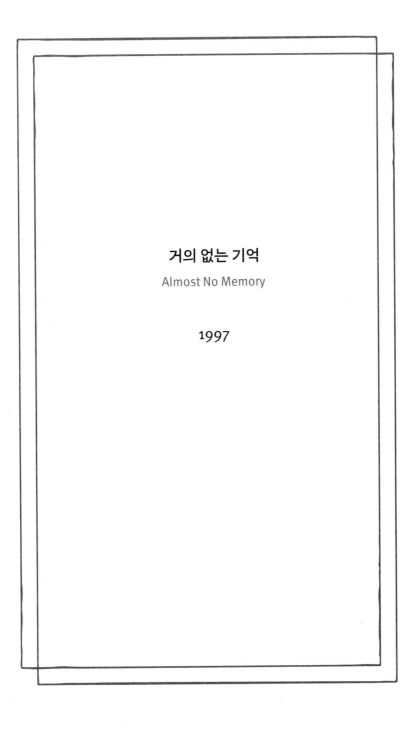

거의 없는 기억

Almost No Memory

1997

고기, 내 남편
Meat, My Husband

남편이 어린 시절 좋아하던 음식은 콘비프였다. 이 사실을 나는 어제 친구들이 놀러 와서 음식에 대해 이야기할 때 알았다. 대화를 나누던 중 친구들이 어릴 때 어떤 음식을 좋아했는지 우리에게 물었다. 나는 하나도 생각나지 않았지만, 남편은 생각할 필요도 없이 대답했다.

"콘비프." 그가 말했다.

"달걀 얹은 콘비프!" 친구 하나가 덧붙였다.

남편은 나를 만나기 전 간이식당에서 식사를 자주 했다. 좋아하는 곳이 둘 있었지만 특히 로스트비프 샌드위치를 잘 만드는 쪽을 더 좋아했다. 그는 여전히 좋은 로스트비프나 스테이크, 소스와 향신료로 반죽해 야외에서 양파와 피망 꼬치구이와 함께 구운 햄버거를 좋아한다.

그러나 이제 그의 식사 대부분을 요리하는 사람은 나다. 나는 고기가 우리 몸에 좋지 않다고 생각하기 때문에 식사에 고기를 전혀 넣지 않을 때가 많다. 해산물 역시 대부분 우리 몸에 좋지 않기 때문에 전혀 안 넣을 때가 많고, 생선은 거의 넣지 않는데 어느 종류의 생선이 먹기에 안전하고 어느 생선이 아마 대체로 안전하지 않은지 내가 기억을 못하기 때문이기도 하지만 무엇보다 남편이 식당에서 요리된 생선이나 생선 같지 않게 요리된 생선만 좋아하기 때문이기도 하다. 지방 때문에 치즈를 아예 넣지 않을 때도 많다. 내가 그에게 만들어주는 음식은 현미 캐서롤이나 파슬리 소스로 맛을 낸 겨울 채소, 어린 순무잎으로 만든 순무 수프, 흰콩과 가지 그라탱, 향신료로 맛을 낸 채소 폴렌타 같은 음식이다.

"내가 좋아하는 음식을 만들지 그래?" 그는 가끔 말하곤 한다.

"내가 만든 음식을 좋아하지 그래?" 나는 대답한다.

한번은 두부를 두툼하게 썰어 타마리 간장과 샴페인 식초, 레드 와인, 구운 마조람, 물에 뭉근히 끓인 건표고버섯과 함께 재웠다. 사나흘을 재워뒀다가 얇게 저민 다음 서양 고추냉이와 마요네즈 소스, 얇게 썬 자색양파, 상추, 토마토를 곁들여 샌드위치를 만들었다. 처음에 그는 여전히 두부가 굉장히 밍밍하다고 말했는데, 그건 그가 두부에 대해 늘 하는 말이었고, 그다음에는 어쨌든 샌드위치에 다른 재료가 너무 많아서 두부가 있는 줄 몰랐다면 두부 맛을 느끼지 못했을 것이라고 말했다. 그럭저럭 먹을 만하다고 했고, 두부가 자기 몸에 좋은 걸 안다고도 말했다.

가끔 남편은 내가 만든 것을 좋아하고, 기분이 좋을 때는 그렇다고 말도 한다. 한번은 페타치즈와 자색양파를 곁들인 오이 샐러드를 만들어주었는데, 남편은 그리스의 맛이 난다며 좋아했다. 피망과 박하를 곁들인 렌틸콩 샐러드를 만들어주자 흙 맛이 난다고 말하긴 했지만 그것도 좋아했다.

그러나 대체로 간이식당에서 먹던 것만큼 내 요리를 좋아하지 않는 편이고 나를 만나기 전에 자신이 직접 만들어 먹었던 것만큼 좋아하지 않는 것은 확실하다.

남편이 만들던 요리 중에는 마르살라 소스로 요리한 소고기 룰라드가 있다. 그는 얇게 썬 우둔살이나 등심을 사다가 밀가루를 묻히고, 한쪽 면에 으깬 딜 씨를 바른 다음, 익힌 이탈리아 소시지에 돌돌 말아서 이쑤시개를 꽂았다. 그다음 버터에 살짝 익히고 갈색 마르살라 소스로 버섯과 함께 끓였다. 프로슈토 햄과 그뤼에르 치즈로 속을 채운 양고기 룰라드도 만들곤 했다. 그가 또 좋아하는 요리는 양고기와 돼지고기, 쇠고기 등심을 넣은 미트로프였다. 그가 만드는 미트로프에는 마늘과 로즈메리, 달걀 두 개, 통밀빵 부스러기가 들어가곤 했다. 그는 미트로프 위와 아래에 훈제 베이컨을 깔곤 했다.

이제 내가 그를 위해 만드는 미트로프는 칠면조 분쇄육 미트로프다. 여기에도 버섯과 갓 구운 통밀빵 부스러기, 마늘이 들어가지만 그것 말고는 그가 만들던 미트로프와 다르다. 나는 달걀 하나와 셀러리, 리크, 단고추, 소금과 후추를 넣고 육두구를 조금 넣는다.

바깥 데크에 앉아 이 미트로프를 먹는 동안 남편은 아무 말 없이 버드나무 건너 물가를 응시한다. 그는 차분하고 사색적이다. 남편이 차분한 이유는 내가 고기를 훨씬 덜 먹이기 때문이 아니라 그가 내가 하는 일을 받아들이도록 자신을 수양하는 중이기 때문이다. 그는 그 요리가 마음에 들지 않지만 내가 그를 위해 그 요리를 한다고 믿는다는 걸 안다.

그가 칠면조 르프에 대해 아무 말이 없자, 나는 맛이 어떤지 묻고, 대답을 재촉하는 내게, 그는 먹을 만하지만 열광할 만큼 좋지는 않다고 말한다. 그는 자신이 대체로 음식에 열광하는 사람은 아니라고 해명한다. 나는 그가 음식에 열광하는 모습을 본 적이 있기 때문에 그 말에 동의할 수 없다. 물론 내가 해준 음식에 대해서는 열광한 적이 거의 없긴 하다. 사실, 내가 해준 음식에 그가 열광했던 경우는 딱 한 번 기억난다.

내가 향신료로 맛을 낸 채소와 폴렌타를 저녁 식사로 만든 날 밤이었지만, 그가 열광한 것은 그 요리가 아니었다. 불그죽죽한 채소 더미 아래 걸쭉한 황토빛 원 모양으로 퍼진 폴렌타는 이상하게 보였고 우리 두 사람 모두 소똥을 떠올렸다. 그래도 남편은 조금 먹더니, 보기보다 맛은 좋다고 말했는데, 그건 내가 만든 다른 요리에 대해서도 그가 했던 말이다. 요리책은 이 요리에 어울릴 만한 디저트를 제안했다. 시원하게 냉장시킨 잘 익은 배에 호두를 곁들여 먹는 것이었다. 식탁에 앉을 때 나는 디저트로 무엇을 먹을 계획인지 남편에게 말했지만 배를 냉장고에 넣어 시원하게 만들려는 수고는 하지 않았다.

그것이 내 요리의 문제 중 하나다. 나는 요리법을 하나하나 따르는 수고를 하지 않는다. 나는 요리할 때 세부사항의 중요성을 알지 못하는 것 같다. 남편은 그걸 안다. 그래서 내 디저트 계획을 듣자마자 바로 식탁에서 일어나 배가 시원해지도록 냉장고에 넣었다.

우리가 배와 호두를 먹을 때, 시원하고 달콤한 과즙과 호두의 따뜻하고 고소한 향이 빚어내는 대비 효과에 분명 흥분한 듯 남편은 다른 과일 디저트를 상상해내기에 이르렀다. 생강을 넣어 졸인 무화과, 살구 튀김, 피칸을 곁들인 블러드오렌지 조각. 분명 그는 내가 그때까지 만들어준 다른 어떤 요리보다 이 디저트에 더 열광하는 듯 보였다. 하지만 사실 배를 냉장고에 넣은 건 남편이었으므로, 나는 이제 그가 식사를 준비하는 일이든, 다른 어떤 일이든 자신이 직접 참여할 때 더 좋아하는 경향이 있다는 것을 알게 됐다.

푸코와 연필

Foucault and Pencil

연필을 손에 쥐고 푸코를 읽기 위해 앉았다. 대기실 바닥에 물잔을 엎었다. 푸코와 연필을 내려놓았고, 물을 닦았고, 잔을 다시 채웠다. 연필을 손에 쥐고 푸코를 읽기 위해 앉았다. 읽기를 멈추고 공책에 메모를 했다. 연필을 손에 쥐고 푸코를 집어들었다. 상담자가 문가에서 손짓을 했다. 푸코와 연필은 물론이고 공책과 펜도 집어넣었다. 상담자와 앉아서 많은 격렬한 논쟁의 형식을 띤 갈등으로 점철된 상황에 대해 의논했다. 상담자는 위험을 지적했고, 적신호를 보냈다. 상담실을 나왔고, 지하철로 갔다. 지하철 전동차에 앉아, 푸코와 연필을 꺼냈지만 읽지 않았고, 대신에 갈등으로 점철된 상황, 적신호, 여행과 관련된 최근의 논쟁을 생각했다. 논쟁 자체가 여행의 형식이 돼버렸고, 문장 하나하나가 논쟁자들을 다음 문장으로 실어갔고, 다음 문장은 그다음 문장으로 그들을 실어갔고, 결국 논쟁자들은 출발지와 다른 곳에 있게 됐고, 서로 너무 오래 얼굴을 마주 보며 여행한 탓에 피곤을 느꼈다. 지하철 전동차에서 몇 역을 지나치는 동안 논쟁에 대해 생각하다가, 생각을 멈췄고 푸코를 폈다. 프랑스어로 된 푸코는 이해하기 힘들다는 것을 발견했다. 짧은 문장은 긴 문장보다 이해하기 쉬웠다. 어떤 긴 문장들은 차례차례로 조금씩 이해할 수 있었지만, 너무 길어서, 끝까지 가기 전에 처음을 잊었다. 처음으로 되돌아갔고, 처음을 이해했고, 계속 읽었고, 끝에 도착하기 전에 다시 처음을 잊었다. 연필을 그냥 손에 쥐고, 처음으로 돌아가지 않고, 이해하지 않고, 기억하지 않고, 깨닫지 않고 계속 읽었다. 이해가 되는 문장에 도달했고, 여백에 연필로 표시했다. 표시는 이해했음을 나타냈고, 책 읽기의 진전을 나타냈다. 푸코에서 눈을 들었고, 다른 승객들을 쳐다봤다. 승객들에 대해 메모하기 위해 공책과 펜을 꺼냈고, 푸코의 여백에 실수로 표시를 남겼고, 공책을 내려놓았고, 표시를 지웠다. 다시 논쟁에 대한 생각으로 돌아갔다. 논쟁은 탈것처럼 논쟁자를 앞으로 실어갔을 뿐 아니라, 식물과도 같아서, 산울타리처럼 자랐고 처음에는 논쟁자들을 듬성하게 에워싸며 빛을 더러 통과시켰지만, 그러다가 더 빽빽하게 에워싸며 빛을 가로막거나 어둡게 했다. 논쟁이 끝날 무렵 논쟁자들은 산울타리를 떠날 수 없었고, 서로를 떠날 수 없었고, 빛은 흐릿해졌다. 논쟁에 관해 물어야 할 질문을 떠올렸고, 공책과 펜을 꺼내 적었다. 공책을 집어넣었고 푸코를 다시 읽기 시작했다. 어느 지점에서 푸코를 이해하기가 더 어렵고 어느 지점에서 더 쉬운지 분명하게 이해했다. 문장이 길고 문장의 주어를 알려주는 명사가 저 멀리 처음에 떨어져 있고, 남성대명사나 여성대명사로 대체되었을 때, 대명사가 무슨 명사를 대신하는 것인지 잊어버리고 대명사만 길동무 삼아 문장을 내내 여행할 때 이해하기가 더 어려웠다. 가끔은 대명사가 문장 중간에서 새 명사로 대체되었고, 새 명사가 다시 새 대명사로 대체되어 문장 끝까지 가기도 했다. 문장의 주어가 생각, 부재, 법 같은 명사일 때도 이해하기 어려웠고, 해변, 파도, 모래, 요양소, 하숙, 문, 통로, 공무원 같은 명사일 때는 이해하기가 더 쉬웠다. 그러나 모래나 공무원, 하숙에 대한 문장의 앞뒤에 매력이나 방치, 공허, 부재, 법에 대한 문장이 오기 때문에 이해되는 부분들은 이해가 되지 않는 부분들 사이에 끼어 있었다. 푸코와 연필을 내려놓았고, 공책을 꺼냈고, 푸코를 읽으며 이해하지 못하는 것에 대해 그나마 이해하게 된 것을 메모했고, 고개를 들어 다른 승객들을 보았고, 다시 논쟁에 대해 생각했고, 논쟁에 대해 앞서와 같지만 다른 단어에 강조점을 둔 질문을 메모했다.

거의 없는 기억

열세 번째 여자

The Thirteenth Woman

열두 명의 여자가 사는 마을에 열세 번째 여자가 있었다. 아무도 그녀가 거기에 산다고 인정하지 않았고, 아무 우편물도 그녀에게 오지 않았고, 아무도 그녀에 대해 말하지 않았고, 아무도 그녀에 대해 묻지 않았고, 아무도 그녀에게 빵을 팔지 않았고, 아무도 그녀에게 아무것도 사지 않았고, 아무도 그녀의 시선에 응답하지 않았고, 아무도 그녀의 문을 두드리지 않았다. 비는 그녀에게 떨어지지 않았고, 해는 그녀를 비추지 않았고, 날은 그녀에게 밝지 않았고, 밤은 그녀에게 오지 않았다. 그녀에게는 한 주 한 주가 지나가지 않았고, 한 해 한 해가 흘러가지 않았다. 그녀의 집은 번지수가 매겨지지 않았고, 그녀의 정원은 돌보는 손길이 없었고, 그녀의 집으로 가는 오솔길에는 발길이 없었고, 그녀의 침대에는 자는 이가 없었고, 그녀의 음식은 먹는 이가 없었고, 그녀의 옷은 입는 이가 없었다. 그러나 이 모든 것에도 그녀는 마을이 그녀에게 한 일을 원망하지 않고 계속 그 마을에 살았다.

교수

The Professor

몇 년 전 나는 카우보이와 결혼하고 싶다고 혼잣말을 하곤 했다. 그렇게 혼잣말해선 안 될 이유가 있겠는가? 혼자 살고, 갈색 풍경에 가슴이 설레며, 서부 해안의 널찍한 도로를 운전하는 동안 가끔 백미러로 픽업트럭의 카우보이를 눈여겨보는 내가 말이다. 사실, 나는 내가 아직도 카우보이와 결혼하고 싶다는 걸 알지만, 지금은 동부에 살고 카우보이가 아닌 누군가와 이미 결혼한 상태다.

그러나 카우보이가 나 같은 여자─영문학 교수이자, 또 다른 영문학 교수의 딸이자, 성격이 별로 원만하지 않은─에게 무엇을 바라겠는가? 나는 술을 한두 잔 마시면 더 원만해지긴 하지만, 그래도 바르게 말하고 잘 아는 사람이 아니면 농담을 주고받는 법을 모르는데, 내가 잘 아는 사람들이란 대개 대학 사람들이거나 그들과 함께 사는 사람들로, 그들 역시 바르게 말한다. 나는 그들이 싫지는 않지만, 내가 이 나라─다른 곳은 고사하고─의 다른 모든 사람과 단절됐다고 느낀다.

나는 모자부터 시작해서, 카우보이들의 옷차림이 마음에 든다고, 일과 관련된 무척 실용적인 옷을 입으니 얼마나 편하냐고 혼잣말을 하곤 했다. 많은 교수들은 자신들이 생각하기에 교수라면 으레 따라야 할 옷차림에 맞춰서, 진짜 관심이나 애정 없이, 옷을 입는 것 같았다. 교수들의 옷은 몸에 꼭 끼거나, 아니면 유행이 몇 년 지났고, 안 그래도 어색한 그들의 동작을 더욱 어색해 보이게 할 뿐이었다.

나는 처음 대학에 임용된 뒤, 서류가방을 하나 샀고, 학기가 시작하자 다른 교수들처럼 그 서류가방을 들고 강의실을 오갔다. 나이 든 교수들은 대부분 남자였지만 간혹 여자도 있었는데, 보아하니 이들은 서류가방이 지닌 무게를 더 이상 의식하지 않았고, 젊은 여자 교수들은 의식하지 않는 척했지만, 젊은 남자 교수들은 서류가방을 트로피마냥 들고 다녔다.

그 무렵 아빠는 내 수업에 도움이 되리라 생각하는 자료를 담은 두툼한 봉투들을 내게 보내기 시작했는데, 학생들에게 내줄 연습문제와 사용할 만한 인용문 같은 것들이 들어 있었다. 나는 가끔 기운이 날 때 몇 페이지 정도만 읽었다. 어떻게 나이 든 교수가 젊은 교수를 가르치려 들 수 있었을까? 아빠는 내가 서류가방을 들고 강의실에 다니며 동료 교수와 학생들에게 인사한 다음 집에 와서 나이 든 교수의 지시 사항을 읽을 수는 없으리라는 걸 몰랐던 걸까?

사실, 나는 다른 사람들에게 무얼 해야 할지 알려주는 걸 좋아했기 때문에 가르치는 일이 좋았다. 그 시절에는 내가 어떤 일을 어떤 방식으로 한다면, 다른 사람들도 그렇게 하는 것이 당연하다는 생각이 지금보다 더 강했다. 내 확신이 워낙 강하다 보니 내 학생들 또한 그렇게 확신했다. 그렇다 해도, 나는 겉은 교수일지 몰라도, 속은 아주 다른 존재였다. 나이 든 교수 가운데 몇 명은 속도 나이 든 교수였지만, 나는, 속으로는, 젊은 교수조차 아니었다. 겉으로는 안경 낀 여자로 보였지만, 나는 훨씬 다른 삶을, 안경이라고는 쓰지 않을 여자의 삶을, 내가 가끔씩 술집에서 멀찍이서 보는 여자의 삶을 꿈꾸곤 했다.

카우보이의 옷과 옷차림보다 더 중요했던 것은 카우보이라면 아마 필요 이상으로 훨씬 많은 것을 알고 있지는 않으리라는 사실이었다. 카우보이는 자신이 하는 일에 대해, 가족이 있다면 가족에 대해, 즐거운 시간을 갖는 것에 대해 생각할 테고 다른 일은 많이 생각하지 않을 것이다. 나는 너무 많은 생각이 지겨웠는데, 생각은 그 시절 내가 가장 많이 하던 일이었다. 다른 일도 했지만, 다른 일을 하면서도 계속 생각했다. 아마 무언가를 느끼기도 했겠지만 무언가를 느끼는 동시에 그 느낌에 대해 생각했다. 심지어 내가 무엇을 생각하는지 생각해야 했고, 왜 그 생각을 하는지 생각해야 했다. 카우보이와 결혼하자는 생각을 떠올렸을 때 나는 카우보이라면 그렇게 많은 생각을 멈추게 해줄 거라고 상상했다.

어쩌면 잘못된 생각이었을 수도 있지만, 나는 카우보이라면 내가 아는 누구와도―늙은 공산당원이나, 운영위원회 위원, 신문 독자투고란의 투고자, 학생 다과회에서 차를 대접하는 교수 부인, 뾰족한 연필을 들고 원고를 교정보며 다들 조용히 해달라고 부탁하는 교수 같은―다를 거라고도 상상했다. 늘 너무 분주하고, 쓸데없이 같은 생각을 하고 또 하며, 늘 어떤 착상을 떠올리고는 착상에 대한 착상을 다시 떠올리는 내 마음이 카우보이의 마음과 닿으면 더 고요한 어떤 것을 만날 거라고, 더 많은 여백, 더 많은 빈 공간이 있을 거라고, 그의 마음에는 아마 하늘과 구름, 언덕배기가 있을 테고 밧줄과 안장, 말털, 말 냄새, 소 냄새, 엔진오일, 굳은살, 기름, 울타리, 도랑, 마른 강바닥, 절름발이 암소, 사산된 송아지, 기형 송아지, 수의사의 방문, 치료, 예방접종 같은 구체적인 것들이 있을 거라고 생각했다. 물론 나는 내가 그의 마음에 있으리라 생각하며 좋아했던 것들 중 몇은, 이를테면 안장이라든가, 안장에 쓸린 상처라든가, 말털이라든가, 심지어 말 자체가 더 이상 카우보이의 삶에서 흔하지 않다는 것을 알면서도 그런 상상을 했다. 카우보이와 함께하는 삶에서 내가 무엇을 할 것이냐에 대해서는 깨끗한 옷을 입고 근사한 서재에서 조용히 책을 읽는 모습을 상상할 때도 있었지만, 마구에 기름을 칠하거나 소박한 요리를 많이 만들거나 이른 아침 헛간에서 카우보이가 암소 몸속에 두 손을 집어넣고 송아지가 잘 나올 수 있게 송아지를 돌리는 동안 그를 돕는 모습을 상상했다. 이런 문제와 일들은 명료할 것이고 나는 이들을 명료하게 해결할 것이다. 읽고 생각하기를 멈추지 않겠지만, 많이 읽고 생각하는 사람들을 그리 많이 알고 지내지 않을 것이고, 따라서 읽고 생각하는 일에서 은밀한 자유를 더 많이 누리게 될 텐데, 카우보이는 늘 내 곁에 있을지라도, 내가 하는 일을 알려고 하지 않고 그냥 놔둘 것이다. 나는 읽고 생각하면서 더 이상 쑥스러워하지 않을 것이다.

　나는 카우보이와 결혼한다면 서부를 떠날 필요가 없을 거라 생각했다. 나는 서부의 어려움들 때문에 서부를 사랑했다. 첫째, 나는 언제 한 계절이 끝나고 다른 계절이 시작하는지 구분할 수 없는 어려움이 좋았고, 그다음으로 내가 있던 그 풍경에서 어떤 아름다움도 발견하기 힘든 어려움이 좋았다. 무엇보다, 나는 그 특유의 볼품없는 풍경에, 계곡을 달리는 그 모든 널찍한 도로와 황량한 언덕배기 위 새로운 공사장들에 익숙해졌다. 그러고 나자 그 풍경에서 아름다움을 발견하기 시작했고, 그 황량함과 건기가 되면 밋밋한 갈색으로 뒤덮이는 언덕들, 습기를 머금은 언덕의 우묵한 곳이 풀과 관목, 화초들로 덮이는 모습이 좋아졌다. 바다의 밋밋함과 바다를 바라볼 때의 공허함이 좋았다. 무엇보다 내가 어렵게 깨달은 아름다움이므로 두고 떠나고 싶지 않았다.

　어쩌면 나는 어느 봄밤에 친구와 함께 본 영화에서 카우보이와 결혼하는 아이디어를 얻었는지 모른다. 역시 교수인 이 친구는 잘생기고 지적인 남자로 나보다 친절했지만, 사람들과 함께 있는 자리에서는 나보다 훨씬 쑥스러워하며 갑자기 수줍음에 사로잡혀 오랜 친구들의 이름조차 잊어버리곤 했다. 그는 영화를 재미있게 보는 것 같았지만, 물론 그의 마음이 무엇을 경험했는지에 대해서는 내가 알 길이 없다. 어쩌면 그는 마르고, 과민하고, 아름다운 그의 아내와는 너무 다른, 영화 속 여자와 함께하는 삶을 상상했는지 모른다. 우리가 차를 몰고 영화관에서 멀어져, 앞뒤로는 자동차들의 미등과 전조등밖에, 양옆으로는 어둠밖에 보이지 않는 그 널찍한 도로 중 하나를 달리는 동안, 나는 저 멀리 사막 한복판으로, 내가 평생 알아온 모든 것들로부터 최대한 멀리, 내가 가르치는 대학과 대학 주변의 동네와 도시로부터, 그곳에서 살고 일하며 연구실과 집 서재의 컴퓨터와 공책에 생각을 기록하고 어려운 책의 구절들을 적어두는 그 모든 지적인 사람들로부터 멀리멀리 떠나고 싶을 뿐이었다. 나는 이 모든 것을 떠나 사막 한복판으로 가서 혼자 어린 소년을 데리고 모텔을 운영하고 싶었고, 지친 카우보이, 지친 중년의 카우보이, 필요하다면 알코올중독자이기도 한 카우보이를 함께 데리고 가서 그와 결혼하고 싶었다. 데려 갈 만한 어린 소년을 어디에서 찾을지는 알 것 같았다. 그러면 늙어가는 카우보이와 모텔만 있으면 될 터였다. 나는 좋은 모 텔을 만들 것이고, 그 모텔을 관리하고, 어떤 문제든 신속하고 합리적으로 해결할 것이다. 나는 방금 훌륭하고 강인한 여성 사업가가 나오는 영화를 봤기 때문에 그처럼 훌륭하고 강인한 여성 사업가가 될 수 있다고 생각했다. 영화 속 이 여성 사업가 는 마음도 다정했고 불완전한 사람들을 이해할 줄 알았다. 그 러나 사실 알코올중독자 카우보이가 내 삶에 어떤 식으로든 중요한 존재가 된다면 나는 그의 술 마시는 버릇에 대해 죽도 록 나무랄 테고 결국 그는 나를 떠날 것이다. 그러나 그때 나는 좋은 영화를 보고 나서, 그때까지의 나와는 다른 것을 해낼 수 있다는 이상한 자신감을 얻은 상태였고 나를 위해 쓰인 음악이 아니라는 걸 알면서도 차에서 라디오로 컨트리웨스턴 음악을 듣기 시작했다.

그 무렵 나는 내가 하는 수업 중 하나에서 내 머릿속 카우보이와 상당히 근접해 보이는 남자를 만났지만, 이제 와서 생각해보면 정확히 어떤 점에서 그가 카우보이와 닮았다고 생각했는지 모르겠다. 그는 카우보이와 별로 비슷하지 않았고, 내가 카우보이라면 이럴 것이라고 생각했던 카우보이와도 비슷하지 않았으니, 내가 원했던 것은 분명 카우보이가 아닌 다른 것이었고, 카우보이는 그냥 편의상 내 머리에 떠올랐을 뿐인 모양이다. 여러 사실들이 맞지 않았다. 그는 카우보이로 일하지 않았고 침팬지 뼈를 접착제로 붙이는 종류의 일을 했다. 재즈 트롬본을 연주했고, 레슨이 있는 날에는 어두운색 정장에 검은 케이스를 들고 수업에 왔다. 통통하고 창백한, 각진 얼굴에 짙은 색 머리카락과 콧수염, 짙은 색 눈을 지닌 그는 잘생긴 축에는 아슬아슬하게 들지 못하는 편이었다. 그가 잘생긴 축에 아슬아슬하게 들지 못하는 이유는 유산탄 파편으로 흉이 진, 거친 뺨 때문이 아니라 조화롭지 않다거나 다듬어지지 않았다고 할 만한 표정 때문이었는데, 그는 미소 지을 때조차 늘 눈을 크게 떴고, 몸은 가만히 있지만 눈만 움직이며, 모든 것을 관찰했고, 아무것도 놓치지 않았다. 그는 모든 대화가 일종의 싸움인 양 신경을 곤두세우고, 자신을 방어할 태세가 돼 있었다.

어느 날 수업 뒤에 학생들 한 무리와 함께 맥주를 마실 때, 그는 말이 없고, 매우 울적해 보였는데, 결국 눈을 내리깐 채 말하기를 어쩌면 자신은 아버지 집으로 들어가고 어린 딸은 애 엄마에게 보내게 될 것 같다고 했다. 자신이 가끔씩 말없이 그냥 의자에 앉아만 있으므로 딸을 키우는 것이 온당치 않은 듯하다고 했다. 딸은 말을 걸려고 애쓰고 그는 입을 열 수 없고, 딸은 계속 말을 거니 그는 대답해야 한다는 것을 알지만 그러지 못하고 그냥 앉아 있곤 한다는 것이다.

그때의 나는 그의 무례함과 무모함이 편했고, 그가 이따금 내게 장난을 걸곤 했으므로 나는 저녁을 같이 먹자고 청해도 될 만큼 그가 나를 좋아하는 줄 알았으며, 결국 그냥 어떻게 되나 보려고 저녁을 같이 먹자고 청했다. 그는 깜짝 놀란 듯하더니, 기분 좋게 승낙했고, 교수가 보여준 관심에 진지해지고 으쓱해했다.

그 데이트는 결국 내 삶의 방향을 바꿀 만한 것이 아니었지만, 그때 나는 그러리라 기대하지도 않았고, 그냥 나중에 내가 그렇게 생각했을 뿐이다. 그는 내가 머물던 대학원생 생활관에 나를 데리러 아주 늦게야 왔다. 내가 한 시간 동안 운동장과 주차장이 내려다보이고 나무 그늘이 드리운 작은 발코니로 나갔다가, 내가 모르는 어느 젊은 커플의 물건으로 가득한 작은 거실로 다시 들어오기를 점점 더 절망적인 기분으로 반복한 끝에, 그가 오지 않을 거라 판단했을 때, 소매를 걷어 올린 낡은 워크셔츠에 양쪽 허벅지가 닳은 갈색 코르덴바지를 입은 그가 들어왔다. 그는 멈춰 서서 무언가 작업을 시작하려는 사람처럼 둘러보더니 피아노를 발견했고 잠시 피아노 위에 몸을 구부리고는 빠르고 사랑스러운 선율을, 내 기분이 다시 좋아질 만큼 오래 연주하다가 중간에 멈췄다.

나는 새롭게 알게 된 모든 것이 마치 대단한 발견이나 되는 듯 그에게 몹시 호기심을 느꼈다. 우리가 차에 타자 그는 내 쪽으로 손을 뻗어 앞좌석 수납함을 열쇠로 열었고 차에서 내리려고 준비할 때는 다시 손을 뻗어 수납함을 잠갔다. 왜 그러느냐고 물었더니 수납함 속 신문지 뭉치를 들추고 나무로 된 개머리판을 보여주었다. 자기 딸과 관련된 일 때문에 남자 둘이 자기를 뒤쫓고 있다고 말했다.

우리는 식당 근처에 주차했고, 그는 차의 옷걸이에 걸려 있던 회색 재킷을 꺼내 팔에 걸친 다음, 길을 걸으며 셔츠를 집어넣고 재킷을 걸쳤다. 나는 카우보이라면 아마 이렇게 할 것이라고—회색 재킷을 차의 옷걸이에 걸고 다니다가 여자와 어디를 가기 위해 말쑥하게 단장할 때면 머리도 부드럽게 매만질 거라고—혼자 생각했다.

그는 주문한 중국 음식과 함께 우유를 마셨다. 자기 일에 대해 이야기했고, 내게 단편적인 과학 지식을 알려주다가 재미없는 농담을 몇 개 던졌다. 우리 둘 다 그다지 많이 먹지 않았는데, 아마, 둘만 그렇게 만난 것이 쑥스러워서 그랬던 것 같다. 그는 전쟁에서 돌아온 직후 아내와 결혼했다고 말했다. 아내는 절반은 중국인이고 절반은 멕시코인이었다. 그는 전쟁에서 청력이 손상됐다고 말했는데 나는 내가 말할 때 그가 내 입술을 유심히 본다는 것을 알아차렸다. 그는 균형감각도 손상

됐다고 말했고 식당 밖으로 나왔을 때 그가 연석 쪽으로 기우 뚱하게 걷는 것을 볼 수 있었다. 그는 식당에서는 우유를 마셨 지만 당구를 치러 간 술집에서는 맥주를 마셨다. 술집 밖으로 나왔을 때 그는 팔로 나를 감쌌지만, 차에 돌아왔을 때는 베이 비시터가 있는 집에 가봐야겠다고 말했다. 그러다가 마음을 바꾸었고 바다를 굽어보는 절벽이 있는 곳으로 나를 데려가 키스했다. 주위에는 다른 차들이 주차돼 있었고, 픽업트럭도 한 대 있었다.

그는 그의 낡은 고동색 포드 자동차 안에서 라디오를 켜놓 고 내게 여러 번 입을 맞춰서, 내가 십 대 때 그런 일 같은 건 한 번도 하지 않았다는 사실만 아니었다면, 다시 십 대 시절로 돌아갔다고 상상할 수도 있을 뻔했다. 그러다가 우리는 차에 서 나와 절벽 끝으로 가서 바다를, 만의 검은 물을, 그리고 우 리가 당구를 쳤던 시내에서 바다까지 비치는 불빛들을 내려다 봤다. 우리는 절벽 끝에서 멀지 않은 곳의 모래사장에 앉았고 그는 아내와 얼마나 힘들었는지, 그녀와 다시 합치려고 얼마 나 애썼는지, 어떻게 그녀의 마음을 얻으려 애썼고 그녀가 마 음을 주지 않았는지에 대한 이야기를 조금 더 했다. 이제 여섯 달째 어린 딸하고만 지내고 있으며, 그가 시도한 모든 방법이 먹히지는 않았지만 며칠 뒤에 아내가 다시 그와 살아보기 위 해 집에 온다고 했다. 그는 나를 다시 만날 수 없다고 말했다. 나는 서부를 곧 떠날 예정이어서, 어쨌든 그런 기대는 하지 않 았다고 말했다. 내가 곧 떠나는 것은 사실이었지만, 그를 다시 만날 기대를 하지 않았다는 것은 사실이 아니었다. 마지막으로 그는 나를 집까지 데려다주고 작별 키스를 했다.

내가 아는 한 나는 그 데이트의 결과에 마음을 쓰지 않았지만, 다음 날 차를 몰고 드라이브인 은행으로 가는 길에 울음이 나오긴 했다. 그와 그의 공포와 곤란한 처지, 그와 딸을 뒤쫓는다는 정체불명의 사내들을 걱정해 운다고 생각했지만, 아마 나를 위해서, 실망감 때문에 울었을 것이다. 하지만 내가 그때 정확히 무엇을 원했는지는 확실히 모르겠다. 몇 달 뒤, 다시 동부에 살던 어느 날 밤 나는 아파트에서 혼자 맥주 두 병을 마시고 나서 그에게 장거리 전화를 걸었고, 그가 전화를 받았을 때 그의 뒤에서 말하고 웃는 사람들의 소리가 들렸으며, 가족 모임이었는지 파티였는지는 이제 기억나지 않지만, 그는 내 목소리를 듣고는 내가 그에게 데이트 신청을 했을 때만큼이나 반가워하고 으쓱해했다.

나는 예전만큼 자주는 아니지만 여전히 카우보이와 결혼하는 상상을 하는데, 그 꿈은 조금 달라졌다. 서부를 싫어하는 남편은 서부 쪽으로는 조금도 가려고 하지 않겠지만, 이제 나는 남편과 함께 있는 것에 워낙 익숙해졌기 때문에 카우보이와 결혼하게 된다면, 남편도 함께 데려가고 싶다. 그러므로 우리가 서부로 간다면, 몇 년 전 내 공상 속에서처럼 내가 소박한 음식을 요리하거나 난산 중인 소와 씨름하는 카우보이를 돕는 모습이 아닐 것이다. 우리 부부의 방을 카우보이가 정리하는 동안 남편과 내가 목장 주택 앞에 어정쩡하게 서 있는 장면으로 끝이 나거나 시작할 것이다.

교도소 휴게실의 고양이들

The Cats in the Prison Recreation Hall

　문제는 교도소 휴게실의 고양이들이었다. 똥이 곳곳에 있었다. 한 고양이의 똥은 구석에 숨으려다 발각되자 원숭이처럼 부끄러워하며 화를 내는 듯했다.

　고양이들은 비가 올 때면 교도소 휴게실에 머물렀고, 비가 자주 내렸기 때문에 휴게실은 냄새가 고약했고 수감자들은 투덜거렸다. 냄새는 똥이 아니라 고양이들에게서 나왔다. 강한 냄새, 현기증을 일으키는 냄새였다.

　고양이들은 몰아낼 수 없었다. 훠이 하고 쫓으면 문밖으로 달아나는 게 아니라 몸을 낮추고 배를 흔들며 사방으로 달려 흩어졌다. 많은 고양이들이 이 들보에서 저 들보로 뛰어올라가, 높은 곳 어딘가에 자리를 잡았고, 그래서 탁구를 치는 수감자들은 휴게실의 둥근 지붕이 고요해도, 아무도 없지는 않다는 것을 의식했다.

　고양이들을 몰아낼 수 없는 이유는 그들이 어디에 있는지 찾을 수 없는 구멍들을 통해 휴게실을 들락거렸기 때문이다. 그들의 발걸음은 조용했다. 그들은 사람이 그들을 기다릴 수 있는 시간보다 더 오래 사람을 기다릴 수 있었다.

사람에게는 다른 관심사가 있지만, 고양이는 삶의 매 순간, 오직 하나의 관심사가 있다. 그래서 고양이는 그토록 완벽한 평정을 유지할 수 있고, 그래서 우리는 당황하거나 겁먹은 고양이를 보면 마음이 동요한다. 동정심과 웃고 싶은 욕망을 둘 다 느낀다. 고양이는 위험과 혼란을 마주치면 얼룩덜룩한 잇몸 사이로 고약한 숨을 내뱉는 것 말고는 달리 대처할 방도가 없다.

그해 수감자들은 모두 작은 남자들이었다. 심각하게 여길 수 없는 범죄를 저질렀고 관대한 처분을 받았다. 작은 남자들은 대개 자신들의 건강을 자랑스러워하는 경향이 있지만, 이 수감자들에게는 발진과 습진이 돋기 시작했다. 무릎과 팔꿈치가 접히는 곳이 따끔거렸고 피부 곳곳이 벗겨졌다. 그들은 주지사에게 분노의 편지를 보냈고, 그해 주지사도 어쩌다 보니 작은 남자였다. 고양이들이 증상의 원인이라고, 수감자들은 말했다.

주지사는 수감자들을 가엾게 여겼고 교도소장에게 문제를 해결하라고 지시했다.

교도소장은 몇 년째 휴게실 안에 들어간 적이 없었다. 그는 휴게실에 들어가 여기저기 돌아다녔고, 그 이상한 냄새에 속이 울렁거렸다.

그는 못생긴 수고양이 하나를 복도의 막다른 끝으로 몰아넣었다. 교도소장은 막대를 하나 들고 있었고 고양이는 성난 얼굴 외에, 이빨과 발톱으로만 무장하고 있었다. 교도소장과 고양이는 한동안 이리저리 휙휙 움직였고, 교도소장이 고양이를 공격했고, 고양이는 한 치의 실수도 없이 번개처럼 그의 주위를 돌아 달아났다.

그러자 교도소장의 눈에 곳곳의 고양이들이 들어왔다.

저녁 휴식 시간 뒤, 수감자들이 독방동에 갇혀 있을 때, 교도소장은 소총을 들고 돌아왔다. 그날 밤, 밤새, 수감자들은 휴게실에서 들려오는 총소리를 들었다. 총소리는 또렷하지 않았고, 아주 멀리서, 마치 강 건너에서 들려오는 것 같았다. 교도소장은 솜씨 좋은 사수였고 많은 고양이를 죽였고―고양이들이 둥근 천장에서 비처럼 그에게 떨어졌고, 통로에서 휙휙 뒤집히고 또 뒤집혔다―그런데도 그가 건물에서 나갈 때 지하실 유리창 옆을 휙 지나가는 그림자들이 여전히 보였다.

그러나 이제 상황이 달라졌다. 수감자들의 피부 상태가 깨끗해졌다. 고약한 냄새가 여전히 건물에서 맴돌았지만, 예전처럼 온기가 있는 신선한 냄새가 아니었다. 고양이 몇 마리는 여전히 그곳에 살았지만, 화약 냄새와 피 냄새, 그들의 짝과 새끼들의 돌연한 실종 때문에 혼이 나갔다. 번식을 멈췄고, 구석에 웅크린 채, 아무도 없을 때조차 쉿쉿 소리를 질렀고, 자극하지 않아도 움직이는 것이라면 무엇이든 공격했다.

이 고양이들은 잘 먹지 않았고 자기 몸을 신경 써서 닦지 않았고, 한 마리씩, 서로 다른 방식으로 서로 다른 시각에 혼자 죽어가며 서로 다른 강렬한 냄새를 남겼고 그 냄새는 한두 주 동안 공기 중에 남아 있다가 소멸했다. 몇 달 뒤, 교도소 휴게실에는 고양이가 한 마리도 남지 않았다. 그때쯤 작은 수감자들의 뒤를 이어 더 큰 수감자들이 들어왔고, 교도소장은 또 다른, 더 야심 찬 교도소장으로 교체되었다. 주지사만 계속 남았다.

시골에 사는 아내 1

Wife One in Country

아내 1이 아들과 통화하려고 전화를 건다. 아내 2가 짜증 난 태도로 전화를 받고 아내 1의 아들에게 전화를 건넨다. 아들은 아내 2의 목소리에서 짜증을 감지하고 전화 건 사람이 고모인 줄 알았다고 엄마에게 말한다. 사나운 고모, 끊임없는 전화 발신자, 골치 아픈 여자. 아내 1은 생각한다. 어쩌면 자신도 사나운 여자이자 끊임없는 전화 발신자인가? 아니다. 사나운 여자인 것은 맞지만 끊임없는 전화 발신자는 아니다. 그러나 아내 2에게는 자신도 골치 아픈 여자다.

아들과 통화한 뒤 마음이 소란한 아내 1. 아내 1은 아들이 보고 싶고, 몇 년 전 그녀 역시 남편의 사나운 누이이자 끊임없는 전화 발신자와 통화하며 그 골치 아픈 여자로부터 남편을 보호하려 했던 것을 생각한다. 이제는 아내 2가 골치 아픈 누이이자 끊임없는 전화 발신자로부터, 또한 사나운 여자인 아내 1로부터 남편을 보호한다. 아내 1은 그 상황을 생각하며 미래의 아내 3이 사나운 아내 1뿐 아니라 골치 아픈 아내 2와 끊임없는 전화 발신자 누이로부터 남편을 보호하는 모습을 상상한다.

아들과 통화한 뒤, 자주 사납지만 지금은 조용한 여자인 아내 1은 큰 텔레비전을 벗 삼아 혼자 저녁을 먹는다. 아내 1은 음식을 삼키고 아픔을 삼키고 다시 음식을 삼킨다. 청소하기 쉬운 레인지 광고를 집중해서 본다. 진짜 엄마가 아닌 엄마가 뜨거운 조리기에서 달걀 프라이를 뒤집고, 그 뒤 두 번째 달걀을 프라이해서 진짜 아들이 아닌 명랑한 둘째 아들에게 다정한 입맞춤을 하는 동안 진짜 가족의 개가 아닌 스패니얼 개가 진짜 아들이 아닌 아들의 접시에서 두 번째 달걀 프라이를 훔쳐 먹는다. 아내 1의 마음속에서 아픔은 점점 커지고 아내 1은 음식을 삼키고 아픔을 삼키고 음식을 다시 삼키고 아픔을 다시 삼키고 음식을 다시 삼킨다.

이야기의 중심

The Center of the Story

한 여자가 허리케인이 들어간 이야기를 썼고, 허리케인은 보통 흥미로우리라 기대되는 법이다. 그러나 이 이야기에서 허리케인은 도시를 덮치려 위협만 하고 실제로 덮치지는 않는 다. 허리케인이 다가올 때 땅이 납작하고 평평해 보이는 것처 럼 그녀의 이야기도 납작하고 평평하며, 만약 친구에게 보여 준다면 아마 친구는, 허리케인과 달리, 이 이야기에는 중심이 없다고 말할 것이다.

종교에 대한 이야기였기 때문에 쓰기가 쉽지 않았고, 종교 는 그녀가 정말 쓰고 싶었던 것은 아니었다. 그래도 이 이야기 를 쓰고 싶도록 만든 무언가가 있었다. 이제 다 쓰고 보니, 그 녀는 혼란스러웠고, 종교 때문인지, 아니면 허리케인이 오기 전 하늘의 빛 때문인지 이야기 전체에 특이한 누런 먹구름이 덮여 있었다.

그녀는 이야기의 중심이 어디가 될지 생각할 수 없었다.

허리케인이 올 때 그녀는 성경을 읽고 있었는데, 대규모 재 앙이 두렵기 때문은 아니었고—물론 재앙이 두렵긴 했지만— 우연히도 그때가 대축제일 무렵이기 때문도 아니었으며, 성경의 내용을 정확히 알 필요가 있었기 때문이었다. 그녀는 천천히 읽으며 많은 메모를 했다. 아파트 밖에서는 날씨가 달라지고 있었다. 바람이 거세지고, 어린나무의 가지들이 흔들리고, 나뭇잎이 퍼덕였다. 그녀는 노아와 방주에 대해 읽었고 자신이 읽은 것을 정확하게 그려보며 더 잘 이해하려 했다. 백 살 남자가 걸어 다니며 가족에게 지시를 내리고, 홍수가 물러간 지구는 진흙으로 뒤덮였으며, 썩는 냄새, 그다음에는 제물로 바친 동물과 털과 가죽, 뿔이 타는 냄새가 진동한다.

그녀는 며칠 동안 성경 읽기 말고는 거의 아무것도 하지 않았고, 창밖을 자주 내다보며 뉴스에 귀를 기울였다. 성경과 허리케인이 이야기의 중심인지 아닌지는 모르겠으나, 분명 이야기의 일부인 것은 맞다. 그녀는 집주인 여자에 대한 묘사로 이야기를 시작했다. 트리니다드 출신의 나이 든 주인 여자가 아래층 복도에서 시장에 대해 나지막이 혼잣말하는 동안, 그녀는 위층에서 대통령에게 편지를 쓸까 생각하고 있었다. 집주인은 복도 바닥의 빨간 카펫 천을 친구인 시장이 줬다고 말했다. 그녀는 아마 대통령과 집주인은 들어내겠지만, 성경과 허리케인은 놔둘 것이다. 흥미롭지 않거나, 그 밖의 다른 이유로 이야기에 어울리지 않는 부분을 들어낸다면, 이야기에 남는 것이 줄어들 테고, 그러면 더 많은 부분이 중심에 있게 될 테니, 아마 이야기에 중심 같은 것이 생길 것이다.

이야기의 다른 부분에서는 한 남자가 심하게 아파서 자신이 죽어가고 있다고 생각한다. 그는 죽어가는 게 아니다. 유독한 음식을 먹었고 술을 너무 많이 마셨지만 자신이 죽어간다고 생각했고 그녀에게 전화해서 집으로 와 도와달라고 한다. 허리케인이 도시를 덮칠 것이라 예상되던 때였고, 그녀의 집에서 그의 집으로 가는 길에 동네 집들의 유리창 몇몇에는 테이프가 별표 모양으로 붙어 있다. 남자의 방은 블라인드가 내려져 있고 빛은 누르스름했으며, 창은 덜컹댔다. 그는 맨가슴에 한 손을 얹고 침대에 누워 있었다. 얼굴이 잿빛이었다.

이야기에서 남자의 자리가 무엇인지는 불분명하다. 그의 병이 허리케인이 최고조일 때 그를 덮쳤다는 것 말고는 나머지 이야기와 관련이 거의 없다. 하지만 그러고 보니 그는 전화로 신성모독에 대해 뭐라고 말하긴 했다. 최근에 자신이 축일에 해서는 안 될 어떤 행동을 해서 끔찍한 신성모독을 저질렀다고 말이다. 그는 신성모독을 저지르면서 깨달은 것이 있는데, 자신이 여러 복잡한 이유로 신의 기분을 상하게 하려고 애쓰고 있으며, 그렇다면, 분명 신의 존재를 믿고 있다는 것이다. 그는 오래전에 배운 내용, 곧 신성모독은 신에 대한 믿음을 증명한다는 말을 경험으로 깨달은 것이다.

이 남자와 그의 질병, 죽음에 대한 공포, 그가 아마도 질병의 원인이라 여기는 신성모독, 나중에 그녀가 기차로 도시를 떠나며 기억해낸, 그가 신에 대해 말한 또 다른 이야기들이 어쩌면 중심이 되고 성경과 허리케인은 이야기의 가장자리가 될 수도 있겠지만, 이 남자를 중심으로 둘 만큼 그에 대해 말할 것이 많지는 않다. 아니, 어쩌면 지금은 그것을 판단할 만한 때가

160 거의 없는 기억

아닌지 모른다.

그러므로 도시를 덮치지는 않되 도시에 누런빛을 드리운 허리케인이 있고, 이 남자가 있고, 성경은 있지만 집주인 여자도 없고, 대통령도 없고, 뉴스 진행자도 없다. 그녀는 허리케인의 진행 상황을 알기 위해 매일, 몇 번씩 뉴스를 보긴 했다. 뉴스 진행자가 창밖을 보라고 말하면 그녀는 창밖을 보았을 것이다. 해가 막 졌기 때문에 도시 전체에 뿔피리가 울린다고 말하면, 동네에서 뿔피리 소리가 들리지 않더라도 그녀는 신이 났을 것이다. 그러나 뉴스 진행자들은 하루하루 이야기를 이어주는 역할은 하겠지만, 그들 자체로는 그다지 흥미롭지 않고 중심을 찾기 힘든 이야기에서 분명 중심적이지도 않다.

그 시기에 그녀는 교회와 유대교회도 방문했다. 마지막으로 방문한 교회는 도시 북쪽의 침례교회였다. 그곳에 갔을 때, 흰색 유니폼을 입은 몸집 큰 흑인 여성들이 그녀에게 자리에 앉으라고 했지만 그녀는 너무 불안해서 앉을 수 없었다. 그러고 나서 사람으로 가득한 예배당 뒤편에 서 있었는데 빨간 가운을 걸친 여성들이 노래를 부르며, 위엄 있는 걸음으로 다가오자 그녀는 현기증을 느끼기 시작했다. 그녀는 자리를 떠나, 화장실을 찾아갔고, 화장실 칸 안에 앉아 파리 하나를 바라보며 자신이 다시 일어설 수 있는지 확신할 수 없었다.

사실, 이야기의 중심에 가까운 것은 그녀가 자신이 신자는 아닐지라도, 교회와 유대교회를 방문하고 성경을 공부해온 탓인지, 종교적인 종류의 드문 평정심을 갖고 있으며, 그 평정심

덕택에 허리케인보다 훨씬 더한, 최악의 재앙에 대한 가능성도 받아들일 수 있다고 깨닫는 순간일 것이다.

그녀는 강변을 따라 움직이는 기차를 타고 도시를 떠난다. 허리케인의 위험은 지나갔다. 강물은 철로에 근접하긴 했지만 철로로 범람할 만큼 불어나지는 않았다. 강물을 바라보며 그녀는 문득 악마를 떠올린다. 그녀는 자신의 믿음이라 할 만한 것에서나, 자신의 믿음에 대한 질문에서조차 악마를 위한 자리를 만들지 않았다. 몇몇 친구들에게 신이 있다고 생각하는지 물은 적은 있지만, 누구에게든 악마를 언급한 적은 없다. 이 사실을 떠올리자, 그녀는 또 다른 것을 깨달았다. 그녀가 악의 힘이라는 것이 존재한다고 믿는다 해도, 악마를 잊고 있었다는 사실로 보건대 이 시점에서 그녀의 믿음에 악마의 자리는 분명 없다는 것이다.

그렇게 이야기는, 지금처럼, 이야기의 끝에 다다르지만, 그녀는 악마와 기차여행으로 이야기를 끝낼 수는 없다. 그러니 중심만큼 중요하진 않아도, 끝도 문제다. 아마 중심은 없을 것이다. 그녀가 선뜻 어느 것도―그 남자든, 종교든, 허리케인이든― 중심에 놓지 못하므로 아마 중심은 없을 것이다. 또는 이건 같은 말이기도 하고 아니기도 한데, 중심은 있되 비어 있을 텐데, 그녀가 중심에 둘 것을 아직 찾지 못했거나 아니면 원래부터 중심이 비어 있어야 했기 때문이다. 그 남자가 아프되 죽어가지 않고, 허리케인은 다가오되 덮치지 않고, 그녀에게 종교적인 평정심은 있되 종교는 없는 것처럼, 있되 비어 있을 것이다.

사랑

Love

한 여자가 여러 해 전 이미 죽은 남자와 사랑에 빠졌다. 그녀는 그의 외투를 솔질하고, 그의 잉크병을 닦고, 그의 상아 빗을 쓰다듬는 것으로 만족할 수 없었다. 그의 무덤 위에 자신의 집을 짓고 밤이면 밤마다 눅눅한 지하실에서 그의 곁을 지켜야 했다.

자연재해

A Natural Disaster

차오르는 바다 옆 우리 집에서 우리는 그다지 오래 버티지 못할 것이다. 결국 추위와 물기가 우리를 붙들 텐데, 떠나는 것이 더 이상 가능하지 않기 때문이다. 추위는 이미 이곳에서 나가는 유일한 도로를 갈라지게 했고, 바닷물이 차올라 낮은 습지 옆 갈라진 틈을 채웠다 빠지면서 틈을 따라 소금 결정을 남겨놓았고 다시 더 높이 차오르더니 도로를 통행 불능으로 만들었다.

바닷물이 파이프를 따라 개수대로 올라왔고, 식수에서는 짠맛이 난다. 갑각류들이 앞마당과 정원에 나타나 우리는 발을 디딜 때마다 그들의 껍데기를 밟지 않을 수 없다. 만조 때마다 바닷물이 땅을 뒤덮고, 썰물에 밀려가며 장미 덤불과 호밀밭 고랑들 사이에 물웅덩이들을 남긴다. 씨앗들은 쓸려가 버렸고, 얼마 남지 않은 씨앗은 까마귀들이 먹어치웠다.

이제 우리는 위층 방들로 옮겨왔고 창가에 서서 복숭아나무 가지 사이로 물고기들이 휙휙 움직이는 모습을 본다. 장어 한 마리가 우리의 외바퀴손수레 밑에서 밖을 내다본다.

우리가 빨아서 말리기 위해 위층 창에 걸어놓은 것들은 얼

거의 없는 기억

어붙는다. 셔츠와 바지가 빨랫줄에서 이상하게 몸부림치는 형상이 된다. 옷은 언제나 축축하고, 소금에 쓸린 살갗은 빨갛고 따끔거린다. 이제, 우리는 하루 중 많은 시간을 침대에서, 쉰내 나는 담요 밑에서 지낸다. 나무 벽들은 완전히 젖었다. 바닷물이 창틀 틈새로 들어와 바닥으로 똑똑 떨어진다. 우리 중 셋은 해 뜨기 전 새벽의 각기 다른 시간에 폐렴과 기관지염으로 죽었다. 이제 셋이 남았고, 우리는 모두 약해져, 선잠밖에는 잠을 자지 못하고, 혼란스러운 생각 말고는 생각을 할 수 없고, 말을 할 수 없고, 더 이상 빛과 어둠은 거의 보지 못하고 어슴푸레한 빛과 어슴푸레한 어둠만 볼 뿐이다.

이상한 행동

Odd Behavior

당신도 알다시피 상황이 문제다. 갈가리 찢은 티슈 조각을 내 양쪽 귀에 넣고 또 넣고 스카프로 내 머리를 에워싸 동여맬지라도 나는 이상한 사람이 정말 아니다. 혼자 살 때 나는 내게 필요한 모든 고요를 가졌었다.

생마르탱

St. Martin

이른 가을부터 이듬해 여름까지 그해 대부분 동안 우리는 관리인이었다. 돌봐야 할 집 한 채와 마당들, 고양이 둘과 개 둘이 있었다. 하나는 흰색이고 하나는 얼룩인 고양이들은 집 밖에서 살며 주방 창턱에서 밥을 먹었고 밥을 기다리는 동안 햇살 속에서 서로 티격태격했으며, 우리는 고양이들에게 밥을 주긴 했지만, 집을 그다지 깨끗하게 치우거나 마당의 잡초를 깎지는 않았는데 우리 고용주들은 친절한 사람들이었지만, 아마 개들 중 하나에게 일어난 일에 대해서는 결코 우리를 용서하지 않았을 것이다.

우리는 깨끗한 집이 어떤 모습이어야 하는지 잘 몰랐다. 우리가 깔끔한 편이라고 생각할라치면 먼지 쌓이고 어수선한 방들과 재를 뒤집어쓴 난로 두 대가 보였다. 가끔은 그 문제에 대해 다투었고, 가끔은 치웠다. 석유난로가 심하게 막혀도 전화가 고장 났기 때문에 우리는 며칠간 아무것도 하지 않았다. 도움이 필요하면 이전 관리인들을 찾아갔는데, 그들은 이웃 마을에서 번식용 카나리아들을 새장에서 키우는 노부부였다. 남자 노인은 가끔 집에 들렀고, 집 주위에 지나치게 자란 풀을 보면 아무 말 없이 큰 낫으로 베어냈다.

고용주들이 우리에게 무엇보다 바란 것은 그냥 집에 있는 것이었다. 도둑이 워낙 자주 들었기 때문에, 우리는 몇 시간 이상 집을 비울 수 없었다. 우리가 밤새 집을 비운 적은 딱 한 번, 수 마일 떨어진 곳에 사는 친구와 새해 전야를 기념하기 위해서였다. 우리는 차 뒤칸 침상에 개들을 싣고 갔다. 가는 길에 동네 분수들에 멈춰 개들의 등에 물을 뿌려주었다. 어쨌든, 어디를 가려 해도 우리는 돈이 너무 없었다. 고용주들은 우리에게 매달 돈을 조금 보냈고, 우리는 받는 즉시 대부분을 우편 요금과 담배, 식료품에 써버렸다. 토막 내지 않은 고등어를 사다가 씻었고, 토막 내지 않은 닭들을 사다 머리를 자르고 씻은 다음 다리를 묶어서 구이용으로 준비했다. 주방에서는 마늘 냄새가 자주 났다. 그해 우리는 마늘이 힘을 준다는 이야기를 여러 차례 들었다. 가끔 집에 편지를 써서 돈을 부탁했고 가끔 적은 액수의 수표가 도착했지만, 은행에서 현금으로 바꾸려면 여러 주가 걸렸다.

우리는 식료품을 사러 가는 가까운 읍내와 관목 참나무가 무성한 작은 산 너머 삼십 분 거리의 마을보다 먼 곳은 갈 수 없었다. 그곳에서 우리는 고용주들이 알려준 대로 시트와 수건, 테이블보를 비롯한 빨래를 맡겼고, 일주일 뒤 빨래를 찾으러 갈 때는 영화를 보고 오기도 했다. 우편물은 오토바이를 탄 여자가 집으로 배달해주었다.

그러나 우리는 일을 하려고 그 집에 그렇게 고립되기를 선

거의 없는 기억

택했기 때문에 돈이 있었다 해도 멀리 가지는 않았을 테고, 집 안에 앉아 일하려고 애쓸 때가 많았지만 항상 잘되지는 않았다. 이 방, 아니면 저 방에 앉아 일거리를 내려다보다가 고개를 들고 창밖을 보며 여러 시간을 보냈다. 물론 창밖에는 볼 것이 많지 않았고, 우리가 어느 방에 있느냐에 따라 이런저런 풍경이 조금씩 보였다. 나무, 들판, 하늘에 뜬 구름, 멀리 보이는 도로, 멀리 보이는 도로의 차들, 서쪽 지평선 위에 사각 교회탑을 신기루처럼 에워싼 마을, 계곡 너머 북쪽 언덕 위의 또 다른 마을, 밭에서 일하거나 걷는 사람, 걷거나 날아가는 새 한 마리 또는 한 쌍, 집에서 그리 멀지 않은 곳에 있는 무너진 헛간들.

개들은 거의 늘 우리 곁에 머물렀고 몸을 똘똘 말고 잠을 잤다. 우리가 말을 걸면, 걱정하는 노인의 눈길로 올려다봤다. 순종 황색 래브라도 오누이였다. 수컷은 몸집이 크고, 근육질의 완벽한 체형이었고, 거의 흰색에 가깝게 환한 금빛 털에, 잘생긴 머리통과 귀엽게 생긴 넓적한 얼굴을 가졌다. 성격이 단순하고 착했다. 달리고, 냄새 맡고, 부르면 오고, 먹고, 잤다. 튼튼하고, 영리하며, 말을 잘 들었고, 시키는 대로 아무리 가파르거나 긴 모래 둔덕도 달려가 물에 뛰어들어 막대를 물어왔다. 마을과 읍내에 갔을 때만 수줍어하고 겁을 집어먹고는 몸을 떨며 카페 테이블이나 차 밑으로 뛰어들곤 했다.

누이는 매우 달랐다. 우리는 오라비의 단순하고 착한 성정과 아름다운 외모를 사랑하는 한편 누이의 특이한 유머 감각과 신중함, 교활함, 나쁜 성질, 엉큼함을 사랑했다. 누이는 마을과 도시에서도 침착했고 물건을 물어 오는 일은 절대 하지 않았다. 몸집이 작고, 털은 황갈색이었으며, 맥주통 같은 몸에 다리가 가늘어 체형이 보기 좋지 않았고, 얼굴은 족제비 같았다.

개들 때문에 우리는 하루에 몇 번 집 밖으로 나갔다. 가끔은 둘 중 한 사람이 개들을 내보내기 위해 새벽 다섯 시에 따뜻한 침대를 나와 차가운 돌계단을 황급히 내려가야 했고, 워낙 급했던 개들은 주방과 테라스의 빨간 타일에 오줌을 방울방울 흘리며 무늬를 남겨놓기도 했다. 개들이 일을 보는 동안 우리는 별을 올려다봤고, 별은 밝고 선명했으며, 하늘은 지난번에 있던 곳으로부터 통째로 이동해 있었다.

이른 가을, 포도 따는 사람들이 이웃 들판에서 수확을 시작하자 달팽이들이 우리 집 유리창에 황록색 배를 대고 기어올랐다. 파리들이 집 안에 들끓었다. 우리는 음악실 유리문을 통과해 들어오는 햇살의 넓은 띠들 속에서 파리들을 내리쳤다. 파리들은 살아서 우리를 괴롭히더니, 죽어서 창턱에 무더기로 쌓이고 우리의 공책과 종이들을 뒤덮었다. 파리는 우리의 일곱 역병 중 하나였다. 다른 역병은 지붕 위에서 별안간 천둥처럼 굉음을 내는 전투기들, 나무 위를 유유히 날아가는 군용 헬리콥터들, 집 가까운 곳에서 어슬렁대는 사냥꾼들, 뇌우, 도둑고양이 둘, 그리고 얼마 뒤 닥친 추위였다.

사냥꾼들의 총이 언덕 너머나 창 밑에서 탕 하고 울리며 이른 아침 우리를 깨웠다. 남자들이 혼자, 또는 둘씩 걸어 다녔고, 가끔은 여자 하나가 어린아이 하나를 데리고 다녔으며, 스패니얼종 사냥개들이 깡충깡충 뛰며 시야에서 사라졌고, 소총의 총구에서 김이 올랐다. 우리는 숲에 갔을 때, 무너진 돌집 옆에서 한 사냥꾼이 점심을 먹고 남기고 간 쓰레기를 발견하기도 했다. 플라스틱 와인병, 유리 와인병, 종이 쪼가리들, 구겨진 종이가방, 빈 탄약 상자. 총을 팔에 안고 덤불 숲 사이에 쪼그려 앉은 사냥꾼을 마주치기도 했는데, 얼마나 움직임 없이 앉아 있었는지 우리는 바싹 다가갈 때까지 그가 그곳에 있는 줄도 몰랐고, 그때도 그는 눈을 우리에게 고정한 채 꼼짝도 하지 않았다.

하루가 끝나가는 마을 카페에서는 여자들이 해 지기 직전에 딴 버섯을 들고 올 무렵, 카페 주인의 젊은 아들이 올리브그린색 바지 차림으로, 살금살금 걷는 늙은 귤색 개 둘을 데리고 계산대 뒤로 슬그머니 계단을 올라가곤 했다. 집 근처 평지 곳곳에는 탄피들이 후추처럼 흩어져 있었다. 그곳은 이 골짜기의 농경지들 틈에 버려진 자투리땅 중 하나였다. 그곳의 마른 가을 풀밭에는 바위가 여기저기 있었고, 바위들 틈에 버려진 차가 두 대 있었다. 그곳에 있으면 한쪽에서는 백리향 향기가, 다른 쪽에서는 하수 처리용 갈대밭에서 나는 하수 냄새가 풍겨왔다.

우리는 거의 아무도 찾아가지 않았는데, 유일하게 방문하는 곳이라고는 농부와 정육점 주인, 도시 출신에 다소 허풍을 떠는 은퇴한 사업가의 집뿐이었다. 농부는 밭 한두 개 거리에 있는 큰 돌집에서 개 한 마리와 고양이 둘을 데리고 혼자 살았다.

사업가는 하이픈이 들어간 이름에 실제로 '허풍pomp'이 들어 있었고, 서쪽으로 밭 몇 개를 지나면 나오는 옆 마을 새집에 살았다. 젊은 정육점 주인은 읍내에서 아이 없이 아내와 함께 살았고, 우리는 읍내에 갔다가 트럭에서 가게로 고기를 나르는 그를 가끔 마주치곤 했다. 그는 소의 몸통이나 양고기를 팔에 안은 채 햇빛 속에 멈춰 서서 신중하게 미소 지으며 우리와 이야기를 나누곤 했다. 그는 일과 뒤에 자주 사진을 찍으러 다녔다. 예전에 통신 강좌로 사진을 공부해서 학위를 받았다. 소읍의 축제와 행렬, 장날, 사격 경기를 사진 찍었다. 가끔 우리를 함께 데려가기도 했다. 이따금 낯선 사람이 우리가 사는 집에 실수로 들어오기도 했다. 한번은 창백하고, 마르고, 이상한 어린 소녀 하나가 돌풍에 불쑥, 두서없는 생각처럼 주방으로 들어왔다.

우리는 돈이 조금밖에 없었기 때문에 놀이가 단순했다. 햇빛이 흰 자갈들에 부서지고 올리브나무 잎에 반짝일 때 밖으로 나가 조약돌을 집어 삼 미터쯤 떨어진 곳에 있는, 로즈메리 틈의 큼직한 점토 항아리에 오버핸드로 하나씩 던지곤 했다. 서로 시합 삼아 던졌지만, 할 일을 마치거나 일이 안 될 때는 혼자서도 했다. 한 사람은 일하는 동안 밖에서 조약돌이 항아리에 튕겨 자갈 위로 떨어질 때의 둔탁한 달그락 소리와 항아리 안에 착지할 때의 더 낭랑한 달그락 소리를 듣고 또 들으며, 상대가 밖에 있음을 알았다.

날씨가 너무 추워지자, 우리는 집에서 진러미 카드 게임을 했다. 한겨울이 되어, 방 몇 곳만 난방을 할 무렵 우리는 토너먼트를 편성할 정도로 밤낮으로 게임을 아주 많이 했다. 그러다가 몇 주 동안은 게임을 그만두고 저녁에 난롯가에 앉아 독일어를 공부했다. 봄이 오자, 우리는 조약돌 게임을 다시 시작했다.

거의 매일 오후에 우리는 개들을 데리고 산책을 했다. 몹시 추운 겨울에는 불을 땔 때 쓸 나무와 솔방울을 모을 만큼만 밖에 있다가 들어왔다. 날이 더 따뜻할 때는 한 시간 넘게 밖에 있었는데, 주로 집 뒤편 위쪽 고원에 펼쳐진 국유림에 자주 갔고, 가끔은 골짜기의 포도밭이나 라벤더밭에 갔으며, 목초지나 골짜기 맞은편의 오래된 올리브나무 숲에 가기도 했다. 우거진 덤불과 바위, 소나무, 참나무, 붉은 흙, 들판 사이에 아주 오래 있다가 집에 오면, 집에 온 뒤에도 여전히 그것들에 에워싸인 기분이 들었다.

우리는 숲으로 올라가기 위해 가시덤불을 헤치고 다녔고, 이렇게 걷다가 양말에 가시들이 달라붙고 팔과 다리가 긁힌 채 집으로 돌아왔으며, 다음 날 다시 나가서 걸어 다녔고, 개들은 늘 우리가 어떤 이유를 갖고 특정 방향으로 출발했다가 다시 어떤 이유를 갖고 집으로 돌아온다고 믿었지만 끝없어 보이는 숲속에는 산책의 목적지로 삼을 만큼 특색 있는 곳이 거의 없었고 우리는 그저 걸으면서 양옆으로 스쳐가는 똑같은 모습을, 흙길을 따라 무성하게 자란 가시 달린 관목 참나무들을 보았으며 흙길은 꽤나 곧게 이어지다가 살짝 구부러지면서 가끔은 완만한 오르막길이 되었다가 다시 곧게 이어지곤 했다.

만약 우리가 익숙하지 않은 경로로, 숲을 빙 둘러서, 고랑이 깊게 패고 풀이 무성한 밭들을 피한 다음 갈대밭 가장자리로 들어갔다가, 방향을 틀어 파란 옷을 입은 농부와 빨간 옷을 입은 그의 아내가 일을 하고 개 한 마리가 그들을 따라다니는 농장 옆을 지나 집으로 돌아왔다면, 우리 자신이 너무나 달라진 느낌이 들어서 집이 조금도 달라지지 않았다는 사실이 놀랍게 느껴졌을 것이다. 평온한 집과 마당을 보며 우리가 결코 집을 나선 적이 없다고 잠시 믿을 뻔했다.

숲과 들판 사이 잡목이 무성한 곳에서 가끔 우리는 폐허가 된 농가를 마주치곤 했는데, 모서리가 닳고 폭이 넓은 돌층계로 된 구부러진 계단이 이제는 허공이 된 위층으로 이어졌고, 가시덤불과 쐐기풀, 박하가 집 안팎에 자라고 있었으며, 가끔은 근처에 가지들이 반쯤 죽어버린 볼품없는 늙은 과실수 한 그루가 서 있곤 했다. 이런 농가의 형상에서 우리는 우리가 사는 집을 알아보았다. 밤이면 우리는 똑같이 구부러진 돌계단을 올라 잠을 자러 갔다. 예전에 우리 집 아래층에도 가축들이 살았다. 둥근 천장을 두른 식당은 한때 양 우리였다.

걸어 다니다가 이따금 설명할 수 없는 것들을 마주치기도 했다. 한번은 버려진 모닥불의 타다 남은 장작들 속에 죽어 있는 산토끼 둘을 보았다. 가끔 길을 잃기도 했고, 해가 진 뒤에도 길을 찾지 못하면 달리기 시작했으며, 어둠이 무서워 지치는 줄도 모르고, 길을 찾을 때까지 달리고 또 달렸다.

멀리서 찾아와서 며칠, 가끔은 몇 주를 묵어가는 손님들이 있었는데, 때로는 환영받았고, 때로는 너무 오래 머무르는 탓에 덜 환영받기도 했다. 이들 중에 예전에 우리 고용주와 일한 적이 있어서 습관적으로 집에 들르는 젊은 사진작가도 있었다. 그는 잡지사에서 의뢰받은 일을 위해 지역 곳곳을 돌아다니며, 그림자가 길어지는 동틀 녘이나 해 질 녘에 항상 사진을 찍었다. 회사 경비로 다녔기 때문에 여기 머물 때마다 좋은 호텔방에 낼 만한 액수를 우리에게 지불했다. 몸집이 작고, 말쑥하고, 이를 드러내며 싱긋 미소 짓는 남자였다. 혼자 오거나, 여자 친구와 함께 왔다.

그가 위층에서 개들을 어루만지고 몸싸움을 벌이며 노는 동안 우리는 아래층에 앉아 일을 하려고 애쓰며 마음속으로 그에게 욕을 퍼부었다. 또는 그와 여자 친구가 위층에서 옷을 다림질하며 우리가 처음에는 무엇인지 몰랐던 소음들을, 딱딱한 전선이 마룻바닥에 부딪히고 미끄러지는 소리들을 내기도 했다. 우리가 일을 못할 만큼 심할 때도 있었다.

그들은 신기하리만치 정리를 못하는 사람들이어서, 볼일을 보러 나가면서 집에 있는 양, 난로 위에 물이 끓게 놔두거나 개수대에 따뜻한 비눗물을 가득 남겨놓았다. 또는 볼일을 보고 들어오면서 문을 활짝 열어놓아 찬 공기와 고양이들이 들어오게 하기도 했다. 정오가 다 될 때까지 식탁에 앉아 아침을 먹었고 부스러기를 남겼다. 가끔 우리는 늦은 오후에 소파에 잠들어 있는 그의 여자 친구를 발견하기도 했다.

그러나 우리는 외로웠고, 사진작가와 그의 여자 친구는 다정했으며, 가끔 우리를 위해 저녁을 요리해주거나 식당에 데리고 가기도 했다. 게다가 그들의 방문은 주머니에 돈이 들어온다는 뜻이었다.

십이월 초, 부엌의 석유난로를 하루 종일 최대치로 틀기 시작했을 무렵 개들이 난로 옆에서 자는 동안 우리는 식당 탁자에서 일을 했다. 창밖으로 두 남자가 경작지에서 일을 다시 시작하는 모습이 보였다. 한 사람은 트랙터를 몰고, 한 사람은 아마 고랑을 열 개쯤 간 뒤 몇 주 동안 가만히 녹슬고 있던 쟁기를 밀었다. 가끔 밤에 거센 폭풍이 불기 시작해 하루 종일 부는 바람에 새들은 날아다니는 데 애를 먹었고 마룻장 틈새로 먼지가 떨어져 내리기도 했다. 이따금 밤에 덧문이 쿵쿵대는 소리에 우리 중 한 사람이 일어나 잠옷 바람으로 차고의 기와지붕 위로 나가 덧문을 다시 동여매거나 경첩에서 떼어버리기도 했다.

폭풍은 여러 시간 지속되며 집 근처 폐허가 된 헛간을 흠뻑 적시며 무너진 돌들을 짙게 물들였다. 아침 공기는 무르고 상쾌했다. 끝없이 주룩주룩 떨어지던 비와 쌩쌩 불던 바람이 잦아든 뒤 가끔은 완벽한 고요가 머물렀다. 일 분, 또 일 분, 그러다가 별안간 공기를 흔들며 저 멀리서 하늘을 날아가는 비행기 소리가 들렸다. 폭풍이 지난 뒤에는 집 밖의 젖은 자갈을 비추는 햇빛이 너무나 하얗게 빛나서, 눈처럼 보였다.

십이월 중순, 나무와 덤불이 잎을 떨어뜨리기 시작하자 가까운 들판에, 무성한 가시덤불로 검은 입구가 덮였던 석조 헛간이 서서히 모습을 드러냈다.

양 떼 한 무리가 폐허가 된 헛간 주위로 모여들었다. 꼬리가 길고 살찐 지저분한 양들이 창백하고 마른 새끼 양들을 데리고 있었다. 양들은 서로를 밀쳐대며, 무너진 벽들을 기어올라, 폐허가 된 헛간을 넘어 쏟아져 나왔고, 댕그랑대는 둔탁한 종소리 너머로 어린 양들이 내는 인간의 고음 같은 울음소리가 들렸다. 온통 갈색 옷을 입고 모자를 눈 위까지 푹 눌러쓴 양치기가 수염을 깎지 않은 벌건 얼굴로 장작더미 옆 풀밭에 앉아 식사를 하고 있었다. 양들이 지나치게 부산스러워지자 그는 투덜거렸고 그의 검은색 작은 개가 양 떼의 가장자리를 한 번 내달리자 양들은 막대기 같은 다리들의 숲을 이루며 개를 피해 구보했다. 양들이 벽 사이로 줄줄이 나오며 가까이 오자 개는 그들을 다시 멀리 보냈다. 양들이 옆 들판으로 사라졌을 때도 양치기는 잠시 앉아 있다가, 헐렁한 갈색 바지를 입은 몸을 일으켜 긴 끈에 매단 가죽 주머니를 등에 메고, 가벼운 지팡이를 손에 들고, 외투를 어깨에 걸치고는 천천히 자리를 떠났고, 그의 휘파람 소리에 그 검은색 작은 개가 쏜살같이 달려 방향을 틀었다.

어느 날 오후 우리는 남은 돈이 거의 없었고, 음식도 거의 없었다. 우리의 사기는 떨어졌다. 우리는 저녁을 같이 먹자는 말을 듣기를 기대하며 사업가 부부를 찾아갔다. 그들은 이 층에

생마르탱 177

서 책을 읽고 있었는데, 한 사람씩 차례로 독서 안경을 손에 들고 내려오는 모습이 피곤하고 나이 들어 보였다. 우리는 그들이 손님을 기대하지 않을 때는 거실 텔레비전 앞 안락의자 두 개에 담요 하나와 침낭 하나를 둔다는 사실을 알게 됐다. 그들은 이튿날 저녁 식사에 우리를 초대했다.

이튿날 저녁에 다시 찾아갔을 때 우리는 식사 전에 아시에-드-퐁피냥 씨로부터 럼 칵테일을 대접받았고 식사 후에는 부부와 함께 영화를 보았다. 영화가 끝나자 그곳을 나와, 맞바람 속을 뚫고 입으로 날아오는 흙먼지를 마시며, 덧문이 내려진 좁은 길들을 지나, 황급히 우리 차로 달려갔다.

그다음 날, 저녁으로 우리는 소시지 한 개를 먹었다. 우리에게 남은 돈이라고는 집 곳곳 쟁반에 있던 동전을 모아 거실 탁자 위에 쌓아둔 게 전부였다. 2.79프랑, 곧 50센트도 되지 않는 돈이었지만 다음 날 저녁에 먹을 무언가를 사기에는 충분했다.

그러고 나자 집 어디에도 돈이 한 푼도 없었고, 먹을 것도 거의 남지 않았다. 우리는 주방을 꼼꼼하게 뒤져 양파 조금과 오래됐지만 개봉하지 않은 파이 크러스트 믹스, 기름 조금, 분유 조금을 찾아냈다. 이것들로 양파 파이를 만들 수 있다는 사실을 깨달았다. 우리는 양파 파이를 만들어, 구웠고, 두 조각을 잘라낸 다음, 먹는 동안 나머지 파이를 조금 더 익히기 위해 뜨거운 오븐에 다시 넣었다. 양파 파이는 놀랄 만큼 맛이 좋았다. 우리는 기운이 되살아나 이야기를 나누며 파이를 먹었고 계속 굽고 있는 남은 파이에 대해서 까맣게 잊어버렸다. 우리가 그 냄새를 맡을 무렵 파이는 돌이킬 수 없을 정도로 심하게 타버렸다.

그날 오후, 우리는 무얼 해야 할지 몰라서 자갈길로 나갔다. 뜨거운 태양과 서늘한 공기 속에서 한동안 조약돌을 던졌고, 우리의 문제에 대한 답이 없었으므로 말은 거의 하지 않았다. 그때 다가오는 차 소리가 들렸다. 큰길에서 집까지 이어지는 울퉁불퉁한 흙길을 따라, 분홍 회벽에 검정 철세공 장식을 단 주말용 주택을 지나, 한쪽은 포도밭, 맞은편은 들판이 있는 곳을 지나서 그 사진작가가 멋진 렌터카를 타고 왔다. 순전히 우연하게, 또는 천사처럼 그는 우리가 가진 것을 남김없이 다 써버린 바로 그 순간에 우리를 구원하기 위해 도착했다.

우리는 부끄러워하지 않고 돈도 음식도 없다고 말했고 그는 기꺼이 우리를 데리고 저녁 식사를 하러 나갔다. 플라타너스나무가 줄줄이 늘어선 광장의 훌륭한 식당으로 우리를 데려갔다. 방송국 제작진도 그곳에서 식사를 하고 있었다. 테이블에 열두 명이 앉아 있었고 그중에는 꼽추도 한 사람 있었다. 크고 환한 벽난로 옆에서 나이 든 여자 셋이 뜨개질을 하고 있었다. 한 사람은 검버섯이 얼굴과 손을 덮고 있었고, 한 사람은 초췌하고 깡말랐으며, 한 사람은 더 어리고 더 쾌활했지만 눈치가 없었다. 사진가는 그의 경비로 우리를 잘 먹였다. 그는 그날 밤과 그 뒤 몇 밤을 우리와 함께 머물렀고 50프랑 지폐 몇 장을 남기고 떠났는데, 현지 와인 한 병이 1.5프랑도 되지 않았으므로 우리는 얼마간 그럭저럭 지낼 만했다.

겨울이 제대로 시작되자 우리는 집 안의 방들을 하나씩 닫고 뚱뚱한 석유난로가 있는 부엌, 부엌에서 들어오는 탁한 온기 속에서 우리가 카드 게임을 하던 큼직한 참나무 식탁이 있는 둥근 지붕의 식당, 다리를 뜨겁게 달구는 비싼 전기난로가 있는 음악실, 돌계단 위의 침실에서만 지냈는데 난방이 되지 않는 침실의 붉은 타일 바닥은 얼마나 광활한지 한복판에서 푹 꺼졌다가 아몬드나무와 올리브나무를 굽어볼 수 있는 작은 외여닫이창으로 가는 길에 다시 솟아오를 시간이 충분할 정도였다. 바람이 불고, 덧문을 닫은 탓에 곳곳이 어둑해진 집은 이전과는 다른 느낌이었다.

종달새들이 오후의 들판 위를 은빛으로 반짝이며 파드득 날았다. 마을까지 길고 곧게 이어지는, 바큇자국투성이 도로는 무른 진창으로 변했다. 무너진 헛간의 내벽들은 변화하는 햇빛에 따라 조개껍데기처럼 분홍빛을 띠기도 했다. 개들은 기름한 눈을 감고 차가운 타일 바닥에 누우며 무거운 한숨을 내쉬었다. 햇살 속으로 내보내면 자갈을 흐트러뜨리고 헐떡대며 서로 싸웠다. 밝고 강렬한 햇살 속에서 올리브나무 그림자가 어두운 강처럼 자갈 위를 흘러 집 벽에 철썩이며 부딪쳤다.

세찬 폭풍우가 치던 어느 밤 우리는 농부의 집에 저녁을 먹으러 갔다. 그의 집 둘레에는 아무것도, 풀조차도 자라지 않았다. 발이 깊숙이 빠지는 진흙 마당에 거대한 돌집 한 채만 있었다. 무거운 앞문은 밀어서 열기가 힘들었다. 입구에는 못에 걸린 가죽 주머니 속 송로가 풍기는 습하고 눅눅한 냄새가 가득했다. 종자와 곡식이 가득 담긴 자루들이 벽에 나란히 서 있었다.

우리는 저녁에 먹을 달걀을 주워 오기 위해 농부와 함께 밖으로 나가 집의 옆쪽으로 갔다. 집 밑, 그가 한때 양을 키웠던 우리에 이제는 암탉들이 살고 있었다. 농부의 손전등 불빛에 그들의 옆얼굴이 뚜렷이 드러났다. 그는 한 손에 손전등을 든 채 달걀을 주워 모았고 우리에게 들고 가라고 주었다. 우리가 집 앞으로 돌아갈 때 바람에 우산이 뒤집혔다.

부엌은 큰 석유난로에서 나오는 열기로 따뜻했다. 오븐 문이 열려 있었고 고양이 하나가 안에 앉아 밖을 내다보고 있었다. 집에 있을 때 농부는 대부분의 시간을 부엌에서 보냈다. 버릴 게 있으면 창문 밖으로 던진 다음 나중에 파묻었다. 탁자는 병으로 어수선했다. 식초병, 기름병, 지하실에서 들고 올라온, 그가 담근 와인이 담긴 위스키병들. 그 사이에 천 냅킨과 큼직한 바닷소금 덩어리들이 있었다. 탁자 뒤편 소파에는 외투가 쌓여 있었다. 소총 두 개가 벽걸이 선반에 걸려 있었다. 냉장고 문에는 농부와 그가 예전에 파리에서 마르세유로 몰고 다니던 트럭을 찍은 사진이 한 장 붙어 있었다.

저녁으로 그는 우리에게 기름과 식초로 요리한 리크, 약간의 딱딱한 소시지와 빵, 두꺼운 종이 같은 검정 올리브, 송로를 넣은 스크램블 에그를 주었다. 마른행주 안에 상추를 넣고 흔들어 물기를 제거한 다음 마늘이 가득 든 샐러드를 대접했고 그 다음에는 로크포르 치즈를 내왔다. 그는 밭으로 일하러 나가기 전에 아침 식사로 빵 한 조각과 마늘을 먹는다고 말했다. 자신을 공산주의자라 불렀고 레지스탕스에 대해 이야기하면서 그 지역 사람들은 누가 부역자인지 정확히 알고 있다고 했다. 부역자들은 사람들 눈에 안 띄게 집에 머물며 카페에 별로 가지 않는데, 사실 문제가 생기면 즉시 죽임을 당할 것이라고 했지만 그 문제라는 것이 무엇인지에 대해서는 말하지 않았다. 그는 많은 것들에 대해 의견을 갖고 있었고, 심지어 코란에 대해서도 의견이 있었는데, 코란은 거짓말과 도둑질을 죄로 여기지 않는다고 말했다. 그는 우리에게 궁금한 것이 있었다. 저 멀리, 우리 나라도 이곳과 같은 연도인지 궁금해했다.

그의 깨끗한 새 욕실에 가기 위해 우리는 전등을 들고 길을 밝히며 층계참을 지나 큼직한 돌 벽난로밖에는 보이지 않는, 천장이 높은 빈방을 통과했다. 저녁을 먹은 뒤, 우리는 그가 바닥에 쌓인 레코드 더미에서 꺼내온 혁명가를 말없이 들었고 그는 졸려서 하품하며 두 엄지손가락을 서로 빙빙 돌렸다.

집으로 돌아왔을 때 우리는 늘 하던 대로 개들이 밤 동안 집 안에 갇혀 있기 전에 뛰어다닐 수 있도록 내보냈다. 사냥철이 다시 시작된 즈음이었다. 개들을 풀어놓지 말았어야 했지만 우리는 몰랐다. 한 시간이 좀 넘어 암컷은 돌아왔지만 수컷은 오지 않았다. 그 개는 한 시간 넘게 밖에 머문 적이 없었으므로 우리는 곧 걱정했다. 집 근처에서 그를 부르고 또 불렀고, 이튿날 아침에도 여전히 돌아오지 않자 그를 부르며 숲속을 사방으로 걸어 다니며 나무들 사이를 샅샅이 뒤졌다.

우리는 그가 돌아오지 못하게 어떤 식으로든 막는 것이 있지 않는 한, 그렇게 오랫동안 밖에 있을 수 없다는 걸 알았다. 어쩌면 발정 난 암컷의 냄새에 끌려 옆 마을로 어슬렁거리며 갔을 수도 있다. 어쩌면 도로 근처에 있다가 지나가는 운전자의 눈에 띄어 납치됐을 수도 있다. 어쩌면 사냥꾼이, 성격 좋고 잘생긴 사냥개를 탐내며 담배 연기로 가득한 카페에서 그를 자랑하며 으스댈 만한 누군가가 훔쳐갔을 수도 있다. 그러나 처음에, 그리고 나중까지도 오랫동안 우리는 그가 독을 먹거나 덫에 걸리거나 총상을 입어서 덤불 속에 누워 있을 거라고 믿었다.

하루 또 하루가 지나갔고 그는 돌아오지 않았고 그의 소식은 들려오지 않았다. 우리는 차를 몰고 마을마다 돌아다니며 수소문했고, 그의 사진이 들어간 전단지를 붙이고 다녔지만, 우리와 대화한 사람들이 우리에게 거짓말을 할지도 모르며, 그렇게 아름다운 개는 아마 돌려받지 못하리라는 것도 알았다.

사람들은 우리에게 전화해서 누가 황색 개를 갖고 있다고, 또는 누가 길 잃은 개를 발견했다고 알려줬지만, 찾아가보면 우리 개와 별로 닮지 않았다. 그에게 무슨 일이 일어났는지 알 수 없었고, 그가 혹시라도 돌아올 가능성이 늘 있었으므로, 우리는 그가 사라졌다는 사실을 받아들이기가 힘들었다. 게다가 우리 개가 아니라는 사실이 상황을 더 힘들게 만들었다.

한 달 뒤, 우리는 여전히 개가 돌아오길 기대하고 있었지만, 봄이 시작되고 있었고 우리의 관심을 돌릴 만한 다른 일들도 함께 일어났다. 아몬드꽃들이 하얗게, 너무 하얘서 그 너머 쟁기질된 보드라운 들판을 배경으로 거의 푸르게 보일 정도로 피었다. 장작더미 옆 관목 참나무에 까치 한 쌍이 파닥대며 날아와 깍깍 울며 비스듬히 곤두박질쳤다.

주말용 주택에 사람들이 돌아왔고, 일요일마다 우리 집 아래쪽 밭의 좁고 기다란 땅에서 일하며 서로를 큰 소리로 불렀다. 개가 마당 경계에서 다리를 뻣뻣이 세우고 긴장한 채 그들을 향해 짖어댔다.

한번은 마을 가장자리에서 한 여자와 이야기를 나누기 위해 멈춰 섰는데 여자는 땅을 파느라 흙투성이가 된 자기 손을 우리에게 보여주었다. 그녀 뒤로 한 남자가 약초 같은 것을 주기 위해 다른 남자를 그의 정원으로 데리고 들어가는 모습이 보였다.

흰 수선화와 노란 수선화가 들판에 무리 지어 피었다. 우리는 꽃병 가득 꽃을 따다 방에 놓고 잠을 잤고 몽롱하고 나른한 상태로 잠이 깼다. 붓꽃이 피었고 그다음에는 장미가 첫 봉오리를 열었다, 노랗게. 파리가 다시 많아졌고, 시끄러웠다.

우리는 다시 긴 산책을 나섰고 이제는 개 한 마리를 데리고 다녔다. 가늘고 뻣뻣하게 자란 집 근처 풀에는 벌레들이 있었고, 갈라진 땅 틈에는 개미들이 있었다. 들판에는 자줏빛 클로버들이 우리 발목까지 자랐고, 흰색과 노란색의 큼직한 데이지꽃들이 우리 무릎까지 자랐다. 우리 손까지 자란 미나리아재비에 피처럼 붉은 호박벌들이 앉았다. 들판에 자란 길고 싱

거의 없는 기억

싱한 풀들이 불어오는 바람에 오르내리며 물결쳤고, 집 근처, 나무들이 무성한 작은 숲에서는 죽은 가지들이 투덕거리며 서로 부딪혔다. 바람 소리가 잠잠해질 때마다 물이 불어난 개울물에서 돌 수조 속으로 물줄기가 떨어지듯 졸졸 물 흐르는 소리가 들렸다.

오월, 첫 밤꾀꼬리 소리가 들렸다. 막 깜깜해졌을 무렵 밤꾀꼬리가 노래하기 시작했다. 밤꾀꼬리의 노래는 사실 흉내지빠귀의 노래와 다르지 않아서, 쪼로롱, 그리고 쨱쨱굴, 그리고 쨱쨱, 쪼로롱, 찌르륵, 그리고 다시 쪼로롱 하고 노래하지만 밤의 고요 한복판이나, 어둠 속이나, 아니면 달빛 속에서, 검은 가지들 틈에 기이하게 숨겨진 자리에서 들려왔다.

의류산업 지구에서
In the Garment District

    한 남자가 의류산업 지구에서 여러 해 동안 배달을 했다. 매일 아침 그는 똑같은 옷을 이동식 선반에 올리고 거리를 지나 한 가게로 가져가고 매일 저녁 다시 물류창고로 되돌려놓는다. 이런 일이 일어나는 이유는 가게와 창고 사이에 해결할 수 없는 분쟁 때문이다. 가게는 값싼 재료로 형편없이 만들어진 데다 이제는 여러 해 철이 지난 그 옷들을 주문한 적이 없다고 주장한다. 반면 창고는 그 옷들을 더 이상 쓸 데가 없는 도매상들에게 반품할 수 없기 때문에 책임지지 않으려 한다. 남자에게는 이 모든 분쟁이 아무 의미가 없다. 그 옷들은 그의 것이 아니고, 그는 이 일로 보수를 받고 있으며, 곧 회사를 떠날 생각이다, 아직 적당한 시기가 오지 않았지만.

배우들

The Actors

우리 지역에는 오셀로를 연기할 때마다 쉽게 만석을 이루고 지역의 여자들을 무척 설레게 만드는 배우 H—키 크고, 대담하고, 열정적인 부류의 사내—가 있다. 그는 다른 남자들에 비해 꽤 잘생긴 편이지만 코는 다소 두툼하고 키에 비해 상체가 다소 짧은 편이긴 하다. 그의 연기는 뻣뻣하고 틀에 박히고, 동작은 아무리 봐도 외운 티가 나고 기계적이지만, 목소리는 그 모든 것을 잊게 할 만큼 힘이 있다. 그가 병이나 숙취로 자리에서 일어나지 못하는 밤이면—이런 일은 생각보다 자주 있다—그 역할을 대역 J가 맡는다. 그런데 J는 얼굴이 창백하고 몸집이 작아서, 무어인 역에는 전혀 어울리지 않는다. 무대에 올라 많은 빈 좌석을 마주하는 그의 다리는 떨린다. 목소리는 앞좌석 몇 줄까지밖에 들리지 않고, 그의 작은 손은 흐릿한 허공 속에서 헛되이 푸드덕거린다. 우리는 그를 보며 연민과 짜증을 느낄 뿐이지만, 연극이 끝날 무렵이면 마치 오셀로라는 인물 안의 소심하고 슬픈 면이 우리도 모르게 우리에게 전달된 것처럼 이상하게 감동을 받는다. 그러나 H와 J의 틀에 박힌 연기와 기량—우리가 오후에 함께 모일 때면 세세하게 분석하고,

저녁을 먹고 나서 혼자일 때도 곰곰이 생각하는—은 위대한 스파가 뉴욕에서 내려와 우리에게 진정한 오셀로 공연을 선사하자 갑자기 하찮아 보인다. 우리는 무아지경이 되고, 감정으로 심하게 소진되어 우리가 무엇을 느끼는지 말할 수 없다. 우리는 스파가 떠나고 H와 J와 남겨졌을 때 거의 고마움을 느낄 정도인데, 그들이 불완전하다 해도, 마치 우리 중 하나인 것처럼 우리에게 친숙하고 편안하기 때문이다.

에버글레이즈에서

In the Everglades

오늘 나는 고무바퀴와 차양 달린 차를 타고 정글 래리의 아프리카 사파리를 돌아다니는 중이다. 우리는 교살자무화과나무 한 그루와 철창에 갇힌 쿠거 몇 마리를 지난다. 암표범 한 마리가 우리를 피해 바위 뒤로 숨는다. 난초 화원의 종려나무 줄기 높은 곳에는 꽃 한 송이가 녹이 슨 수도꼭지 옆에 피어 있다. 그 뒤 우리는 하품하는 사자 석고상의 입속으로 쓰레기를 던져 넣고 세미놀 인디언 마을로 출발한다.

인디언 마을은 문을 닫았고, 그곳의 가게는 열려 있지만 구슬 장신구를 헤집는 우리를 지켜보며 응대하는 인디언들이 너무 퉁명한 탓인지 우리는 아무것도 사지 않는다.

나중에 나는 수상 보트 앞쪽의 몇 줄 안 되는 사람들 틈에 앉고, 우리는 불쾌한 소음과 함께 억새밭을 미끄러지며 급속도로 출발한다. 맹그로브 습지 곳곳에서 동물들의 평온이 흔들리고, 우리 앞 몇 마일까지 왜가리와 백로들이 하나씩 하나씩, 고되게, 하얀 하늘로 날아오른다.

하루 종일 나는 햇빛이 반짝이는 풍경을 보았고, 수상 보트 선장의 지시대로 눈부시게 햇빛이 부서지는 수면을 유심히 바라보며 악어를 찾으려 애썼다. 이제 저녁이 됐고, 눈은 욱신거리고, 나는 아무것도 생각할 수 없는 상태로 램프 불빛 속에 앉아 있다.

나를 둘러싼 것을 본다. 벽지 바른 벽들, 금박 나뭇잎 장식들, 램프 불빛 아래 탁자, 탁자 위 두 손, 특히 오늘 한 여자가, 이제는 희미해지고 흉해진, 웅크린 원숭이 형상을 스탬프로 찍어준 오른손 손등을 보지만, 아무리 애쓰고 애써도 정확히 어디에서 또는 왜 그랬는지 기억해낼 수 없다.

배우려 노력 중

Trying to Learn

나는 내게 장난을 거는 이 쾌활한 남자가 내게 너무 진지하게 돈 얘기를 하느라 더 이상 나를 보지도 않는 그 진지한 남자와 힘든 시기에 내게 조언을 해주는 그 참을성 있는 남자와 문을 쾅 닫고 집을 나간 그 화난 남자와 같은 사람이라는 것을 배우려 노력 중이다. 나는 쾌활한 남자는 더 진지해지기를, 진지한 남자는 덜 진지해지기를, 참을성 있는 남자는 더 쾌활해지기를 자주 바랐다. 화난 남자에 관한 한 그는 내게 낯선 사람이고 나는 그를 미워하는 것이 당연하다고 느낀다. 이제 나는 집을 나가는 화난 남자에게 모진 말을 한다면 다른 남자들, 내가 상처 주고 싶지 않은 남자들에게도, 장난을 거는 쾌활한 남자에게도, 돈 얘기를 하는 진지한 남자에게도, 조언을 하는 참을성 있는 남자에게도 상처를 준다는 것을 배우려 노력 중이다. 그러나 나는, 예컨대, 나의 모진 말로부터 가장 보호해주고픈 참을성 있는 남자를 보며 그가 다른 남자들과 같은 남자라고 믿으려 애써도, 내가 믿을 수 있는 것이라고는 내가 그 모진 말들을 그가 아니라 다른 남자에게, 내가 화를 내 마땅한 내 적에게 했다는 것뿐이다.

내 친구

A Friend of Mine

나는 내 친구에 대해, 그가 어떻게 그가 자신이라고 생각하는 사람일 뿐 아니라 친구들이 그라고 생각하는 사람과 가족이 그라고 생각하는 사람, 심지어 우연히 알게 된 사람과 전혀 모르는 사람들 눈에 비친 그라는 사람이기도 한지에 대해 생각하는 중이다. 어떤 점에 대해서는 친구들과 그의 생각이 다르다. 예를 들어, 그는 자신이 과체중이며 충분히 교양 있지 않다고 생각하지만 친구들은 그가 매우 마르고 친구들 대부분보다 교양 있다고 생각한다. 그와 친구들의 생각이 일치하는 점도 있는데, 이를테면 그가 사람들과 있을 때 유쾌하고, 시간을 잘 지키길 좋아하고, 다른 사람도 시간을 잘 지키길 바라며, 집을 깔끔하게 정리하지 않는다는 점이다. 어쩌면 우리 모두가 동의하는 점들은 진짜 그라는 사람이나, 진짜 그라는 사람 같은 것이 있다면 진짜 그라는 사람일 것의 한 부분을 이룬다고 보는 게 맞을 텐데, 진짜 그라는 사람이 어떤 사람인지 찾다 보면 곳곳에서 모순을 발견할 뿐이기 때문이다. 그와 친구들이 어떤 점에 대해 동의할 때조차 우연히 그를 알게 된 사람들은 그렇지 않다고 생각할 수 있다. 이를테면 그들은 그가 사람들

과 있을 때 침울하고 집을 매우 깔끔하게 정리한다고 생각할
수 있고, 그가 침울할 때도 있고 집을 깔끔하게 정리할 때도 있
으므로 그 생각이 완전히 틀리지는 않겠지만, 물론 침울할 때
는 깔끔하게 청소하지 않을 테니 두 가지가 동시에 일어나지
는 않을 것이다.

　내 친구에 대해 이 모든 것이 사실이라면, 나는 나에 대해 알
아야 할 모든 것을 다 알아야 하고, 마치 다 아는 것처럼 살아
가야 한다고 생각할지라도, 나도 나에 대해 완전히 알지는 못
할 테고, 어떤 점에 대해서는 다른 사람들이 나보다 더 잘 알
수밖에 없을 것이라는 생각이 문득 든다. 그러나 이를 알고 나
서도, 나는 나라는 사람을 완전히 아는 것처럼 계속 살아가는
수밖에 없긴 하지만, 다른 사람들은 알되 나는 모르는 점이 무
엇인지 가끔씩 짐작하려고도 할 것이다.

공포

Fear

거의 매일 아침, 우리 마을의 한 여자가 얼굴이 하얗게 질린 채 외투 자락을 미친 듯이 펄럭이며 집에서 뛰쳐나온다. "큰일 났어요, 큰일." 그녀가 비명을 지르면, 우리 중 한 사람이 달려가 공포가 진정될 때까지 그녀를 안아준다. 우리는 그녀의 말이 사실이 아니라는 것을, 사실 그녀에게 아무 일도 일어나지 않았다는 것을 안다. 그러나 우리는 이해한다. 왜냐하면 우리 가운데 거의 모든 이가 바로 그녀가 한 일을 할 뻔했던 적이 언젠가 있었고, 그럴 때마다 우리를 진정시키기 위해 우리의 온 힘과, 우리 친구와 가족의 온 힘까지 필요했기 때문이다.

거의 없는 기억

Almost No Memory

어떤 여자가 의식은 매우 명민했지만 기억은 거의 없었다. 여자는 하루하루를 그럭저럭 살아갈 만큼 기억했다. 일을 할 만큼 기억했고 일을 열심히 했다. 일을 잘했고, 일을 해서 돈을 벌었고, 그럭저럭 살아갈 만큼 벌었지만, 그녀의 일이 흥미로워서 사람들이 그 일에 대해 물었을 때 그녀는 자신의 일을 기억하지 못하므로 대답할 수 없었다.

그녀는 그럭저럭 살아갈 만큼, 자기 일을 할 만큼 기억했지만 자신이 하거나 듣거나 읽은 것에서 배우지 못했다. 그녀는 책을 읽었고, 책 읽기를 좋아했고, 자신이 읽은 것에 대해 메모했고, 책을 읽으며 생각이 떠올랐기 때문에 그 생각에 대해 메모했고, 심지어 그 생각에 대한 생각에 대해서도 메모했다. 그녀는 매우 명민한 의식을 지녔으므로 그녀의 생각 중에는 매우 좋은 생각도 있었다. 그래서 그녀에게는 훌륭히 메모된 공책들이 있었고, 매해 공책이 늘었고, 그렇게 여러 해가 지났으므로, 긴 선반 가득 공책들이 꽂혔고 공책 속 글씨는 점점 작아졌다.

그녀는 이따금 책 읽기가 지겹거나, 자신도 이해할 수 없는 갑작스러운 호기심이 동해서 예전에 썼던 공책 한 권을 선반에서 뽑아 조금 읽었고, 흥미를 느끼곤 했다. 한때 자신이 읽고 있던 책이나 자기 생각에 대해 적어둔 메모들이 흥미로웠다. 모두 새롭게 보였고, 사실 대부분이 그녀에게 새로웠다. 가끔은 그냥 읽고 생각하기만 했고, 가끔은 예전 공책에서 읽은 것에 대해 지금의 공책에 메모하거나, 읽으면서 떠오른 생각에 대해 메모하곤 했다. 가끔은 이미 메모인 것에 대해 메모하는 것이 별로 온당치 않다고 생각해서 메모를 하고 싶어도 하지 않기로 하기도 했는데, 어떤 점에서 그것이 온당치 않은지는 잘 알지 못했다. 읽고 있는 메모에 대해 메모하고 싶어지는 이유는 그녀에게는 그것이 읽은 내용을 이해하는 방법이기 때문이었지만, 물론 정신으로 흡수하지는 못했고, 흡수했다 해도 그다지 오래가지는 않았으며, 또 다른 공책으로 흡수할 뿐이었다. 메모를 하고 싶어지는 또 다른 이유는 그녀에게는 그것이 생각하는 방식이었기 때문이다.

그녀가 읽은 메모는 대부분 그녀에게 새로웠지만, 가끔은 자신의 메모를 즉시 알아보고 틀림없이 자신이 직접 썼고 생각했다고 확신할 때도 있었다. 마치 바로 그날 막 생각해낸 것처럼 완벽히 친숙해 보였지만, 그것을 읽는 것이 다시 생각하는 것과 같거나 처음 생각하는 것과 같지 않은 한, 사실 그녀는 몇 년 동안 그것을 생각한 적이 없었고, 우연히 공책에서 그것을 읽지 않았더라면 아마 결코 다시 생각하지 않았을 것이다. 그러므로 그녀는 이 공책들이 자신과 관계가 많다는 것은 알지만, 어떻게 관계가 있는지, 그들의 어느 정도가 그녀의 것이고 어느 정도가 그녀의 외부에 있으며 그녀의 것이 아닌지 이해하기가 힘들었고, 이해해보려고 애썼는데, 그들이 그렇게 선반 위에, 그녀가 알되 알지 못하는 것으로, 읽었으되 읽은 기억이 없는 것으로, 한때 생각했으나 지금은 생각하지 않거나 생각했던 기억이 없는 것으로, 또는 기억이 난다고 해도, 그녀가 지금도 그것을 생각하는지, 아니면 예전에 딱 한 번만 생각했는지 알지 못하거나, 왜 그 생각을 한 번 한 다음 몇 년 뒤에 똑같은 생각을 했는지, 아니면 왜 한 번 생각한 다음 같은 생각을 결코 하지 않았는지 이해할 수 없었기 때문이다.

글렌 굴드

Glenn Gould

나는 의도치 않게 친구 미치에게 편지로 이곳에서의 내 삶에 대해, 내가 하루 종일 무얼 하는지에 대해 써서 보냈다. 특히 내가 매일 오후에 〈매리 타일러 무어 쇼〉를 본다고 썼다. 나는, 어떤 사람들과는 달리, 그가 그걸 이해해주리라는 걸 알았다. 나는 막 그에게서 답장을 받았는데 그는 자기가 아는 한 〈매리 타일러 무어 쇼〉를 보는 사람이 나만은 아니라고 썼다.

미치는 유명한 사람이든 평범한 사람이든, 사람들에 대한 색다른 정보를 많이 안다. 늘 책과 신문을 읽고, 기억력이 매우 좋고 호기심이 많으며, 친구든 낯선 사람이든, 늘 사람들에게 말을 건다. 낯선 사람과 말할 때는 그 사람이 어느 고등학교를 다녔는지 묻길 좋아한다. 친구와 말할 때는 그 친구가 점심이나 저녁으로 무얼 먹었는지 자주 묻는다. 그는 낯선 사람과 대화하며 알게 된 것을 또 다른 낯선 사람과 대화를 시작하거나 이어나갈 때 이용하기 위해 모두 기억해두려 한다고 내게 말한 적이 있다. 이를테면, 미치가 뉴욕주 버펄로의 정치에 대해 이미 꽤 알고 있다는 것을 상대가 발견한다면 그 낯선 사람이 갑자기 얼마나 수다스러워지겠는가. 그가 이 말을 했을 때 우리는 도시의 어느 분주한 거리에서 길가에 가방들을 전시한 고급 부티크 앞에 서 있었다. 우리는 낯선 사람들 틈에 있었고 그는 가방을 파는 남자와 막 대화를 나눈 참이었다.

몇 년 전이었고, 우리 둘 다 도시를 떠나기 전이던 그때, 그는 내게 자주 전화를 했으며 내가 가능하다면 한 시간씩 통화하곤 했다. 통화 중에 대개 나는 하던 일을 해야 해서 계속 이야기할 수 없다고 말했고, 그는 그런 나에게 짜증을 내곤 했다. 그는 일을 하지 않고 아파트에서 읽고, 생각하고, 개와 놀고, 연락을 주고받는 몇 안 되는 친구에게 전화하며 많은 시간을 보냈다. 나는 그의 아파트를 한 번도 본 적이 없었다. 그에 따르면 오래된 미스터리 페이퍼백 소설이 가득하다고 했다. 그는 공공도서관에서도 다양한 주제의 책을 빌렸다. 그때 내가 아는 사람 중에 공공도서관을 이용하는 사람은 그가 유일했다. 그가 내게 점심이나 저녁으로 무얼 먹었는지 물을 때면, 나는 늘 깜짝 놀랐지만 기쁜 마음으로 알려주었는데, 아마 그 말고는 아무도 내가 점심이나 저녁으로 무엇을 먹는지 관심이 없었기 때문일 것이다.

미치는 그 텔레비전 드라마를 자신도 좋아하고 글렌 굴드도 좋아했다고 편지에 썼다. 그 사실에 나는 엄청나게 놀란다. 내가 서로 최대한 동떨어져 있다고 생각했던 나의 두 세상이 내 눈앞에서 하나가 된 것이다.

글렌 굴드는 내가 피아노를 배우던 어린 시절 내내 본보기로 생각한 피아니스트였다. 나는 그의 특정 음반을 듣고 또 들었고 음반 재킷 사진의 잘생긴 젊은 얼굴과 마른 어깨와 가슴을 찬찬히 뜯어보곤 했다. 청소년기가 지난 뒤에는 그렇게 열심히 그의 사진을 쳐다보지는 않았지만 그의 명료한 핑거링과 독특한 장식음, 특히 바흐 해석을 최선을 다해 계속 따라 했다. 나는 음계와 아르페지오와 다섯 손가락 연습으로 시작해서, 한두 작품을 연습하다가, 내가 갖고 있는 악보집에서 좋아하는 곡은 뭐든지 치면서 한 번에 네 시간, 가끔은 여섯 시간까지도 연습했다. 나는 음악을 업으로 삼을 마음은 없었지만, 여느 전문가만큼이나 열심히 피아노를 치며 행복한 시간을 보낼 수 있었고, 그건 더 힘든 다른 일들을 피하고 싶어서이기도 했지만 피아노를 좋아했기 때문이기도 했다.

이제 처음 느꼈던 놀라움이 가시고 나자, 나는 글렌 굴드가 그 드라마를 좋아했다는 게 몇 가지 점에서 마음에 들었다. 우선, 글렌 굴드가 이제 살아 있지는 않지만, 그 드라마를 나와 함께 보는 친구가 생긴 느낌이었다. 그는 쉰 살이 넘으면 피아노를 그만 칠 거라고 평생 동안 여러 번 말했고, 쉰 살을 넘긴 열흘 뒤 뇌졸중으로 죽었다. 그게 몇 년 전이었다.

다음으로 이 친구가 무척 지적이라는 사실 때문에 그 시트콤을 새삼 존중하게 됐다. 글렌 굴드의 기준은 매우 높은데, 적어도 음악 작품과 공연, 그리고 자신의 글에 대해서는 그렇다. 그는 표현력이 좋고 자기 의견이 강했으며, 음악과 다른 주제들에 대해서 글을 잘 썼다. 쇤베르크와 스토코프스키, 메뉴인, 불레즈에 대해 썼고, 페툴라 클락 같은 가수들에 대해서도 썼다. 그는 학생 시절에 어른이라면 누구든 모차르트를 서양음악의 위대한 보물로 꼽는 것에 경악하고 어리둥절했지만 그의 작품을 연주하는 건 좋아했다고 말했다. 알베르티 베이스 연주 기법은 본능적으로 싫어했노라고 했다. 그는 토론토와 텔레비전, 북부라는 개념에 대해 글을 썼다. 그는 북부에 들어갔다가 상처 없이 나오는 사람은 거의 없다고 말했다. 북부의 창조적 가능성에 자극을 받아서 자기가 하는 작업을 철학적으로 성찰하게 된다는 말이다. 루빈스타인은 호텔을 좋아했지만, 글렌 굴드는 자신을 '모텔 맨'이라 불렀다. 일 년에 두 번 정도는 벌목촌과 탄광촌이 80킬로미터쯤마다 나오는, 슈피리어호 북쪽 연안을 따라 여행을 한다고 말했다. 그는 모텔에 머물며 며칠 동안 글을 쓰곤 했다. 이런 마을들은 하나의 산업이나 공장을 중심으로 성장했기 때문에 독특한 정체성이 있다고 말했다. 할 수만 있다면 자신이 일생을 보내고픈 종류의 장소라고 했다.

물론, 내가 여러 해에 걸쳐 차츰 알게 된 것처럼 그에게는 많은 이상한 생각과 습관이 있었던 것도 사실이다. 그가 좋아하는 작곡가는 쇤베르크였지만 슈트라우스도 좋아했다. 건강염려증이 있었고 특히 자기 손을 지나치게 조심스럽게 다뤘다. 어느 계절이든 옷을 따뜻하게 입었고, 여전히 콘서트를 하던 시절에는 접이식 전용 의자를 들고 가서 피아노 건반에 비해 아주 낮게 앉았다. 때때로 진공청소기를 켜놓고 연습했는데 그렇게 해야 음악의 뼈대를 들을 수 있다고 했다. 그리고 미치가 이제 내게 알려준 바에 따르면 다소 못생긴 어느 여성 대중음악 가수를 좋아해서 그의 공연을 녹화했고, 내가 무척 좋아하는 그 드라마도 녹화했다. 글렌 굴드는 그 가수의 목소리를 "자연의 경이로움"이라 불렀고 그녀가 목소리로 할 수 있는 일들에 감탄했다. 미치는 글렌 굴드가 그 드라마의 어떤 점을 좋아했는지는 알려주지 않았기 때문에, 나는 그 점에 대해 여전히 생각 중이다. 그의 유머 감각과 분명 관련 있을 것이다. 그는 글을 꽤나 재미있게 쓰는 사람이었다.

이제 나는 많은 텔레비전 채널이 깨끗이 나오는 곳에 살고, 혼자 집에서 아기와 함께 있는 시간이 무척 많으니, 그 드라마를 거의 매일 본다. 남편은 내가 그 드라마를 가능하면 늘 챙겨본다는 사실을 알고는, 저녁 식탁에서 가끔 서로 할 말이 없을 때 그 드라마에 대해 묻곤 한다. 나는 등장인물의 대사를 그에게 들려주곤 하는데, 내가 입을 떼기도 전에 그가 웃을 준비를 한다는 것을 알 수 있지만, 사실 그는 다른 주제인 경우에는 내가 하는 말, 특히 내가 신이 나서 하는 말에 별로 관심이 없을 때가 너무 많다.

남편은 도시에서 혼자 살 때 그 드라마를 봤으므로 등장인물들을 안다. 나도 도시에서 혼자 살 때 그 드라마를 봤다. 늦은 밤, 창밖이 어둡고 조용할 때 방송되는 그 드라마를 혼자 볼 때면 어떤 은밀함과 강한 몰입감이 있었다. 나는 다른 모든 것을 잊고 다른 도시에 사는 등장인물들의 삶 속으로 들어갈 만큼 집중해서 봤다.

그런 몰입은 이제 없다. 늦은 오후 유리창으로 들어오는 해가 거실 바닥에 낮게 깔리고, 카펫 위 곳곳에 나무 블록들이 있고, 아기가 주로 내 옆에서 놀고, 나는 아기의 관심을 붙들어두기 위해 같이 놀면서, 할 수 있는 한 자주 고개를 들어 텔레비전 화면을 본다. 아기는 기분이 좋고, 목청껏 크게 소리를 지르는데, 특히 등장인물들이 뭔가 재미있는 말을 하는 것 같은 순간에 지르기 때문에, 나는 등장인물의 말을 놓치곤 한다. 이를테면, 농담을 준비하는 대사가 나오고, 그다음에 아기가 소리를 지르고, 그다음에 관객의 웃음소리가 들리고, 그러면 나는 드라마가 대체로 재미있는 편이기 때문에—대본도 좋고, 연기도 좋고, 별로인 날에도 진짜 재미있는 순간이 한두 번은 있다—나도 재미있어할 만한 말을 놓쳤다는 걸 알게 된다. 상황이 이렇다 보니 나는 내가 있는 곳이나 내 삶을 분명 잊을 수가 없다.

글렌 굴드는 아이가 없었다. 그는 결혼하지 않았다. 나는 이제 그가 그 못생긴 가수를 좋아했으며, 여자가 주연을 맡고 다른 중요한 역할도 여자들이 맡는 이 드라마를 좋아했다는 것은 알지만 그가 여자들에 대해 어떻게 생각했는지는 모른다. 나는 그가 공연을 위해 집을 떠날 때 방영분을 놓치고 싶지 않아서 이 드라마를 녹화했는지, 아니면 공연 다니는 것을 그만둔 뒤에 녹음이나 다른 이유로 보지 못할 때 녹화했는지, 아니면 이 드라마 시리즈를 수집해놓기 위해 드라마를 보는 동안 녹화했는지 알지 못한다.

아기와 함께하는 나의 일상은 네 시에 집을 나와, 우체국에 들러 우편물을 챙기고, 공원에 가서 아기를 잠시 놀리다가, 잡화점이나 도서관을 돌아서, 다섯 시 삼십 분에 시작하는 드라마 시간에 맞춰 집에 오는 것이다. 길은 널찍하고 평온하며, 그것이 우리가 이 동네로 이사 온 한 가지 이유이고, 나무들은 이제 나뭇잎으로 뒤덮여 있다. 사실, 우리가 이곳으로 이사 온 주요 이유는 내가 요즘 하는 일, 곧 아기를 데리고 한적한 동네 여기저기를 걸어 다니며 가게와 공원에 가는 일을 하기 위해서였다.

도시에서 걸을 때는 늘 볼 것이 많았고, 얼마나 걸었는지 알아차리지 못한 채 이삼 킬로미터쯤은 걸을 수 있었다. 모든 건물이 달랐고, 모든 사람이 달랐다. 건물들은 각각 처마 돌림띠나 창문과 현관 위에 흥미로운 소소한 개성이 있었고 거리는 워낙 붐벼서 하루 중 어느 때든 몇 초마다 새로운 사람이 지나갔다. 하늘조차 높은 건물들의 날렵한 윤곽을 감싸며 그 뒤와 위로 부드럽게 펼쳐졌기 때문에 이곳에서보다 더 흥미로웠다.

밋밋하고 평범한 집과 정원으로 이루어진 이 동네에는 볼 것이 그리 많지 않아서 나는 그나마 있는 것들을 열심히 본다. 잔디밭, 관상수, 집 둘레에 심어진 식물, 가끔은 집 앞 진입로에 몇 미터 정도 줄지어 있거나 잔디밭에 작은 섬 모양으로 조성된 수수하고 절제된 꽃밭. 나는 집의 모양, 지붕 윤곽, 차고를 보며, 생각거리를 찾아보려 한다. 이를테면, 어느 집 뒤에 자리한 차고가 한때는 분명 말과 마차가 있고 건초다락에 건초가 있던 작은 헛간이었으리라는 사실을 깨닫는다.

많은 집이 낡았는데, 예전에는 분명 뒤뜰에 닭장이 있었을 테고, 과일나무 한두 그루, 텃밭, 포도 덩굴이 있었을 것이다. 그러다가 조금씩 부지가 정리되고 큰 나무들과 산울타리가 잘리고, 덩굴이 뽑히고, 포치 장식이 제거되고, 포치가 제거되고, 부속 건물들이 해체됐을 것이다. 흥미롭게 볼 만한 것들은 몇 개밖에 없다. '매매' 팻말을 앞마당에 꽂은 채 막다른 길에 나란히 서 있는 버려진 온실 세 채, 말뚝울타리 안에 덤불과 나무들이 마구 자라고 연못이 있는 조금은 야생적인 느낌의 마당, 오래된 헛간 몇 채. 가장 오래된 헛간은 크리스마스 무렵 십 대들이 불을 지른 바람에 완전히 불타버렸다.

동네에서 유일하게 가축을 키우는 사람들은 전쟁 포로였던 남자와 그의 아내로, 슈퍼마켓 근처에 작은 집과 마당을 갖고 있다. 그 집 앞의 높은 산울타리에는 덩굴이 엉켜 있고 거리에서 날려온 쓰레기들이 붙어 있으며 진입로에는 아스팔트 대신 솔잎이 수북이 쌓여 있다. 그들은 오리와 거위를 뒷마당에서 키우는데 근처 은행 주차장에 오는 고객들 눈에 띄지 않도록 높은 울타리로 겹겹이 에워쌌다. 내가 그곳에 새들이 있다는 것을 기억할 때라고는 날씨가 따뜻한 몇몇 날에 분뇨 냄새가 길까지 흘러나올 때, 겨울의 몇몇 날에 눈이 내리기 시작해서 거위들이 울어댈 때뿐이다.

공원을 들르지 않고 우체국에서 잡화점이나 도서관으로 바로 갈 때는 개혁교회와 일레인 목사의 집을 지나친다. 집은 크지만, 일레인 목사는 혼자 산다. 집 옆 보도에는 뚱뚱한 나무뿌리가 튀어나와 있어서 유아차가 덜컹인다. 잡화점에서 가게를 보는 두 여자는 아기에게 늘 친절하게 말을 건다. 두 사람 모두 엄마이지만, 아이들이 커서 방과 후에 가게에 와 숙제를 하고 계산대 일도 돕는다. 도서관에 가려면, 동네의 유일한 신호등이 있는 정육점 옆에서 길을 건넌다. 돌아오는 길에, 가끔 슈퍼마켓에 들러 우유와 바나나를 산다. 드라마 방영 시간에 늦지 않게 집에 돌아와, 유아차를 집 뒤 베란다의 능소화 덩굴 옆에 두고, 아기를 데리고 거실로 들어와 함께 바닥에 앉는다.

내가 이곳에서 드라마를 보기 시작한 지 몇 달 사이에 아기는 달라졌다. 이제는 일어설 수 있고, 키도 자라서 탁자 너머로 손을 뻗어 리모컨을 만질 수 있다. 드라마는 아기와 같은 방식으로, 시간순으로 나아가지 않고 시간을 점프해서 되돌아가기도 한다. 어느 날 드라마는 뒤로 점프해서 시리즈의 시작 부분으로, 첫 회에 일어났던 일까지 되돌아갔다. 나는 남편에게 그 일에 대해 말했지만, 아마 내가 신이 나고 즐거운 탓인지, 그는 그다지 흥미를 보이지 않았고, 어깨만 으쓱했다.

드라마가 시간을 점프하며 이동하기 때문에, 헤어스타일이 매일 달라진다. 가끔은 길고 평이하고, 가끔은 짧고 통통 튀고, 가끔은 너무 철 지난 스타일이어서 실없어 보인다. 가끔은 옷차림도 실없어 보이고, 가끔은 그냥 단정하다. 옷과 헤어스타일이 실없어 보일 때면, 드라마를 보는 나도 더 실없는 사람이 되는 느낌이 들고, 내가 할 만한 헤어스타일과 입을 만한 옷에 가까울 때는 덜 실없어지는 느낌이 들지만, 미치의 말을 듣고

난 뒤로는, 그 드라마를 보면서 더 이상 나를 한심하게 여기지 않는다.

삼십 분 뒤 아쉽게도 드라마는 끝이 난다. 나는 더 보고 싶다. 할 수 있다면, 삼십 분을 더 보고, 또 삼십 분을, 또 삼십 분을 더 볼 것이다. 아기가 잠들고 남편이 저녁 시간에 오지 않기를 바란다. 나는 저 다른 장소에, 진짜 도시지만 내가 가본 적 없는 저 다른 도시에 머물고 싶다. 다른 사람의 삶을, 다른 사람의 사무실을, 다른 사람의 아파트를, 아파트 문을 열고 들어오는 친구를, 저녁으로 주로 샐러드를 먹고 가는 친구를, 늘 깔끔한 옷차림으로 샐러드를 준비하는 여자를 계속 창문으로 들여다보고 싶다. 저 다른 세상에는 질서가 있다. 주인공 메리는 질서가 가능하다는 것을 보여주며, 또한 다소 여리긴 하지만 온화하고 친절한 모습을 통해 친절도 가능하다는 것을 보여준다. 위층에서 내려와 저녁을 먹고 가는 친구는 그다지 깔끔하지도, 친절하지도 않고, 가끔 이기적이지만, 그런 탓에 인간의 결함이, 일종의 무모함이나 열정이 허락될 여지도 있다.

또 다른 코미디 드라마가 뒤이어 나오고, 가끔 나는 그냥 이곳이 아닌 다른 곳에 잠시 머물고 싶어서 그 드라마를 보려고 하지만, 연기가 별로이거나 대본이 별로이고, 재미가 없고, 관객의 웃음소리마저 억지스러워서 믿을 수 없다. 드라마를 보는 대신에, 나는 아기가 다리에 매달리지만 않으면, 부엌으로 가서 저녁 준비를 시작한다.

나는 글렌 굴드가 이 드라마의 단정한 여자와 열정적인 여자에게 어떻게 동질감을 느꼈는지, 이 두 여자와 다른 등장인물들에게 동료애 같은 것을 느꼈다면, 어떤 종류의 동료애를 느꼈는지 이해하려 여전히 애쓰는 중이다. 그는 일종의 자발적 은둔자였다. 원하는 대로 자기 삶을 설계했고, 하고 싶은 대로 외부 활동을 계획했고, 자신에게 필요할 때 텔레비전을 봤고, 누구에게도 상처 주지 않고 이기적일 수 있었다. 친구로서 그는 관대하고 사려 깊었지만, 친구들을 직접 만나는 일은 별로 없었고, 직접적인 만남은 산만하고 불필요하다고 생각했다. 전화 통화로 한 사람의 본질을 잘 이해할 수 있다고 했다. 늘 차 한 잔을 앞에 놓고, 전화로 친구들과 오랜 대화를 나눴다. 그는 낮에 내내 자고 밤에 내내 일했기 때문에 이런 대화는 대개 그가 일을 시작하기 직전인 자정에 시작됐다.

　　　　　　　거의 없는 기억

연기

Smoke

도시 밖 연기 나는 구덩이들에서, 죽어가는 흰 꽃들에서—
흰 꽃들이 죽어가고 있을 뿐 아니라 늙은 여자들이 곳곳의 가
지에서 떨어지고 있다—벌새들이 폭발을 일으킨다. 다른 죽은
것들도 불타고 있다. 그러면 무엇을 할 수 있을까? 아는 사람
이 거의 없다. 개들은 한 곳 이상에서 길을 잃었고, 그들의 주
인들은 시골을 더 이상 사랑하지 않는다. 아니다. 늙은 여자들
은 이미 떨어졌고 암에 걸린 뺨을 참나무 뿌리들 틈에 대고 누
워 있다. 곳곳에서, 곳곳에서. 그리고 대지는 우리가 감히 쳐다
보지 못할 것들을 싹틔우고 있다. 그리고 연기 구덩이들은 이
름 붙일 수 없는 다른 것들도, 사라져서 우리가 기쁜 것들도 다
태워버렸다. 산처럼 높고 짙은 연기가 우리의 풍경이 된다. 더
이상 산은 없다. 산들은 오래전 사라졌고, 우리 할아버지들의
기억에조차 없다. 우리 머리 위에 낮게 걸린 구름, 그것이 우
리의 하늘이다. 누구라도 하늘을 본 지, 푸른색을 띤 어떤 것이
라도 본 지 오래다. 안개가 우리의 벨벳이요, 우리의 안락의자
요, 우리의 침대다. 안개 속에서 나무들은 자줏빛이다. 꽃들의
촛불은 이제 꺼졌다. 안개는 부드럽다, 발톱이 없다, 아직까지

는. 우리 할머니들의 자줏빛 치아들은 갈망한다. 우리가 더 이상 무엇인지조차 알지 못하는 것들을, 하지만 우리 할머니들은 기억한다. 그들은 다리 위에서 절규한다. 하나하나 이름을 대지 못할 만큼 너무 많은 것이 사라졌고 우리에게는 이 광대 같은 땅, 냉소적인 나무들이—그 자신들의 그림자일 뿐인—남았다. 그리고 우리 또한 구제할 수 없는 상태다. 다른 이들보다 암이 덜한 이들이 더러 있을 뿐, 그뿐, 다른 이들보다 뼈, 머리카락, 신체기관이 더 많이 남은 이들이 더러 있을 뿐. 누가 연기 구덩이들, 탐욕스러운 참나무들을 피할 길을 찾을 수 있을까? 누가 길을 잃고 죽어가는 개들 틈에서, 미친 벌새들이지만 벌새들이, 여전히 죽어가는 꽃들이지만 꽃들을 여전히 터뜨리는 곳으로, 돌아갈 길을 찾을 수 있을까?

거의 없는 기억

아래층에서, 이웃으로

From Below, as a Neighbor

만약 내가 내가 아니고 아래층에서, 이웃으로, 내가 그에게 하는 말을 우연히 듣는다면, 내가 그녀가 아니라서, 그녀의 목소리 같은 목소리로 그녀의 의견 같은 의견을, 그녀와 같은 방식으로 말하지 않는 것이 얼마나 다행인가, 라고 나 자신에게 말할 텐데. 하지만 나는 내가 하는 말을 아래층에서, 이웃으로 들을 수 없고, 내가 어떻게 말해서는 안 될 방식으로 말하는지 들을 수 없고, 내가 들을 수 있다면 아마 그랬을 것처럼 그녀가 아니라서 다행이라고 느낄 수 없다. 또 한편으로는, 내가 그녀 이므로, 그녀가 하는 말을, 이웃으로, 들을 수 없는 곳에, 내가 아래층에서 그랬을 것처럼, 내가 그녀가 아니어서 얼마나 다행인가, 라고 나 자신에게 말할 수 없는 곳에, 여기, 위층에, 있는 것이 유감스럽지 않다.

뒷집

The House Behind

우리는 뒷집에 살아서 거리를 볼 수 없다. 우리의 뒤창은 성
벽의 회색 돌을 마주 보고 앞창으로는 마당 건너 앞집의 주방
과 욕실이 보인다. 앞집 아파트는 기품 있고 편안한 반면 우
리 아파트는 비좁고 품위 없다. 앞집에는 생티엔 첨탑이 내려
다보이는 꼭대기 층의 깔끔한 작은 방들에 가정부들이 살지만
우리 처마 밑에는 비좁은 칸막이 방들이 어둡고 먼지 쌓인 복
도로 열려 있으며 그곳에서 잠을 자는 학생들과 가난한 독신
남들은 뒷계단 옆 화장실 하나를 같이 쓴다. 앞집의 많은 주민
들은 고위 공무원인 반면 뒷집에는 가게 주인과 외판원, 은퇴
한 우체국 직원, 결혼하지 않은 학교 선생들이 가득하다. 물론,
우리는 부유하다는 이유로 앞집 사람들을 비난할 수는 없지만
그들의 부유함에 기가 죽는다. 우리는 차이를 느낀다. 그러나
그것으로는 두 집 사이에 항상 존재하는 악감정을 제대로 설
명할 수 없다.

나는 해 질 녘에 자주 앞 창문가에 앉아 하늘을 올려다보며
앞집 사람들 소리에 귀를 기울인다. 그 시간이 지나는 동안 비
둘기들이 지붕창에 내려앉고 저 너머 좁은 길을 꽉 채운 차들

거의 없는 기억

도 줄어들고, 서로 다른 아파트에 켜진 텔레비전에서 나온 목소리와 폭력의 소리가 공기를 가득 채운다. 이따금 아래 뜰에서 철제 쓰레기통 뚜껑이 댕그랑거리는 소리가 들리고 어슴푸레한 형상 하나가 빈 플라스틱 양동이를 들고 집으로 돌아가는 모습이 보인다.

쓰레기통은 언제나 민망함을 안겨주지만 이제 그런 느낌이 더 뚜렷해졌다. 앞집 주민들은 쓰레기 비우러 나오길 두려워한다. 다른 주민이 이미 있을 때는 마당에 들어서지 않는다. 현관 통로에서 기다리는 그들의 실루엣이 보인다. 마당에 아무도 없을 때 양동이를 비우고 나서는 혼자 있는 모습을 들킬까봐, 재빨리 조약돌길을 걸어 돌아간다. 앞집의 나이 든 여자 몇은 둘씩 짝을 지어 같이 나온다.

살인은 거의 일 년 전에 일어났다. 이상하리만큼 이유가 없는 살인이었다. 살인자는 우리 건물의 점잖은 유부남이었고, 살해당한 여자는 앞집에서 몇 안 되는 친절한 사람이었다. 사실, 뒷집 사람들과 어울리곤 했던 몇 안 되는 사람 중 하나였다. 마르탱 씨는 그녀를 죽여야 할 진짜 이유가 없었다. 그가 좌절감에 정신이 나갔다고밖에 생각할 수 없다. 여러 해 동안 그는 앞집에 살고 싶어 했고, 결코 그러지 못하리라는 사실이 그에게 분명해지고 있었다.

해 질 무렵이었다. 덧문들이 닫히고 있었다. 나는 창가에 앉아 있었다. 그 두 사람이 쓰레기통 근처 마당에서 만나는 모습이 보였다. 아마 그녀가 그에게 한 말 때문이었을 것이다. 아무

악의 없고 상냥한 말이었겠지만 그로 하여금 자신이 그녀와도, 앞집 사람 그 누구와도 얼마나 다른지 다시 깨닫게 하는 말이었을 것이다. 그녀는 그에게 말을 걸지 말았어야 했다. 사실, 그들 대부분은 우리에게 말을 걸지 않는다.

그가 막 양동이를 비웠을 때 그녀가 나왔다. 그녀에게는 아주 우아한 면이 있어서 쓰레기통을 들고 있는데도 품위가 있어 보였다. 아마 그는 그녀의 양동이조차—그의 것처럼 평범한 노란색 양동이지만—얼마나 더 화사한지, 그 안에 담긴 쓰레기조차 그의 쓰레기보다 얼마나 더 선명한지 알아차렸을 것이다. 그녀의 옷이 얼마나 산뜻하고 깨끗한지도, 그녀의 원피스가 그녀의 튼튼하고 건강한 다리 둘레에서 얼마나 잔잔하게 퍼지는지도, 그 옷에서 나는 향이 얼마나 달콤한지도, 그녀의 피부가 어스름해지는 빛 속에서 얼마나 빛나는지도, 그녀의 눈빛이 그녀가 늘 발산하는 달뜬 행복으로 얼마나 반짝이는지도, 그녀의 밝은 머리카락이 얼마나 은빛으로 반짝이며 머리핀 밑에서 풍성하게 부풀었는지도 분명 보았을 것이다. 그가 쓰레기통 위로 몸을 굽히고 뭉툭한 사냥칼로 양동이 안을 긁어내고 있을 때 그녀가 조약돌 길 위를 미끄러지듯 걸어 그를 향해 왔다.

그때쯤에는 워낙 어두워서 처음에 그는 그녀가 입은 원피스의 흰색만 또렷이 보았을 것이다. 그는 조용히 있었고—빈틈없이 예의 바른 그는 앞집 사람에게 결코 먼저 말을 거는 쪽이 아니므로—그녀에게서 재빨리 시선을 돌렸다. 그러나 그리 재빠

거의 없는 기억

르진 못했는지 그녀가 그의 시선에 응하며 말을 걸었다.

아마 얼마나 상쾌한 저녁인지 같은 가벼운 이야기를 했을 것이다. 그녀가 말을 하지 않았더라면 그녀의 상냥한 목소리 때문에 그의 분노가 폭발하지 않았을지 모른다. 그러나 바로 그 순간 그는 분명 그 저녁이 그녀에게만큼 자신에게는 상쾌할 수 없다는 것을 깨달았을 것이다. 아니면 그녀의 어조에 깃든 다른 무엇 때문에—너무 친절한 무엇, 그가 지금 있는 곳에 계속 있을 운명임을 깨닫게 할 만큼 은혜를 베푸는 듯한 무엇 때문에—자제력을 잃었을 것이다. 그는 그의 안에서 무언가가 툭 끊긴 듯 쏜살같이 몸을 세우더니 단숨에 칼을 그녀의 목에 내리꽂았다.

나는 위에서 이 모든 것을 보았다. 사건은 아주 빠르고 조용하게 일어났다. 나는 아무것도 하지 않았다. 한동안 나는 내가 무엇을 보았는지도 깨닫지 못했다. 이 뒤쪽의 삶은 워낙 아무 일도 일어나지 않다 보니 나는 반응할 능력을 거의 잃어버렸다. 그러나 그 광경에는 무언가 시선을 사로잡는 점도 있었다. 그는 튼튼하고 체격 좋은 남자이자 숙련된 사냥꾼이었고, 그녀는 암사슴처럼 가냘프고 우아했다. 그의 동작에는 고전미가 있었고 그녀는 안개가 수면 위에서 녹아 사라지듯 조용히 자갈돌 위로 무너져내렸다. 나는 생각할 수 있게 되었을 때도 아무것도 하지 않았다.

내가 지켜보는 동안 앞 건물의 뒷문과 우리 건물 앞문으로 몇 사람이 나왔고 양동이를 손에 쥔 채 우뚝 멈춰 서서 그곳에 누운 그녀와 꼼짝하지 않고 서서 그녀를 내려다보는 그를 쳐다봤다. 깨끗하게 긁어낸 그의 양동이는 그의 발 옆에 있었고, 그녀의 양동이 손잡이는 여전히 그녀의 손에 꼭 쥐어 있었으며, 그녀의 쓰레기는 그녀 옆 돌들 위에 쏟아져 있었는데, 이상하게도 그 모습이 거의 살인만큼이나 충격적이었다. 점점 많은 주민이 모여들어 문가에서 지켜봤다. 그들의 입술이 움직이고 있었지만 사방에서 울리는 텔레비전 소음 때문에 내게는 들리지 않았다.

아무도 바로 아무것도 하지 않았던 이유는 살인이 일종의 중립지대에서 벌어졌기 때문일 것이다. 우리 아파트나 그들의 아파트에서 벌어졌더라면―우리 아파트에서는 천천히, 그들의 아파트에서는 신속하게―조치가 취해졌을 것이다. 그러나 사정이 그렇지 않았으므로 사람들은 주저했다. 앞 건물 사람들은 채신없이 관여하길 주저했고 우리 건물 사람들은 주제넘게 관여하길 주저했다. 결국 일을 처리한 사람은 수위였다. 시신은 검시관이 치워 갔고, 마르탱 씨는 경찰과 함께 떠났다. 사람들이 흩어진 뒤 수위는 쏟아진 쓰레기를 쓸어내고 조약돌 길을 씻어냈으며 양동이들을 주인의 아파트로 각각 되돌려주었다.

하루 이틀 동안 양쪽 아파트 사람들은 눈에 띄게 동요했다. 복도에서 말소리가 들렸다. 우리 건물에서는 폭풍이 오기 전 나무를 흔드는 바람처럼 목소리들이 점점 커졌다. 그들의 아파트에서는 자신감 있는 매끄러운 음절들이 속사포처럼 쏟아

거의 없는 기억

져 나왔다. 두 아파트 주민들 사이의 만남은 더욱 거칠어졌다. 우리 건물 사람들은 그들을 길에서 마주치면 휙 피했고, 우리 얼굴의 무엇 때문인지 대화가 들릴 만한 거리에서는 그들의 대화가 뚝 끊겼다.

그러나 그러다가 복도가 다시 조용해졌고 한동안은 거의 변한 것이 없는 듯했다. 어쩌면 이번 사건은 우리가 이해할 수 있는 범위를 훌쩍 넘어서므로 우리에게 영향을 미칠 수 없나 보다고 나는 생각했다. 달라진 점이 있다면 우리 건물 사람들이 충격에 빠진 듯 멍한 표정을 짓고 있다는 것밖에 없는 듯했다. 그러나 차츰 나는 이 사건이 더 깊은 흔적을 남겼음을 깨달았다. 불신이, 그리고 불안이 가득했다. 이제 앞 건물 사람들은 우리를 두려워했고 우리 사이의 소통은 완전히 사라졌다. 마르탱 씨는 앞 건물 여자를 죽임으로써 다른 무언가도 죽였다. 우리 모두 그 범죄에 책임을 느꼈기 때문에, 앞 건물 사람들 앞에서 우리가 지켰던 자존심의 마지막 흔적을 잃어버렸다. 아무렇지 않은 척해봐야 더는 소용이 없었다. 물론, 몇몇은 영향을 받지 않았고 넝마가 된 자존심을 계속 걸치고 다녔다. 그러나 뒷집 사람들 대부분이 달라졌다.

내 층계참 맞은편에는 야간 당직 간호사가 살았다. 매일 아침 그녀가 퇴근해서 집에 올 때 나는 잠이 깨어 그녀의 묵직한 철제 열쇠고리가 나무 문에 부딪히며 덜그럭대고, 열쇠들이 열쇠구멍에서 딸깍대는 소리를 듣곤 했다. 늦은 오후가 되면 그녀는 다시 문밖으로 나와 작은 천 슬리퍼를 끌고 층계참을 돌아다니며 난간의 먼지를 떨곤 했다. 이제 그녀는 방 안에 앉아 라디오를 들으며 작은 소리로 기침을 한다. 라마르틴 자매 가운데 언니는 문을 빼꼼 열고 통로에서 오가는 대화들에 귀를 기울이곤 했는데—가끔은 너무 흥분해서 뾰족한 코를 문틈으로 내밀고 한두 마디 참견하기도 했다—이제는 머리에 파란 베일을 쓰고 새벽 미사에 나가는 일요일 말고는 보이지 않았다. 이 층에 사는 배크 부인은 며칠 동안, 날씨에 상관없이, 빨래를 내버려 두어서 내가 앉은 곳까지 쉰내가 올라왔다. 많은 주민이 현관 깔개를 더 이상 청소하지 않았다. 사람들은 자신의 옷을 부끄러워했고 나갈 때면 레인코트를 걸쳤다. 퀴퀴한 냄새가 복도에 가득했다. 배달원과 보험 판매원들은 불편한 표정으로 계단을 더듬더듬 오르내렸다. 무엇보다 최악은 모든 사람이 퉁명스럽고 불친절해졌다는 것이었다. 우리는 더 이상 서로 말을 걸지 않았고, 외부인들에게 이야기했으며, 서로의 층계참에 진흙을 남겼다.

이상하게도 도시에 있는 많은 한 쌍의 집들은 우리처럼 관계가 나빴다. 대체로 두 건물 사이에는 불편한 휴전이 유지되다가 결국 어떤 사건이 일어나 그 상황을 파탄 내고 악화시키곤 한다. 앞 건물 사람들은 냉랭한 품위 속에 틀어박히고 뒤 건물 사람들은 자신감을 잃고, 수치심으로 얼굴이 잿빛이 된다.

최근에 나는 사과 꽁다리를 마당으로 던지려다 멈칫했고 내가 이미 우리 건물의 영향을 얼마나 많이 받았는지 깨달았다. 내 유리창은 흐릿해졌고 굽도리널 가장자리에는 미세한 먼지

뭉치들이 둘려 있었다. 지금 떠나지 않으면 떠나려는 노력을 곧 할 수 없게 될 것이다. 도시의 다른 구역에 아파트를 빌리고 짐을 싸야 한다.

나는 한때 꽤 잘 지내던 이웃들에게 작별 인사를 하러 가면 몇몇은 문을 열지 않을 테고 몇몇은 모르는 사람을 보듯 나를 보리라는 걸 안다. 그래도 옛 시절의 반항 정신과 전투적인 자존심을 간신히 끌어모아 나와 악수하고 행운을 빌어줄 사람이 몇은 있을 것이다.

그들의 눈에 서린 절망을 보며 나는 떠나는 것이 부끄러워질 것이다. 그러나 내가 그들을 도울 방법은 없다. 어쨌든 몇 년 뒤면 상황은 다시 정상으로 돌아갈 것이다. 습관이 이곳 사람들로 하여금 초라한 청결과 앞 건물 사람들을 소재로 삼는 신랄한 아침 뒷담화, 소소한 절약, 손해 볼 것 없는 체면치레를 다시 시작하게 할 것이다. 그리고 양쪽 아파트 사람들이 이사가고 낯선 사람들이 이사 오면 이 모든 사태가 천천히 희미해지고 잊힐 것이다. 결국 희생자는 마르탱 씨의 아내와 마르탱 씨 자신, 마르탱 씨가 죽인 친절한 여자뿐일 것이다.

나들이

The Outing

    길 근처에서 화의 폭발, 길 위에서 말하지 않으려는 거부, 소나무 숲의 침묵, 오래된 철교를 건너는 침묵, 물속에서 다정하려는 시도, 판석 위에서 다툼을 끝내지 않으려는 거부, 가파른 흙 제방 위 화난 절규, 덤불 사이 흐느낌.

인내심 오토바이 경주

The Race of the Patient Motorcyclists

이 경주에서 이기는 사람은 가장 빠른 사람이 아니라, 가장 느린 사람이다. 처음에는 가장 느린 오토바이 운전자가 되는 일이 쉬워 보이겠지만 느림이나 인내심은 오토바이 타는 사람들의 기질에 없으므로 쉽지 않다.

흰 가죽 안장과 팔걸이로, 마호가니 세공으로, 사슴뿔 장식으로 옆의 오토바이보다 각자 더 근사하게 단장하고 더 값비싼 오토바이들이 출발선에 줄을 선다. 이 모든 장식은 경주자들을 너무 흥분시키기 때문에 그들이 오토바이를 아주 빨리 몰지 않기란 힘들다.

신호탄이 울리면 경주자들은 시동을 걸고 엄청난 소음을 내며 출발하지만, 뜨거운 흙길 위에서 몇 센티미터만 움직일 뿐 근사한 검은 부츠들이 나란히 뒤뚱거리며 오토바이를 진정시킨다. 초보자들은 캔맥주를 따서 마시기 시작하지만 노련한 참가자들은 술을 마시면 조급해져서 경주를 계속하지 못하리라는 것을 안다. 대신에, 그들은 라디오를 듣고, 작은 휴대용 텔레비전을 보고, 잡지와 가벼운 책을 읽으며 경기에서 질 만큼 빠르지도, 오토바이가 늘 앞으로 움직이고는 있어야 하는 규칙에 따라야 하므로, 완전히 멈출 만큼 느리지도 않게 꾸준한 속도를 유지한다.

경주로 양쪽에 검사관이라는 사람들이 있어서 아무도 이 규칙을 어기지 못하도록 감시한다. 오토바이의 움직임을 감지하려면 거의 항상, 특히 아주 노련한 경주자의 오토바이일수록, 바퀴의 내려가는 끄트머리가 흙에 닿고 뒤쪽 끄트머리가 흙을 벗어나는 것을 관찰하는 방법밖에 없다. 검사관들은 영화감독의자에 앉아 있다가, 몇 분마다 일어나 경주로를 따라 의자를 옮긴다.

결승선은 고작 백 미터쯤 떨어진 곳에 있지만, 오후가 반쯤지날 무렵, 이 멋진 오토바이들은 여전히 경주로 중간쯤에 무리 지어 있다. 이제 초보자들은 한 사람씩 조급해지고, 행복한굉음과 함께 속도를 올리며, 채찍처럼 휙 오토바이를 몰아 머리를 뒤로 젖히고 위풍당당하게 기름 바른 머리카락을 뒤로날리며 나머지 동료들이 일으킨 고요한 흙먼지를 빠져나간다. 이들은 한순간에 결승선을 날아 경주로를 벗어나고, 더 짙은흙먼지를 일으키며 관중으로부터 멀어지고, 어둡게 반짝이며느릿느릿 움직이는 더 인내심 많은 동료들로부터도 멀어지면서 자신들이 더 뛰어난 척하지만, 사실은 이제 아무도 그들을보지 않으니 경주를 완주하지 못했다는 부끄러움을 느낀다.

결승선 통과는 항상 사진으로 판정된다. 승자는 느린 경주뿐 아니라 빠른 경주에서도 베테랑일 때가 많다. 사실, 빠른 경주에서 이기기 위해 강한 엔진을 만들고, 경주로의 조건과 상태를 분석하고, 경쟁자들을 평가하고, 자신을 단련하는 것은 이제 그에게 간단한 일이다. 훨씬 어려운 것은 자신에게 인내심을 가르치는 것, 민달팽이와 달팽이처럼 아주 느린 속도를, 그에 비하면 게는 질주하는 말 같고 나비는 벼락같이 느껴질 만큼 느린 속도를 견뎌내도록 자신의 신경을 단련하는 일이다. 다리 사이에 굉장한 속도의 잠재력을 낀 채, 세상을 둘러보며 어떤 위치 변화도 느낄 수 없고, 세상 또한 햇빛의 변화 말고는 아무런 변화가 없고, 그 느린 하루가 끝날 무렵에는 그 해마저 쏜살처럼 이동했다는 느낌이 들 정도로 천천히 가도록 자신을 단련하는 일이다.

친밀감

Affinity

우리가 어떤 사상가에게 친밀감을 느끼는 이유는 그와 같은 생각을 하기 때문이다. 아니면 우리가 이미 생각하고 있던 것을 그가 우리에게 보여주기 때문이다. 아니면 우리가 이미 생각하고 있던 것을 더욱 명료한 표현으로 우리에게 보여주기 때문이다. 아니면 우리가 이제 막 생각하려는 것을 우리에게 보여주기 때문이다. 아니면 우리가 머지않아 생각하려는 것을, 또는 우리가 지금 그를 읽지 않았다면 훨씬 나중에 생각할 것을, 또는 우리가 생각할 수도 있었겠지만 지금 그를 읽지 않았다면 결코 생각하지 않았을 것을, 또는 우리가 생각하고 싶었을 테지만 지금 그를 읽지 않았다면 결코 생각하지 않았을 것을 보여주기 때문이다.

새뮤얼 존슨은 분개한다

Samuel Johnson Is Indignant

2001

도시 사람들

City People

그들은 시골로 이사를 갔다. 시골은 꽤 괜찮다. 덤불 속에 앉은 메추라기들이 있고, 늪 속에서 내다보는 개구리들이 있다. 그러나 그들은 불안하다. 더 자주 다툰다. 그들은 울부짖거나, 그녀가 울부짖고 그는 고개를 숙인다. 그는 이제 늘 파리하다. 그녀는 밤에 그가 코를 훌쩍거리는 소리에, 겁에 질려 잠을 깬다. 진입로를 올라오는 차 소리에, 다시 겁에 질려 잠을 깬다. 아침에는 햇살이 그들의 얼굴을 비추지만 쥐들이 벽에서 찍찍거린다. 그는 쥐가 싫다. 펌프가 고장 난다. 그들은 펌프를 교체한다. 쥐들을 독살한다. 이웃집 개가 짖는다. 짖고 또 짖는다. 그녀가 개를 독살할 수도 있을 텐데.

"우리는 도시 사람들이야." 그가 말한다. "그런데 살 만한 도시가 없어."

배신

Betrayal

다른 남자들, 남편이 아닌 남자들에 대한 공상에서, 그녀는 예전에는 자신이 화가 날 때면 아마 복수로, 남편이 화를 낼 때면 아마 외로움으로, 꿈꾸었던 성적인 친밀감을, 나이가 들면서는 더 이상 꿈꾸지 않게 됐고, 대신에 애정과 깊은 이해만을, 주로 카페처럼 사람이 많은 곳에서 손잡기와 서로의 눈을 들여다보기를 꿈꾸게 됐다. 그녀는 이런 변화가 남편을 존중하기 때문인지—진심으로 남편을 존중하긴 하므로—아니면, 하루의 끝에 그냥 피곤한 탓인지, 아니면, 이제 어떤 나이에 도달했으니, 공상에서도, 자신에게 기대할 만한 행동이 무엇인지를 의식하기 때문인지는 알 수 없었다. 그리고 아주 피곤한 날에는 애정과 깊은 이해마저 버거웠고, 아주 가벼운 동지애 정도만 감당할 수 있었는데, 이를테면 같은 공간에서 둘만 함께 의자에 앉아 있기 같은 것이었다. 그리고 나이가 더 들고, 더 피곤해지면서, 그러다가 훨씬 더 나이가 들고, 훨씬 더 피곤해지면서, 또 다른 변화가 생겨서, 이제는 둘만 함께 있기 같은 아주 가벼운 교제마저 너무 격렬하게 느껴졌고, 그녀의 공상은 다른 친구들도 있는 자리에서 함께 나누는 잔잔한 우정, 그

새뮤얼 존슨은 분개한다

녀가 현실에서도, 깨끗한 양심으로, 어떤 남자와도 나눌 수 있었을 테고, 사실 남편의 친구이기도 하고 아니기도 한, 많은 남자와 나눠왔으며, 깨어 있는 삶에서 우정이 충분치 않았거나 하루 중 우정이 충분치 않았을 때, 밤이면, 그녀에게 위안과 힘을 주는 우정으로 제한됐다. 그러다 보니 이제 이런 공상들은 깨어 있는 삶의 현실과 구분할 수 없게 됐고 굳이 어떤 배신이어야 할 필요는 없었다. 그래도 밤에 혼자 하는 공상이기 때문에 계속 일종의 배신처럼 느껴졌고, 아마, 이런 배신의 마음으로 접근했기 때문에, 아마 원래 그랬어야 하는 것처럼, 그녀에게 위안과 힘이 되기 위해서는, 사실상, 계속해서 일종의 배신이어야 했다.

우리의 여행

Our Trip

엄마는 집에 돌아가는 자동차 여행이 어땠는지 전화로 물었고 나는 "괜찮았어요"라고 대답했는데 그건 진실이 아니라 허구이다. 우리는 모든 사람에게 항상 진실을 말할 수는 없고, 분명 누구에게도 진실 전체를 말할 수는, 결코, 없는데 시간이 너무 오래 걸릴 테니 그렇다.

괜찮다라는 말은 대단한 축약이자 명백히 틀린 말이다. 두 사람이 함께하는 긴 드라이브조차 어려울 수 있고, 세 사람이면 훨씬 더 힘들 수 있다. 어쨌든 우리는 거의 항상 짜증을 내며 여행을 시작하는데 나는 제때 출발하는 법이 없는 듯하고 맥은 일 분이라도 늦는 것을 참을 수 없는 데다 우리에겐 아들이 있기 때문이다. 맥은 일단 출발하고 나면 보통 기분이 좋아지지만 이번에는 내게 계속 짜증을 냈는데 내가 어디에서 꺾을지 미리 알려주지 않거나 한 번에 너무 많은 지시를 했기 때문이었다. 게다가 나는 그에게 기어를 올리라고 계속 말했다. 차가 낡은 데다 변속기 소음이 심해서 나는 그가 적당한 기어로 운전하는지 분간하기 힘들었다.

그러다가 기름 타는 냄새가 나기 시작했다. 우리 앞에 종교

새뮤얼 존슨은 분개한다

집단 같은 사람들을 가득 태운 또 다른 밴이 있어서 우리는 그 차에서 나는 냄새일 수 있다고 생각했고, 그들이 어느 차고에 들어가 주차를 하자 그것으로 기름 냄새가 사라져서 맥의 기분은 조금 나아졌다.

그러나 우리는 여전히 산악 지역에 있었고 아들은 다음 해에 어느 산을 오를 계획인지 말하기 시작했다. 저기를 올라갈 거야, 아들이 손가락으로 가리키며 말했다. 그리고 저기도, 저 산 이름이 뭐야? 화이트페이스? 화이트페이스를 오를 거야, 그 다음에는 저기. 저기 저 산을 오를 거야, 저 산 이름이 뭐야? 찰스? 저쪽 산은? 이름이 뭐야? 머너스? 펀거스? 만고스? 몬구스? 어, 저 산 봐. 저게 제일 큰 산 같아. 저 산은 이름이 뭐야?

나는 산 이름을 찾느라 지도를 이리저리 돌렸고, 아들이 너무 빨리 말하고 아홉 살이 아니라 여섯 살처럼 굴긴 했지만 큰 문제를 느끼지는 않았다. 그러나 맥은 관광버스에 있는 것 같다며 우리에게 조용히 하라고 했다. 맥은 조금이라도 어수선한 상황에서는 신경이 예민해진다.

마침내 우리는 고속도로를 탔고, 그러고 나니 물론 내가 화장실에 가고 싶었다. 나는 큰 고속도로를 탈 때면 늘 화장실에 가고 싶다. 다행히 우리는 휴게소에 꽤 빨리 도착했고 어쨌든 그곳에 도착한 김에 샌드위치를 먹기 위해 야외 테이블에 앉았다. 테이블은 그리 깨끗하지 않았다. 끈적대는 액체가 몇 군데 있었고, 새잡이용 끈끈이가 더러 있었다. 그래도 햇볕은 따뜻했고 나는 느긋이 앉아 우리를 지나쳐 화장실로 가는 사람들을 즐겁게 지켜보기 시작했는데, 그때 화장실에 다녀온 아들이 탄산음료를 사게 돈을 달라고 했다. 아들은 음료수 자판기를 볼 때마다 늘 탄산음료를 사달라고 하고 나는 대개 안 된다고 말하는데, 이번에도 그게 내 대답이었다.

아들은 이번에는 그냥 넘어가지 않기로 마음먹었고 탄산음료를 사주지 않으면 차로 돌아가지 않겠다며 잔디밭을 가로질러 강아지 산책 구역 쪽으로 가더니 잔디 위로 튀어나온 구부러진 관 위에 시무룩하게 주저앉았다. 그러자 나보다 아들에게 잘 져주는 맥이 음료를 사주자고 했고 나는 아들을 다시 불러 돈을 주었고 아들은 가서 음료를 들고 돌아왔다. 그런데 나는 영양 성분표를 읽는 실수를 저지르고 말았고, 카페인 함량을 알게 되자 그 문제를 거론하기 시작해서 차에 탄 뒤에도 말을 멈추지 않았고, 아들은 다시 화가 났으며 나는 그 모든 말이 의미 없음을 깨닫고 난 뒤에야 결국 말을 멈췄다. 그래서 입을 닫고는 웨트원스 물티슈로 손을 닦기 시작했고 물티슈에서 역겹게 달큰한 냄새가 풍기며 차에 진동하는 바람에 이번에는 두 사람이 내게 화를 냈다.

그 뒤 탄산음료를 마시고 몇 살 더 어른스러워진 느낌에 아들은 기분이 상당히 좋아졌고, 나는 아들이 구부정한 자세로 두 손을 늘어뜨리고 다리를 벌리고 앉은 모습에서 그걸 알 수 있었다. 한 무리의 남자와 여자가 오토바이를 타고 시속 140킬로미터쯤으로 우리를 지나칠 즈음 차 안 분위기는 훨씬 더 좋아졌다. 맥은 그들이 속도위반으로 붙들렸으면 좋겠다고 말했고 그 생각에 기분이 무척 쾌활해져서 나와 대화를 시작했다. 우리가 새 차를 살 때 어떤 차를 사면 좋을지 내게 물었다. 그는 닷지 캐러밴을 찍었고 백일몽에서 빠져나온 아들은 쉐보레 콜벳을 사고 싶다고 말했다. 맥은 아들에게 삼만 달러를 어디에서 구할지 물었다. 아들은 대답을 못 했고, 우리가 타고 있는 보이저를 얼마에 샀는지 물었다. 칠천 달러라고, 맥이 말하자 아들은 말문이 막혔지만 나는 중고로 샀다는 걸 알려주는 게 공정하다고 생각해서, 공정한 대화를 위해 그 정보를 던져주었고 아들은 물론 자신도 콜벳을 중고로 살 것이라 말했다. 그러나 자동차는 내가 좋아하는 주제가 아니므로 얼마 안 가 우리는 할 말이 바닥났고 나는 하던 일로 되돌아갔는데, 바로 창밖을 바라보는 일이었다.

우리는 도로관리국이 도로변 숲을 제거하고 나무 몇 그루를 심어놓은 곳을 지나쳤다. 나무들은 말라비틀어진 붉은 잎들로 뒤덮여 있었고 분명 죽어가고 있었다. 그 모습을 보며 나는 삼림 파괴에 대해 생각하기 시작했고, 그러다가 사라지는 가족 농장에 대해 생각했으며, 어쩐 일인지 다시 음료의 카페인 함량이 떠올랐다. 그 시점에서 나는 휴가를 보내는 동안 새로 알게 된 나무들을 찾아보려 애쓰기 시작했고, 그 일을 포기하고 나서는 열린 창으로 들어오는 바람에 내 팔뚝의 살이 덜렁이는 모습을 쳐다보기만 했다.

상황은 대충 그렇게 흘러갔다. 어느 시점엔가 나는 거미에게 다리를 물린 것 같다고 생각했다. 나중에는 맥이 샌드위치에 뭔가 이상한 것을 넣었느냐고 내게 물었다. 아들은 통행권을 동그랗게 말아 망원경을 만들었고 맥은 아들을 야단쳤다. 하지만 그러고 나서는 우리 모두 도로변에서 일어났던 꽤나 극적인 사고의 잔해를 구경하느라 조용해졌다.

우리가 멈췄던 휴게소에서 나는 내가 보는 사람들의 50퍼센트가 우리보다 나은 휴가를 보낸 것 같다고 생각했다. 하지만 나머지 50퍼센트는 우리보다 나쁜 휴가를 보낸 것 같아서, 기분이 괜찮았다.

집까지 이십 분이 남았을 때 아들은 홀리데이인에 들러 하룻밤을 자고 싶어 했고 우리가 왜 안 된다고 하는지 이해하지 못했다. 그러나 그때 나는 우리가 가족으로서 어떤 의리 같은 게 있는데, 그것은 우리 중 두 사람이 나머지 한 사람에게 동시에 화를 내는 법은 없다는 것임을 깨달았다. 가끔 웨트윈스 물티슈 같은 경우를 제외하고는.

우선순위

Priority

너무 간단할 것이다. 아기가 깨어 있는 동안 당신이 할 수 있는 일을 하고, 그러다 아기가 잠들면 아기가 잘 때만 할 수 있는 일을, 가장 중요한 것부터 시작해서 하면 된다. 그러나 그렇게 간단하지가 않다.

당신은 무엇이 가장 중요한지 스스로에게 묻는다. 어떤 것에 우선순위가 있다고 말하고 그냥 그것을 하면 쉬울 것이다. 그러나 우선순위가 있는 것이 하나만이 아니고, 둘이나 셋만도 아니다. 여러 일에 우선순위가 있을 때, 그중 어느 것에 우선순위를 두어야 할까?

당신이 무언가를 할 수 있는 시간에, 아기가 잠든 시간에, 당신은 많은 것이 달려 있기 때문에 당장 써야 하는 편지를 쓸 수 있다. 하지만 편지를 쓴다면, 식물에 물을 주지 못할 텐데 오늘은 날씨가 매우 뜨겁다. 비가 내려 식물에 물을 주리라 기대하며 식물을 발코니에 내놨지만, 이번 여름에는 비가 거의 오지 않는다. 바람을 맞지 않으면 물을 자주 줄 필요가 없으리라 기대하며 발코니에서 안으로 식물을 들여놨지만, 그래도 물을 주긴 해야 한다.

하지만 식물에 물을 준다면 편지를 쓰지 못할 텐데, 그 편지에는 많은 것이 달려 있다. 게다가 부엌과 거실도 정리하지 못할 테고, 그러면 나중에 어수선하다는 이유로 정신이 없고 화가 날 것이다. 부엌 조리대 한 곳은 장보기 목록들과 남편이 점포정리 세일에서 사온 유리그릇들로 뒤덮여 있다. 유리그릇을 치우는 일은 꽤 간단하겠지만 치우려면 씻어야 하고 씻으려면 싱크대의 더러운 그릇들을 먼저 씻어야 하고, 그 그릇들을 씻으려면 식기 건조대를 먼저 비워야 한다. 식기 건조대 비우는 일부터 시작한다면, 아기가 잠들어 있는 동안, 아마 그릇만 씻다 끝날 것이다.

결국 당신은 식물은 살아 있기 때문에, 식물에게 우선순위가 있다고 결정할지 모른다. 그러면 우선순위를 정리할 방법을 찾은 셈이니, 집 안의 모든 생물에게, 가장 어리고 가장 작은 사람부터 시작해서, 우선순위가 있다고 결정할지 모른다. 그건 꽤 이해하기 쉬울 것이다. 그러나 생각해보면 당신은 쥐와 고양이, 식물을 돌보는 법은 정확히 알지라도, 아기와 큰 아이, 당신 자신, 남편을 우선 돌보는 법은 잘 알지 못한다. 분명 더 크고 더 나이 든 생물일수록, 돌보는 법을 알기가 더 어려운 게 사실이다.

새뮤얼 존슨은 분개한다:

Samuel Johnson Is Indignant:

스코틀랜드에 나무가 그토록 적다는 것에.

새해 결심

New Year's Resolution

나는 친구 밥에게 그의 새해 결심을 물었고 그는 어깨를 으쓱하며(빤하거나 놀랍지 않은 결심이라는 표현) 말한다. 술 덜 마시기, 살 빼기……. 그는 내게도 새해 결심을 묻지만 나는 대답할 준비가 되지 않았다. 나는 크리스마스 연휴를 보내는 동안, 가벼운 절망이긴 하지만 내가 느꼈던 절망 때문에, 선禪 수련을, 가볍게, 다시 공부하는 중이다. 내가 읽고 있는 책에 따르면 메달이나 썩은 토마토나 다르지 않다. 며칠 고민한 끝에 나는 밥의 질문에 대한 가장 진실한 답은 이것이라고 여긴다. 내 새해 결심은 나 자신을 무無로 보는 법을 배우는 것이다. 이건 경쟁적인가? 그는 살을 빼길 바라고, 나는 나 자신을 무로 보는 법을 배우기를 바란다. 물론, 경쟁은 어떤 불교철학과도 어울리지 않는다. 진정한 무는 경쟁하지 않는다. 나는 내가 그 말을 할 때 경쟁심을 느낀다고 생각하지 않는다. 나는 그 말을 하는 순간, 진정으로 겸손해진다. 또는 겸손해진다고 생각한다. 사실, 무가 되는 법을 배우고 싶다고 말하는 순간에 그 누군들 진짜 겸손할 수 있을까? 그러나 또 다른 문제가 있고, 나는 그 문제를 밥에게 설명하기 위해 몇 주째 기다리는 중이다. 마

새뮤얼 존슨은 분개한다

침내 인생의 중반쯤에 이르면, 당신은 모든 것이 결국 무라는 걸, 성공도 결국 무라는 걸 알 만큼 똑똑해진다. 하지만 처음에 그토록 힘들게 자신을 무엇으로 보는 법을 이미 배운 사람이 이제 어떻게 자신을 무로 보는 법을 배울까? 너무 혼란스럽다. 당신은 결국 당신이 무엇이라는 걸 배우느라 삶의 절반을 보내고, 이제 당신이 무라는 것을 배우느라 나머지 절반을 보내야 한다. 이제까지 부정의 무였고, 이제 긍정의 무가 되길 원한다. 나는 새해의 요 며칠 동안, 무가 되려고 애썼지만, 지금까지는 상당히 어렵다. 오전 내내 나는 무에 꽤 가까웠지만, 늦은 오후가 되면 내 안의 무엇이 힘을 쓰기 시작한다. 이런 일이 여러 날 일어난다. 저녁쯤 되면 나는 무엇으로 가득 차고, 그건 못되고 조급한 무엇일 때가 많다. 그래서 이쯤 되자 나는 목표를 너무 높게 잡았다고, 어쩌면 무는 처음부터, 지나친 목표였을지 모른다고 생각한다. 어쩌면 당분간 나는 그냥, 매일, 평소의 나보다 조금 더 적어지기 위해 노력해야 할 것이다.

가장 행복한 순간
Happiest Moment

당신이 그녀에게 이제까지 그녀가 쓴 이야기 중 아끼는 이야기가 무엇이냐고 물으면 그녀는 오랫동안 망설이다가 아마 예전에 자신이 어느 책에서 읽은 이야기일 거라며 이 이야기를 들려줄 것이다. 중국에서 영어를 가르치는 한 교사가 중국인 학생에게 살아오면서 가장 행복했던 순간이 무엇이었냐고 물었다. 학생은 오랫동안 망설였다. 결국 쑥스러운 미소를 지으며 대답하기를 아내가 예전에 베이징에 가서 오리를 먹었고, 그에게 그 이야기를 자주 하는데, 자기 삶의 가장 행복했던 순간은 아내가 여행을 가고, 오리를 먹은 순간이라고 말해야 할 것 같다고 했다.

배심원 의무

Jury Duty

Q.

A. 배심원 의무요.

Q.

A. 전날 밤, 우리는 싸우고 있었어요.

Q.

A. 우리 가족이죠.

Q.

A. 넷입니다. 음, 한 명은 이젠 집에 살진 않아요. 하지만 그 날 밤엔 집에 있었어요. 다음 날 아침 떠날 예정이었죠. 제가 법원에 가야 했던 날 아침에요.

Q.

A. 네 사람 모두 싸우고 있었어요. 싸울 수 있는 모든 방법으로요. 저는 상황을 이해하려 애썼어요. 네 사람이 싸울 수 있는 조합은 아주 다양해요. 일대일, 이대일, 삼대일, 이대이 등. 우리는 나올 수 있는 거의 모든 조합으로 싸우고 있었죠.

Q.

A. 지금은 기억나지 않아요. 웃기죠. 그렇게 열띠게 싸웠는

데 말입니다.

Q.

A. 음, 큰애를 버스에 태우고, 법원에 왔어요. 아뇨, 아니에요. 큰애는 집에 혼자 있었어요. 두 시간 정도는 믿고 집에 혼자 놔둘 수 있어요. 그 애는 집 앞에서 버스를 타기로 돼 있었죠. 문제없었어요, 나중에 집에 왔더니 아이는 가고 없더라고요. 아무것도 가져가지 않았어요, 제가 아는 한요.

Q.

A. 그 이야기를 하자면 길어요.

Q.

A. 작은아이는 학교에 있었고 남편은 직장에 있었어요. 저는 아홉 시까지 법원에 가야 했고요. 월요일이었어요.

Q.

A. 조금 늦었어요. 주차가 힘들어서요. 물론 제가 늦게 도착하는 바람에 주차장이 벌써 꽉 차 있었죠. 다른 사람들은 대부분 와 있었어요. 제 뒤로 두 사람이 들어왔죠.

Q.

A. 외곽에 있는 크고 오래된 건물이에요. 소저너 트루스가 증언했던 법원……

Q.

A. 소저너 트루스.

Q.

A. 소저너.

Q.

A. 소저너 트루스는 예전에 노예였는데, 1850년대에 여성의 권리를 위해 싸웠대요. 건물 정면 밖에 있는 기념 명판에서 읽었어요. 글을 몰랐다고도 적혀 있더군요.

Q.

A. 소저너 트루스는 같은 건물에서 증언했어요, 어쩌면 우리가 출석했던 바로 그 법정이었을 수도 있죠. 그런 말을 듣지는 못했지만, 생각해보니, 그 사람들이 건물이 어떻게 막 복원됐는지 알려줬으니, 해줄 만한 말이었어요. 사실, 그들은 우리가 그곳을 둘러보며 감탄하길 바랐지요. 상황이 상황이니만큼, 이상했어요.

Q.

A. 우리에게 온갖 지시 사항을 알려주던 도중에 건물이며 건축에 대해 말하기 시작했으니 이상하다는 말이에요. 우리가 그곳에 가야 해서 간 게 아니라 마치 견학하러 간 사람들처럼 대했어요.

Q.

A. 옛날 도서관의 큰 열람실 같았어요. 아니면 오래된 기차역의 천장 높은 큰 대기실 같기도 했고요. 뉴헤이븐역에도 있고, 물론 그랜드센트럴역도 있죠.

Q.

A. 사실, 나무 벤치였어요. 교회나 오래된 기차역 같은. 하지만 편했어요. 놀랍게도요.

Q.

A. 175명 정도.

Q.

A. 사람들은 매우 조용했어요. 몇 사람은 책을 읽고 있었고, 몇 사람은, 그냥 몇 명만, 아주 조용히 이야기를 나누고 있었어요. 아마 아는 사람을 만났거나 그냥 옆 사람에게 말을 거는 것 같았어요.

Q.

A. 아니요, 사실, 저는 아무하고도 말하지 않았어요. 가까이에 나이 든 이탈리아 남자가 앉아 있었어요. 말을 하나도 알아듣지 못하기에, 뭘 해야 하는지 제가 알려줬죠. 예전에 시내 의류산업 지구에서 일했대요. 재단사였다는군요.

Q.

A. 대부분 거기에 앉아서 주위를 둘러보거나 앞을 보고 있었어요. 사람들은 무척 차분했어요. 무척 긴장하기도 했고요. 저와 같은 느낌이었겠죠. 언제라도 어떤 일이 일어날 수 있고, 우리에게 무얼 하라고 어디를 가라고 요청이 떨어질지 모른다는 느낌이었죠. 그 높은 천장 아래에서, 모두 무언가를 기다리고 있었어요.

Q.

A. 음, 처음에 그들은 출석을―우리 이름을 모두―불렀어요. 대부분 출석했더라고요. 그리고 나서는 앞으로 일어날 일을 조금 말해줬어요. 그리고 우리는 기다렸죠.

Q.

A. 모르겠어요. 아마도 한 시간쯤.

Q.

A. 무엇을 기다렸는지는 기억나지 않아요. 재판이나 판사와
관련된 것이었어요. 많이 기다렸어요.

Q.

A. 그러다가, 한 시간 뒤에, 또 다른 알림이 있었어요. 아마
담배를 피우고 싶거나 화장실에 가고 싶으면 이십 분간 나갔
다 올 수 있다는 알림이었던 것 같아요. 저는 그 이탈리아 남자
에게 이십 분 안에 꼭 돌아와야 한다고 말했어요.

Q.

A. 법원 직원이요, 법원 공무원 같은 사람이었어요. 우리에
게 얘기해줬는지는 기억나지 않아요. 처음에는 남자였어요,
그날 하루와 그 주의 일정을 대충 알려줬지요. 그다음에는 여
자였어요. 그래도 우리는 무얼 기대해야 할지 잘 몰랐어요. 생
각해보면 우습지만, 우리는 그 사람들이 시키는 대로 무엇이
든 할 준비가 돼 있었죠. 다른 법정에 가서 앉으라고 하면 그렇
게 했을 거예요. 그다음에는 다시 제자리로 돌아와 앉으라고
하면 그렇게 했을 테죠. 우리 중 절반만 다른 법정으로 가라고
하면, 그렇게 했을 거고요. 그들을 아주 신뢰하고 있었어요.

Q.

A. 무척 상냥하게요. 무척 차분하고, 상냥하게. 뭔가를 말한
다음, 문으로 나갔다가, 다시 들어와서 또 뭔가를 말했어요. 어

떤 서류를 보다가 고개를 들고는 거의 친근하다고 할 만한 어조로, 거기에 그렇게 많은 사람이 있는 게 아닌 듯 말했죠. 그리고 매우 정중했어요. 마음을 무척 편안하게 해주는 어조였어요. 우리에게 곧 나쁜 소식을 알려야 해서 우리를 최대한 친절하게 대하는 그런 느낌이 들었죠. 우리는 대답할 수 없었어요. 대답을 요청받지도 않았고, 우리도 감히 하지 않았어요.

Q.

A. 아뇨, 생각해봤는데요, 처음에는 교회가 떠올랐다가, 다음에는 알코올중독자 자조 모임이 떠올랐다가, 그다음에는 오페라나 콘서트 같은 곳이 떠올랐어요. 큰 주민 총회도 떠올랐고요. 하지만 달랐어요. 훨씬 더 평화로웠죠. 우선, 우리는 말을 하지 않았어요, 정말, 아무도 말하지 않았어요. 우리가 말을 하도록 돼 있는 곳이 아니었으니까요. 거기다 기대하는 게 하나도 없으니까 평화로웠죠. 영적 성장이나 재활 같은 걸 바라며 간 게 아니니까요. 아무것도 안 하고 있었죠. 기차나 약속을 기다리는 것도 아니었어요. 사실, 기다리고는 있었지만 우리가 무얼 기다리는지, 무얼 기대해야 하는지 몰랐어요. 그러니까 우리 앞에는 어떤 텅 빈 벽이 있었던 거죠.

Q.

A. 우리의 평범한 하루가 있어야 할 곳에 텅 빈 벽이 있었어요. 보통은 다음에 무엇이 올지 어느 정도 보여야 할 곳에 말이에요.

Q.

새뮤얼 존슨은 분개한다

A. 예, 하지만 그들은 설명을 많이 해주지 않았고, 아무도 물어볼 용기가 없었어요.

Q.

A. 감정을 자극하진 않았어요. 교회는 감정을 자극하죠. 알코올중독자 자조 모임이나 콘서트도요. 이건 상상할 수 있는 한 감정과 가장 관련이 없는 일이었어요. 어쩌면 그래서 그렇게 안도감을 느꼈는지 모르죠.

Q.

A. 전날 밤에 그렇게 지독한 싸움을 겪은 뒤였으니까. 치유 같기도 하고 치료 같기도 했어요. 처방 같았죠. 그렇게 싸운 뒤에는, 법에 따라 가만히 앉아 있는 다른 사람들과 함께 가만히 앉아 있어야 하는 곳에 출두해서, 완전히 회복될 때까지 아주 친절하고 온화하게 치료를 받아야 하는 것처럼요.

Q.

A. 우리답지 않았죠. 우리 가족답지 않았어요. 저는 무서웠어요. 우리 집 동물들도 겁이 났고요. 작은아들에게 어떤 영향이 있을지 누가 알겠어요.

Q.

A. 예, 선택하고 말고 할 문제가 아니었어요. 피할 수 없는 일이죠. 법에 따라 출석해야 했으니까요. 그래서 여기에 와야 하나, 말아야 하나 갈등할 필요가 전혀 없었어요. 게다가 특별히 우리를 부른 건 아니었어요. 조금도 개인적인 게 아니에요. 무작위예요. 무작위로 불려간 거죠. 그리고 우리가 뭘 조금이

라도 잘못해서 간 게 아니에요. 우리는 죄가 없었어요. 사실, 그 이상이었죠. 우리는 좋은 사람들이었어요. 좋은 시민들. 다른 시민을 판단하도록 부탁받을 만큼 좋은 시민들이죠. 법이 우리는 좋은 시민이라고 말하고 있었어요. 아마 그래서 그곳에 있는 게 무척 편안했겠죠. 감정적이지도 않고, 개인적이지도 않으면서, 인정받은 느낌 같은 것이 있으니까요. 법이 우리를 좋은 사람이거나, 아니면 적어도 꽤 괜찮은 사람이라고 본다는 거잖아요.

Q.

A. 예, 우리가 들어간 옆문에서 무기를 검사했어요. 오래된 정문은 이제 사용하지 않아요. 우리는 현대적 스타일의 볼품없는 옆문으로 들어가 지하로 몇 계단을 내려간 다음, 승강기를 타고 이 층으로 올라갔어요.

Q.

A. 금속탐지기가 있었고 경비원 한 사람이 우리 가방과 핸드백을 검사했어요. 그 사람도 무척 친절하고 점잖았어요. 미소가 친절했죠. '여기서부터는 무기 소지 금지'였나 하는 문구가 표지판에 적혀 있었어요. 그러니까 상징적으로도, 싸움에 쓸만한 도구는 내려놓고 가야 하는 것처럼요. 싸우러 가는 게 아니었으니까요. 금속탐지기를 통과한 사람들은 거의 위험하지 않은 법이잖아요.

Q.

A. 예, 우리가 유예 상태에 있는 것 같았죠. 우리 삶의 모든

것이 유예된 채, 대기 중이었어요. 우리는 대기하고 있었어요.

Q.

A. 예, 저는 인내심이란 단어를 생각했어요. 하지만 인내심은 아니었어요. 인내심은 긴장된 상황, 불편하거나 힘든 것을 참아야 하는 상황에서 필요한 거잖아요. 이건 힘들지 않았어요. 제가 하려는 말은요, 우리는 거기에 가야만 했고, 그 덕택에 모든 개인적 책임에서 벗어났다는 거예요. 이런 일과 비슷한 게 또 있는지 모르겠네요. 그리고 법정이 널찍했다는 것도 중요해요. 천장이 낮고, 비좁고, 사람들로 혼잡했다고 상상해보세요. 아니면 사람들이 시끄럽고, 말이 많았다면 어땠을까요. 아니면 담당자들이 뭐가 뭔지 잘 모르거나, 무례했다면요.

Q.

A. 드디어. 그 여성이 우리 이름이 들어간 둥근 통을 들고 왔어요. 그녀는 통을 돌리다가 한 번에 이름을 하나씩 뽑았어요. 뽑힌 사람은 배심원석으로 올라가 면접을 봐야 했어요. 흥미로운 시간이 될 것 같았죠. 저는 그렇게 생각했답니다.

Q.

A. 아니요. 우리 모두 그곳에 남아 있어야 했어요. 면접을 본 사람들이 탈락하거나 배심원 의무를 면제받을지 모르니 나머지 모두 남아 있어야 했죠. 무작위 추첨이니, 누구든 그들을 대신해서 불려 올라갈 수 있어서, 모두 남아 있어야 했어요.

Q.

A. 이번에도, 매우 점잖고, 매우 정중했어요. 사람들을 이름

으로만, 상냥하게 불렀죠. 의사나 간호사가 부르는 것처럼요.

Q.

A. 예상치 못하게도 흥분된 분위기가 감돌았어요. 어떤 예식 같은 느낌. 담당자가 이름을 부르기 전에 긴장감이 흘러요. 물론, 다들 자기 이름이 불릴지 모른다고 생각하죠. 그러다가 이름이 불리면, 그 모든 사람들 앞에서 위로 올라가서, 모두 지켜보고 듣는 가운데 개인적인 질문들에 대답해야 했어요. 사람이 진짜 많았죠. 우리는 거기 있는 사람들을 전혀 몰랐어요. 그러다가 몇 명의 삶이 조금씩 드러났고, 나머지는 앉아서 듣고 있었죠. 이 사람들에 대한 정보를 듣고, 그들의 이야기를 들어요. 이제 우리는 몇몇 사람의 이름을 알게 됐죠. 어떤 인디언 부족의 의식, 나바호족의 의식 같았죠.

Q.

A. 아, 예상할 만한 질문도 있었고, 일반적인 질문도 있었어요. 직장이 있습니까? 가족이 있습니까? 그리고 더 구체적인 질문도 있었죠. 운전하십니까? 사고를 내거나 당한 적이 있습니까? 경찰에 친척이 있습니까? 보험업계에 친척이 있습니까? 팰리세이즈 파크웨이를 잘 아십니까?

Q.

A. 11번 출구 바로 북쪽에 있어요.

Q.

A. 오래 걸렸어요. 저는 아주 잘 듣지는 못했어요.

Q.

A. 아주 차분했어요. 그들은 사람들을 이름으로만 불렀어요. 잠시 멈출 때가 많았어요. 질문. 멈춤, 한 법률가가 또 다른 법률가와 의논하곤 했고, 그동안 모두 기다렸어요, 아주 조용하게, 아주 온순하게요. 소곤대는 목소리, 긴 침묵, 그리고 무언가를 기대하는 분위기가 있었죠.

Q.

A. 음, 그러니까 우선 그 사람들은 특별했어요, 선택된 자들이죠. 모든 사람들 앞에서 올라갔죠. 그들이 제 마음에 드는지, 안 드는지 정할 수 있을 만큼은 답변이 들렸어요. 여자 한 사람은 부동산 중개인이었어요. 이혼했고, 차갑고, 딱딱한 사람이었어요. 퉁명스럽고요. 저는 그 여자가 마음에 들지 않았어요. 그다음에는 키 크고, 건강한 남자였어요, 예술가였고 가정이 있는 남자였는데, 분명 좋은 사람이었죠. 저는 그 사람이 바로 마음에 들었어요. 그리고 대학생이 하나 있었는데, 수업을 너무 많이 빠지게 될까 봐 걱정했어요. 하지만 그들이 이번 재판은 짧을 예정이고 이번에 배심원이 되지 않으면 나중에는 수업을 훨씬 더 많이 빠져야 할 수도 있다고 지적해줬지요. 그래서 그는 배심원단에 남기로 결정했어요. 일단 그가 배심원단에 들어가면, 당신은 그를 다소 특별하게 볼 수밖에 없죠, 너무 어리니까요. 배심원단의 어린이, 어리지만 판결을 내릴 만큼 현명하고, 나이 든 사람들의 보살핌을 받게 될 신동 같죠. 그러다가 조금 뒤에는 당신은 그가 심지어 싫어지고, 너무 어려서, 건방져서, 요청받지 않았다면 이런 일은 하지 않았을 거라고

사람들 앞에서 말해서, 너무 어리고 똑똑하고 다른 사람들의 보살핌을 받는 신동이어서 그에게 화가 나기 시작할 거예요.

그러니까 배심원단에 남은 사람들은 선택된 자들인 거죠. 그 모든 질문 끝에 의무를 면제받은 사람들, 면제받고 모든 사람 앞에서 제자리로 돌아가야 했던 사람들은 선택받지 못한 자들이고요. 그 사람들은 모든 특권을 잃고 다시 평범해진 거예요. 더 이상 특별하지 않은 거죠. 아니 정확히 말하자면, 명백하거나 구체적인 이유로 탈락한 사람들은 그냥 평범한 사람들이에요. 하지만 알 수 없는 이유로, 아마 자신의 삶과 자신에 대해 별로 좋지 않은 이야기를 해서 탈락한 사람들은, 더 이상 평범하다고도 할 수 없고, 어쨌든 부적합하다고 선언된 거예요. 나머지는 여전히 그 위에 앉아 있는데 말이죠.

Q.

A. 아니요, 많지는 않았어요. 아마, 서너 명. 한 사람은 실업자였고 십일 년 동안 운전을 하지 않았대요. 아니, 1979년부터 안 했다니까 더 오래됐네요. 자전거로 이동한다는군요. 그리고 알고 보니 1979년에 사고를 당했다던가, 일으켰다던가 했어요. 그는 소송을 당했지만 이겼대요. 사정을 다 알 수는 없어요.

Q.

A. 그는 대부분의 나머지 사람들보다 더 격식을 갖춘 옷차림이었어요. 어두운색 정장에 넥타이를 맸죠. 하지만 머리는 길어서, 포니테일로 묶었고, 색이 옅게 들어간 안경을 썼어요. 그들은 그 안경에 대해서 물었어요.

Q.

A. 저는 그 사람이 의무를 면제받은 게 놀랍지 않았어요. 실업자니까요. 게다가 결혼도 하지 않았고 아이도 없었어요. 하지만 그들이 왜 의무를 면제해주는지는 말할 필요가 없죠. 저는 그가 자리로 돌아갈 때, 그리고 그 뒤, 남은 하루 내내 어떤 기분일지 궁금했어요. 옷차림에 신경을 많이 쓴 걸로 봐서 배심원으로 불려온 걸 자랑스럽게 여겼을지 몰라요. 나중에는 어쨌든 탈락했으니 아마 부끄럽거나 창피했겠지요.

Q.

A. 예, 또 다른 사람은 조카가 경찰이어서 면제받았어요.

Q.

A. 음, 배심원은 점심시간까지 모두 뽑혔고, 우리는 한 시간 동안 외출을 허락받았어요. 그들은 배심원으로 뽑힌 사람들에게 특별한 배지를 달아주었고 누구와도 말하지 말라고 했어요, 우리에게는 배심원들에게 말을 걸지 말라고 했고요.

Q.

A. 예. 저는 우연히 배심원 한 사람과 같은 카페에 들어갔어요. 제가 미소를 짓자 그도 제게 미소를 지었어요. 제가 왜 미소 짓는지 알았던 거죠. 좋은 사람처럼 보였지만 감히 인사도 건네지 못했어요.

Q.

A. 예, 몇 사람을 보긴 봤어요. 아마 옆문으로 들어온 것 같아요. 교도소가 옆 건물인 것 같은데, 아마 지하 통로가 있는

모양이에요. 어쨌든 제 기억에는 아침에 처음 건물로 들어가서 엘리베이터를 기다릴 때 지하층 복도의 또 다른 문으로 그들이 한 줄로 나오더니 엘리베이터 옆 계단으로 올라갔어요. 줄 맨 앞에 경찰이 한 사람 있었고, 뒤에도 한 사람 있었어요. 나중에 점심시간에 우리가 모두 법정에서 나와 엘리베이터를 타고 다시 내려가서 그 옆문으로 나갈 때, 그들도 아래층으로 다시 내려와 지하층 복도의 그 문으로 다시 나갔어요. 그 뒤 점심을 먹고 다시 돌아올 때 그들도 다시 위로 올라가고 있었어요. 그날 오후에 그곳을 나올 때는 보지 못했어요. 아마 법정에 있었겠지요.

Q.

A. 네다섯 명, 모두 남자였고, 오렌지색 옷을 입고 있었어요. 수갑을 차고 있었고 각자 서류철을 몸 앞쪽에 들고 있었어요. 말이 없었고 꽤 침울해 보였어요. 한 줄로, 일렬종대로 걸어갔어요. 수갑 때문에 팔과 손과 그 서류철을 모두 똑같은 자세로 하고 있을 수밖에 없었어요. 그래서 무대 위에서 상연되는 일사불란한 공연 같은 느낌이 약간 있었어요.

Q.

A. 예, 제가 좋은 사람이라는, 아니면 나쁜 사람은 아니라는 느낌이 훨씬 더 커지더군요. 그러니까 상황이 아주 단순하다는, 어떤 사람은 좋고 어떤 사람은 좋지 않다는 그런 느낌. 삶을 바르게 살아가는 사람들이 있고, 그건 질문을 몇 개 해보면 드러나죠. 그리고 삶을 바르게 살아가지 않는 사람들도 있고요.

Q.

A. 쉬는 시간에 모두 밖에 나와 여기저기 서 있으면 다른 사람들과 유대감이 느껴지긴 했어요. 이 일에 모두 함께한다는, 우연히 함께 모이게 됐다는 느낌.

Q.

A. 예, 점심시간에, 모두 동시에 밖으로 나왔을 때 그 모습이 뭔가를 떠오르게 했는데, 그게 뭔지 잘 몰랐어요. 그러다가 무당벌레라는 생각이 떠올랐어요. 무당벌레 한 통을 주문하면 백 마리가 들어 있거든요. 날씨가 따뜻해질 때까지 냉장고에 보관하다가 마당에 풀어 먹이를 잡아먹게 하는 거죠. 그러면 몇 마리는 근처에 남아서 먹이를 찾아 먹고, 몇 마리는 멀리 날아가요. 그때 상황이 그랬어요. 우리는 모두 동시에 그 동네로 풀려난 거예요. 거의 이백 명이었는데, 대부분은 그 동네를 몰라서 먹을 곳을 찾아야 했어요. 대부분은 법원 근처에 남아 점심을 먹었죠.

Q.

A. 결국 집에 돌아오니 두 시였어요. 그들은 점심 뒤에 혹시 또 다른 재판을 위해 배심원을 선발해야 할 수도 있어서 우리를 기다리게 했던 건데, 또 다른 선발이 없어서 보내줬어요. 그날 저녁 여섯 시 이후에 전화를 하고, 남은 한 주 내내 매일 저녁 여섯 시 이후에 전화를 해서, 다음 날 법원에 출석해야 하는지 알아보라더군요. 저는 남은 한 주 동안 매일 저녁 전화를 걸었지만, 다시 갈 필요는 없었어요. 어떤 점에서, 그것도 일종의

치료 같았죠, 아니면 일종의 훈련 같기도 했고요. 마치 그 일을 다시 할 준비를 해야 하는데, 만약 준비를 제대로 하고 적절한 일을 하면, 그 일을 면제받게 되는 것과 같다고 할까요. 그래서 저는 매일 저녁에 적절하게 했고, 그래서 매일 저녁 면제를 받고 다음 날 집에 있을 수 있었어요.

Q.

A. 아니요, 뭐 별로. 저는 배심원이 되어도 좋아했을 거예요. 매우 흥미를 느꼈을 겁니다. 하지만 또 집에서 해야 할 일이 많았으니까요.

Q.

A. 예, 그게 전부였어요. 더 이상 뭔가 할 필요는 없었어요. 그리고 이제 이 년 동안은 대상에 포함되지 않을 거예요.

Q.

A. 예!

이중 부정

A Double Negative

삶의 어느 지점에서 그녀는 자신이 아이를 갖길 바라는 게 아니라, 아이를 갖지 않거나 갖지 않았었기를 바라지 않는다는 것을 깨닫는다.

오래된 사전

The Old Dictionary

나는 백이십 년쯤 된 오래된 사전을 갖고 있는데, 올해 내가 하고 있는 일을 위해 이 사전을 사용해야 한다. 사전의 페이지는 여백 부분이 누르스름하고, 바스러질 것 같고, 무척 크다. 나는 페이지를 넘길 때마다 페이지가 찢길 위험을 무릅쓴다. 사전을 펼칠 때면 이미 밑에서부터 반 이상 갈라진 책등이 찢길 위험도 무릅쓴다. 사전을 들춰볼까 생각할 때마다, 나는 그 단어 하나를 찾아보기 위해 사전을 더 망가뜨릴 위험을 무릅쓸 가치가 있는지 결정해야 한다. 지금 하는 일을 위해 이 사전이 필요하니, 오늘이 아니면 내일이라도 사전을 망가뜨리게 될 테고, 이 일이 끝날 때쯤이면 사전이 완전히 망가지진 않는다 해도, 일을 시작할 때보다는 더 망가져 있으리라는 것을 안다. 그런데 오늘 책장에서 사전을 꺼내면서 나는 내가 어린 아들보다 이 사전을 훨씬 더 조심스럽게 다룬다는 것을 깨달았다. 사전을 다룰 때마다 나는 사전이 다치지 않게 최대한 조심한다. 그러니까 내 주된 관심은 사전을 다치지 않게 하는 데 있다. 오늘 문득 들었던 생각은 내 아들이 사전보다 더 중요할 텐데도 아들을 대할 때마다 내 주된 관심이 그를 다치게 하지 않

새뮤얼 존슨은 분개한다

는 데 있다고 말할 수 없다는 것이다. 내 주된 관심은 주로 다른 데 있는데, 이를테면 아들의 숙제를 알아내거나 식탁에 저녁을 차리거나 전화 대화를 마저 끝내는 것이다. 그 과정에서 아들이 다치더라도, 그건 내가 하려던 일이 무엇이든 그걸 해내는 것만큼 중요하지 않아 보인다. 왜 나는 아들을 적어도 오래된 사전만큼 잘 대우하지 않을까? 어쩌면 사전은 딱 봐도 부서지기 쉽게 보이기 때문인지 모른다. 책장 모서리가 바스러질 때는 모를 수가 없다. 몸을 구부리고 게임에 열중하거나 강아지를 함부로 다루는 아들은 쉽게 부서질 것처럼 보이지 않는다. 분명 아들의 몸은 튼튼하고 유연하며, 나로 인해 쉽게 다치지 않는다. 나는 아들 몸에 멍이 들게 한 적이 있고, 멍은 그뒤 나았다. 가끔은 내가 분명 아들의 감정에 상처를 입힌 것 같긴 하지만 그 상처가 얼마나 심한지 알기가 힘들고, 어쨌든 회복되는 것처럼 보인다. 완전히 회복이 되는지 아니면 상처가 영원히 조금 남는지는 알기 어렵다. 사전은 손상되면, 회복될 수 없다. 어쩌면 내가 사전을 더 잘 대우하는 이유는 사전은 내게 요구하는 게 하나도 없고 말대꾸도 하지 않기 때문인지 모른다. 아마 나는 내게 반응을 보이지 않는 듯한 것들에 더 친절한 모양이다. 하지만 사실 내게 별로 반응하지 않는 집 안 식물들은 그리 잘 대우하지는 않는다. 식물은 요구 사항이 한두 가지 있다. 빛을 달라는 요구는 내가 그들을 갖다 놓은 장소에서 이미 채워졌다. 두 번째는 물이다. 나는 물을 주긴 하지만 꾸준히 주지는 않는다. 그래서 몇몇 식물은 그다지 잘 자라지 않고 몇몇은 죽는다. 대부분은 모양이 좋지 않고 이상해 보인다. 몇몇 식물은 사올 때는 근사해 보였지만, 내가 잘 돌보지 않은 탓에 이제는 이상해 보인다. 대부분은 집에 들고 올 때 심어졌던 볼품없는 플라스틱 화분에 있다. 나는 사실 그들을 별로 좋아하지 않는다. 보기에 좋지 않다면, 집 안 식물을 좋아할 다른 이유가 있나? 그러면 나는 보기 좋은 것들에게 더 친절한가? 하지만 나는 생김새가 마음에 들지 않아도 식물을 잘 대할 수 있을 것이다. 아들이 좋은 모습이 아닐 때도, 그다지 훌륭하게 행동하지 않을 때조차도 아들을 잘 대우할 수 있어야 할 것이다. 나는 식물보다 더 활동적이고 더 요구 사항이 많아도 개는 더 잘 대우한다. 개에게 먹이와 물을 주는 일은 간단하다. 나는 개를 데리고, 충분히 자주는 아니지만, 산책도 간다. 나는 가끔 개의 코를 찰싹 때리기도 하는데, 물론 수의사는 머리 근처를 때리지 말라고, 아니 아마 그 어느 곳도 때리지 말라고 말하긴 했다. 내가 개를 소홀히 하지 않는다고 확신할 때는 개가 잠들어 있을 때뿐이다. 어쩌면 나는 살아 있지 않은 것에 더 친절한 모양이다. 아니 더 정확히 말해, 살아 있지 않은 것들에게는 친절이 문제가 되지 않는다. 내가 관심을 주지 않아도 그들에게 상처가 되지 않고, 그건 대단히 안심되는 일이다. 얼마나 안심되는지 즐겁기까지 하다. 그들의 변화란 먼지가 쌓이는 것밖에 없다. 먼지 때문에 상하지는 않는다. 게다가 먼지는 다른 사람에게 떨어달라고 할 수도 있다. 아들이 더러워지면 나는 아들을 씻길 수 없고, 누군가를 고용해서 씻길 수도 없다. 아들을

새뮤얼 존슨은 분개한다

깨끗하게 키우는 일은 힘들고, 먹이는 일은 복잡하기까지 하다. 아들은 잠을 충분히 자지 않는데, 내가 재우려고 너무 애쓰는 탓이기도 하다. 식물에게 필요한 것은 둘, 어쩌면 셋 정도다. 개는 대여섯 가지가 필요하다. 내가 개에게 얼마나 많은 것을 주고 얼마나 많은 것을 주지 않는지, 그러므로 내가 얼마나 잘 돌보는지 알기는 아주 쉽다. 아들은 물질적 돌봄 말고도 다른 여러 가지를 필요로 하고, 이런 필요는 점점 늘어나거나 계속 달라진다. 말하던 문장 중간에도 달라질 수 있다. 나는 아들에게 무엇이 필요한지 알지만, 늘 알지는 못한다. 무엇이 필요한지 알 때조차, 그걸 늘 줄 수 있는 건 아니다. 매일 여러 번 나는 아들에게 필요한 것을 주지 못한다. 내가 오래된 사전을 위해 하는 일의 전부는 아니라도 일부는 내 아들을 위해서도 할 수 있을 텐데. 예를 들어, 나는 사전을 천천히, 신중하게, 부드럽게 대한다. 사전의 나이를 고려한다. 사전의 의견을 존중한다. 사전을 쓰기 전에 멈춰 생각한다. 사전의 한계를 안다. 사전이 해낼 수 있는 것 이상을(이를테면 탁자 위에 납작하게 펼쳐져 있기) 하라고 부추기지 않는다. 상당히 많은 시간 건드리지 않고 놔둔다.

얼마나 힘든가

How Difficult

여러 해 동안 엄마는 내가 이기적이고, 부주의하고, 무책임
하고, 기타 등등 하다고 말했다. 엄마는 자주 짜증스러워했다.
내가 내 주장을 말할 때면 엄마는 두 손으로 귀를 막았다. 엄마
는 나를 변화시키기 위해 할 수 있는 일을 했지만 여러 해가 지
나도 나는 달라지지 않았다. 아니면 달라졌다 해도, 정말 달라
졌는지 확신할 수 없었는데, 왜냐하면 엄마가 "이제는 네가 이
기적이지도, 부주의하지도, 무책임하지도, 기타 등등도 하지
않구나"라고 말하는 순간이 결코 없었기 때문이다. 이제는 나
자신이 스스로에게 이렇게 말한다. "왜 너는 다른 사람을 먼저
생각하지 못하니, 왜 너는 하는 일에 집중하지 않니, 왜 너는
할 일을 기억하지 못하니?" 나는 짜증스럽다. 엄마에게 공감한
다. 나라는 애는 얼마나 다루기 힘든가! 그러나 이 말을 엄마에
게는 할 수 없는데, 왜냐하면 그걸 말하고 싶은 동시에, 우리가
통화하는 전화기 이쪽 편에서 나를 변명할 준비가 돼 있기 때
문이다.

새뮤얼 존슨은 분개한다

장례식장에 보내는 편지

Letter to a Funeral Parlor

친애하는 귀하

저는 아빠가 돌아가신 이틀 뒤 귀사의 직원이 엄마와 저를 만났을 때 사용했던 크리메인스*라는 단어에 이의를 제기하기 위해 이 편지를 씁니다.

우리는 귀사의 직원에게 개인적으로 아무런 불만이 없습니다. 그는 정중하고 친절했으며 우리를 세심하게 배려했습니다. 예컨대, 우리에게 비싼 유골함을 팔려고 하지 않았지요.

우리를 놀라게 하고 불편하게 만들었던 것은 크리메인스라는 단어였습니다. 분명 업계 사람들이 만들었을 테고 업계에서는 익숙한 단어겠지요. 우리 일반인들은 그 단어를 그리 자주 듣지 않습니다. 살아가는 동안 우리는 가까운 친구나 가족을 아주 여러 번 잃지는 않으며, 운이 좋다면 그런 일을 다시 겪기까지 여러 해가 흐릅니다. 죽은 가족이나 가까운 친구를 어떻게 해야 할지 의논해야 하는 경우는 훨씬 더 적지요.

---

* cremains. cremation(화장)과 remains(유골)의 합성어로, 화장한 유골을 뜻한다.

아빠가 돌아가시기 전에 귀사와 귀사의 직원은 아빠를 사랑하는 가족이라고 표현했습니다. 아빠에 대한 우리의 사랑은 복잡한 것이긴 하나, 그 표현은 우리를 불편하게 하지 않았습니다.

그러다가 우리가 밤새 아빠 곁을 지키느라, 그다음에는 아빠가 편안하게 돌아가셨는지 걱정하느라, 그다음에는 이제 돌아가셨으니 아빠가 어디에 계실지 걱정하느라 무척 피곤한 상태로 거실 의자에 앉아, 맞은편 소파에 앉은 귀사의 직원 앞에서 눈물을 보이지 않으려 애쓰고 있을 때, 바로 그때 귀사의 직원이 돌아가신 아빠를 "크리메인스"라 불렀습니다.

처음에 우리는 무슨 뜻인지도 몰랐습니다. 그러다가 그 뜻을 깨달았을 때, 솔직히 마음이 상했습니다. 크리메인스라니, 크리모라나 커피메이트처럼, 커피에 넣는 우유 대체제로 발명된 물건 같았지요. 또는 얇게 썬 훈제 쇠고기 요리처럼도 들렸어요.

포타포티*나 푸퍼스쿠퍼*처럼 어떤 조어든 경쾌하거나 심지어 발랄한 울림이 있는 법인데, 말로 밥벌이를 하는 사람으로서 제가 생각하기에 귀사는 크리메인스라는 단어를 고안할 때 그런 것을 의도하지는 않았던 것 같습니다. 사실, 한때 영문학 교수였고 이제는 크리메인스라 불리게 된 저희 아빠였다면 포타포티의 두운과 푸퍼스쿠퍼의 각운을 당신에게 지적하셨을 것입니

---

*   Porta Potti. 휴대용 화장실.
*   pooper-scooper. 개똥을 치우는 도구.

다. 그리고 나서는 크리메인스는 브런치와 같은 범주에 속하며, 그런 것을 혼성어라 부른다고 알려주셨겠지요.

단어를 만드는 일은, 특히 전문 업계에서는, 조금도 잘못된 일이 아닙니다. 하지만 슬픔에 잠긴 가족은 크리메인스라는 신조어를 들을 준비가 돼 있지 않습니다. 우리는 사랑하는 사람이 떠났다는 것조차 익숙하지 않습니다. 어쩌면 귀사에서는 재라는 용어를 계속 사용하실 수도 있을 겁니다. 그 단어는 성경을 통해 우리에게 익숙하며, 우리는 그 단어에서 위안을 느끼기도 하니까요. 우리는 오해하지 않을 겁니다. 그 재가 난로의 재와 같지 않다는 걸 잘 알 겁니다.

그럼 안녕히 계십시오.

갑상선 일기
Thyroid Diary

오늘 밤 우리는 내 치과의사 아내의 대학 졸업 축하 파티에 갈 것이다. 그 오랜 기간 의사가 내 치아를 치료해온 내내, 그의 아내는 대학에서 한 번에 몇 학점씩 학점을 따고 있었다. 그녀는 학기마다 다른 수업과 함께, 대학에서 회화와 소묘를 가르치는 내 남편의 수업도 들었다. 개별지도 형태의 수업이었다. 그녀는 꽃 정원 애호가여서 주로 꽃을 그린다. 그림과 어울리게, 자신의 정원에 대한 글도 써 넣는다. 남편은 졸업식 기간에 예술대 건물에 걸렸던 그녀의 꽃 그림 한 점이 도둑맞았다고 말했다. 학생이나 학부모가 가져갔을 거라고, 그는 생각했다.

우리가 그녀의 친구이자 대학 교무처 간사로부터 그녀를 위한 파티 초대장을 받을 때까지 나는 그녀가 진짜로 학위를 받는다는 걸 몰랐다. 초대장이 도착한 며칠 뒤, 우리는 똑같은 여성에게서 또 다른 초대장을 받았는데, 이번에는 날짜가 달랐다. 나는 실수가 있는 모양이라 생각했다. 하지만 알고 보니 그녀는 파티를 두 개 준비하고 있었고, 우리는 둘 다 초대받았다.

나는 이제 심각하고 대대적인 내 치과 치료가 왜 의사 아내의 졸업 바로 두 달 전에 끝났는지—정말 그때 끝났다—궁금하지 않을 수 없다. 적어도 크라운 작업 두 개가 더 남은 줄 알았는데 의사는 더 이상 치료할 필요가 없다고 말했다. 내 치아에 더 이상 치료할 게 없었던 때가 있었는지 기억나지 않는다.

어쨌든 나는 이 일의 경제학이 늘 혼란스러웠는데, 왜냐하면 내가 치과의사에게 치료비를 내면, 그는 아마 그 돈을 아내에게 대학 수업료로 줄 테고, 치과의사의 아내는 대학에 그 돈을 낼 테고, 대학은 내 남편에게 그녀의 개별지도 수업료를 별도로 지불할 테고, 남편은 내게 치료비를 줄 테고, 나는 치과의사에게 돈을 낼 테고, 치과의사는 아내에게 돈을 주는 식으로 계속될 테니 그렇다. 아무도 아무에게도 돈을 지불하지 않아도, 결국 상황은 똑같이 굴러갔을 테지만, 그것도 그다지 옳은 일은 아닌 것 같다.

의사는 그의 아내처럼 정원을 가꾸지만 채소와 포도를 키우고, 작은 사과 과수원을 가꾸는데, 올봄에 내 남편에게 어떤 모종들을 대량으로 구입하면 더 경제적이니 함께 주문하자고 제안함으로써 이 거래를 더욱 복잡하게 만들었다. 그는 토마토 품종 둘뿐 아니라 양파와 피망도 함께 주문해서 나눌 수 있을 거라고 했다. 남편은 이 문제를 심사숙고한 다음 동의했다. 대개 남편은 어떤 종류든 동업자 관계의 의무를 꺼리는 편이지만, 돈을 절약하는 일에도 관심이 있는 데다 이 경우에는 상대편이 보인 선의와 신뢰의 제스처를 고맙게 여겼다.

오늘 밤 우리가 갈 파티는 강 건너 작은 시내에 있는 그 교무처 직원의 집에서 열린다. 그러나 나는 이 말을 하자마자, 내가 착각했음을 깨달았다. 오늘 파티는 긴 항해를 떠날, 그 교무처 직원의 조카를 위한 파티였다. 그는 여러 해 동안 가끔은 육지에서, 가끔은 배에서 살았는데, 이제 집을 팔았고, 여자 친구는 여전히 이곳 육지에 있지만 자신은 앞으로 요트에서 살 계획이었다. 나는 점심에 송별 선물로 그에게 무엇을 줄지 남편과 의논했으니, 이 사실을 기억했어야 했다. 우리는 셋 중 하나를 고를 생각이었다. 리처드 헨리 다나의 책 『선원으로 보낸 2년』이나 남편이 봐두었던, 매듭 묶는 법에 대한 책이나 와인한 병. 남편은 좋은 브랜디도 제안했지만, 나는 그런 선물은 배에서 혼자 술 마시기를 부추길 뿐이라고 생각했다.

내가 이 모든 일에 혼란을 느낀다면, 아마 기능이 저하된 갑상선 때문일 것이다. 느린 사고는 갑상선 기능 저하의 한 증상이긴 하지만, 나는 내가 예전보다 더 느리게 생각하는지 알 수 없다. 내 뇌가 사고하는 법을 관찰하기 위해 기댈 것은 내 뇌밖에 없기 때문에 나는 진짜 객관적일 수 없다. 뇌가 느리게 움직인다면, 뇌는 스스로 적절하게 느끼는 속도로 움직일 테니, 자신이 느리다는 것을 반드시 안다고 할 수 없을 것이다.

그리고 보면 내 정신이 이런저런 일들을 그다지 빨리 연결짓지 못하는 날들은 늘 있었다. 정신이 몽롱하거나, 깜박깜박하거나, 내가 다른 도시나 다른 집에 있다고—나나 내 주변의어떤 것들이 평소와 다르다고—느끼는 날들이 늘 있다.

의사가 내게 증상을 설명해줄 때 나는 메모를 했다. 한두 번쯤 의사의 말을 멈추고 내가 받아 적을 수 있도록 다시 말해달라고 부탁했다. 나는 메모가 기억에 도움이 된다고 말했다. 의사는 내 갑상선이 더 잘 기능한다면 메모할 필요가 없을 거라고 했다. 그 말에 나는 조금 화가 났지만, 애써 변명하지는 않았다. 첫째, 의료에 관련된 자기계발서들은 의사를 만날 때는 메모하라고 항상 말하며, 둘째, 어쨌든 나는 메모하는 습관이 있고, 특히 전화 통화를 할 때와 심지어 메모가 전혀 필요하지 않은 대화를 할 때, 내가 듣고 있는 정보를 기억할 필요가 없을 때조차 메모한다고 항변하지 않았다. 나는 내가 막 내뱉은 단어들, 좋은 남자나 책임감 있는 같은 단어도 메모한다. 가족들의 이름을 적기도 하고, 내 전화번호를 끄적거리기도 한다.

어느 날 저녁 가족들과 보드게임을 할 때, 나는 누구 차례인지, 또는 게임판에서 내 말이 어디에 있는지를 내가 자꾸 깜박하는 것을 알아차리긴 했다. 어쩌면 갑상선 기능 저하 때문이었을 수도 있다.

나는 어떤 문제든 식이요법으로 고칠 수 있다고 믿었으므로 내가 갑상선 때문에 걱정할 거라고 생각하지 않았다. 그러나 의사의 전화를 받은 뒤 줄곧, 지난주 내내, 잠을 잘 자지 못하는 것을 보면 어쨌든 걱정을 하기는 하는 모양이다. 하지만 잠을 잘 자지 못하는 것도 어쩌면 갑상선 기능 저하 때문인지 모른다.

남편이 재빨리 지적한 것처럼, 내 의사는 사실 의사가 아니다. 그냥 준의사일 뿐이라고, 남편은 말한다. 마치 그녀가 잘 알지도 못하면서 말한다는 듯. 남편은 이 말을 나를 위한 변론으로, 마치 나를 그녀나 내 병으로부터 보호하려는 것처럼 말한다. 그러나 나는 그녀가 신중하고 유능하다고 생각하고, 그녀를 믿는다. 이제 나는 식이요법을 시작하려고 준비 중이고 저녁으로 채소만 먹는다. 나는 적절한 식단과 치료를 병행하면, 몸이 어떤 문제든 스스로 치유할 수 있다고 진심으로 믿는다. 나는 이번 주에 몇 가지 검사를 더 받길 기다리는 중이고, 그러고 나면 나를 돌볼 계획을 세울 것이다. 어떤 식단을 선택하든 술은 조금도 마실 수 없겠지만, 오늘 밤 파티만은 예외를 두기로 이미 계획했다.

내 준의사는 갑상선이 몸의 모든 부분을 통제한다고 내게 말했다. 뇌뿐 아니라 심장과 소화, 대사, 순환, 그리고 내가 지금 잊고 있을지 모를 다른 부분들까지. 심한 갑상선 기능 저하의 경우, 모든 것이 느려진다. 나는 맥박이 느리고, 소화가 느리고, 어쩌면 생각도 느리고, 체온이 낮고 손발이 차다. 내 심박수는 가끔 50 이하로 내려간다. 나는 갑상선이 무얼 하는지 알지 못했다. 이제 나는 갑상선이 계속 이렇게 제대로 기능하지 않으면 내가 결국 죽게—그러니까, 일찍 죽게—될 정도로 중요하다는 것을 알았다. 나는 갑상선처럼 예상치 못했던 신체 부위와 나를 연결해서 생각해본 적이 없었기 때문에, 갑자기 내 몸이, 아니 나 자신이 낯설게 느껴진다.

이제 나는 내게 어떤 문제가 있는지 더 많이 알게 됐고, 어떤 문제든 몸이 항상 스스로 치유할 수 있다고 생각하지 않게 됐다. 아니, 정확히 말해, 그게 일반적인 원리라고 여전히 믿지만, 이 경우에는 내 몸이 스스로 치유할 수 없다고 생각하는데, 왜냐하면 자가면역질환이라는 이 병에 대해 아무도 제대로 알지 못하는 것 같기 때문이다. 이 병의 이름은 하시모토병이지만, 남편은 계속해서 구로사와병이라거나, 아니면 나가사키병이라고도 부른다.

이제 나는 배를 타는 친구를 위한 첫 번째 파티에도 갔다 왔고, 치과의사의 아내를 위한 두 번째 파티에도 갔다 왔다. 이두 파티는 같은 집에서 열렸는데도 매우 달랐다. 다년생 화단에 핀 꽃들이 달라졌다. 첫 번째 파티는 뱃사람을 위한 송별회답게 격식을 차리지 않았다. 편안한 옷을 입은 이웃들이 숲을 통과하는 지름길로 잔디밭에 모였다. 두 번째 파티에는 주문 배달된 오르되브르 접시들이 있었고 유니폼을 입은 여성이 서빙을 했다. 이 파티에서 나는 치과의사의 아내가 졸업식 기간에 도둑맞은 그림이 한 점이 아니라 두 점이라는 사실을 알게 됐다. 그림은 내가 생각했던 것보다 훨씬 작았다. 같은 시리즈의 그림 한 점이 그 교직원의 집 벽에 걸려 있었다. 주머니나 핸드백에 넣을 만큼 작았다. 치과의사는 방충망을 두른 베란다의 고리버들 의자에 앉아 있었다. 나는 진료실 대신 그곳에서 그를 만나는 것이 이상하지는 않았지만 그가 내 치아, 특히 위쪽 왼 앞니를 너무 잘 알기 때문에 다른 사람들에게 하듯 그에게는 사교적인 미소를 보낼 수 없었다.

그 집 앞마당 작은 개울 옆에는 용버들 한 그루가 자란다. 첫번째 파티에서 그 교직원은 내가 가져가서 심을 수 있도록 어린 가지 하나를 잘라주었다. 나는 가지를 가져오는 걸 깜박 잊었다. 두 번째 파티에 갔을 때 어린 가지 몇 개를 가져왔지만 집에 돌아와 차고의 물통에 꽂아두고 며칠간 깜박했다. 그러다가 한 친구에게 주겠다고 했는데, 주는 걸 깜빡했고, 결국 물통의 물이 증발해서 가지가 말라버렸다.

나는 올버니에 있는 전문의도 몇 번 만나볼 생각인데, 남편은 내가 필요 이상으로 여러 번 만난다고 믿는다. 남편은 그 전문의가 그냥 수치를 해석하고 혈액검사 결과를 들여다보면서 다른 의사들처럼 돈을 더 많이 벌기 위해 진료 예약을 추가로 잡을 수도 있다고 생각한다. 그러나 내 친구 하나는 이렇게 말했다. "갑상선 문제에 대해서는 의사들이 환자를 직접 보는 걸 좋아해." 어느 친구였는지는 기억나지 않는다.

그러나 이 전문가는 나를 쳐다보길 피하는 듯했다. 적어도 처음 진료실로 걸어 들어올 때만큼은 그랬다. 나 대신 내 서류를 내려다보고 있었으니까. 결국 나를 보기는 했지만, 머리를 한쪽으로 까딱 기울이고는 내심 재미있어하는 듯하지만 완전히 불친절하지만은 않은 미소를 살짝 지었다. 그러나 내 서류의 수치를 읽고 이미 결정한 자기 의견을 말할 때만 나를 보았다.

그사이에 남편은 토마토 모종 때문에 골치가 아팠다. 치과의사는 건강하고 잘 자란 모종 네다섯 그루를 이탄 화분에 깔끔하게 심어서 남편에게 주었고 그들은 잘 자라고 있었다. 답례로 남편은 또 다른 품종으로 네다섯 그루를 치과의사에게 주어야 했다. 그러나 이 품종들은 우편으로 도착할 때 대부분 반쯤 죽어가는 상태였다. 몇 그루는 이미 죽었고, 두 그루는 그럭저럭 건강하고, 나머지는 죽지는 않았지만 자라지도 않는다. 적어도 눈에 보이게 자라지는 않는다. 남편은 잘 자라는 두 그루를 주고 싶지는 않다. 그렇다고 가느다랗고 병약한 식물을 주고 싶지도 않다. 그는 기다리고 시간은 흘러가지만, 잘 자라지 않던 모종은 조금도 나아지지 않는다.

나는 내가 예전보다 더 느리게 생각하는지 보려 애쓰고 있다. 예를 들어, 번역할 때 가끔 프랑스어를 제대로 이해하기도 전에 그에 대응하는 영어 표현을 찾으려 애쓴다는 것을 알게 된다. 그러다가 여러 번 애쓴 뒤에도, 프랑스어를 이해하지 못했음을 깨닫고는 다소 무기력하게 문단의 여기저기를 눈으로 훑으며, 가끔 그러듯, 의미가 저절로 맞춰지기를 바란다. 그러나 오늘은 그렇게 의미가 맞춰지지 않고, 내 마음은 방황하기 시작한다. 하던 곳으로 다시 돌아가, 사전을 다시 들여다보고, 긴 항목의 단어를 하나하나 빠짐없이 읽어보지만 도움이 될 만한 것이 없다. 나는 그냥 앞으로 나갔다가 나중에 다시 돌아올 수 있도록 표시가 될 만한 뭔가를, 아무것이라도 적어놓고 싶다. 딱 봐도 틀린 무언가를 적어놓아야 나중에 손봐야 할 곳이라는 티가 날 텐데, 떠오르는 것들이 하나같이 너무 형편없어서 부끄럽다. 아무도 볼 사람이 없다면 내가 왜 부끄러워해야 하는지 모르겠지만, 나는 어쨌든 부끄럽고, 앞으로 나가려면 틀릴지라도 그럴듯해 보이는 무언가를 적어놓아야 할 것이다. 그래도 오늘 아침에는 부끄러움embarrassment이라는 단어를 정말 사용할지 결정하기 위해 사전을 신중하게 들여다보다가 그 단어에 대해 더 많이 배웠고, 그 단어가 옛날에는 구체적으로 '장애물'이나 '방해물'을 의미했다는 것도 알게 됐다.

하지만 내가 여섯 시에 일어났고 이미 한 시간 동안 일하고 있었는데도, 나를 모르는 사람, 실은 그 의사의 진료실에서 일하는 직원이 내게 "목소리를 들으니 아직 잠이 깨지 않으셨나 봐요. 잠이 깨면 전화 주시겠어요?"라고 말했다. 나는 기분이 상하지는 않았지만 조금 걱정이 됐다. 나는 내가 그리 느리게 반응하지 않았던 것 같은데 전화로 듣기에는 분명 무척 느리게 들렸던 모양이다. 이제 중요한 작업인 이 번역을, 내 정신이 그다지 명료하지 않다는 것을 모른 채, 별로 명료하지 않은 정신으로 한다면, 번역이 그다지 좋지 않을 것이다—나는 아마 그걸 모르겠지만. 그리고 번역이 좋지 않다면, 내 미래 소득이 이 일에 달려 있을 테니, 정말 불행한 일이 될 터였다.

사실, 나는 요즘 의료 전문가를 대하는 태도가 느슨해졌는데, 그 접수 직원 또는 간호사는 그런 태도를 느린 반응으로 해석했는지 모른다. 예전에 나는 그들을 존경했고 조금 어려워했다. 그런데 요즘 나는 내가 남자 의료인은 놀리고 싶어 하고 여자 의료인과는 농담을 나누고 싶어 한다는 걸 깨달았는데, 정확히 말하자면 여자와 남자 모두와 농담하되 남자에게는 더 공격적인 농담을 하고 싶어 한다고 해야 할 것이다.

내가 처음 이런 변화를 알아차린 것은 몇 년 전 구강 외과의사를 대할 때였다. 나는 그 의사를 좋아하고 존중했지만, 얼마 뒤에 보니 그를 진지하고 정중하게 대하지 않고 자꾸 농담을 하고 있었다. 나는 평생 의료인들을 존경했거나, 아니면 혼자서는 그들에 대해 무엇이라 생각하든, 적어도 행동으로는 존중했기 때문에 이 사실에 충격을 받았다. 마치 내가 아닌 다른 사람이 잠시 나를 차지한 것처럼 농담이 저절로 튀어나왔다. 예를 들어, 한번은 그의 진료실에 있는 두개골을 보고는 분명 식상한 농담이라 할 만한 말을 했다. 아마 예전 환자의 것인가 보다고. 그는 깜짝 놀랐지만, 기분이 상한 것 같지는 않았다. 내 잇몸에 너무 아프게 주사를 오래 놓았을 때는 그의 집게손가락을 꽉 물어버린 적도 있었다. 그건 웃기려고 한 것도, 일부러 한 것도 아니었다. 그의 두 여성 간호보조사들은 놀라는 동시에 즐거워했다. 그는 고통스럽게 얼굴을 찌푸리며 손가락을 흔들었지만, 그 상황을 잘 참았으며 가끔 그런 일이 있다고, 사실 그건 반사행동이라고 말했다. 나는 지금 의사, 즉 준의사에게 내가 어떤 약이든 약에 의존하는 것을 좋아하지 않으므로 약을 먹고 싶지 않다고 항의했다. 갑상선 약 없이 정글에서 길을 잃으면 어떡해요? 라고 물었고, 사실 나는 언젠가 내가 정글에서 길을 잃을 수도 있다고 늘 믿어왔다. 우리가 정글을 더 이상 정글이라 부르지 않고, 어쨌든 정글이 점점 사라지고 있어서, 정글이라는 단어가 그냥 하나의 관념으로 변하고 있다고 해도. 의사는 내가 정글을 벗어날 길을 찾을 때까지 약 없이도 잘 지낼 거라고 말해주었다.

하지만 꽤 근래에 의사에게 농을 걸 마음조차 들지 않았던, 작은 응급 상황이 있기는 했다. 젊은 의사였는데, 나는 그의 결단력과 전문적인 능력에 감탄한 데다, 통증까지 있어서 입을 다물고 있었다. 나는 손가락에 심한 타박상을 입었고 의사는 내 눌린 손톱의 압박을 줄여주어야 했다. 그는 오래됐지만 가장 좋은 방법을 사용하겠다며, 별것 아닌 양초와 큰 종이 클립 하나를 써서 치료했다.

오늘 아침 접수 직원, 또는 간호사가 내가 아직 "깨지" 않았다고 생각했던 이유는 내가 갑상선 약의 복용량이나 이름을 정확히 대지 못했기 때문이었다. 나는 의료인들에게 회의적인 시각을 갖고 있고, 그런 시각을 굳이 숨기려 하지 않기 때문에 그런 정보를 새겨듣지 않는 편이다. 딱히 그녀에게 무례하게 굴 생각은 없었다. 그러나 그녀와 통화한 뒤, 나는 갑상선 기능저하의 신호라 볼 만한 다른 두 가지 증상을 발견한다. 나중에 어느 날 오전에 나는 어느 부동산 중개인에게 전화를 걸었는데 그 사람은 처음에 나를 또 다른 부동산 중개사라고 생각했다. 나는 왜 그렇게 생각했는지 물었다. 그녀는 대답하기 곤란해했지만, 아마 내 목소리가 열의가 없고 차가워서 그랬을 것이다. 그다음에, 또 나중에, 남편과 전화 통화를 했는데, 내가 너무 뒤죽박죽으로 모순되고 장황한 이야기를 하는 바람에 남편은 내가 자신이 읽던 법률 문서와 비슷하다고 말했다. 그 문서는 50쪽 분량이었고, 허위 정보를 제시한 보험회사에 대한 집단소송을 다루고 있었다.

남편은 몇 주 동안 토마토 모종을 어떻게 할지 고민했고, 결국 치과의사에게 줄 만큼 튼튼한 모종이 없다고 말하기로 마음먹었다고 내게 말했지만, 엄밀히 말해 그건 사실이 아니었다. 그러고 나서 몇 시간 뒤에, 그는 마음을 바꿨다고 말했다. 남편은 소커 호스를 연결해 모종들에게 시간을 조금 더 줄 생각이었다.

한편, 나는 어쩌면 내 뇌가 그럭저럭 잘 작동하고 있지만 그냥 평소보다 더 느리게 작동할 뿐일지 모른다는 생각이 들었다. 그러면 아마 내 번역의 질은 좋겠지만 좋은 번역을 위해 평소보다 더 오랜 시간이 필요할 것이다. 아니면 이미 한 번 복용량을 늘렸지만 아직 큰 효과가 없는 갑상선 보조제 용량이 곧 적절한 수준으로 늘어나서 내가 이 번역의 최종 원고를 작업할 즈음이면 다시 예리하고 빠르게 생각하게 될지 모른다. 그러다가 그사이에 내 뇌가 갑상선의 적절한 도움 없이도 열심히 애쓴 탓에 새로운 뇌세포가 자랄지도 모르니, 예전보다 훨씬 더 잘 생각하게 되는 게 아닐까 궁금해졌다. 그러나 나는 뇌 해부학에 대해 잘 알지 못하므로 그런 일이 가능한지는 모르겠다.

아니면 나는 어떤 때는 제법 빨리 일하되 그다지 질 좋은 번역을 내놓지 못하지만, 어떤 때는 느리게 일하면서 질이 더 좋은 번역을 내놓는지도 모르고, 그렇다면 이건 선택의 문제가 된다. 느리게 일하면서 좋은 번역을 하거나, 빨리 일하면서 형편없는 번역을 하거나. 하지만 따지고 보면, 그건 번역할 때 항상 부딪히는 두 가지 선택지이므로, 이제는 선택지가 이렇게 달라졌다고 말해야겠다. 예전보다 훨씬 더 느리게 일하면서 적당히 좋은 번역을 하거나, 예전보다 더 빨리 일하면서 진짜 형편없는 번역을 하거나.

그러나 운이 좋다면 두 달 사이에 복용량이 차츰 늘어서, 적당히 좋은 번역이나 꽤 좋은 번역을 빠르게 할 수 있게 될지 모른다. 복용량을 급격하게 늘릴 수는 없다. 그러면 심장이 안 좋아질 것이다.

처음에 나는 이런 생각을 했다. 갑상선 호르몬이 부족한데도 내 뇌가 이만큼 잘 작동한다면, 갑상선 호르몬이 충분해지면 얼마나 잘 작동하게 될까! 그러나 그러다가 정말 그럴까 생각하기 시작했는데, 내 뇌가 잘 작동하는 것 같다고 생각하는 그 뇌는 부족한 호르몬으로 작동하는 바로 그 뇌이고, 그 뇌는 대단한 착각을 할 수도 있기 때문이다.

최근에는 또 다른 질문도 떠올랐다. 요즘 내가 다소 비관적으로 생각하게 된 것은 세상의 상태 때문인가? 세상의 상태가 나쁘고, 구제할 희망을 품을 수 없을 만큼 더 빨리 나빠지고 있어서 내가 두려움을 느끼는 것인가? 아니면 내 낮은 갑상선 호르몬 수치 때문인가? 그렇다면 실은 세상은 그렇게 두려워할 만한 상태가 아니고 내게만 그렇게 보이는 건가? 그렇다면 나는 내게 이렇게 말해도 될까? 너의 낮은 갑상선 수치를 잊지 말고, 세상이 괜찮을 거라고 믿어.

그러다가 이 얼마나 정신에 모욕적인가, 하는 생각이 들었다. 내가 그토록 중요하게 여기는 내 생각이 다름 아닌 몸의 화학물질에 따라 특정 방향으로 움직인다니. 화학물질의 수치 같은 단순한 것에게 방향을 지시받다니 이 경이로운 뇌에게 얼마나 모욕적인가. 그러다가 생각한다. 아니야, 그건 모욕이 아냐. 모욕이 아니라 또 다른 매혹적인 시스템의 일부로 생각할 수 있어. 그러니까 나는 그것을 하나의, 흥미로운 시스템의 일부로 보고 싶다는 말이다. 그러다가 또 이런 생각이 든다. 어쨌든, 이런 생각을 하면서, 멍청한 몸을 그토록 관대하게 포용하는 것도 이 경이로운 뇌라고. 물론 이 경이로운 뇌가 그렇게 관대할 수 있도록 만들어주는 것은 아마도 멍청한 몸의 화학물질이겠지만.

이제 나는 치아 검진과 치석 제거를 위해 치과에 갔다 왔고, 의사가 꼭 크라운을 씌워야 한다고 말했던 치아에서 크게 금이 간 충전재를 발견했다. 의사는 여러 해 전에 이미 이럴 줄 알았노라고 했다. 하지만 내가 대대적인 치료에 반대하며 나중에 치료받겠다고 말했을 때, 그는 오래 버틸 수도 있고 아닐 수도 있는 접착충전재로 일단 치료해두는 것에 동의했다. 나는 의사가 내 의견에 동의해서 조금 놀랐다. 그가 내 모든 치아를 최대한 완벽하게 치료해야 한다는 확신—내 모든 치과의사가 가졌던 종류의—이나 열정을 잃어가는 게 아닌가 생각했다. 나는 또한 그가 이상하게도 토마토에 대해 한마디도 하지 않는다는 것을 알아차렸는데, 그는 텃밭의 다른 채소나 수확에 대해서도 한마디도 하지 않았다. 대신에 우리는 봄비는 휴양지와 19세기 미국의 서부 팽창에 대해 이야기했다. 그의 할아버지는 실제로 서부 팽창 시대에 살았고 그 시절 이야기를 그에게 들려주곤 했다. 그는 그 시대가 그리 오래전이 아니라는 게 놀랍다고 말했다.

우리의 대화는 내가 접수대에서 진료비를 계산하고 연필 상자에서 연필 선물을 고를 때까지 이어졌다. 의사는 빠른 인구 성장을 고려하면 자신은 죽은 뒤에 환생하고 싶지 않다고 말했다. 나도 적어도 사람으로는 환생하고 싶지 않다고 말했고, 내 생각에, 환생해야 한다면 바퀴벌레로 환생하는 것이 더 안전할 것 같다고 덧붙였다. 우리의 대화를 듣던 접수 직원과 치위생사는 내 말에 놀란 듯했다.

이제 가을 학기가 시작했으니, 두 파티 모두를 열었던 여성은 대학으로 다시 출근했다. 거의 매일, 나는 그녀가 전 교직원에게 보낸 알림을 읽는다. 그녀는 매우 명민하고 재치 있는 지성과 훌륭한 교육, 흥미로운 경력의 소유자지만, 그녀가 보내는 알림은 의도적으로 개성을 뺀 말투에, 전적으로 실용적이다. 공짜로 가져갈 수 있는 골판지 상자에 대한 것도 있고, 교정의 길고양이들에 관한 것도 있고, 대다수 알림은 복사기 남용에 관한 것이다. 나는 이따금 사무실에 남겨진 소네트에 대한 그녀의 언급이나, 수사학적으로 조화로운 문장들, 어법이 틀리기 쉬운 표현의 바른 사용을 통해서만 그녀가 얼마나 명민한지 느낄 수 있다.

치과의사의 아내는 이제 학위를 받았으므로, 더 이상 내 남편과 공부하지 않고, 나는 그녀가 요즘 무엇을 하는지 아마 남편에게 듣기는 했을 테지만, 기억이 나지 않는다.

요새 우리는 정원에 열린 토마토를 먹고 있지만 수확량이 다른 해만큼 좋지 않다. 마멋이 울타리 밑으로 구멍을 판 다음 토마토밭으로 올라와 익어가는 토마토를 먹어치우고 있었다. 남편은 구멍에 무거운 돌들을 갖다 두지만 밤새 마멋이 옮겨 버린다.

나는 이것으로 끝이라고, 치과의사와 그 계절의 채소 작황에 대해 더 이상 소식이 없을 거라고 생각했다. 나는 두루두루 조금 민망한 상황이라고 여겼다. 그러나 지난주 남편이 석 달에 한 번 받는 치아 검진 후에 양파 한 봉지를 들고 돌아왔고, 문제가 암묵적으로 해결됐다고, 치과의사와 함께 나쁜 시기에 들이닥친 긴 가뭄과 이번 여름 날씨가 토마토에 얼마나 안 좋았는지에 대해 이야기를 나눴다고 했다. 치과의사의 토마토들도 잘 자라지 않았다. 그리고 어제, 의사는 내 치아에 충전재를 넣으면서 포도잼 만드는 방법을 알려주었다. 나는 서로 감정이 상하지 않은 것 같아 안심이 됐다. 치과의사의 양파들은 예쁘고 작고 신선하다. 나는 이 양파들이 돋보이도록 요리할 방법을 생각해내고 싶다.

내 심장은 이제 조금 빨리 뛰는 것 같다. 내가 더 느리게 생각하는 게 맞다 해도, 지난 몇 달 동안 여전히 새로운 것들을 배웠고 기억할 수 있었다. 우리의 뱃사람 친구에게 결국 무슨 선물을 했는지는 잊어버렸으며, 내가 잊어버린 다른 것들이 있다는 걸 알고 있고, 내가 잊어버린 줄 모르게 잊어버린 또 다른 것들도 분명 있을 테지만 부끄러움이라는 단어의 역사와 많은 다른 단어의 역사를 배웠고, 용버들을 알게 되었고, 접착충전재라는 용어를 배웠으며 다른 많은 새로운 정의를 사전에서 배웠는데, 예를 들면 동사 flense는 '고래의 가죽을 벗기다'를 뜻하며 형용사 next는 nigh의 최상급이라는 것이다. 익숙한 것들에 대한 새로운 용어도 두 개 배웠다. 음악의 알베르티 베이스, 문법의 옥스퍼드 콤마. 미국의 서부 팽창에 대해 새로운 생각을 갖게 됐다. 이틀 사이에 dead soldiers라는 표현을 두 번 들었고 그게 빈 병을 뜻한다는 것을 배웠다. 모종상에서 박이 담긴 통 안을 헤집으며 썩은 박들을 통 밖으로 던지던 여성에게서 이 표현을 처음 들었으니, 어쩌면 아무에게도 아무 쓸모가 없는 것이라면 뭐든 뜻하는 말인지도 모른다. 치과의사로부터는 포도잼을 만들려면 설탕을 먼저 가열한 다음 포도즙에 넣어야 한다는 것을 배웠다. 치과에서 읽은 잡지를 통해 케네디 가문에 대해, 특히 에드워드 케네디에 대해 더 많이 알게 됐다. 치과에서 충전재 치료를 받는 동안 라디오에서 흘러나온 드보르자크의 〈신세계 교향곡〉을 몇 분 만에 어렵지 않게 알아들었다. 리처드 헨리 다나의 『선원으로 보낸 2년』을 여러 해 전에 읽고 그 내용을 잊고 있었는데, 서론을 다시 읽은 뒤 이 책이 어떻게 쓰였는지, 곧 저자가 하버드생이었을 때 몸이 아파서 학업을 계속할 수 없었으므로, 건강을 회복하기 위해 바다로 갔고 그 뒤 자기 경험을 썼다는 것을 다시 알게 됐고, 따라서 수십 년간 고전이었다는 이유로 나이 든 사람이 썼을 거라 여겼던 내 생각과는 달리 젊은 사람이 쓴 책이었다는 것을 알 게 됐다. 그런데 왜 헌책방과 도서관 도서 판매 행사에서 이 책이 그렇게 자주 보이는지는 아직도 모르겠다.

행복한 기억들
Happy Memories

    나는 나이가 들면 혼자가 되고, 몸이 아프고, 시력이 너무 약
해져 책을 읽지 못할 거라 상상한다. 나는 그 긴 날들이 두렵
다. 나의 하루하루가 행복하면 좋겠다. 그 힘겨운 날들을 행복
하게 보낼 방법을 생각해본다. 어쩌면 라디오만으로 그날들
을 충분히 채울 수 있을지 모른다. 나이 든 사람에게는 라디오
가 함께하지, 라는 말을 들은 적이 있다. 그리고 라디오뿐 아니
라 행복한 기억이 함께한다는 말도 들었다. 나이 든 사람은 몸
이 너무 많이 아프지 않을 때는 행복한 기억들을 돌아보며 위
안을 삼을 수 있다. 하지만 그러려면 행복한 기억을 갖고 있어
야 한다. 나를 괴롭히는 것은 내가 행복한 기억을 얼마나 갖게
될지 잘 모른다는 점이다. 나는 심지어 무엇이 행복한 기억이
될지, 내가 다른 아무것도 할 수 없을 때 무엇이 내게 위로와
즐거움을 줄 기억이 될지도 잘 모른다. 내가 지금 어떤 것을 즐
긴다고 해서 그것이 행복한 기억이 되라는 법은 없다. 사실, 나
는 내가 지금 즐기는 많은 것들이 나중에 행복한 기억이 되지
않으리라는 걸 안다. 나는 혼자 책상에서, 내가 하는 일을 하며
행복하다. 내 일은 내 하루하루의 큰 부분이다. 하지만 나이가

들고 늘 혼자일 때, 내가 했던 일에 대해 생각하는 것으로 충분할까? 내가 즐기는 다른 일은 저녁에 혼자 책을 읽으며 사탕을 먹는 것이지만, 그것도 행복한 기억이 될 것 같지는 않다. 나는 피아노 치기를 좋아하고, 삼월부터 마당에 돋아나는 식물을 바라보길 좋아하고, 개와 산책하며 그의 얼굴을, 그의 좋은 눈과 나쁜 눈을 내려다보는 것이 즐겁고, 늦은 오후의 하늘, 특히 십일월 늦은 오후의 하늘을 쳐다보는 게 좋고, 내 고양이들을 쓰다듬고 그들의 울음소리를 듣고, 그들을 안는 것을 좋아한다. 하지만 내가 아무리 내 반려동물들을 사랑한다 해도 그들에 관한 기억으로 충분할지 잘 모르겠다. 나를 웃게 만드는 일들이 있지만, 암울한 일들일 때가 많고, 웃게 만드는 일도 다른 사람과 같이 웃지 않는 한 행복한 기억이 되지 않을 것이다. 그렇다면 행복한 기억을 만드는 것은 즐거움이 아니라 즐거움의 공유이다. 행복한 기억에는 다른 사람들이 함께 있어야 하는 것 같다. 나는 온갖 다양한 사람들을 떠올려본다. 사람들과 가졌던 좋은 만남들을 떠올려본다. 전화로 대화를 나누는 사람들은, 내가 전화를 잘못 걸었을 때조차, 대부분 친절하다. 나는 길가에 차를 세우고 한 여성과 그녀의 정원에 대해 이야기를 나눈 행복한 기억이 있다. 나는 우체국과 약국에서 일하는 사람들과 대화를 나누고, 은행 로비에 자동입출금기가 설치되기 전에는 은행 직원들과도 말하곤 했다. 지하실 제습기를 고치러 사람이 왔을 때는 이 도시의 역사에 대해 이야기를 나눴다. 나는 동네 도서관 사서와 대화를 나누는 것도 좋아한다. 헌책방에서 보내는 다정한 메시지도 나를 즐겁게 한다. 그러나 이런 만남 중 어느 것도 나이 들었을 때 나를 위로할 기억이 될 것 같지는 않다. 어쩌면 낯선 사람이나 가볍게 알고 지내는 사람 정도만 나오는 기억은 행복한 기억이 될 수 없을지 모른다. 나이 들고 아플 때, 이미 당신을 잊어버린 사람들만 나오는 기억들하고만 지낼 수는 없다. 당신의 행복한 기억에 등장하는 사람들은 그들의 행복한 기억 속에도 당신이 있기를 바라는 사람들이어야 한다. 활기찬 디너 파티는 모인 사람 중 누구도 다른 누구에게 별 관심이 없다면 행복한 기억이 되지 않는다. 나는 가까운 사람들과 보냈던 좋은 시간이나 의미 있는 시간을 더러 떠올리며, 그것이 행복한 기억이 될지 생각해본다. 화창한 날 어느 기차역에서 한 친구를 만난 일은, 나중에 우리가 기아와 탈수 증세 같은 힘든 주제에 대한 이야기로 빠지긴 했지만, 행복한 기억이었던 것 같다. 친구들과 함께 숲을 걸어 다니며 버섯을 찾던 일도 아마 행복한 기억이 될 것이다. 가족이 함께 정원을 가꾼 적이 몇 번 있었고 그건 행복한 기억이 될 것이다. 어느 날 저녁, 힘든 요리에 함께 매달렸던 일은 아직까지는 행복한 기억이다. 함께 백화점에 즐겁게 다녀온 적도 한 번 있다. 죽어가는 누군가의 침상 곁을 지킨 일도 사실 행복한 기억이 될지 모른다. 엄마와 나는 예전에 석탄 하나를 들고 뉴캐슬까지 기차를 타고 함께 간 적이 있다. 어느 눈 오는 날 아침 엄마와 나는 배가 들어오길 기다리며 항만 노동자들과 카드 게임을 한 적이 있다. 외국의 어느 도시에 살 때 나는 어떤 레바논삼나무를 보기 위해 식물원 한 곳을 여러 번 찾아갔는데, 혼자였지만, 행복한 기억이다. 내가 상중에 있을 때 한번은 길 건너 이웃이 우리 집 뒷문으로 케이크를 들고 찾아왔다. 하지만 언젠가 그 이웃과 내 사이가 멀어진다면 그 행복한 기억이 망가질 것이다. 행복한 기억은 지워질 수도 있다. 당신이 같은 일을 다른 날에 했는데 행복하지 않았다면, 이를테면 다른 날에 정원 가꾸기나 요리를 함께했는데 기분이 나빴다면, 지워질 수 있다. 시작은 좋지만 끝은 안 좋은 경험은 행복한 기억이 되지 못한다는 걸 알 수 있다. 좋은 부분도 있지만 문제도 있는 경험은 행복한 기억이 되지 못한다. 두 사람에게는 즐거운 외출이었지만 너무 늦게 돌아왔기 때문에 집에 남은 한 사람이 화가 나 있었다면 말이다. 어떤 경험이 일어나는 동안 아무것도 그걸 망치지 않도록, 그리고 그 뒤에는 나중의 경험 때문에, 어떤 식으로든, 그 기억이 지워지지 않도록 애써야 한다. 나는 어쩌면 좋은 기억을 가질 수 있을지 모른다. 나는 다른 사람과 함께, 그 사람에 대한 따뜻한 마음과 함께, 자신의 행복한 기억 속에 내가 함께하기를 바라는 사람과 함께한 일들은 아마 행복한 기억이 되겠지만, 혼자서, 특히 야망이나 자존심이나 권력 때문에 하는 일들은, 그 일 자체가 좋은 일이라 해도, 행복한 기억이 되지 않으리라는 걸 알 수 있다. 사탕을 먹으며 즐거워하는 건 괜찮지만 내가 사탕을 먹은 기억이 행복한 기억이 되지 않으리라는 것을 기억해야 할 것이다. 내가 가까운 사람과 보드게임을 하며 행복한 시간을 보낸다면, 게임이 끝날 때까지 반드시 싸우지 않도록 주의해야 한다. 그리고 나중에 언젠가 불행한 보드게임을 하지 않도록 반드시 주의해야 한다. 내가 혼자 보내는 시간이 너무 많지 않도록, 다른 사람들과 불행한 시간을 너무 자주 보내지 않도록 가끔씩 확인해봐야 한다. 가끔씩, 모두 세봐야 한다. 지금까지 내 행복한 기억들은 무엇이 있지?

그들은 그들이 좋아하는 한 단어를 번갈아 사용한다

They Take Turns Using a Word They Like

"대단해," 한 여자가 말한다.

"진짜 대단해," 다른 여자가 말한다.

마리 퀴리, 너무나 고결한 여인

Marie Curie, So Honorable Woman

서문

긍지와 열정, 노동의 여인, 수단의 야망과 야망의 수단을 가진 당대의 여배우이자, 결국 원자력과의 관계가 직접적이므로 우리 시대의 여배우.

게다가 그녀는 그로 인해 죽었다.

인물

태어날 때부터 마리는 교수들에게 총애받는 명석한 주체가 될 세 가지 성향이 있었다. 기억력, 집중력, 학구열.

"그래도, 무언가 가치가 있을 텐데, 못 쓰게 될 내 적성을 생각하면 가슴이 아프다……."

그러면 어쩔 것인가? "평범한 여성의 운명?" 그녀는 그것을 자신의 운명으로 상상해본 적이 없다.

자코파네의 통나무집에서

그러나 1891년 9월 그녀가 끝나지 않는 독감을 질질 끌며 우울감에 빠져 카르파티아산맥의 질 좋은 흑송들 아래를 서성이던 자코파네의 통나무집에서 한 남자 카지미에시가 그녀를 데리고 떠날 수도 있을 텐데. 그리고 그녀 자신의 어떤 부분도 그걸 바란다.

두 달 후에 그녀는 스물네 살이 될 것이다.

그녀는 가난하다. 그녀는 아직 아름답지 않다. 그녀에게는 폴란드 대학 입학 자격 학위가 있건만. 왜 그녀가 "대단한 인물"이 되려 하겠는가? 게다가 그녀는 카지미에시를 사랑하고 그를 기다린다.

사 년 동안 이 젊은 남자의 감정은 식지 않았고, 어쩌면 반대로 장애물로 인해 고양되었다……. 그리고 그는 매력을 하나도 잃지 않았다…….

그가 그들이 함께 나눌 미래를 언급할 때 모르는 것이 있었으니, 이제 그에게 경쟁자가 있다는 것이다. 그리고 얼마나 대단한 경쟁자인가! 바로 실험실이다.

그녀는 어디에서 왔는가? 소심함과 자신감이 기묘하게 결합된, 이 과민한 젊은 여자. 그것은 공기, 공간, 나무를 필요로 하는 대지의 딸이다. 그녀는 자연과 거의 육욕적인 관계를 즐긴다. 식물들도 이를 알고 그녀의 손끝에서 피어난다.

반면에 그녀가 부정하는 것은 자신의 동물적 부분이다. 이를테면, 그녀의 짧은 화는 감춰둔 폭풍처럼 억누르고 있던 것을 번개처럼 드러낸다.

가난

그러나 이제 그녀의 아버지는 권한을 빼앗기고, 거기에 따라오는 관사와 직위의 절반을 잃는다.

어떻게 먹고살 것인가?

그는 괴로워한다. 아!

그녀를 괴롭히는 것은 그녀에게 옷이 딱 한 벌, 그것도 재봉사에게 수선받아야 한다는 것이 아니라 그녀가 매인 터널 밖으로 나갈 길이 보이지 않는다는 것이다.

그때 언니가 그녀를 구조한다.

파리에서의 학업

마리가 그 젖줄을 빨러 온 프랑스 과학계에는 다행히도 위대한 한 남자가 있으니, 인생의 말년에 이른 파스퇴르다.

파리에서 그녀는 언니 브로니스와바의 브로니스와바의 카지미에시와 함께 여가 시간을 보낸다. 그들은 열심히 일하지만 슬라브족의 환대 문화와 더불어, 즐기는 법도 안다. 사모바르 주전자와 피아노를 둘러싸고 벌이는 끝없는 논쟁 속에서 그들은 세상을 재창조한다.

그들은 파티를 준비하고 아마추어 공연을, 타블로 비방*을 상연한다. 파데레프스키가 무대 옆에서 쇼팽을 연주하는 동안

---

*   tableau vivant. 사교 모임이나 연회에서 무언無言과 부동不動 상태로 연극의 한 장면이나 회화를 연출하는 것.

암적색 튜닉에 금발을 어깨 너머로 늘어뜨린 한 여성이 속박을 깨는 폴란드를 연기한다. 바로 마리이고, 그녀는 선택된 것을 자랑스럽게 여긴다.

그러나 흥겹게 수다 떠는 일은 결코 그녀의 특기가 되지 않을 것이다.

검소

그녀의 검소함은 가끔 거의 자학에 가깝다. 어느 밤, 불이 없는 작은 방에서 대야의 물이 얼어붙는 동안 너무 추웠던 그녀는 트렁크 안에 있는 모든 것을 침대 위에 의자 하나와 함께 쌓아놓는다.

그녀는 무와 차만 먹기 때문에 가끔 기절한다. 브로니스와바와 카지미에시가 그녀를 구출하고 쇠고기스테이크 치유법으로 그녀의 건강을 회복시킨다.

언어

여름이 지나간다. 그녀는 프랑스어를 완벽히 익힌다. 수업이 다시 시작할 때, 그녀는 자신의 어휘에서 모든 '폴란드색'을 몰아냈다. 부드럽게 굴린 'r' 발음만 말년까지 남아, 안 그래도 매력이 없지 않은 목소리에 어떤 매력을 더하며, 그녀의 슬라브 혈통을 증언한다. 그리고 세상 모두와 마찬가지로, 그녀는 늘 모국어로 계산한다.

면허증

그녀는 시험을 통과했을 뿐 아니라 시험 결과가 뛰어난 순서대로 모든 응시자들 앞에서 발표될 때 맨 처음에 이름이 불린다. 마리 스크워도프스카는 파리 대학에서 물리학 면허증을 받는다. 그리고 그것은 감탄할 만한 일이다.

교제

그녀는 시험 전날 공화국 대통령 사디 카르노가 마차에서 이탈리아의 전투적인 무정부주의자의 칼에 찔렸다는 것을 알고 있었을까?

아마 그녀는 잠시라도 그것에 대해, 그 무렵 몇 주 동안 만나고 있으며 다른 사람들이 초콜릿을 주듯, 그녀의 방에 이야기를 나누러 오며 "물리 현상의 대칭, 전기장과 자기장의 대칭에 대하여"라는 제목의 논문 인쇄본을 그녀에게 준 물리학자와 이야기하지는 않았을 것이다. 그 책자는 "저자 P. 퀴리의 존경과 우정을 담아 스크워도프스카 양에게" 헌정됐다.

두 사람은 함께 엄청나게 많은 이야기를 했는데, 물리학이나 그들 자신에 대한 이야기였다.

그리고 다들 알다시피, 한 사람을 사랑하려면 그가 자신의 어린 시절에 대해 말하는 것을 참고 들어줄 필요가 있는 법이다.

이전의 사랑

마리는 스물여섯 살, 이제 곧 스물일곱에 도달할 때까지 파리에 삼 년간 살면서 브로니스와바의 집에서, 학부에서, 실험실에서, 그녀의 매력에 민감한 남성 종의 대표들을 만난 적이 없지는 않았다. 사랑에 빠진 한 폴란드 학생은 그녀의 눈에 흥미롭게 보이기 위해 아편팅크를 삼킬 생각을 하기도 했다. 마리의 반응: "그 청년은 우선순위를 전혀 모르는군요."

어쨌든, 그들은 우선순위가 같지 않았다.

피에르

피에르 퀴리는 마리의 삶에 그가 나타나기에 딱 적절한 순간에 무대에 등장했다.

1894년은 이미 시작됐다. 마리는 칠월에 면허증을 받으리라 확신한다. 그녀는 그 이후를 보기 시작한다, 그녀는 더 한가하고, 봄은 아름답다. 피에르는 이미 이 뛰어난 작은 금발의 사람에게 사로잡힌다.

분명한 것은 숭고함의 영역과 이론 물리학의 영역에 동시에 이르는 길을 내느라 피에르는 서른여섯 살에도 혼자라는 것이다. 그리고 곧 마리 스크워도프스카는 그에게 그곳에 함께 갈 수 있는, 유일무이한 사람으로 보인다.

그러나 고결한 생각은 충분히 보상받지 못한다. 서른여섯 살에 피에르 퀴리는 물리학과에서 일 년에 삼천육백 프랑을 번다.

번쩍하는 번개

마리 퀴리가 그들의 첫 만남을 묘사하는 몇 줄을 쓴 것은 쉰 살이 넘어서였고 그녀는 포르투갈 수녀처럼 적어도 사람들 앞에서는 자신을 드러내는 여자가 결코 아니었다. 그러나 문체의 인습과 영원한 구속 아래에서도 그때의 상황이 조금 드러나고, 번개 같은 감정은 상호적인 것으로 보인다.

마리는, 이 맑은 눈의 물리학자에게조차, 자신의 독립을 양도해야 한다고 확신하기까지 눈에 띄게 더 오랜 시간이 걸린다.

피에르 퀴리는 그녀에게 말했다. "과학, 그것은 당신의 운명이오." 과학, 그러니까 실용적 목적을 위한 연구를 말한다.

마리는 그에게 헌정한, 지나치게 딱딱한 책에서 이렇게 쓴다.

"피에르 퀴리는 1894년 여름 동안 내가 전체적으로 감탄스럽다고 생각한 편지들을 써 보냈다."

그중 한 편지에, 피에르는 이렇게 추신을 단다. "당신 사진을 형에게 보여주었소. 내가 잘못했소? 그는 당신을 매우 괜찮게 생각하오. 형은 이렇게 말했소. '매우 결단력 있고 심지어 고집스러워 보이는 인상이야.'"

고집스럽다, 아 얼마나 대단한 고집인지!

그녀는 늘 회색 옷을 입고, 부드럽지만 근엄하고, 아이 같지만 성숙하고, 다정하지만 타협하지 않는…… 폴란드 여성.

그는…….

그러고는 그들은…….

가정생활

피에르가 경쟁을 수락했으며, 이제 막 이긴 유일한 경쟁자는 바로 폴란드다.

그리고 1894년 7월, 마리는 브로니스와바와 함께, 은밀하게, 새로운 종류의 수업을 듣는다. 치킨구이는 어떻게 만드는가? 감자튀김은? 남편은 어떻게 먹이는가?

한편 우리는 한 사촌이 결혼 선물로 수표를 보내는 좋은 아이디어를 냈다는 것을 안다. 그 수표는 자전거 두 대로 교환된다. 그리고 그 "작은 여왕", 프랑스인들의 총아가 된 완전히 새로운 그 발명품은 피에르 퀴리 부부의 허니문 교통수단이 된다.

자전거는, 자유다.

연구

우라늄역청석에서 우라늄을 추출하는 일, 그건 당시 공장이 한다. 우라늄에서 라듐을 추출하는 일, 그건 격납고의 한 여인 마리가 한다.

그녀는 자신의 연구 방법을 확신한다. 그러나 그녀의 수단은 보잘것없다.

라듐으로 작업하기

마리는 딸을 낳지만, 일을 쉬지 않는다. 이제 일곱 번째 이가 돋아나는 이렌과 함께 여름 별장으로 빌린 오루에 도착했을 때 왜 퀴리 부부, 그들은 그토록 피곤한가?

그들은 강에서 수영하기가 힘들고 자전거를 타기가 힘들다. 그리고 마리의 손가락 끝이, 고통스럽게, 갈라진다. 그들이 다루는 방사능 물질의 발광 때문에 고통받기 시작했다는 것을 마리도 피에르도 알지 못한다.

라듐이라는 단어가 처음 등장한 것은 이듬해 십이월, 날짜가 정확히 표시되지 않은 검정 공책에, 피에르의 글씨로 적힌 페이지에서였다.

이제 남은 일은 새 원소의 존재를 증명하는 것이다. "그것이 아름다운 색이면 좋겠다." 피에르는 말한다.

라듐의 순수결정체는, 기본적으로, 색이 없다. 그러나 그것의 광선이 그것을 담은 유리관을 남보라색으로 물들인다. 충분한 양일 때, 광선은 어둠 속에서 눈에 띄는 빛을 유발한다.

그 빛이 실험실의 어둠 속에서 빛날 때 피에르는 행복하다.

아이들

마리는 잼과 딸들의 옷을 절약 정신으로 직접 만든다. 열정으로가 아니라.

관계

수학에 관한 한, 그는 마리가 자신보다 더 뛰어나다고 생각하며 이런 생각을 큰 소리로 말한다. 그녀는 자신의 동반자에게서 "안정감과 추론의 엄정함, 연구 대상을 바꾸는 놀라운 유연성"에 감탄한다.

두 사람 모두 상대를 높이 평가한다.

동료들

매혹시키는 동시에 감동시키는 분위기가 창조되었다. 그들 연구의 반향, 피에르의 광채, 마리의 열성, 이 젊은 금발의 여성이 헐렁한 검정 원피스 아래에서 점점 여위어가기 때문에 한층 더 감동적인 그 열성, 두 사람이 이루는 커플, 그들의 과학 연구가 지닌 거의 종교적인 기운, 이 모든 것이 그들을 뒤따르는 젊은 연구자들을 매료시켰다.

단정하지 못한 화학자 앙드레 드비에른이 퀴리 부부의 삶에 등장해 다시 떠나지 않는다.

마리 퀴리는 성자도 아니고 순교자도 아니다. 그녀는 대부분의 여성들이 후회와 히스테리 사이를 오가며, 자책이나 "몸이 말을 듣지 않는 상태"를 경험하는 젊은 때다.

천재: 방사능

사실, 두 독일 연구자가 방사능 물질에 생리적 영향이 있다고 발표한다. 피에르는 곧 자기 팔을 라듐의 근원에 의도적으로 노출시킨다. 병변이 형성되는 것을 만족스럽게 지켜본다.

동료들에게 인정받는 것—퀴리 부부는 분명 그 만족감을 즐긴다. 게다가 그것은 "공정"하다.

이제, 밤이면 그녀는 일어나 잠든 집을 어슬렁거리기 시작한다. 피에르를 불안하게 만드는 수면보행증의 작은 위기들.

아니, 그의 잠을 변화시킨 고통으로 황폐해지는 사람은 바로 그 자신이다. 마리는 걱정스럽게, 무력하게, 그를 지켜본다.

그리고 그녀의 모습은? 마리는 "정장"을 입고서 켈빈 경* 옆에 앉아 있다. 그녀에게 정장은 단 한 벌, 십 년이 지난 뒤에도 여전히 똑같은, 조신한 목선의 검정 옷이다. 솔직히, 그녀가 꾸미는 일에 애정이 없는 것이 다행인데, 왜냐하면 그녀에게는 감각이 없고, 앞으로도 없을 것이기 때문이다. 그녀가 편의상 좋아하는 검정—흔히 입는 색이 아니므로 그녀를 두드러져 보이게 하는—과 회색은 좋은 해결책이고 그녀의 흐린 금발에 잘 어울리는 배경색이다.

명성

영예의 거부가 거의 가식에 가까워지는 경계가 존재하고 요컨대 마리 퀴리가 피에르와 함께 수상한 노벨상에 대해 불평했을 때 사람들은 아마 그녀가 그 경계를 넘었다고 생각하고 싶어질 것이다.

어항에서 억지로 잡아채인 우리의 두 금붕어는 숨을 헐떡이며 몸부림친다. 아니요, 그들은 연회를 원치 않소. 아니요, 그들은 미국 순회를 원치 않소. 아니요, 그들은 자동차 전시회 방문을 바라지 않소.

---

*   영국의 수리물리학자 윌리엄 톰슨으로, 1892년 작위를 받아 켈빈 경이 되었다.

그러나 두 사람 모두 바그너의 무조건적인 팬이다.

피에르의 죽음

그는 월요일 저녁에 라눙쿨루스 꽃다발을 들고 시골에서 돌아오는 기차를 탄다.

마리는 수요일 저녁에 돌아온다. 파리에 비가 다시 내린다.

이튿날인 목요일, 피에르는 고티에-빌라르 출판사를 방문했다가 대학으로 돌아가는 중이다. 비가 다시 내리기 시작했다. 그는 우산을 편다. 도핀로는 좁고, 붐비고, 그는 사륜 승합마차 뒤에서 길을 건너는데…….

언제나처럼 그는 정신이 없다……. 반대편 길로 강둑에서 도핀로로 올라오는 두 마리 말이 끄는 짐마차의 운전자가 사륜 승합마차로 접근하다가 그의 왼쪽 말 앞에 검정 옷에 우산을 쓴 남자가 나타나는 것을 본다……. 남자는 비틀거리며, 말의 마구를 붙들려 한다……. 우산 때문에 붙들지 못한 채, 그는 운전자가 온 힘을 다해 세우려고 애쓰는 두 말 사이로 미끄러진다. 그러나 오 미터 길이에 군사 장비를 실은 무거운 짐마차는 그를 끌고 간다. 피에르의 두개골을 으깬 것은 왼쪽 뒷바퀴다. 이제 그 유명한 뇌, 그 대단히 사랑받는 뇌가 젖은 포석 위로 스며 나온다…….

경찰서에서

시신은 경찰서로 치워진다. 경관이 전화기를 집어 든다. 그러나 피에르 퀴리는 그가 살아서나 죽어서나 내무부 장관을 놀라게 하는 사람 중 하나라는 사실에 언짢아할 귀가 더 이상 없다.

마리

마리는 얼어붙은 채 가만히 있다. 그러고는 말한다. "피에르가 죽었어요? 완전히 죽었어요?"

그렇다, 피에르는 완전히 죽었다.

반응

전보가 세계 곳곳에서 빗발친다, 편지들이 쌓인다, 왕족의 조의, 공화주의자의 조의, 과학계의 조의, 격식을 갖춘 조의, 그냥 감동적이고 진실한 조의. 명성과 사랑이 죽음으로 가차 없이 베이고 말았다…….

새로운 호칭, 불길한 호칭이 이제까지 마리에게 붙여진 호칭들에 추가된다. 이제부터 마리는 "걸출한 과부"로만 불리게 된다.

십일 년, 긴 시간이다. 나무가 튼튼하다면, 사랑의 뿌리가, 아주 깊숙이 박혀 언제나, 심지어 말라버린 채로도, 살아남을 만큼 긴 시간이다.

피에르에게 보내는 편지

그녀는 피에르에게 편지를 쓰기 시작한다. 일종의 슬픔의 실험일지다.

"나의 피에르, 나는 잠을 꽤 잘 잔 다음 일어나, 비교적 차분해. 그런 경우는 거의 이십오 분도 안 되고 이제 나는 다시 야수처럼 울부짖고 싶어."

여름이 오고, 자신 안의 모든 것이 암흑일 때 태양은 너무나 아프게 빛난다…….

"나는 하루 종일 실험실에서 보내. 이제 더 이상 내게 개인적 기쁨을 줄 만한 것을 생각해내지 못하겠어, 아마 과학 연구만 빼고. 하지만 그것도 아니야, 왜냐하면 내가 성공한다 해도, 당신이 그걸 모른다는 걸 견딜 수 없을 테니까."

그녀는 성공할 것이다. 그리고 견딜 것이다. 왜냐하면 그것이 삶의 법칙이니까.

소르본 대학교 강의

피에르가 멈췄던 곳에서 이어, 그녀가 첫 강의를 할 때 눈이 흐려지고, 목이 메고, 계단식 좌석의 꼭대기부터 맨 아래까지 앉은 청중을 이 자그마한 검은 형체 앞에서 감정으로 얼어붙게 만든 무슨 일인가가 일어난다.

바르샤바에서 도착한 작은 폴란드 학생이 처음으로 소르본 대학의 교정을 가로지른 것이 십오 년 전이다. 마리 퀴리의 두 번째 삶이 시작됐다.

《주르날Journal》의 편집진에 따르면: "페미니즘의 위대한 승리다……. 왜냐하면 여성이 양성의 학생 모두에게 고등교육을 실시하도록 허락된다면, 그때부터 이른바 남성의 우월성이라는 것이 어디에 있겠는가? 사실은, 이렇게 말할 수 있다. 여성이 인간이 될 날이 가까워졌다."

라듐 금속을 추출하여 라듐이 원소임을 증명하다

마리는 그 일을 할 수 있는 유일한 사람이다. 그토록 침착하게 감당하는 슬픈 명성의 후광에 휩싸인 그녀는 소박한 태도와 스스로 정한 치밀한 목표로 한 심장을 감동시켰으니, 바로 앤드루 카네기의 심장이었다.

카네기는 그녀의 연구를 지원하기로 결정하고, 그 일을 우아하게 할 줄 안다.

세계 과학계의 눈에 그녀는 꺾을 수 없는 상대, 그녀가 권위자인 분야에서 적수 없는 존재, 여자였기 때문에, 당시 과학의 하늘에 빛나는 별자리 중에서 유일무이한 별이다.

그러나 위원회의 의사들 몇이 그녀에게 말한 대로 "그녀의 신경이 아프다." 신경은 아프지 않다. 몸의 어느 부분인가가 아플 때 사람들은 그렇게 말할 뿐이다.

그러나 1910년, 아무도 프로이트라는 의사가 도라를 이미 분석했다는 걸 모른다.

엥가딘 여행이 그녀의 건강을 성공적으로 회복시킬 것이다.

슬픔과 그녀의 아이들

그녀가 자신의 날들을 채우는 것에 대해 함께 이야기를 나눌 수 있을 만큼 딸들이 자라기까지 여러 해가 흐를 것이다. 그녀가 자신의 앞에서는 이름을 말하지 못하도록 금지한 아빠에 대해 딸들에게 절대 말하지 않는다면 그것은 피를 흘리기가 너무나 쉬운, 아물지 않은 상처들 때문이고, 대체 언제부터 우리는 자녀들 앞에서 피를 흘린단 말인가?

그녀는 감정을 억제하기 위해 아무 말도 하지 않는 것을 규칙으로 삼았으며, 그 규칙을 적용한다. 이는 소통에 도움이 되지 않는다.

그러나 그녀는 특권 중의 특권에 익숙하니 그것은 바로 일관성이다.

두 번째 노벨상

같은 해, 1911년 말에 마리에게 노벨상을 수여하는 기쁨을 누린 것은 스웨덴 과학 한림원 심사위원회다. 이번에는 화학 분야이고, 공동 수상이 아니다.

그러나 그 소식이 전해질 무렵 그녀는 폭풍의 한복판에 있어서, 그에 비하면 그 학술적 소용돌이는 봄비에 불과하다. 한마디로 어느 유부남 랑주뱅과의 관계로 인해, 퀴리 부인은 한동안 고결한 여성이 아니었다.

실험실 직원들과의 갈등

연구소에서도 상황이 늘 매끄럽지는 않다. 이를테면, 실험실 실장이 마리의 문에 주먹세례를 퍼부으며 고함을 지른 날이 있다.

"낙타! 낙타!"*

분명 그녀는 낙타가 될 수 있다.

그녀는 무엇이든 할 수 있다.

막간

그녀를 남프랑스로 데려간 마르트 클랭 덕택에 마리는 남프 랑스를, 그곳의 광휘를, 테라스에서 잠을 자는 팔월의 밤들을, 그녀가 다시 수영을 시작한 지중해의 온기를 발견한다. 여행 객은 드물다. 해변에는 오직, 몇몇 영국인들······.

소유에 관한 한 그녀가 유일하게 열정을 갖고 있다고 알려 진 것은 광물뿐이지만 이 열정도 왕성하다. 그녀는 브르타뉴 에 집도 살 것이다.

그녀는 여전히 가냘프고 마르고 탄력 있는 몸에 어린 소녀 처럼 에스파드류를 신고 맨다리를 드러낸 채 걷는다. 어떤 날 에는 나이보다 십 년은 더 늙게, 어떤 날에는 십 년은 더 젊게 보인다.

얼마 전부터 그녀는 안경이 필요했는데, 그보다 자연스러운 것이 있을까?

---

* 프랑스어로 낙타를 뜻하는 chameau는 속어로는 못돼먹은 사람을 뜻하는 모 욕적인 말이다.

라듐 1그램을 찾아서

그녀에게 두 번이나 방사능의 여왕 자리를 안겨준 용기, 결단, 자신감은 명백한 현실 앞에서 무력하다. 바로 파리는 축제 중이지만 프랑스 과학은 빈혈증에 시달린다는 현실이다. 그녀는 누구를 향해, 무엇을 향해 고개를 돌려야 할까?

활동적인 과학자들은 도처에서, 목소리로 펜으로, 경보를 울리려 한다. 명성이든, 산업 경쟁력이든, 사회 진보든 연구에 투자하지 않는 국가는 쇠퇴한 국가라고.

이는 이제 누구나 많게든 적게든—많게보다는 적게—안다.

미시

따라서 1920년 오월의 어느 아침, 마리는 연구소 사무실에서 자그만 체구에 머리가 희끗해지기 시작하고 크고 검은 눈이 살짝 쳐진 사람을 데리고 온 앙리 피에르 로셰를 맞이한다. 바로 친구들에게 미시라 불리던 매팅리 멜로니 부인이다. 자그만 체구의 미시는 명성 있는 여성 잡지의 편집장이다.

그리고 예상치 못했던 일이 벌어질 것이다. C 장조 화음만큼이나 솔직한, 신비로운 화음이. 무한한 결과로 이어질 우정이.

이유는 아무도 모르지만, 이 기이한 작은 생명체는 마리에게 매혹된다.

라듐 1그램을 찾아서

한마디로, 퀴리 부인은 가난하다. 가난한 나라에서.

말도 안 돼! 분명 5번가에 늘어선 저택들이 놀랄 만한 일.

미시는 천성이 선량하다. 그녀는 감탄하길 좋아하고, 마리는 그녀에게 감탄할 만한 사람처럼 보인다. 이처럼 훌륭한 성정에 튼튼한 현실감각을 겸비했으며, 스스로를 기관차에 비유하는 미시는 산들은 아닐지언정 열차들을 줄줄이 움직인다.

라듐 1그램은 얼마인가? 백만 프랑, 곧 십만 달러. 위대한 이름과 연결된 고귀한 명분에 쓰일 십만 달러, 그건 찾을 수 있다. 미시는 몇몇 아주 부유한 동포들에게 그 돈을 모을 수 있다고 믿는다.

미시는 석유왕의 아내, 존 D. 록펠러 부인과 부통령 부인이자 장차 대통령 부인이 될 캘빈 쿨리지 부인을 비롯해 비슷한 부류의 몇몇 부인들을 움직인다.

그녀는 황소의 뿔을 하나씩 잡는다. 곧, 각 뉴욕 신문 편집장의 감정을 하나씩 사로잡았다는 말이다.

미국 여행

물론, 미시가 성공한다면 마리는 라듐 1그램을 받기 위해 직접 가야 할 것이다. 그 일과 동시에 잘 시작된 자서전 작업이 그녀에게 상당한 저작권을 안겨줄 수 있다. 미시는 이 작전에서 개인적으로 어떤 이득을 얻을까? 순전히 도덕적이다.

사실인가? 확실하다.

우정

두 사람이 가끔은 거의 매일 주고받은, 남아 있는 편지들은, 똑같이 서툴고, 똑같이 겁이 없는, 이 두 전사를 묶어준 애정의 불변성을 보여준다.

자기 자신의 진정한 가치를 존중하는 사람이 있다면, 그건 마리다. 그 가치를 지불할 준비가 된 사람이 있다면, 그건 미시다. 그러나 조심하라. 양편 모두 "의리"를 지켜야 한다.

마리는 자신의 라듐 1그램을 직접 받으러 가기로 약속했다. 그녀는 확답했는가? 그녀는 확답한다, 자서전 쓰기. 그녀는 확답했는가? 그녀는 확답한다. 좋다.

벨기에 국왕 부부는 육 주를 머물렀다고, 미시는 말한다. 라듐 여왕의 방문이 그보다 덜 성대할 수는 없다.

건강

마리는 브로니스와바에게 편지를 쓴다. "눈이 무척 약해졌고 아마 치료를 위해 할 수 있는 일이 별로 없을 거야. 귀는 가끔은 매우 심하게, 거의 항상 윙윙거려서 나를 괴롭혀. 매우 걱정이야. 어쩌면 연구를 가로막을지 몰라, 아니면 불가능하게 하거나. 어쩌면 라듐이 내 문제와 관련이 있을지 모르지만 확실하게 단언할 수는 없어." 라듐에 죄가 있는가? 마리가 이런 생각을 드러낸 것은 처음이다. 그녀는 곧 이차 백내장을 앓고 있다는 확진을 받는다.

미국 여행

퀴리 부인은 기적적인 전국적 모금의 결과물, 라듐 1그램을 미국 대통령으로부터 받을 것이다.

누군가 그녀의 손목을 부러뜨릴 때까지 아주 많은 사람들과 악수를 한다.

그날 저녁, 미시는 마리가 진짜 누구인지 확실히 알게 된다. 그리고 마리도 마찬가지다.

대단한 한탕. 마리는 자서전의 선금으로 오만 달러를 추가로 주머니에 넣었지만, 결국 그 책은 재미가 없을 것이다. 미시는 빠짐없이 약속을 지켰고, 그 이상을 했다.

작별

아름다운 잿빛 눈동자의 수정체가 하루하루 점점 흐려진다. 마리는 자신이 곧 눈이 멀게 되리라 확신한다. 마리와 미시는 서로를 끌어안고 운다.

하지만 이 죽어가는 두 가냘픈 생명체들이 그럼에도 다시 만나게 되리라. 지금, 말해두자. 그것은 칠 년 뒤, 다시 백악관에서…….

미시와 마리는 분명 같은 종족에 속한다. 정복 불가능한 이들.

흐르는 시간

브라운 운동의 발견자 페랭의 붉은 곱슬머리가 하얘졌다.

과학 학회

그녀가 출장 다니는 이런 학회들은 자주 그녀를 힘들게 한다. 이런 학회들에서 그녀가 찾은 단 하나의 즐거움이 있다. 여전한 탐험 애호가인 그녀는 지구의 몇몇 장관을 보기 위해 학회에서 갑자기 사라진다. 오십 년 넘는 은둔 생활자, 마리는 본 것이 거의 없었다.

곳곳에서 그녀는 딸들에게 편지를 써서 자신이 본 것을 묘사한다. 남십자성은 "매우 아름다운 별자리"다. 에스코리알은 "매우 인상적"이다……. 그라나다의 아랍 궁전들은 "아주 사랑스럽다"……. 다뉴브강은 언덕들에 접해 있다. 그러나 비슬라강은…… 오! 비슬라강이여! 그 사랑스러운 모래톱이며, 기타 등등, 기타 등등.

마리의 병

1934년 오월 어느 오후, 그녀는 일을 하려고 실험실에 갔다가 중얼거린다. "열이 나, 집에 가야겠어……."

그녀는 정원을 한 바퀴 돌며 직접 심었던 장미 덤불을 살펴보고 덤불이 건강해 보이지 않자 즉시 보살펴줄 것을 요청한다……. 그녀는 돌아오지 못할 것이다.

그녀에게 무슨 문제가 있는가? 겉으로는 아무 문제가 없다. 그러나 그녀는 힘이 없고 열이 난다. 그녀는 병원으로, 그 뒤에는 산에 있는 요양원으로 옮겨진다. 열이 떨어지지 않는다. 폐는 손상되지 않았다. 그러나 체온은 올라간다. 이제 마리 퀴리

조차 더 이상 진실을 보고 싶지 않은 은혜의 순간에 도달했다. 그리고 진실은 그녀가 죽어가고 있다는 것이다.

마리의 죽음

그녀는 자신의 작은 손에 쥔 체온계를 마지막으로 확인하면서 마지막 기쁨의 미소를 지을 것이다. 그녀는 체온이 갑자기 떨어졌음을 관찰한다. 그러나 그녀는 체온을 기록할 힘이 없다. 수치가 기록되지 않고 빠져나가게 놔둔 적이 한 번도 없는 그녀가. 이 체온의 하강은 끝을 알리는 신호다.

그리고 의사가 주사를 놓기 위해 왔을 때 그녀는 말한다.

"맞고 싶지 않아요. 평화롭게 있고 싶어요."

그로부터 열여섯 시간이, 죽음을 원치 않는, 그렇다, 원치 않는 이 여성의 심장이 멈추기까지, 걸릴 것이다. 마리는 예순여섯 살이다.

마리 퀴리 스크워도프스카는 자신의 항로를 끝냈다.

무덤 속으로 내려가는 그녀의 관 위에 브로니스와바와 그들의 오빠 유제프가 흙 한 줌을 뿌린다. 폴란드의 흙이다.

이렇게 고결한 한 여성의 이야기는 끝이 난다.

마리, 우리는 그대에게 경의를 표한다…….

결론

그녀는 한 우물을 팠던 사람이다.

후기

그럼에도, 물리학자들과 수학자들 거의 모두는 램프린이 "영원을 향한 새로운 창문"이라 부르게 될 것을 공개하길 오랫동안 격렬하게 거부할 것이다.*

---

*   이 글은 문학 계간지 《맥스위니스》에 "번역 연습 #1: 마리 퀴리, 고결한 여성"이라는 제목으로 처음 발표되었으며, 당시에는 리디아 데이비스와 편집자 사이에 주고받은 다음의 편지들이 서문으로 실렸다. (편지 내용은 『리디아 데이비스의 여러 목소리Many Voices of Lydia Davis』에서 재인용했다.)

편집자의 편지
데이비스 씨께,
저희는 방금 마담 퀴리 글의 처음 몇 부분을 읽다가 중단해야겠다고 생각했습니다. 우선, 이 글을 구상하고 창작하게 된 과정을 소개해주셔야 할 것 같습니다. 저희가 둔해서, 이 글의 출처를—누가 썼는지, 누가 번역했는지, 당신이 축약하고 있는지 등—여전히 잘 모르겠습니다.

데이비스의 편지
저는 예전에 마리 퀴리 전기를 번역해야 했는데(제가 좋아하지 않는 일도 자주 해야 했지요) 특정 프랑스 작가들/출판물에서 드물지 않은 다소 '귀여운' 문체로 쓰인 책이었습니다. 평소처럼, 지루하고 피곤한 일이었지만, 그 문체와 그것이 지닌 가능성이 재미있기도 했어요. 그래서 얼마 뒤에는, 가장 말이 안 되는 부분들이나 문장들을 어색한 영어로 옮겨보기 시작했지요. 이런 조각들을 이용해서 마리 퀴리의 약전을 어색한 번역어로 구성해보길 늘 상상했습니다.

헤센 사람 미르

Mir the Hessian

헤센 사람 미르는 자기 개를 죽인 것을 후회했고, 개의 몸에서 머리를 잘라낼 때조차 눈물을 흘렸지만, 개가 아니면 그가 무엇을 먹겠는가? 모든 이들로부터 멀리 떨어져, 얼어붙을 듯 추운 산에서.

헤센 사람 미르는 바위투성이 땅에 무릎을 꿇으며 욕을 퍼부었다. 그의 나쁜 운을 욕하고, 죽어버린 동료를 욕하고, 전쟁 중인 그의 나라를 욕하고, 싸우고 있는 동포들을 욕하고, 이 모든 일이 일어나게 허락한 신을 욕했다. 그러고 나서 기도하기 시작했다. 할 수 있는 일이 그것밖에 남지 않았다. 혼자, 한겨울에.

헤센 사람 미르는 바위 사이에 몸을 웅크렸고, 다리 사이에 두 손을 끼우고, 턱을 가슴에 붙인 채 누워 있었다. 배고픔의 한계마저 넘고, 두려움의 한계마저 넘어. 신에게 버림받은 채.

늑대들이 헤센 사람 미르의 뼈들을 흐트러뜨려, 머리뼈를

새뮤얼 존슨은 분개한다

물가로 끌고 갔고, 발목뼈를 언덕에 남겨두었고, 넓적다리뼈를 굴속으로 끌고 갔다. 늑대 다음으로 까마귀들이 왔고, 까마귀들 다음으로 풍뎅이들이 왔다. 그리고 풍뎅이들 다음으로, 또 다른 병사가 왔다, 혼자서 그 언덕에, 모든 이로부터 멀리 떨어져. 전쟁이 아직 끝나지 않았으므로.

낯선 곳의 내 이웃들

My Neighbors in a Foreign Place

내가 사는 곳에서 안뜰 바로 건너편에 중년의 여자가 산다. 이 건물의 대장이다. 가끔 그녀와 나는 동시에 창문을 열고 깜짝 놀라 잠시 서로를 쳐다본다. 이럴 때면, 한 사람은 오늘 하루 날씨가 어떨지 보는 사람처럼 하늘을 올려다보고 다른 사람은 약속 시간에 늦은 손님이 오는지 보는 사람처럼 안뜰을 내려다본다. 서로의 시선을 피하려 진짜 애를 쓴다. 그러다가 우리는 창가에서 뒤로 물러나 더 나은 순간을 기다린다.

그러나 가끔은 둘 다 퇴각할 마음이 없다. 시선을 내리깔고 길게는 몇 분씩, 상대의 숨소리가 들릴 만큼 아주 가깝게 서 있다. 나는 세상에 나 혼자 있는 것처럼 창가 화단의 식물을 가지치기하고, 그녀 역시 나처럼 자기 일에 몰두하는 분위기로, 창틀에 줄지어 선 토마토의 순을 따고 물항아리에서 누렇게 변해가는 파슬리의 얽힌 잔가지를 정리한다. 우리 둘 다 무척 조용하기 때문에 위쪽 처마에 앉은 비둘기들이 몸을 긁고 날개를 파닥대는 소리가 아주 크게 들린다. 우리의 손이 떨린다. 그것이 우리가 서로를 의식하는 유일한 신호다.

나는 내 이웃이 아주 나무랄 데 없는 생활을 한다는 것을 안

새뮤얼 존슨은 분개한다

다. 그녀는 정연하고, 한결같고, 규칙적인 생활을 한다. 이 건물에 사는 다른 여성들과 조금도 구분되지 않는다. 나는 그녀를 관찰해왔으므로 잘 안다.

예를 들어, 그녀는 일찍 일어나, 침실을 환기한다. 그다음에는 반쯤 열린 덧문으로, 그녀의 어두운 방에서 커다란 흰 새처럼 보이는 것이 떨어졌다가 솟아오르는 모습이 보이고, 나는 그녀가 침대 위에 퍼덕이며 걸치는 것이 퀼트라는 걸 알 수 있다. 오전이 어느 정도 지나면, 그녀의 희고 튼튼한 팔이 거실 창문 밖으로 휙 나와 걸레를 몇 번 턴다. 정오에는 홈드레스와 앞치마를 걸친 그녀가 창틀에서 채소를 따고, 곧이어 음식을 요리하는 냄새가 난다. 두 시에는 주방 창문 밖 짧은 줄에 행주를 집게로 집어 넌다. 그리고 해 질 녘에 모든 덧문을 닫는다. 둘째 주 일요일 오후마다 손님들이 찾아온다. 내가 아는 것은 그 정도지만, 나머지도 상상하기 어렵지 않다.

나로 말할 것 같으면 이웃들의 생활 패턴을 따라 하며 존중받으려 부단히 애쓰지만, 그녀와도, 건물의 다른 누구와도 같지 않다. 내 유리창은 깨끗하지 않고, 창턱은 검댕이 레이스를 두르고 있다. 오전 늦게야 빨래를 마치고, 내 이웃들이 한참 전에 빨래를 개고 정리했을 무렵에 내가 빨래를 널고 나면 곧 한낮의 호우가 쏟아진다. 해 질 녘이 되어 사방에서 덧문이 덜컹대며 쿵쿵 닫히는 소리가 들릴 때, 나는 내 덧문을 닫아야 한다고 생각하지만, 닫으러 가지 못하고 하루의 마지막 햇빛이 들어오게 놔둔다. 나는 모두 잠든 한밤중에 마루를 삐걱대며 서

낯선 곳의 내 이웃들

습없이 걸어 다니면서 아래층 남자와 여자에게 폐를 끼치고 밤이 늦어서야 쓰레기통을 들고 내려가는데, 그때쯤에는 쓰레기 수거함들이 다 차 있다. 그때 고개를 들면 침략에 대비하듯 덧문을 닫아걸고 빗장을 지른 집들이 보이고 몇몇 이웃집만 불이 켜져 있을 뿐이다.

나는 이제 건너편 여자가 나의 일거수일투족을 관찰했고, 나라는 사람에 대해 전혀 호의적이지 않은 생각을 하게 됐으며 건물에 사는 그녀의 많은 친구들과 함께 곧 조치를 취하려는 듯해서 무척 두렵다. 나는 이웃들이 복도에 모여 있는 모습을 이미 봤고, 매일 아침 장을 보고 들어오는 길에 계단에 기대어 쉬며 열띠게 숙덕이는 소리를 들었다. 이미 그들은 노골적인 반감과 의혹의 시선으로 나를 흘깃대고, 내가 살았던 모든 건물의 이웃들이 그랬듯, 이제 언제라도 나를 비난하는 탄원서를 돌릴 것이다. 그러면 나는 살 곳을 다시 찾아야 할 테고, 되도록 빨리 이곳을 떠나기 위해, 지금보다 더 초라한 동네에, 지금보다 더 나쁜 장소를 선택해야 할 것이다. 집주인에게 이사를 통보해야 할 텐데, 집주인은 이웃들의 행동을 하나도 몰랐던 척할 테지만, 분명 건물에서 무슨 일이 벌어지는지 알 테고, 탄원서도 받아서 읽어봤을 것이다. 나는 다시 내 물건들을 상자에 넣고, 이삿날을 위해 밴을 빌릴 것이다. 대기 중인 밴으로 상자를 줄줄이 들고 내려갈 때, 건물의 목조 부분을 긁지 않고 창유리를 깨지 않으려고 조심하며 아파트에서 길까지 이어지는 많은 문을 하나씩 어렵게 열 때, 늘 그렇듯 이웃들이

한 사람씩 나타나 나를 배웅할 것이다. 그들은 미소를 지으며 나를 위해 문을 잡아준다. 줄곧 나와 친해질, 아주 작은 구실이라도 생기길 바라온 사람들처럼 내 상자를 날라주겠다며 내게 진심으로 친절한 관심을 보인다. 그러나 이때쯤이면 상황을 돌이킬 수 없고 되돌리고 싶어도 되돌릴 수 없다. 내 이웃들은 내가 왜 그랬는지 이해할 수 없을 테고, 미움의 장벽이 우리 사이에 다시 쌓일 것이다.

그러나 가끔, 내가 사는 건물의 적개심이 더 이상 참지 못할 만큼 나를 압박할 때면, 나는 밖으로 나가 예전에 살던 집들로 막연히 걸어간다. 햇빛 속에 서서 옛 이웃들과 이야기 나누며, 그들의 따뜻한 환대에 위로와 안도를 느낀다.

(딸꾹질하는) 구술 기록

Oral History(with Hiccups)

언니가 작년에 두 ㄸ ㅏ ㄹ을 남기고 떠났어요. 남편과 저는 그 아이들을 입야 ㅇ하기로 했지요. 큰애는 서른세 살에 백화점 바이 ㅣ어로 일하고 작으 ㄴ애는 막 서른인데 주정부 예산청에서 일해요. 우리는 아직 집에서 사는 ㅇ ㅏ이가 하나 있는데, 집이 ㅋ ㅡ지는 않아서 억지로 끼어 살아야겠지만, 그 아이들을 위ㅎ ㅐ서 기꺼이 그렇게 할 거예요. 우리는 열한 살짜리 아들의 바 ㅇ을 비우고 아들은 제가 바ㄴ ㅡ질방으로 쓰던 작은 방으로 옮길 거예요. 재봉틀은 아ㄹ ㅐ층 거실에 설치하고요. 아ㄷ ㅡㄹ방에 걔네들을 위해 이층침대를 하나 놓을 거예요. 방은 꽤 커서 ㅂ ㅕㄱ장 하나와 유리창 하나가 있고 욕실이 바로 옆에 있어요. 우리는 지 ㅁ을 다 들고 오진 말라고 걔네한테 부탁해야 해요. 우리 가족이 되기 위해 걔네가 기꺼이 ㅎ ㅢ생을 감수할 거라 생각해요. 걔들은 또 ㅅ ㅣㄱ탁에서 말도 ㅈ ㅗ심해야 할 거예요. 우리는 어린 아들 앞에서 대놓고 ㄱ ㅏㄹ등을 빚고 싶진 않으니까요. 제가 염려하는 건 ㄷ ㅜ어 가지 정치적 문제들이죠. 큰 조카는 ㅍ ㅔ미니스트이지만 저와 남편은 요즘은 ㄴ ㅏ ㅁ자들에게 불리하게 형세가 뒤집혔다고 생각하거든요. 게다가 작은 조카는 큰 조카나 저와 남편보다 더 친ㅈ ㅓㅇ부적이죠. 하지만 걔는 ㅇ ㅣㄹ 때문에 출장 다니느라 집에 많이 있지 않을 거예요. 그리고 우리는 우리 ㅇ ㅏ이들을 키우는 동안 협상 기술을 좀 익혀뒀으니 이 둘과도 상황을 잘 ㅍ ㅜㄹ 수 있겠지요. 우리 큰 ㅇ ㅏ들이 아직 ㅈ ㅣㅂ에 살 때 그랬던 것처럼 우리는 엄격하지만 고 ㅇ정하려고 애쓸 거예요. 우리가 곧바로 상황을 잘 ㅍ ㅜㄹ지 못하면 걔들은 항상 ㅂ ㅏㅇ으로 들어가서 마음을 진정시킬 수 있죠, 돌아와서 ㅇ ㅖ의 바르게 굴 준비가 될 때까지 될 때ㄲ ㅏ지요. 실례합니다.

조판공 앨빈

Alvin the Typesetter

앨빈과 나는 브루클린의 한 주간신문사에서 함께 조판 일을 했다. 우리는 매주 금요일에 출근했다. 그때는 레이건이 대통령으로 뽑힌 가을이었고 신문사의 모든 사람이 불길한 예감과 우울감에 시달리고 있었다.

긁히고 상처가 난 낡은 회색 조판기들은 화장실 옆 작은 작업실에 등을 맞대고 놓여 있었다. 사람들은 하루 종일 화장실을 급히 들락거렸고 우리 귓가에는 항상 물 내리는 소리가 들렸다. 우리가 자판에 몸을 구부리고 일하는 동안 우리를 둘러싼 코르크 벽들에 종이들이 꽂혔고 이 종이들의 숲은 점점 울창해졌다. 활자가 덮인 이 축축한 종이가 마르면, 오려붙이기 작업을 하는 사람들이 신문 칼럼으로 만들기 위해 들고 갔다.

우리의 일은 어렵지 않았지만 인내심과 주의가 필요했고, 우리는 더 빨리 일하라는 끊임없는 재촉 속에서 일했다. 나는 본문을 조판했고, 앨빈은 광고를 앉혔다. 덜컹대는 조판기 소리가 몇 분 이상 멈추면 무엇 때문에 지체되는지 확인하기 위해 사장이 내려오곤 했다. 그래서 앨빈과 나는 점심을 먹는 동안에도 계속 일했고, 가끔 대화를 나눌 때는 조판기 위로 눈을

새뮤얼 존슨은 분개한다

내밀고 은밀히 이야기했다.

우리는 블루칼라 노동자들이었다. 우리가 블루칼라 노동자인 상황을 생각할 때마다 나는 놀라곤 했는데, 왜냐하면 우리는 운이 좋을 때는, 공연예술가들이기도 했기 때문이다. 나는 바이올린을 연주했다. 앨빈에 대해 말하자면, 그는 스탠드업 코미디언이었다. 금요일마다 앨빈은 그의 일과 생활에 대해 내게 이야기했다.

지난 일곱 달 동안 앨빈은 어느 유명 클럽에서 오디션을 거듭 봤지만 성과가 없었다. 마침내 클럽 지배인이 마음이 약해져서 그에게 공연 시간을 내줬다. 이제 그는 매주 일요일이면 자정이 막 지난 새벽의 아주 이른 시간에 무대에 올라 오 분간 마지막 공연을 한다. 관객은 그를 좋아할 때도 있고 반응을 전혀 하지 않을 때도 있다. 가끔 지배인이 시간을 십 분 내주거나 이른 저녁인 아홉 시 삼십 분에 시간을 내주면 앨빈은 이를 자기 경력의 중대한 진전으로 여겼다.

앨빈은 자신의 예술에 대해 대본이 없고, 루틴이 없고, 무대 위에서 무슨 일이 일어날지 절대 알 수 없으며, 이처럼 준비 없음이 연기의 일부라는 것 말고는 할 말이 없었다. 하지만 그가 나를 위해 읊어준 단편적인 독백들로 보건대 속사포처럼 쏟아지는 독백 중 몇은 섹스에 대한 것이고—그는 크림과 정액에 대한 농담을 했다—몇은 정치에 대한 것이었으며, 또한 그가 인물 모사를 좋아한다는 것을 알 수 있었다.

그는 대개 소품 없이 공연했다. 십일월에 선거가 있던 주에는 미국을 상징하는 빨강과 하양, 파랑으로 덮인 특별히 애국적인 디자인의 머릿수건을 클럽에 들고 가서 머리에 둘렀다. 하지만 마치 자신의 시무룩하고 침통한 얼굴이 가면이나 되는 듯, 자신의 몸이 스스로 위에서 줄로 조종할 수 있는 호리호리하고 관절이 느슨한, 바닥 위에 떠 있는 꼭두각시 인형이나 되는 듯 대개 그가 무대 위에서 꺼내놓는 것은 그 자신일 뿐이었다. 그에게는 그의 태도와 그의 침묵, 그의 대머리, 그의 옷이 있었다. 그는 출근할 때 입고 오는 것과 똑같은 옷을 무대에서도 입었다. 어두운색 정장 바지와 흰 바탕에 야자수나 소나무가 찍힌 싸구려 합성 소재의 셔츠였다.

내가 사무실에 도착하면 앨빈은 양말 발로 그의 조판기에서 작업을 하고 있었고, 그의 길쭉한 구두는 내 조판기 옆에 놓여 있곤 했다. 앨빈이 침울할 때는 우리 둘 다 말을 별로 하지 않았다. 그는 신이 나면 자리에서 일어나 말을 하지 않고는 못 배겼다. 그리고 어떤 날에는 내가 말을 걸면 멍하니 나를 쳐다보기도 했다. 나중에 그는 며칠째 마리화나를 피웠노라고 자백했다.

딸각대는 기계음 너머로 앨빈은 아내와 아들과 따로 산다고 말했다. 아들은 앨빈의 친구들이나 앨빈이 먹는 음식을 좋아하지 않았고 그를 만나지 않기 위해 똑같은 핑계를 거듭 댔다. 앨빈은 자신의 친구들—브루클린의 채식주의자들—에 대해서도 이야기했다. 그는 이 채식주의자들과 함께 추수감사절 저녁을 먹고 크리스마스 휴일에는 YMCA에서 묵을 계획이었다.

그는 보스턴과 뉴저지 이곳저곳을 다녀온 여행에 대해서 내게 말했다. 그는 내게 여러 번 데이트를 신청했다. 우리는 서커스에 한 번 함께 갔다.

그는 자신에게 일자리를 한 번도 찾아주지 않았던 조판공 일자리 중개소에 대해 이야기했다. "내가 야망이 없어 보이나요?" 그가 물었다. 그는 우리 사무실에 질서가 없다고, 우리가 조판하는 글들이 형편없다고 내게 투덜거렸다. 철자와 문법을 교정하는 것은 자기 일이 아니라고 말했다. 자신은 맡은 일 이상은 하지 않을 거라며 분노했다. 그와 나는 우리의 상사들에게 우월감을 갖고 있었고, 이런 우월감은 우리가 제대로 교육받지 못한 사람처럼 대우받을 때가 많았기 때문에 더 심해졌다.

앨빈은 성격이 좋고 나머지 신문사 직원들을 스스럼없이 대하기 때문에, 그리고 그의 예술이 혼자 앞에 서서 자신을 익살맞은 인물로 보여주는 것이기 때문에, 많은 사람의 호감을 얻기도 했지만 동시에 몇몇 사람에게는 자연스러운 먹잇감이 되기도 했다. 예를 들어, 제작부장은 더 빨리 일하라며 그를 계속 몰아세웠고 그가 조판한 광고를 다시 조판하라고 자주 지시했으며 그의 등 뒤에서 그를 헐뜯었다. 앨빈은 이런 괴롭힘 때문에 자존감에 상처를 입었다. 하지만 제작부장보다 더 심한 사람은 사장으로, 그는 한 주의 대부분을 위층의 자기 사무실에서 일했지만 인쇄일이면 제작부로 내려와 다른 사람들과 함께 스툴에 앉아 있었다.

그는 붉은 콧수염에 안경을 낀 자그마한 남자로, 플란넬 셔츠를 청바지 안에 넣고 다녔으며 흥분하면 데오드란트 냄새를 풍겼다. 느긋하게 걷는 법이 없었고 화장실도 누구보다 빨리 들어갔다 나왔다. 그의 등 뒤로 화장실 문이 닫히자마자 우리 위 물탱크에서 물 내리는 소리가 우레처럼 들리면서 그가 다시 문을 휙 열고 나오곤 했다. 그는 대체로 한 주 내내, 우리 조판공들에게는 아니지만, 다른 직원들에게 쾌활하게 굴었고 사무실 곳곳에 붙은 그의 얼굴 풍자화와 화장실 벽에 낙서된 그에 대한 말들을 꾹 참았다. 하지만 신문을 인쇄하는 날에 문제가 생기면, 재앙이 닥친 것처럼 우리를 한 사람씩 몰아세우며 공개적으로 질책하고 망신을 주면서 사무실에 정적이 감돌게 했다. 우리가 이런 대우를 특히 감당하기 힘들었던 이유는 보수도 낮은 데다, 보수로 지불된 수표가 자주 부도 처리되기 때문이었다. 위층에서 일하는 경리 직원은 신문사의 돈을 제대로 기록하지 못했고 손가락으로 셈을 했다.

앨빈은 그중에서도 최악의 대우를 받았고 자신을 전혀 방어하지 못했다. "제 생각에 사장님 말씀이…… 제가 듣기로는…… 제 생각에 제 일은……." 그가 무어라 대답하든 사장은 또다시 폭발했고, 결국 앨빈은 입을 다물었다. 나는 자존심 없는 그의 태도가 민망했다. 그는 일자리를 잃을까 두려워했다. 그러나 크리스마스가 지난 뒤 그의 태도가 달라졌다.

크리스마스 휴일 동안, 앨빈과 나는 둘 다 공연을 했다. 나는 〈메시아〉의 발췌곡을 연주하는 콘서트에서 바이올린을 연주했다. 앨빈은 친구가 운영하는 지역 클럽에서 저녁 내내 일인극과 노래를 공연했다. 공연 전에 앨빈은 베레모를 쓴 자신의 사진과 비뚤어진 글씨가 찍힌 복사 전단지 한 장을 건넸다. 그는 자신을 "널리 호평받는"이라는 문구로 표현했다. 입장권은 5달러였다. 우리 신문은 그의 공연을 알리는 광고를 실었고 우리와 일하는 모든 사람은 그 행사에 대단한 관심을 보였지만, 정작 그날 저녁이 되자, 아무도 공연을 보러 가지는 않았다.

앨빈이 공연 이후 금요일에 출근했을 때, 몇 분간 관심의 중심이 되었고 유명인의 후광이 그를 에워쌌다. 그러나 앨빈이 들려준 이야기는 슬펐다. 그의 공연에 관객은 다섯밖에 없었다. 넷은 동료 코미디언들이었고, 나머지 한 사람은 앨빈의 친구 아이라였는데, 그의 공연 중 내내 떠들었다.

앨빈이 자신의 실패에 대해 생생하게 이야기했다. 클럽을 설명했고 친구인 사장과 친구 아이라를 묘사했다. 그는 오 분간 말했다. 다른 사람들과 함께 듣던 사장은 흥미를 잃고 몸을 뒤척이더니 앨빈에게 할 일이 있지 않냐고 말했다. 앨빈은 알겠다는 표시로 한 손을 들어 올렸고 조판실로 갔다. 제작부 사람들은 자기 자리로 돌아가 작업 중인 조판면 위로 몸을 구부렸다. 조판기가 덜컹대며 돌아가기 시작했다. 사장은 급히 위층으로 올라갔다.

그때 앨빈이 타자를 멈췄다. 그의 동공이 커졌고 그는 아주 먼 곳에 가 있는 사람처럼 보였다. 그는 자리에서 일어나더니 작업실 밖으로 나갔다. 제작실 전체에 대고 말했다. "여러분,

저는 할 일이 있습니다. 하지만 아직 시작하지 않았어요. 먼저 여러분을 위해 공연하고 싶습니다."

제작부 사람들 대부분은 앨빈을 좋아했기 때문에 미소를 지었다.

"자, 제가 닭을 흉내 내겠습니다." 그가 말했다.

그는 어느 스툴 위로 올라가더니 양팔을 파닥이며 꼬끼오 하고 울었다. 사무실은 조용했다. 제작부 사람들은 쉬고 있는 백로 떼처럼, 다리가 긴 스툴에 앉아 이 대머리 닭을 빤히 바라봤다. 박수가 나오지 않자, 앨빈은 어깨를 으쓱하고 의자에서 내려와 "자, 이번에는 오리를 흉내 내겠습니다"라고 말하고는 다리를 구부리고 발을 안으로 모은 채 사무실을 뒤뚱뒤뚱 걸어 다녔다. 제작부 사람들은 서로를 힐긋거렸다. 그들의 시선이 제비처럼 휙휙 날아다녔다. 그들은 앨빈에게 띄엄띄엄 박수를 보냈다. 그러자 그가 말했다. "자, 이번에는 비둘기를 흉내 내겠습니다." 그는 어깨를 흔들고 고개를 앞뒤로 주억거리면서 구애하는 비둘기처럼 뽐내며 원을 그리며 걸었다. 그는 수컷 비둘기의 허세 같은 것을 표현했다. 그가 문득 동작을 멈추고는 관객들에게 말했다. "뭐야, 할 일들이 없어? 왜들 빈둥거리고 있는 거야? 이 일들은 어제 다 끝냈어야지!" 많지 않은 그의 머리카락이 정전기가 이는 듯 삐죽 일어섰다. 그는 침을 삼키고는 말했다. "이게 바로 우립니다. 한 무리의 멍청한 새 떼."

관객들 얼굴에서 미소가 차츰 빠져나갔다. 나뭇잎 없는 십이월 말의 피로와 무능한 새 정부에 대한 걱정, 그 정부의 억압적 성향에 대한 두려움이 다시 우리에게 내려앉았다.

갑작스러운 정적 속으로 길 건너 교회 종이 울렸다. 제작부 장이 반사적으로 손목시계를 확인했다. 앨빈의 몸이 축 늘어졌다. 그는 몸을 돌려 우리의 작은 작업실로 걸어갔다. 그의 뒤통수에 패배의 표정이 서렸다.

잠시 동안 모든 이가 어안이 벙벙해서 그를 지켜봤다. 그는 그 공연으로 진이 빠져서, 쏟아지는 형광등 불빛 아래 조판기 위로 고독하게, 푹 쓰러졌다. 그의 공연은 그다지 재미있지 않았고, 사실 그는 형편없는 연기자였지만, 그 공연의 무언가가 인상적이었다. 그의 엄숙한 결단, 그의 강렬한 감정. 제작부 직원들은 한 사람씩 하던 일로 돌아갔다. 종이가 바스락거렸고, 돌로 된 테이블 상판에서 가위들이 달각댔고, 라디오 소리 너머로 웅성거림이 오갔다. 나는 내 조판기에 앉았고 앨빈은 무거운 눈꺼풀을 들고 나를 올려다봤다. 그의 표정 속에 지난 몇 달간의 모든 상처, 굴욕, 조롱이 담겨 있었다. 그는 웃음기 없는 얼굴로 말했다. "그들은 내가 아무것도 아니라고 생각해요. 생각이야 마음대로 하라죠. 내겐 계획이 있어요."

특별한

Special

우리는 우리가 매우 특별하다는 걸 안다. 하지만 어떻게 특별한지 알아내려고 계속 애쓴다. 이렇게는 아니야, 저렇게도 아니야, 그러면 어떻게?

이기적인

Selfish

이기적인 사람이 되면 유용한 점은 당신의 아이들이 다쳤을 때도 당신은 괜찮기 때문에 마음이 별로 상하지 않는다는 것이다. 하지만 약간만 이기적이면 효과가 없다. 매우 이기적이어야 한다. 이런 일이 벌어지기 때문이다. 당신이 그냥 약간만 이기적이면, 아이들을 위해 조금 수고를 하고, 조금 관심을 쏟을 테고, 아이들은 대체로 깨끗한 옷을 입고, 머리도 상당히 자주 자르겠지만, 필요한 학용품을, 필요한 때에 모두 갖고 있지는 않을 것이다. 당신은 아이들과 함께 있는 걸 즐거워하고, 아이들의 농담에 웃지만, 아이들이 버릇없게 굴 때는 인내심이 거의 없어지고, 당신에게 할 일이 있을 때는 아이들에게 짜증이 나며, 아이들이 매우 버릇없게 굴 때는 매우 화가 날 것이다. 당신은 아이들의 삶에 무엇이 필요한지 조금 이해하고, 친구들과 무엇을 하는지 조금 알며, 아이들에게 질문하되 너무 많이 하지는 않고, 어느 선까지만 물을 텐데, 시간이 너무 없기 때문이다. 그러다가 문제가 시작되고 당신은 너무 바빠서 그 신호를 알아차리지 못한다. 아이들은 물건을 훔치고, 당신은 어째서 그 물건이 집에 있는지 의아해한다. 아이들이 훔친 물건을 보여주고, 당신이 질문을 하면 아이들은 거짓말을 한다. 아이들이 거짓말을 할 때 당신은 매번 믿는데, 아이들은 너무 솔직해 보이는 데다 진실을 알아내려면 시간이 너무 오래 걸릴 테니 그렇다. 당신이 이기적이었다면, 이런 일이 가끔 일어나는데, 당신이 이기적이되 충분히 이기적이지 못했다면, 나중에 아이들이 심각한 곤경에 처할 때, 당신은 괴로워하면서도, 이기적으로 살아온 오랜 습관 때문에, 계속 이기적이기를 멈추지 않고 이렇게 말한다. 난 너무 괴로워, 내 인생은 이제 끝이야, 내가 어떻게 계속 살 수 있겠어? 그러므로 당신이 조금이라도 이기적이려면, 그것보다 더 이기적이어야 한다. 당신이 친구와 지인과 다른 가족들에게 말하듯 아이들이 곤경에 처한 것이 진심으로 깊이 유감스러울지라도, 그 일이 당신에게 일어나지 않았으니 남몰래 안도하고, 기뻐하고, 심지어 즐거워할 정도로 매우 이기적이어야 한다.

봄의 우울

Spring Spleen

나뭇잎들이 아주 빨리 자라서 나는 행복하다.
곧 이웃과 그 집의 소리 지르는 아이를 가려줄 것이다.

북쪽 나라에서

In a Northern Country

매긴은 일흔 살이 넘었고 건강이 좋지 않았다. 오른쪽 다리를 절었고 폐가 약했다. 아내가 살아 있다면 그를 보내지 않았을 것이다. 사실 친구들은 동생 마이클이 돌아올 때까지 집에서 기다리라고 말했다. 하지만 그는 아내 말고 다른 사람의 말은 들어본 적이 없었고, 이번에도 듣지 않았다.

트르스크 토지청의 지도가 옳다면 그는 실리트 가까이에 있었다. 이른 아침부터 느릿느릿 걸었고 발이 욱신거렸다. 막 정오가 될 무렵 실리트 시내가 보였다. 동생의 엽서는 그곳에서 왔다. 그러니 카르소비는 그곳에서 북쪽으로 몇 마일밖에 떨어져 있지 않을 것이다.

그는 눈 위에 가방을 내려놓고 곱은 손을 비볐다. 실리트를 바라봤다. 덧문이 닫힌, 좁다란 집들이 길가에 줄지어 있었다. 많은 지붕들이 주저앉아 문턱 위로 무너져 있었다. 길 끄트머리 우물가 소나무 두 그루 아래 벤치에서 나이 든 여자 둘이 뜨개질을 하고 있었다. 그가 가방을 집어 들고 다가가자 여자들은 뜨개질을 멈추고 그를 빤히 쳐다봤다.

그가 질문을 큰 소리로 외치고 나서야 그들은 그의 말을 알

새뮤얼 존슨은 분개한다

아들었다. 한 사람이 입을 벌리더니 말없이 길 건너를 가리켰다.

한 남자가 처마 그늘에 앉아 부러진 빗으로 갈색 턱수염을 빗고 있었다. 그의 시선이 매긴에게 머물렀다. 지붕 없는 차 한 대가 남자 옆 좁은 길에 세워져 있었다.

매긴은 길을 건넜다. "카르소비까지 갈 수 있소?" 그가 트르스크어로 물었다. 남자가 동작을 멈췄다.

"그런 곳은 없소."

"있을 텐데." 매긴이 말했다. 동생에게서 온 구겨진 엽서를 꺼내 남자에게 들이밀었다.

"없소. 당신이 잘못 알고 있는 거요."

매긴은 가방을 내려놓고는 엽서를 움켜쥔 주먹을 남자의 얼굴 앞에 흔들었다. 그는 말다툼을 벌일 마음이 없었다. "내가 잘못 알고 있는 게 아니오." 그는 소리쳤다. 목소리가 갈라졌다.

남자는 흠칫 놀랐다. "글쎄!" 남자가 손바닥에 침을 뱉어 장화를 문지르며 말했다. "난 거긴 잘 가지 않소."

매긴은 분노로 몸이 떨렸고 관자놀이의 맥박이 세차게 두근거렸다. "얼마요?" 매긴이 물었다.

"오십 주시오." 남자가 말했다. 매긴은 뒷주머니에서 지갑을 꺼내 동전 두 개를 남자의 손바닥에 놓았다.

매긴은 가방을 집어 들고 남자를 따라 차로 갔다. 남자는 운전석에 올라타 앞을 응시했다. 매긴은 가방을 뒷좌석에 올리고 가방 옆에 올라탔다. 자리에 앉자 좌석 스프링이 쑥 내려앉아 철 막대 같은 것에 닿는 느낌이 들었다. 그는 움직이지 않았다.

시동이 걸리고 차가 앞으로 튀어나가는 바람에 매긴은 등받이로 팽개쳐졌다. 차는 눈 덮인 도로에 난 바큇자국 위로 미끄러졌다. 길모퉁이를 돌자 나무들이 그를 향해 홱 방향을 틀었고 그는 양옆으로 요동쳤다. 차가 지나가자 비둘기 두 마리가 날개를 치며 날아갔다.

운전사의 적대감에 매긴은 어리둥절했다. 단조로운 숲을 한 시간쯤 달렸을 무렵 그는 점점 불안해졌다. 동생을 찾을 가망이 없는지도 몰랐다. 동생에게서는 몇 주 동안 소식 한 줄 없었다. 그리고 자신이 얼마나 오래 버틸 수 있는지도 문제였다. "미친 짓이야." 그는 불쑥 혼잣말을 내뱉었다. "한쪽 발은 이미 무덤에 들어간 사람이 이 북쪽 나라의 겨울에 와서 뭔가를 기대하다니, 메리가 웃었을 거야." 그는 외투 깃을 잡아당겨 턱을 감쌌다.

드디어 그들은 카르소비에 도착했다. 큰 공터에 차를 세울 때 매긴은 바람에 날리는 눈발 사이로 검은 옷을 입은 여자들이 그림자처럼 지나가는 모습을 보았다. 남자들은 자기 집 문간에 웅크리고 앉아 있었다.

매긴은 가방을 들고 내려 차 문에 기대어 섰다. 고개를 드니 몇몇 사람이 모여들어 그를 보고 있었다. 여자들이 조금씩 앞으로 다가왔다. 그들의 시선은 매긴의 얼굴에서 가방으로 옮겨 갔지만 그들의 입술에서는 한마디 말도 나오지 않았다. 매긴은 무표정한 얼굴의 남자들을 눈으로 더듬으며 촌장을 찾았고, 사람들은 동요했다. 사람들은 그를 보며 어리둥절해했다.

"뭐죠?" 매긴이 운전석에 여전히 앉아 있는 운전사에게 말했다. "이 사람들이 뭘 기다리는 겁니까? 왜 나를 빤히 쳐다보는 거요? 왜 아무 말도 하지 않는 거죠?"

"왜 말을 해야 합니까?" 운전사가 입을 뗐다. "어쨌든 당신은 알아듣지도 못할 텐데요. 아무도 이 사람들 말을 몰라요. 이 사람들은 트르스크어도 할 줄 몰라요." 그는 운전대를 탁 치며 말했다. "당신 같은 노인 한 사람을 태우고 여기에 온 적이 있어요. 몇 달 전인데 그 뒤 아무도 그 사람 소식을 듣지 못했소." 운전사는 눈 위에 침을 뱉고는 경멸 어린 시선으로 마을 사람들을 훑어봤다. 매긴이 미처 뭐라고 말하기도 전에 그는 경적을 누르더니 차를 돌려 다시 숲으로 향했다.

매긴은 어떻게 해야 하나 생각했다. 마을 사람들은 한 사람씩 몸을 돌려 떠나갔고, 어깨 너머로 흘끔거리다가 중간에 멈춰 서서 그를 다시 쳐다봤다. 여자 두 사람이 남았다. 한 사람은 나이가 들었고 마른 몸에 닳아 해진 옷을 걸쳤다. 다른 여자는 더 젊었고 더 튼튼했다. 나이 든 쪽이 머릿수건을 조이며 다가와 이 없는 잇몸을 드러내며 웃었다. 젊은 여자는 그녀의 소매를 잡아당겼다.

"니니니니니." 나이 든 여자가 혀를 입천장에 대며 말했다. 머릿수건 아래에서 그녀의 눈이 흐릿하게 반짝였다. 그녀는 젊은 여자를 뿌리치고 다시 앞으로 다가오려 했다. 젊은 쪽이 그녀의 어깨를 툭 치며 화난 어조로 쉿 소리를 냈다. 나이 든 여자는 몸을 돌리더니 침을 뱉고는 치마를 눈 위로 끌며 떠나 갔다.

젊은 여자가 매긴에게 나이 든 여자를 따라가라는 신호를 보냈다. 그들은 작은 오솔길에 이르렀다. 매긴은 한쪽 발을 절뚝였다. 나무들 아래를 지날 때 그는 한기가 바이스처럼 그를 죄어오는 것을 느꼈다. 그는 기침을 했다. 숨 쉴 때 목에서 그르렁 소리가 났다.

오솔길은 돌집 사이를 구불구불 지나갔다. 털이 덥수룩한 개들이 문 앞에 누워 있다가, 지나가는 매긴과 여자에게 으르렁거렸다. 오솔길 끝에 여자의 오두막이 있었다. 여자는 걸쇠에 한 손을 얹고 매긴을 흘긋 뒤돌아보았다. 옆에 서자 그녀의 옷에서 악취가 풍겼다. 그녀가 문을 열자 매긴은 아무 생각 없이 따라 들어갔다. 빨지 않은 천 냄새가 훅 풍겨왔다. 바깥 공기가 차츰 들어오며 숨 쉬기가 편안해졌다.

그의 눈이 작은 창문들과 돌 틈으로 새어 들어오는 희미한 빛에 차츰 익숙해지자 오두막이 얇은 나무 벽을 사이에 두고 두 공간으로 나뉘어 있음을 알 수 있었다. 그의 위치에서 왼쪽에 있는 더 큰 방에는 탁자와 찬장, 의자 몇 개, 침대가 희미하게 보였고 먼 벽에 군복을 입은 국가 지도자의 사진이 액자에 담겨 있었다. 오른쪽에는 문이 없는 작은 방이 있었다. 좁은 어린이용 침대 끄트머리가 보였고 다른 것은 보이지 않았다. 옆에 바싹 붙어 서 있던 여자가 그의 어깨를 밀었다.

"에, 에." 여자가 고갯짓을 하며 말했다. 그는 작은 방으로 들어가 침대 옆에 가방을 떨어뜨렸다. 너무 피곤해서 입고 있는 옷조차 견디기 힘들 정도로 무거웠다. 자리에 눕고 싶었지만 뒤에 여자가 서 있어서 쑥스러웠다.

그는 창밖을 내다보았고, 그러다가 뒤를 돌아보았다. 여자는 자리에 없었다. 그는 누워서 눈을 꼭 감았다. 왜 이곳에 있는지조차 기억할 수 없었다. 어렴풋한 잠결에 꿈을 꾸었다. 기차로 프랑스를 통과하는 꿈이었는데, 그건 이미 며칠 전 일이었다. 덜컹대는 기차의 흔들림에, 머리핀으로 꽂은 머리카락이 흘러내린 아내가 큰 소리로 그에게 신문을 읽어주고 있는데 구식 안경과 몸에 맞지 않는 옷을 걸친 아이 같았다. 그러나 꿈속에서 그는 자신이야말로 있어야 할 곳이 아닌 곳에 있는 사람이라고 느꼈다.

두 시간도 지나지 않아 잠에서 깨어난 그의 눈에 방구석 선반에 놓인 동생의 녹음기가 들어왔다. 그는 그 이미지가 사라지기를 기다렸다.

요즘에는 기억이 나지 않거나, 기억하는 사물을 재창조해서 실제로 있지 않은 곳에 갖다 놓는 일이 자주 있었다.

그런데 그 녹음기는 여전히 그대로 있었고 이제 그 옆에 차곡차곡 쌓아둔 공책과 옷 몇 벌, 반짇고리. 슬리퍼 한 켤레, 장화 한 켤레, 칼 한 자루까지 보였다. 혹시 동생이 이 방에서 살았던 걸까? 매긴은 동생의 소지품이 사라질까 두려워 움직이지 않았다.

십오 분쯤 뒤 매긴은 완전히 잠이 깼다. 그는 일어나서 선반으로 다가갔다. 동생의 소지품을 만지니 안심이 됐다. 이곳은 동생의 방이었다. 그는 예전에도 동생이 없을 때 동생 방에 자주 가보았다. 물론 이 방은 다른 방들과는 달랐다. 그래도 이곳은 동생의 방이었고, 그렇다면 동생이 지금은 이 방을 떠났다 해도 이곳으로 돌아온다는 뜻이었다.

그런데 그렇다면 왜 그 여인은 그가 이곳에 누워 잠이 들게 놔뒀을까? 어쩌면 그에게 그저 방을 보여주었을 뿐이고, 이곳에서 재울 의도는 아니었는지 모른다. 아니 어쩌면 그가 이곳에서 동생을 기다릴 것이라 생각했는지 모른다. 그리고 어쨌든 사실상 그것이 그가 지금 하고 있는 일이었다.

하지만 옷들에서는 입은 지 오래된, 퀴퀴한 냄새가 났다. 공책들은 서로 들러붙어서 매긴이 하나를 건드리자 모두 한 덩어리로 움직였다. 어쩌면 동생은 이곳을 떠난 지 오래됐는지 모른다. 동생이 죽었을 리는 없다. 그랬다면 여인은 이 소지품들을 어딘가로 치웠을 것이다. 혹시 이곳으로 치운 것이 아니라면.

방에서 나와 보니 여인은 탁자에 식사를 차리고 있었다. 매긴이 그녀의 팔을 붙들고 작은 방으로 데려갔다. 그는 동생의 소지품을 가리키며 물었다. "주인은 어디에 있습니까?"

그녀는 선반 위의 물건들을 손짓하며 매긴이 이해할 수 없는 대답을 했다. 한두 단어로만 말했는데, 트르스크어로는 전혀 알아들을 수 없는 말이었다. 그는 실망했지만 놀라지는 않았다. 어쨌든 동생은 그 언어를 기록하기 위해 이곳에 왔다. 언어가 곧 멸종할 거라고 말했었다.

매긴은 그다음에 어찌해야 할지 몰라 단념하고는 여인을 따라 탁자로 갔다. 창밖 나무들 밑에 보랏빛 그림자들이 길게 드리워졌다. 그는 자리에 앉았고 몹시 배가 고팠다. 음식을 쳐다보았다. 정육면체 모양의 말린 고기가 딱딱한 빵 조각 옆에 놓여 있었다. 그의 늙은 치아로 씹기에는 고기가 너무 질기다는 것을 알아볼 수 있었다. 그는 빵을 집어서 조금씩 뜯어, 입속에서 부드럽게 만든 다음 씹었다. 허기가 차츰 사라졌다.

여인이 탁자를 치우는 동안 매긴은 얇은 싸구려 시가에 불을 붙였고, 곧 기침이 나왔다. 그는 이렇게 멀리 왔다는 것에 어떤 만족감을 느꼈다. 그러나 동생이 있는 곳을 어떻게 찾아낼지는 알 길이 없었다. 그는 언어 때문에 자신이 다소 무력하다는 것을 깨달았다. 시가를 비벼 끄고 남은 시가를 다시 시가통에 밀어 넣었다.

여자가 외투를 걸치고 문 쪽으로 손짓을 했다. 매긴은 문득 이제 그녀가 동생 찾을 길을 알려주려나 보다 하는 희망을 품었다. 흥분한 나머지 방이 어디였는지 잊어버렸고, 여인이 그를 밀며 방향을 알려주고 나서야 움직일 수 있었다. 그는 외투를 걸치고 여인을 따라갔다.

오두막 밖으로 나오니 새들은 이제 조용했다. 하늘에는 빛이 거의 사라졌으며 공기는 얼얼했다. 매긴은 서두르다가 보이지 않는 뿌리에 걸려 비틀거렸다. 문간에 있던 개들은 사라졌고 그와 여인은 잰걸음으로 오두막들을 지나쳤다. 매긴이 그 공터까지 아직 많이 남았다고 생각할 무렵 하늘이 트였다. 가장 큰 오두막의 창문이 주황색 불빛으로 빛났다. 매긴은 입이 말랐다. 그는 침을 삼키고 여인을 따라 오두막으로 들어갔다.

그가 정신을 차리고 보니 여인은 옆에 없었다. 처음에 그는 불빛에 눈이 부셨다. 눈을 내리깔았다. 개 한 마리가 그를 향해 바닥에 배를 밀며 기어왔다. 방에는 사람들이 빽빽이 들어차 있었다. 그들은 아무 말 없이 그를 지켜봤다. 불가에는 남자들이 낮은 의자와 벤치에 쭈그려 앉아 두꺼운 양말 속 발목을 리듬감 있게 쑤셔대고 머리와 귀를 긁적이고 있었다. 조금 떨어진 곳에는 여자들이 아무렇게나 무리 지어 앉아 바느질하면서 어깨를 으쓱하고 쯧쯧 소리를 내며 수군거렸다.

개가 으르렁거리기 시작하자 침묵이 깨졌다. 매긴의 발밑에 이를 드러내며 웅크린 개에게 매부리코의 키 큰 사내가 황급히 달려왔다. 벤치 하나가 쓰러졌다. 사내가 개의 갈비뼈를 걷어찼다. 개는 낑낑대며 사람들 다리 사이와 의자 밑으로 빠져나갔다. 불가에 있는 남자들이 고함을 쳤고 여자들이 이상하게, 짐승 같은 소리를 질렀다. 개는 버둥거리며 구석으로 갔다. 사내가 매긴을 쳐다봤다.

매긴은 트르스크어로 말했다. "학자인 내 동생 마이클을 찾으러 왔습니다. 내 동생 마이클은 당신의 언어를 연구하려고 여기 왔어요." 사내가 그의 말을 이해하지 못하는 듯 돌아섰기 때문에 그는 말을 멈췄다. 사내는 여자들 틈에서 매긴을 데려온 여자를 찾아 가리키면서, 매긴에게는 그냥 목구멍에서 나는 소리로만 들리는 소리를 냈다. 여자가 일어나서 알고 있는 모든 것을 설명할 만큼 길게 말했다. 사내는 매긴의 소매를 붙잡고 그를 불가 벤치에 앉혔다. 사내는 방 한구석 장기판에 몸을 숙이고 앉은 노인에게 뭐라고 말을 하더니 떠나버렸다. 노인은 대답하지 않았다.

매긴은 시가 꽁초에 불을 붙이고 무슨 일이 일어날지 궁금해하며 한동안 가만히 앉아 있었다. 여자들은 서로 소곤거리며 평온하게 바느질을 했다. 남자들은 단지 하나를 돌렸다. 매긴에게는 도자기 잔에 술을 부어주었다. 그들은 몸을 긁적대며 이야기를 나누었고 매긴에게 자주 미소를 지었다. 이따금 사내 하나가 다가와서 영어로 몇몇 단어를 읊어 매긴을 깜짝 놀라게 했다. 한 사람은 "노, 노, 스카이"라고 말했다. 다른 사람은 "노, 예스, 히어, 테이프 투"라고 말했다.

매긴은 시가 꽁초를 불 속에 던지고 구석에 앉은 그 노인을 가만히 지켜봤다. 장기는 거의 끝나가고 있었다. 두 사람이 장기판 위로 몸을 구부릴 때마다 노인의 기다란 흰 머리가 상대의 딱지투성이 대머리를 스쳤다. 흰 머리 노인이 말을 움직일 때마다 상대는 호두 같은 얼굴을 분노로 일그러뜨렸다. 매긴은 또 다른 시가에 불을 붙였고 기침을 했다. 그는 너무 피곤해서 똑바로 앉아 있기 힘들었다. 갑자기 대머리 노인이 벌떡 일어났다. 그의 대머리가 불빛에 번쩍였다.

"룩쿡." 그가 소리를 지르며 주먹으로 장기판을 내리쳤다. 말들—빨강과 검정 원반과 몇몇 돌과 나무 조각—이 공중을 가르며 날아 바닥에 우박처럼 떨어졌다. 흰 머리 노인은 말없이 코가 턱에 닿을 정도로 미소를 지었다.

마침내 노인이 매긴을 보더니 주저하며 다가와 그의 곁에 앉았다. 매긴은 시가를 비벼 끄고 통에 넣었다.

"노인 찾아?" 흰 머리 노인이 트르스크어로 물었다.

"동생을 찾소." 매긴이 말했다.

"동생 여기." 노인이 말했다.

매긴은 흥분했다. "여기?" 그는 바닥을 가리키며 물었다.

"아니, 아니, 아니." 남자가 손을 성급하게 들어 올렸다. "동생 여기. 그때. 동생 갔어. 동생 남자와 갔어. 북쪽. 사라졌어. 갔어, 사라졌어. 갔어, 죽었어. 아마." 노인은 한 손가락으로 자기 목을 그었다.

"무슨 남자?" 매긴이 물었다.

"촌장, 사촌." 남자가 자신을 가리켰다. "사냥 갔어." 그는 총 쏘는 동작을 해 보였다.

"얼마나 오래?" 매긴이 물었다. 그는 자신도 모르게 시가 꽁초에 불을 붙이고 있었다. 사람들은 아무 말도 이해하지 못했지만 모두 조용했다.

"두 날, 두 밤 갔어. 그때 아주 춥고, 눈 왔어. 다섯 주 갔어." 노인은 손을 들어 올리고 손가락을 펼쳤다. 그는 자신을 가리켰다. "나 촌장, 곧." 그는 미소 지었다.

매긴은 기침이 터졌고 노인은 일어서서 술을 마시러 갔다. 매긴은 기침을 멈출 수 없었고, 눈에 눈물이 고였다. 그러고는 통제력을 잃고 울기 시작했다. 술을 너무 많이 마셨다.

나중에 여자들이 바느질거리를 치우고 흔들리는 촛불에 의지해 외투와 숄을 걸쳤다. 남자들은 파이프를 톡톡 쳐 재를 털어내고 서로의 등을 툭 치며 문으로 걸어갔다. 여자들이 뒤를 따랐다. 그들이 모두 떠나자 매긴은 어둡고 냄새나는 그곳에 몇 분간 앉은 채 정신을 가다듬으려 했다. 쉽지 않았다. 한동안 그는 자신이 엔지니어 클럽의 흡연실에 있다고 생각했다. 해리가 휴대품 보관소에서 나오기를 기다리고 있다고. 머리가 어지러웠다. 그는 그곳이 어디인지 기억해냈고 사람들을 놓칠까 봐 허둥지둥 일어났다.

밖으로 나온 그는 흐릿하게 빛나는 눈 너머 나무들을 보았다. 어느 방향으로 가야 할지 기억나지 않았다. 친숙한 무언가를 찾아 어둑한 풍경을 더듬었다. 희미한 소리에 고개를 돌리니 눈 위를 움직이는 작은 그림자들이 보였다. 그에게 처음 다가온 것은 마른 흰 개였다. 개는 그를 향해 코를 쳐든 채 망설이며 동작을 멈추었다. 더 큰 개가 힘겹게 걸으며 다가왔는데 몹시 지쳐 보이는 검은 뱃가죽이 북처럼 늘어났고 배가 부풀어 있었다. 개가 한 마리씩 다가오더니 작은 무리가 그를 에워쌌다. 그는 줄 것이 아무것도 없었다. 몸을 숙여 흰 개의 머리를 쓰다듬었다. 머리뼈가 그의 손바닥 아래 둥글게 느껴졌다. 개는 움직이지 않았다. 갑자기 으르렁대며 물까 봐 매긴은 손을 뒤로 빼고 조심스럽게 걸어갔다. 가슴이 세차게 뛰었다. 공터 가장자리의 뒤틀린 소나무가 눈에 들어왔고 그는 그 나무를 알아보았다. 소나무 근처에 오솔길이 보였다.

개들은 몇 발자국 떨어져 뒤따라왔고, 눈 때문에 그들의 발자국 소리는 희미하게 들렸다. 그는 불안했다. 오두막이 시야에 들어왔을 때 개 한 마리가 뒤에서 으르렁거렸다. 몸을 돌리자 그 흰 개가 그의 바짓자락을 물었다. 개는 으르렁거리며 머리를 좌우로 흔들었다. 옷이 찢어졌고 매긴은 뛰기 시작했다. 그의 늙은 다리는 그리 빠르지 못했다. 개들이 이리저리 내달리며 그를 바싹 뒤쫓았다. 그는 오두막에 이르렀다. 걸쇠와 씨름할 때쯤 개들은 뒤로 물러났다. 안으로 들어서자 그는 목구멍에서 그르렁대는 숨을 골랐다. 창밖을 보니 개들이 자기들끼리 빙빙 돌며 그의 발자국을 킁킁대다가 엉덩이를 바닥에 대고 쪼그려 앉아 문을 지켜봤다. 매긴은 침대로 가서 새로 시가를 꺼내 불을 붙였다. 옷을 벗지 않고 앉은 채 시가를 피우며 마음을 진정시켰다. 흙바닥에 시가를 눌러 끄고는 얇은 담요를 몸에 말고 누웠다. 오랜 시간이 지난 뒤에야 잠들 수 있었다.

밤 동안 그는 추워서 계속 잠에서 깼다. 아침 무렵에야 깊은 잠에, 그리고 다시 얕은 잠에 빠졌고 가슴에 통증을 느끼는 꿈을 꿨다. 꿈이 점점 생생해졌고 그는 불그스름한 빛이 스미는 창문을 향해 눈을 떴고 왼쪽 폐의 극심한 통증이 꿈이 아니라는 걸 깨달았다. 그는 침대에서 일어날 수 없었다. 시가를 피우고 싶었지만 감히 그럴 수 없었다. 가만히 누워 위를 올려다보며 통증과 씨름했고 통증이 도지면 견디고, 가라앉으면 안도했다.

지난밤 알게 된 사실은 아침이 되자 이상하게도 그리 결정적인 사실로 생각되지 않았다. 촌장은 사라졌다. 그의 동생과 함께. 사람들은 촌장이 죽었다고 가정하고 새 촌장을 뽑을 것이다. 그들은 동생도 죽었다고 가정한다. 그러나 다른 가정도 해볼 수 있다. 동생은 어쩌면 아프거나 부상을 당했을지도 모른다. 소식을 보낼 방도가 없는 어떤 장소에서 누군가 그를 돌보고 있는지 모른다. 그러나 그는 이곳에 오는 것이 어리석은 결정이었으며, 그 결과를 피하지 못하리라는 생각을 떨칠 수 없었다. 숨을 고르려 애썼지만 통증 때문에 잘되지 않았다. 그는 통증과 씨름하면서 선택의 여지가 없었다고 생각했다. 집에 머물 수는 없었다. 집에는 그를 위한 것이 아무것도 없었다. 이제 모든 것은 그의 동생이 있는 곳에 있었다. 통증이 서서히 가라앉았다. 반시간 뒤 태양이 떠오르며 방이 점점 노란빛을 띨 때 매긴은 일어나 앉을 수 있었다.

구겨지고 끈끈한 옷이 몸에 달라붙었다. 사흘 전 그 강변을 떠난 이래로 벗지 않았던 옷이다. 그는 침대 밑으로 손을 뻗어 가방을 열었다. 안에는 깨끗한 속옷들이 있었다. 그는 가방을 다시 닫았다. 주머니에서 안전핀을 찾아내 바짓자락 밑을 고정했다. 그는 자신의 퀴퀴한 냄새를 들이마셨다. 손가락으로 머리를 빗고 일어섰다. 통증 때문에 눈에 띄게 힘이 빠졌고 다른 방으로 걸어가는 무릎이 후들거렸다.

개들은 사라졌다. 여인은 문 앞에 남은 흔적들에 깜짝 놀랐다. 매긴은 자신의 찢어진 바지를 가리키며 무슨 일이 일어났는지 설명하려 애썼다. 그녀는 낡은 싸리 빗자루를 집어 들고 흔적들을 쓸어냈다. 나무줄기를 에워싼 눈에 노란 얼룩이 있었다.

아침 식사 때 매긴은 지난밤보다 빵을 훨씬 적게 먹었다. 커피를 간절히 원했지만 식어버린 차를 홀짝였다. 시가에 불을 붙여 감히 피우지는 못하고 손가락 사이에 끼우고 있었다. 그러고는 외투를 입지 않은 채 밖으로 나갔다. 눈부신 햇빛에 눈을 끔뻑이며 손을 들어 민감한 옅은 색 눈을 가렸다. 나무들 사이에서 남자들의 목소리가 커지다가 뚝 끊겼다. 새들은 쉼 없이 지저귀며, 나무 사이의 고요를 쪼아댔다. 그는 오솔길을 따라 걸었고, 발밑의 땅은 평탄했다.

그가 공터 가장자리에 도착했을 때 마침 남자 두 사람이 맞은편 덤불에서 큼직한 사슴 사체를 힘들게 끌고 나오며 눈 위에 붉게 물드는 고랑을 내고 있었다. 매긴은 그들이 사슴의 배를 가르고 내장을 꺼내는 걸 지켜보는 동안 목구멍이 조여왔다. 개들은 조금 떨어진 곳에 튀어나올 태세로 쪼그려 앉아 있었다. 여자들이 피와 내장을 담을 냄비와 양동이를 들고 왔다. 다른 남자 몇 사람이 사슴 주위에 모여들어 뿔을 만지작거리고 손으로 다리를 들어 올려 보았다. 매긴이 다가가자 그들은 그에게 고개를 돌리고 미소를 지었다. 목이 꺾이고 배가 푹 들어간 갈색 몸이 눈 위에 축 늘어져 있었다. 어린 수사슴이었다. 키가 가장 작은 남자가 부드럽고 축축한 손으로 매긴의 손목을 잡아당겨 뿔을 만져보게 했다. 뿔은 보송보송했고 햇살을 받아 따뜻했다. 뿔을 찬찬히 보고 있을 때 폐의 통증이 다시 커지기 시작했다. 매부리코의 키 큰 남자가 톱을 움켜쥐고 다가오자 매긴은 뒤로 물러섰다. 남자는 무릎을 꿇고 앉아 뿔을 톱질했다. 먼지가 가느다란 흐름을 이루며 눈 위로 떨어졌다. 매긴은 뜨거운 태양 아래에서 그들을 바라보다 현기증을 느꼈다. 그의 무릎이 푹 꺾였고 두 남자가 그를 붙들어 일으켜 세웠다. 매부리코 남자가 뿔이 잘린 둥근 사슴 머리를 바닥에 내려놓고, 한 손에는 뿔을 다른 손에는 톱을 들고 일어섰다. 매긴은 큰 바위 위에 앉았다.

남자 몇이 바닥에 불을 피우고 내장을 구웠다. 정오의 태양 아래에서 불꽃은 거의 보이지 않았다. 숲 근처에서는 개들이 사슴의 위장을 두고 싸웠다. 어젯밤의 노인이 까맣게 탄 꼬챙이를 들고 매긴이 앉은 바위로 다가왔다. 꼬챙이 끄트머리에 사슴의 콩팥 하나가 달려 있었다. 그는 매긴 옆에 앉아 무딘 칼로 콩팥 한 조각을 잘라내 엄지로 누르며 매긴에게 내밀었다.

"먹어." 그가 트르스크어로 말했다.

매긴은 마지못해 고기를 받고 먹었지만 구역질이 났다. 그는 손가락을 눈에 씻고는 바지에 닦았다. 다른 남자들은 개들만큼이나 급하게 고기를 삼키고는 나른하게 일어나서 사슴을 여러 조각으로 자르기 시작했다.

매긴의 가슴속에서 통증이 점점 커졌다. 통증이 잠시 잦아들었을 때 그는 옆에 앉은 노인에게 물었다. "내가 어떻게 해야겠소?"

노인은 얼굴을 돌리고 계속 고기를 씹었다. 노인이 대답할 때는 통증이 다시 도져서 답을 들을 수 없었다. 통증이 멈추자 그는 노인의 팔에 손을 얹었다. 노인은 고기를 입안으로 집어넣으며 말했다. "기다려, 기다려. 나중에 소식이 있을 거야." 노인은 혀로 고깃덩이를 굴렸다. "한 달, 두 달."

매긴은 실망한 채 가만히 앉았다. 옆에 앉은 노인은 고기를 삼키고는 꾸벅꾸벅 졸았다. 매긴은 들고 있는 동안 꺼져버린 시가 꽁초에 불을 붙였다. 연기를 한 모금 깊이 들이마시자마자 통증이 심해지며 기침이 터졌다. 손수건에 분홍색 점액이 묻었다. 그는 자신이 꽤 많이 아프다는 것을 깨달았다. 동생과 함께 이곳을 떠나지 못할 수도 있다는, 아니 영영 이곳을 떠나지 못할 수도 있다는 생각은 떠오르지 않았다. 이제까지 그는 늘 어떤 장소를 떠날 수 있었고, 동생은 늘 매긴이 알고 있는 어떤 장소에 살아 있었다. 그의 아내만 그가 남기를 기대할 때 떠나버렸다.

나중에 깊은 숲속에서 울리는 총성으로 상념에서 깨어나 보니 공터에는 넓은 그림자가 드리워 있었다. 그는 노인이 떠난 것을 알아차리지 못했다. 추웠지만, 자신의 손이 눈 위에 드리워진 그림자들만큼 파랗다는 것을 깨닫기 전에는 추위를 느끼지 못했다. 목구멍으로 들어오는 공기가 따가웠고, 오솔길을 따라 걷는 다리에는 힘이 없었다. 그는 이따금씩 걸음을 멈추고 쉬었다. 오두막에 거의 왔을 즈음 근처 덤불에서 몸부림치는 소리가 들렸다. 나무들 틈으로 바닥에 누운 암사슴이 보였

새뮤얼 존슨은 분개한다

다. 사슴의 몸에서 김이 피어오르고 있었다. 상처에서 흘러나온 피가 들썩거리는 옆구리 밑 눈을 녹이며 커다란 구멍을 열고 있었다. 사슴의 눈이 촉촉했다. 호기심이 생긴 매긴은 오솔길에서 벗어나 눈과 가지를 헤치며 사슴이 누워 있는 곳으로 다가갔다.

사슴은 움직임이 없었다. 눈꺼풀만 움직였다. 그러나 매긴이 가까이 가자 다시 몸부림치며 뒷발로 덤불을 차고 머리를 앞으로 들썩였다. 옆구리에서 피가 뿜어 나왔다. 그러다가 가만히 누워 숨을 헐떡였고 매긴은 몸을 숙인 채 사슴을 가엽게 바라보았다. 갑자기 사슴의 뒷다리가 떨리며 뒤로 당겨지더니 앞으로 뻗어 나오며 그의 갈비뼈를 걷어찼다.

매긴은 눈 속으로 자빠졌고 무슨 일이 일어났는지 정확히 알지 못했다. 머리카락 사이로 눈이 스몄다.

긴 시간이 지난 뒤 흐릿한 형체들이 다가와 그의 주변을 맴돌았다. 뜨거운 숨이 그의 귀와 뺨 위로 쏟아졌고, 제대로 먹지 못한 짐승의 냄새가 역하게 코를 찔렀다. 그리고 남자들의 목소리가 들려왔고, 그르렁, 깽깽거리는 소리가 들렸다. 누군가 그를 옮겼고 그는 격심해지는 통증 끝에 의식을 잃었다.

밤늦게 침대에서 잠이 깬 그는 아무것도 기억나지 않았다. 몸은 담요에 싸인 채 열과 싸우고 있었다. 통증이 돌덩이처럼 가슴을 눌렀다. 머리 밑 베개는 딱딱했고 뼈가 욱신거렸다. 열 때문에 몸에 오한이 들고 피부가 화끈거렸고 축축한 옷 아래에서 따끔거렸다. 부어오른 두 눈은 안구 속에서 메말랐고 가슴은 숨을 쉬기 위해 애썼다. 그는 피로와 싸웠다. 잠이 들면 숨을 멈추게 될까 두려웠다. 그러나 피로가 차츰 그를 이겼다. 열이 퍼졌다. 침대가 흔들릴 정도로 사지가 떨렸고, 매트리스가 축축해질 정도로 땀이 흘렀다.

흰 설원 때문에 눈이 부셨다. 차가운 북풍이 눈가루를 제방처럼 길게 휘몰아 설원을 가로지르며 바닥에 작은 구멍들을 열었다. 구멍 밖으로 쥐만 한 사슴들이 기어 나왔다. 빛 때문에 힘없이 눈을 깜박이며 발굽으로 눈을 톡톡 두드렸다. 구멍에서 나오는 사슴 하나를 개 한 마리가 덮치더니 발작하듯 게걸스럽게 먹어치웠다. 매긴은 개를 물리치려 달려가다가 구멍에 발이 걸렸다. 그는 고꾸라졌고 북풍이 일으킨 눈가루에 시야가 흐려졌다. 찬기가 뼛속까지 번지며 걷잡을 수 없이 몸이 떨렸다. 방을 가득 채운 어스름 속에서 그는 더듬거리며 덮을 것을 찾았다. 손에 닿은 담요가 뜨거웠다. 그는 간신히 담요를 쥐고 끌어 올려 덮었다.

그의 눈길이 희뿌연 창에 머물렀다. 늦게 뜬 달이 창틀을 넘어 바닥에 회색빛을 던졌다. 썩은 바닥널이 물러지며 내려앉기 시작했다. 바닥널이 허물어질 때 매긴은 바닥 밑 어둠 속에서 머리카락 색이 옅은 남자의 얼굴을 보았다. 남자는 그곳에 오래 있었던 것처럼 피부가 쇳빛 회색이었고 얼룩덜룩했다. 매긴이 유심히 바라보자, 죽은 남자가 몸을 뒤척거리며 눈을 떴다.

매긴은 깨어났다. 심장이 쿵쿵거렸다. 창밖에 크고 동그란

새뮤얼 존슨은 분개한다

태양이 보였다. 고개를 돌려 어둠을 더듬다가 문가에 서 있는
여자를 보았지만 알아보지는 못했다. 여자가 그에게서 멀어졌
다. 그림자들이 오두막 안에서 움직였다. 그는 두려움의 냄새
를 맡았다.

"가지 마." 그가 말했다. 그의 말이 벽 너머로부터 속삭이는
메아리로 되돌아오며 그를 어리둥절하게 했다.

"나 여기 있어." 그가 말했다.

메아리가 희미해졌다. 퀭한 눈의 하얀 얼굴들이 호기심 어
린 표정으로 그의 문가를 지나쳤다. 가는 손들이 마룻바닥의
구덩이와 죽은 남자의 뻣뻣한, 상앗빛 얼굴을 가리켰다. 점점
뜨거워지는 태양이 양모 담요를 태우며 그를 숨 막히게 했다.
그는 헝클어진 담요에서 몸을 빼려 애쓰며 옷을 잡아 찢고 누
더기가 된 옷 속에 손가락을 집어넣었다. 자신의 피부를 할퀴
고 신음하며 열에 달아오른 몸에서 벗어날 길을 찾았다. 해가
수그러들 무렵 그는 기진맥진했다. 꿈 없는 깊은 잠에 빠졌다.

눈을 떴을 때 방은 다시 검었다. 여자의 코 고는 소리가 들
렸다. 그는 목이 말랐다. "이봐요." 그가 말했다. 목소리가 너무
약했다. 그는 얕은 숨을 들이쉬었고 통증이 커지자 다시 말했
다. 기침이 나왔고 가래가 목에 걸렸다. 여자는 침대에서 돌아
눕기만 했다. 그는 다시 누워 새벽이 그녀를 잠으로부터 끌어
내길 기다렸다. 그는 뜨거운 다리에서 담요를 조금씩 힘들게
걷어냈다. 차가운 바람이 맨살 위로 불어왔다.

아침이 되자 통증이 목까지 올라와서 침을 삼킬 때마다 눈

물이 났다. 그의 어둠을 비웃듯 태양이 침대 위를 비추며 해진 옷 사이로 그의 팔다리를 흐릿하게 드러냈다. 야윈 팔에는 핏줄이 도드라졌고 피부는 양피지 같았다. 그의 폐는 공기를 거의 빨아들이지 못했다. 가슴은 눈에 띄지 않을 정도로 조금씩 오르내렸다.

그는 자신을 세상에 붙들어둘 소리를 찾아 이른 아침 공기에 귀를 기울였다. 새소리가 숲을 한 바퀴 돌아 되돌아왔다. 개가 한 번 짖었다. 한 남자가 소리쳐 부르자 가까이 있던 다른 남자가 대답했다. 발자국 소리가 흙바닥을 스치며 매긴에게 다가왔고 올려다보니 문가에 여자의 얼굴이 보였다.

"닝." 그녀가 미소를 지으며 말했다.

매긴은 침대에서 몸을 일으키려 했지만 팔에 힘이 없었다.

"오 노. 노, 노, 노." 여자가 겁에 질린 얼굴로 머리를 젖히며 영어로 말했다.

"할 말이 있어요." 매긴이 말했다.

여자가 숨을 한 번 들이쉬고는 빠르게 말했다.

"노. 특. 우우르크, 우우르시."

매긴은 고개를 돌렸다. 통증 때문에 더 이상 말이 들리지 않았다.

여자는 다리를 쩔뚝이며 잰걸음으로 문가로 가서 소리를 질렀다. "룩쿡. 특! 노, 노!" 사람들이 다가오는 소리가 들렸다. 바스락거리는 작은 소리, 그다음에는 문밖 바닥이 흔들리는 소리.

사람들이 오두막 안으로 밀려들어 타는 장작 냄새와 담배 냄새로 오두막을 가득 채웠다.

"특, 프쉬쉿 우우릴." 한 남자가 나지막이 말했다.

매긴은 그를 내려다보는 사람들 때문에 움츠러들었다.

"닝." 여자가 말했다.

"노, 특, 노 프쉬투 토리." 또 다른 남자가 매긴의 얼굴에 입김이 닿을 정도로 몸을 구부리고는 말했다.

시간이 흐를수록 매긴은 고요가 더 절박했고, 두려움이 더 커졌다. 그는 혼자서 메리를 생각하고, 숨을 쉬고, 잠을 자고 싶었다.

방에는 공기가 거의 남아 있지 않았다. 매긴의 시야가 흐려졌다. 그는 흰 머리 노인을 찾아 얼굴들을 올려다보았으나 그를 찾지 못했다. 여자는 다정하게 미소를 짓고 있었다. 그는 팔을 들어 올리려 했다. 너무 무거웠다. 그녀에게 시선을 고정한 채 트르스크어로 말했다. "물 좀 주시오."

그녀는 이해하지 못했고 얼굴에서 미소가 사라졌다.

검은 턱수염의 남자가 침대 옆에 서서 파이프 담배를 뻐끔뻐끔 피우며 매긴을 말없이 바라봤다. 매긴은 거의 숨을 쉴 수 없었다. 목구멍이 말랐고 침을 삼킬 수 없었다.

"물." 그가 쉰 목소리로 다시 말했다.

"물." 몇몇 목소리가 대답했다.

그러자 검은 턱수염의 사내가 목구멍에서 나는 소리로 몇 마디를 했고 사람들이 활발하게 말하기 시작했다. "우루크."

키 작은 남자가 말했다. "노, 츠애테트 룩!" 다른 남자가 소리쳤다. 남자들을 따라온 개들이 흥분했고 문밖에서 한 마리씩 날카롭게 짖어댔다. 매긴은 의식을 잃었다.

매긴이 의식을 되찾았을 때 방은 비어 있었다. 그는 생각을 또렷하게 하려고 애썼지만 생각들이 희미해지며 스르르 빠져나갔다. 통증이 그를 단단히 휘감았다. 목구멍이 뜨거웠다. 그는 벽 안쪽을 보며 나뭇결을 눈으로 좇았다. 색이 어둡고 물로 얼룩져 있었다. 그는 바닥을 봤다. 파인 흙바닥 위에 눈덩이들이 보였다. 시선을 위로 돌려 천장을 보았고 들보 위에서 더 짙어지는 어둠만을 발견했다. 시선을 아래로 움직여 벽 바깥쪽 돌을 하나하나 훑으며 내려오다가 창에서 멈췄다. 창유리 너머로 한 무리의 얼굴이 열중해서 그를 바라보고 있었다.

그는 깜짝 놀라 고개를 돌렸다. 손가락들이 창틀 위를 움직이는 소리가 들렸다. 창 밑에서 눈이 뽀드득거리는 소리가 들렸다. 그는 손으로 매트리스를 그러쥐려고 애쓰며 힘을 써보았고, 목소리가 다시 들리길 기다렸다.

재정

Finances

관계가 평등한지 알기 위해 셈을 해봐도 소용이 없을 것이다. 그가 5만 달러를 준다고, 그녀는 말한다. 아니야, 7만 달러야, 그가 말한다. 그건 중요하지 않아, 그녀가 말한다. 나한테는 중요해, 그가 말한다. 그녀가 주는 것은 덜 자란 아이다. 덜 자란 아이는 자산일까, 부채일까? 그러면 그녀는 그에게 고마움을 느껴야 하나? 고마움은 느낄 수 있지만 그에게 빚을 진다고, 뭔가 신세를 진다고 느낄 수는 없다. 평등하다는 느낌이 있어야 한다. 나는 당신과 함께 있는 걸 좋아하고, 당신은 나와 함께 있는 걸 좋아해, 그녀가 말한다. 나는 당신이 우리를 부양해서 고맙고, 당신은 내 아이가 착하다고 말하지만 내 아이 때문에 가끔 골치 아파하는 걸 알아. 하지만 어떻게 계산해야 할지 모르겠어. 내가 내 모든 것을 주고 당신이 당신의 모든 것을 준다면, 그게 일종의 평등 아닌가? 아니, 그가 말한다.

변신

The Transformation

그것은 있을 수 없는 일이었지만, 일어났다. 갑작스럽지 않게, 아주 천천히, 있을 수 없는 일이긴 했지만 기적이 아니라, 아주 자연스러운 일로. 우리 마을의 소녀 하나가 돌로 변했다. 그러나 사실 그 이전에도 평범한 소녀가 아니긴 했다. 소녀는 나무였다. 그리고 나무는 바람에 움직이는 법이다. 그러나 구월 말 어느 무렵 소녀는 더 이상 바람에 움직이지 않기 시작했다. 여러 주에 걸쳐 소녀는 점점 덜 움직였다. 그러다가 아예 움직이지 않았다. 소녀의 잎은 떨어질 때 별안간 끔찍한 소리를 내며 떨어졌다. 포석 위로 추락해 가끔은 조각조각 부서졌고 가끔은 온전한 채로 남았다. 잎들이 떨어진 자리에는 불꽃이 일었고 흰 가루가 옆에 조금 떨어졌다. 사람들은 그 잎들을 모아 벽난로 선반 위에 올려두었지만 나는 그러지 않았다. 돌 나뭇잎들이 벽난로 선반마다 놓인 그런 마을은 결코 없었다. 그러다가 소녀가 회색으로 변하기 시작했다. 처음에 우리는 빛 때문에 그렇게 보이는 것이라 생각했다. 한 번에 스무 명씩, 그녀 주위에 둘러서서 미간을 찡그리고, 손 그늘로 눈을 가린 채 입을 떡 벌리고ㅡ우리는 이가 거의 없었으니, 볼만했을 것이다—소녀가 회색으로 보이는 이유는 시간 때문이라든가 변화하는 계절 때문이라고 말했다. 그러나 곧 그녀가 이제 그냥 회색이 되었을 뿐이라는 게, 그뿐이라는 게, 분명해졌고, 그건 몇 년 전 그녀가 이제 나무일 뿐이라고, 더 이상 소녀가 아니라고 우리가 인정해야 했던 상황과 같았다. 하지만 나무와 돌은 다르다. 아무리 있을 수 없는 일이라 해도, 받아들일 수 있는 것에는 한계가 있는 법이다.

보일러

The Furnace

아빠는 청력에 문제가 생겨 전화 통화를 좋아하지 않기 때문에, 나는 주로 엄마와 통화한다. 가끔 엄마는 하던 말을 문득 멈출 때가 있는데, 그럴 때는 뒤에서 어떤 소리가 들리고, 엄마가 내 이름을 말하고는 기다린다. 그러면 나는 대화 도중에 아빠가 방으로 들어와 누구와 통화하는지 물었다는 것을 안다. 가끔은 바로 그 순간에 아빠가 대화에 끼어들어 내게 뭔가를 묻기도 하지만, 대개 나와 아무 상관 없는 뭔가를 엄마에게 물을 때가 많은데, 그러는 동안 나는 수화기 너머에서 기다린다. 엄마와 내가 대화를 다시 시작한 뒤에도, 할 말이 생각난 아빠가 다시 방으로 들어오기도 한다. 뒤편에서 아빠의 목소리가 들리면 나는 하던 말을 멈추고 기다린다.

가끔 엄마는 아빠에게 억지로 전화를 건네며 말한다. "당신이 직접 말해." 아빠는 전화를 받고는 안부 인사도 없이 내게 알려주고 싶은 것을 말한 다음 작별 인사도 없이 가버린다. 엄마가 다시 전화를 받으며 말한다. "아빠 갔다."

아빠는 전화 통화를 좋아한 적은 없지만, 편지 쓰기는 항상 좋아했다. 대개 어떤 설명을 포함하거나, 적어도 아빠가 생각

새뮤얼 존슨은 분개한다

하기에 새로운 정보를 전달하는 편지를 쓰길 좋아한다. 한동 안 아빠와 나는 규칙적으로 편지를 주고받았는데, 규칙적이거 나 체계적인 일이 거의 없는 우리 가족에서는 흔치 않은 일이 었다. 그러다가 몇 주 동안 나는 아빠의 편지를 받지 못했다. 어쩌면 아빠의 지난 편지에 내가 답장하지 않았던 건지도 모 른다. 나는 엄마에게 아빠의 소식을 듣고 싶다고 전해달라고 했고, 그러자 아빠는 지역신문의 범죄란에서 오려낸 기사 몇 개를 내게 보내왔다. 위쪽 여백에 아빠는 이렇게 썼다. "케임브 리지 삶의 이면." 몇몇 기사의 옆 여백에는 짙은 잉크로 세로로 줄을 그어 표시했다.

……제퍼슨파크의 남자가 싸움을 시작해 십 대의 오른쪽 눈 바로 아래를 정체불명의 무기로 벴다. 이 사건이 일어나는 동안 잭슨서클 남자는 자전거를 훔쳤다. 나중에 경찰은 잭슨 가의 한 남자가 그 자전거를 타고 다니는 것을 발견했다. 경 찰은 잭슨서클 남자와 잭슨가 남자, 제퍼슨파크 남자를 체포 했고 위험한 무기(칼)를 사용한 폭행죄와 무장 강도죄로 기 소했다.

아빠는 또 다른 기사의 특정 문장들에 밑줄을 그었다.

경찰은 무술검 둘과 고기칼 하나를 압수했다.

밤 10시, 캔탭 라운지 주점의 한 직원은 주점에서 쫓겨난 용

의자가 유리잔을 던지며 자신을 습격했다고 신고했다.

케임브리지의 한 주민이 에디스 플레이스 식당 입구 근처에서 쓰레기를 던지던 용의자에게 손톱깎이로 공격당했다고 신고했다.

린지가의 한 주민은 딸이 유리잔으로 자신의 머리를 쳤다고 신고했다.

린지가의 한 주민은 두 명의 동네 주민이 큰 핀 하나로 자신을 공격했다고 신고했다.

이 기사의 위쪽 여백에 아빠는 이렇게 써두었다. "이상한 무기 부서."

이 편지 다음으로 아빠는 자신이 썼던 기사를 내게 보냈다. 아빠는 가끔 성경이나 다른 종교적 주제에 관해 떠오르는 생각들을 기사나 편지로 써서 신문사에 보냈다. 아빠가 쓴 기사와 편지들은 재치 있었고, 그 무렵에는 나도 성경과 종교적 주제에 관심이 있었다.

할례를 다룬 이번 기사의 제목은 "가장 냉혹한 절단"이었으며 "남성 생식기관"에 대한 문장으로 시작했다. 아빠는 흔들리는 가는 필체로, 기사 위쪽 여백에, 나든 남편이든 그 기사를 꼭 읽어야 할 필요는 없다는 메모를 덧붙였다. 아빠의 메모는 진심이었지만, 아빠는 내게 보내는 기사와 편지에 경고문을 자주 붙이는 편이었고 나는 대개 그런 경고를 무시하는 편이었다.

그러나 그 기사를 읽으려고 하자, 나는 아빠가 남성 생식기관에 대해 쓴 글을, 그렇게 많이 읽기가 힘들다는 것을 깨달았다. 나는 남편에게 읽고 요약해줄 수 있는지 물었지만 그도 별로 읽고 싶어 하지 않았다. 아빠에게 그 기사에 대해 언급하는 것조차 어색할 테니 나는 어찌해야 할지 몰랐고, 내가 아무 행동도 하지 않는 동안 시간이 흘러 그 일을 잊기 시작했다. 아빠와 엄마 둘 다 지적한 대로 아빠의 기억력이 갈수록 믿을 수 없어지니, 아빠는 어쩌면 일찌감치 그 글을 잊었을지 모른다.

그러나 한동안 아빠가 내게 보내던 편지는 아빠가 자랐던 집에 대한 것이었다. 그곳에는 아빠의 아빠와 엄마 말고도, 할머니 두 분과 정신이 살짝 이상한 할아버지 한 분, 머물다 떠나는 하녀와 요리사, 여자 청소부들이 있었고, 할머니들의 여자 간병인들과 할아버지의 남자 간병인들도 있었으며 그들 역시 머물다 떠나곤 했다. 아빠의 엄마에게는 짜증스러운 일이었지만 아빠의 아빠의 엄마가 그 집을 소유하고 다스렸다. 나도 본 적이 있는 그 집은 부모님이 사는 곳에서 그리 멀지 않은 길에 아직도 있는데, 그렇게 다양하고 많은 사람들이 지내기에는 놀라울 정도로 크지 않았다. 아빠는 최근에 그 집이 팔렸다는 소식을 신문에서 읽고는 새 주인에게 편지를 보내, 자신이 그 집의 이 층 거실에서 태어났고 작은 헛간의 건초 다락에서 놀았다고 설명했다. 새 주인은 아빠의 편지를 받고 기뻐했고 집을 찍은 사진들을 아빠에게 보내주었다.

아빠는 내게 꽤 자세히 편지를 쓰곤 했는데, 편지 중간에 앞으로 나올 내용은 지루할 테니 원한다면 빨리 넘기거나 대충 훑어봐도 좋다고 사과하기도 했다. 아빠는 한 세기 가깝게 자신이 떠올리지 않았던 것들을 다시 생각해내는 중이라고 했다. 그러나 나는 답장을 보내 훨씬 더 자세히 알려달라고 요청하곤 했는데, 몇 가지 이유로 내게 소중해 보이는 삶의 방식을 되도록 자세히 알고 싶어서였고, 그중 한 가지 이유는 이런 삶의 방식을 경험했던 사람들 중 살아남은 이가 점점 줄어들고 있으므로, 그것에 대한 기억조차 사라지고 있다는 것이었다.

최근 들어서는 아빠가 자란 집의 보일러에 관해 편지를 주고받기 시작했다. 아빠는 그 집에 사는 동안 집에 변화들이 있었지만 모두 추가된 것이었고, 처음부터 있던 것들은 계속 남아 있었다고 말했다. 예를 들어, 부엌에는 석탄 오븐 옆에 가스 오븐이 나란히 설치됐다. 아빠의 할머니는 어떤 일에는 석탄 오븐이 더 경제적이라고 생각했다. 지하에는 기름 보일러가 새로 설치됐지만 큼직하고 낡은 석탄 보일러도 남아 있었다. 어느 무렵엔가는 가스등 옆에 전기등이 추가됐다. 아빠의 할머니는 폭풍이 불면 전기가 들어오지 않을 거라며 가스등과 전기등을 모두 유지했다.

아빠는 청소부 한 사람이 하루 일을 끝낸 뒤, 단정한 차림으로 나가기 위해 부엌에서 긴 머리를 빗던 장면을 기억했다. 그녀는 머리를 빗은 다음 빗에서 머리카락을 뽑아 난로 안에 집어넣기 위해 철 뚜껑을 수고롭게 여는 대신 위에 올려두었는데, 그러면 머리카락은 타서 재가 됐고 결국 누군가 그것을 치울 생각을 할 때까지 그곳에 그대로 남아 있곤 했다.

아빠에 따르면, 초창기에는 "보일러 청소부"가 아침 일곱 시쯤에 와서 큰 보일러를 흔들어 재와 석탄 찌꺼기를 털어내고, 지상에서부터 지하실 바닥까지 나무 벽돌이 이어지는 큰 석탄 저장고 둘 중 하나에서 석탄을 삽으로 퍼내 보일러에 보충해 놓곤 했다. 초창기 보일러 청소부의 이름은 프랭크였고 아빠의 할머니가 이름을 잘 기억하지 못해서 이후의 보일러 청소부들도 계속 "프랭크"라 불렀다. 날씨가 몹시 추운 시기에 보일러는 끊임없는 걱정거리였다. 아빠의 아빠가 집에 있을 때도 아빠의 할머니는 보일러를 살펴보기 위해 지하실로 내려가서는, 아빠의 아빠가 내려가 볼 수밖에 없도록 보일러에 대고 일부러 큰 소리가 날 만한 일을 했다. 그러면 아빠의 아빠는 "어머니, 어머니"라고 외치면서 마룻바닥을 쿵쿵대며 지하실 계단으로 급히 내려갔다. 난간이 없는 지하실 계단은 계단 양쪽이 지하실 바닥으로 바로 떨어지기 때문에 할머니는 그곳으로 내려가면 안 된다고 여겨졌다. 지하실을 비추는 빛이라고는 부엌으로 열린 문과 지면 높이에 외부로 향한 작고 지저분한 유리창으로 들어오는 빛, 천장에서부터 내려오는 가스관과 연결되어, 아빠의 엄마가 방에서 고데기를 데울 때 쓰는 희미한 불꽃과 같은 종류의 불꽃을 제공하는 가스등뿐이었다.

재를 수거하는 날이 오면 보일러 청소부는 재가 담긴 통들을 들고 외부로 이어지는 지하실 덮개문 계단으로 올라왔다.

겨울에는 길에서부터 지하실 덮개문까지 판자로 길을 놓았다. 도시의 보일러 재를 수거하는 날이면 보일러 청소부는 이 길을 따라, 또는 아직 판잣길이 놓이지 않았을 때는 부드러운 자갈 위로, 재 통들을 기울인 채 굴리며 갔다. 같은 길로 석탄 저장고에 석탄을 집어넣으려면 남자 둘이 필요했다. 한 남자가 다른 남자의 등에 진 석탄 운반통에 삽으로 석탄을 떠 넣으면, 통을 짊어진 남자가 마당으로 가서 몸을 비틀어 어깨에 진 통을 내려놓은 다음 활송 장치로 석탄을 떨어뜨린다. 아빠가 어렸을 때 석탄 배달에는 말과 마차가 쓰였다. 아빠는 보통 평일이면 동네에 말과 마차가 적어도 세 팀씩 등장해, 얼음과 석탄, 우유, 식료품, 과일, 채소나 속달 소포를 배달하거나 물건을 팔거나 오래된 신문이나 고철을 샀다고 말했다. 말이 끄는 휴대용 풍금이 오기도 했다.

보일러와 그 모든 부속품에 대한 아빠의 설명을 읽고 나자 나는 지하실로 내려가서 우리 집 보일러를 더 찬찬히 살펴보고 싶어졌다. 우리 집은 어떤 지역사 기록을 믿느냐에 따라 백 년, 아니면 백오십 년 된 집이다. 우리 집 보일러는 아마 사십 년 전쯤 석탄에서 가스 보일러로 개조된 것 같다. 부속품은 여전히 남아 있어서, 석탄 저장고 바닥에 석탄 운반통 하나가 놓여 있고, 뚜껑을 여는 데 쓰였던 갈래 진 철 막대들이 벽에 걸려 있었다. 올려다보니, 석탄 저장고 위에 길고 튼튼한 판자 두 개가 보관돼 있는 게 보였다. 아빠가 눈길에 석탄을 나른 사람들에 대해 쓴 것을 읽고 나니, 이 판자들이 석탄 배달을 위해 바닥에 깔렸으리라는 걸 알 수 있었다. 나는 그 사실을 알게 되어 신이 났다.

나는 내가 발견한 사실에 대해 아빠에게 답장을 썼지만, 여러 가지 이유로 아빠가 내 석탄 보일러에 대해서는 자신의 기억 속 석탄 보일러만큼 관심 있어 하지 않으리라는 것을 알고 있었다. 나이 든 사람이 자기 기억에 몰두하느라 현재에 관심이 덜한 것은 자연스러운 일이다. 그러나 아빠는 늘 다른 사람보다 자신의 생각에 더 관심이 많은 사람이었다.

다른 사람들과 대화하고 그들의 이야기를 듣는 걸 좋아하긴 했지만, 그 생각을 출발점 삼아 자신의 더 나은 생각을 끌어내기 위한 용도로만 관심이 있었다. 아빠의 생각은 분명 흥미로웠고, 그 자리에서 가장 흥미로운 생각일 때가 많았다. 아빠는 저녁 만찬 모임에서 늘 흥미로운 사람이었고, 나이가 들어, 중간에 식탁을 떠나 잠시 누워 있어야 할 시기가 되어서도 그랬다.

저녁 만찬 모임은 엄마와 아빠가 함께한 삶에서 처음부터 중요한 부분이었다. 저녁 만찬 모임에 참석할 때 필요한 기술이 있고, 모임을 여는 기술, 특히 식탁 위 대화를 이끄는 기술이 있다. 수줍은 손님이 말하도록 격려하거나 말 많은 손님을 자제시키는 기술이다. 엄마와 아빠는 여전히 사교적이지만 이제 나이로 인한 장애 때문에 사교 활동을 줄였다. 이제는 식사 모임보다는 다과회로 사람들을 초대하고, 다과회 도중에도 아빠는 잠시 누워 있기 위해 자리를 뜬다.

보일러

엄마는 여전히 음악회와 강연회에 가지만, 아빠는 거의 가지 않는다. 엄마와 아빠가 함께 참석한 마지막 행사는 공공도서관에서 열린 어느 성대한 생일 파티였다. 세계 곳곳에서 손님 사백 명이 초대를 받고 왔다. 엄마는 내게 이 파티에 대해 이야기하며, 파티 도중에 아빠가 쓰러진 사실도 말했다. 아빠는 다치지는 않았다. 아빠가 쓰러질 때 엄마는 같은 공간에 있지 않았다.

아빠는 서 있을 때 불안정했고, 지난 몇 년 사이에 꽤 자주 쓰러지거나 쓰러질 뻔했다. 건강 관리사가 두 분의 안전을 위한 아파트 공간 재배치에 대해 조언하기 위해 찾아왔을 때 나도 함께 있었다. 건강관리사는 아파트에서 한동안 아빠를 관찰했다. 아빠는 머리가 크고 무겁고 몸은 가늘고 약했다. 그는 아빠가 머리를 뒤로 젖히는 경향이 있어서, 균형을 잃기 쉽다고 말했다. 아빠가 그 습관을 고치려고 노력해야 하며 집에서 보행 보조기도 쓰는 게 좋겠다고 조언했다. 건강관리사는 친절했고 도움이 될 만한 조언을 했지만, 워낙 큰 소리로 활기차게 말을 하는 바람에, 그의 방문이 끝날 무렵 아빠는 너무 동요돼서 함께 있을 수 없었고 자리에서 일어나 누우러 가야 했다. 그 뒤 엄마가 전한 이야기에 따르면, 아빠는 보행 보조기를 잊지 않고 사용하려 애쓰지만 아무 데나 놔두곤 해서 그걸 찾기 위해 보조기 없이 돌아다녀야 했다.

내가 엄마에게 전화로 아빠는 어떠시냐고 물으면, 엄마는 자주 목소리를 낮추고 대답하곤 한다. 엄마는 아빠가 걱정스럽다고 자주 말한다. 엄마의 걱정은 여러 해 전부터 시작되었다. 엄마는 항상 최근에 생겼거나 새로운 아빠의 어떤 행동들을 걱정한다. 아빠의 그런 행동이 늘 최근에 생겼거나 새로운 것은 아니며, 엄마는 늘 무언가를 걱정한다는 것은 깨닫지 못하는 듯하다. 가끔 엄마는 아빠가 우울하다고 걱정한다. 한동안은 아빠가 너무 자주 불같이 화를 낸다고 걱정했다. 얼마 전에는 아빠가 스크램블 게임에 비정상적인 관심을 보인다고 말했다. 그다음에는 아빠가 기억을 잃어가고 있으며, 두 사람이 함께한 삶에서 있었던 일들을 기억하지 못하고, 가족의 누군가에 대해 말하면서 계속 다른 가족의 이름을 사용하고, 어떤 이름은 아예 누구인지 모를 때도 있다고 말했다.

아빠는 지난번 쓰러진 뒤 한동안 재활병원에 입원해서, 물리치료를 받았다. 엄마에게 놀랍게도, 아빠는 물리치료 그룹에서 다른 환자들과 캐치볼 놀이를 하거나 오자미 던지기 시합하는 걸 싫어하지 않았다. 엄마는 그런 모습이 아빠답지 않다고 말했다. 아빠가 아이 같은 상태로 퇴행하는 건가 생각했다. 엄마는 아빠가 그곳에서 받는 관심과, 어쩌면 음식까지 즐겼던 것은 아닌지 의심했다. 집에 돌아온 뒤로, 아빠는 식사를 잘하지 않았다고 했다. 엄마는 자신의 요리를 아빠가 더 이상 좋아하지 않는 것 같다고 걱정했다. 하지만 아빠는 쓰고 있던 글 한 편을 마무리했다.

일 년 전, 엄마가 심각한 병으로 입원했을 때 아빠와 나는 엄마 곁으로 돌아가기 전에 저녁을 먹을 수 있는 식당을 찾으러

나갔다. 춥고 바람 부는 오월의 밤이었다. 우리는 병원 근처 시내 중심가에 있었고, 주변에는 불이 환하게 켜진 높은 건물들이 있었다. 머리 위로 건물 연결통로들이 지나갔고, 지하 주차장 입구가 사방에 있었지만 식당은 하나도 보이지 않았다. 가게들은 문을 닫았고, 거리에는 차들이 많지 않았고, 인도를 걸어가는 사람은 거의 없었다. 아빠의 걸음이 불안했고 나는 모든 연석과 보도의 울퉁불퉁한 모든 부분을 조심했다. 아빠는 술을 한잔할 수 있는 식당을 찾기로 마음먹었다. 마침내 우리는 어느 고층 건물 통로로 들어섰고, 겉보기에는 버려진 쇼핑몰처럼 보이는 곳으로 걸어갔다. 텅 빈 복도를 따라 걸으며 몇몇 텅 빈 가게 진열장을 지나쳐 몇 계단을 올라가자, 바가 있는 식당이 나왔고, 바깥의 한산한 거리와는 달리, 놀랍게도, 상당히 활기차고 떠들썩했다. 우리는 테이블에 앉아 이야기를 조금 나눴지만 아빠의 마음은 술에 가 있었고 계속 웨이터를 찾았지만, 그는 너무 바빠서 우리 쪽으로 오지 못했다. 나는 어쩌면 이번이 아빠와 식당에서 함께하는 마지막 식사가 될지 모른다고, 그리고 분명 가장 덜 흥겨운 식사일 거라고 생각했다.

근처 높은 건물의 고층에 엄마가 희귀한 혈액질환과 그 병의 치료 과정에서 차례로 생긴 온갖 다른 병들로 누워 있었다. 우리는 엄마가 죽을지 모른다고 생각했지만, 아빠는 가끔씩 그걸 잊는 듯했다. 아니, 정확히 말해 어느 하루 엄마가 나아진 듯 보이면 아빠는 완전히 기운을 차리고는, 엄마가 틀림없이 완쾌할 것처럼, 다시 농담을 하기 시작했다. 다음 날 아빠는 병원에 도착해 우리 중 한 사람이 울고 있는 모습을 발견하기도 했는데, 그러면 표정이 시무룩해졌다.

아빠는 술을 시키고 싶어서 점점 초조해졌고 지팡이에 기댄 채 휘청거리는 다리로 일어섰다. 웨이터가 왔다. 아빠는 술을 주문했다. 아빠가 그토록 간절히 원했던 술은 퍼펙트 롭 로이였다.

아빠는 청력이 좋지 않았고, 시력도 그다지 좋지 않았으며, 한동안 내가 아빠에게 건강이 어떠시냐고 물으면, 눈과 귀, 균형 감각과 기억력, 치아 빼고는 꽤 건강하게 지낸다고 답하곤 했다. 특정 크기의 활자를 읽으려면 아빠는 안경을 벗고 종이를 코에서 3~5센티미터쯤 떨어뜨려야 했다. 예전에는 내가 가끔 엄마에게 아빠가 어떻게 지내는지 물으면 엄마는 이렇게 대답하곤 했다. "오늘 신학 도서관에 다녀올 정도로 잘 지낸단다." 그러다가 책 제목을 읽는 것도 너무 힘들어지고 낮은 책장으로 몸을 굽히기도 힘들어서 어느 도서관이든 가지 않게 됐다. 그리고 나서는 균형 감각이 너무 나빠져서 혼자서 어디든 나가는 것이 무척 위험해졌다. 한번은 길에서 쓰러져 뒤통수를 찧었다. 차를 타고 지나가던 낯선 사람이 휴대전화로 구급차를 불렀다. 아빠가 물리치료를 위해 병원에 입원한 것은 그렇게 쓰러진 다음이었고, 퇴원한 뒤로는 더 이상 혼자 나가지 않게 됐다. 최근 크리스마스에 내가 방문했을 때, 아빠는 거실에 있는 큰 사전을 보기 위해 돋보기 조명이 필요하다고 말했다.

아빠는 사전에서 무언가를, 특히 단어의 역사를 찾아보는 걸 늘 좋아했다. 이제 엄마는 아빠가 단어의 역사에 그냥 관심 정도가 아니라 집착을 보여서 걱정된다고 말한다. 아빠는 차를 마시며 손님과 대화하다가 자리에서 일어나 그 손님이 사용한 단어를 찾아보러 간다. 그리고 대화를 끊으며 어원을 알려준다. 아빠는 삽화가 있는 사전을 늘 선호했다. 아빠는 사진들, 특히 수려한 여성의 사진을 찬찬히 보길 좋아한다. 크리스마스에 아빠는 좋아하는 여자 사진 하나를 내게 보여주었다. 아이슬란드 대통령이었다.

며칠 뒤에 우리 집 보일러가 철거되고 그 자리에 새 보일러가 설치될 예정이어서 나는 보일러를 살펴보기 위해 다시 내려갔다 왔다. 오래된 석탄 저장고에는 회색 먼지가 두껍게 쌓여 있었다. 나무 벽들은 색이 짙고 서로 매끈하게 잘 맞았다. 오래된 석탄 운반통과 활송 장치 부품이 먼지 속에 팽개쳐져 반쯤 파묻혀 있었다. 나는 남편에게 새 보일러를 설치하러 오는 사람들이 석탄 저장고 벽을 제거할지 물었고 남편은 그러지 않을 것 같다고 말했다.

내가 석탄 배달에 쓰던 판자를 발견한 일에 대해 아빠에게 편지를 쓴 뒤, 아빠는 어린 시절의 또 다른 기억과, 어른이 된 뒤 석탄 배달부에 대한 또 다른 기억을 담은 답장을 보냈다. 아빠는 언니를 옆자리에 태우고 차를 몰고 나가다가 그때 막 일어난 사고를 우연히 마주쳤다. 두 남자가 석탄을 배달 중이었다고 했다. 배달 트럭이 어느 집 진입로에 비스듬히 주차돼 있었다. 운전사는 집주인과 아마 배달에 대한 이야기를 나누는 중인 듯했다. 그의 조수인 다른 남자는 트럭을 등지고 진입로 끝에 서서 도로를 바라보고 있었다. 브레이크에 결함이 있었는지 트럭이 진입로를 따라 뒤로 굴렀다. 아무도 이를 보지 못했거나, 아니면 아무도 미처 소리를 지르지 못했고, 석탄 배달부의 조수는 트럭에 들이받히고 치여 머리가 으깨졌다. 아빠는 그 사고 현장을 지나쳐 조금 멀리 차를 몰고 가서 주차한 다음 언니에게 가만히 있으라고 말하고는 사고 현장을 살펴보러 다시 갔다. 남자의 으깨진 머리 너머 보도에 남자의 뇌가 보였다.

아빠는 그곳을 보러 가는 게 옳지 않다는 것을 알고 있었고, 자신이 계속 차를 몰고 갔어야 했다고 말했다. 그다음에는 뇌의 해부학에 대해 말했고, 그 사건이 자신이 항상 갖고 있던 확신을 극적으로 확인시켜주었다고 했다. 아빠는 우리의 의식이 물리적인 뇌에 아주 많은 부분을 의존하기 때문에 사후에도 의식과 정체성이 지속될 수는 없다고 늘 믿었다. 그는 이런 신념이 아마 형이상학적으로 투박한 생각이라고 인정했지만, 자신이 평생 동안 많은 정신이상과 조울증 성향을 관찰했고, 더러는 가족 안에서도 보면서, 그런 믿음이 더욱 단단해졌다고 덧붙였다. 아빠는 가족의 조울증 성향에는 자신도 포함된다고, 말했다. 그러고 나서 아빠는 신의 정신에 대해 이야기하기 시작했고, 신은 아마도 뉴런이 없는 존재일 거라고 했다.

이제 새 보일러가 설치되어 작동하고 있지만 집은 조금도 더 따뜻해지지 않는 것 같다. 그전에도 항상 쌀쌀했던 방들은 여전히 쌀쌀하다. 이 층으로 올라가면 여전히 온도가 떨어지는 것을 느낄 수 있다. 옛 보일러와 유일한 차이는 이 새 보일러는 팬이 함께 작동하므로 켜져 있는 동안 팬 소리를 들을 수 있다는 것이다. 새 보일러는 옛 보일러보다 훨씬 작고, 반짝거린다. 지하실을 방문하는 사람에게는 더 좋은 인상을 줄 테고, 지금 와서 생각해보니, 우리가 언젠가 이 집을 팔고 싶어질지도 모르니, 그것이 보일러를 바꾼 한 가지 이유였던 것 같다. 나는 드디어 석탄 저장고를 깨끗이 청소했고, 석탄 운반통과 활송 장치 부품들을 버리지 않고 지하창고에서 우리가 아직 손대지 않은 또 다른 목재 칸막이 공간에 보관했는데 그곳에는 옛날 펌프를 비롯한 다른 물건들이 있다.

보일러에 대한 편지 교환은 끝난 듯했고, 아빠의 가족에 대한 편지도 그런 듯했다. 사실, 아빠의 편지는 이제 지역신문에서 오려낸 기사에 작은 메모를 휘갈겨 쓴 정도로 줄어들었다.

아빠는 남편과 내게 똑같은 "마저리에게 물어봐" 칼럼을 두 번 보냈는데, 지구의 모양에 대해 다루며, 고대인들은 지구가 둥글다는 사실을 확실히 알고 있었다고 지적하는 내용이었다. 두 번 모두 아빠는 남편과 내게 우리가 고대인들이 지구가 평평하다고 믿었다고 배웠는지 묻는 메모를 써 보냈다.

아빠는 범죄란에서 오려낸 기사도 더 보냈다.

밤 10시 30분, 퍼트넘가의 한 주민은 신원불명의 사람이 뒷문으로 침입했다고 말했다. 1달러 지폐가 없어졌다.

오전 9시 12분, 노스케임브리지의 매사추세츠가의 한 남자는 누군가 집에 침입했지만 사라진 물건은 없다고 말했다.

매사추세츠가에서 일하는 한 벨몬트 주민은 또 다른 직원이 해고당했다고 말하고 나서 피해자의 목을 할퀴었다고 말했다.

이 기사 옆 여백에 아빠는 이렇게 썼다. "왜? 무슨 관련이 있지?"

3월 11일, 금요일. 밤 11시 30분에, 콩코드가의 한 여성이 매사추세츠가 근처 가든가를 걸어가는데 한 남자가 "지금 웃어?"라고 물었다. 여자가 그렇다고 대답하자 남자는 여자의 입술에서 피가 나고 입술이 부을 정도로 주먹질을 했다. 체포된 사람은 없었다.

세 남자가 새벽 2시 50분에 서드가와 고어가에서 폭행과 구타로 체포되었다. 두 남자는 케임브리지 주민으로, 둘 다 위험한 무기, 즉 구둣발을 사용한 폭행과 구타로 기소되었다. 빌레리카의 한 남자는 같은 혐의를 받았지만 망치를 사용한 폭행과 구타 혐의였다.

아빠는 문법 실수가 있는 문장 옆 여백에 × 표시를 했다.

6월 13일, 화요일, 한 로드아일랜드 주민은 오전 8시 45분에

보일러

서 오전 10시 사이에 가든가에서, 신원을 알 수 없는 사람이 180달러와 신용카드가 든 자신의 핸드백을 가져갔다고 신고했다. 탁자 밑에서 한 남자가 목격됐지만 피해자는 그 남자가 전력회사 직원이라고 믿었다.

지난번에 방문했을 때 아빠는 전에 봤을 때보다 안 좋아 보였다. 요즘 특별히 글을 쓰는 주제가 있는지 내가 묻자, 아빠는 아니라고 대답하더니 고개를 천천히 엄마 쪽으로 돌리며 어리둥절한 표정으로 입을 벌린 채 엄마를 쳐다봤다. 아빠의 얼굴에는 이제 늘 그 자리에 있는 듯한 고통이나 고뇌의 표정이 있었다. 엄마는 아빠를 마주 보며, 침착하게 기다리다가 말했다. "그럼요. 성경과 반유대주의에 대해 쓰고 있잖아요." 아빠는 계속 엄마를 물끄러미 바라봤다.

그날 저녁 늦게, 잠자리에 들기 전에 아빠는 말했다. "이건 내 증상이란다. 넌 내 딸이고, 난 네가 자랑스럽지만, 네게 할 말이 없구나."

아빠는 잠자리에 들 준비를 하러 자리를 떴다가 눈이 부시게 하얀 잠옷을 입고 다시 돌아왔다. 엄마는 내게 아빠의 잠옷이 얼마나 근사한지 보라고 했고, 내가 그러는 동안 아빠는 말 없이 서 있었다. 그러고 나서 말했다. "내일 아침에는 내가 어떤 상태일지 모르겠다."

아빠가 자러 간 뒤, 엄마는 내게 사십 년 전 아빠가 학생들에게 둘러싸여 세미나 탁자에 앉아 있는 사진을 보여주었다. "여기, 네 아빠를 좀 봐라!" 엄마는 마치 아빠가 지금의 아빠—호두까기 인형처럼 옆얼굴에 코만 뾰족 나온 노인—가 된 것이 어떤 형벌이기라도 한 듯 속상해했다.

작별 인사를 할 때, 나는 아빠의 손을 평소보다 더 오래 잡았다. 아빠는 그걸 좋아하지 않았을지도 모른다. 아빠의 기분은 알 수 없을 때가 많지만, 아빠는 신체 접촉을 늘 힘들고 어색해했다. 아빠는 당황해서인지, 정신이 없어서인지 중풍에 걸린 것처럼 자신과 나의 손을 위아래로 계속 살짝 흔들었다.

최근에 엄마는 아빠의 상태가 훨씬 나빠졌다고 말했다. 아빠는 다시 쓰러졌고, 방광에 문제가 생겼다. 아빠가 여전히 글은 쓰실 수 있어요? 내가 물었다. 아빠가 여전히 글을 쓸 수 있다면, 다른 곳에 아무리 문제가 생겨도, 괜찮을 것 같았다. 아니라고, 엄마가 말했다. "편지는 쓰지만, 어떤 편지들에는 이상한 얘기도 써. 주로 옛 친구들에게 보내는 것이니 문제 될 건 없겠지." 엄마는 그래도 아빠가 편지를 보내기 전에 먼저 확인해봐야겠다고 말했다.

내가 한동안 잊고 있던 이름을 기억하게 한 것은 또 다른 노년 여성과의 전화 통화였다. 그녀는 자신의 혈관 성형술과 당뇨병에 대해 이야기한 뒤 이렇게 덧붙였다. "뭐, 이런 건 노년기에 다 예상할 수 있는 일이지." 그러나 나는 아빠의 어리둥절함이 일시적일 뿐이며, 그 모습 뒤에 예리하고 비판적인 정신이 여전히 건강하게 살아 있다고 생각하지 않을 수 없다. 아빠는 그렇게 더 젊고, 더 튼튼한 정신으로, 내 편지들을 계속 읽

보일러

고 답장을 쓸 것이다. 우리의 편지 교환은 그저 잠시 중단됐을 뿐이다.

내가 가장 최근에 본 아빠의 편지는 내가 아니라 손자에게 쓴 편지였다. 엄마는 그 편지를 보내기 전에 내가 먼저 보는 게 좋겠다고 생각했다. 편지 봉투는 강력한 소포 테이프로 단단히 봉해져 있었다. 편지의 전체적인 내용은 아빠가 신문에서 옮겨 쓴, 수학적인 시에 관한 것이었다. 시는 이렇게 시작한다.

"한 다스와 한 그로스*와 한 스코어*에
사의 제곱근 곱하기 삼을 더해
칠로 나누고 오 곱하기 십일을 더하면
구의 제곱과 같다네."

그다음에 아빠는 이 문제의 해법과 수학 용어를 설명한다. 아빠는 시를 타이핑하기 위해 용지의 여백을 바꾼 다음 다시 되돌리지 않았기 때문에, 편지는 전체적으로 시처럼 짧은 행으로 쓰였다.

"7로 나뉠 총합은 이렇게
이루어진단다.

---

* gross. 수량을 나타내는 단위로, 1그로스는 12다스.
* score. 수량을 나타낼 때는 20을 뜻한다.

12 더하기 144 더하기 20 더하기 3 곱하기
4의 제곱근.
이것들이 나눗수 7 위
선 위에 놓이는 숫자들이다. 다 더하면 182, ·
이것을 칠로 나누면 26과 같다.
26 더하기 11 곱하기 5(55)는 81.
81은 9의 제곱이다. 제곱된 수는
한 수를 그 수로 다시 곱한 것이지.
9의 제곱은 9 곱하기 9, 또는 81이다.”

아빠는 이어서 제곱수와 세제곱의 개념에 대해 설명했고, 설명하는 도중에 다스와 스코어, 스코어보드를 비롯한 몇몇 단어의 어원도 알려주었다. 제곱근 기호가 나무의 형상과 관련 있는 것에 대해서도 이야기했다.

나는 엄마에게 편지가 조금 이상해 보인다고 말했다. 엄마는 내용이 상당히 정확하다며, 아빠의 편지를 옹호했다. 나는 반박하지 않았고, 편지를 보내도 괜찮다고 말했다. 편지의 끝부분은, 행갈이만 아니면, 덜 이상했다.

“내 기억력과 균형 감각은 급속히 쇠퇴하고 있단다.
너는 젊고 대학 도서관을
사용할 수 있겠구나. 나는 집에
참고문헌을 잘 수집해두었고

가끔 다른 사람을 시켜

나를 대신해 찾아보게 할 수 있지만, 직접 찾는 것만은 못하다.

나는 기억력과 균형 감각을 잃어서,

이제 어디에도, 도서관이나

서점에도, 자료를 찾으러 갈 수 없단다. 우리는 한 젊은 여성을

고용해서, 내가 넘어지지 않도록

나와 함께 걷게 한다.

내게 전동 보행 보조기가 있는데도 그렇구나.

그렇다고 그 보조기에 엔진이 달렸다는 말은 아니다.

내가 앞으로 밀어야 나가지만,

반짝이고 금속으로 만들어졌고 바퀴가 달렸단다."

새뮤얼 존슨은 분개한다

일른 부인의 침묵

The Silence of Mrs. Iln

일른 부인의 자녀들은 이제 늙은 그녀를 이해하는 것이 불가능하다고 여겼다. 그들은 그녀가 망령이 들었다고 할 수밖에 없었다. 그러나 그들이 소란을 잠시 멈추고 그녀의 마음을 상상하려 했다면 그게 사실이 아니란 걸 알았을 것이다.

그녀는 수십 년 전, 갓 결혼해서 원래는 평범했던 모습에 생기에 돌 때, 다른 여자들만큼 말을 잘했고, 어쩌면 필요 이상으로 훨씬 잘했다. 남편이 커프스단추가 어딨는지 물으면, 이렇게 대답했을 것이다. "당신 옷장 맨 위 칸에 있을 것 같지만 당신이 식당에서 그걸 풀었을 수도 있고 그러면 아직 식탁 위에 있겠지, 아니 어쩌면 이 정신없는 와중에 지금쯤 바닥에 떨어졌을 수도 있고. 혹시 밟기라도 했으면 어떻게 해야 할지 모르겠네, 정말 모르겠어……." 와인을 조금 마시고 정치에 대해 말하고 싶어지면 이렇게 불쑥 말하곤 했다. "내 생각이 어떤지 알아? 난 이건 집단 광기라고 생각해. 사람들이 다 미쳤어, 우리가 다 미쳤다고, 하지만 우리 잘못이 아니야, 우리 부모의 잘못도 아니고, 우리 부모의 부모의 부모의 잘못도 아니야. 누구 잘못인지는 모르겠지만, 나는 알고 싶어……."

몇 년 뒤, 일른 부인과 남편은 서로를 너무 잘 알기 때문에 긴 설명이 필요하지 않게 됐다. 시간이 흘러도 그녀의 생각은 달라지지 않았고 집착적이고 단조로운 반응으로 굳어졌으며, 남편은 그 생각들을 속속들이 잘 알았다. 일른 부인은 문장을 짧게 줄이기 시작했고, 자라는 아이들과 남편은 그녀가 무슨 말을 하는지 늘 분명히 알았다. 아이들이 하나씩 집을 떠나자, 일른 부인은 차츰 자신이 세상에 아무 목적도 살아갈 이유도 없다는 느낌에 사로잡혔다. 그녀는 자기 자신을 완전히 잊어버렸다. 남편은 점점 그녀의 일부가 되어서, 결국 그녀는 남편을 자신과 거의 구분하지 못할 정도가 되었고, 이제 그녀의 문장은 몇 마디로 줄었다. "당신 침실 서랍장", 또는 "완전 미쳤어." 남편은 일른 부인이 입을 열기도 전에 무슨 말을 하려는지 알았기 때문에, 그 몇 마디조차 불필요했고 시간이 흐르면서 그녀는 그 몇 마디마저 말하지 않게 됐다. 남편은 작은 소리로 웅얼거렸지만 그녀에게 하는 말이기보다는 혼잣말이었다. "내 커프스단추가 어디 있는지 모르겠네." 그러면 그녀가 고갯짓으로 옷장을 가리키기도 전에 남편은 그곳에 서서 손수건과 외국 동전들을 뒤지고 있었다. 또는 남편이 조간신문을 큰 소리로 읽어줄 때 일른 부인은 입을 오므리며 성난 시선을 남편에게 던지곤 했고, 그럴 때면 그는 몇 년 전 들었던 "미쳤어"가 공기 중에 메아리치는 걸 들었다. 남편도 말하기를 멈출 수 있었을 텐데, 대신에 그는 끊임없이 혼자 중얼거리길 좋아하게 됐다.

일른 부인의 집에는 새로운 일이 일어나지 않았으므로, 시끌벅적한 자기 집에 있다가 온 자녀들은 그 침묵이 당혹스러웠고 거의 오지 않게 됐기 때문에, 일른 부인은 더 이상 말할 이유가 없어졌고 침묵은 깊은 습관으로 뿌리내렸다. 남편이 중병에 걸리자, 부인은 말없이 그를 돌봤다. 남편이 죽자 일른 부인에게는 슬픔을 표현할 길이 없었다. 큰 자녀가 함께 살자고 말했을 때 부인은 고개를 젓고 집으로 돌아왔다.

가끔 부인은 특히 손주들을 지켜볼 때면, 자신을 감싼 침묵의 벽 너머로, 그들에게 한두 마디 설명을 해줘야겠다고 느끼기도 한다. 가끔 자식들은 마치 그녀가 말을 하면 그들에게 뭔가를 증명해주기라도 하듯, 그녀에게 말을 좀 해보라고 애원했다. 그럴 때 그녀는 악몽 속에서 소리를 지르려 애쓰지만, 지르지 못하는 사람처럼 말을 하기가 힘들었다. 마치 말을 하면 그녀 내면의 무언가가 손상되기라도 할 것 같았다.

점점 더 자주 외로움 속에 지내며, 생각들이 예전과도, 젊을 때와도 다른 방식으로 떠오르곤 했다. 그건 '광기'보다 더 복잡한 생각들이었고, 그녀는 자신 속에서 말들이 뒤죽박죽 쌓이는 소리를 들었다. 그러나 주말에 자녀들이 찾아와 한두 시간 함께 있을 때면, 그동안 생각했던 모든 것에 대해 말을 꺼낼 적절한 시간을 찾기 힘들었고, 그 시간이 오더라도, 자녀들의 정신없는 수다가 멈추고 그들의 시선이 그녀의 늙고 거친 얼굴에 떨어질 때면 한 주 내내 머릿속에서 이리저리 흘러 다니던 그 말들을 좀처럼 떠올릴 수 없었다. 간신히 그 말들을 불러낸다 해도, 침묵의 마지막 장벽을 부수고 그 구속으로부터 결코, 결코 해방될 수 없었다.

결국 그녀는 노력을 멈췄고, 그녀를 찾아온 자녀들은 그녀의 얼굴에서 예전에는 보지 못했던 표정을 보았다. 생명 없는 굳은 표정, 절망적인 공허와 패배의 표정. 그들은 곧 이 표정을 망령의 증거로 채집했다. 그녀는 그들의 반응에 충격과 상처를 받았다. 그들이 더 참을성 있었더라면, 더 오랜 시간 그녀와 머물렀더라면, 망령이 아닌 다른 것을 보았을 텐데. 그러나 그들은 망령이라는 생각에 매달리며 그녀의 이름을 요양원에 등록했다.

처음에 그녀는 겁에 질렸고, 그녀 안의 모든 것이 다가오는 변화에 맞서 울부짖었다. 그녀는 기운을 되찾고 자녀들에게 얼굴을 찡그리며, 남편은 너무나 잘 이해했던 표정을 지어 보였다. 그러나 그들은 달라지지 않았다. 이제 그들 눈에는 그녀의 모든 행동이 망령이라 부를 만했다. 꽤 정상적인 행동조차 그들에게는 미친 행동으로 보였고, 그녀가 아무리 애써도 그들에게 닿을 수 없었다.

그러나 일단 실제로 요양원에 살기 시작하자 그녀는 환경을 받아들였다. 낮에는 도서관에 앉아 읽고 생각했다. 매우 천천히 읽었고, 책보다는 벽을 물끄러미 바라보며 더 많은 시간을 보냈다. 그녀는 읽은 내용으로 자신의 정신을 시험했고 정신은 점점 건강해졌다. 오직 간호사들만 그다지 진짜처럼 보이지 않았고, 그녀를 어리둥절하게 했다. 그녀는 그들의 차가운 상냥함이 정직하지 않다고 생각했다. 간호사들은 그녀의 맑은 눈이 불편했기 때문에 그녀를 좋아하지 않았다. 그러나 그녀는 핏기 없고 주름이 깊은 동료들 사이에서는 편안하게 다닐 수 있었다. 이전에 만났던 활기찬 사람들 틈에서보다 더 편안했다. 사람 가득한 식당의 침묵이 적절하게 느껴졌다. 오후에 정원 산책로를 힘겹게 움직이거나 여름의 긴 저녁에 베란다에 앉아 난간 사이로 물끄러미 거리를 바라보는 시무룩한 남자와 여자들을 아주 잘 이해했다. 처음에는 내키지 않게, 그 뒤에는 점점 커지는 경이로움으로, 그녀는 자신이 산 자들 사이에서 거의 죽어 있었다는 것을 깨달았다. 거의 죽은 자들 사이에서 마침내 그녀는 살기 시작했다.

거의 끝난: 각방

Almost Over: Separate Bedrooms

그들은 이제 각방으로 옮겼다.

그날 밤 그녀는 그를 안고 있는 꿈을 꾼다. 그는 벤 존슨과
저녁 먹는 꿈을 꾼다.

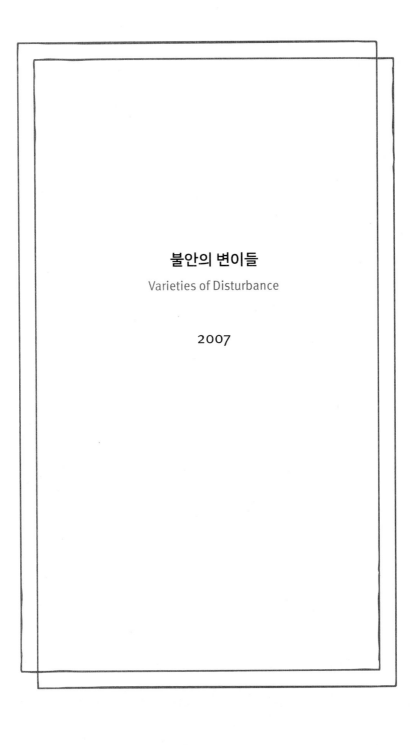

불안의 변이들

Varieties of Disturbance

2007

개와 나

Dog and Me

개미도 당신을 올려다볼 수 있고, 심지어 팔로 당신을 위협할 수도 있다. 물론, 내 개는 내가 사람이란 걸 모른다. 그는 나를 개로 보지만 나는 울타리를 뛰어넘지는 않는다. 나는 힘이 센 개다. 그러나 나는 입을 벌리고 걷지 않는다. 더운 날에도 혀를 늘어뜨리지 않는다. 하지만 그를 향해 짖는다. "안 돼! 안 돼!"

교양 있는

Enlightened

내가 그녀와 계속 친구로 남을 수 있을지 모르겠다. 나는 이 문제에 대해 생각을 하고 또 했다. 내가 얼마나 많이 생각했는지 그녀는 결코 모를 것이다. 나는 마지막으로 시도를 해봤다. 일 년 뒤, 그녀에게 전화를 했다. 하지만 나는 대화가 마음에 들지 않았다. 문제는 그녀가 그다지 교양 있지 않다는 것이다. 아니, 내게 어울릴 만큼 교양 있지 않다고, 말해야 할 것이다. 그녀는 거의 쉰 살이고, 내가 아는 한, 이십 년 전 내가 처음 그녀를 알았고 우리가 주로 남자 얘기를 하던 때보다 더 교양 있지가 않았다. 그때 나는 그녀가 얼마나 교양 없는지에 신경 쓰지 않았는데, 아마 나도 그다지 교양 있지 않았기 때문일 것이다. 나는 지금 더 교양이 있고, 분명 그녀보다는 더 교양이 있다고 믿지만, 물론 그렇게 말하는 건 그다지 교양 있는 행동이 아니라는 것을 안다. 그러나 나는 그 말을 하고 싶다. 그래서 친구에 대해 여전히 그런 말을 할 수 있도록 내가 더 교양 있게 되기를 기꺼이 미루고 있다.

파리와의 협업

Collaboration with Fly

나는 그 단어를 종이 위에 갖다 놓았지만,
그는 아포스트로피를 더한다.

카프카, 저녁을 요리하다

Kafka Cooks Dinner

사랑하는 밀레나가 올 날이 다가오자 절망이 나를 가득 채운다. 나는 그녀에게 무엇을 대접할지 정하는 걸 시작조차 하지 못했다. 나는 그 생각에 아직 달려들지 못한 채, 파리가 등불 주위를 빙빙 돌듯, 주위를 날아다니며 내 머리만 태우고 있다.

감자 샐러드밖에 생각해내지 못할까 봐 너무 두렵고, 그건 더 이상 그녀에게 놀랍지 않을 것이다. 그래서는 안 된다.

이 식사에 대한 생각이 한 주 내내 줄곧 나와 머물며 나를 무겁게 내리누르는 것이 마치 어디를 가나 엄청난 압력에 눌리는 깊은 바닷속에 있는 것 같다. 이따금 나는 돌에 못질을 하라고 떠밀린 사람처럼, 내가 못질하는 자인 동시에 못이기도 한 것처럼, 내 온 힘을 끌어모아 메뉴를 고심한다. 그러나 다른 때에는, 이렇게 오후에 단춧구멍에 은매화를 꽂고 앉아 책을 읽는데, 책에는 너무나 아름다운 문단들이 있어서 나 자신도 아름다워지는 것 같다.

어쩌면 차라리 정신병원 정원에 앉아서 바보처럼 허공을 응시하는 게 나을지 모른다. 그래도 나는 내가 결국 메뉴를 정하고, 음식을 사고, 식사를 준비할 것임을 안다. 이런 점에서, 나

　　　　　불안의 변이들

는 나비와 비슷한 것 같다. 나비의 지그재그 비행은 너무 불규칙적이고, 쳐다보기 고통스러울 정도로 날개를 지나치게 팔랑이며, 직선과는 정반대라 할 만한 방식으로 날아가지만, 긴 거리를 성공적으로 날아서 목적지에 도착하는 것을 보면 보기보다 효율적이거나, 아니면 적어도 의지가 더 굳은 모양이다.

스스로를 괴롭히는 것은, 물론, 한심한 일이기도 하다. 어쨌든 알렉산드로스 대왕은 고르디아스의 매듭이 풀리지 않을 때 그것을 괴롭히지 않았다. 나는 이 모든 생각들 아래 산 채로 매장당하는 기분이 들지만, 한편으로는 어쨌든 나는 실제로 죽어 있는지 모르니, 어쩔 수 없이 누워 있는 수밖에 없는 것 같기도 하다.

예를 들어, 오늘 아침에 깨어나기 직전, 그러니까 막 잠이 든 직후이기도 한 그때, 나는 꿈을 꾸었고 그 꿈이 아직까지 나를 떠나지 않는다. 꿈에서 나는 두더지 하나를 붙잡아 홉밭으로 들고 갔는데, 두더지가 물로 뛰어들듯 땅으로 뛰어들어 사라져버렸다. 이 저녁 식사에 대해 생각할 때면 나도 그 두더지처럼 땅속으로 사라지고 싶다. 나를 빨래통 속에 쑤셔 넣고 이따금 뚜껑을 열어 내가 아직 질식하지 않았는지 보고 싶다. 사람이 매일 아침 일어난다는 것 자체가 너무나 놀라운 일이다.

나는 비트 샐러드가 더 낫다는 걸 안다. 밀레나에게 비트와 감자 둘 다를, 그리고 고기도 포함한다면 소고기 한 조각을 대접할 수 있을 것이다. 좋은 소고기 한 조각이면 곁들임 요리가 필요 없고, 고기만으로 맛이 아주 좋으니, 곁들임 요리를 먼저 내놓아도 될 텐데 그러면 그건 곁들임 요리가 아니라 애피타이저가 될 것이다. 내가 무얼 하든, 어쩌면 그녀는 내 노력을 별로 높이 사지 않거나, 어쩌면 처음부터 속이 조금 좋지 않아서 그 비트를 보고 식욕이 돋지 않을지도 모른다. 첫 번째 경우라면 나는 끔찍하게 부끄러울 테고, 두 번째 경우라면 어떤 조언도 해줄 수 없고—내가 어떻게?—그저 이런 간단한 질문만 할 수 있을 것이다. 혹시 식탁의 음식들을 다 치워주기를 바라는가?

그렇다고 내가 이 식사 때문에 불안하다는 말은 아니다. 내게는 어쨌든 상상력과 에너지가 약간 있으니, 어쩌면 밀레나가 좋아할 만한 식사를 차릴 수 있을 것이다. 내가 펠리체를 위해 요리했고, 너무나 불운했던 그 식사—그래도 어쩌면 잃은 것보다 얻은 것이 더 많았던—이래, 그런대로 괜찮은 저녁 식사도 있었다.

내가 밀레나를 초대한 것은 지난주였다. 그때 그녀는 한 친구와 함께 있었다. 우리는 거리에서 우연히 만났고 나는 충동적으로 초대했다. 밀레나와 함께 있던 남자는 인상이 친절하고 상냥하며 통통했다. 독일인에게서만 느낄 수 있는 아주 올바른 얼굴이었다. 밀레나를 초대한 뒤 나는 묘지를 걷듯 천천히 오랫동안 도시를 걸어 다녔다, 무척 평화로웠다.

그러고 나서 호된 바람에 이리저리 휘둘려도 꽃잎 한 장 떨구지 않는 화분의 꽃처럼, 나를 괴롭히기 시작했다.

연필로 표시한 교정 자국들로 뒤덮인 편지처럼 내게도 결함들이 있다. 어쨌든, 우선 나는 튼튼하지가 않은데, 나는 헤라클레스조차 한 번 기절한 적이 있었다고 믿는다. 하루 종일 나는 직장에서 다가올 저녁 식사에 대해 생각하지 않으려 애쓰지만, 거기에 너무 많은 노력을 쏟느라 일할 힘이 없다. 전화 통화를 너무 형편없이 다뤄서, 잠시 뒤에는 전화 교환원이 나를 연결해주기를 거절했다. 그래서 내게 이렇게 말하는 게 나을 정도였다. 은식기를 얼른 아름답게 광낸 다음, 찬장에 펼쳐놓고 그만 잊어버려. 왜냐하면 나는 마음속으로 하루 종일 은식기를 광내고 있었기 때문이다. 그게 바로 나를 괴롭힌(그리고 은식기는 깨끗해지지 않은) 이유다.

나는 오래되고 실한 감자와 식초로 만든 독일식 감자 샐러드를 좋아하는데, 너무 되고 뻑뻑해서 먹기도 전에 속이 살짝 울렁거리긴 하지만 그래도 좋아한다. 어쩌면 나는 답답하고 낯선 문화를 기꺼이 환영하는 사람인지 모른다. 만약 독일식 감자 샐러드를 밀레나에게 대접한다면, 나는 아마 누구보다 그녀에게 보이지 말아야 할 내 역겨운 부분이자, 그녀가 아직은 본 적 없는 부분을 드러내게 될 것이다. 하지만 먹기에 더 좋다고는 하나 프랑스 요리를 대접한다면, 나 자신에게 덜 정직한 일이 될 테고 어쩌면 용서할 수 없는 배신이 될 것이다.

나는 선의로 가득하나 소극적인 사람으로, 지난여름 발코니에 앉아서, 몸이 뒤집힌 채 발을 허공에 버둥거리며 몸을 바로 뒤집지 못하는 딱정벌레를 지켜보던 그날도 그랬다. 나는 그

벌레에게 엄청난 연민을 느꼈지만, 그것을 돕기 위해 의자에서 일어나지는 않았다. 결국 딱정벌레가 움직임을 멈추고 아주 오랫동안 가만히 있기에 나는 죽었나 보다고 생각했다. 그때 도마뱀 하나가 그 위로 지나가다가 미끄러지며 그것을 확 뒤집어놓았고, 딱정벌레는 아무 일도 없었다는 듯 벽을 달려 올라갔다.

나는 어제 노점상 남자에게 식탁보를 샀다. 남자는 왜소하다고 할 만큼 체구가 작고 약했고 턱수염을 길렀으며 눈이 하나였다. 한 이웃에게는 촛대들을 빌려 왔다. 아니, 그녀가 내게 빌려줬다고 하는 것이 맞겠다.

저녁 식사 뒤에 나는 밀레나에게 에스프레소를 대접할 것이다. 이 식사를 계획하는 동안 나는 나폴레옹이 러시아 원정의 결과를 정확히 알았다면 그 원정을 계획할 때 느꼈을 만한 기분을 맛보았다.

나는 밀레나와 함께하기를 간절히 바란다. 지금만이 아니라 항상. 왜 나는 사람인 것인가? 나는 스스로에게 묻는다. 이 얼마나 지독하게 모호한 조건인가! 왜 나는 그녀 방의 행복한 옷장이 될 수 없을까?

사랑하는 밀레나를 알기 전, 나는 삶 자체를 견딜 수 없다고 생각했다. 그러다가 그녀가 내 삶으로 들어왔고 그렇지 않다는 걸 걸 내게 보여줬다. 실은, 우리의 첫 만남은 그리 밝지는 않았는데, 밀레나의 어머니가 문을 열어주었기 때문으로, 그 얼마나 굳센 이마를 가진 여성이었는지, 이마에 이런 글귀가 새겨져 있는 듯했다. "나는 죽었소, 그리고 죽지 않은 모든 사람을 경멸하오." 밀레나는 내가 찾아가서 기뻐하는 듯했지만, 내가 떠날 때는 훨씬 더 기뻐하는 듯했다. 그날, 나는 우연히 그 도시의 지도를 보게 됐다. 나는 밀레나를 위한 방 하나만 있으면 되는데, 누군가 이렇게 도시 전체를 지었다는 것을 잠시 동안 이해할 수 없었다.

어쩌면 결국 가장 간단한 방법은 펠리체를 위해 만들었던 요리를 밀레나를 위해서도 똑같이 만들되 버섯이나 달팽이를 빼고, 잘못되는 일이 없도록 더 주의하는 것일지 모른다. 사우어브라텐*도 포함시킬 수 있겠지만, 펠리체를 위해 그 요리를 할 때는 내가 여전히 고기를 먹던 시절이었다. 그 시절에 나는 동물에게도 좋은 삶을 누릴 권리가 있고, 어쩌면 더 중요하게는, 좋은 죽음을 맞을 권리도 있다는 생각 때문에 마음이 불편해지지 않았다. 이제 나는 달팽이도 먹지 못한다. 내 아버지의 아버지는 푸줏간 주인이었고 나는 그가 평생 도살한 양의 고기를 내 평생 먹지 않기로 다짐했다. 우유와 버터는 먹어도 고기를 입에 대지 않은 지 오래됐지만, 밀레나를 위해서라면 사우어브라텐을 다시 만들 것이다.

---

*　Sauerbraten. 독일식 음식으로, 식초에 절인 소고기 또는 돼지고기 요리를 말한다.

나는 식욕이 왕성했던 적이 없다. 나는 필요 이상으로 말랐지만, 오랫동안 마른 상태였다. 몇 년 전에, 나는 몰다우강에서 작은 배를 자주 탔다. 상류를 향해 노를 저어 간 다음 배 바닥에 등을 내고 누워 다시 강물을 따라 흘러 내려오곤 했다. 한번은 한 친구가 다리를 건너다가 다리 밑으로 떠내려가는 나를 우연히 보았다. 그는 심판의 날이 와서 내 관 뚜껑이 열린 것 같더라고 말했다. 하긴 그 친구는 그때 거의 거대하다고 할 만큼 살이 쪘고, 마른 사람들에 대해서는 말랐다는 것 말고는 거의 아는 게 없었다. 다른 건 몰라도 내 발 위에 얹힌 이 체중만큼은 온전히 내 소유물이다.

밀레나는 변덕 때문이 아니라 피곤함 때문에 어쩌면 더 이상 오고 싶지 않을지도 모르는데, 그건 이해할 만한 일이다. 밀레나는 늘 내 상상 속에 있기 때문에 그녀가 오지 않는다고 해서 내가 그녀를 그리워할 거라고 말할 수는 없다. 그래도 그녀는 다른 주소지에 있을 테고 나는 얼굴을 양손에 묻은 채 주방 식탁에 앉아 있을 것이다.

밀레나가 온다면 나는 미소를 짓고 또 지을 것이다. 나는 이 미소를 나처럼 쉴 새 없이 미소 짓는 늙은 이모로부터 물려받았는데, 이모나 나나 기분이 좋거나 상대에게 공감해서가 아니라 부끄러워서 미소를 짓는다. 나는 음식을 준비하느라 힘이 빠졌을 테니, 말을 할 수 없을 테고, 심지어 행복하지도 않을 것이다. 그리고 내가 내 손에 들린 그릇 속에 얌전히 담긴 첫 번째 요리를 한심하게 핑계 대며, 주방을 떠나 식당으로 들어가기를 망설이고, 한편 그녀는 내 부끄러움을 의식하면서 내 맞은편에서 거실을 떠나 식당으로 들어가기를 망설인다면, 그 긴 막간 사이에 아름다운 식당은 텅 비어 있을 것이다.

아, 어쩌겠나, 마라톤 전투에서 투쟁하는 남자가 있는가 하면, 주방에서 투쟁하는 남자가 있다.

그래도 나는 이제 거의 모든 메뉴를 결정했고 우리의 저녁을, 세세한 것 하나하나까지, 처음부터 끝까지, 상상하며 준비하기 시작했다. 나는 이를 덜덜 떨며 의미 없이 이 문장을 계속 혼자 중얼거린다. "그러면 우리는 숲으로 달려가리라." 이곳에는 숲이 없고, 어쨌든 달릴 일이 절대 없을 테니, 의미가 없다는 말이다.

나는 밀레나가 오리라고 믿지만, 내가 무언가를 믿을 때 늘 따라오는 두려움도 함께 느끼는데, 그건 어쨌든 태곳적부터 모든 믿음에 내재해온 두려움이기도 하다.

그 불운한 저녁 식사 당시에, 펠리체와 나는 약혼한 상태가 아니었지만 그로부터 삼 년 전에 약혼했던 적이 있었고 그로부터 한 주 뒤에 다시 약혼하게 될 운명이었다. 물론, 그날 저녁 식사의 결과로 그렇게 된 것은 아니었다. 맛있는 카샤 바니슈케스*와 감자 팬케이크, 사우어브라텐을 만들려는 내 노력이 수포로 돌아간 것 때문에 나에 대한 펠리체의 연민이 더 깊어진 게 아니라면 말이다. 한편 우리의 최종 결별에 대해서는 아마 필요 이상으로 많은 해석이 있는 것 같다. 웃긴 이야기지만, 어떤 전문가들은 심지어 이 도시의 공기가 변심을 부추겼을 것이라 주장한다.

누구나 늘 그렇듯 나는 새로운 것에 마음이 설레었다. 당연히 다소 두렵기도 했다. 칠월에 먹기에는 다소 부담스럽지만, 전통적인 독일 요리나 체코 요리가 가장 좋을 것 같았다. 나는 한동안 꿈에서도 결정을 내리지 못했다. 그냥 포기하고 도시를 떠나버릴까 생각하기도 했다. 그러다가 머물기로 결정했지만 발코니에 누워 마냥 빈둥대는 것을 사실 결정이라 부를 가치도 없을 것이다. 그 무렵 나는 우유부단으로 마비된 듯 보였지만 머릿속에서는 생각들이 격렬하게 퍼덕이고 있었는데, 마치 잠자리가 가만히 공중에 떠 있는 것처럼 보여도 끊임없이 불어오는 바람 앞에서 격렬하게 날개를 움직이고 있는 것과 같았다. 결국 나는 낯선 사람을 침대에서 끌어내는 또 다른 낯선 사람이 되어 나를 벌떡 일으켰다.

내가 그 식사를 세심하게 계획했다는 사실은 어쩌면 중요하지 않았다. 펠리체는 체력을 키워야 했으므로 나는 건강에 좋은 음식을 준비하고 싶었다. 이른 아침, 나이 든 두 자매가 빤히 보는 곳에서 나무들 사이를 살금살금 움직이며 버섯을 땄던 일이 기억난다. 두 자매는 나, 아니면 내 바구니가 대단히

---

* Kasha Varnishkes. 일종의 파스타 요리로, 닭고기와 양파 등을 다져서 조리한다.

마음에 들지 않는 듯했다. 아니면 아마 내가 근사한 정장을 입고 숲에 온 것이 마음에 들지 않았는지 모른다. 하지만 그들 마음에 들든 안 들든 그리 큰 차이는 없었을 것이다.

나는 펠리체가 오면 어쩌나 하고 두려워했어야 옳았지만, 그 대신 약속 시간이 다가오자 그녀가 오지 않을까 잠시 두려웠다. 처음에 그녀는 어쩌면 오지 않을지도 모른다고 말했다. 그건 이상한 일이었다. 나는 더 이상 심부름을 할 수 없지만 여전히 어떤 일거리를 바라는 심부름꾼 아이가 되어버린 것 같았다.

숲의 작은 동물들이 겁에 질려 구멍으로 달아나거나, 아니면 겁에 질리지는 않았지만 그냥 도토리를 주울 때마저 숲 바닥을 뒤덮은 나뭇잎과 잔가지들 틈에서 몸집에 맞지 않게 아주 큰 소음과 소란을 만들어서, 혹시 숲속에서 곰이 튀어나오지 않을까 싶지만 알고 보면 그냥 쥐 한 마리뿐일 때처럼, 내 감정이 꼭 그랬다. 아주 작지만 아주 시끄러웠다. 나는 펠리체에게 제발 저녁 식사에 오지 말라고 부탁했다가, 제발 내 말을 귀담아듣지 말고 어쨌든 와달라고 부탁했다. 우리의 말은 어떤 낯선 미지의 존재의 것일 때가 너무 많다. 나는 어떤 말도 더 이상 믿지 않는다. 가장 아름다운 말도 벌레를 품고 있다.

한번은 우리가 식당에서 함께 식사할 때였는데, 마치 내가 요리를 직접 한 것처럼 그 식사가 부끄러웠던 적이 있었다. 나머지 요리가 조금이라도 괜찮았는지는 모르겠지만, 그랬다 해도, 첫 번째 요리가 나머지 식사를 위한 우리의 입맛을 망쳐버렸다. 그건 기름이 점점이 뜬 묽은 국물에 둥둥 떠 있는 통통하고 흰 간肝 완자였다. 체코 요리라기보다는 독일 요리였다. 하지만 우리가 공원에 말없이 앉아 벌새가 피튜니아에서 날아올라 자작나무 꼭대기에서 쉬는 모습을 보길 원했다면 우리 사이가 왜 그리 복잡해야 했을까?

우리가 식사를 약속한 그날 밤, 나는 펠리체가 오지 않으면 빈 아파트에서 혼자 즐거운 시간을 보낼 거라고 혼잣말을 했다, 왜냐하면 방에 혼자 있는 것이 삶을 위해 필요하다면, 아파트에 혼자 있는 것은 행복을 위해 필요하기 때문이다. 나는 그날을 위해 아파트를 빌렸다. 그러나 나는 빈 아파트에서 행복을 즐기지 못했다. 어쩌면 내가 행복해지기 위해서는 빈 아파트가 아니라 두 아파트가 필요했는지 모른다. 펠리체는 오기는 했지만 늦게 왔다. 어떤 남자와 이야기하기 위해 기다려야 했는데, 그 남자는 또 카바레 개업에 관련된 논의의 결과를 초조하게 기다려야 해서 시간이 지체되었다고 말했다. 나는 그 말을 믿지 않았다.

펠리체가 문으로 들어왔을 때, 나는 거의 실망할 뻔했다. 그녀는 다른 남자와 훨씬 더 행복하게 식사할 수 있었을 텐데. 그녀는 내게 꽃을 들고 오려 했지만, 그냥 왔다. 하지만 나는 그녀와 함께 있는 것만으로도, 그녀의 사랑과 친절 때문에, 끈끈이 덫에 앉아 윙윙대는 파리처럼 환하게 마음이 들떠 있었다.

우리는 불편한 감정에도 식사를 진행했다. 나는 완성된 요리를 바라보며 기우는 내 기력을 한탄했고, 태어난 것을 한탄했고, 햇빛을 한탄했다. 우리는 우리가 목구멍으로 넘기지 않으면 불행하게도 접시에서 사라지지 않을 것들을 먹었다. 펠리체가 즐겁게 먹는 듯해서 나는 감동받은 동시에 부끄러웠고, 행복한 동시에 슬펐다. 더 나은 것을 대접하지 못했기 때문에 부끄럽고 슬펐으며, 그녀가 적어도 이번만은 그런 식사만으로도 충분한 듯해서 감동받고 행복했다. 펠리체가 요리 하나하나를 먹을 때 보이는 우아한 태도와 세심한 칭찬만이 그 식사를 조금이라도 가치 있게 만들었다. 펠리체는 그런 요리가 아니라 서대기 구이나 꿩 가슴살에 스페인산 과일과 셔벗 같은 것을 대접받아 마땅했다. 나는 어떻게든 그런 요리를 대접할 수 없었을까?

그리고 펠리체의 칭찬이 머뭇거릴 때면, 언어 자체가 바로 그녀를 위해 나긋나긋해지며 그 누구도 기대할 권리가 없을 만큼 아름다워진다. 낯선 이가 펠리체의 말을 들었다면 이렇게 생각했을 것이다. 대단한 사내군! 산이라도 들어 옮긴 모양이야! 하지만 나는 오틀라가 알려준 대로 카샤를 반죽하기만 했을 뿐이었다. 나는 펠리체가 아파트를 나간 뒤 정원처럼 시원한 곳을 찾아 편안한 의자에 누워 쉬기를 바랐다. 나로 말할 것 같으면, 나라는 사람은 우물에 가기 오래전부터 깨져버린 항아리였다.

사고도 있었다. 나는 바로 내 눈앞에 그녀의 발이 있는 것을 보고서야 내가 무릎을 꿇고 있다는 걸 알았다. 달팽이들이 양탄자 곳곳에 있었고, 마늘 냄새가 났다.

그래도 식사를 마치고 나서, 우리는 식탁에서 연산 문제를 풀었던 것 같은데, 기억이 잘 나지는 않지만, 짧은 계산을 하고, 그 뒤에 긴 계산을 하는 동안 나는 창밖의 맞은편 건물을 내다봤다. 어쩌면 그 대신에 우리는 함께 악기를 연주했을 텐데, 나는 음악적인 사람이 아니다.

우리의 대화는 자주 끊겼고 어색했다. 나는 긴장한 탓에, 나도 모르게 자주 딴 길로 샜다. 결국 나는 내가 길을 잃었다고 말했지만, 그녀가 그때까지 내내 나를 따라왔다면 둘 다 길을 잃은 거니 문제 될 게 없었다. 내가 주제를 벗어나지 않을 때조차 너무 많은 오해가 있었다. 그래도 그녀는 내가 그녀에게 화가 났을지 모른다고 걱정하는 게 아니라 그 반대를 걱정했어야 했다.

펠리체는 내게 클라라 아주머니가 있다고 생각했다. 내게 클라라 아주머니가 있는 것은 맞다. 모든 유대인에게는 클라라 아주머니가 있다. 하지만 내 클라라 아주머니는 오래전에 돌아가셨다. 그녀는 자기의 클라라 아주머니는 꽤나 특이하고, 지적하는 걸 좋아하는데, 이를테면 편지에 우표를 똑바로 붙여야 한다든가, 창문 밖으로 물건을 던지면 안 된다든가 하는 지적이었고, 물론, 둘 다 맞는 말이지만 실천하기는 쉽지 않은 일들이다. 우리는 독일인에 대해서도 이야기했다. 펠리체는 독일인을 무척 싫어했지만, 나는 그러면 안 된다고, 독일인은 멋진 사람들이라고 말했다. 어쩌면 내가 최근에 한 시간 넘게 장작을 팼다고 자랑한 것은 실수였을지 모른다. 나는 펠리체가 내게 고마워해야 한다고 생각했다. 어쨌든, 모진 말을 하려는 유혹에 넘어가지 않았으니까.

한 번 더 오해가 생겼고 그녀는 떠나려 했다. 우리는 우리가 하려는 말을 다양한 방식으로 표현해봤지만, 그 순간 우리는 사실 연인이라기보다 문법학자일 뿐이었다. 동물도 다툴 때는, 모든 조심성을 잃는다. 다람쥐들은 포식자가 지켜볼 수도 있다는 사실을 잊은 채 풀밭이나 도로를 이리저리 내달린다. 나는 그녀가 떠난다면, 그 점에 대해 내 마음에 드는 것이라고는 떠나기 전 작별 키스뿐일 거라 말했다. 펠리체는 우리가 화난 채로 헤어질지라도 머지않아 다시 만날 거라고 내게 약속했지만, 내게는 '머지않아' 만나는 것이나 '결코' 만나지 않는 것이나 같다고 생각될 뿐이었다. 그리고 그녀는 떠났다.

그 상실로 나는 로빈슨 크루소보다 더 로빈슨 크루소 같은 상황에 놓였다. 그에게는 적어도 섬과 프라이데이, 물건들, 염소들, 그가 탔던 배, 그의 이름이 있었다. 하지만 나는 석탄산 손가락의 의사가 내 머리를 자기 무릎 사이에 끼우고 내가 숨이 막히도록 내 입과 목구멍으로 고기를 쑤셔 넣는 상황을 상상했다.

그날 저녁은 끝났다. 여신은 영화관 밖으로 걸어 나갔고 작은 짐꾼은 길가에 선 채로 남겨졌다. 그것이 우리의 저녁 식사였다는 말인가? 나는 너무나 지저분하다. 그래서 나는 항상 순수에 대해 울부짖는다. 가장 깊숙한 지옥에 사는 사람만큼 순수하게 노래할 수 있는 사람은 아무도 없다. 당신은 천사의 노래를 듣고 있다고 생각하지만 그건 바로 그 깊은 지옥의 노래다. 하지만 나는 조금 더 오래 살아보기로, 적어도 그 밤만큼은 살아보기로 결심했다.

어쨌든, 나는 우아하지 않다. 내가 백조처럼 헤엄친다고 누군가 말한 적이 있지만, 그것은 칭찬이 아니었다.

문법 질문들
Grammar Questions

이제, 그가 죽어가고 있는 시간 동안, 나는 "여기가 그가 사는 곳입니다"라고 말할 수 있나?

"그는 어디에 사나요?"라고 누군가 물으면 "음, 지금 그는 살고 있지 않고, 죽어가고 있습니다"라고 대답해야 하나?

"그는 어디에 사나요?"라고 누군가 내게 물으면 "버논 요양원에 삽니다"라고 말할 수 있나? 아니면 "버논 요양원에서 죽어가고 있습니다"라고 말해야 하나?

그가 죽으면 "그는 버논 요양원에 살았습니다"라고, 과거시제로 말할 수 있을 것이다. 또한 "그는 버논 요양원에서 죽었습니다He died in Vernon Hall"라고도 말할 수 있을 것이다.

그가 죽으면, 그와 관련된 모든 것은 과거시제가 될 것이다. 아니, 정확히 말해 "그는 죽었습니다He is dead"라는 문장은 현재시제일 테고 "그를 어디로 모시나요?"나 "지금 그는 어디에 계세요?"라는 질문도 마찬가지일 것이다.

하지만 생각해보면 그는과 그를을 현재시제와 함께 사용하는 것이 맞는지 모르겠다. 일단 그가 죽은 뒤에도 그는 여전히 '그'인가? 그렇다면, 얼마나 오랫동안 그는 여전히 '그'인가?

사람들은 아마 "시신the body"이라 말한 다음 "그것"이라 칭할 것이다. 그래도 여전히 내게 그는 "시신"이라 부를 존재가 아니므로, 나는 그에 관해 말할 때 "시신"이라 말할 수 없을 것이다.

사람들은 아마 "그의 시신"이라고 말하겠지만, 그 표현도 옳은 것 같지 않다. 그가 더 이상 활동하거나 소유할 수 없다면, 그는 시신을 소유할 수 없으므로 "그의" 시신이 아니다.

·

사람들이 "그는 죽었습니다"라고 말한다 해도, 나는 '그'가 존재하는지 모르겠다. 그러나 "그는 죽었습니다"는 옳은 표현인 것 같긴 하다. 어쩌면 그가 현재시제로 여전히 '그'일 마지막 시간일 것이다. 아니, 마지막은 아닐 것이다. 왜냐하면 나는 앞으로도 "그는 관에 누워 있습니다"라고 말할 테니까. "그것이 관에 누워 있습니다"라거나 "그것이 그것의 관에 누워 있습니다"라고 말하지 않을 테고, 누구도 그러지 않을 것이다.

나는 그가 죽은 뒤 그에 대해 말할 때 계속 "우리 아빠"라고 말할 테지만, 과거시제로만 말하게 될까, 아니면 현재시제로도 말하게 될까?

우리는 그를 관이 아니라 유골함에 넣을 것이다. 그러면 그가 유골함에 있을 때, 나는 "저 유골함에 우리 아빠가 있습니다"라고 말할까? 아니면 "저 유골함에 있는 것이 우리 아빠였습니다"라거나 "저 유골함, 저기 있는 것이 우리 아빠였습니다"라고 말할까?

　나는 여전히 "우리 아빠"라고 말할 텐데, 하지만 어쩌면 그가 아빠처럼 보이거나, 거의 아빠처럼 보일 때만 그렇게 말할지 모른다. 그렇다면 그가 재가 됐을 때, 나는 그 재를 가리키며 "우리 아빠입니다"라고 말할까? 아니면 "우리 아빠였습니다"라고 말할까? 아니면 "저 재가 우리 아빠였습니다"라고 할까? 아니면 "저 재가 우리 아빠였던 것입니다"라고 할까? 나중에 묘지를 방문할 때 나는 무덤을 가리키며 "우리 아빠가 여기에 묻혀 있습니다"라고 말할까, 아니면 "우리 아빠의 재가 여기에 묻혀 있습니다"라고 말할까? 하지만 아빠는 재를 소유하지 않을 테니, 재는 아빠의 소유물이 아닐 것이다. 그러므로 "우리 아빠였던 재"라고 하는 것이 맞을 것이다.

　"그는 죽어가고 있습니다"라는 표현에서 그는에 뒤따르는 현재진행형은 그가 적극적으로 무언가를 하고 있다는 느낌을 준다. 그러나 그는 적극적으로 죽어가고 있지 않다. 그가 여전히 적극적으로 하는 일은 숨을 쉬는 일밖에 없다. 그는 얼굴을 살짝 찡그리며, 그 일에 몰두하기 때문에, 의도적으로 숨 쉬는 듯 보인다. 그는 그 일에 몰두하지만, 분명 다른 선택의 여지가 없다. 이따금 어떤 이유로 아프거나, 더욱 몰두하는 것처럼 잠시 얼굴을 더 깊이 찡그리기도 한다. 나는 그가 몸의 어떤 고통이나 변화 때문에 얼굴을 찡그린다고 짐작할 수 있지만, 그 표정은 무언가 이해할 수 없거나 마음에 들지 않거나 못마땅한 표정처럼 보이기도 한다. 살면서 나는 그의 얼굴에서 이 표정을 자주 봤지만, 이렇게 반쯤 감은 눈과 이렇게 벌린 입과 함께 본 적은 없다.

"그는 죽어가고 있습니다"는 "그는 곧 죽게 될 겁니다"보다 더 적극적으로 들린다. 그건 아마 '될'이라는 단어 때문일 것이다. 우리는 선택을 하든 안 하든, 무언가가 '될' 수 있다. 좋든 싫든, 그는 곧 죽게 '될' 것이다. 그는 이제 식사를 하지 않는다.

"그는 식사를 하지 않습니다"도 적극적으로 들린다. 하지만 그건 그의 선택이 아니다. 그는 자신이 식사를 하지 않는 것을 의식하지 못한다. 의식이 전혀 없다. 그러나 '식사를 하지 않는다'는 '않는다'라는 부정어 때문에 '죽어가고 있다'보다 더 적절하게 들린다. '않는다'가 그에게 적절하게 들리는 이유는 어쨌든 이 순간 그가 얼굴을 찡그리며 무언가를 거부하는 것처럼 보이기 때문이다.

애벌레

The Caterpillar

나는 작은 애벌레를 침대에서 아침에 발견한다. 그를 내보낼 만한 창문이 없고 나는 꼭 필요할 때가 아니면 생명체를 뭉개거나 죽이지 않는다. 이 가늘고, 검고, 털 없는 작은 애벌레를 들고 계단을 내려가 정원으로 내보내기 위해 애쓸 것이다.

그는 자벌레만 하지만 자벌레는 아니다. 몸 가운데를 둥글게 들어 올리지 않고 많은 다리로 끊임없이 움직인다. 방을 나설 때, 그는 내 손의 비탈을 꽤나 빠르게 걸어 다니고 있다.

그러나 층계 중간쯤에서 사라져버린다. 손바닥에도 손등에도 없다. 분명 손에서 미끄러져 떨어진 모양이다. 나는 그를 볼 수 없다. 층계는 어둑한 데다 진갈색으로 칠해져 있다. 그의 생명을 구하기 위해, 손전등을 들고 와서 이 작은 생명체를 수색할 수도 있을 것이다. 하지만 나는 그렇게까지 애쓰지는 않을 것이다. 그는 자신이 할 수 있는 한 최선을 다해야 할 것이다. 하지만 그가 어떻게 뒷문까지 내려가서 정원으로 나갈 수 있을까?

나는 일을 계속한다. 그를 잊어버렸다고 생각하지만, 잊지 않았다. 계단을 오르내릴 때마다 그가 있는 쪽은 피한다. 그가 거기에서 열심히 계단을 내려가고 있을 거라 믿는다.

결국 나는 더는 버티지 못한다. 손전등을 꺼내 온다. 이제 문제는 계단이 너무 더럽다는 것이다. 층계가 어둑해서 아무도 잘 보지 않기 때문에 나는 그곳을 청소하지 않는다. 게다가 그 애벌레는 너무 작다, 아니 작았다. 손전등 불빛 아래에서 그와 비슷해 보이는 것들―아주 가는 나무 조각이나 두꺼운 실오라기―이 많다. 그러나 내가 찔러보면, 움직이지 않는다.

나는 그가 있는 쪽 계단을 하나하나 살핀 다음 양쪽 모두 살핀다. 어떤 생명체든 일단 도우려고 애쓰고 나면 정이 생기는 법이다. 그러나 그는 어디에도 없다. 계단에는 먼지와 개털이 너무 많다. 먼지가 그 작은 몸에 달라붙어서 움직이기 힘들어졌거나, 적어도 원하는 방향으로 움직이기 힘들어졌는지도 모른다. 어쩌면 먼지 때문에 몸이 말라버렸는지 모른다. 하지만 그라면 굳이 위가 아니라 아래로만 가려 할 이유가 있을까? 나는 그가 사라져버린 층계참은 살펴보지 않았다. 그렇게까지 애쓰지는 않을 것이다.

나는 다시 하던 일로 돌아간다. 그리고 그 애벌레를 잊기 시작한다. 다시 우연히 층계로 갈 때까지, 한 시간쯤 그를 잊는다. 이번에는 계단 하나에서 딱 그만한 크기와 모양, 색깔의 무언가를 본다. 하지만 납작하게 눌리고 바싹 말라 있다. 그것이 그였을 리 없다. 분명 짧은 솔잎이거나 다른 식물 조각일 것이다.

다음번에 그를 다시 떠올릴 때, 나는 내가 몇 시간 동안 그를 잊고 있었음을 깨닫는다. 층계를 오르내릴 때만 그를 생각한다. 어쨌든, 층계 어딘가에서 그가 초록 잎까지 길을 찾아가려고 애쓰거나, 죽어가고 있을 것이다. 그러나 벌써 나는 그다지 신경을 쓰지 않는다. 내가 곧 그를 까맣게 잊을 것이라, 나는 확신한다.

나중에 층계에서 불쾌한 동물 냄새가 맴돌지만, 그일 리 없다. 어떤 냄새 같은 것을 내기에는 그는 너무 작다. 지금쯤 아마 죽었을 것이다. 내가 계속 생각하기에는, 그는 솔직히 너무 작다, 정말로.

아이 돌봄

Child Care

그가 아기를 돌볼 차례다. 그는 화를 낸다.

"도무지 제대로 일을 할 수가 없군."

아기도 기분이 좋지 않다.

그는 아기에게 병에 담긴 주스 하나를 주고 큰 안락의자에 깊숙이 잘 앉힌다.

자신은 또 다른 의자에 앉아 텔레비전을 켠다.

둘은 함께 〈이상한 커플〉을 본다.

보고 싶다: 4학년 어느 반 학생들의 위문편지 연구

We Miss You:
A Study of Get-Well Letters from a Class of Fourth-Graders

다음은 한 초등학교 4학년 학생들이 심각한 골수염으로 병원에 입원해 회복 중인 같은 반 친구 스티븐에게 쓴 위문편지 스물일곱 통에 대한 연구다.

스티븐의 골수염은 자동차와 관련된 다소 이상한 사고를 당한 뒤 시작되었다. 어린 스티븐이 나중에 직접 알린 사실과 지역신문에 실린 짧은 게시문에 따르면, 십이월 초, 어느 날 해질 무렵에 스티븐은 혼자 집으로 돌아오고 있었다. 길을 건너기 위해 도로로 들어섰을 때 서행 중인 차에 비스듬하게 치였는데, 대단한 충격은 아니었지만 바닥에 쓰러질 만큼은 강한 충격이었다. 운전자는 나이를 가늠할 수 없는 사내로, 차를 멈추고 밖으로 나와 스티븐이 괜찮은지 확인했다. 큰 피해가 없는 것을 확인한 사내는 차를 몰고 떠났다. 사실, 스티븐은 무릎을 다쳤지만, 창피해서인지 꾸지람을 들으리라 생각해서인지, 집에 와서는 사고에 대해 한마디도 하지 않았다. 치료하지 않은 무릎에 병균이 침투했다. 골수염 박테리아가 상처로 들어갔다. 스티븐은 심하게 아파서 입원했다. 몇 주 뒤, 의사와 가족, 친구들의 걱정 끝에, 그는 최근 개발된 페니실린 약에 부분적으로 힘입어 건강을 회복했고 퇴원했다.

스티븐이 입원해 있을 때, 그의 부모는 운전자를 찾기 위해 지역신문에 다음과 같은 게시문을 실었다. 게시문 제목은 '부모가 자동차 사고 운전자를 찾습니다'였다. 게시문은 이렇다.

십이월 첫 주, 어느 늦은 오후에 N. 로드 94번지에 사는 B. 부부의 아들 스티븐은 엘름가와 크레센트가의 모퉁이에서 자동차에 가볍게 치였고, 자동차 운전자는 차에서 내려 소년을 살펴보고 소년과 이야기를 나눴다. 그 뒤 두 사람은 헤어졌다.
소년의 부모는 운전자와 만나기를 바라며 운전자에게 연락을 호소하고 있다.

게시문에 대한 답은 없었다.

크리스마스 방학이 끝나고 스티븐의 반 친구들이 등교했을 때, 교사 F. 씨는 스티븐에게 위문편지를 쓰는 과제를 냈다. 그 뒤 교사는 아이들의 편지를 조금씩이지만 신중하게 교정했고 스티븐에게 소포로 보냈다. 편지에 일관되게 나타나는 특성으로 보아, 이는 편지 쓰는 법을 가르치려는 뚜렷한 목적을 지닌 수업 활동이었다.

불안의 변이들

학교

편지 쓰기 활동이 이루어진 학교는 유치원부터 8학년 학생들까지 수업받는 커다란 벽돌 건물로, 쾌적한 주택가 한가운데에 있다. 길에는 성숙한 그늘나무들이 줄지어 있고, 집들은 대체로 널찍하고 편안하지만 수수한 중산층 주택들로, 잔디와 다양한 나무와 관목, 꽃들이 심어진 넓지 않은 마당이 있었고, 간혹은 넓은 마당도 있었다. 아이들 대부분은 학교 동네에 살았고 혼자 또는 친구들과 함께 걸어서 등하교하며, 아이들이 다니는 인도는 대체로 잘 관리된 상태였지만 여기저기에 큰 나무뿌리들이 불쑥 튀어나오거나 길에 균열을 낸 곳들이 있었다. 스티븐도 학교 바로 뒷길에 살며 캐럴과 조너선도 이웃에 산다. 학교가 서 있는 길모퉁이에는 다소 험악해 보이는 통통한 중년 여성이 소유하고 운영하는 작은 가게가 하나 있었다. 사탕과 몇 가지 식료 잡화를 팔았고, 방과 후면 아이들로 붐비는 곳이었다. 가게 맞은편의 가파른 내리막길은 폭이 넓고 깊이가 얕은 강으로 이어지는데, 상류의 공장들에서 나오는 폐수 때문에 아이들의 수영이 허락되지 않았다. 학교 건물은 커다란 아스팔트 운동장에 둘러싸여 있었고, 운동장에는 아이들이 올라가거나 탈 만한 놀이기구가 없었다. 교실들은 큰 유리창을 통해 들어오는 자연광 덕택에 밝았다.

편지의 전반적인 모양과 형식

편지들이 쓰인 유선 연습지는 두 가지 크기로 나뉘며 대부분은 7×8½인치의 작은 종이에, 네 통은 8×10½인치의 큰 종이에 쓰였다. 종이는 질이 좋지 않았고 거의 육 년 전에 제조됐지만, 질감은 여전히 유연하고 매끈했으며 글자들은 또렷하게 읽혔는데, 특히 몇몇 학생들은 있는 힘을 다해 획을 매우 진하고 또렷하게 그었다. 모두 잉크로 쓰였지만 잉크는 다양했다. 몇몇은 파랑이고 몇몇은 검정이며, 몇은 진하고 몇은 연하고, 몇몇 획은 가늘고 몇몇은 두꺼웠다.

아이들의 필체는 대체로 꽤 좋은 편이다. 이를테면, 상당히 일정한 각도로 오른쪽으로 기울어져 있고, 대부분의 글자가 줄에 닿아 있으며, 글자 간격이 고르고, 위로 솟은 글자들이 윗줄에 닿지 않는다, 등. 물론 획의 두께와 글자 모양이 들쭉날쭉하고 흔들리는 모습에서 초심자들의 떨리는 손과 힘든 노력의 흔적을 알아볼 수 있다. 하지만 근사한 장식체로 매우 우아하게 쓰인 대문자들도 있다

편지는 모두 스물일곱 통이고, 여학생이 열세 통, 남학생이 열네 통을 썼다. 스물네 통의 편지에 1월 4일 날짜가 적혀 있는 것으로 보아, 교사가 학생들에게 단체로 과제를 내준 날짜임을 알 수 있다. 두 통은 1월 5일, 한 통은 1월 8일로 적혀 있어서, 이 어린이들은 편지 쓰기 연습이 시작된 날에 결석했음을 알 수 있다.

모든 편지의 오른쪽 위편에 세 줄에 걸쳐, 교사가 지시한 것으로 보이는 똑같은 머리글이 있다. 학교 이름, 도시와 주 이름, 날짜. 편지마다 각 줄의 첫머리를 일정하게 들여 쓸 수 있도록 연필을 사용해 손으로 그은 세로선이 있는데, 1월 8일 자 편지—이 지각생은 분명 지시를 받지 못했거나 듣지 못했던 것 같다—와 왼쪽 여백에 세로선이 인쇄된 더 큰 종이에 쓰인 편지들만 예외였다. 손으로 그은 세로줄들은 제각각이었다. 몇몇은 가늘고 곧았으며, 몇몇은 두껍고 비스듬했고, 하나는 아래쪽에서 선이 비스듬히 꺾여 빠져나왔는데 선이 편지지 하단에 이르기 전에 자가 먼저 끝나버린 모양이었다.

시작은 모두 "스티븐에게"로 똑같다. 맺음말은 많지 않은 선택지 안에서 조금씩 다르다. "너의 친구"(남학생 5명과 여학생 10명), "너의 반 친구"(여학생 3명과 남학생 2명), "너의 절친"(남학생 4명), "너의 진실한 벗"(남학생 1명), "사랑하는"(남학생 1명), "네 절친 중의 절친"(남학생 1명, 스티븐의 절친한 친구 조너선). 남학생들만 친근한 표현인 절친을 사용했고, 절친을 사용한 남학생의 거의 두 배에 가까운 여학생들이 더 격식 있는 표현인 친구를 썼다는 점에 주목할 만하다.

교사는 몇몇 편지에 아주 진한 잉크와 작은 손글씨로 교정 사항을 표시했다. 쉼표가 빠진 곳에 쉼표를 첨가했고(주로 "스티븐에게"처럼 머리말 뒤와 "네 친구"처럼 맺음말 뒤, 도시와 주 이름 사이) 물음표가 필요한 곳에 물음표를 넣었다. 또한 잘못 쓴 철자를 더러 교정했다("행보칸", "설매타기", "생각", "형", "네가 많이 보고 시퍼"). 어떤 경우는 놀랍게도 학생의 이름 철자를 교정해야 했다. "아릴린"을 "알린"으로 줄여줬다. 빠진 단어를 첨가한 곳도 두 군데 있었다. 몇몇 실수는 교사의 눈에 띄지 않았다. 전반적으로, 편지들은 철자와 구두점이 올바르게 쓰였다. 교사의 교정은 평균 한 장당 한 번꼴로, 대부분 구두점 교정이었다. 학생들이 그동안 열심히 공부했을 수도 있지만, 거칠게 쓴 초고를 교정받은 다음 또박또박 옮겨 썼을 가능성이 아마 더 클 것이다.

스물두 명의 학생은 성명을 모두 서명했다. 한 명은 "빌리 J."라고 서명했고 나머지 네 명은 이름으로만 서명했다. (여기에서는 비밀 보장을 위해 학생의 성은 첫 글자만 사용할 것이다.)

길이

머리말과 맺음말을 빼면 편지의 길이는 세 줄에서 여섯 줄, 두 문장에서 여덟 문장 사이다. 남학생의 편지 중에는 다섯 문장을 넘는 것이 하나도 없는 반면, 여학생들은 여섯과 일곱, 여덟 문장을 쓴 편지가 각각 한 통씩 있다. 여학생이 남학생보다 한 명이 적지만, 전체적으로 여학생들이 이야기하길 좋아하는 편이어서 84줄을 쓴 반면 남학생들은 66줄을 썼고, 문장으로 따지면 여학생들이 61문장, 남학생들이 53문장을 썼다.

그러나 모든 여학생이 이야기하길 좋아하지는 않았다. 두 명의 여학생은 세 줄에 세 문장만 썼다. 하나는 나중에 인용할 샐리의 우울한 편지다. 또 다른 짧은 편지는 수전 B.가 쓴 것으로 사탕 상자에 대한 부러움의 표현이 있다. 대체로 아주 짧은 편지들의 길이와 내용은 글쓴이의 우울하거나 냉담한 마음 상태를 암시하는 듯한 반면, 가장 긴 편지의 내용과 길이는 더 쾌활하고 외향적인 기질의 산물인 듯한 인상을 준다. 중간 길이의 편지들에는 대담한 사실주의(부러진 나뭇가지와 무너진 눈사람)나 개성 없는 관용적 표현(나중에 인용한 모린의 편지를 보라)이나 강한 감정과 성격(스콧의 "너를 침대 밖으로 낚아챌 텐데")이 다양하게 표현돼 있다.

전반적인 일관성

편지들에는 그릇된 추론의 경향이 있다. 하나의 문장이 앞뒤 문장과 거의 관계가 없다는 말이다(예: "기온이 계속 변화해. 네가 얼른 학교로 돌아왔으면 좋겠어").

그러나 한 가지 주제를 철저히 일관되게 펼치는 편지도 더러 있다. 예: 샐리의 침울한 편지, 스티븐을 침대 밖으로 "낚아챌" 거라고 협박하는 스콧의 다소 폭력적이며 열정적인 편지, 썰매타기 소식을 알려주며 썰매타기 장소를 나열하고 지난해와 달라진 진전을 언급한 알렉스의 편지―"우리는 호스피털 언덕에서 재미있게 놀았어. 불룩 튀어나온 부분을 넘고 공중을 가르며 날았지. 올해 나는 내가 예전에 했던 것보다 더 높이 날았어."

문장 구조

전체적으로 단문이 지배적이고(예: "밖에서 큰 눈싸움이 있었어"), 가끔 중문이나 복문, 혼합문이 보인다.

중문

가장 짧은 편지(두 문장)는 피터의 편지다. 피터는 자로 그은 선이 두껍고 비스듬하며 밑에서 삐져나오는 바로 그 남학생이다. 하지만 중문을 쓴 몇 안 되는 학생 중 하나로, 중문의 접속사 가운데 쓰임이 더 드물고 더 흥미로운 접속사 하지만을 사용한다. "우리는 매우 행복한 시간을 보내고 있지만 네가 보고 싶어."

하지만을 사용한 다른 학생으로는 학급의 사실주의자에 속하는 신시아가 있다. "나는 눈사람들을 만들었지만 무너져버렸어."

또 다른 사실주의자 수전 A.는, 아래에 인용한 것처럼, 하지만을 사용해 요정나라에 대한 자신의 묘사를 수정한다.

편지에 사용된 또 다른 접속사들로는, ……할 때까지(2회)와 ……때문에(2회), 가장 흔하고 의미가 없거나 모호한 그리고(7회)가 있다.

또 다른 여학생 캐럴은 세 문장으로만 쓴 편지에서, 접속사 ……때문에를 사용한 중문을 두 문장 썼다. "네가 없으면 학교가 허전하기 때문에 빨리 돌아오길 바란다"와 "새해 전날 네 엄마와 아빠와 언니가 파티에 갔기 때문에 네 동생이 우리 집에서 잤어." 캐럴은 다른 학생들보다 정교한 문장 구조를 사용하기 때문에 가장 많은 줄(8줄)에 가장 적은 문장(3문장)을 썼다.

가장 흔하고, 의미 없는 접속사는 그리고and(7회)로, 알렉스의 문장을 예로 들 수 있다. "불룩 튀어나온 부분을 넘고 공중을 가르며 날았지." 여학생 다이앤은 명령문 두 개를 이은 중문을 만든다. "서둘러서 돌아와."

복문

"……이길 바란다"("네가 낫길 바란다")와 "……라면 좋을 텐데"("너도 보면 좋을 텐데")를 사용한 틀에 박힌, 흔한 복문을 제외하면 복문의 예는 상대적으로 적다.

프레드: "자 이걸로 나는 내가 네게 할 말을 다했다고 생각해."

시어도어: "나는 내게 덤빈 애들을 물리쳤지."

알렉스: "올해 나는 내가 예전에 했던 것보다 더 높이 날았어."

수전 B.: "조너선 A.는 큰 사탕 상자를 네게 보낸다[원문 그대로]고 내게 말했어."

킹즐리는 중문 두 개를 연달아 쓴다. "너는 네가 크리스마스에 무슨 선물을 받을 거라고 생각하니?"와 "나는 내가 원하는 모든 것을 받았어."

혼합문

밴은 자신이 편지 쓰기에 흥미가 없다고 인정했으며 가장 짧은 편지를 쓴 남학생이지만, 혼합문을 만든 몇 안 되는 학생 중 하나이기도 한데, 단어 두 개를 빠뜨렸으며 모순되는 표현을 사용했다(밴이 생각하다를 어떻게 사용하는지 보라). "나는 정말 생각할 수 없기 때문에 그게 내가 말한 전부라고[원문 그대로] 나는 생각해."

조너선도 혼합문을 쓴다. 그의 편지는 더 쾌활한 어조지만, 덜 의미 있는 접속사를 사용한다. "내가 보낸 사탕 상자를 네가 좋아했기를 바라고, 나는 네가 다시 집으로 돌아올 때까지 기다리기가 너무 힘들다."

수전 A.는 더 의미 있는 접속사 하지만을 쓴다. "눈이 그쳤을 때 모든 것이 요정나라처럼 보였지만 몇몇 나무가 부러지고 부서졌어." 수전은 이 문장 뒤에 강한 접속사 그러니까so를 사용하고 명령문이 들어간, 또 다른 혼합문을 쓴다. "우리는 네가 병원에 있어서 매우 유감이야, 그러니까 빨리 나아."

동사들

몇몇 학생들의 동사는 시제가 불분명하다.

시어도어는 영화에 대해 말하며 이렇게 쓴다. "너도 보면 좋을 텐데I wish you saw it" 이 말은 "너도 볼 수 있으면 좋을 텐데"를 뜻하는지, 아니면 "너도 봤으면 좋을 텐데"를 뜻하는지 불분명하다.

빌리 T.는 이렇게 쓴다. "네가 잘 먹기를 바란다." 스티븐이 언제, 또는 어디에서 잘 먹어야 하는지 분명하지 않다.

조지프 A.는 이렇게 쓴다. "네가 재미있기를 바란다." 스티븐이 언제, 또는 어디에서 재미있어야 하는지 분명하지 않다. 어쩌면 빌리와 조지프 둘 다 현재진행형으로 전달할 수 있는 "잘 먹고 있기를"과 "재미있게 지내고 있기를"이라고 말하려 했던 것 같다. 조지프는 스티븐의 입원을 재미와 연결한 유일한 학생이라는 사실도 주목할 만하다.

가장 생생한 동사는 스콧이 사용한 앵글로색슨어의 낚아채다이다.

명령문

명령문을 사용한 많지 않은 사례는 여학생의 편지에서만 보인다(4회, 하나는 "제발"로 어조를 누그러뜨림). 이런 사실이 남학생보다 여학생들에게 '명령'이나 '지배'의 경향이 더 많음을 암시하는 것으로 볼 수도 있지만, 표본 편지의 적은 수를 고려한다면 통계적으로 유의미하지 않다.

문체

편지의 문체는 대체로 편안한 편이다. 지나치게 격식을 갖추지도, 지나치게 허물없거나 일상적이지도 않다. 가끔 대화체적인 어조도 있다. 문장 첫머리에, 감탄사 음well을 쓴 경우가 둘 있다(둘 다 뒤에 쉼표를 빠트림). 스콧의 편지에는 생생한 구어체 동사 낚아채다가 있다. 그러나 대부분의 학생들이 공통적으로 한 곳에서만큼은 두드러지게 격식을 차린다는 점에 주목할 만하다. 선택의 여지가 있던 것으로 보이는데도, 대부분의 학생들은 편지에 성명을 모두 서명했다. 또한 다른 학생의 이름을 언급한 두 사례에서도 성명을 모두 사용하는데, 맥락상 스티븐이 누구인지 분명히 알 텐데도 성명을 모두 쓰는 것을 보면, 아마 학교에서 교사가 출석을 부르거나 꾸짖을 때 성과 이름을 붙여서 부르는 일이 워낙 흔하다 보니, 어쨌든 아이들도 학교에서 글을 쓸 때는 자기 자신과 서로를 성명으로 표시하는 것 같다.

두 어린이는 유창한 문체를 구사하는 순간들이 있다. 그중 하나인 수전 A.는 두운과 힘찬 리듬으로 생생하고 구체적인 이미지를 강렬하게 창조한다. "몇몇 나무들은 부러지고 부서졌어." 다른 학생인 샐리는 강렬하고 구체적인 이미지로—"네 자리가 비어 있어"—편지를 시작한 다음, 그와 유사한 구조의 문장으로 효과를 더한다. "네 크리스마스 양말은 완성되지 않았어."

스콧도 네 문장으로 구성된 호소력 있는 편지에서 "거기"와 "우리가 있는 여기", "그 위"와 "다시 여기"를 오가며, 근사한 균형 같은 것을 만들었으며, 사실상 시소 같은 움직임을 창조함으로써 스티븐과 학급을 다른 어린이들보다 가깝게 연결했다고 말할 수 있을 것이다.

내용

몇몇 편지는 무미건조하고/무미건조하거나 개성이 없는 반면, 몇몇 편지는 유익하고 흥미진진하며/흥미진진하거나 개성이 뚜렷하다.

아마 가장 무미건조한 편지는 모린의 것일 텐데, 가장 평범하고 정형화된 감정과 가장 일반적인 '소식'만 전할 뿐 아니라, 개성이 드러날 만한 내용이나 문체에서도 관습을 전혀 벗어나지 않는다. 모린의 편지는 분명 상냥하고 쾌활하지만, 그 상냥함과 쾌활함이 다소 기계적인 것으로 들린다. "어떻게 지내? 네가 무척 보고 싶다. 학교로 빨리 돌아오길 바란다. 나는 학교가 참 좋아. 나는 눈 속에서 무척 즐거운 시간을 보냈단다." 모린의 글씨는 동글동글하고 오른쪽으로 시종일관 비스듬한데, 단 하나 주목할 만한 예외가 있다. 똑바로 세워 쓴 나라는 단어다. 다른 글자와 두드러지게 대비되는 이 나들은 승화된 반항성, 실제보다 덜 순응하고 덜 복종하고 싶은 욕망의 표현인 것 같다고 말해도 지나치지 않을 것이다.

상당히 무미건조한 또 다른 편지로는 동글동글하고 작은 글씨로 쓴 메리의 편지가 있지만 모린의 편지보다 살짝 어조가 강하고―"우리 모두 네가 아주 많이 보고 싶다"―구체적인 설명이 하나 더 들어 있다. "나는 눈 속에서 썰매를 타며 정말 재미있게 놀았어."

편지의 내용들은 연민의 표현과 '소식'의 두 가지 큰 범주로 분류할 수 있으며, 아래의 소제목들로 요약해볼 수 있다.

• 정형화된 연민의 표현들
빨리 돌아와/네가 여기 있으면 좋겠다(27통의 편지 중 17회 등장)
몸은 어때/건강이 나아지고 있길 바란다(16회)
보고 싶어(9회)
병원에서의 경험/음식(4회)
공감: 네 마음을 안다(2회)

• 소식
눈 속에서 놀기(9회)
크리스마스/크리스마스 선물(7회)
학교/학교 공부(4회)
식사/음식(4회)
날씨(3회)
부모와 쇼핑 다녀오기(2회)
영화(2회)
반려동물(1회)
새해 전날(1회)
스티븐의 가족(1회)
파티(1회)

불안의 변이들

정형화된 연민의 표현

- 보고 싶어

많은 아이들의 편지에는 일반적 표현인 "우리[또는 나]는 네가 보고 싶어"나 "우리[또는 나]는 네가 무척 보고 싶어"가 있는데 "우리[또는 나]는 네가 곧 돌아오기를 바란다"와 함께 나올 때가 많다.

밴은 이 두 가지 표현으로 편지를 시작한 다음 할 말을 찾지 못한다. "나는 정말 생각할 수 없기 때문에 그게 내가 말한 전부라고[원문 그대로] 나는 생각해"라고 가늘고 떨리는 글씨로, 단어들이 서로 거의 붙을 만큼 촘촘하게 붙여 썼다. 밴의 몇몇 글자는 줄에 사뿐하게 잘 놓여 있지만, 몇은 줄 위에 떠 있고 몇은 아래로 쑥 내려가 있다. 어쩌면, 이 경우에―글을 쓰는 어린이의 불안이 드러난 다른 편지들에서처럼―글자들이 줄에 제대로 놓이지 못하는 이유는 줄 맞춰 쓰려고 지나치게 애를 쓴 탓일 가능성이 있다. 글자가 줄 밑으로 떨어질까 걱정하며 올려 쓰고, 올라갈까 걱정하며 밑으로 내려 쓰는 것이다. 이 아이들이 반듯하게 글씨 쓰는 법을 배우는 모습을 상상할 때, 우리는 줄이 실제로 글자를 갖다 놓을 수 있는 장소가 아님을 기억해야 한다. 줄은 개념상의 표시이며, 그것도 아주 가는 표시이므로, 초심자들은 글자 하나하나로 그 줄을 정확히 건드리는 것이 어렵다. 그러므로 몇몇 어린이들은 자신들이 표현하려는 내용과 관계없이 글씨를 쓰는 행동 자체에 어느 정도 불안을 느낀다.

조앤은 교실 상황이 즉시 떠오를 만큼 구체적으로 글을 쓰며, 그래서 더 호소력이 있다. "학교에서 우리 줄에 앉은 너를 보고 싶어." 게다가 그 줄에 앉은 아이들 사이에 존재하는 연대감—"우리 줄"—까지 전달한다.

샐리는 훨씬 더 구체적으로 쓰며, 샐리의 편지는 가장 짧은 편지에 속하는데도 가장 강렬하고 가장 어두운 감정을 전달한다. "건강이 나아지고 있기를 바란다. 네 자리는 비어 있어. 네 크리스마스 양말은 완성되지 않았어." 마지막 문장 뒤에 마침표를 찍었지만, 그 뒤에 희미하게 b를 써놓아서, 샐리가 문장을 더 이어가거나, 아니면 새로 시작해서 "하지만but 그것이 완성될 것 같지 않구나"처럼 더 어두운 가능성을 말하려 했는지는 분명치 않다. 하지만의 기능 또한 불분명하다. 샐리의 글씨는 가늘고 희미하며, 교사의 지시를 잘못 이해한 듯 주춤대며 윗줄에 닿을 정도로 길게 늘여서 쓰는 f와 l 같은 키 큰 글자들만 빼면 글자를 극도로 작게 쓴다. 대문자 H를 유독 활기차고 당당한 필체로 쓰긴 하지만, 편지의 짧은 길이와 작은 글씨, 그 내용에서 샐리의 타고난 비관주의나 낮은 자존감이 드러나는 듯하다.

• 몸은 어때/건강이 나아지고 있기를 바란다

어린이들의 편지에 공통적으로 나타나는 또 다른 표현은, "우리[또는 나]는 네가 건강하기를 바란다/곧 더 건강해지기를 바란다/곧 낫기를 바란다/몸은 어떠니?"이다.

빌리 J.는 "네가 건강하게 지내고 있기를 바란다"로 시작해서 "네가 곧 돌아오기를 바란다"로 편지를 끝내며, 그 사이에 딱 한 문장을 추가했다. "우리는 별다른 일을 하고 있지 않아." 별다른 일을 하지 않는다는 말의 의미를 반영하는 듯, 이 부분의 글씨는 나머지보다 더 작고 조밀하다. 또한 빌리의 글자들은 줄 밑으로 떨어지는 경향이 있는데, 이는 그가 전하는 유일한 소식—별다른 일을 성취하고 있지 못하다—의 느낌과 잘 어울린다.

로이스는 반듯하게 줄 맞춰 썼지만 가끔 편지지 오른쪽으로 사라지는, 굵고 검은 글씨로, 편지들 중에서는 흔치 않은 대화체의 어조를 사용했다. "이제 몸은 좀 어떠니? 더 건강하길, 나는 바라."

조지프 A.는 "어떻게 지내니?" 대신 "어떻게 하니?"라고 썼다. 교사는 알아차리지 못했다.

• 빨리 돌아와/네가 여기 있으면 좋을 텐데

여섯 줄 안에 어렵사리 여덟 문장을 집어넣은 로이스는 이런 감정을 두 번 표현한다. 한 번은 처음에 "언제 돌아올 거야?", 한 번은 마지막에 정중한 명령문으로 "제발 빨리 돌아오려고 노력해."

위에서 인용한 대로, 캐럴의 편지는 "네가 없어서 허전하기 때문에"라는 더 자세한 설명을 덧붙이는데, 캐럴이 스티븐의 옆집에 살며 아마 친한 친구라는 점에서 상당히 진심 어린 표현이거나, 아니면 최소한 정중한 표현일 것이다. 캐럴의 편지에서 분명히 알 수 있듯, 둘의 가족도 서로 친하기 때문에 캐럴은 스티븐과 특별한 관계라는 점에 주목할 필요가 있다.

열정적인 조지프는 한술 더 떠서, 조급함을 표현한다. "네가 학교로 돌아올 때까지 기다리기가 힘들어."

스티븐의 친구 조너선은 균형 잡힌 똑바른 글씨로 글자 하나하나를 줄에 맞춰 반듯하게 썼으며 조지프와 비슷한 표현을 사용한다. "네가 집으로 돌아올 날까지 기다리기가 힘들어." 추측컨대, 조너선이 더 일반적인 '학교로 돌아오다'라는 표현 대신 '집으로 돌아오다'를 쓴 이유는 스티븐과 친한 친구일 뿐 아니라 이웃이기 때문일 것이다.

여학생 다이앤도 거의 같은 표현으로 같은 감정을 표현한 다음—"네가 학교로 돌아오는 날까지 견디기가 힘들어"—이어지는 문장에 명령문 두 개를 사용해 이런 감정을 더욱 강조한다. "서둘러서 돌아와."

다이앤의 친구 메리 K.는 이런 감정을 다소 정확하고 심각한 표현으로 써서, 스티븐이 "매우 짧은 시간 안에 학교로 돌아오기를" 바란다.

빌리 T.는 스티븐의 등교보다 퇴원에 집중한다. 또한 세 문장으로 구성된 짧은 편지에서 두 문장을 퇴원 이야기에 할애한다. "너 언제 나올 거야? 곧 나오기를 바란다."

또 다른 남학생 스콧은 앞뒤가 논리적으로 연결되는, 설득력 있는 편지로 이런 감정을 표현한다. "네가 거기에서 어떤 기분인지 알아"라는 공감으로 편지를 시작한 뒤, 공감의 표현을 반복함으로써(편지 중에서는 드물게) 더 자세히 설명한다. "네가 우리가 있는 여기에 있고 싶을 거라고 나는 생각해." 그리고 드물게도 가정법을 사용해 극적인 어조를 더한다. "그리고 만약 내가 그 위에 있다면 너를 침대 밖으로 낚아챌 텐데." 마지막으로 자신이 상상한 행동의 논리적 결과—"그러면"—를 말할 때 학교를 다시 언급함으로써 병원과 학교를 왕복하는 구조를 완성한다. "그러면 너는 다시 여기에 있을 수 있을 텐데." ("거기에"와 "그 위에서"라는 구절을 사용한 것으로 보아, 스콧은 병원이 시내에서 멀리 떨어진, 높은 곳에 있다고 생각하는 것을 알 수 있는데, 이는 조너선도 똑같이 사용한 "그 위에서"와 또 다른 학생이 썰매타기를 묘사할 때 "호스피털 언덕"을 언급한 것으로도 확인할 수 있는 사실이다.)

여학생 수전 B.는 더 짧은 편지에서(세 줄에 세 문장) 다른 아이들과 비슷한 인사만 쓴 다음, 전해 들은 소식을 아쉬운 듯 덧붙인다. "조너선 A.가 내게 큰 사탕 상자를 보낸다고[원문 그대로임] 내게 말했어." 수전의 글씨는 이 문장의 뒷부분에서 눈에 띄게 달라진다. 편지의 첫 부분에서는 진하고, 곧고, 자신감 있던 글씨가 갈수록 희미해지면서 오른쪽으로 기울더니 사탕에 이르면 가늘고 허약해지면서 거의 옆으로 눕다시피 한다.

• 병원 경험/음식
소수의 어린이만 스티븐의 병원 경험에 호기심을 표현한다.

킹즐리는 이렇게 묻는다. "병원에 있으니 좋아?"

스티븐의 친한 친구 조너선도 관심을 보인다. "그 위에서 어떻게 지내?"

스티븐의 옆집 친구, 캐럴은 더 구체적이다. "거기 음식이 괜찮아?"

빌리 T.도 스티븐의 음식에 관심을 갖는데, 아마 병원 음식을 뜻하는 것 같지만, 미래시제를 사용해서 다소 불분명하긴 하다. "네가 잘 먹게 되길 바란다."

자기 이름의 철자를 확실히 모르거나, 어쩌면 한 글자를 장식으로 덧붙이길 선택한 듯 보이는 알린은 짧지만 구체적인 질문 두 개로, 다급하거나 강압적인 어감마저 더한다. "네 간호사가 누구야? 네 의사는 누구야?" 그러나 편지의 마지막에 이르면 알린의 관심이 아마 '직업'에 관련된 것임을 이해하게 된다. "나는 크리스마스에 간호사 놀이 세트를 받았어."

• 공감: 네가 어떤 기분인지 알아

스콧은 공감의 표현으로—"네가 거기에서 어떤 기분인지 알아"—편지를 시작한 다음 스티븐을 찾아가겠다고 위협한다.

조지프 O.도 관대한 공감처럼 보이는 표현으로 편지를 시작한다. "네 기분을 알아." 그러나 그다음에 분명 비논리적으로 보이는 결론으로 넘어간다. "나는 모자 달린 새 코트를 갖게 될 거야."

소식

• 날씨

일부 어린이들은 날씨를 언급한다.

조지프 A.는 간결한, 또는 합리적인 어조로 말한다. "기온이 계속 변해."

정확성과 세부 묘사의 중요성을 잘 알고 있는(아래를 보라) 신시아는 이렇게 쓴다.

"오늘 밖이 아주 어러붙었어[원문 그대로임]."

또 다른 여학생 수전 A.는 편지 전체에서 유일하게 은유를 사용하여 날씨에 대해 시적으로 쓴 학생이다. 수전의 은유는 상투적이긴 하지만, 곧이어 더 강렬한 사실주의적 묘사가 따라온다. "일주일 전에 진눈깨비 폭풍이 불었어. 폭풍이 그치자 모든 것이 요정나라처럼 보였지만 몇몇 나무는 구부러지고 부러졌어." 궁극적으로 주변 환경을 있는 그대로 사실적으로 바라보는 수전의 성향은, 긴 글자를 쓸 때 더러 흔들리는 획들만 빼면, 상당히 고른 글씨체에서도 드러난다.

• 식사/음식

병원에서의 스티븐의 경험과 관련해 음식을 언급한 두 사례를 제외하면, 음식이 언급된 경우는 조너선이 스티븐에게 보낸 사탕 선물을 언급한 둘밖에 없다. 하나는 조너선이 직접 쓴 것이고("내가 선물한 사탕 상자를 네가 좋아했기를 바라고") 다른 하나는 아마 그 선물을 부러워하는 듯한 수전 B.의 언급이다.

● 학교/학교 공부

스티븐이 학교로 곧 돌아오길 바란다는 바람을 공통적으로 표현한 것 말고는 많은 아이들이 학교와 학교 공부에 대해서는 언급하지 않는데, 아마 편지를 쓴 장소가 학교였기 때문인 것 같다.

교재를 언급한 학생은 다이앤이 유일하다. "우리는 '노래하는 바퀴들' 시리즈를 읽고 있어." 다이앤이 이 교재에 각별한 관심을 표현했을 뿐 아니라, 뒤이어 크리스마스 선물로 받은 빅트롤라 축음기를 언급하며 음악에 대한 관심을 드러냈으며, 글씨를 일관성 없게 쓰는(가끔은 비스듬하고, 가끔은 똑바르고, 가끔은 줄 아래로 쑥 내려가는 등) 특성을 고려했을 때 그녀는 다소 지적, 예술적 성향을 지녔으며 '창조적'이라고 생각해볼 수도 있다. 또한 편지에 형제자매 이야기(아래를 보라)뿐 아니라 메리와의 우정에 대해서도 썼으며, 메리가 두 사람이 함께 스키를 탄 이야기를 언급한 것으로 보아, 상당히 외향적이고, 사교적이며, 가족을 중요하게 생각하고, 신체 활동에 적극적인 학생인 듯하다.

위에서 언급한 친구, 메리 K.는 다이앤과 스키를 타러 간 것에 대해 쓴 뒤 이렇게 편지를 끝맺는다. "자 우리는 이제 독서를 시작해야 하니까 '안녕'이라고 말해야겠다."(교사는 '안녕'에는 작은따옴표를 찍었지만 '자' 뒤에 빠진 쉼표는 넣지 않았다.) 메리는 이제 곧 이어질 수업 활동을 언급함으로써, 학생들이 편지를 쓰는 순간의 교실 상황을 그린 유일한 학생이다. 분명 다이

불안의 변이들

앤처럼 독서 활동에 흥미나 재미를 느끼는 것 같다.

세 번째로 학교를 언급한 사례는 앞에서도 인용한 모린의 무미건조한 편지로, 구체성이 대단히 부족한 표현이다. "나는 학교가 무척 좋아." 그러나 앞에서 살펴봤듯 모린은 어쩌면 자신이 말하는 만큼 학교를 좋아하지 않는지 모른다.

네 번째 여학생 로이스는 아마 자신이 독서보다 더 흥미를 느끼는 다른 공부를 언급한다. "우리는 여전히 구구단을 공부하고 있어." 하지만 로이스는 이 문장 앞에 단서를 하나 달았다. "우리는 공부를 그다지 많이 하고 있지 않아."(교사가 분명 관심을 기울여 이 편지 쓰기 활동을 지도했는데도, 두 어린이가 "별다른 일을 하고 있지 않다/공부를 그다지 많이 하고 있지 않다"라고 논평한 것을 지적해야겠다. 이런 논평은 사실일 수도 있지만, 이 어린이들의 인식일 뿐일 가능성이 더 높은데, 만약 그렇다면, 이들은 영리해서 다른 학생들보다 과제를 더 일찍 마치는 학생들이거나, 아니면 그저 공부에 흥미가 적은 학생들일 수 있다. 어느 쪽이든, 교사는 이런 논평을 그냥 남겨두었다.)

• 부모와 함께 쇼핑하기

어린이들은 엄마들과 함께 시내에 쇼핑을 가고, 겨울옷을 산다.

프레드는 이렇게 쓴다. "엄마와 나는 겨울옷을 사러 다운타운에 갈 거야. 누나는 새 스키복과 모자를 살 거야." 프레드의 편지에는 이 내용밖에 없고, 그 뒤에 바로 맺음말이 나온

다.("자 이걸로 나는 내가 네게 할 말을 다했다고 생각해." 여기에서
도 교사는 '자' 뒤에 빠진 쉼표를 채워주지 않았다.)

● 눈놀이

어린이들은 다른 주제보다 눈 속에서 놀았던 일을 이야기할
때 대체로 표현력이 더 좋았고 가끔은 지명을 비롯한 세부 사
항을 넣기도 한다.

알렉스는 이렇게 쓴다. "우리는 호스피털 언덕에서 재미있
게 놀았어. 불룩 튀어나온 부분을 넘고 공중을 가르며 날았지.
올해 나는 내가 예전에 했던 것보다 더 높이 날았어." 알렉스는
그의 모험심과 보조를 맞추려는 듯, 일관성 없이, 가끔은 줄에
맞춰서, 가끔은 줄 위아래로 들쭉날쭉하게 글씨를 쓰며, 가끔
은 가늘고 우아하게, 가끔은 두껍고 투박하게 획을 긋는다.

남학생 둘은 눈싸움을 묘사한다. 존 W.는 이렇게 쓴다. "밖
에서 큰 눈싸움이 있었어. 거의 모든 무리가 싸웠어." 어떤 눈
싸움이든 밖에서 할 수밖에 없으므로, 존의 밖에서는 분명 특정
장소를 가리키는 구체적인 표현일 텐데. "거의 모든 무리"가
모일 만한, 유일한 장소인 학교 운동장을 가리킬 것이다. 존은
분명 스티븐이 "모든 무리"가 정확히 누구누구를 말하는지 알
리라 기대하는 듯하다.

시어도어는 이렇게 쓴다. "우리 집 쪽에서 몇몇 남자애들과
눈싸움을 했어. 나는 내게 덤빈 애들을 물리쳤지."

사실주의자 신시아는 남학생들만큼 전투적이지는 않지만,

짙은 잉크로 이렇게 쓴다. "나는 한 번 미끄러졌는데 재미있었어. 눈사람들을 만들었지만 무너져버렸어." 글자의 고른 기울기와 병렬 구문의 섬세한 사용, 횟수와 행동의 결과에 대한 엄밀한 표현으로 보건대 신시아는 우수한 학생일 것이다.

메리 K.는 다른 어린이의 이름을 언급한 두 명밖에 안 되는 학생 중 하나다. "지난 월요일에 다이앤 T.와 나는 스키를 타러 갔어. 언덕에 작은 장애물이 있어서 우리는 점프하느라 힘든 시간을 보냈어." 메리가 스티븐에게 다소 단호하게 "나는 네가…… 아주 빠른 시간 안에 학교로 돌아오길 바란다"라고 썼을 뿐 아니라 "작은 장애물"과 "힘든 시간" 같은 구체적 표현을 쓴 것으로 보건대, 다른 사람뿐 아니라 스스로에 대해서도 상당히 엄격한 잣대를 갖고 있다고 짐작할 수 있다.

재닛은 의외의 요소를 덧붙인다. "나는 썰매와 스키를 탔는데 고양이들도 나와 함께 갔어." 재닛의 편지는 누가 봐도 흥미로운 정보를 포함한 몇 안 되는 편지에 속할 것이다. 편지에 서명하기 전에, 재닛은 조금 덜 흥미로운 사실도 알려준다. "고양이들은 나와 잠도 함께 잤어."

눈에 대한 로이스의 언급은 특별한 내용이 없어서 덜 흥미롭지만, 로이스는 눈놀이와 관련해 친절하게도 스티븐을 언급해준 유일한 학생이다. "네가 눈 속에서 우리와 함께 놀 수 없어서 아쉽구나."

• 영화

시어도어도 영화 관람 소식을 전한 편지에서 스티븐을 언급한다. "며칠 전에 마린 레이더스와 〈스테이지코치 키드〉를 보러 갔어. 너도 보면 좋을 텐데."

존 C.도 영화관에 간 이야기를 썼고 영화뿐 아니라 도시의 이름도 썼는데, 그의 문장에서 사용한 그리고의 용법은 불분명하다. "나는 P[근처 도시]에 갔어. 그리고 P에 있는 영화관에 한번 갔지. 〈브랜디드〉를 봤어." 존의 글씨체는 우아하지만 특이하게 줄 밑으로 일관되게 조금씩 내려간다. 이런 글씨는 더 많은 안정에 대한 소망이나 상상에 대한 두려움을 나타낼 수도 있고, 아니면, 반대로, 보기 드물게 안정된 성격을 나타낼 수도 있다. 하지만 존이 영화를 언급한 것으로 보아, 그는 상상의 산물에 매료되는 동시에, 그 속에 표현된 본질적으로 불안을 유발하는 대체 현실에 대한 반발로 자신의 현실을 더 단단히 붙들려 한다고 짐작해볼 수 있을 것이다.

어린이들이 다른 주제에 대해서는 항상 구체적으로 표현하지는 않는 반면, 그들이 본 영화에 대해서는 애써 제목을 밝힌다는 점도 주목할 만하다.

• 크리스마스/크리스마스 선물

크리스마스 선물을 나열하기만 하고 감상을 말하지 않는 어린이들이 있는 반면, 구체적으로 무엇을 받았는지는 말하지 않고 일반적인 감상만 말하는 어린이들도 있다.

다이앤은 형제자매가 받은 선물까지 말한다. "나는 크리스마스에 빅트롤라 턴테이블을 받았어. 여동생은 인형 마차를 받았어. 남동생은 축구공을 받았어." 이 선물들이 그들이 받은 유일한 선물인지, 아니면 그냥 가장 언급할 만한 선물인지는 불분명하다.

반면에 존 C.는 선물을 많은 개수부터 적은 개수까지 모두 나열하여 훌륭한 순서 감각을 보여주는 듯하다. "나는 크리스마스 선물로 카우보이 책 세 권과 게임 두 개, 손전등 한 개를 받았어."

조앤은 선물을 구체적으로 밝히지는 않지만, 형제를 포함하는 일반적인 진술로 크리스마스 선물에 대한 이야기를 시작한다. "나는 멋진 크리스마스를 보냈어. 오빠와 나는 매우 근사한 크리스마스 선물을 받았어."

조너선은 스티븐이 크리스마스 선물로 무엇을 받았는지 궁금해한 세 어린이 중 하나다. "크리스마스에 장난감 많이 받았니?"

재닛은 선물의 양보다는 구체적인 정보를 궁금해한다. "크리스마스에 무슨 선물을 받았어?" 그 뒤에는 선물의 질과 양을 모두 언급한다고 할 만한 두 번째 질문을 던진다. "산타가 네게 친절했니?"

옳든 그르든 간에, 킹즐리만 스티븐이 입원한 탓에 아직 크리스마스 선물을 받지 못했으리라 가정한다. "크리스마스 선물로 무얼 받게 될 것 같니?" 추측이 담긴 질문의 특성과 보조를 맞추려는 듯 같느라는 단어는 줄 위로 떠올랐다가 다시 제자리로 돌아온다. 킹즐리는 이렇게 질문을 던진 다음에 막연하게 만족감을 표현하는 문장을 덧붙인다. "나는 받고 싶던 것을 다 받았어." 킹즐리의 글자 가운데 몇은 다른 글자보다 훨씬 크다, 이를테면 더 좋은의 더와 크리스마스의 크인데, 두 단어 모두 킹즐리에게 특별히 중요한 단어였던 모양이다.

결론: 아이들의 일상생활과 시공간 인식, 성격과 심리

우리는 이 편지들에서 어린이들의 일상생활과 성격, 기분뿐 아니라 시공간 인식에 대해 몇 가지를 자신 있게 추측해볼 수 있을 텐데, 물론 편지들이 쓰인 정황상 진실을 어느 정도 제대로 반영하지는 못했을 수도 있다. 교사는 아마 적절한 화제를 선택하도록 제한했을 테고, 분명 교실에서 편지 쓰기를 감독했을 것이다. 학생들은 편지 쓰기를 스스로 선택한 것이 아니라 쓸 수밖에 없는 상황이었다. 게다가 제한된 시간에 편지를 써야 하고 다음 과목이 기다리고 있다는 것을 알고 있었다("자 우리는 이제 독서를 시작해야 하니까").

일상생활

편지들에 포함된 정보를 대체로 믿는다면, 우리는 아이들에 대해 최소한 다음 사실들을 추정해볼 수 있다. 아이들은 소유물이 비교적 적다. 선물의 양에 분명 관심이 있지만(조녀선을

보라), 어쨌든, 다섯 개라는 그다지 많지 않은 선물에 만족한다
(존 C.를 보라). 아이들은 가족과 반 친구들과 함께 시간을 보낸
다. 그들의 활동은 눈 속에서 놀고(썰매타기와 스키타기), 영화관
에 가고, 시내에서 쇼핑하고, 가끔 다른 도시로 여행하는 것이
다. 몇몇은 반려동물을 키우며 친구와 진한 우정을 나누고, 몇
몇은 학교 공부에 관심이 있다. 몇몇 소년은 카우보이와 독서,
축구, 영화에 관심이 있다. 몇몇 소녀는 음악과 인형, 간호에
관심이 있다. 소년과 소녀 모두 밖에서 놀기를 좋아한다.

시간

일반적으로 어린이들의 시공간 감각은 잘 발달했다. 전체적
으로 편지에는 과거(예: 크리스마스에 받은 선물)와 현재("네 자
리가 비어 있어"), 미래("누나는 새 스키복을 살 거야")에 대한 분명
한 인식이 보인다. 몇몇 아이들은 미래에 스티븐이 돌아오길
기대한다. 편지를 다시 보내겠다고 약속한 아이는 조너선밖에
없다. "곧 편지를 더 보낼게."

메리 K.는 이례적으로 편지를 쓰는 순간과 근접한 미래를
환기한다("자 이제 우리는 독서를 시작해야 하니까").

장소

편지들은 또한 어린이들의 정확하고 분명한 공간 인식도 보
여준다. 학교에 앉아 편지를 쓰는 동안 아이들은 실제로 시내
중심가보다 더 높은 지대에 있었으므로, 시내를 "다운타운"이

라는 구어적이자 사실을 반영한 표현으로 적절하게 언급한다. 하지만 시내보다 학교에서 더 멀리 있는 병원은 "거기에"라고 부른다. 또한 학교보다 높은 곳에 있는 병원을 "그 위에"라고도 언급한다. "그 위에"는 또한 병원이 도시에서 살짝 북쪽에 있다는 사실을 아이들이 알고 있음을 나타낼 수도 있다.

어쩌면 "거기에"라는 표현은 또한 아이들이 병원과 병원이 상기시키는 죽음과 질병의 위협으로부터 거리를 두려는 시도를 나타낸다는 점에서 물리적, 심리적 공간이 일치하는 드문 경우로 타당하게 해석할 수 있다.

조앤과 수전 B.는 각각 "우리 줄에서"와 "네 자리가 비었어"라는 표현으로 가까운 교실 공간을 떠올리게 한다.

그뿐만 아니라, 몇몇 아이들은 바깥에 대체로 더 관심을 돌리는 반면("우리는 스키를 타러 갔어") 몇몇은 실내(교실, 줄이나 자리, 병원)에 더 관심이 있다는 것도 주목할 필요가 있다. 또한 병원은 멀찍이 거리를 두는 "거기에"라는 표현 말고도, "……나오다"(빌리 T.의 "언제 나오니?")라는 방향성과 일반적으로, 어쩌면 불안감과 더불어, 언급되는 것과 대조적으로 학교는 "……로 돌아오다"(메리 K.)라는 든든한 느낌으로 언급된다.

성격과 심리

교사는 편지의 형식과 대강의 내용을 신중하게 통제하긴 했지만 구체적인 내용과 문체에 대해서는, 아마 어떤 테두리 안에서, 학생들이 쓰고 싶은 대로 쓰게 놔둔 듯하다. 그렇다면 학

불안의 변이들

생들이 어떤 주제를 선택했고 어떻게 표현했는지를 통해 서로 다른 성격과 기질에 대한 단서를 얻을 수 있을 것이다.

몇몇 아이들은 스스로 놀이를 찾아서 하는(바깥 놀이) 높은 자립성을 보이는 반면, '포장'되거나 '가공'된 오락(영화관에 갔다 온 두 아이의 경우)에 대한 의존성을 보이는 아이들도 있다. 신체 활동(바깥 놀이)이든, 문화 활동(영화)이든 일반적으로 활동을 좋아하는 성향을 보이는 아이들이 있는 반면, 물질적 소유(크리스마스 선물, 쇼핑)에 관심이 더 많은 아이들도 있다. 그리고 마지막으로 아이들 대다수는 이런저런 사교적이거나 상호작용적 활동(놀이, 쇼핑)에 관심이 있는 반면, 비교적 적은 수의 아이들은 어떤 생각이나 정신 상태에 몰두하는 것처럼 보인다(네가 없어, 네 자리가 비었어, "나는 그냥 생각할 수 없어").

몇몇 아이들은 가족 외부에서 일어나는 사교 활동("다이앤 T.와 나")을 좋아하지만 다른 아이들의 관심은 가정과 가족과의 활동에 쏠려 있다. 크리스마스 방학에 대한 이야기에 형제자매를 포함시킨("여동생은 인형 마차를 받았어. 남동생은 축구공을 받았어") 편지는 아마 더 큰 가족 공동체에서 정체성을 찾으려는 욕구와 불안을 보여준다고 할 수 있다.

대담한 성향을 보이는 아이들도 있다("너를 침대 밖으로 낚아챌 거야"). 또는 모험을 추구하는 성향을 보이기도 한다("올해 나는 예전에 내가 했던 것보다 더 높이 날았어"). 반면에 부재와 결핍을 언급하는 아이들도 있다("나는 그냥 생각을 할 수 없어"와 반복되는 "나는 네가 보고 싶어"와 "우리는 네가 보고 싶어"). 몇몇은 슬품을 암시하기도 한다(캐럴의 "쓸쓸한", 샐리의 "네 자리가 비어 있어"). 또는 실패와 패배의 느낌(무너진 눈사람, 구부러지고 부러진 나뭇가지)이나 질투/부러움/박탈감(다른 아이가 사탕 상자를 받았다)을 넌지시 내비친다. 몇몇의 어조는 고압적이고(여학생들이 사용한 명령문) 몇몇의 어조는 다정하다(반려동물에 대한 애정을 표현한 재닛). 다른 아이들에 비해 어려움과 외로움에 더 민감한 아이들도 있다. 그러나 모든 아이들이 불운한 상황에 있는 반 친구에게 다정한 감정을 표현할 수 있다. 적어도 그렇게 하도록 과제를 받았을 때는.

위에서 언급한 모린처럼 모순된 특성이나 내적 갈등을 보이는 아이들이 더러 있다. 또 다른 사례는 알린이다. 알린은 대단히 현실적이고, 진심으로 간호사가 되기를 선택한 듯하지만, 이름을 더 현실적인 느낌의 '알린'에서 더 예쁘고 더 근사한 '아릴린'으로 바꿔 쓴 특이한 행동을 통해 억압된 낭만적 성향(따라서 덜 현실적인 직업에 대한 끌림)을 드러냈는지 모른다.

편지들에 표현된 주된 분위기는 긍정적이고 낙관적일지라도, 몇몇 아이들이 선택한 주제나 문체에서 어떤 공포나 불안, 또는 인생의 어두운 면에 대한 인식(눈싸움, 장애물을 넘는 어려움)이 드러나며, 이처럼 보편적인 공포는 아마 모든 학생들에게 어느 정도는 있을지 모른다(예: "나는 ……를 바란다, 나는 ……를 바란다"의 불안한 반복).

사실, 아이들의 세상은—썰매, 크리스마스 선물, 엄마와 쇼핑하기를 포함해—비교적 안전해 보일지라도 어두운 면도 있다. 구부러지고 부러진 나뭇가지와 무너진 눈사람, 교실의 빈 자리와 미완성된 양말, 다른 아이에게 간 사탕 상자. 아이들은 병원이 우뚝 서 있는 호스피털 언덕에서 놀 때 무엇을 느꼈을까? 병원에 혼자 있는 스티븐이 어쩌면 그들을 내다보고 있을지 모른다고 의식했을까? 스티븐처럼 자신들도 갑작스러운 사고를 당할 수 있다는 것을 늘 어렴풋하게 의식하고 있었을까? 아이들은 이해하기 힘든 모순과 암묵적인 위협이 있는 환경에 이미 상당히 친숙하다는 것을 기억할 필요가 있다. 썰매 타기와 스키타기처럼 재미있는 실외 활동은 우뚝 솟은 음울한 병원 건물이 보이는 곳에서만 즐길 수 있었다. 방과 후 모퉁이 가게의 퉁명스러운 주인과 대면해야만 간식을 살 수 있고, 간식을 산 다음에는 유속이 느리지만 위험한 강으로 가파르게 내려가는 내리막길이 보이는 곳에서 간식 포장을 뜯었을 것이다. 사실, 더 일반적으로 말하자면, 언덕 위 병원의 암묵적인 위협과 아래쪽 강의 더욱 명시적인 위협 사이에 붙들려 있는 이 아이들은 이 두 가지 위협의 손아귀를 빠져나가기를, 그들이 자주 하는 것처럼, 엄마와 함께 유혹적인 상품들이 있는 "다운타운"으로, 또는 아예 도시 밖으로(P로의 여행), 또는 영화관과 카우보이 책, 상상("요정나라")이 제공하는 허구의 세상 속으로 향하기를 정말 바랄지도 모른다.

부록

비교를 위해, 스티븐이 집으로 돌아온 뒤, 병원에 있는 동안 받았던 것으로 보이는 전 담임선생님의 선물에 감사를 표하기 위해 무선지에 손으로 직접 쓴 편지를 살펴보는 것도 흥미로울 것이다. 스티븐의 편지는 다듬지 않은 초고로, 철자 오류 하나와 어법 오류가 하나 있고 구두점들이 빠져 있는데, 그의 반 친구들에게도 편지 초고라는 게 있다면, 아마 스티븐의 것과 무척 비슷할 것이다. 편지에는 "1951년 2월 20일" 날짜가 적혔고 내용은 이렇다. "R. 선생님께, 책 감사합니다. 저는 병원을 나왔고 더 이상 목빨을 걸칠 필요가 없어요 사랑하는 스티븐."

텔레비전

Television

1

우리가 좋아하는 프로그램들이 매일 저녁 나온다. 그들이 흥미진진할 거라고 말하면 항상 흥미진진하다.

그들이 앞으로 무엇이 나올지 우리에게 힌트를 주고 나서 그것이 나오는데 그것은 흥미진진하다.

죽은 사람들이 우리 집 창밖을 걸어 다닌다 해도 우리는 더 이상 흥미를 갖지 않을 것이다.

우리는 그 모든 것의 일부가 되고 싶다.

그들이 오늘 저녁에, 그리고 며칠 뒤에 무엇이 나올지 알려 줄 때 그 말을 듣는 상대가 되고 싶다.

우리는 지쳐 떨어질 때까지 광고에 귀를 기울이며 그 모든 목록에 치인다. 그들은 우리가 무척 많이 사길 바라고, 우리는 노력한다. 하지만 돈이 많지 않다. 그래도 이 모든 것의 과학에 감탄하지 않을 수 없다.

어떻게 우리는 한 번이라도 이 사람들만큼 확신을 가질 수 있을까? 이 여성들은 주도권을 쥔 여성들이지만, 우리 가족의 여성들은 그러지 못한다.

그래도 우리는 이 세상을 믿는다.

이 사람들이 우리에게 말을 걸고 있다고 믿는다.

예를 들어, 엄마는 남자 앵커를 사랑한다. 남편은 어느 젊은 리포터에게 시선을 고정하고 앉아 카메라가 뒤로 빠지며 그녀의 가슴을 보여주길 기다린다.

뉴스 뒤에 우리는 퀴즈쇼를 선택해서 보고, 그다음에는 수사 드라마를 본다.

시간이 지나간다. 우리의 심장은 계속 뛴다, 가끔은 느리게, 가끔은 더 빠르게.

특히 괜찮은 퀴즈쇼가 하나 있다. 매주 똑같은 남자가 입을 꼭 다문 채 눈물을 글썽이며 방청석에 앉아 있다. 남자의 아들이 더 많은 질문에 대답하기 위해 무대에 다시 오른다. 소년은 눈을 깜박이며 텔레비전 카메라를 향해 선다. 소년이 최종 상금 12만 8,000달러를 얻으면 질문은 끝날 것이다. 우리는 소년에게는 그다지 관심이 없고, 나쁜 치아를 드러내며 웃는 엄마도 좋아하지 않지만, 아빠 때문에, 그의 꼭 다문 입술, 그의 촉촉한 눈 때문에 감동한다.

그래서 이 프로그램 시간에는 전화도 뽑고, 어쩌다 한 번씩 들리는 노크 소리에도 응답하지 않는다. 우리는 집중해서 본다. 남편은 입술을 꼭 다물고 보다가 눈이 보이지 않을 만큼 흐뭇한 미소를 짓고, 나는 소년의 엄마처럼 금니가 가득한 입에 날카로운 시선을 하고 편안하게 앉아 있다.

2

내가 하와이 경찰들에 대한 이 드라마를 아주 괜찮다고 생각하는 건 아니다. 그냥 이 드라마가 내 삶보다 더 사실적으로 보일 뿐이다.

저녁을 지나는 다양한 경로들: 채널 2번, 2번, 4번, 7번, 9번, 또는 채널 13번, 13번, 13번, 2번, 2번, 4번 등. 경찰 드라마가 보고 싶을 때도 있고, 〈늪의 동물들〉 같은 공영방송 다큐멘터리가 보고 싶을 때도 있다.

텔레비전 속 이야기가 그토록 재미있어 보이는 이유는 내가 밤 시간에 고립돼 있고, 바깥은 어둡고, 바깥은 고요하며, 시간은 점점 늦어가기 때문일 것이다. 하지만 플롯도 한몫한다. 오늘은 여러 해 뒤 돌아온 아들이 아버지의 아내(그의 엄마는 아닌)와 결혼한다.

우리가 이 프로그램들에 관심을 쏟는 이유는 아주 많은 똑똑하고 세련된 사람들의 작품인 것 같기 때문이다.

나는 다른 방에서 들리는 텔레비전 소리라 생각하지만 저녁의 어둠이 내려앉을 때 남쪽으로 날아가는 기러기들의 울음소리다.

진주 목걸이를 두른 수전 스미스라는 젊은 여성이 하키 경기에 앞서 캐나다 국가를 부르는 것을 지켜본다. 노래를 끝까지 듣고 채널을 바꾼다.

또는 피트 시거가 자신의 노래 〈루벤 E. 리〉에 맞춰 다리를 발랄하게 위아래로 흔드는 것을 보다가 채널을 바꾼다.

당신이 지금 하고 싶은 일은 아니다. 당신은 그냥 시간을 보내고 있는 것이다.

특정 시간이 되고 당신이 잠자리에 들 만한 상태가 될 때까지 기다리고 있다.

다음 날 날씨에 대한 정보―바람이 얼마나 빨리, 어느 방향에서 불어올지, 언제 비가 올지, 언제 하늘이 갤지―를 얻는 것에는 진정한 만족감이 있고, "40퍼센트 확률"이라는 표현의 "40퍼센트" 같은 단어들로 날씨 예보 과학의 엄밀성을 알 수 있다.

이 모든 것이 어두운 화면 한가운데 파란 점에서 시작할 때 당신은 이 영상들이 멀리에서 당신에게 오리라는 것을 느낄 수 있다.

3

하루가 끝날 무렵, 피곤할 때면, 내 삶은 자주 한 편의 영화로 변하는 것처럼 느껴진다. 무슨 말인가 하면 나의 진짜 낮이 나의 진짜 저녁으로 이동하지만, 나로부터도 꽤 멀어지고 기이해지며 영화가 된다. 그때 내 삶은 너무 복잡하고, 너무 이해하기 힘든 영화여서, 나는 다른 영화를 보고 싶다. TV를 위해 만들어진 영화를 보고 싶고, 그런 영화는 재난이나 장애나 질병이 나올지라도 단순하고 이해하기 쉽다. 그런 영화는 많은 것을 건너뛴다. 우리가 이해해주리라 생각하며, 주요 사건들이 갑자기 일어나도록 온갖 골치 아픈 문제를 건너뛴다. 아무리 굳게 결심한 남자도 마음을 바꿀 수 있고, 느닷없이 사랑에 빠질 수도 있다. 이런 영화가 온갖 골치 아픈 문제를 건너뛰는 이유는 중간광고까지 포함해 고작 한 시간 이십 분 안에, 큰 사건들을 준비할 시간이 충분치 않고, 우리가 원하는 건 큰 사건들이기 때문이다.

알츠하이머를 앓는 여성 교수에 대한 영화가 한 편 있다. 다리 하나를 잃었지만 스키를 다시 배운 올림픽 스키 선수에 대한 영화가 한 편 있다. 오늘 밤의 영화는 언어치료사와 사랑에 빠지는 농인 남성에 대한 영화인데, 언어치료사가 훌륭한 배우는 아니지만 예쁘고 남자는 농인이나 잘생겨서 나는 두 사람이 사랑에 빠질 줄 알았다. 남자는 영화 초반에 농인이었고 후반에 다시 농인이 되지만 중간에는 듣고 말하는 법을 배워, 뚜렷한 사투리로 말한다. 한 시간 이십 분 사이에 그는 농인에서 청인이 됐다가, 다시 농인이 됐을 뿐 아니라 자신의 재능으로 성공적인 사업체를 세웠다가, 한 직원의 배신으로 빼앗기고, 사랑에 빠지고, 영화 끝까지 사랑하는 여자를 지키고 동정을 잃는데, 동정이라는 것은 농인이라면 잃기 어렵고, 일단 청인이 되면 더 잃기 쉬운 것처럼 보인다.

이 모든 것이 꾹꾹 채워진다, 저녁이 오면서 이미 내게서 멀어져버린 내 삶의 어느 하루의 끝자락 속으로…….

정신없는

Absentminded

　　고양이가 창가에서 울고 있다. 고양이는 안으로 들어오고 싶다. 당신은 고양이와 함께 사는 일과 고양이의 요구가 어떻게 당신으로 하여금 단순한 것들에 대해, 이를테면 안으로 들어오려는 고양이의 욕구 같은 것들에 대해, 생각하게 만드는지, 그래서 얼마나 좋은지에 대해 생각한다. 당신은 그 생각을 하고 그 생각을 하느라 너무 바빠서 고양이를 안으로 들여보내지 못하고, 고양이를 들여보내는 걸 잊고 있으니 고양이는 여전히 창가에서 울고 있다. 당신은 고양이를 들여보내지 않았다는 것을 알고, 고양이의 욕구에 대해, 고양이의 단순한 욕구와 함께 사는 것이 얼마나 좋은지에 대해 생각하는 동안 고양이를 들여보내지 않고 창가에서 울게 내버려두다니 얼마나 이상한가 생각한다. 그것에 대해, 그것이 얼마나 이상한지에 대해 생각하면서, 당신은 자신도 모르게 고양이를 들여보낸다. 이제 고양이는 조리대 위로 뛰어올라 먹을 것을 달라고 운다. 당신은 자신도 모르게 고양이를 들여보내다니 얼마나 이상한 일인가 생각하느라 고양이가 먹을 것을 달라고 우는 모습을 보면서도 먹이 줄 생각을 하지 못한다. 그러다가 당신이 먹이를 주지 않는 동안 고양이가 먹이를 달라고 울고 있음을 깨닫고, 울고 있는 고양이를 보며 고양이 울음소리를 듣지 못하다니 이상하다고 생각하면서, 자신도 모르게 고양이에게 먹이를 준다.

남쪽을 향해, 「최악을 향하여」를 읽다

Southward Bound, Reads *Worstward Ho*

해는 눈에, 동쪽을 향해, 서쪽에서 오는 비행기를 마중하기 위해 남쪽으로 가는 버스를 기다린다. 「최악을 향하여」*, 책을 들고서.[1]

남쪽으로 가는, 버스에서, 오른쪽, 곧 서쪽에 앉고, 해는 동쪽에서 창으로 비친다. 고속도로는 이번에는 북동쪽으로, 다음에는 북서쪽으로 구불구불 지나는 강을, 건너고 다시 건넌다. 「최악을 향하여」를 읽는다. 계속. 계속이라 말하기. 계속이

---

* 「최악을 향하여」는 사뮈엘 베케트의 단편소설이다. 이 글에 인용된 구절들의 우리말 번역은 『동반자/잘 못 보이고 잘 못 말해진/최악을 향하여/떨림』(임수현 옮김, 워크룸프레스 발행)에서 인용했다.

1 그녀는 호조스 호텔 입구 앞 고속도로 근처에서 남쪽으로 가는 버스를 기다린다. 서쪽에서 오는 비행기를 마중하러 남쪽으로 갈 예정이다. 그녀와 함께 버스를 기다리는 사람은 짙은 색 머리의, 마르고 젊은 여자로 짐 근처에서 계속 초조하게 서성이고 있다. 두 사람 모두 일찍 나왔고 꽤 오래 기다렸다. 그녀는 가방에 책 두 권을 갖고 있다. 「최악을 향하여」와 「이 밤과 함께 서쪽으로」. 남쪽으로 가는 길에 분위기가 조용해서, 맑은 정신으로, 「최악을 향하여」를 읽는다면 북쪽으로 돌아오는 길에 시간이 늦고 피곤할 때 「이 밤과 함께 서쪽으로」를 읽을 수 있다.

라고 말해지기. 어떻게든 계속. 도저히 안 될 때까지 계속. 말
하자면 도저히 계속할 수 없을 때까지.²

　길이 휘어지고 버스는 동쪽으로, 그다음은 북동쪽으로 돌
고, 해는 눈에, 「최악을 향하여」를 읽기를 멈춘다.³

2　버스가 도착하고 그녀는 남쪽을 향해 가는 동안 햇빛이 자신이 앉은 쪽의 창
이 아니라 통로 맞은편 창으로 들어오도록 신경 써서 오른쪽에 앉는다. 이른
아침이므로 해는 동쪽 창으로 들어온다. 그날 나중에 북쪽으로 돌아올 때는
아마 해가 서쪽 창으로 들이칠 만큼 늦은 시간이 될 거라고, 그녀는 생각한
다.
　그녀가 이동하는 고속도로는 한 번은 북동쪽으로 한 번은 북서쪽으로 구불
구불 흐르는 강을 건너고 다시 건넌다.
　버스가 곧 쇼핑몰 앞에 멎는다. 짙은 색 머리의 그 초조한 젊은 여성이 즉
시 자리에서 일어나 통로에 선 채 다른 승객들과 창밖을 바라본다. 두 여성
이 버스에 탄다. 그들이 그녀를 지나쳐 가까운 뒷좌석에 앉을 때 진한 화장
품 냄새가 난다. 이제 그녀는 혼자 앉아 있지 않으므로 책을 읽기 시작한다.
버스가 조용해서, 그녀는 「최악을 향하여」를 읽는다. 첫 줄은 이렇게 말한다.
"계속. 계속이라 말하기. 계속이라고 말해지기. 어떻게든 계속. 도저히 안 될
때까지 계속. 말하자면 도저히 계속할 수 없을 때까지." 그녀는 그 말이 그다
지 마음에 들지 않는다.

3　그러나 이윽고 그녀는 더 마음에 드는 문장을 읽는다. "일단 오면 어디로도
돌아갈 수 없는." 그 후 한동안 어떤 문장은 마음에 들고 어떤 문장은 마음에
들지 않는다.
　버스는 거의 정남쪽을 향해 고속도로로 움직인다. 가끔 고속도로를 벗어나
더 많은 승객을 태우기 위해 정차하고 해는 빙 돌아 그들 뒤쪽으로 온다. 정
거장에 멈출 때마다 그 초조한 젊은 여성이 자리에서 일어나 지휘하듯 주위
를 둘러본다. 버스에 타는 승객은 대부분 여자들이다. 그녀는 한동안 편안하
게 책을 읽지만 도로가 휘어지고, 버스가 도로를 따라 방향을, 동쪽으로 그
다음에는 북동쪽으로 바꾸며, 햇빛이 그녀의 눈을 비추자 「최악을 향하여」

길이 휘어지고 버스는 다시 동쪽으로, 그다음은 남쪽으로 돌고, 그림자는 책장 위, 책을 읽는다. 이제 어떤 방법을 통해서라도 계속하는 지금 이 어디도 아닌 곳에서 모두 함께할 곳은 어디인가?[4]

길과 버스가 잠시 북쪽으로 돌고, 해는 오른쪽 어깨에, 햇빛은 눈이 아니라 「최악을 향하여」 책장에 일렁이고, 읽는다. 말들이 사라져버리면 무엇이? 그러면 그 무엇에 대한 건 아무것도 없다.[5]

버스는 고속도로를 빠져나오고, 해는 뒤쪽에, 해는 빙 돌아 창으로 들어와 책장 위에, 읽지 않는다.

버스는 동쪽을 향해 가만히 서고, 정거장 나무 그늘 아래, 책을 읽는다. 하지만 어떻게든 계속하는 방법을 통해 어떻게든 보는 것과 할 일이 있다고 말하자.[6]

를 읽을 수 없다.

[4] 그녀는 기다리고, 도로가 다시 동쪽으로, 그다음은 남쪽으로 구부러지자, 그림자가 책장 위로 드리워져 책을 읽을 수 있다. 빛은 좋지만, 그녀는 어렵게 이 표현들을 읽는다. "이제 어떤 방법을 통해서라도 계속하는 지금 이 어디도 아닌 곳에서 모두 함께할 곳은 어디인가?"

[5] 버스가 잠시 북쪽으로 방향을 돌리자, 해가 그녀의 오른쪽 어깨에 떨어지고, 햇빛은 더 이상 그녀의 눈이 아니라 책장 위에 일렁이며 "말들이 사라져버리면 무엇이? 그러면 그 무엇에 대한 건 아무것도 없다"처럼 안 그래도 혼란스러운 말들을 더욱 혼란스럽게 비춘다.

[6] 이제 작은 주유소 옆 나무 그늘 덕택에 그녀는 계속 읽을 수 있다. "하지만 어떻게든 계속하는 방법을 통해 어떻게든 보는 것과 할 일이 있다고 말하자." 운전기사가 전화 통화를 하는 동안, 한 여성이 쓸 만한 화장실을 찾으러 버

버스는 남쪽을 향해 움직이고, 읽는다. 가장 적은 쪽으로 그렇게 계속.

버스는 고속도로를 빠져나오고, 해는 뒤쪽에, 해는 빙 돌아 창으로 들어와 책장 위에, 읽지 않는다.

버스는 동쪽을 향하다가 북동쪽을 향해 멈추고, 나무 없는 정거장 그늘이 아닌 곳에, 해는 얼굴에, 읽지 않는다.[7]

버스는 방향을 바꾸고, 해는 앞쪽에, 해는 빙 돌아 반대쪽 창으로, 그림자는 책장에, 버스는 남쪽을 향해 움직이고, 읽는다. 너무나 오래전에 갈망을 잃어버린 소위 정신이라 말해진 것을

스에서 내리지만, 찾지 못하고, 다시 돌아온다.

버스는 다시 남쪽을 향해 가기 시작하고 그녀는 즐겁게, 조금은 이해하며 책을 읽는다. "이제 아무리 형편없더라도 오직 그것들 오직 그것들뿐이라고 말할 수 있다." 그리고 더 즐겁게 읽는다. "줄어드는 말들로 더 나쁜 쪽으로 가장 좋은 가장 적은 것을 말하자. 최악보다 훨씬 더 나쁜 게 없다면. 더 적어질 수 없는 가장 적은 것이 더 나쁜 쪽으로 가장 좋다." 그리고 곧 그 뒤를 이어 약간 다른 말이 나온다. "가장 적은 쪽으로 그렇게 계속. 흐릿한 빛이 여전히 계속되는 한, 더 흐릿해지지 않는 흐릿한 빛. 또는 더 흐릿해질 때까지 계속 흐릿해짐. 가장 흐릿한 빛이 될 때까지. 가장 흐릿한 빛 안의 가장 적은 것. 최종적인 흐릿함. 최종적인 흐릿한 빛 안의 가장 적은 것. 더 나빠질 수 없는 최악."

또 다른 작은 주유소 정거장에서 그녀는 햇빛 때문에 읽기를 멈춘다. 열기와 햇빛이 창을 통해 들어오는데, 버스가 남쪽을 향할 때는 서쪽 창이었지만 지금 이 순간에는 아마 동쪽 창으로 여길 수 있을 것이다. 운전기사가 전화 통화를 다시 하는 동안, 이번에는 두 여성이 쓸 만한 화장실을 찾으려고 버스에서 내렸지만, 찾지 못하고, 돌아온다.

7 버스는 다시 남쪽을 향한다.

갈망하기. 오랜 갈망 끝에 갈망하는 걸 잃어버린. 말해진 것은 잘못 말해진 것. 말해진 것이라고 말해질 때마다 말해진 것은 잘못 말해진 것.[8]

　버스는 고속도로를 빠져나오고, 해는 뒤쪽에, 해는 빙 돌아 창으로 들어와 책장 위에, 읽지 않는다.[9]

[8]　몇 페이지를 계속 더 읽었지만, 몇몇 단어들이 똑같이 반복된다. "그다음으로는 더 흐릿해지지 않는 흐릿한 빛이 어떻게 더 나빠지는지 보고 말하는 데 실패하자. 여전히 더 흐릿하게 만드는 것 외엔 어떻게 다른 도리가 없는지. 하지만 다른 도리가 없어진 후에도 어떻게든 더 흐릿한 빛으로 계속 향할 때를 위하여 그림자만."
　그러고 나서 그 책장의 끝부분에 이르자 새로운 표현이 등장한다. "너무나 오래전에 갈망을 잃어버린 소위 정신이라 말해진 것을 갈망하기. 그렇게 잘못 말해진. 이제까지 그렇게 잘못 말해진. 오랜 갈망 끝에 갈망하는 걸 잃어버린."
　그러고는 둘의 조합. "모든 게 사라지기를 바라는 갈망. 흐릿한 빛이 사라지기를."
　바로 다음, 그녀는 잘 이해할 수 없는 부분을 읽는다. "말해진 것은 잘못 말해진 것. 말해진 것이라고 말해질 때마다 잘못 말해진 것." 그녀는 제대로 이해하지 못하고 다시 읽는다. "말해진 것이라 말해질 때마다 잘못 말해진 것." 그다음 세 번째로 읽으며, 문장 중간에 잠깐 멈춤을 상상하니, 더 잘 이해할 수 있다.

[9]　다음 정거장에서 운전기사는 "벤슨과 굿윈"을 큰 소리로 부른다. 앞쪽에 앉은 벤슨 커플과 굿윈 한 사람이 "벤슨 둘과 굿윈 하나"라고 밝힌다. 운전기사가 그들의 서류를 찾는 데 아주 오랜 시간이 걸린다. 그가 찾는 동안, 이번에는, 세 여성이 버스에서 내려, 쓸 만한 화장실을 찾고, 돌아온다.
　이제 버스가 멈출 때마다 해는 이전에는 서쪽 창이었지만 이제는 동쪽 창이 된 곳으로 들어오고, 버스는 오른쪽으로 방향을 틀어 남쪽으로 다시 해를 향해 갈 준비를 한다. 이제 그녀는 햇빛이 얼굴과 책장으로 쏟아지는 동안 기

버스는 마지막으로 방향을 바꿔 고속도로를 다시 타고, 해는 앞쪽에, 해는 방향을 빙 돌아 반대쪽 창으로, 그림자는 책장에, 읽는다. 예전이란 없다. 과거 없는 현재 안에 예전이란 없다.

버스는 마지막으로 방향을 바꿔 고속도로를 벗어나고, 해는 앞쪽에, 해는 빙 돌아 유리창으로, 읽지 않는다.[10]

버스는 남쪽 끝 그늘에 움직임 없이, 북쪽을 향하고, 마지막 줄을 읽는다. 계속할 도리가 없다고 말해진.[11]

다리며 버스 밖의 아스팔트와 버스 안의 다른 승객들을 쳐다보는 일에 익숙해졌다.

10 책이 거의 끝나는 부분에서, 그녀는 읽는다. "예전은 없다. 과거 없는 현재 안에 예전이란 없다." 바로 그때 버스는 공항 근처 묘지를 지나치고 그녀는 날개를 들어 올린, 많은 천사 석상을 본다.

11 그녀가 남쪽으로 가는 여정의 끝에, 버스가 방향을 돌려 북쪽으로 다시 출발하는 노선의 최남단에 도착했을 때, 그녀는 그리 길지 않은 그 책을 다 읽었다. 그녀는 그사이에 나오는 많은 표현들이 마음에 들긴 했지만, 마지막 줄인 "계속할 도리가 없다고 말해진"은 첫 줄인 "계속, 계속 말하기, 계속이라고 말하여지기"만큼이나 그녀에게 별 감흥이 없다.

산책

The Walk

한 번역가와 한 비평가가 대학 도시 옥스퍼드에 우연히 함께 있게 됐는데, 번역 학회에 참가 초청을 받아서였다. 학회는 토요일 하루 종일이 걸렸고 그날 저녁 두 사람은, 딱히 원해서는 아니었지만, 둘이서만 저녁을 먹었다. 학회에 참가했거나 참석했던 다른 사람들, 학회 관계자까지도, 이미 도시를 떠난 뒤였다. 두 사람만 학회가 열린 대학이 제공한 방에서 하룻밤을 더 묵기로 선택했는데, 복도 카펫은 얼룩지고, 객실에서는 퀴퀴한 냄새가 나며, 철제 침대는 삐걱대는 초라한 건물이었다.

저녁을 먹은 식당은 환하고 통풍이 잘되고, 온실처럼 유리로 둘러싸인 곳이었다. 음식은 괜찮았고 두 사람의 대화는 대체로 활기찼다. 그녀는 그에게 질문을 많이 했고, 그는 자신에 대해 상당히 많이 말했다. 두 사람은 몇 년 동안 가끔씩 연락을 주고받았기 때문에 그녀는 그에 대해 어느 정도 알고 있었다. 그녀는 그에게 한두 가지 문제에 도움을 청한 적이 있었고, 그는 그녀의 에세이 한 편에 찬사를 보냈으며, 그녀는 그의 회고록을 호평했고, 그는 그녀의 최근 번역 일부를 선집에 싣기도 했다. 그에게는 비굴한 매력에 가까운 어떤 매력이 있었다.

그는 자신에 대해 이야기하는 건 좋아했지만 그녀에 대해서는 그다지 많은 질문을 하지 않았다. 그녀는 이런 불균형을 눈치챘지만 신경 쓰지 않았다. 두 사람 사이에는 호감 같은 것이 있었지만 보이지 않는 긴장도 있었는데, 그가 그녀의 번역에 보인 부정적인 반응 때문이었다.

그는 그녀의 번역이 원문에 지나치게 가깝게 머문다고 생각했다. 그녀의 번역보다 이전 번역의 잘 계산된 운율이 좋다고, 직접 말하기도 했고, 글로 발표하기도 했다. 그녀는 그가 원문의 문체에 대한 정확성과 충실성을 희생한 대가로 얻은 음악성과 텅 빈 수사학적 장식에 감탄한다고 생각했고, 그녀가 보기에 원문은 그 화려하고 모호한 번역보다 훨씬 담백하고 명료하다고 말했다. 학회에서 그녀는 자신의 번역 방식을 발표했고 그는 그 발표에 대해 아무 논평도 하지 않았지만, 반쯤 재미있어하고 반쯤 못마땅해하는 그의 표정과, 가끔씩 자리에서 몸을 들썩이며 움찔하는 동작을 보아 그가 강한 감정을 느끼고 있음을 강연대에서도 알아볼 수 있었다. 그는 자신의 발표로, 자신의 것을 비롯한 번역 비평의 언어를 다루었는데, 짓궂게—또는 악의적으로—학회 참가자들의 번역에 대한 비평을 예로 들었다. 참가자 중 딱 한 사람만 나쁜 평을 받지 않았기 때문에, 거의 모든 사람이 그의 발표 때문에 불편한 감정과 수치심을 느꼈고, 자존심이 상했다.

두 사람이 저녁 식사를 마쳤을 때, 하지가 며칠 남지 않은 무렵이라, 밖이 아직 환했다. 하늘은 몇 시간 더 환할 테고, 두 사

불안의 변이들

람 모두 하루 종일 학회 발표장에 갇혀, 이런저런 다양한 순간 들에 약간의 따분함을 느꼈고, 다른 순간들에는, 대부분 그가 야기한 약간의 긴장을 느꼈으며, 어쨌든, 지금은 함께 있어 어느 정도 즐거우니, 산책을 하면 좋겠다고 의견을 모았다.

학회가 열렸던 대학과 근처의 그 식당은 시내 중심가에서 걸어서 꼬박 십 분 거리에 있었고, 그들은 시내까지 걸어가서, 이리저리 어슬렁대다가, 다시 걸어서 돌아오기로 했다. 그는 여러 해 만에 그 도시에 왔기 때문에 다시 보면 어떨지 궁금해 했다. 그녀는 전날 도착했을 때 혼자 처음으로 그곳을 돌아다 니긴 했지만, 여행객들로 북적이는 데다, 한낮의 태양이 너무 뜨거워서 제대로, 또는 만족할 만큼 둘러보지 못했다. 전날 그 녀는 순환 투어버스로 두 바퀴, 아니 정확히 말해 두 바퀴 반을 돌았는데, 시내 중심가로 두 번 내려가며 식물원을 두 번 지나 쳤고, 시내 외곽의 대학들까지 두 번 나왔다가 다시 시내로 들 어간 다음, 자신이 머무는 대학으로 돌아오기 위해 외곽의 대 학들로 한 번 더 나왔기 때문에, 그보다는 도시를 더 잘 알았다. 암묵적인 동의하에 그녀가 안내를 맡았다. 두 사람은 자신들 이 식민 본국을 방문한 식민지 주민 같다고, 그녀는 본국인의 귀에 거슬리는 말씨로, 그는 본국인이 감을 잡을 수 없는 곳의 말씨로 말을 하는 식민지 주민 같다고 느꼈다.

그들은 시내로 걸어가는 동안 끊임없이 이야기했고, 역시 대체로 그에 대해, 그의 학문적 위상과 그의 학생들에 대해, 그 의 아이들과 그가 아이들을 어떻게 키웠는지에 대해, 그가 보고 싶어 하는 그의 아내에 대해 이야기했다. 그와 아내는 별거를 시도한 적이 있는데, 몇 주 뒤에 아내가 돌아왔다. 그는 그 몇 주 동안 자신이 절망에 빠졌었노라고 말했다. 두 사람이 함께 있으면, 아주 많은 일을, 이를테면 아침 커피를 어디에 앉아서 마실까 같은 일을, 함께 결정한다. 혼자 있으면 그런 작은 결정을 내리기가 비참할 정도로 힘들다고, 그는 말했다.

토요일 저녁인데도 거리는 비교적 한산했다. 여행객은 많지 않았고, 몇몇 가족과 커플이 보일 뿐이었다. 길은 사람들을 쓸어내기라도 한 듯 깨끗했다. 가끔씩 야회복을 차려입고 여럿이, 또는 혼자서 학교 행사로 향하는 학부생들이 서둘러 지나갔다. 이 도시에 사람들이 가득하지만, 모두들 닫힌 문 뒤에서 보이지 않는 행사에 참가하고 있는 것 같은 이상한 느낌이 들었다. 그 순간 도로는 그들 차지였다. 태양이 지평선 위 하늘에 낮게 떠서, 아주 천천히, 거의 눈에 띄지 않을 정도로 천천히 떨어지며, 오래된 건물들의 누르스름한 돌들을 벌꿀빛으로 적시고 있었다. 지붕 위 하늘은 드넓었고, 옅은 파란색이었다.

포석이 깔린 긴 보행자 도로 끝에 이르렀을 때 고요한 저녁 공기 사이로 합창 소리가 크게 울려 나왔다. 장밋빛 원형 회관에서 음악회가 열리고 있었다. 그들은 슬쩍 들어갈 수 있을까 싶어 계단을 올라 옆문까지 갔다. 응석받이 막내인 그는 규칙을 따르지 않는 사람이었고, 그녀는 이 순간만큼은 그의 응석과 터무니없는 말들을 받아주는 친절한 고모 같은 기분이 조금 들긴 했지만, 그 못지않게 규칙을 따르지 않는 성향이었다.

불안의 변이들

특히, 이곳 식민 본국에서 그들은 본국 시민들보다 부족한 사람들이니, 행동도 부족하게 하고 싶은 유혹을 느꼈다.

그러나 긴 치마에 통굽 구두를 신은, 건장한 두 중년 여성이 입구를 막고 웃으며 서로 이야기를 나누다가, 둘 중 한 사람이 몸을 돌리더니 그들에게 들어갈 수 없다고 정중하나 단호하게 말했다. 두 사람은 한동안 두 여성 옆에 가만히 서서 오르내리는 선율을 즐기며, 본래 대학의 중심이었으며 첫 대학 도서관의 수수한 정면을 마주 보고 있는, 수백 년 된 작은 뜰을 내려다보았다.

그들은 산책을 계속하는 동안, 근처의 짧은 골목 하나하나에서 오래된 대학 건물을 발견하는 놀라움을 즐겼고, 이런 건물들에는 각자의 정문과 철책과 뜰이 달려 있거나, 감탄할 만한 종탑이나 벽에 돌출된 받침대, 트레이서리*가 있을 때가 많았다. 가끔은 둘 다 같은 길을 올라가 보고 싶어 했고, 가끔은 한 사람만 가보고 싶어 했는데, 그러면 다른 사람은 정중하게 함께 따라갔다. 그녀는 잘 알지 못하는 사람과 한 장소를 탐험하면서, 그녀 자신뿐 아니라 그의 충동이 이끄는 대로도 가보는 것이 흥미롭다고 생각했다.

두 사람 모두 여러 해 동안 결혼 생활을 했기 때문에, 이처럼 함께 어슬렁대는 일에는 오랜 습관에서 나온 편안한 친숙함도

---

*   tracery. 고딕 건축물의 창문 윗부분 돌에 새긴 장식 무늬.

더러 있었지만, 어쨌든 서로를 잘 모르다 보니 첫 데이트의 어색함 같은 느낌도 있었다. 그는 몸집이 작고, 동작과 몸짓이 섬세한 남자였다. 그녀는 그에게 너무 가까이 가지 않으려 신경 썼고, 그도 가끔 멈칫대는 것으로 보아 마찬가지로 그녀와 어느 정도 거리를 두려고 주의하는 듯했다.

한 시간 이상 지났을 때, 두 사람은 그들의 대학으로 돌아가기로 했다. 그녀는 재미 삼아 다른 길로 가보자고, 그들이 원래 왔던 길과 나란히 평행을 이루다가 목적지 근처에서 만나는 길로 가보자고 앞장섰다. 그에게 이 모든 것을 자세히 말하지는 않았고, 이제 가게 될 길을 따라가면 대학으로 돌아갈 수 있을 거라고만 안심시켰다. 그는 그녀에게 자신을 맡긴 채, 어디로 가는지에는 별로 신경을 쓰지 않고, 계속해서 말을 했다.

그는 강한 부사를 사용하고, 자주 분노를 터트리며 열정적으로 말을 했고, 자기 의견 중에는, 그 자신의 표현에 따르면, 편견에 감염된 것도 있다고 인정했다. 그는 어떤 것들에 대해서는 극악무도하게 식상하거나, 창피하게도 부정확하거나, 명백하게 우스꽝스럽다고 평했다. 다른 것들에 대해서는, 물론, 대단하거나, 마음에 쏙 들거나, 황홀하다고 평했다. 한 출판사를 비난할 때는, 그 출판사의 최전선에는 참호 속 보병들에게 들끓는 이처럼—그는 2차 세계대전을 경험했을 만큼 나이가 들지는 않았지만—무능과 거짓이 들끓고 있으며, 그곳의 고위 관리자들을 가끔씩 참호 밖으로 끌어내 책 제본 같은 일을 하면서 편안하게 스스로를 재충전하게 해야 한다고 말했다. 그

너는 그의 이야기를 만족스럽게 들으며 길고, 고된 하루의 끝에 이 얼마나 잘 어울리는 결말—그녀의 상대적인 수동성과 적당히 가벼운 신체 활동—인가라고 몇 차례 생각했다.

그녀는 투어버스를 타고 도시 외곽으로 나올 때 이미 세 번이나 그 길을 지나갔기 때문에, 많은 부분이 낯익었지만 십 분쯤 걷고 나자, 어디에서 왼쪽으로 꺾어야 할지 확실히 알지 못해 조금 걱정이 됐다. 사실, 버스 창밖으로는 모든 것이 상당히 빨리 스쳐갔다. 그는 조심스럽게 그녀에게 길을 두 번 물었고, 두 번째에는 그녀도 잘 모르겠다고 인정했다. 그러나 결국 꺾어야 할 곳에서 왼쪽으로 잘 꺾어 원래 걷던 길과 제대로 합류했고 거의 맞은편에 그들이 저녁을 먹은 식당이 있는 것을 보며 그녀가 뿌듯해하고 있을 때, 그는 그곳이 어디인지를 알아보지 못한 채 그냥 그녀의 옆에서, 식당 맞은편 그 길을 걷고만 있었기 때문에 결국 그녀가 그 사실을 알려주었다. 그러자 그는 마치 멀리 있다고 생각했던 그곳을 그녀가 재킷 주머니에서 갑자기 꺼내놓기라도 한 것처럼, 진짜로 깜짝 놀랐다.

그녀는 자신이 번역한 그 책의 한 장면과 이 상황이 어떻게 평행을 이루는지 그가 알아보리라 생각했지만, 그는 그러지 못했다. 그녀는 그가 위치를 확인하는 일에 정신이 팔려서 그런가 보다고 생각했다. 그가 선호하는 번역에서, 그 문단은 이렇게 읽힌다.

우리는 그 소읍에서 가장 매력적인 저택들을 품은 불르바르드 라 가르로 돌아오곤 했다. 저택 정원 하나하나에 달빛이, 위베르 로베르의 그림을 따라, 저택의 부서진 흰 대리석 계단들, 분수, 유혹하듯 살짝 열린 철문들에 흩어졌다. 달빛이 전신국을 쓸어가 버렸다. 남은 것이라고는, 반쯤 부서졌으나 불멸하는 폐허의 아름다움을 잃지 않은 기둥 하나뿐이었다. 그때쯤 나는 지친 다리를 끌며 언제든 곯아떨어질 준비가 돼 있곤 했다. 보리수의 향긋한 향은 엄청난 노고를 대가로 얻을 수 있고 그만한 수고의 가치가 없는 보상 같았다. 멀리 떨어진 대문들로부터, 파수견들이, 적막 속에 울리는 우리의 발자국 소리에 깨어나, 응답 송가를 번갈아 짖어대기 시작했는데, 요즘에도 나는 저녁이면 가끔 그 소리가 들리고, 그 소리들 틈에 분명 불르바르 드 라 가르가 (그 자리에 콩브레 공원이 만들어질 때) 피신해 있는 듯한 느낌이 드는데, 내가 어디에 있든, 개들이 주거니 받거니 하며 짖어대기 시작하면, 그곳의 보리수와 달빛에 반짝이던 그 길이 다시 아른거리기 때문이다.

아버지는 갑자기 우리를 멈춰 세우고는 어머니에게 물으셨다. "여기가 어디요?" 산책으로 피곤했지만 여전히 남편이 자랑스러운 어머니는 어디인지 도통 모르겠다고 사랑스럽게 고백하셨다. 아버지는 어깨를 으쓱하며 웃으셨다. 그러고는, 마치 조끼 주머니에서 현관 열쇠와 함께 꺼낸 것처럼 우리에게 우리 집 정원의 작은 뒷문을 보여주셨는데, 그 문은 바로 우리 눈앞에, 알지 못하는 길들을 헤매고 다닌 산책 끝의 우리를 마중하러, 익숙한 생테스프리 길모퉁이와 함께 손에 손을 잡고 나와 있었다.

그가 그 유사성을 알아보지 못하니, 그녀는 곧 그것에 대해 언급하려 했지만, 당장은 그들이 막 지나쳐 가게 될 집을 보여주는 일이 더 흥미로웠다. 한때 그 집은 『옥스퍼드 영어 사전』의 위대한 편집자 제임스 머리의 집이었다.

전날 이곳에 도착했을 때, 그녀가 가장 보고 싶었던 곳은 더 유명한 명소가 아니라 이 편집자가 사전 편찬 작업의 대부분을 하는 동안 살았던 이 집으로, 그녀는 이곳에 대한 개인적인 이야기들을 그의 손녀가 쓴 책에서 읽은 적이 있었다. 그녀는 만나는 사람마다 혹시 이 집이 어디인지 아느냐고 애써 물었다. 아무도 알지 못했고, 시간도 많이 남지 않아서, 그녀는 찾기를 포기해버렸다. 그러다가 관광으로 보낸 하루의 끝에 투어버스로 이 동네에 세 번째로 도착해 대학 수위실 옆에서 내릴 무렵, 안내원이 머리와 그의 집에 대해 뭐라고 말을 했다. 그녀는 이미 계단을 내려가 거의 버스에서 내린 상황이었으므로 안내원에게 더 이상 질문을 할 수 없었다. 그녀는 그 집이 바로 그곳에, 자신이 머무는 그 동네에 있다는 사실이 믿기지 않았고 이튿날 만나는 사람마다 혹시 어디인지 아느냐고 물었다.

학회에서 그녀가 강연을 마친 뒤, 키가 작고 통통한 한 남자가 거의 화난 듯한 골똘한 표정으로 그녀에게 다가와 주변 사람들은 무시한 채 그녀에게만 관심을 보이며, 그녀의 강연과 관련된 몇 가지 질문과 간략한 의견을 말했다. 그는 자신이 누구인지 밝히지 않을 정도로 겸손했고, 그녀가 물어봤을 때야, 이 대학의 막 은퇴한 사서라고 말하며, 실은, 그녀에게 도서관을 보여주고 싶다고 했다. 그는 아는 것이 많은, 수완 좋은 사람처럼 보여서 그녀는 전날부터 묻고 다녔던 그 질문을 그에게 묻기로 했다. 그 사서는 당연히 그 집을 알고 있다고 대답했다. 바로 길 건너에 있다는 것이다. 그는 당장 그녀를 길모퉁이로 데리고 나가 집을 가리켜주었다. 바로 거기에 있었다. 마치 그 사서가 오직 그녀를 위해 재킷 주머니에서 꺼내놓기라도 한 것처럼, 벽돌 담장 위로 그 집의 위층과 지붕이 보였다.

물론 그 사서가 그녀를 마술처럼 집으로 데려간 것이 아니라 그녀가 찾던 집을 보여준 것이었으므로 상황이 똑같지는 않았다. 그러나 그녀는 지금까지 함께 산책하고 안전하게 숙소로 데려오는 과정에서 더 가까운 동료애를 느끼게 된 이 비평가에게 그 이야기를 들려주었다. 그녀는 이제 그가 상황을 인식하고는, 그들의 산책과 그가 너무 잘 알고 있는 그 책의 문단에 대해 생각할 거라 짐작했다.

그녀의 번역에서, 그 장면은 이렇게 읽힌다.

우리는 근교에서 가장 쾌적한 집들이 늘어선 역전대로로 돌아오곤 했다. 정원마다 달빛이, 위베르 로베르의 그림처럼, 부서진 흰 대리석 계단과 분수, 반쯤 열린 대문에 흩어졌다. 달빛이 전신국을 무너뜨렸다. 남은 것은 반쯤 부서졌지만, 사라지지 않는 폐허의 아름다움을 여전히 간직한 기둥 하나

불안의 변이들

뿐이었다. 나는 발을 끌며 걸었고, 언제든 쓰러져 잠이 들 것 같았고, 내게는 공기를 물들이는 그 향긋한 보리수 향기가 엄청난 노고를 치러야만 얻을 수 있고 그럴 만한 가치가 없는 보상처럼 보였다. 멀리 떨어진 대문들로부터, 우리의 고독한 발자국 소리에 깨어난 개들이 잇따라 번갈아 짖어대기 시작했고 나는 아직도 저녁에 가끔씩 그 소리를 듣는데, 그 소리 사이에 분명 역전대로가 (콩브레 공원이 그 자리에 만들어질 때) 피신하러 온 듯, 내가 어디에 있든, 그들이 메아리치며 서로 응답하기 시작하면, 다시 그곳이, 보리수와 달빛에 반짝이는 보도와 함께 떠오른다.

갑자기 아버지는 우리를 멈춰 세우고 어머니에게 물으셨다. "여기가 어디요?" 산책으로 피곤했지만 아버지가 자랑스러운 어머니는 어디인지 전혀 모르겠다고 다정하게 인정하셨다. 아버지는 어깨를 으쓱하며 웃음을 터트리셨다. 그러고는 마치 재킷 주머니에서 열쇠와 함께 꺼내기라도 한 듯, 우리 정원의 작은 뒷문을 우리에게 보여주셨고, 그 문은 생테스프리 길 구석과 함께, 그 낯선 길들 끝에서 우리를 기다리기 위해 그곳에, 우리 앞에, 나와 서 있었다.

하지만 그는 위대한 편집자와 그의 집, 그리고 그 편집자를 위해 특별히 설치됐으며 인용 허락을 구하는 무수히 많은 편지가 보내졌던, 집 앞 우편함에 더 관심이 많았다. 그녀는 나중에 그에게 편지로 그 유사성을 언급하리라고, 그러면 아마 그가 재미있어 하리라고 생각했다.

시간이 늦었다. 드디어 해는 졌지만, 하지의 서늘한 빛이 아직 하늘에 가득했다. 그가 익숙하지 않은 열쇠로 앞문을 조금 힘들게 연 뒤, 두 사람은 대학 현관 안에서 인사를 나누고, 헤어졌고, 그는 층계를 올라, 그녀는 복도를 따라, 각자의 퀴퀴한 방으로 들어갔다.

그녀는 고된 하루를 보낸 뒤에는 대개 혼자 방에 앉아 있기를 좋아하지만 그러기에는 시간이 너무 늦었다. 게다가 다음 날 일찍 일어나야 했다. 하지만 사실 고요와 휴식을 즐기기에는 방이 너무 빈약했다. 작고 허술한 옷장은 문이 자꾸 홱 열렸고, 램프는 불편했고, 베개들은 딱딱하고 납작했으며 방에는 곰팡내가 떠나지 않았다. 대조적으로 욕실은 고풍스러운 대리석과 자기로 꾸며져 있었고, 하나 있는 좁은 창으로 근사한 정원이 보이긴 했지만, 몇몇 필수품이 부족했다. 전날 그녀가 시내를 구경 다니고 있을 무렵, 그는 이곳에 도착한 직후, 두 사람이 아직 만나지도 않았는데 매우 당황해하며 비누에 대해 묻는 메모를 그녀의 방문에 남겨놓고 갔다.

생각이 정리되면서 그녀는 이번 경험 자체가 실망스럽지는 않다고, 결론을 내렸다. 이제 침대에서 책을 앞에 펴놓고, 빈약한 램프 불빛 아래에서 읽으려 애를 쓰지만, 책장으로 눈을 돌릴 때마다, 또 다른 생각이 끈질기게 떠올라 책을 읽지 못하고 있다. 그녀는 만약 머리의 집을, 끝내, 보지 못했거나, 그녀가 오래된 계단 위 텅 빈 공간을 걸어 다니다가 경보를 울릴 뻔했던 그 도서관을 보지 못했다면 실망했을 것이다. 학회 발표장이 높은 천장과 짙은 색 참나무 들보로 그토록 우아하지 않았다면 이 건물에 실망했을 것이고, 한 발표자가 위대한 작가들의 거친 초고에 대해 무척 흥미 있는 사례를 보여주지 않았다면 아마 학회 자체에 실망했을 것이다. 그녀는 다른 참가자들이 학회 뒤에 잠시라도 머물지 않고, 사실 아주 서둘러 떠난 듯해서 실망했다.

하지만 그래도 긴 산책을 했고, 이 도시의 달라지는 인상을 보았는데, 전날 한낮에는 그토록 부산하고 덥고 찌는 듯했던 도시가 오늘 저녁에는 한산한 거리와 텅 빈 정원과 뒤뜰, 하늘을 배경으로 어둑하니 서 있던 교회 첨탑과 시계탑, 짧은 골목길과 좁은 샛길들, 그리고 그녀의 기억 속에서 산홋빛으로 하늘을 반사하다가 시간이 흘러 서늘한 밤이 되자 몇 단계 희미한 색조로 변하던 매끄러운 돌들을 품은 고즈넉한 곳이 되었다.

저녁 무렵 시내의 평화와 공허는 허약하고 일시적인 것인 듯 보였다. 다음 날이면 시내는 다시 떠들썩한 사람들로 뒤덮일 것이다. 그리고 그녀가 버스로, 그다음은 걸어서, 여러 차례 시내를 돌아 나왔기 때문에, 이 도시의 경험에서 그녀의 무게중심은 시내와 떨어진 이곳에 있다고 느껴졌고, 마치 이곳에서 출발하고, 갈라져, 각자 시내로 들어가는 그 두 길만큼 떨어진 곳에서만 항상 이 도시를 경험해야 할 것 같았다.

결국 생각이 점점 드물게 찾아왔고 생각할 때보다 책을 읽을 때가 더 많아졌다. 그러다가 그녀는 마음먹은 것보다 더 늦게까지 책을 읽었고, 그 산책은 그녀의 독서 뒤나 아래 어디쯤

산책

여전히 하나의 존재로 남아 있었지만, 램프와 방, 학회에 대해서는 차츰 잊었으며, 결국 완전히 긴장을 풀고는 딱딱한 베개를 더는 신경 쓰지 않고 잠이 들었다.

다음 날 아침, 여행 가방을 들고 나왔을 때, 그도 나와 있었고, 작은 체격에 비해 살짝 크다 싶은 흰색 여름 정장을 입고 수위실 옆에 서 있었다. 그와 그녀는 전날 같은 시간에 택시를 예약했고, 이제 두 택시 운전사는 연석 옆에 서서 이른 아침 햇살 속에서 이야기를 나누고 있었다. 사실 그는 기차역까지는 아니어도, 시내의 같은 구역으로 갈 예정이었지만 두 사람 중 누구도 택시를 함께 타자는 말은 꺼내지 않았다. 그녀는 그가 수위와 계속 이야기하는 몇 분 동안 기다렸고, 그 뒤 각자의 택시로 향하기 전에 다시 작별 인사를 나누었다. 그는 자신의 택시 안으로 날렵하게 들어가면서, 그녀가 듣기에는 엄숙하고 다소 지나치게 무게를 잡는 듯한 마지막 말을 남겼는데, 우연히도 이제까지 아무도 그녀에게 한 적이 없는 말이었지만, 그가 지구 반대편에 살고 있는 점을 생각하면, 아마 맞는 말일 것 같았다. "우린 아마 다시 만나지 않겠지요." 그는 이렇게 말하고 나서 손으로 우아한 동작 하나를 해 보였는데, 나중에 그녀는 그 동작을 정확히 기억해낼 수 없었고 그 의미도 잘 이해할 수 없었지만, 작별 인사와 어떤 불가피한 운명에 대한 체념 같은 것을 결합한 동작 같았다. 그의 택시가 천천히 거리를 따라 내려갔고, 곧 그녀의 택시가 뒤를 따랐다.

불안의 변이들

불안의 변이들

Varieties of Disturbance

나는 엄마의 말은 사십 년 넘게 들었고 남편의 말은 겨우 오 년만 들었으며, 이제까지 엄마 말은 옳고 남편 말은 틀리다고 자주 생각했지만, 이제는, 특히 오늘처럼 전화로 엄마와 함께 오빠와 아빠에 대해 긴 대화를 나누고 나서 엄마와 나눈 대화에 대해 전화로 남편과 함께 더 짧은 대화를 나누는 날이면, 남편 말이 옳다고 생각할 때가 많다.

오빠는 엄마가 금방 퇴원했으니 부모님을 돌봐드리기 위해 휴가를 좀 받아서 집에 오겠다고 전화로 엄마에게 말했고, 엄마는 그때 자신이 오빠의 감정을 상하게 한 것 때문에 걱정했다. 엄마는 오빠에게 오지 말라고, 자신이 목발만으로도 힘든데, 누군가가 집에 오면, 이를테면, 식사를 차려줘야 한다고 느낄 테니 아무도 집에 오게 할 수 없다고 말했지만, 그건 사실이 아니었다. 오빠는 "그게 문제가 아니잖아요!"라고 대꾸하더니 이제는 전화를 받지 않는다. 엄마는 오빠에게 혹시 무슨 일이 생겼는지 걱정했고 나는 그렇지 않을 거라고 말한다. 오빠는 아마 부모님을 위해 신청해둔 휴가를 받아서 며칠간 혼자 떠났을 것이다. 나는 부모님이 그렇게 오빠의 감정을 상하게 한 것이 안타깝지만, 엄마는 오빠가 쉰 살이 다 된 남자라는 사실을 잊고 있다. 엄마가 전화를 끊고 나서 조금 뒤에 나는 남편에게 전화해서 이 모든 이야기를 반복한다.

엄마는 아빠의 어떤 감정들을 보호하기 위해 자신이 다른 어떤 감정들을 느끼리라 주장함으로써 오빠의 감정을 상하게 했고, 나는, 내가 잘 알고 있는, 아빠의 어떤 감정들을 부인하기도 힘들지만, 부모를 도우려는 오빠의 제안이 거절당하지 않고 오빠가 상처받지 않도록 할 만한 다른 방법이 없지는 않았다고 생각하기도 힘들었다.

엄마는 오빠가 온다면 아빠가 느낄 것이라 예상하는 어떤 불안으로부터 아빠를 보호하기 위해, 아빠의 불안과는 살짝 다른, 어떤 불안을 자신이 느끼리라고 말함으로써, 오빠의 감정을 상하게 했다. 이제 오빠는 전화를 받지 않음으로써 엄마와 아빠 모두에게 새로운 불안을 야기했고, 두 사람이 느끼는 불안은 같거나 거의 같지만, 아빠가 느끼리라 예상했던 불안과 엄마가 느끼리라고 오빠에게 거짓으로 말했던 그 불안과는 달랐다. 불안한 엄마는 이번에는 내게 전화해 오빠에 대해 엄마와 아빠가 느끼는 불안에 대해 이야기했고, 그렇게 함으로써 나도 불안하게 만들었지만 내 불안은 지금 엄마와 아빠가 느끼는 불안과, 아빠가 느끼리라 예상했고 엄마가 느끼리라고 거짓으로 말했던 불안과는 다르고, 물론 그 불안들보다 약했다.

나는 이 대화를 남편에게 전하면서 그도 불안하게 만들었는데, 그의 불안은 내 불안보다 강하고 엄마가 느끼리라 주장하고 아빠가 느끼리라 예상했던 불안과는 종류가 달랐다. 남편은 엄마가 오빠의 도움을 거부함으로써 오빠를 불안하게 만든 것과, 내게 자신의 불안에 대해 말함으로써, 그에 따르면, 내가 깨닫는 것보다 더 큰 불안을 내게 일으킨 것 때문에 불안해했고, 이번뿐 아니라 더 일반적으로 엄마가 오빠뿐 아니라 내게도, 내가 깨닫는 것보다 더 많이, 더 자주 불안을 일으키는 것에 대해 더 일반적인 관점에서 불안해했으며, 남편이 이 점을 지적하자, 나는 엄마가 내게 말한 것 때문에 생긴 불안과는 종류와 강도가 다른 불안을 느꼈는데, 그건 나와 오빠, 그리고 불안을 느끼리라 예상했고 현재 느끼고 있는 아빠에 대해 느끼는 불안일 뿐 아니라, 무엇보다 남편이 옳게 지적한 대로, 이번을 비롯해 일반적으로 너무 많은 불안을 야기하지만, 정작 자신은 그런 불안에 대해 아주 조금밖에 불안해하지 않는 엄마에 대해 느끼는 불안이기도 했다.

외로운

Lonely

아무도 전화하지 않는다. 내내 여기에 있었으니 자동응답기를 확인할 수도 없다. 밖에 나가면, 내가 나가 있는 동안 누군가 전화를 할지 모른다. 그러면 돌아왔을 때 자동응답기를 확인할 수 있다.

당신이 아기에 대해 배우는 것

What You Learn About the Baby

빈둥거리다

당신은 빈둥거리는 법, 아무것도 하지 않는 법을 배운다. 그건 당신의 삶에서 새로운 일이다. 아무것도 하지 않기. 아무것도 하지 않고 아무것도 하지 않는 것에 대해 조급해지지 않기. 아무것도 하지 않으며 조급해지기는 쉽다. 아무것도 하지 않으면서 그것에 대해 신경 쓰지 않기, 아무것도 하지 않는 동안 지나가는 시간들, 지나가는 아침 시간들과 그다음에는 지나가는 오후 시간들과, 지나가는 하루와 지나가는 다음 날을 신경 쓰지 않기는 쉽지 않다.

당신이 기대할 수 있는 것

당신은 무엇이든 매일 똑같으리라 기대하지 않는 법, 그가 어느 특정 시각에 잠이 들거나 특정 시간 동안 잠을 자리라 기대하지 않는 법을 배운다. 그가 몇 시간씩 내리 잠을 자는 날이 있고, 채 삼십 분도 자지 않는 날이 있다.

한 시간 더 일할 준비를 하고 있을 때, 가끔 그가 느닷없이 심하게 울며 깨어난다. 이제 당신은 일을 그만할 준비를 한다.

그러나 그날 일을 마무리하는 데 몇 분이 더 걸려 그에게 바로 가보지 못하는 동안, 그는 울음을 멈추고 조용해진다. 이제, 당신은 하루 일을 끝낼 준비를 마쳤지만, 일을 다시 시작할 준비를 한다.

무엇이든 끝내기를 기대하지 마라

당신은 어떤 일이든 끝내길 기대하지 않는 법을 배운다. 예를 들어, 아기는 빨간 공을 가만히 쳐다보고 있다. 당신은 큰 무 몇 개를 씻고 있다. 무 네 개를 씻고 여덟 개가 남았을 때 아기가 투정을 부리기 시작할 것이다.

문제가 무엇인지 알지 못할 것이다

아기가 요람에 등을 대고 누워 울고 있다. 울면서 힘을 쓰느라 다리가 매트리스 위로 살짝 들려 올라간다. 아기의 머리는 너무 무겁고 다리는 너무 가볍고 근육은 너무 경직돼서, 지금처럼 긴장할 때면, 다리가 매트리스 위로 쉽게 들려 올라간다.

당신은 문제가 무엇인지, 아기가 왜 우는지 의아할 때가 많다. 무엇이 문제인지, 배고픈지, 피곤한지, 심심한지, 추운지, 더운지, 옷이 불편한지, 위나 장이 아픈지 알면 도움이 될 테고, 불안함이 크게 줄 것이다. 그러나 당신은 알지 못한다. 아니, 알면 도움이 될 그때는 알지 못하고, 나중에야 이유를 맞게 짐작하거나 많은 경우 틀리게 짐작할 것이다. 그리고 나중에 알아봐야 도움이 되지 않는다. 아니, 경험을 통해 배고픔이나 고통 등을 뜻하는 특정 울음을 알아보는 법을 배우지 않는 이상 도움이 되지 않는다. 하지만 울음은 마음에 새겨두기가 힘든 기억이다.

당신을 지치게 하는 것

당신 자신만이 아니라 그를 위해 생각하고 느껴야 한다. 그가 피곤한지, 아니면 심심한지, 아니면 불편한지.

가만히 앉아 있기

당신은 가만히 앉아 있는 법을 배운다. 그가 가만히 볼 때 당신도 가만히 보는 법을, 그가 큰 공간에 가만히 앉아서 서까래를 올려다보는 내내 당신도 서까래를 올려다보는 법을 배운다.

오락

당신에게는 대개 아니지만, 그에게는 그냥 무언가를 가만히 보는 것도 오락이다.

그리고 당신만 좋아하거나 그만 좋아하는 게 아니라, 둘 다 좋아하는 일들이 있는데, 이를테면 해먹에 눕기, 산책하기, 목욕하기 같은 것들이다.

포기

그를 위해 당신은 한때 즐겼던 많은 즐거움을 포기하거나, 연기한다. 이를테면 배고플 때 먹기, 원하는 만큼 먹기, 영화를 처음부터 끝까지 한 번에 보기, 앉은 자리에서 원하는 만큼 책을 읽기, 피곤할 때 자기, 충분히 잘 때까지 자기 같은 것들이다.

이제 그와 단둘이서 집에 있는 시간이 아주 많으니, 예전에는 결코 느끼지 못했던 방식으로 파티를 기다린다. 그러나 막상 기다리던 파티에서는, 그가 워낙 끊임없이 울기 때문에, 누구하고든 몇 분 이상 이야기를 나눌 수 없고, 결국 구석방에 그와 단둘이 남게 된다.

질문들

어떻게 그의 눈은 당신의 눈을 찾아내는 법을 알까? 어떻게 그의 입은 당신의 입을 흉내 낼 때 그것이 입이라는 것을 알까?

아기의 지각

당신은 책을 통해 그가 얼굴 생김새가 아니라 냄새와 그를 안는 방식으로 당신을 알아보며, 물체는 특정한 거리에 있을 때만 또렷이 볼 수 있고, 색은 회색의 여러 색조로만 볼 수 있다는 것을 배운다. 당신에게 하양이나 검정인 것도 그에게는 회색의 한 색조일 뿐이다.

그림자라는 난제

그는 숟가락의 그림자를 쥐려고 손을 뻗지만, 그림자는 그의 손등 위에 다시 나타난다.

그의 소리들

당신은 그가 상황에 따라 목구멍에서 많은 소리를 만들어낸다는 것을 깨닫는다. 끙끙대는 소리, 거세고 짧게 바람이 빠지는 소리. 그리고 가끔은 높은 꺅 소리, 그러다가 당신에게 미소 짓는 법을 배운 다음에는, 가끔씩 높은 우우 소리.

우선순위

아주 단순해야 한다. 그가 깨어 있을 때는 그를 돌본다. 그가 잠이 들면 당신이 해야 할 가장 중요한 일을 바로 시작해, 그 일을 할 수 있을 때까지, 일을 마치거나 아니면 그가 깰 때까지 한다. 일을 마치기 전에 그가 깨면, 다시 잠들 때까지 그를 돌보고, 다시 잠들면 가장 중요한 일을 이어서 한다. 이런 방법으로 당신은 가장 중요한 일이 무엇인지 인식하는 법과 기회가 생기자마자 그 일을 하는 법을 배울 것이다.

그에 대해 알게 된 잡다한 것들

손금들에 모이는 진회색 보푸라기들.

겨드랑이에 모이는 하얀 솜털들.

손톱 끄트머리 아래 모이는 거무스름한 것들. 끊임없이 움직이는 그토록 작은 손톱을 정확하게 자르기가 어려워 당신은 손톱이 길게 자라도록 놔두었다. 이제 손톱을 청소할 작은 손톱 솔이 필요하다.

얼굴의 색깔들. 분홍색 이마, 푸르스름한 눈꺼풀, 적금색 눈썹, 작은 땀구멍에 맺힌 아주 작은 땀방울들.

하품할 때 콧방울은 어떻게 노래지는지.

숨을 참고 횡경막을 조일 때 얼굴은 얼마나 빨개지는지.

불규칙한 호흡. 그의 동작과 호기심에 따라 호흡은 어떻게 달라지는지.

잠을 잘 때 팔과 다리를 어떻게 모래시계 모양으로 구부리는지.

당신 가슴에 기대 누울 때 어떻게 거북처럼 머리를 들어 주위를 둘러보다가 머리가 너무 무거워 툭 떨어뜨리는지.

두 손이 허공에서 게나 다른 해양 생물처럼 천천히 움직여가서 어떻게 장난감을 쥐는지.

엉덩이를 들고 몸을 접을 때, 어떻게 그가 멀리 떠나는 것처럼, 또는 물구나무를 서는 것처럼 보이는지.

젖꼭지 하나로 연결된

당신은 침대에 누워 아기에게 젖을 주지만, 팔이나 손으로 아기를 안지 않고 아기도 당신을 붙들지 않고 있다. 아기는 젖꼭지 하나로 당신과 연결된다.

무질서

이제 삶에서 질서가 줄었다는 것을 배운다. 또는 질서가 있으려면, 그것을 유지하기 위해 열심히 노력해야 한다는 것을. 예를 들어, 어느 저녁 당신은 옆에서 반쯤 잠든 아기와 함께 침대에 누워 있다. 당신은 〈가스등〉을 보고 있다. 갑자기 천둥번개를 동반한 폭풍이 시작되고 비가 심하게 내리기 시작한다. 아기 옷을 빨랫줄에 널어둔 것을 떠올리고 일어나서 밖으로 달려나간다. 반쯤 잠든 상태로 침대에 갑자기 혼자 남겨진 아기가 울기 시작한다. 〈가스등〉은 계속 켜져 있고, 아기는 이제 비명을 지르고, 당신은 흰 목욕 가운을 입은 채 밖에서 쏟아지는 비를 맞고 있다.

의례

그의 하루에는 인사가 필요한 사건이 아주 많다. 잠에서 깰 때마다, 인사. 당신이 방으로 들어갈 때마다, 인사. 그리고 인사할 때마다 진심 어린 열광이 함께한다.

주의 산만

준비가 힘들더라도 음악회 같은 행사에 가기로 마음먹는다. 그를 베이비시터에게 맡기기 위해 아기 용품으로 가득한 가방과 접이식 침대, 접이식 유아차 등을 챙기며 정성 들여 준비한다. 이제 음악회가 진행되는 동안, 당신은 앉아서 음악회가 아니라 그 정성 들인 준비물들에 대해, 그들이 적절한지에 대해 생각하고, 아무리 음악에 귀를 기울이려 애써도, 몇 분만 음악을 듣고 나면 다시 그 정성 들인 준비물들에 대해, 그것들이 아기의 편안함과 베이비시터의 편리함에 적합한지에 대해 생각하고 있다.

앙리 베르그송

그는 오래전 당신이 베르그송을 읽으며 알게 된 것을 증명해 보인다. 웃음은 늘 놀람 뒤에 따라온다는.

언제 잠들지 모른다

빛을 노려보며 눈을 크게 뜬다면, 몇 분 안에 잠들지 않으리라는 뜻이다.

날카롭게 울며, 당신의 품에 기대 거칠게 몸부림치고, 날카로운 작은 손톱으로 당신의 어깨를 꼭 붙들거나 목을 긁거나 당신의 셔츠 속으로 얼굴을 파묻을 때면, 오 분 안에 편안히 축 늘어지지 않으리라는 뜻이다. 하지만 아기를 돌볼 때 오 분은 아주 긴 시간이다.

그의 울음소리를 닮은 것

그의 울음소리에 귀를 기울이다가, 당신은, 바람과 갈매기, 경찰차 사이렌 소리를 그의 울음소리라 착각한다.

시간

그를 보살필 때 오 분이 항상 아주 긴 시간은 아니지만 그가 잠들기를 기다리거나, 그가 침대에서 혼자 울거나 당신의 귓가에서 칭얼댈 때면 오 분이 아주 느리게 간다.

그러다가 일단 그가 잠들고 나면 시간은 아주 빠르게 간다. 당신이 해야 하는 일에는 항상 어느 정도의 시간이 필요하지만, 아기가 태어나기 전에는, 일할 시간이 많았으니 문제가 되지 않았다. 이제는 하루에 딱 한 시간, 어떤 날에는, 나중에 다시, 한 시간이 있고, 어떤 날에는, 아주 늦은 시간에, 다시, 마지막으로 한 시간이 있다.

질서

당신은 무질서 속에서 명료하게 생각하거나 침착해질 수 없다. 그래서 그릇을 쓰자마자 바로 씻지 않으면, 아주 오랫동안 그대로 있을 테니, 바로 씻는 법을 배운다. 침대를 즉시 정리하지 않으면 나중에 할 시간이 없을 테니 즉시 정리하는 법을 배운다. 그리고 시간을 아끼는 법에 대해 끊임없이는 아닐지라도, 자주 고민하기 시작한다. 아기가 잠들자마자 아기가 깨어날 때를 준비하는 법을 배운다. 모든 것을 몇 시간 앞서 준비하는 법을 배운다. 그러다가 당신의 시간 개념이 달라지기 시작한다. 미래가 현재로 무너져 내린다.

다른 날들

시간을 아끼는 법과 미리 준비하는 법을 배웠음에도, 당신 안의 무언가가 느슨해지거나 그냥 피곤한 날들이 있다. 그런 날에는 집이 어수선해도 신경 쓰지 않는다. 아기 돌보기 말고 아무것도 하지 않아도 신경 쓰지 않는다. 해먹에 누워 잡지를 읽는 동안 시간이 흘러가도 신경 쓰지 않는다.

그가 웃는 이유

그는 진지하게 창을 쳐다본다. 그림을 보고 웃는다. 그 웃음의 의미를 알기란 힘들다. 그림이 마음에 들었나? 그림이 웃긴가? 아니다, 곧 당신은 그가 그림을 보고 웃는 이유는 당신을 보고 웃는 이유와 같다는 것을 이해한다. 그림이 그를 보고 있기 때문이라는 것을.

균형의 문제

균형의 문제: 그는 하품을 하면 뒤로 넘어간다.

앞으로 나가기

당신은 앞으로 나가기에 대해, 또는 앞으로 나가기와 한자리에 머물기의 차이에 대해 고민한다. 하루에 여러 번 반복해야 하는 일들, 하루에 한 번씩 해야 하는 일들, 며칠에 한 번씩 해야 하는 일들 등을 알아차리기 시작했고, 이 모든 일은 당신을 앞으로 나가기보다 시간을 확인하며 한자리에 머물게, 아니 정확히 말해, 뒤로 미끄러지지 않게 막아주는 반면, 오직 한 번만 하면 되는 일들도 있다. 돈을 벌기 위해 하는 일은 한 번만 하며, 어떤 일을 알리는 편지는 한 번 쓰고 결코 다시 쓰지 않으며, 딱 한 번만 일어날 행사가 계획되고, 소식은 딱 한 번 받거나 전달된다. 이렇게 딱 한 번만 일어나는 일이 일어난다면, 그날은 다른 날들과 다르게 느껴지고, 이런 날에는 당신의 삶이 앞으로 나가는 것처럼 느껴져서, 아기를 안고 가만히 벽

불안의 변이들

을 바라보며 앉아 있기가 더 쉬워지는데, 적어도 당신의 삶이 앞으로 나가고는 있다고 생각하기 때문이다. 한 가지 변화가 있었으니까, 그게 아무리 작은 변화일지라도.

작은 것 옆에 훨씬 작은 것

유아차에서 잠이 든 그가 파리 때문에 잠에서 깬다.

인내심

당신은 왜 어떤 날에는 인내심이 전혀 없고 다른 날에는 무한해서 아기가 누워 팔을 휘젓거나 다리를 차거나 벽의 그림을 올려다보는 모습을 아주 오랫동안 내려다보는지 이해하려 애쓴다. 왜 어떤 날에는 인내심이 무한한데, 다른 날에는, 아니면 인내심 있던 날의 늦은 시간에는, 그의 울음소리를 참을 수 없어서 당신 품에서 울음을 그치지 않으면 침대에서 혼자 울게 내버려둘 거라고 협박하고 싶은지, 그리고 가끔은 진짜로 혼자 울게 침대에 내버려두기도 하는지.

조바심

당신은 인내심에 대해 배운다. 인내심을 발견한다. 아니, 인내심이 어떻게 어느 지점까지 늘어나다가 끝이 나고 조바심이 시작되는지 배운다. 아니, 정확히 말해, 조바심은 얄팍하고 피상적인 인내심 밑에 내내 있는데, 어느 지점에 이르면 그 얄팍한 인내심이 닳아 없어져 조바심만 남는다. 그리고 그 조바심은 점점 커진다.

모순

당신은 모순을 이해하기 시작한다. 침대 위, 아기 옆에 누워, 아주 흥미롭게 그의 얼굴을 보고 그의 손을 잡지만, 동시에 아주 지루해서, 다른 어딘가에서 다른 뭔가를 하고 있다면 좋겠다고 생각한다.

퇴행

그는 발달 단계의 아주 초기에 있는데도, 배고프거나 피곤하면, 더 초기 단계로, 의사소통이 되지 않고 자신밖에 모르고 발작적인 동작을 하는 단계로 퇴행한다.

사람과 동물 사이

어떻게 그는 사람과 동물 사이 어디쯤에 있는가. 그가 잘 볼 수 없는 동안에, 그가 무턱대고 밝은 빛을 향해 고개를 돌리고 당신을 볼 수 없는 동안이나, 당신의 얼굴 윤곽, 당신의 머리 윤곽은 비교적 또렷이 보지만 당신의 이목구비는 보지 못하는 동안, 그리고 몸의 욕구에 더 잘 사로잡히고, 지적 호기심을 이용해 그의 주의를 배고픔이나 외로움, 피곤함으로부터 돌릴 수 없는 동안, 그러는 동안에 그는 당신에게 사람보다 동물에 가까운 것처럼 보인다.

불안의 변이들

어떻게 그의 여러 부분들은 연결되어 있지 않은지

그는 자기 손이 무엇을 하고 있는지 모른다. 그의 손은 지금 당신 의자의 철 막대를 단단히 감싸 쥐고 있다. 그다음에는 그가 다른 곳을 보는 동안, 그의 손은 이상한 개구리의 작은 검정 발을 감싸 쥔다.

감탄

그는 대단한 용기와 선의, 호기심, 자립심으로 가득해서 당신은 그를 감탄한다. 하지만 따지고 보면 그가 그런 특성들을 원래 갖고 태어났다는 것을 깨닫는다. 자, 이제 당신의 감탄을 어찌할 것인가?

책임

자기 능력이 닿는 한 그는 자기 몸과 안전을 얼마나 책임지는지. 천이 얼굴을 덮으면 숨을 참는다. 어둠 속에서는 눈을 크게 뜬다. 균형을 잃으면 손에 닿는 무엇이든 움켜쥐고, 당신 셔츠에 매달린다.

그의 한계 안에서

자기 이해력의 한계 안에서, 그는 얼마나 호기심 있는지. 자기 동작의 한계 안에서, 호기심을 일으키는 것에 얼마나 다가가려 하는지. 자기 지식의 한계 안에서, 얼마나 확신하는지. 자기 능력의 한계 안에서, 얼마나 능숙한지. 자기 주의력의 한계

안에서, 자기 앞의 또 다른 얼굴로부터 얼마나 만족감을 끌어
내는지, 자기 힘의 한계 안에서, 얼마나 욕구를 표현하는지.

그녀 어머니의 어머니

Her Mother's Mother

1

그녀는 온화할 때도 있지만 온화하지 않을 때, 그나 그들 모두에게 사납게 굴며 인정사정없을 때도 있는데, 그럴 때면 그것이 자신 속에 있는 어머니의 이상한 기운이라는 걸 안다. 왜냐하면 그녀의 어머니는 온화할 때도 있었지만, 그녀와 그들 모두에게 사납게 굴며 인정사정없을 때도 있었는데, 그럴 때 그녀는 그것이 어머니 속에 있는 어머니의 어머니의 기운이었다는 것을 안다. 어머니에 따르면, 어머니의 어머니는 가끔 온화했고 그녀나 그들 모두에게 장난을 걸기도 했지만 가끔 사납게 인정사정없이 굴며, 어머니가, 아마도 가족 모두가 거짓말을 하고 있다고 비난하기도 했기 때문이다.

2

밤에, 늦은 밤에, 아직 소녀였던 그녀 어머니가 침대에 누워 귀를 기울일 때, 어머니의 어머니는 울면서 남편에게 애원하곤 했다. 그녀의 어머니는 자란 뒤, 밤에 울면서 남편에게 애원하지 않았다. 아니, 딸이 침대에 누워 귀 기울이고 있을 때, 딸이 들을 수 있는 곳에서는 그러지 않았다. 나중에, 그녀의 어머니는 귀가 멀었기 때문에, 딸이 자랐을 때, 밤에, 늦은 밤에, 그녀 어머니의 어머니처럼, 울면서 남편에게 애원하는지 알 수 없었다.

불안의 변이들

불면증

Insomnia

내 몸이 너무 욱신거려.
나를 밀어 올리는 이 무거운 침대 때문인 게 틀림없어.

헬렌과 바이: 건강과 활기에 대한 연구

Helen and Vi: A Study in Health and Vitality

서론

본 연구는 팔십 대와 구십 대에도 여전히 활기 넘치는 두 여성 노인의 삶을 고찰한다. 연구 대상의 기억에 부분적으로 의존하므로, 서술은 불완전할 수밖에 없겠지만, 가능한 한 상세히 서술할 것이다. 우리는 이 연구의 면밀한 묘사를 통해, 연구 대상들의 행동과 생활사의 어떤 면이 그들로 하여금 육체와 정신, 정서, 종교 전반에 걸쳐 그토록 건강한 삶을 살도록 했는지에 대한 어떤 의견을 제시할 수 있기를 바란다.

두 여성 모두 미국에서 태어났으며, 한 여성은 아프리카계 미국인 부모에게서, 한 여성은 스웨덴 이주민 부모에게서 태어났다. 첫 번째 여성 바이는 여든다섯 살로, 현재 여전히 아주 건강하고, 일주일에 나흘을 가정집과 사무실에서 청소부로 일하며 교회 활동을 적극적으로 한다. 다른 여성 헬렌은 아흔두 살로, 약해진 시력과 청력을 빼면 건강하고, 현재는 요양원에서 살지만, 일 년 전까지는 혼자, 독립적으로 살면서 최소한의 도움만으로 자신의 큰 집과 마당, 자신을 돌봤다. 요양원에서도 여전히 자신의 위생을 관리하고 방을 깔끔하게 정리한다.

성장 환경

바이와 헬렌 둘 다 온전한 가정에서 다른 아이들과 두 양육자(바이의 경우 양육자는 여러 해 동안 조부모였다)와 함께 자랐다. 둘 다 형제자매들과 친밀하게 지냈고(바이의 경우에는 사촌들도 한집에 살았다) 평생 긴밀하게 연락했다. 두 사람 다 형제자매들보다 오래 살았다. 헬렌은 아흔 살까지 살았던 오빠와 일흔여덟 살에 사망한 언니를 먼저 보냈다. 바이는 형제자매와 사촌 일곱 명을 먼저 보냈는데, 그들 중 한 사람만 빼고 모두 팔십 대와 구십 대까지 살았다. 마지막까지 남았던 사촌은 아흔네 살에 세상을 떠났고, 그때까지도 요리사로 일하고 있었다.

바이는 어린 시절 대부분을 버지니아에 있는 조부모의 농장에서 보냈다. 그녀를 포함해 여덟 명의 형제자매와 사촌 모두 어느 정도 나이가 들 때까지 조부모와 함께 살며 조부모의 손에서 자랐다. 조부모의 농장은 들판과 숲으로 둘러싸여 있었다. 아이들은 대체로 맨발로 나가 놀았기 때문에 땅과 끊임없이, 가깝게 신체적으로 접촉했다.

아이들은 의사를 찾아간 적이 한 번도 없었다. 손주가 아프면, 바이의 할머니는 들판이나 숲으로 나가 어떤 나무껍질이나 잎을 찾아내어 "달였다". 할아버지는 아이들에게 건강에 좋은 야생식물을 알아보는 법을 알려줬고, 특히 암꽃과 수꽃이 각기 다른 성질을 지닌, 특정 식물들의 암수를 구분하는 법을 가르쳤다. 그러고는 아이들을 보내 직접 그 식물들을 따 오도록 했다. 계절이 바뀔 때마다 할머니는 "그들을 청소하기" 위해 달인 물을 주곤 했는데, 이 물의 여러 효과 중에는 그 시절 시골 생활에서 흔한 위험이던 기생충 제거도 있었다. 바이가 포킵시로 와 엄마와 살게 된 때부터 가정 치료도 멈췄다. 엄마는 바이가 감기만 걸려도 의사에게 데려갔고 의사는 약을 주었다.

바이의 조부모는 열심히 일하는 분들이었다. 예를 들어, 바이의 할머니는 늘 하는 일 말고도, 여덟 아이들 모두를 위해 퀼트도 만들었다. 아침 식사 뒤에 바느질을 했고 오후에 다시 하곤 했다. 할머니는 그 일을 즐기셨어요, 바이는 말한다. 옷감을 아주 작은 조각까지 남김없이 이용하곤 했다. 할머니의 손은 멋있었고, "내 손보다 더 곧았다"라고, 바이는 말한다. 할머니는 날염된 밀가루 면포대를 바느질해서 아이들에게 옷을 만들어 입히기도 했다. 개학 첫날이면, 그녀와 사촌 자매들은 "너무 예쁜 원피스"를 입었다고, 바이는 말한다.

바이의 할머니는 친절했다. 할아버지도 친절했지만, 할머니보다 엄격했다. 할아버지는 말한 대로 지키는 사람이었다고, 바이는 말한다. 아이들은 두 사람 말을 모두 잘 들었지만, 할머니가 부탁을 더 잘 들어주는 편이므로, 할아버지가 나갈 때까지 기다리곤 했다.

할아버지는 가족이 먹는 고기와 채소를 모두 직접 키웠다. 그들을 위한 집도 손수 지었다. 바이는 할아버지의 손이 몹시 울퉁불퉁하고 굽어 있었다고 말한다.

가족은 짚 매트리스 위에서 잤다. 일 년에 한 번 할머니는 아이들에게 오래된 짚을 꺼내고 새 짚을 채워 넣게 했다. 아이들은 새로 채운 매트리스 위에서 뒹굴며 탁탁 소리를 듣곤 했다. 매트리스에 짚을 너무 가득 채웠기 때문에, 짚이 눌리기 전까지, 아이들은 계속 미끄러져 떨어졌다. 베개는 닭털로 채웠다. 일 년에 한 번, 할머니는 아이들에게 낡은 깃털을 비우고 베개에 넣기 위해 모아둔 새로운 깃털을 채우도록 시켰다.

아이들은 맡은 일을 스스로 해야 했다. 그러지 않으면, 결과가 따랐다. 한번은 바이가 샘에서 물을 길어 오는 일을 잊었다. 하루 일을 마치고 쉬던 할아버지가 물을 찾았을 때, 그녀는 잊어버렸다고 실토했고 할아버지는 날이 이미 어둑한데도 그녀를 내보냈다. 샘까지 가려면 죽은 가족들이 묻힌 작은 묘지 곁을 지나가야 했고, 바이는 어둠 속에서 그곳을 걷는 것이 무서웠다. 아이들은 해가 진 뒤에 귀신들이 돌아다닌다고 믿었다. 그러나 선택의 여지가 없었으므로, 바이는 묘지 곁을 살금살금 지나 언덕 아래 샘까지 가서 양동이에 물을 채우고, 집까지 내내 달려서 돌아왔다. 집에 돌아올 때쯤, 양동이가 반은 비었다. 바이는 물 길어 오는 일을 다시는 잊지 않았다.

아이들은 자라서, 막내만 빼고, 모두 열심히 일하는 사람이 되었는데, 바이에 따르면, 집안의 응석받이였던 막내는 어른이 돼서 자기 자식들을 키우는 것 말고는 아무 일도 하지 않았다고 한다. 그리고 바이가 얼른 덧붙이길, 이 막내 여동생은 형제 중 가장 어린 나이에, 겨우 일흔두 살에 죽었다.

결국 바이는 낙농장을 운영하는 엄마와 살기 위해 북부로 이사 갔다. 교실 두 칸짜리 학교에서 학업을 이어갔고, 교실에서 남학생들은 한쪽에, 여학생들은 다른 쪽에 앉았다. 10학년까지 그 학교를 다녔다. 바이는 잠시 동안 피아노 수업을 들었고, 계속 들었더라면 좋았을 거라고 지금은 생각하지만, 그녀는 "억지로 밀어붙여야" 하는 아이였고 엄마는 너무 바빠서 그녀를 밀어붙일 시간이 없었다고 한다. 엄마는 농장을 운영하는 것 말고도 삼십 년 동안 동네의 어느 가정집에서, 주로 주방에서 일했다.

바이는 두 번 결혼했다. 첫 남편은 "별로"였다고, 말한다. 그는 다른 여자들을 쫓아다녔다. 두 번째 남편은 좋은 남자였다. 바이는 처음에 그를 만났으면 좋았을 거라 생각한다. 두 번째 남편과 보낸 삶에 대해 바이가 들려주는 많은 다정한 이야기를 듣다 보면, 그들의 관계는 사랑과 감사, 즐거움으로 가득했던 듯하다. 바이가 "내가 스탠디시였을 때는"이라고 말하면, 첫 남편과 결혼해서 그의 성을 쓰던 때를 뜻한다. 그녀는 같은 뜻으로 다른 표현도 쓴다. "내가 해리먼이 되기 전에."

바이는 자녀를 하나 두었고, 첫 남편과 낳은 딸이지만, 바이가 여러 해 동안 두 손녀를 데리고 살며 키웠다.

헬렌도 어린 시절에 농장에서 자랐다. 헬렌의 아버지는 스웨덴에서 온 직후, 코네티컷의 한 고원지대 마을 외곽에 농지 몇백 에이커를 구입했다. 아래쪽 계곡에는 큰 섬유 생산 도시가 있었다. 아버지는 암소 몇 마리를 소유했고, 이웃들에게 우유를 팔았다. 또한 닭도 키우고 암소도 번식시켰다. 경작용 말들을 키웠고, 헬렌의 가족은 말 두 마리가 끄는 마차로 긴 언덕을 내려가 시내에 가곤 했는데, 내려가다 중간쯤에 말들이 쉬면서 물을 마실 수 있게 했다. 가족은 그 농장에 살다가 헬렌이 일곱 살이 될 때, 헬렌의 오빠가 지역의 고등학교에 다닐 수 있도록 시내로 이사했다.

헬렌의 아버지가 농장에서 일하는 동안, 어머니는 텃밭을 가꾸고 가금류를 키웠고, 가족을 돌봤다. 시내로 이사 간 뒤, 헬렌의 아버지는 고등학교, 나중에는 지역의 대학에서 관리인으로 일했다. 도시에서 헬렌의 아버지는, 바이의 할아버지처럼, 손수 집을 지었다. 가족이 사는 집 뒤 작은 땅에 지었다. 나중에 집 두 채를 모두 팔아서 더 큰 집을 살 수 있었고, 바로 그 집에서 헬렌은 가족을 꾸리고 삶의 대부분을 보냈다.

헬렌은 스무 살에 결혼했다. 남편은 댄스음악을 연주하는 밴드에서 색소폰과 클라리넷을 연주했다. 음악은 그의 첫사랑이었지만, 그는 가족을 부양하기 위해 은행에 일자리를 얻었고, 해가 지날수록 음악은 덜 연주하게 됐다. 헬렌은 터울이 거의 없는 사내아이 둘을 두었고, 아이들이 아직 꽤 어릴 때 부모의 집으로 다시 들어갔는데, 평범하지만 큰 흰색 집으로, 계곡과 섬유 공장들을 굽어보는 언덕 비탈에 자리한 널찍한 빅토리아풍 주택들과 커다란 그늘나무들이 있는 동네에 있었다. 이 층과 삼 층에 독립적인 아파트가 만들어졌다. 부모의 마지막 여생 동안 헬렌은 자기 가족뿐 아니라 부모도 돌봤다. 헬렌의 어머니는 몸이 아파서 세상을 떠나기 전 십삼 년 동안 누워 지냈다.

　부모가 모두 세상을 떠난 뒤, 2차 세계대전이 끝나고 나서 몇 년 동안 그 집은 헬렌과 남편이 지원하는, 독일의 난민 캠프에서 온 가족들에게 피난처가 되었고 그들 중 몇몇은 아직도 그녀에게 요양원으로 카드를 보낸다. 헬렌의 아들들은 집을 떠나 가족을 꾸렸고, 남편도 결국 세상을 떠났으며, 헬렌만 그 큰 집에 혼자 남았다. 잠시 동안, 이 층을 세놓기도 했다. 세입자는 나이 든 남자와 그의 십 대 손녀였다. 그들은 손녀가 임신한 뒤 떠났고, 헬렌은 그곳을 다시 세놓지 않았으며 아들 가족이 찾아올 때 머물 공간과 물건 보관 용도로 썼다. 이제는 헬렌도 집을 떠나서 집은 비어 있다.

일

　바이와 헬렌 둘 다 이른 나이부터, 가족을 돕거나 집 밖에서 돈을 벌며, 일하기 시작했다.

　바이는 아홉 살 때 집 밖에서 일하기 시작해서, "한 여자를 위해" 물을 길어다 주며 오 센트를 벌었다. 나중에 바이가 했던 일 중에는 첫 남편과 함께했던 벌목도 있다. 그들은 이인용 톱을 사용해 펄프용 목재를 잘라서 유개화차 하나를 가득 채워, 오백 달러를 벌었다. 목재에서 "껍질을 벗겨내면" 유개화차 하나당 육백 달러를 벌었다. 나중에 바이는 요양원에서 세탁부로 일했고, 훨씬 나중에는 가정집과 사무실을 청소했다.

　바이는 피곤하다고 말하는 사무실 여직원들을 놀리곤 한다.

하루 종일 자리에 앉아 있었는데!

지금 하고 있는 청소일에서, 바이는 오전 아홉 시부터 오후 네다섯 시까지 거의 쉬지 않고 꾸준히 일하지만, 가끔 그 자리에 선 채로 멈춰서, 한 번에 최대 십 분 안에서, 이야기를 나누기도 한다. 바이는 일하는 동안 점심을 즐겨 먹지 않지만, 대개 하루에 한 번쯤 일을 멈추고 주방 테이블에 앉아 과일―바나나 한 개나 배 한 개, 사과 한 개―을 먹는다. 일과가 끝날 때까지 과일을 먹지 않은 날에는 바나나 하나를 집어 들어 미심쩍은 표정으로 쳐다보다가 주방 테이블에 비스듬하게 앉아 껍질을 벗겨 조용히 먹거나 집으로 갖고 온다. 무더운 날에는 긴 잔에 차가운 물과 얼음을 넣어 먹길 좋아한다. 하지만 수은주가 섭씨 32도를 가리킬 때조차 더위 때문에 특별히 힘들어하지는 않는다.

바이는 끊임없이 일하지만 서두르지 않는다. 할머니가 시간을 들여 꼼꼼하게 일하라고 아이들에게 가르쳤다고 한다. 바이의 표현에 따르면 나무 의자의 막대 하나하나와 난간의 기둥 하나하나를 "밤낮을 들여" 닦곤 한다.

바이의 고용주들은 그녀의 일을 고맙게 여기며 의리를 지킨다. 여든다섯 살 생일파티 후에, 바이가 워싱턴으로 손녀를 방문하러 가서 계획보다 훨씬 오래 머문 적이 있었다. 그곳에서 치과 치료를 받고 있었는데 치료가 한 주, 또 한 주 계속 연장됐다. 바이에게서 소식 한 통 없이 몇 달이 지나갔고, 고지서는 쌓여갔으며, 전화 회사는 전화를 끊겠다고 경고했다. 결국 바이는 고지서 문제를 정리하고 고용주들을 만나기 위해 집에 들렀지만 그동안 아무도 그녀를 대체할 새 사람을 찾지 않았다. 모두 그냥 바이가 돌아올 때까지 자신들이 할 수 있는 한 그럭저럭 지내고 있었다. 그녀는 한 법률사무소를 삼십 년간 청소하고 있다.

바이의 오랜 고용주 중 하나였던 나이 든 여성이, 결국 요양원에 들어가게 됐다. 이 여성은 그곳 직원들이 제대로 침대를 정리할 줄도 자신을 목욕시킬 줄도 모른다고 바이에게 불평했다. 그녀는 바이에게 요양원에 와서 자신을 계속 돌봐줄 수 있는지 물었다. 바이는 당장 그러고 싶었지만, 요양원 직원들이 허락하지 않으리라는 것을 알고 있었다.

또 다른 고용주는 워싱턴으로 이사를 가면서 바이에게 제발 함께 그곳으로 가서 일을 계속해달라고 부탁했지만, 바이는 집과 동네를 떠날 생각은 없었다.

헬렌은 세탁을 하는 어머니를 도와서, 옷을 배달하고 수거했다. 그러다가 어머니의 손님 한 사람에게 한동안 고용되어 그 집에서 청소를 하고 식사를 차렸다. 헬렌은 시골로 나가, 들꽃을 꺾어다가, 압화를 만들어 접시를 장식하는 취미 공예가들에게 팔아 용돈을 벌곤 했다.

이 연구의 확장판에서 세 번째 사례가 될, 백 살의 호프는 아이오와의 작은 마을 변두리에서 자라던 어린 시절에 빵을 직접 구웠다. 그녀는 조랑말을 키울 비용을 벌기 위해 그 빵을 이웃들에게 팔았다. 조랑말은 그녀의 것은 아니었고, 그 조랑말을 길들이고 훈련시키기 위해 그녀가 한 일의 대가로 여름 동안 빌린 말이었다.

아이들이 학교에 들어간 뒤, 헬렌은 시내에서 어느 가족이 운영하는 작은 여성복 가게에서 수선 일을 했다. 가게까지 걸어갔다가 다시 걸어서 돌아왔다. 그 뒤에 그녀는 하트퍼드에서 재봉사로도 일했다. 그곳에 가기 위해 느리게 움직이는 구간열차를 타고 숲을 이리저리 통과하고 묘지와 작은 도시들을 지나쳤다.

헬렌은 그 옷가게에서 사 년을 일했다. 가게 주인과 주인의 아내는 직원들을 잘 배려했고, 많은 직원과 친구처럼 지냈으며, 일을 그만둔 뒤에도 오랫동안 우정을 이어갔다. 그러므로 헬렌의 근무 환경은 정서적 지원을 받을 수 있는 환경이었다. 헬렌이 요양원에서 일 년을 보냈을 무렵, 옛 사장이 뇌졸중으로 그곳에 입원했다. 그는 이 주 동안 머물렀고 헬렌은 보행 보조기를 이용해 천천히 그의 방을 찾아갔다. 매끄럽고 창백한 얼굴의, 키 크고 잘생긴 남자가 베개에 기대 누운 채 또렷한 시선으로 그녀를 가만히 바라봤지만 알아보지는 못했다. 자주 그를 찾아와 옆에 있던 그의 아내가 기억을 되살리려 애썼지만, 그는 고개를 저었다.

신체 활동: 일과 놀이

헬렌과 바이의 삶 모두 신체 활동이 왕성했고, 장거리를 비롯해, 대체로 끊임없이 걸어 다녔으며, 특히 어린 시절뿐 아니라 어른이 된 뒤에도 상당히 많은 시간을 실외에서 신선한 공기를 마시며 보냈다. 두 사람 모두, 어른이 된 뒤에는 자기를 위해서든 돈을 벌기 위해서든 하는 이런저런 일들이 신체 활동의 대부분을 차지했다. 그러나 여가 활동도 활동적일 때가 많았다. 바이도 헬렌도 스포츠를 하지는 않았지만, 둘 다 춤을 자주 추었고, 바이는 여행을 가서도 상당히 많이 걸어 다녔다.

어린 시절에 바이는 심부름을 위해 시내까지 걸어갔고, 학교도 걸어 다녔다. 식사 시간과 학교 수업 시간을 빼면 온종일 형제자매와 사촌, 친구들과 함께, 주로 실외에서, 신체 활동을 했다. 청년기와 중년기에도 하루 종일 신체 활동을 했다. 바이의 시간은 자신과 가족을 돌보는 일과 보수를 받는 일을 하는 시간으로 나뉘는데, 둘 다 몸을 쓰는 활동적인 일이었다.

바이는 노년기에도 모든 집안일과 정원 돌보기를 계속 스스로 하고, 가끔 가족이나 친구들이 방문할 때 도움을 받는다. 그녀도 가끔 손녀나 친구의 집을 청소해준다. 요리하고, 정원을 돌보고, 가구를 재배치한다. "저는 항상 이것저것 움직여요." 바이는 말한다. "두 번째 남편은 저를 '이사 트럭'이라 불렀어요." 두 번째 남편은 그녀가 밖에서 일할 때면 부엌을 청소하고 스토브와 오븐을 티끌 하나 없이 닦아놓았다. 그는 산울타리도 다듬곤 했다. 이제는 바이가 그 일을 하지만, 자신이 상당히 서툴다고 생각한다. 정원의 장미 덤불도 모두 남편이 심고 돌봤는데, 이제 대부분 죽어버렸다. 하루 종일 청소일을 한 다음, 바이는 식물을 들고 와서 곧장 땅에 심곤 한다. 흙 만지는 게 좋다고 말한다.

하루 일이 끝난 뒤 바이가 계속 정원만 돌보는 것은 아니다. 어떤 날에는 저녁을 먹고 나가 저녁 내내 합창 연습을 한다. 최근의 한 파티에서는 패션쇼 모델로 참가했는데, 옷 여덟 벌을 갈아입어야 했다. 나중에는 피곤했다고 인정한다("너무 피곤했어요, 말도 못 하게요. 제 침대가 제게 말하더군요. '널 기다리고 있었어'"). 그러나 바이는 그날 밤 일찍 잔 뒤 이튿날인 일요일에 일찍 일어나 교회 만찬에 들고 갈 마카로니앤치즈를 한 냄비 가득 요리해두고, 밖으로 나가 정원에서 일하다가, 다시 집 안에서 일하다가, 조금 쉬고 나서 교회 만찬을 위해 출발했다. 만찬이 끝난 뒤에는, 거의 모든 사람이 떠나버렸기 때문에, 바이와 그녀처럼 나이 든 친구 둘이 남아서 설거지를 했다. 그들은 자정이 될 때까지 교회에서 일했다.

바이는 세탁기로 빨래를 하지만 집 밖이나 지하실의 빨랫줄에 빨래를 널고 헬렌도 집에서 살 때는 그랬다. 두 사람 다 건조기를 살 형편은 되지만, 건조기가 없다. 어린 시절 두 사람의 양육자들은 분명 "빨래가 잘 마르는 화창한 날"을 잘 활용하라고 가르쳤다. 빨래를 내다 널고 다시 들이는 일은 건조기로 옮겨놓는 일보다 상당히 많은 에너지가 들어가며, 또한 바깥 공기와 햇살에 노출되는 과정이 포함되므로, 틀림없이 바이와 헬렌의 건강에 도움이 될 만한 조치였음에 주목할 필요가 있다.

반면에 호프는 어른이 된 이후 내내 집안일보다 더 나은 일이 있다고 생각하며, 되도록 집안일을 피했다.

헬렌은 어린 시절에 바이처럼 거의 매일 상당한 거리를 걸어 다녔다. 마을 밖 높은 지대의 농장에 살 때 학교까지 걸어갔을 뿐 아니라, 집안일과 농장일을 거들고 밖에서 놀기도 했다. 마을로 이사를 온 뒤에도 계속 학교에 걸어 다녔는데, 편도로 일고여덟 블록쯤 되는 거리였다. 십 대 시절 헬렌의 오락은 춤 말고도, 당시에는 '미스터리 게임'이라 불렸던 보물찾기처럼 단체로 하는 신체 활동을 즐겼다.

헬렌은 젊은 엄마였을 때 어린 아들들을 데리고 시골 친구들의 농장으로 가 딸기를 따서 파이를 굽기도 했다.

헬렌은 어디든 걸어서 다녔다. 헬렌의 집은 시내 중심가에서 네 블록 떨어져 있었고, 마지막 블록은 매우 가팔랐다. 그녀는 일하는 옷가게까지 걸어 내려갔다가 걸어서 집으로 돌아왔다. 도시로 출근하거나 G. 폭스 백화점에 쇼핑하러 갈 때는 기차역까지, 적어도 여섯 블록쯤을 걸어서 다녔다. 나중에 나이가 들어 중심가까지 더 이상 걷지 못할 때도, 일요일에는 반 블록쯤 언덕을 올라간 다음 몇 블록을 내려가서 교회에 갔고, 친구가 태워다 주지 않는 한, 다시 걸어서 집으로 왔다.

헬렌은 이렇게 평생 동안—팔십 년 이상—긴 언덕길을 걸어서 오르내렸을 뿐 아니라 집 안팎에서 일도 했다. 바이처럼 집에서 살 때는 모든 집안일과 정원 일을 스스로 했다. 하루 동안 물건을 가져오거나 젖은 빨래를 넣기 위해 지하실에 여러 번 내려가고, 옷을 찾거나 사진을 갖다 두기 위해, 한 번 이상, 이층까지 한 층을, 다락까지 두 층을 올라가는 일이 드물지 않았다.

시력이 약해진 뒤에도 헬렌은 일상적인 도움 없이 계속 집을 관리하고, 정리하고, 청소했고, 식당 창턱의 아프리카제비꽃과 해가 잘 드는 위층 거실의 가재발선인장에 물을 주었다. 집은 여전히 흐트러짐 없이 단정했지만, 주방의 노란 주름 커튼이 칙칙해지거나 아래층 욕실 옆, 욕실에 들어갈 때 손을 짚는 목조 부분에 손때가 묻은 것을 그녀가 볼 수 없었기 때문에, 예전만큼 깨끗하지는 않았다. 그녀는 천천히, 꼼꼼하게 일했다. 깔끔하게 지내는 습관이 있는 데다, 매우 세심하다 보니, 후기황반변성이 진행된 뒤에도, 가족들이 돌아간 뒤 베란다 바닥에서 작은 퍼즐 조각 하나를 발견하기도 했다. 헬렌은 인내심이 대단하기 때문에, 빛과 어둠 정도밖에는 보이지 않을 때도 저녁에 먹을 감자를 천천히 깎곤 했는데, 손끝으로 더듬으며 감자 싹을 찾아내 감자칼로 하나씩 파냈다. 설거지를 직접 하겠다고 온화하나 단호하게 고집을 부렸고, 가끔은 설거지를 하기 전에 먼저 누워서 쉬기도 했다.

정원에서는 나뭇잎을 긁어모으고 정원 위로 우거진 나무에서 떨어진 잔가지들을 줍곤 했다. 겨울에는 삽으로 눈의 일부라도 치웠다. 가족들은 더 힘든 일들만 도왔다. 집에 찾아온 아들은 산울타리를 다듬고, 지하실에서 베란다용 가구를 꺼내오고, 덧창을 달거나 뗐다. 다락에 나타난 다람쥐처럼 헬렌이 해결할 수 없는, 흔치 않은 문제가 생기면 아들 중 하나가 돕곤 했다. 굴뚝에 불이 붙는다거나 하는 비상사태가 생기면 옆집 이웃을 불렀다.

이 모든 다양한 활동들은 그녀가 아흔한 살에 요양원에 들어갈 때까지 계속됐다.

바이가 아직도 활동적인 반면, 헬렌은 이제 하루의 많은 부분을 요양원 침대 옆 의자에 앉아 보낸다. 의도적으로 운동하려 애써야 한다. 요양원의 보조원이나 자원봉사자나 가족과 함께 실외 정원을 가운데 두고 다이아몬드 형상으로 배치된 요양원을 한 바퀴 걷는다. 보행 보조기에 기대어, 이쪽 아니면 저쪽으로 출발해, 대개 이인실인 입주실들을 지나고 미용실을 지나(영업시간이 문에 게시된), 마당으로 나가는 여러 문과 현관 로비와 예배당으로 가는 스테인드글라스 여닫이문, 대형 텔레비전과 카드게임 탁자가 있는 휴게실, 간호사 데스크, 마당으로 연결되는 또 다른 통로, 오락실, 거주자를 위한 샤워실, 식당, 또 다른 간호사 데스크, 간식과 탄산수 제조기가 유리창으로 보이는 문 잠긴 직원 휴게실, 더 작은 텔레비전과 책장 하나가 있는 또 다른 거주자 휴게실, 주방, 또 다른 입주실들을 지나 자기 방으로 다시 돌아온다. 방에 오면 보행 보조기를 세우고, 의자까지 뒷걸음으로 가서, 몸을 구부려 의자 팔걸이를 잡고는, "아"라는 탄성과 함께 의자로 무너지며 산책이 끝나 안도하는 미소를 짓는다.

호프도 운동을 하려고 의도적으로 애쓴다. 갓 칠한 회반죽 냄새가 풍기는 아파트 건물의 긴 복도로 보행 보조기를 꺼낸다. 그리고 친구나 가족, 고용한 활동 보조인과 함께, 정해진 횟수만큼, 저쪽 끝의 창 달린 문까지 갔다가 이쪽 끝의 똑같은 창 달린 문까지 되돌아오고, 가끔은 그 길

불안의 변이들

에 이웃을 마주치기도 한다. 그다음에 아파트로 다시 들어와 책과 잡지, 종이와 공책, 가방, 쟁반 탁자, 해진 천 냅킨으로 어수선한, 그녀의 오래된 파란 슬레이베드*에 누워 잠시 휴식을 취한 다음, 정해진 횟수만큼 팔다리 들기 운동을 한다. 운동을 마치면 물잔을 다시 채워달라고 부탁한다. 그녀는 침대 옆에 물잔 두 개가 있어야 하는데, 바로 옆에는 반쯤 채운 물잔, 팔을 뻗으면 닿을 거리에는 물이 가득한 물잔이 있어야 한다.

현재 생활환경

헬렌의 집은 한때는 꾸준히 사용되던 네 개의 층이 있는 큰 집이다. 지하는 창고와 세탁실, 일 층은 주방과 식당, 두 개의 거실, 작은 욕실, 헬렌의 침실이 있고, 이 층에는 또 다른 주방과 큰 거실, 두 개의 침실, 더 큰 욕실이 있으며, 다락에는 침실 하나와 창고 하나가 있다.

바이의 집은 헬렌의 집보다 작지만, 마찬가지로 지하와 일 층, 이 층, 다락이 있다. 그리고 헬렌의 집처럼 이 층에 또 다른 주방이 있는데, 임대를 위해 만든 독립적인 아파트 공간의 일부다. 한 가족 삼대가 그곳에 살았던 적도 있다. 할아버지와 손녀, 손녀의 아이였다.

바이의 집은 다른 인종이 함께 사는 쾌적한 동네에 있으며, 수수하지만 멋스럽고, 일반적으로 잘 관리된 오래된 동네 집

---

*   sleigh bed. 머리판과 발판이 썰매 모양으로 휜 침대.

들이 폭이 넓은 하천이 강어귀와 합류하는 지점 위 높은 곳에 자리해 있지만 대부분의 집에서는 강이 보이지 않는다. 많은 집들은 잘 관리된 마당이 있는 단독주택이다. 한때 지역의 주요 산업이 벽돌 제조업이었으므로 많은 집들이, 바이의 집처럼, 벽돌로 지어졌지만 미늘판으로 지은 집도 더러 있다. 바이의 집은 흰색 페인트가 칠해져 있고, 폐쇄형 앞 베란다의 처마에는 검정과 하양 줄무늬 금속 차양이 둘러져 있다. 앞마당에 작은 잔디밭이, 뒷마당 차고 옆에 더 큰 사각형 잔디밭이 있다. 진입로를 따라 낮은 산울타리를 두른 마당에는 풀협죽도 몇 무리와 비비추 몇 포기, 장미 관목 한 그루를 포함해, 다양한 다년생 식물들이 자라고 있다.

바이와 헬렌의 집 모두 깨끗하고 단정하지만, 헬렌의 몇몇 방들은 눈에 띄게 텅 빈 반면, 바이의 방들에는 물건이 가득하다. 예를 들어. 헬렌의 위층 방 하나에는 싱글침대 하나와 접이식 나무 의자 하나, 램프 하나밖에 없다. 벽장은 텅 비었고, 창에는 커튼이 없으며, 바닥과 벽은 휑하다. 아래층 응접실에도 장식품이 거의 눈에 띄지 않는다. 뒤편 거실에는 소파 옆 작은 테이블 위에 장식품이 두 개밖에 없다. 하나는 작은아들이 이탈리아에서 가져온 베네치아 유리 꽃병이고, 다른 하나는 출처를 알 수 없고, 용도는 더 알기 힘든 물건―파랑과 하양 면실로 짠 찻잔과 찻잔받침―이다. 이와는 달리 바이의 집에는 방마다 자질구레한 장식품들과 장식 선반들, 안락의자, 무거운 양탄자와 커튼, 램프, 쌓여 있는 수납함들, 조화가 꽂힌 꽃병들이 가득하다.

바이의 집 벽은 사진과 교회에서 받은 상패로 뒤덮인 반면, 헬렌은 거실 두 곳과 자신의 침실, 위층 손님방에 각각 사진 서너 개만 걸어둔다. 사진이 훨씬 많지만, 서랍장 속 앨범이나 상자에 보관한다. 바이는 일흔여덟 장의 사진을, 특히 거실이나 식당에 걸거나 세워두고 있다. 바이와 헬렌 모두 조부모와 부모, 형제자매, 남편, 자녀, 손주, 친구들의 사진을 전시한다. 바이는 고용주들의 반려동물 사진도 전시해두길 좋아하지만, 정작 고용주들의 사진은 두지 않는다. 헬렌은 아들 하나가 화가이기 때문에, 거실 벽에 그의 그림도, 초기에 그린 구상화부터 나중에 그린 추상화까지, 걸어두었다. 이 그림들은 뜨개질한 찻잔 받침 같은 별나고 특이한 장식품들과 눈에 띄게 대비된다.

바이의 벽장에는 옷이 가득하고 몇 년째 입지 않은 옷들도 있다. (옷들이 뒤죽박죽 가득한 벽장을 묘사하면서 바이는 그들이 "벽장 밖으로 걸어 나와 안녕! 하고 인사한다"라고 말한다.) 최근에는 교회 패션쇼 준비자가 바이의 집을 방문해 벽장을 뒤져 건진 옷들로 적지 않은 의상을 만들어냈다. 반면, 헬렌의 벽장들은 여유가 있고 꼭 필요한 옷만 남겨두었는데, 주로 간소하고 기능적인 일상복들만 있다. 카디건, 블라우스, 셔츠 웨이스트 드레스, 치마, 실내복 같은 옷들이다. 그중에는 크리스마스와 생일에 가족에게 선물받은 것도 있지만, 대부분의 옷은 그녀가 여러 해 입은 것들이고, 가끔은 친구나 자매, 친척들에게 물려받은 것도 있었다. 헬렌은 새 옷을 살 여유가 있지만, 오랜 절약 습관 때문에 그런 지출을 거의 불필요하게 본다. 그녀는 자기가 갖고 있는 것에 완전히 만족해하는 것 같다.

헬렌은 입지 않았던 옷은 안 쓰는 방에 보관한다. 손님방 서랍장에 선물받은 침실용 덧옷과 잠옷이 있다. 위층 침실의 벽장과 다락 선반에는 그 계절에 입지 않는 옷들을 둔다. 계절이 바뀌면 이 옷들을 들고 내려와 침실 벽장의 옷들과 교체한다. 이제 그녀는 다른 사람에게 그 옷들을 요양원으로 갖다 달라고 부탁한다. 아직 집에서 살 때, 헬렌은 자신의 소유물을 끊임없이 정리하며 줄여갔다. 살짝 구부정한 자세로 작은 보폭으로 걸으며 위층 방이나 다락에서 옷이나 식탁용 리넨이나 브로치 같은 것을 들고 내려와서 "이거 혹시 가져가서 쓸 수 있겠어?"라고 묻곤 했다.

헬렌은 바로바로 정리하기 때문에 집이 늘 깔끔했다. 물건 하나하나마다 자리가 있었고, 물건을 쓰고 나면 곧장 제자리에 갖다 놨다. 이런 습관에 예외가 하나 있었다. 빈 종이상자는 지하창고로 즉시 치우는 대신에, 지하 계단 밑에 던졌다가 다음에 내려갈 때 치우곤 했다. 이 경우에는 깔끔함보다 동작의 경제성을 더 중시한 것이다. 헬렌은 깔끔함이 몸에 뱄지만, 다른 사람들에게 정리정돈을 훈계하지 않는 반면, 바이는 아이들이나 젊은 사람들에게 다시 필요할 때 찾을 수 있도록 물건을 정리하는 게 중요하다고 말하길 좋아한다. 바이의 집은 헬렌의 집보다 훨씬 혼잡해서 한눈에 보기에 헬렌의 집만큼 깔끔해 보이지는 않는다.

바이와 헬렌 모두 주방 벽에 격언을 붙여놓았지만, 바이의 격언은 모두 유머러스한 반면 헬렌의 격언은—스웨덴어나 영어, 또는 두 가지 언어 모두로 적힌—종교적이거나("하느님, 이 집을 축복하소서"), 아니면 다정하거나("홈 스위트 홈"과 "즐거운 나의 집Hem kara hem") 아니면 교훈적이거나("시간을 이기는 자, 모든 것을 이긴다Den som vinner tid, vinner allt") 아니면 도덕적 메시지를 유머러스하게 표현하거나("허겁지겁 갈수록 헛걸음한다") 아니면 그냥 온화하다("환영Villkomen"). 헬렌의 부엌에는 시선을 끌거나 기분을 즐겁게 하는 사진도 몇 장 있는데, 이를테면 놀란 아기 고양이가 가는 나뭇가지에 앞발로 매달린 사진 같은 것이다.

헬렌은 집에 가끔 들르긴 하지만, 이제는 쾌적한 요양원의 공용침실에서 산다. 방에서 그녀가 사용하는 반쪽은 창가가 아닌 복도 쪽이어서 더 어둡지만, 그녀는 자리를 옮기고 싶지 않다. 이제까지 두 명의 룸메이트가 있었다. 첫 룸메이트는 아파서 누워만 있었고 정신이 온전치 못해서, 간헐적으로 "아 어떡해 아 어떡해" 말고는 신음과 고함만 내뱉었다. 이 여성은 일 년 뒤에 죽었고, 그 자리는 이제 만성 진행성 치매를 앓고 있는 사십 대 여성이 쓴다. 그녀는 질병의 초기 단계여서 현재는 일상생활을 아주 잘하고, 요양원의 고양이와 새들을 돌보며 헬렌에게 도움이 필요하면 무엇이든 돕는다. 전화 거는 일도 돕고, 매일 메뉴에서 음식을 고르는 일도 돕고, 다른 여러 필요한 일을 도와준다. 헬렌과 그녀는 서로를 좋아하게 됐고, 이 룸메이트에 대해 헬렌이 겪는 유일한 문제는, 질병 때문인지, 아니면 약 때문인지, 그녀가 평균적인 사람보다 두 배쯤 빠르게 말을 해서, 안 그래도 청력이 약한 헬렌이 이해하지 못할 때가 있다는 것이다.

요양원은 헬렌이 평생 살았던 도시에 있기 때문에, 회복을 위해 짧은 기간 머물거나, 더 일반적으로는 영구적인 돌봄을 위해 그곳에 머무는 오랜 친구나 지인을 자주 만난다. 이를테면, 헬렌이 그곳에 살기 시작한 지 오래지 않았을 때, 아들이 복도 맞은편에 사는 두 여성의 이름을 읽어주었다. 놀랍게도, 한 사람은 어린 시절 친했지만 연락이 끊긴 친구 루스였다. 헬렌은 즉시 친구를 방문하러 복도를 가로질렀다. 그러나 그 여성은 정신이 온전하지 못했고, 헬렌이 말을 걸고 어린 시절의 기억을 상기시켜도, 헬렌을 알아보지 못했다. 나중에 헬렌은 하얀 견진성사 드레스를 입고 꽃을 든 곱슬머리 소녀 열 명인가 열두 명이 있는 사진을 아들에게 보여줬는데, 헬렌이 앞줄에, 루스는 두 번째 줄에 서 있었다.

여가 활동

바이는 교회에서는 노래를 하지만, 일할 때나 다른 때는 노래를 부르지 않는다.

헬렌은 교회 신자석에서 신자들과 함께 자주 노래를 했다. 어린 시절에는 가족과 함께 스웨덴 노래도 불렀다. 아직 집에 살 때는 가까운 교회에서 매일 저녁 여섯 시에 울리는 찬송가들을 작은 소리로 흥얼거리기도 했다. 요양원에서는 가끔 크리스마스 노래잔치에서 캐럴 몇 곡을 다른 입주자들과 함께 부르도록 권유받기도 했다. 그녀는 떨리는 목소리로, 거의 들리지 않을 만큼 가냘프게 노래를 불렀고 표정은 무표정했으며, 큼직한 이중초점 렌즈 뒤 눈은 어딘지 알 수 없는 먼 곳을 바라보았다.

하지만 매일 저녁 취침 시간 전에, 헬렌은 복도를 건너가 옛친구 루스에게 스웨덴 어린이 기도 노래를 불러준다.

바이는 손녀들과 함께 살 때, 일을 끝내는 저녁이면 기진맥진해서 집에 오곤 했고, 가끔은 한 곳이 아니라 두 곳의 일을 끝내고 오기도 했는데, 어린 소녀들은 할머니에게 새로운 춤을 가르쳐주고 싶어 했다. "얼른, 할머니," 아이들은 말했다. "얼른, 우리랑 춤춰요." 그러면 그녀는 "아니, 피곤해, 너무 피곤해"라고 말했다. 아이들은 "얼른, 할머니, 어서, 우리랑 춤춰요. 좋은 운동이잖아요!"라고 했다. 그러면 바이는 손녀들에게 항복하고는, 함께 춤을 추다가 누우러 가곤 했다.

헬렌은 십 대 때, 자주, 일주일에 한 번쯤 춤을 췄다. 나중에는 남편의 밴드가 연주하는 곳으로 춤을 추러 갔고, 훨씬 나중에는 남편과 함께 춤을 추러 나가곤 했다. 헬렌이 아직 집에서 살고 균형 감각이 좋을 때는 가끔 손자의 손을 붙들고 주방 문가에서, 잠시 춤을 추면서 춤과 어울리는 짧은 곡조를 흥얼거리기도 했다.

사교 활동은 평생 동안 바이와 헬렌에게 주된 여가 활동이었다. 바이의 경우, 이런 사교 활동은 근래 들어 교회 활동이나, 가족이나 친구들과 그녀의 집에서 식사하기, 여행 같은 형태가 되었다. 헬렌의 경우는 이제 주로 가족과 친구들의 요양원 방문이나 요양원에서 이따금 준비한 행사들로 국한된다. 헬렌은 결혼 초반에 남편과 춤추는 것 외에도, 집에서 카드게임 파티를 여는 것도 좋아했다. 또한 친구와 가족들과 함께하는 식사를 정기적으로 준비했는데, 청어절임과 비트절임, 미트볼, 림파* 같은 전형적인 스웨덴 음식이 자주 등장했다.

독서는 헬렌에게는 눈이 나빠지기 전까지 여가 활동의 일종이었지만, 바이에게는 아니었다. 바이에게 독서는 곧 성경 읽기였다. 헬렌은 성경을 비롯해,『훌륭한 크리스천 아내』같은, 다른 기독교 서적들을 읽었지만, 잡지와 주디스 크란츠 같은 인기 있는 여성 작가들의 로맨스 소설도 읽었다.

바이는 텔레비전을 조금 보지만, 많이 보지는 않는다. 부엌에 텔레비전이 하나 있어서, 특히 딸이 집을 방문할 때는, 거의늘 켜져 있지만, 바이는 요리를 하거나, 전화 통화를 하거나, 놀러 온 친구들과 시간을 보내느라 바쁠 때가 많아서, 가끔씩만 텔레비전을 관심 있게 시청한다. 그녀는 많은 텔레비전 프로그램의 낮은 수준에 충격을 받는다.

---

*   limpa. 갈색 설탕이나 당밀을 사용해 만든 호밀빵.

집에서 지낼 때, 헬렌은 거실 구석에 콘솔형 캐비닛 텔레비전을 놓고 게임쇼와 특히 〈애즈 더 월드 턴스〉*를 보곤 했다. 시력이 아주 나빠진 뒤에도 여전히 텔레비전 프로그램을 귀로 청취하곤 했지만, 나중에는 시청을 아예 중단했다. 주방 개수대 위 선반에 올려둔 라디오도 들었고, 일요일 설교와 영감을 주는 강연뿐 아니라, 여자 농구 경기 방송도 들었는데, 꽤 열심히 경기를 따라갔다. 경기의 긴장된 순간은 헬렌이, 그녀다운 부드러운 방식이긴 하지만, 다른 사람에게 자신을 분명히 표현하는 드문 순간인데, 아주 섬세한 동작으로—고개를 살짝 기울인 채 손을 들어 올려—경기 결과를 들을 수 있도록 대화를 잠깐 멈춰줄 것을 요청한다. 그녀는 여전히 코네티컷 대학 팀의 팬이다. 바이는 스포츠에는 전혀 관심이 없는 듯하다.

바이나 헬렌 모두 경제나 정치, 문학, 예술 같은 분야의 세계 뉴스나 전국 뉴스에는 그다지 관심이 없다. 두 사람 모두 재난 소식과 보편적인 주제—사랑, 상실, 배신, 일탈, 큰 부상이나 장애, 죽음—를 특히 극적인 형식으로 보여주는 인간사 이야기에 대단히 관심이 많다. 또한 그들에게 직접 영향을 미치게 될 최근의 몇몇 법안에 대해, 예외적으로, 언급할 때도 있다. 그러나 그들이 가장 관심 갖는 소식은 대단히 지역적인 소식으로, 가까운 사람들—여기에는 직접 알고 지내는 친구와 가족뿐 아

---

*   As the World Turns. 1956~2010년까지 방영된 미국 드라마로, 가장 긴 상영 시간을 기록한 드라마에 속한다.

니라 친구의 먼 가족까지 포함한다—과 관련된 것들이다. 이런 소식에 대해서라면 최신 정보까지 꽤 발 빠르게 알고 있으며, 모든 관계자들의 이름과 나이, 관계까지 기억할 때가 많다.

이제 헬렌은 독서나 텔레비전 시청을 하지 않고, 요양원 침대 옆 의자에 앉아 아주 많은 시간을 보내므로, 혼자 있을 때 주로 하는 여가 활동은 과거 자신의 삶에서 일어났던 사건과 일화들을 기억하고 되새기는 것이라고 털어놓는다.

여행

바이는 예순 살에 운전을 배웠다. 가장 최근에 세상을 떠난 사촌은 운전한 적이 없는데, 날씨가 어떻든 길모퉁이에 서서 버스나 택시를 기다리는 것이 그녀에게 좋지 않았다고, 바이는 말한다. 바이의 몇몇 친구는 지역 안에서는 두루 운전하고 다녀도 다른 지역으로는 가지 않지만, 바이는 상당히 멀리까지도 두려움 없이 운전한다.

바이가 운전하는 큰 차는 두 번째 남편이 특히 자랑스럽게 여겼던 차다. 남편은 차를 항상 티 없이 깨끗하고 반짝이게 관리했다. 바이의 차는 다른 사람들에게는 꽤 깨끗하고 깔끔해 보이지만, 바이는 자신이 차를 어떻게 관리하는지 남편이 보면 부끄럽게 여길 거라 말한다. 사실, 계기판에는 먼지가 쌓여 있고 바닥에는 작은 쓰레기 조각들이 떨어져 있긴 하다.

헬렌은 운전을 하지 않아서, 나중에는 일주일에 한 번 장을 볼 때 두 친구와 함께 갔다. 그렇게 해서, 꼭 해야 하는 집안일이 즐거운 사교 활동이 되었다.

바이는 국내 여행을 정기적으로 다니고, 가끔 해외도 가지만, 헬렌은 더 이상 여행을 다니지 않고, 과거에도 거의 다니지 않았다.

바이는 워싱턴에 손녀를 보러 가고, 가끔은 결혼식이나 장례식에 참석하기 위해 더 남쪽으로도 간다. 딸과 함께 차를 몰고 가거나 친구와 함께 버스를 타고 간다. 그 밖에 지역 안에서 이동할 때는 직접 차를 운전해서 다니고, 교회 합창단으로 어딘가에 노래하러 갈 때는 교회 승합차를 타고 간다.

헬렌의 친척들은 과거에 가족이 살던 곳을 방문하기 위해 스웨덴을 다녀왔지만, 헬렌은 평생 여행을 아주 조금밖에 하지 않았다. 남편과 아들들과 함께 뉴잉글랜드에서 몇 번의 휴가를 보냈고, 남편이 세상을 뜬 뒤에는 오빠와 함께 플로리다에 두 번 다녀왔다. 고향을 떠나 다른 곳에 살았던 적은 평생한 번밖에 없었다. 헬렌이 고등학교를 졸업한 뒤, 오빠가 그녀를 뉴욕시까지 차로 데려다주었고, 그녀는 브루클린에 살면서 프랫인스티튜트에서 양재 기술을 배웠다. 결혼하고 두 아들을 키우는 동안에는 기차로 하트퍼드를 가는 것 이상으로 멀리 간 적은 거의 없었다.

여러 해 동안 헬렌에게 여행이란 다른 사람이 운전하는 차를 타고 살고 있는 도시를 돌아다니고 시골로 나가는 정도였다. 시력이 거의 실명에 가까울 정도로 약했지만 창밖을 바라보며 더 젊을 때 보았던 오랜, 주요 건물을 제법 알아보았다.

친구의 농장, 친구 로버트가 그의 방대한 초판본 소장본들과 함께 살고 있는 공동생활주택, 그녀가 한때 가정부로 일했던 집, 친구들의 꽃가게, 그녀의 가족이 농장을 떠나서 처음 살았던, 오크 거리의 집, 그 집 뒤편에 아버지가 지은 집.

반려동물과 다른 동물들

헬렌과 바이 둘 다 동물을 무척 좋아하고 어린 시절부터 반려동물과 가축을 키웠다.

바이는 개를 몹시 좋아한다. 다른 동물보다 개에 대해 들려줄 이야기가 많고 사진도 많다. 그러나 고양이도 그녀를 즐겁게 하는데, 특히 그녀가 일하는 곳에서 걸레를 그녀의 손에서 빼앗아 가려는 작은 검정고양이를 좋아한다. 청소를 도우려는 거라고, 그녀는 말한다. 바이의 집 뒤뜰에는 길고양이와 동네 고양이들이 가득하지만, 그들에게 먹이를 주지는 않는다. 옆집의 나이 든 여성이 먹을 것을 주고, 몇몇 이웃은 반대하지만, 바이는 그것이 그 늙은 여성의 몇 안 되는 즐거움이고 그녀는 머지않아 세상에서 사라질 텐데, 왜 나쁜지 모르겠다고 말한다. 이 나이 든 여성에 대해 얘기할 때, 바이는 여든다섯 살인 자신도 늙은 여성이라는 것을 잊고 있는 것처럼 보인다.

헬렌의 어린 시절에는 말 두 마리뿐 아니라 소와 송아지, 고양이와 아기 고양이, 많은 닭들이 있었다. 어른이 된 뒤에는 늘 고양이 한 마리를 반려동물로 키웠다. 뒤뜰의 길고양이들에게 먹이를 주었고, 어느 겨울에는 어느 길고양이를 위해 바깥 계단 아래 마분지 상자로 집을 마련해주기도 했다. 어둠이 내리기 직전에, 작은 보폭으로 조심스럽게 빙판 위를 걸어가 그 고양이의 저녁 식사를 눈 위에 두고 왔다. 요양원에도 고양이들이 있고, 특히 큰 페르시안 고양이 하나가 가끔 어슬렁대며 헬렌의 방으로 들어온다. 그녀의 눈에는 그저 흐릿한 오렌지색으로 보일 뿐이지만 고양이에게 말을 걸고, 웃고, 손을 내민다.

호프는 노년 내내 살찐 암고양이를 키웠는데, 가끔은 잘 어울려 지냈고 가끔은 서로 감정이 좋지 않았다. 그녀는 고양이가 앙심을 품고서 일부러 나쁜 행동을 자꾸 한다고 확신했다. 결국, 가정 전문 의료인이 고양이가 어두운 구석에 웅크려 있고 발에 걸리는 데다 가끔씩 그녀의 발목을 공격하기 때문에 위험할 수 있다고 조언하자, 호프는 가족이 끼어들 새도 없이 곧장 동네 수의사에게 고양이를 안락사하게 했다.

헬렌은 집에 살 때 주방 창문 밖에 모이를 잘 채운 새 모이통을 놔두고 아침 커피를 마시며 지켜보긴 했지만, 다른 야생동물들에게는 그다지 큰 사랑이나 관심이 없었다.

야생동물에 대해서는 바이도 헬렌과 비슷한데, 특히 뱀을 싫어하고, 뜰에서 뱀을 발견했을 때 삽을 들고 쫓아낸 이야기를 길게, 여러 번 반복한다. 바이가 버지니아에 살던 어린 시절, 여름에 창문을 열어두면, 도마뱀들이 기어 올라와 창턱에서 햇볕을 쬐곤 했다. 아이들은 도마뱀이 무서워서 죽이려고 했다. 하지만 바이의 할머니는 도마뱀이 그들을 해치지 않는다며, 원하는 만큼 햇볕을 쬐다 가게 놔두라고 말했다.

헬렌과 바이 모두 정원 테두리 너머 자연에는 그다지 관심이 없다. 헬렌이 전에 집에 살 때, 자연은 현실적인 문제들이거나—집을 가리는 나무들, 잘 자라지 않는 잔디, 다듬어줘야 하는 산울타리, 진입로에 떨어진 도토리들—그녀가 좋아하는 진달래 관목이나 꽃이 핀 층층나무처럼 길들여진 아름다움이었다. 그녀가 정원에서 하는 일은 주로 관리에 가까웠고 정원을 계획하고 식물을 심지는 않았지만 봄이면 베란다 옆에 한 줄로 서 있는 모습을 좋아하는 제라늄만 예외였다. 봄마다 헬렌은 제라늄 구근이 첫 꽃을 피우길 기다린다.

헬렌은 일요일 자동차 여행길에 차창으로 보는 풍경으로서의 자연도 즐긴다.

종교

교회는 헬렌보다 바이의 삶에 더 큰 영향을 미치긴 해도, 헬렌과 바이 모두 평생 교회와 가깝게 지냈다. 그들에게 교회는 사교적으로나 종교적으로나 가장 중요한 공동체였다.

헬렌은 청년기와 중년기에 교회의 여성단체 활동에 참여했고 기금 마련을 위한 빵 바자회 같은 행사를 도왔다. 해마다 여름이면 가족과 함께 교회 소풍에 참가했다. 헬렌은 아직 집에서 살 때 식사 전에 매번 기도를 올렸다. 그녀는 모든 가족이 세례받는 것을 중요하게 여겼지만, 온화하고 끈질기게 주장해도 별 효과가 없을 때도 있었다. 헬렌의 신앙은 분명하게 언급되거나 대화에 영향을 미치지 않는다. 이제는 요양원에 있는 예배당이 가톨릭이기 때문에 예배에 거의 나가지 않는다.

바이의 강한 신앙은 가끔 대화에 드러나는데, 가끔 그녀가 "하느님의 뜻"을 언급하거나, 더 유머러스하게는 하느님이 자신을 위해 계획하고 계실 미래를 묘사할 때다. 예전에 지역의 형무소를 방문할 때면 수감자들과 대화하면서 기독교의 가르침을 더러 언급하곤 했다. 그녀는 따스한 여름 토요일 저녁에 친한 친구들과 함께 성경 공부하는 것을 좋아한다. 그들은 의자를 뒷마당으로 꺼내 해가 저물어가는 동안 서로에게 성경을 큰 소리로 읽어주고, 문단 하나하나를 토론하며 이튿날 성경 수업을 준비한다.

호프는 어머니의 강한 신앙에 대한 반작용으로 모든 기성 종교와 사실상 모든 형태의 영성을 거부했을 뿐 아니라, 간접적이긴 해도, 한때는 공산당에 가입한 적도 있었다.

바이는 주말의 많은 시간을 교회 활동에 쏜다. 한동안 교회의 공식 여성단체인 여집사회의 회장을 맡기도 했다. 합창단에서 노래하므로 합창 리허설에도 참가하고, 가끔씩 먼 도시의 다른 교회를 방문해 공연도 한다. 서로 다른 교회 신도들은 서로를 초대하기도 한다. 바이의 교회는 다른 교회를 방문해 식사를 함께하거나, 식사를 준비해 다른 교회 신도들을 초청할 때가 잦은데, 그럴 때면 바이는 빵을 굽고 나중에 설거지도 돕는다. 그녀는 나중에 다른 교회 신도들이 먹은 음식의 양을 보며 탄성을 지르곤 한다.

헬렌은 요양원을 한 바퀴 돌 때, 가끔 가족들에게 아는 사람의 이름이 있는지 보라고 말한다. 그녀는 늘 예배당 앞에서 걸음을 멈춘다. 그곳에는 열려 있는 스테인드글라스 문 옆, 검정 알림판에 지울 수 있는 하얀 글씨로 요양원 거주자나 최근에 세상을 떠난 사람, 양초 봉헌 그리고/또는 기도가 필요한 사람들의 명단이 적혀 있다. 그녀는 혹시 아는 사람이 있을까 싶어 그 이름들을 읽어달라고 부탁한다.

개인적 습관

바이와 헬렌의 식습관은 둘 다 적절하지만, 바이의 식단이 신선한 과일과 채소를 더 많이 포함하므로 살짝 더 균형 잡혀 있는 편이다. 두 사람 다 건강에 특별히 신경을 쓰지는 않는다. 그들의 좋은 습관은 원가족의 습관이기도 하다.

두 사람은 항상 절제를 실천하고 규칙적으로 식사하며 음식과 요리를 즐기지만 헬렌보다 바이가 음식에 더 솔직하게 열광하는 편이다. 둘 다 평생 집에서 만든 음식(집에서 구운 빵을 비롯해)을 즐겼고, 식당에서 먹는 식사도 즐기긴 했지만, 샌드위치와 페이스트리를 제외하면 간편식품이나 정크푸드, 패스트푸드라 불릴 만한 음식은 거의 먹지 않았다. 물론, 어린 시절에는 둘 다 식당에서 식사를 해본 적이 없다.

바이가 버지니아의 농장에서 자랄 때, 그녀의 가족은 직접 키운 과일과 채소와—제철에는 그대로, 겨울에는 집에서 병조림해둔 것으로—직접 키운 동물을 먹었다. 가족은 설탕 말고는 거의 아무것도 사지 않았고, 설탕을 한 자루 사면 아이들이 집으로 들고 오곤 했다. 오는 길에 아이들은 장난과 재미로 자루의 모퉁이를 빨아서 몰래 설탕 맛을 보곤 했다.

바이는 청소일을 할 때 먹는 가벼운 점심과는 대조적으로 아침과 저녁을 푸짐하게 먹는다. 아침으로는 우유 한 잔과 주스 한 잔, 시리얼, 달걀, 베이컨, 토스트를 먹는다. 두 번째 남편과 함께 살 때는 일요일에 커피와 팬케이크를 먹었다. 요즘에는 우유를 꽤 많이 마시지만, 더 젊은 시절에는 그러지 않았다. 바이는 일을 마치고 집에 오면, 자신에게 근사한 저녁을 차려준다고 말한다. 날씨가 추운 날에는 수프 한 그릇으로 식사를 시작하길 좋아한다. "작은 그릇으로요?" "아뇨, 중간 크기 그릇으로요." 그다음에는 고기에, 아마도 미트볼이나, 폭찹, 닭고기에, 채소를 먹는다. 수프와 미트볼을 직접 만든다. 바이는 자신의 요리를 좋아한다. 그래도 예전만큼 고기를 좋아하지는 않는다. 채소와 과일을 더 좋아한다.

헬렌은 밖에 나가 점심을 먹을 때면 호밀빵에 콘비프와 치즈를 넣은 루벤 샌드위치를 주문하곤 했다. 그러나 반만 먹고 나머지 반은 다음 날 점심을 위해 집에 들고 왔다. 교회에서 예배를 본 뒤에는 친구들과 함께 도넛을 먹으러 가길 좋아했다. 또한 수요일마다 친구들과 식당에서 아침을 함께 먹은 뒤 시장을 보러 가기도 했다. 나이가 든 뒤에는, 찬장에 립톤티와 상카 커피, 페이스트리와 쿠키 상자들, 빵 굽는 데 쓸 향신료와 밀가루, 설탕뿐 아니라 통조림 식품도 넣어두곤 했다. 헬렌은 달콤한 간식을 좋아했지만, 조금씩만 먹었다. 낮에 과일 한 조각을 먹곤 했다. 샌드위치에 넣기 위해 조리된 해산물 샐러드를 사기도 했다. 가족의 저녁 식사로, 매시드 포테이토와, 그녀가 '샐러드'라 부르는 음식을 자주 만들었는데, 간 당근이 들어간 아스픽*과 젤로, 파인애플을 넣었다. 더 젊었을 때는 가족을 위해 페이스트리와 빵을 직접 구웠는데, 겨울에는 반죽이 부풀게 라디에이터 위에 놓아두곤 했다.

바이와 헬렌 모두 루바브를 좋아해서 친구나 가족의 텃밭에서 바로 뜯은 루바브로 스튜를 끓여 먹을 기회를 반긴다. 바이는 몸을 구부리고 루바브 줄기 끄트머리를 세게 비틀어 여섯 포기쯤 꺾어 들고 온다. 헬렌의 경우에는 가족들이 헬렌이 바로 먹을 수 있도록 스튜를 만들어 오지만, 헬렌이 맛도 보기 전에 요양원 직원이 미끄덩한 과일처럼 보이는 것이 담긴 통을 내다 버릴 위험이 늘 있고, 실제로 한 번 그런 적도 있었다.

호프는, 평생, 자신을 위해 건강한 식단을 엄격하게 짰다. 이제는, 매일 그녀의 지시 아래 입주 도우미가 그녀를 위해 점심으로는 강낭콩 수프와 샐러드 조금, 작은 그릇에 담긴 팝콘을, 점심 뒤에는 과일과 요구르트 디저트를 준비한다. 호프는 이따금 도우미를 몇 번씩 큰 소리로 불러 점심 준비가 아직 안 끝났는지 확인하거나, 다른 일을 부탁해서 식사 준비를 지체시키곤 한다. 식사 시간이 되면 천천히 식당으로 가는 길에 주방을 거쳐 가며, 몇 가지 지시를 더 내리기도 한다. 점심을 먹는 동안, 호프는 머리 위 샹들리에 빛으로부터 눈을 가리기 위해 금이 간 초록 플라스

---

* aspic. 고기나 생선 육수에 잘게 다진 재료들을 넣어 틀에 젤리 형태로 굳힌 요리.

틱 차양 달린 테니스 모자를 쓰고 텔레비전 책 소개 프로그램을 본다.

헬렌도 바이도 담배를 피운 적이 없다. 어린 시절, 바이는 할머니가 집에 없을 때 사촌과 함께 할머니의 파이프를 피워보려 한 적이 있었다. 안에 담배는 많지 않았지만, 바이는 그 일로 무척 아팠다. 나중에 그녀는 그렇게 아픈 이유를 할머니에게 감히 말하지 못했다. 조부모가 알았더라면 그 일로 "상처가 좀 남았을걸요"라고 말한다. 이런 나쁜 경험 때문에 그녀는 다시는 담배를 피우고 싶지 않았다.

호프는 세련되고 매력적이던 이십 대에, 여러 번의 짧은 연애를, 주로 부유하고 집안 좋은 연인들과 즐기며, 해외여행을, 가끔은 그들의 비용으로, 떠나던 시기에 이따금 담배를 피웠다. 하지만 담배가 잘 맞지 않아서 계속 피우지는 않았다.

바이는 결코 습관적으로 술을 마시지는 않았다. 바이는 마니슈위츠 와인을 좋아한다고 말하지만, 사실 마지막으로 와인을 마신 것은 여러 해 전이었다. 한 고용주가 아침 식사에 그녀를 초대해서 작은 잔에 와인을 따라주곤 했지만, 그 사람은 오래전에 세상을 떠났다. 헬렌은 요양원으로 들어오기 전에는, 휴일 만찬 뒤에 가끔씩 권유에 따라 스위트 와인을 조금 마시기도 했다. 그녀가 으레 앉는 식탁 한쪽 끄트머리, 우아한 셰리용 술잔과 몇몇 기념패와 머그컵이 놓인 유리 진열장 앞자리에 앉아 생각에 잠겨, 천천히 와인을 마시곤 했다. 이제 그녀는 와인이나 다른 어떤 술도 마시지 않는다.

반면에 호프는 평생 동안 와인과 혼합주를 마시며 술 취한 상태를 즐겼고, 그럴 때면 외설적이거나 눈치 없는 말을 하는 경향이 더 많았으며, 혼자서든 아니든 저녁을 먹으며 자주 와인 한 잔을 마신다.

호프는 손님을 위해 샴페인 따는 것을 좋아한다. 손님들이 도착하면, 그녀는 바로 샴페인에 정신이 팔려서 인사도 하는 둥 마는 둥 하고는 손님들을 보내 냉장고에서 샴페인을 찾아오게 한다. 샴페인을 마신 뒤에는, 손님들을 시켜 먹다 남은 와인 한 병을 냉장고에서 꺼내오게 한다. 얼음처럼 차고 아마 시큼한 와인이겠지만.

헬렌과 바이는 절약이 몸에 뱄다. 바이의 두 번째 남편은 할인 판매 상품을 찾아보곤 했고, 대용량 표백제 열 통을 한 통당 삼십구 센트에 사기도 했다. 바이 역시 대량으로 물건을 산다. 그녀는 이런 여분의 물품을 작은 폐쇄형 옆 베란다에 보관한다.

헬렌은 스토브에 올린 요리를 저을 때 쓰던 금속 조리 주걱이 하나 있는데 얼마나 오래 썼는지 한쪽이 거의 납작하게 닳았다.

딸이 어렸을 때 바이는 고용주들에게서, 파티 드레스를 비롯해 근사한 어린이 옷들을 물려받았다. 그녀는 그 옷들을 조심스럽게 싸서 보관해두었다가 옷이 딸에게 맞을 때쯤이 되자 근사하게 포장해서 생일과 크리스마스에 새 옷처럼 선물하곤 했다. 딸은 결코 의심을 품지 않았다. 이제는 바이의 딸이 벼룩시장에서 괜찮은 옷을 사서 그녀에게 들고 온다. 바이는 자신을 위해 새 옷은 거의 사지 않는다.

바이는 필요 이상으로 많은 음식을 사지 않고, 음식이 상하

불안의 변이들

게 놔두지 않는다. 헬렌도 집에서 살며 스스로 요리해서 먹을 때 마찬가지였다. 바이는 립톤티를 마시는데, 티백을 두 번씩, 가끔은 세 번씩 사용한다.

이제 요양원이라는 제한된 공간에 사는 헬렌은 많지 않은 소유물마저 다소 버겁고 부담스럽다. 받기보다 주는 것을 좋아하는 그녀는 선물을 받지 않으려 하지만, 가끔은 살짝 기뻐하는 듯도 하다. "됐다, 됐다." 헬렌은 부드럽게 말한다. "아무것도 가져오지 마라. 필요한 게 하나도 없다!" 이따금 목캔디나 비누 정도만 부탁한다.

바이는 선물받으면 기쁘다고 꽤 솔직하게 표현한다. 그녀는 액자에 넣은 사진과 식물, 초콜릿을 고맙게 여긴다. 식물의 생장기에는 하루 일과가 끝나면 고용주의 텃밭에서 키운 작물이나 정원에서 파낸 다년초 식물을 집에 들고 오길 좋아한다. 그러나 무엇보다 돈을 받는 것을 좋아한다. 바이의 여든다섯 번째 생일에는 고용주들뿐 아니라 친구들도 대부분 그녀에게 돈을 선물했다.

헬렌은 알뜰한 선택을 위해서였는지, 아니면 아마 가족의 수고를 덜기 위해였는지, 몇 해 전에 큰아들과 함께 지역의 장례식장에 가서, 관을 고르고, 관과 장례식 비용을 선금으로 지불했다. 이와 비슷한 선견지명으로 지금 머무는 요양원도 미리 선택해두었다.

건강

바이는 가끔 감기로 머리와 가슴이 아플 뿐, 거의 아프지 않다. 왼쪽 어깨에 관절염이 조금 있어서, 왼팔을 어깨 높이 이상으로 올리지는 못한다. 일을 하다 보면 왼팔이 못하는 일을 오른팔로 보충해야 할 때가 있다. 한동안 물리치료를 받았지만, 그다지 나아지지는 않았다. 그래도 바이는 관절염이 있는 팔다리를 사용해야지, 그러지 않으면 점점 더 나빠질 거라 믿는다. 그녀는 점점 덜 움직이다가 결국 아예 움직일 수 없게 된, 몇몇 친구들의 사례를 들곤 한다. 다른 건강 문제는 없고, 약도 먹지 않는다.

헬렌은 시력과 청력이 좋지 않지만, 약물 치료는 받지 않고, 유일하게 먹는 알약은 비타민과 가끔 먹는 아스피린밖에 없다. 여든 살이 될 때까지는 건강에 아무런 문제가 없었고, 그때부터 황반변성이 생기기 시작해서, 꾸준히 악화됐다. 아흔 살을 넘긴 뒤에는, 매주 함께 장을 보러 가는 친구가 알아차린 것처럼, 가끔씩 발목이 심하게 부었다. 헬렌은 의사를 찾아갔고 심장이 천천히, 불규칙하게 뛴다는 것을 알게 됐다. 인공 심장박동기를 달았다. 인공 심장박동기 삽입 후에는 의료 개입으로 인한 건강 문제들이 나타나기 시작했다. 이를테면, 심장약 때문에 위에 탈이 났다. 위에 탈이 나니 체중이 줄고 몸이 약해져서, 더 쉽게 넘어지곤 했다. 그러다가 넘어져서 고관절이 골절됐다. 그녀는 지금 머무는 요양원에 치료를 위해 임시로 입원했고, 그러다가 계속 머물기로 했다. 요양원에서는 의료용

샴푸 때문에 만성적이고 고질적인 피부염증이 생겼고 결코 낫
지 않을 것처럼 보인다. 그러므로 헬렌의 건강 문제 중 두 가지
―황반변성과 불규칙한 심장박동―는 자연스럽게, 저절로 생
긴 반면 다른 문제들―체중 감소와 그로 인한 체력 약화, 낙상
과 골절, 피부 질환―은 의료 개입으로 생긴 것이다.

이제 헬렌의 건강은 요양원 환경과 그곳에서 받는 치료에
의존한다.

외모

헬렌과 바이 둘 다 외모에 자부심이 있다. 더 젊었던 시절에
두 사람 모두, 호프처럼, 매력적이었고 소년과 남자들에게 인기
가 있었다. 그들의 체형은 튼튼하고, 날씬하고, 젊다. 피부는
매끈하고 깨끗하며, 헬렌의 피부는 창백하지만 발그레한 기운
이 돌고 바이의 피부는 짙고, 고른 갈색 톤이다.

바이의 얼굴은 동그랗고, 눈은 짙은 갈색으로 반짝거리며
살짝 위로 올라간다. 눈썹은 곧고 진하다. 입술은 자주 뭔가 말
을 하거나 웃으려는 듯 벌어졌다가, 아랫입술이 밑으로 구부
러지곤 한다. 헬렌의 파란 눈은 이제 흐릿해졌고, 흰자위는 누
르스름하다. 헬렌과 바이 모두 큼직한 안경을 쓰지만, 바이는
사진을 찍을 때면 자주 안경을 벗는다. 바이의 손은 모양이 좋
고 짙은 갈색이다. 손가락은 가늘고 곧은 편이다. 집게손가락
의 마지막 관절만 조금 구부러지고 부었다. 헬렌의 손가락은
상당히 굽은 편이다.

스무 살 무렵 찍은 사진에서 헬렌은 손을 등 뒤로 돌리고 큰 하얀 집 앞 베란다에 기대어 서 있다. 고개를 한쪽으로 비스듬히 기울인 채 웃는 모습이다. 허리선이 낮은 브이넥 검정 원피스를 입었는데 원피스의 브이라인에 검정 타이가 헐렁하게 묶여 있고, 치마는 나팔 모양으로 퍼지며 무릎까지 내려온다. 투명 스타킹에 발목 끈이 달린 굽 높은 검정 구두를 신었다. 목에는 진주 목걸이를 걸었다. 길고 짙은 머리는 가르마를 갈라 뒤로 묶었다.

바이와 헬렌 모두 옷차림에 신경을 쓰며 옷을 잘 입는 것을 좋아한다. 십 대 시절에 바이는 멋지지만 얌전한 형태의 맞춤복―블라우스, 정장, 코트―을 흥미로운 소재에 정교한 단추와 벨트로 만들어 다양하게 입었다. 한 사진에서는 넓은 옷깃의 낙타털 코트와 검정 베레모, 검정 목도리를 걸치고 있다. 다른 사진에서는 나이가 훨씬 많은 남자 친구와 함께 있는데, 삼십 대로 보이는 남자는 더블 정장을 입고, 두 가지 색상의 손수건을 삼각형으로 접어 가슴 주머니에 꽂았으며, 넥타이는 타이핀으로 고정했고, 모자를 쓰고, 시가를 물고 있다. 그러나 바이가 지적한 대로, 바지에는 주름이 잡혀 있지 않다. 이 사진에서 바이는 흰 단추와 흰 둥근 칼라가 달린 하늘색 드레스 위에 작은 흰색 털 칼라가 달린 짙은 색 코트를 입고, 끈 달린 연보라색 하이힐을 신고 있다. 같은 또래의 다른 남자 친구와 함께 찍은 다른 사진에서는, 소매가 달린 풍성한 크림색 상의에, 널찍한 레이스가 목둘레와 앞면에 세로로 달린 원피스를 입었다. 머리카락은 그냥 가운데 가르마를 타서 빗었고, 안경을 걸쳤으며, 다른 모든 사진에서처럼, 편안하고 행복한 미소를 짓고 있다.

청소일을 하러 갈 때, 바이는 다림질한 깨끗한 청바지에 스니커즈를 신고 상의는 운동복이나 스웨터를 걸치거나, 날씨가 따뜻할 때는, 티셔츠를 입는다. 이렇게 입으면 어린 소녀처럼 민첩해 보인다. 아주 가끔 머리에 스카프를 두른 다음 뒤에서 묶기도 한다. 머리에 아무것도 쓰지 않을 때가 더 많고, 머리는 다양한 브레이드 스타일 중 하나로 땋고 다닌다. 흰 머리가 아주 조금밖에 없고, 아직도 대체로 짙은 색이다. 하지만 파티나 교회 행사를 위해 옷을 차려입을 때면, 웨이브가 들어가고 백발이 섞인 윤기 있고 세련된 검정 가발을 쓰고, 반짝이는 소재의 근사한 원피스를 입는데, 볼록하게 부푼 소매와 풍성한 치마가 달린 원피스일 때도 있고 날렵한 스타일의 원피스일 때도 있다. 이렇게 차려입을 때면 겉모습이 놀랄 만큼 달라진다. 실제 나이보다는 어려 보이지만, 어린 소녀나 말괄량이 같은 활발함은 사라지고 더욱 격식을 갖춘 모습이 된다. 이런 복장의 그녀는 대부분의 교회 신자들에게 바이나 비올라가 아니라 해리먼 아주머니라 불린다.

헬렌은 집에서 살 때, 잠옷과 실내 가운을 걸치고 슬리퍼를 신은 채 아침을 먹곤 했다. 토스트 한 조각과 인스턴트커피 한 잔을 자주 먹었다. 그다음에 설거지를 한 다음 몸을 씻고 스타킹에 굽이 낮은 구두를 신고, 장식용 핀을 꽂은 블라우스와 치마를 입거나 원피스를 입었고, 가끔은 카디건을 걸쳤다. 그녀는 늘 자신을 잘 단장했고 절제된 색이지만, 색을 보기 좋게 잘 배합했다. 희끗한 머리는 파마로 멋을 냈다. 요양원에 들어오자마자 헬렌은 파마를 포기했고, 이제는 상당히 짧은 직모 스타일을 유지하는데, 빛나는 백발의 옆머리에 머리핀을 꽂아 고정한다. 이제는 스타킹 대신에 다리를 지지하고 압박하기에 좋은 무릎양말과 운동화를 신는다.

바이와 헬렌 모두 우아하다. 그들은 절제되고, 균형 잡힌 방식으로 서거나 움직이는데, 헬렌이 바이보다 더 느리고 힘들게 움직인다. 두 사람 모두 동작이 어설프거나 어색하거나 허둥대지 않는다. 그들은 서두르지 않는 것을 중요하게 여긴다. 바이는 고용주나 친구가 볼일을 보러 나갈 때면, 쾌활한 목소리로 "천천히 다녀와요!"라고 말하곤 한다.

헬렌은 항상 다음 일을 준비하며, 미리 생각하고 계획한다. 그래서 일을 서두르거나 서툴게 하지 않는다. 둘째 아들은 헬렌이 서두르는 모습을 딱 한 번, 위급한 상황에서 본 적이 있다. 작은 소녀 하나가 이웃의 우물에 빠져 죽어가고 있을 때였다.

바이는 자세가 꼿꼿하다. 침착하게 똑바로 서서 어깨를 펴고 고개를 들고, 대화하는 상대를 마주 보며 상대의 눈을 똑바로 쳐다본다. 헬렌은 등과 어깨가 약간 굽었고, 앉아 있을 때는 상대 쪽으로 다소 우아하게 몸을 기울이는데, 이런 경향은 분명 약해진 청력 때문에 더욱 심해졌을 것이다. 헬렌이 아직 집에서 살 때, 이처럼 앞으로 몸을 기울이고 감자를 깎거나 팔에 뭔가를 안고 계단을 오르는 모습을 보면 그녀의 일반적인 민첩함과 활동성을 느낄 수 있었고, 앞으로 몸을 기울이고 곱은 손을 내밀어 손주를 쓰다듬거나 사진을 보여줄 때는 관대함이 느껴졌다.

성격과 기질

바이와 헬렌 모두 행동과 반응이 정중하고 우아하며 다른 사람을 잘 이해하고 배려한다. 그러나 이처럼 좋은 태도 말고도 개인적인 매력이 많다. 이는 소리와 표정, 자세, 재치, 신중한 반응으로 표현된다. 그들의 눈맞춤은 흔들림 없이 차분하다. 표정은 편안하고 미소를 띠며 목소리는 듣기 좋게 오르내린다. 대화에 자세히 관심을 기울이며 제때 신중하게 응답한다.

바이와 헬렌은 무척 다정하고 매력적이어서 다른 사람들도 —친구와 고용주, 의사, 간호사, 교회 신자, 자녀와 손주—그들에게 계속 긍정적으로 반응하며, 다정하고 사례 깊고 재치 있게 대한다.

물론, 요양원 직원 중 몇은 천성적으로 무뚝뚝하거나 차갑거나 성질이 고약할 수밖에 없지만, 대부분은 헬렌을 무척 좋아하고 그녀의 겸손하고 관대한 성격을 솔직하게 표현하거나 —"헬렌은 필요한 게 있어도 절대 말하지 않아요."— 부드러운 반어법으로 표현한다. "아, 헬렌. 그만한 불평꾼이 없지요!"

바이는 행복해 보이며, 대체로 활기차고 가끔은 활기가 넘쳐흐른다. 반면에 헬렌은 더 가라앉아 있다. 아마 몸이 약해지고 요양원에 계속 살아야 하기 때문이겠지만, 죽음이 찾아와도 아쉽지 않을 거라든가, 심지어 반가울 거라고, 체념한 듯한 미소와 함께이긴 하나 꽤 직접적으로 말한다. 반면에 바이가 자신의 "소멸"에 대해 말한다면, 유머러스한 맥락에서다.

둘 다 어려움을 딛고 일어서는 사람들이다. 바이는 상황의 밝은 면을 볼 때가 많고, 헬렌은 피할 수 없는 것은 받아들이는 편이다. 그녀는 어깨를 으쓱하고 미소를 지으며 말하곤 한다. "음, 뭘 어쩌겠어요?"

둘 다 열정을 표현하지만, 바이가 더 적극적이다. 헬렌이 경기 스포츠를 즐긴다면, 바이는 좋은 식사와 좋은 이야기, 심지어 새 빗자루에서도 즐거움을 느낀다.

둘 다 자신들의 오랜 습관을 확고하게 지키며 새로운 방식을 시도하거나 심지어 새로운 방식에 대해 듣는 것조차 주저하거나 좋아하지 않는다.

반면에, 호프는 예전처럼 여전히 머리가 총명하고, 어떤 형태의 독창성이든 높이 평가하는데, 특히 자신의 독창성을 높이 평가한다. 그녀는 자신이 어떻게 현실적인 문제들을 대담한 아이디어와 영리한 방법으로 해결했는지 재미있게 들려주며, 듣는 사람도 재미있어하리라 기대한다.

헬렌과 바이 둘 다 탐탁잖게 여기는 것들이 있는데, 이를테면 젊은이들의 예절이나 행동, 직업윤리 같은 것들이지만, 헬렌은 잠깐 말을 멈춘 뒤, "나름대로 최선을 다하는 게지"나 "애는 쓰고 있어" 같은 말을 부드럽게 덧붙여 이해심을 자주 표현

불안의 변이들

하는 반면 바이는 비난을 누그러뜨리지 않는다. 헬렌은 몇 년 동안 그 도시에 일어난 변화의 대부분을 좋아하지 않는데, 이를테면 요란한 중국 식당이 중심가에 침투한 일이나 옛 영화관과 YMCA가 문 닫은 일이다. 두 사람 모두 다른 사람의 터무니없는 영향력에ー못마땅하게ー혀를 내두른다. 그런 못마땅함에는 어느 정도의 자화자찬이 함께한다. 바이는 뿌듯하게 웃으며 대놓고 자기 자랑을 하는데, 이를테면 최근 예루살렘 여행에서 자신이 다른 모든 교회 신도들보다 잘 걸어 다녔다는 이야기 같은 것이다. 헬렌은 자기 자랑은 하지 않지만, 다른 사람을 가볍게 비난함으로써 자신의 방식이 더 낫다는 것을 넌지시 내비칠 때가 가끔 있다.

헬렌과 바이 모두 친구와 가족들에게 물질과 시간과 관심을 너그럽게 베푼다. 전에 집에서 살 때 헬렌은 주방 찬장 아래 칸에 과자와 페이스트리 상자들을 보관했다. 가족이나 친구가 떠날 때면, 종류별로 조금씩 꺼내거나 상자 하나를 통째로 꺼내 길을 떠나는 사람들에게 가져가라고 권유하곤 했다. 그녀는 이제 요양원에서도 똑같이 한다. 방문객들이 쿠키와 사탕, 과일 선물을 아주 많이 들고 오기 때문에 그녀는 침대 옆 수납장에 쌓아둔다. "이 생강 쿠키 먹을래요?"라고 묻거나 "이 바나나 가져가"라고 말하곤 한다.

헬렌은 친구들의 안부를 묻기 위해 자주 전화를 한다. 방문객들에게는 이것저것 물으며 관심과 흥미를 보인다. 그들의 가족 이름을 모두 기억하고 가족의 안부도 묻는다. 아직 집에서 살고 눈이 보일 때는 생일이나 기념일마다 카드를 보내곤 했다. 아이들에게는 자주 돈을 동봉해서 보냈다. 가족들이 왔다가 돌아가면 몇 시간 뒤에는 늘 전화를 해서 집에 안전하게 도착했는지 확인하곤 했다.

그 시절에 헬렌이 베푼 것은 대화만이 아니라 돌봄이기도 했다. 교회 활동 외에도, 병원과 요양원에 있는 친구들을 방문하곤 했다. 여전히 걸어 다닐 수 있을 때는, 시누이와 옛 영어 선생님을 비롯해 그녀가 알고 지내는 여러 여성들이 여생을 보내고 있는 음울한 요양원 건물까지 집에서 여러 블록을 걸어 다녔다. 먼 거리를 걸어 다닐 수 없게 되자, 친구의 차를 얻어 타고 다녔다. 지금 머물고 있는 요양원도 자주 방문했었다.

바이는 친구가 병원에 오래 입원해 있다면, 친구의 집을 찾아가 그녀를 위해 청소를 해주곤 한다. 친구가 운전을 하지 않는다면 갈 곳에 차로 데려다준다. 친구의 가족이 세상을 떠나면, 친척들이 멀리서, 주로 남부에서 오지만 중서부나 서해안에서도 장례식에 참가하기 위해 오곤 한다. 바이는 멀리서 온 손님들에게 숙식을 제공하며, 며칠간 돌보는 것을 아무렇지도 않게 생각한다. 그녀는 이런 일에 대해, 그리고 자신이 얼마나 바빴는지에 대해 말하며, "정신이 없었죠!"나 "마구 뛰어다녔어요!"라고 언급한다.

교회와 친구들을 위한 일 말고도, 한때 지역 형무소 수감자들을 정기적으로 방문했다. 그곳에서 바이는 가족을 잘 알고 지내는, 한 청년을 특히 나무라곤 했다. "네 엄마는 네가 조금이라도 나아지는 걸 끝내 못 보고 돌아가셨다. 어떻게 엄마에게 그럴 수 있니? 부끄럽지 않니?"

대화 방식

헬렌은 말을 하기보다 듣는 쪽이고, 바이는 말을 하는 쪽이다. 바이는 이런저런 것들이 어떠해야 하는지와 사람들이 어떻게 행동해야 하는지에 대해 언제든 강한 의견을 피력하지만, 헬렌은 지시나 주장을 덜 하는 편이다. 가끔 세례처럼 중요하게 생각하는 문제에 대해서만 온화하고 끈질기게 주장한다.

헬렌은 자신에 대한 질문에 몇 마디로만, 주저하거나 망설이며 대답하고, 자신이 좋아하는 몇 가지 기억에 대해 가끔씩만 먼저 말을 꺼낸다. 자신에 대해 길게 말하지 않지만, 과거를 짧게, 단편적으로 회상하기도 한다. 이를테면, 차로 외출할 때 "우리는 케이트와 패니가 끄는 마차를 타고 이 언덕을 내려가곤 했지요"라고 회상한다. 또는 자신의 현재 상황에 대해 애석한 듯 언급하기도 한다. "쇼핑을 참 오랫동안 못 갔어요……. 그게 좀 그립네요."

바이와 헬렌은 둘 다 대화할 때 질문을 하지만, 많이는 하지 않는 편이고, 헬렌이 바이보다 많이 한다. 헬렌은 소식을 묻고는 주의 깊게 듣는다. 헬렌의 질문은 "고양이들은 어떻게 지내요?"나 "집에 한동안 머물 건가요?"처럼 두루뭉술하다.

바이는 대화의 많은 부분을 독점하는 경향이 있지만, 상대가 어떤 말을 하면 "그런가요?"나 "정말요?"라며 가볍게 놀라거나 갑작스럽게 진지해지는데, 가끔은 진심이고 가끔은 그냥 예의상 하는 말이다. 때때로 "아, 그 사람이 이사할 건가요?"나 "그 사람 지금 몇 살이에요?"처럼 구체적인 질문을 하지만, 상대의 이야기를 길게 끌어내려는 의도는 결코 아니다. 헬렌과 바이 모두 다른 사람의 삶이나 의견을 깊이 파고들지 않으려고 조심하는데, 분명 관심이 부족해서라기보다는 예의 때문이다.

반면에 호프는 조금도 주저하지 않고, 아주 개인적인 주제에 대해서도 자세히 묻는다. 그녀는 가족과 친구들에게 어느 정도의 의존성을 부추기길 좋아하고, 자신의 의견과 충고가 강력한 영향을 미친다고 믿어 의심치 않는다.

바이는 친구들과 자주 즐거운 시간을 보내며, 친구들에게 일어났던 재미있는 일들에 대해 즐겨 말한다. "아, 그 일로 친구들과 꽤 재미있어요"나 "아, 정말 많이 웃었어요"라고 말하고, 또 말한다.

바이는 상대보다는 자신의 이야기에 더 관심이 많다. 바이에게는 거의 모든 일이 재미있는 이야기로 변신할 수 있다. 이런 이야기들의 유머는 따뜻하고 사람들의 기벽과 동물 행동과 상호작용과 관련될 때가 많다. 예를 들면, 바이의 절친한 친구는 개를 싫어한다. 이 친구는 청소일을 하는데 고용주에게 개를 데려오면 더 이상 일하지 않겠다고 말했다. 바이의 친구는 그곳에서 아주 오래 일했기 때문에, 고용주는 그 말이 진심이라고 생각하지 않았지만, 그녀는 진심이었고, 고용주가 개를

불안의 변이들

데려오자, "이제부터 저를 못 보시겠군요!"라고 말한 다음 절대 그 집에 다시 가지 않았다. 바이는 표정과 억양을 통해 이 이야기를 생생하게 들려주고는, 웃음을 터뜨린다.

아무리 힘든 상황에서도 바이는 늘 재미있는 면을 발견한다. 남편이 아파서 병원에 입원해 있을 때였다. 그녀는 야간근무를 마치고 남편을 보러 갔다. 나중에 집에 가려면 어두운 도시를 통과해 4~5킬로미터를 걸어가야 할 상황이었다. 그러나 의사가 말한 무언가가 그녀를 웃겼고 그것도 그녀가 들려주는 재미있는 이야기의 하나가 되었다. 다른 경우는 바이의 절친한 친구가 새벽 세 시에 거실에서 쓰러져, 그 가족이 바이를 불렀던 때의 일이다. 모두 겁에 질려 있던 상황이었지만, 바이는 어떻게 자신이 바닥에 엎드려 친구를 도우려 애쓰고 있을 때 응급대원들이 도착했는지, 그들이 응급처치를 할 수 있도록 그녀를 먼저 끌어내리려고 얼마나 고생했는지 묘사하며 웃는다. "아, 웃겼지요." 바이가 일하던 요양원에서 한 환자가 바이의 검은 피부 때문에 자신을 만지지 못하게 했던 일이 있었다. 역시 그곳에서 일하던 바이의 언니가, 그런 사람들은 늘 있는 법이니, 그런 모욕에 신경 쓰지 말고 그냥 놔두라고 차분하게 충고했다. 그러나 어느 날 그 환자가 바이의 언니에게 같은 표현을 사용하며 모욕하자, 바이에 따르면, 언니는 너무 화가 나서 그를 '날려버릴' 뻔했다! "아, 웃겼지요."

헬렌은 바이처럼 이야기하지는 않지만, 가족과 친구, 친구 가족들의 소식을 전해주는데, 이런 소식들은 헬렌에게 무척 흥미진진하게 진행 중인 더 긴 이야기의 일부를 구성한다. 또래가 세상을 떠나면서 헬렌의 친구들은 해가 갈수록 줄어들지만, 적지 않은 친구가 여전히 요양원으로 그녀를 자주 방문하거나 생일과 크리스마스에 카드를 보내고, 친구의 자녀들도 여전히 연락한다.

헬렌은 표준 영어를 쓰지만 지역색이나 민족색을 드러내는 표현을 섞어 쓰는데, 이를테면 '이윽고 알게 됐다'를 뜻하는 'come to find out', '레바논 근처'를 뜻하는 'Lebanon way' 같은 표현이다. 블라인드는 '커튼'이 되고, 잡지는 가끔 '책'이 된다. 'live wire(에너지 넘치는 사람)' 같은 속어를 쓰기도 하고, 대화할 때 가끔 다채롭고, 앞뒤가 맞지 않는 은유를 사용하기도 하는데, 이를테면 얼마나 많은 친구가 떠났는지에 대해 말하다가, 자신이 "말하자면, 최후의 모히칸"이라 표현하기도 한다. 대화 도중에 "음, 어차피……"와 "내가 지금도 꽤 오래 살았지……"처럼 체념을 표현하는 어구나 표현을 드문드문 사용한다. 헬렌은 스웨덴어를 쓰는 부모와 친척들 속에서 자라다 보니 스웨덴어를 조금 안다. 바로 얼마 전에는 어릴 때 외웠던 스웨덴 기도문이 갑자기 떠올랐다고 말한다. 여러 해 동안 기억한 적이 없던 기도문이 고스란히 떠올랐다.

바이는 표준 영어와 자기 나름의 표준 흑인 영어를 혼합해서 쓰는데("he doesn't"라 말할 때도 있고, "he don't"라 말할 때도 있다), 남부식 표현("목화처럼 하얀", 묘지 대신 "매장지")과 옛 시골 말투(핸드로션 대신 "기름"), 조부모에게서, 특히 아마 몇몇은 직접 고안하기도 했을 할머니에게서 배운 독특한 표현들("우리는 대나무의 시간을 보냈어!")을 드문드문 섞어 쓴다. 어떤 대화에서든, 접하기 힘든 생생한 표현이 한두 개는 나온다. 바이는 이런 표현들이 재미있다는 걸 알며 즐겨 사용한다. 타고난 이야기꾼인 바이는 이야기할 때 줄거리뿐 아니라 언어의 효과도 음미한다.

결론

유전적 요인이 한 개인의 건강과 장수에 분명 관여하겠지만, 바이와 헬렌의 생애사와 성격, 습관에서 공통적으로 나타난 특성들이 그들의 장수와 건강에 일조했다는 결론을 내리는 것이 합당하다.

이들의 식습관은 아마 중요한 요인이었겠지만, 헬렌의 식단이 여러 해 동안 나쁘지는 않았다 해도 최적이 아니었다는 점을 고려하면, 어린 시절 농장에서 먹던 오염되지 않은 신선하고 깨끗한 농산물과 동물성 단백질이 좋은 건강의 토대가 되었고, 그 뒤 평생에 걸친 절제와 규칙적인 식사가 실제로 무엇을 먹느냐보다 더 중요했다고 상정할 수 있을 것이다. 그렇지 않으면 헬렌의 경우에는 식습관보다는 활발하고 꾸준한 운동을 비롯해 그녀의 건강에 기여한 다른 요소들이 더 중요했으리라 결론 내릴 수 있다.

어린 시절에 시작된 활기찬 신체 활동은 심장과 폐와 다른 근육을 삶의 초반에 잘 발달시켰을 것이다. 지금보다 공기 질이 좋았던 이십 세기 초반 야외 활동은 성장기의 바이와 헬렌의 몸에 뛰어난 산소 공급 기회를 제공했을 것이다. 호프도 어린 시절에 조랑말 경주를 하고, 걸스카우트 단원들과 함께 카누를 타고, 고등학교에서는 유격수이자 주장으로서 소프트볼 팀을 승리로 이끌며 적극적인 신체 활동을 했다. 그들의 날씬한 체형 탓에 뼈와 장기에 가해지는 압력이 덜해 활동하기가 더 수월했을 테고, 따라서 계속 날씬한 체형을 유지할 수 있었다. 흡연과 음주의 절제도 간과 폐에 부담을 줄이고, 신체 조직의 산소 공급에 틀림없이 도움이 됐을 것이다.

평생의 꾸준한 신체 활동은 심리적 스트레스를 완화하는 역할도 했을 것이고, 이런 점은 헬렌과 바이 두 사람 모두에게서 보이는 불안의 부재를 설명할 수 있을 것이다. 그리고 이러한 불안의 부재는 분명 건강과 장수에 도움이 됐을 것이다. 신체 활동 모두가 도움이 됐겠지만, 특히 춤을 추는 활동은 리듬을 타며, 유산소운동이 되고, 다른 사람과 함께 어울리며, 감정을 표현할 수 있는 운동이기 때문에 특히 도움이 됐을 것이다.

외모에 대한 자부심, 인생, 특히 친구와 가족 관계, 음식, 일의 향유, 상황에 대한 만족 또는 수용, 친구와 가족의 소식에 대한 호기심, 불평하지 않는 쾌활한 기질, 낙관주의, 열광하고 감탄하는 능력의 영향을 측정하기는 힘들지만, 긍정적인 관점이 행복감과 좋은 건강을 증진했고, 다시, 더 긴 수명으로 이어졌다고 가정해볼 수 있을 것이다.

그들이 다른 사람과 넉넉하게 나누는 유머와 바이의 활달한

웃음, 헬렌의 부드러운 미소는 분명 신체적으로나 정서적으로나 또 다른 형태의 긴장 해소가 될 테고, 그들이 의지하는 공동체를 강화하는 한편, 그들의 이야기는, 헬렌의 경우에는 아무리 축약된 이야기라 해도, 그들의 확고한 정체성을 강화해준다.

애정이 넘치나 엄격한 원가족의 양육은, 가정에서 철저히 배운 직업윤리와 더불어 적어도 세 가지 이점을 제공한다. 지속적인 정서적 지원과 정체성 강화, 그리고 바이와 헬렌이 좋은 습관을 유지하고 근면 속에서 만족을 찾도록 만들어준 자제력 훈련. 원가족과의 밀접한 관계는 이들이 자신들이 꾸린 가족과 친한 친구들과도 가까운 유대를 형성하도록 도왔고, 이런 유대는 다시 그들에게 꾸준한 힘이 되었다. 또한 어린 시절 배운 정돈 습관이 건강한 환경을 창조하고 유지하는 데 도움을 주었으며, 따라서 장애를 유발하거나 치명적인 사고를 겪을 가능성을 줄여주었다고 할 수 있을 것이다.

두 사람의 긴밀한 교회 공동체 참여는 교회의 의례적, 종교적 신앙뿐 아니라 이를 둘러싼 사교 활동에서 나오는 복합적인 이점을 제공한다.

마지막으로, 집안 동물에 대한 사랑은 긍정적인 기질의 동물이나 애정을 바라며 애정에 화답하는 동물과 상호작용을 하게 함으로써 또 다른 형태의 스트레스 완화를 제공한다.

바이와 헬렌의 삶에서 여러 긍정적 요소는, 물론 상호적 패턴을 구성한다. 이를테면, 집에서든 일터에서든 바이와 헬렌이 했던 일은 그들에게 긍정적인 만족감을 제공했다. 또는 다른 사람에 대한 관대함은 답례가 되어 그들에게 돌아왔다. 반려동물에 대한 친절은 동물에게 애정을 불어넣었다. 그들의 행동이 낳은 긍정적 효과는 다시 그들로 하여금 그 행동을 반복하도록 했다. 달리 말해, 출발자인 바이와 헬렌의 행복을 꾸준히 지속시키는 긍정 강화의 순환이 창조된다.

2002년 11월

근황: 이 연구 결과가 작성된 지 삼 년 사이에, 이제 각각 여든아홉 살과 아흔여섯 살이 됐지만 건강과 활기는 거의 여전한 바이와 헬렌의 상황에 비교적 작은 변화가 더러 있었다.

헬렌의 집이 팔렸고 집에 있던 물건들은 여기저기로 흩어졌다. 따라서 헬렌은 가족들에게 집에서 무언가를 가져다 달라고, 이를테면 어느 벽장에서 어떤 옷을 가져다 달라고 더 이상 부탁할 수 없게 됐다. 헬렌의 옷은 대부분 다른 사람에게 주었고, 가구와 책, 부엌 용품, 리넨 제품도 마찬가지였다. 요양원 공간이 부족하기 때문에 헬렌은 아무것도 요양원에 갖다 놓고 싶어 하지 않았다. 단 하나, 집에 있던 유화 한 점만 가져다가 의자 위쪽에 걸어놓는 것에 동의했다. 아들의 아주 초창기 작품인 이 유화는 헬렌의 성경이 창가 탁자의 제라늄 화분 옆에 펼쳐져 있는 모습을 묘사한다.

집을 팔았기 때문에 헬렌은 예전처럼 요양원에서 외출하는 길에 더 이상 집을 방문할 수 없다. 이제 가족은 헬렌을 방문하러 가는 길에 그 집을 지나치는데, 헬렌에게 집의 상태를 알려준다. 새 주인은 앞 베란다를 다시 지었다. 정원의 식물은 달라지지 않았다. 어제는 진입로에 차가 한 대 있었다. 오늘은 위층에 크리스마스트리가 보였다.

바이는 이제 증손주를 두 명 더 얻어서, 모두 네 명의 증손주를 두었다. 더 큰 증손주들이 어린 증손주들에게 바이는 "옛날 세대에 속하기 때문에" 조심해야 한다고 말한다며, 그녀는 재미있어한다. 어느 겨울 바이가 집 밖에 있을 때 파이프가 터지는 바람에 집이 심하게 침수됐었다. 내부를 완전히 들어내야 했고, 바이는 보험회사가 더 많은 수리비를 지원하도록 기다리는 동안, 워싱턴에서 손녀와 함께 살거나, 언덕 밑에 있는 절친한 친구 집에서 살았다. 토요일 저녁마다 바이와 함께 성경을 공부했고 새벽 세 시에 무서운 발작을 일으켰던 그 친구다.

일 년 전쯤 아침 열 시의 갑작스러운 방문 당시, 그 두 여성은 팔십 대지만 스무 살은 더 어려 보였고, 티 하나 없이 깨끗한 실내복 가운을 아직 걸치고 있었는데, 한 사람은 뒤뜰의 사각형 빨래 건조대에 빨래를 한 짐 널고 있었고 다른 한 사람은 주방의 반짝이는 포마이카 탁자에 앉아 있었다. 그때 바이는 당장 일을 다시 시작할 마음은 없었지만, 고용주들에게 사직을 통보할 마음도 없었다. 나중에는 사무실 청소는 그만두었지만, 여든아홉의 나이에도 적어도 가정집 두 곳을 계속 청소하고 있다.

바이는 여전히 건강하고 교회에서도 활동적이다. 그녀는 최근에 무척 기대했던 알래스카 여행을 다녀왔는데, 동행 중 한 사람이 가족이 세상을 떠나는 바람에 중간쯤에 돌아가야 했기 때문에, 그다지 성공적인 여행은 아니었다. "가족들이 알리지 말았어야 했지요." 바이는 말한다.

헬렌의 건강도 상당히 좋은 편이다. 이제 아흔여섯 살인 그녀가 복용하는 처방약은 고혈압약 하나뿐이다. 균형 감각은 더 나빠졌고, 청력도 조금 더 안 좋아졌다. 그러나 정신은 또렷해서 기억력이 좋고, 유머 감각도 여전히 좋으며, 가족과 친구들의 활동에 대한 관심도 여전하다. 헬렌의 젊은 룸메이트는 몇 년 동안 함께 잘 지낸 뒤에 다른 시설로 옮겨 갔다. 그녀의 뒤를 이은 룸메이트는 심술궂은 성격의 나이 든 여성이었고, 휠체어를 혼자서 밀고 돌아다닐 만큼 활동적이었지만 끊임없이 투덜대는 사람이었다. 그녀는 도착한 지 얼마 되지 않아 사망했다. 헬렌은 사망 원인을 몰랐다. 현재 룸메이트는 다정한 우크라이나 여성으로 친구와 가족이 많다. 헬렌은 길고 잦은 방문으로 인한 소음에 대해 언급하지만 대놓고 불평하지는 않는다.

헬렌은 요양원에 처음 왔을 때와 비슷하지만 다소 제한된 신체 활동을 유지하고 있다. 그러나 몇 차례 낙상 사고가 있었기 때문에 혼자서 돌아다니는 것은 더 이상 허락되지 않고 블라우스 어깨에 클립으로 줄을 꽂아 의자 뒤 경보기와 연결해놓았다. 헬렌이 일어서면 경보가 울린다. 헬렌은 함께 다닐 자원봉사자나 가족이 있을 때면 여전히 요양원을 한 바퀴 돈다. 보행 보조기에 앞으로 몸을 기대고, 상당히 기운찬 속도로 걸으며 만나는 거의 모든 사람들에게 조용히 고개를 끄덕이거나 인사를 건네지만, 많은 입주자들은 그녀의 인사가 무엇을 뜻하는지 이해하지 못하고 멍한 시선—물론, 헬렌의 눈으로는 볼 수 없는—으로 바라본다. 현관 로비 근처, 복도의 한 부분에는, 과거 지역의 모습을 찍은 옛 사진들이 컬러로 확대되어 액자에 걸려 있는데, 이를테면 강 위를 지나는 인도교, 말이 끄는 마차와 차양들이 보이는 옛 쇼핑 거리, 커다란 석회석 건물의 석회 공장, 독립전쟁의 명성이 깃든, 전설적인 개구리연못의 사진들이다. 그녀는 이 부분을 걷는 것을 "중심가 산책"이라 부르며 사진 하나하나 앞에 걸음을 멈추고 사진에 대해 묻기를 좋아한다. 그녀는 여전히 요양원에서 기획한 활동에 참가하는 것은 내키지 않지만, 가족들이 설득하면, 오락실에서 열리는 크리스마스 콘서트나 "밥과 함께하는 피아노 연주회"에 참석해, 아마도 한 시간쯤 되는 지루한 공연이 끝날 때까지 예의 바르게 앉아 있곤 한다.

2006년 1월

비용 절감

Reducing Expenses

　당신도 언젠가 겪게 될지 모를 문제다. 내가 아는 한 커플의 문제다. 남자는 의사다. 여자는 무엇을 하는지 잘 모른다. 나는 그들을 진짜 잘 알지는 못한다. 사실, 나는 더 이상 그들을 알고 지내지 않는다. 여러 해 전 일이다. 나는 옆집을 오가는 불도저에 신경이 쓰였고, 그래서 무슨 일인지 알아보았다. 그들의 문제는 화재보험이 너무 비싸다는 것이었다. 그들은 보험료를 낮추고 싶었다. 그건 좋은 생각이다. 당신도 지출해야 하는 고정 비용이 너무 높거나, 필요 이상으로 높기를 바라지는 않는다. 예를 들어, 당신은 세금이 아주 많이 붙는 부동산을 사고 싶지 않을 텐데, 세금을 낮출 방도가 없는 데다, 세금은 항상 내야 하는 것이기 때문이다. 나는 그 점을 늘 기억하려 애쓴다. 당신에게 비싼 화재보험이 없다 해도 이 커플의 문제를 아마 이해할 수 있을 것이다. 지금 똑같은 문제를 겪지 않는다 해도, 언젠가는 비슷한 문제, 곧 고정 비용이 너무 높아지는 문제를 겪게 될지 모른다. 그들의 화재보험이 비쌌던 이유는 아주 좋은 와인을 많이 소장했기 때문이다. 문제는 그 와인 자체라기보다 와인을 보관하는 장소였다. 그들은 아주 좋은 고급 와인을, 정말, 수천 병 갖고 있었다. 이 와인들을 지하 저장고에 보관하고 있었고, 그건 분명 적절한 일이었다. 그들에게는 실제로 와인 저장고가 있었다. 그러나 문제는 그 와인 저장고가 충분히 훌륭하거나 충분히 크지 않았다는 것이다. 나는 그들의 와인 저장고는 한 번도 보지 못했지만, 다른 곳에서, 아주 작은 저장고를 본 적은 있다. 벽장 크기만 했지만, 그래도 나는 감탄했다. 하지만 이 커플의 와인을 조금 맛본 적은 한 번 있다. 물론, 나는 오백 달러짜리 와인과 백 달러짜리, 아니 심지어 삼십 달러짜리 와인의 차이도 잘 구분할 줄 모른다. 그날 저녁 식사에서 그들은 어쩌면 오백 달러 넘는 와인을 대접했을 것이다. 특별히 나를 위해서는 아니고, 다른 손님들 몇몇을 위해서. 나는 아주 비싼 와인은 나를 포함해 대부분의 사람들에게 정말 낭비라고 확신하는 사람이다. 그 당시에 나는 상당히 젊었지만, 지금도 아주 비싼 와인은, 아마, 내게 낭비일 것이다. 이 커플은 와인 저장고를 확장하고 어떤 특정 방식으로 개량하면 보험료를 낮출 수 있다는 사실을 알게 됐다. 그들은 개량 공사에 초기 비용이 좀 들더라도, 그게 좋겠다고 생각했다. 나는 그때 그들의 친구이자 나의 친구이기도 한 친구에게서 빌린 집에 살고 있었는데, 내 창밖으로 보이는 그 불도저와 다른 장비들과 일꾼들에 분명 수천 달러가 들었겠지만, 그들은 몇 년 동안, 아니 심지어 일 년 만에라도 아낀 보험료로 그 비용을 환수했으리라 나는 믿는다. 그러니 그들 입장에서는 현명한 조치였다는 것을 알 수 있다. 누구든, 딱히 와인 저장고가 아니라도, 다른 문제에 대해 할 만한 조치였다. 그러니까 요점은 어떤 개량 공사든, 궁극적으로 돈을 아끼게 된다면, 좋은 아이디어라는 것이다. 이 일은 이제 아주 오랜 과거의 일이 됐다. 그들이 그 개량 공사로 여러 해 동안 아낀 비용을 합치면 분명 꽤 많을 것이다. 물론, 워낙 여러 해가 지났으니, 어쩌면 지금쯤 그 집을 팔았을지 모른다. 아마 개량된 와인 저장고 덕택에 집값을 올려 받고, 훨씬 더 많은 돈을 벌었을 수도 있다. 창밖으로 그 불도저를 바라보던 시절, 나는 그냥 젊은 정도가 아니라, 아주 젊었다. 그 소음은 사실 그다지 신경에 거슬리지는 않았는데, 내가 일하려고 애쓸 때면 신경에 거슬리는 다른 일들이 워낙 많았기 때문이다. 사실, 어쩌면 그 불도저의 등장을 반겼을지도 모른다. 나는 그들의 와인에 감탄했고, 또한 그들이 소장한 훌륭한 그림에 감탄했다. 그들은 상냥하고, 친절한 사람들이었지만, 나는 그들의 옷이나 가구는 대단하게 여기지 않았다. 나는 창밖을 내다보며 그들에 대해 생각하느라 많은 시간을 보냈다. 그게 무슨 가치가 있었는지는 모르겠다. 어쩌면 내 시간의 낭비였을 것이다. 나는 이제 훨씬 나이가 들었다. 하지만 그래도 여전히 그들에 대해 생각하고 있는 나를 보라. 내가 잊어버린 일들이 많지만, 그들이나 그들의 화재보험은 잊지 않았다. 분명 나는 그들로부터 내가 뭔가를 배울 수 있으리라 생각했던 모양이다.

내 여행 계획에 대한 엄마의 반응

Mother's Reaction to My Travel Plans

게인즈빌! 네 사촌이 죽은 게 참 아쉽구나!

육십 센트에

For Sixty Cents

당신은 브루클린의 한 커피숍에 있고, 커피 한 잔만 주문했으며, 커피는 육십 센트인데, 당신에게는 비싸 보인다. 그러나 이 육십 센트로 컵 하나와 컵 받침 하나, 금속제 크림 주전자 하나, 플라스틱 컵 하나, 작은 탁자 하나, 작은 벤치 둘을 빌렸다는 것을 생각하면 그리 비싸지 않다. 게다가 원한다면, 커피와 크림 말고도 얼음물과, 각각의 용기에 담긴 설탕과 소금, 후추, 냅킨, 케첩도 쓸 수 있다. 게다가 그 공간을 적절하게 시원한 온도로 유지해주는 에어컨과 어디에도 그림자가 생기지 않도록 구석구석 환하게 비추는 흰 전등 불빛, 뜨거운 해가 내리쬐고 바람이 부는 인도를 지나가는 사람들의 풍경, 그리고 카페 안에서는 계산대 앞 스툴에 다리를 꼬고 앉아, 짧고 흰 팔을 뻗어 바로 옆에 선 남자의 얼굴을 찰싹 때리려는, 머리가 벗겨지기 시작한 작은 빨강 머리 여자를 제물로 삼아 꽤 잔인한 농담 하나를 끝없이 변주하며 웃어대는 사람들과 함께 있는 시간을 무제한으로 즐길 수 있다.

어떻게 그들을 애도할까?

How Shall I Mourn Them?

L처럼, 집을 잘 정돈할까?

K처럼, 비위생적인 습관을 들일까?

C처럼, 좌우로 살짝 몸을 흔들며 걸을까?

R처럼, 편집자에게 편지를 쓸까?

R처럼, 낮에 자주 방에 틀어박힐까?

B처럼, 큰 집에 혼자 살까?

K처럼, 남편을 차갑게 대할까?

M처럼, 피아노 레슨을 할까?

C처럼, 버터가 물러지게 하루 종일 꺼내둘까?

K처럼, 타자기 리본으로 곤란을 겪을까?

K처럼, 주스 섭취에 강하게 반대할까?

B처럼, 많은 원한을 품을까?

C처럼, 빵집에서 큰 흰 빵을 살까?

C처럼, 조개를 통에 넣어 냉동실에 보관할까?

R처럼, 분위기를 깨는 썰렁한 말장난을 할까?

C처럼, 밤에 침대에 누워 탐정소설을 읽을까?

L처럼, 나를 아름답게 가꿀까?

K처럼, 술을 많이 마시고 담배를 많이 피울까?

C처럼, 술을 많이 마시고 담배를 가끔 피울까?

C처럼, 집에 와서 묵고 가는 사람들을 반길까?

K처럼, 많은 정보를 알고 있을까?

K처럼, 고전을 잘 알고 있을까?

B처럼, 손으로 편지를 쓸까?

C처럼, "사랑하는 둘에게"라고 편지를 쓸까?

C처럼, 느낌표와 대문자를 많이 사용할까?

B처럼, 편지에 시를 넣을까?

R처럼, 사전에서 단어를 자주 찾아볼까?

R처럼, 아름다운 아이슬란드 대통령의 사진을 보며 감탄할까?

R처럼, 어원을 자주 찾아볼까?

L처럼, 튤립 화분을 선물로 들고 뒷문으로 찾아갈까?

M처럼, 소박한 저녁 파티를 열까?

C처럼, 손에 가벼운 관절염을 앓을까?

L처럼, 회색 비둘기와 회색 사냥개를 키울까?

C처럼, 밤새 침대 곁에 라디오를 틀어둘까?

C처럼, 여름이 끝날 때 휴가용 임대 주택에 음식을 너무 많이 남길까?

S 박사처럼, 저녁으로 자주 구운 감자를 하나 먹을까?

S 박사처럼, 아이스크림을 일 년에 한 번 먹을까?

C처럼, 최악의 날씨에도 해안에서 혼자 수영을 할까?

C처럼, 채소 삶은 물을 마실까?

R처럼, 떨리는 손글씨로 라벨을 써서 서류철에 붙일까?

S 박사처럼, 음식을 천천히, 꼭꼭 씹어 먹을까?

B처럼, 운하를 따라 걸을까?

B처럼, 손님들과 함께 운하를 따라 걸을까?

B처럼, 원추리 꽃봉오리를 샐러드에 넣어 대접할까?

R처럼, 아침이면 침대를 정리하고 단정하게 옷을 입고 나갈까?

R처럼, 열한 시에 첫 커피를 마실까?

L처럼, 손님들을 위해 포크는 부채 모양으로, 냅킨은 한 줄로 늘어놓을까?

C처럼, 여행지에서 아침에 팬케이크를 만들까?

C처럼, 휴가 갈 때 차 트렁크에 술을 싣고 다닐까?

C처럼, 새해 전날에 모래가 가득한 굴 스튜를 만들까?

R처럼, 나이프의 손잡이가 상대에게 가도록 조심스럽게 건넬까?

C처럼, 식료품 가게 주인에게 남편 흉을 볼까?

R처럼, 항상 손에 연필을 들고 책을 읽을까?

C처럼, 가족을 잃은 자녀들을 무척 오래, 무척 자주 안아줄까?

B처럼, 건강에 대한 경고를 무시할까?

C처럼, 현금 선물을 아낌없이 줄까?

C처럼, 동물과 관련된 선물을 할까?

C처럼, 냉장고에 작은 플라스틱 밀봉기를 놔둘까?

R처럼, 모로 누워 자는 것을 힘들어할까?

B처럼, 죽기 전에 셔츠를 벗을까?

M처럼, 검은색과 흰색만 걸칠까?

머리, 심장

Head, Heart

심장이 운다.

머리가 심장을 도우려 애쓴다.

머리가 심장에게 상황을, 다시, 말한다.

사랑하는 사람들을 잃기 마련이야. 모두 사라지는 거야. 하지만 지구도, 언젠가는, 사라져.

그러자 심장은 조금 괜찮아진다.

그러나 머리의 말은 심장의 귀에 오래 남지 않는다.

심장은 이 일이 너무 낯설다.

그들을 되찾고 싶어, 심장이 말한다.

심장에게는 머리밖에 없다.

도와줘, 머리. 심장을 도와줘.

갑자기 두려운

Suddenly Afraid

왜냐하면 그녀는 자신이 무엇인지 그 이름을 쓸 수 없었기 때문이다. ㅇㅈ 여ㅈ 아ㅈ ㅈ여 져아

질서
Order

　늙은 여자가 하루 종일 집과 집 안 물건들과 씨름한다. 문들이 닫히지 않는다. 바닥널들이 갈라지고 틈새로 진흙이 비집고 올라온다. 석고벽은 비로 축축해진다. 다락에서 박쥐들이 날아 내려와 옷장으로 들어간다. 쥐들이 구두에 보금자리를 만든다. 힘없는 옷들이 스스로의 무게 때문에 옷걸이에서 늘어져 넝마가 되어버린다. 죽은 곤충이 사방에 있다. 여자는 필사적으로 쓸고, 떨고, 고치고, 막고, 붙이느라 녹초가 되고, 밤이면 자신을 둘러싼 집이 끊임없이 폐허로 무너져내리는 소리를 듣지 않기 위해 손으로 귀를 막은 채 침대로 쓰러진다.

낯선 사람들

The Strangers

    할머니와 나는 낯선 사람들 틈에 산다. 집은 이런저런 때에 끊임없이 나타나는 이 모든 사람을 품을 만큼 크지 않은 듯하다. 그들은 당연하다는 듯 저녁 식탁에 앉거나—그리고 사실 그들을 위한 자리가 늘 있다—추운 곳에서 응접실로 들어와 손을 비비며 날씨에 대해 뭐라 소리치며, 불가에 앉아 내가 본 적 없는 책을 집어 들고 닳아 해진 종이 책갈피가 꽂힌 책장을 펴서 읽던 곳을 마저 읽는다. 당연한 일이겠지만, 몇몇은 쾌활하고 사근사근한 반면, 몇몇은 마음에 들지 않는다. 짜증을 잘 내거나 교활하다. 나는 몇몇과는 즉시 친해지고—우리는 만나는 순간부터 서로를 완벽히 이해한다—아침 식사 때 다시 만나길 즐겁게 기다린다. 그러나 아침을 먹으러 내려가면 그들은 그곳에 없다. 나는 그들을 다시 보지 못할 때가 많다. 이 모든 일이 사람을 매우 불안하게 한다. 할머니와 나는 집에 낯선 사람들이 오가는 것에 대해 결코 말하지 않는다. 하지만 나는 할머니가 지팡이에 몸을 의지하며 식당으로 들어오다가 깜짝 놀라 멈칫할 때—할머니는 너무 느리게 움직여서 거의 알아보기 힘들지만—옅은 홍조가 퍼진 연약한 얼굴을 자세히 본

불안의 변이들

다. 한 젊은이가 냅킨을 허리춤에 꽂으며 급히 일어나, 할머니가 의자에 앉는 것을 도우러 간다. 할머니는 불안한 미소와 함께 우아하게 고개를 끄덕이며 그의 존재를 받아들이지만, 나는 할머니가 오늘 아침에 그가 이곳에 있지 않았고 내일도 이곳에 있지 않으리라는 사실에 나만큼이나 혼란스러우면서도 이 모든 것이 아주 자연스러운 양 행동한다는 것을 안다. 하지만 물론 식탁에 있는 사람이 예의 바른 젊은이가 아니라 말없이 얼른 식사를 마치고 우리가 다 마치기도 전에 일어나는 깡마른 독신녀이거나 나머지 사람들에게 인상을 쓰며 구운 사과의 씨와 껍질을 자기 접시 가장자리에 뱉는 나이 든 여성일 때가 많다. 이 상황에 대해 우리가 할 수 있는 일은 아무것도 없다. 우리가 결코 초대한 적 없고, 머지않아 스스로 떠나는 사람들을 우리가 어떻게 없앨 수 있나? 할머니와 나는 세대가 다르긴 하지만 둘 다 우리가 이해하지 못하는 것들에 대해 절대 질문하지 말고 그냥 미소만 짓도록 길러졌다.

낯선 사람들

엄마와 여행하기

Traveling with Mother

1

버스 앞에는 '클리블랜드'가 아니라, 예상과 달리 '버펄로'라 쓰여 있었다. 배낭은 오듀본협회가 아니라 시에라클럽 것이었다.

사람들은 내가 클리블랜드로 가는 게 아니더라도 '클리블랜드' 표지를 단 버스를 타야 할 거라고 말했다.

2

이 여행을 위해 내가 들고 온 배낭은 매우 튼튼했다. 필요 이상으로 훨씬 튼튼했다.

배낭에 무엇이 들었느냐는 질문을 혹시 받을지 몰라서 나는 많은 대답을 연습했다. 이렇게 말할 것이다. "화분에 쓸 모래예요", 아니면 "아로마 테라피 쿠션에 쓸 거예요." 진실을 말할 수도 있을 것이다. 그러나 그들은 이번에 가방을 검사하지 않았다.

불안의 변이들

3

바퀴 달린 여행 가방에는 금속 용기를 천으로 잘 싸서 넣었다. 그것이 이제 그녀의 집, 아니 그녀의 침대였다.

나는 그녀를 바퀴 달린 여행 가방에 넣고 싶지 않았다. 내 등에 업히면 그녀가 그나마 내 머리 가까이에 있으리라 생각했다.

4

우리는 버스를 기다렸다. 나는 너무 익어서 파이 속 사과처럼 거의 구워져버린 사과를 하나 먹었다.

그녀도 녹음된 방송을 듣고, 신경이 쓰였는지 모르겠다. 방송은 몇 분마다 스피커로 나왔다. 시작 부분의 어색한 어법이 그녀를 거슬리게 할 만한 것이었다. "안전상으로 인한 이유 때문에……"*

5

그 도시를 떠나는 것이 워낙 마지막 같아서 잠시 동안 나는

---

* "Due to security reasons……"라는 표현은 due to(~때문에)와 reason(이유)가 함께 쓰여 쓸데없이 같은 표현을 반복하는 느낌을 주기도 하고, 엄밀히 말해 'due to……'는 앞에 나온 명사의 이유를 설명하는 형용사 역할을 하기 때문에 이처럼 문장의 맨 앞에 쓰는 경우는 적절치 않다고 여겨진다.

우리가 갈 곳에서 내 돈이 쓸모가 없을 거라고 생각했다.

이전에는, 그녀가 집을 떠날 수 없었다. 그녀는 이제 이사를
가고 있다.

6

그녀와 내가 함께 여행한 지 무척 오래됐다.

우리가 갈 수 있었던 곳들이 참 많다.

거의 끝난: 그걸 뭐라고 하더라?

Almost Over: What's the Word?

그는 말한다,

"처음 만났을 때는 생각하지 못했어.

당신이 알고 보면 그렇게까지

…… 이상할 거라고."

리디아 데이비스의 이야기들

이 책은 2009년 출판된 『리디아 데이비스의 이야기집*The Collected Stories of Lydia Davis*』(이하 『이야기집』)에 실린 200여 편의 글 가운데 102편을 우리말로 옮긴 것이다. 『이야기집』은 데이비스가 1986년부터 2007년까지 발표한 네 권의 소설집[『분석하다』(1986), 『거의 없는 기억』(1997), 『새뮤얼 존슨은 분개한다』(2001), 『불안의 변이들』(2007)]을 단권으로 모은 책이다. 『분석하다』(1986)에는 그의 첫 소설집 『열세 번째 여자와 그 밖의 이야기들*The Thirteenth Woman and Other Stories*』(1976)과 작은 소책자 형식으로 발표했던 『바실리 평전을 위한 스케치*Sketches for a Life of Wassilly*』(1981), 두 번째 소설집 『이야기와 그 밖의 이야기들*Story and Other Stories*』(1985)에 실렸던 대부분의 글들이 재수록되었으므로 작가가 이십 대부터 육십 대에 이르기까지 삼십 년이 넘는 기간 동안 쓴 글들을 모은 셈이다. 이 외에도 데이비스의 책으로는 『이야기집』 이후 나온 또 다른 작품집 『Can't와 Won't*Can't and Won't*』가 있고, 그의 유일한 장편소설 『이야기의 끝*The End of the Story*』, 창작과 번역, 책과 예술에 대한 생각을 담은 『에세이 1*Essays One*』과 『에세이 2*Essays Two*』가 있다. 또한 그는 프랑스어 번역가로서 모리스 블랑쇼와 플로베르, 프루스트의 작품 들을 번역했다.

리디아 데이비스가 첫 작품집을 낸 것은 1976년이지만(『열세 번째 여자와 그 밖의 이야기들』은 당시 그의 남편이던 폴 오스터의 작은 잡지사이자 독립출판사 리빙 핸드Living Hand에서 500부 한정으로 출판되었다) 영어권 독자들 사이에서 그의 이름이 널리 알려지기 시작한 것은 그로부터 시간이 꽤 흐른 뒤였다. 영국의 평론가 제임스 우드는 자신의 에세이집에서 리디아 데이비스라는 이름을 처음 들은 때가 1995년이었다고 회상한다. 그의 회상을 대강 요약하자면, 미국에 갔더니 누군가 격정적인 오스트리아 작가 토마스 베른하르트와 비슷하다면서 데이비스의 작품을 추천했는데, 미국 문학에서는 보기 드문 개성과 명료함, 철학적 사유로 문학계의 관심을 끌고 있더라는 것이다. 데이비스는 이른바 작가들의 작가로, 조너선 프랜즌과 데이비드 포스터 월리스, 데이브 에거스 같은 세대의 작가들에게 영향을 미쳤다고 여겨진다. 데이브 에거스는 리디아 데이비스가 "무엇이 단편소설인가에 대해 우리가 가졌던 가정의 많은 부분을 날려버렸다"라고 그 영향력을 표현한다. 데이비스가 문학계를 넘어 더 많은 독자들에게 알려지기 시작한 것은 2001년 『새뮤얼 존슨은 분개한다』를 발표한 이후부터였고, 2009년 그의 작품을 한 권에 담은 『이야기집』이 발간되고 2013년 맨부커상을 수상하면서 더 널리 읽히게 되었다.

《가디언》은 리디아 데이비스의 맨부커상 수상 소식을 알리며 그를 "범주에 넣기 불가능한 리디아 데이비스"라 소개했다. 이 책에 실린 글들을 훑어보기만 해도 그런 수식어가 따라붙는 이유를 이해할 만하다. 시처럼 보이는 글도 있고, 미술관에 놓인 개념미술 작품처럼 문장 한 줄이 흰 종이 위에 한가로이 떠 있는 글도 있고, 질문이 가려진 채 대답만 달린 인터뷰도 있다. 이 글들을 무엇이라 불러야 하나? 맨부커상 심사위원장이던 크리스토퍼 릭스는 이렇게 표현한다. "어쩌면 미니어처? 일화? 에세이? 농담? 우화? 교훈? 텍스트? 잠언 아니면 경구? 기도문 아니면 조언 문학? 아니면 관찰기록 정도로 불러야 할까?" 이런 혼란은 데이비스를 수식하는 또 다른 문구인 "대체로 자신이 고안한 문학 형식의 대가"라는 표현에서도 잘 드러난다.

리디아 데이비스는 자신의 글들을 그냥 '이야기'로 불러주길 바란다. 자신에게 단편소설이란 "체호프나 플래너리 오코너, 모파상이나 앨리스 먼로 풍으로 대화와 인물, 배경 등을 갖추고 전개되는 전통적인 서사 구조"를 가리키는 단어인데, '단편소설short story'에서 'short'을 떼어내고 남은 '이야기story'라는 단어로 일반적인 단편소설의 형식을 비껴가는, 더 짧고 더 기이한 형식들을 두루 포함할 수 있다고 말한다. 이런 면에서 보자면 그의 대담한 형식들은 기존의 형식에 대한 도전이나 저항이라기보다 넉넉한 포용과 유연한 확장에 가깝다.

이 책에 실린 글들만 살펴봐도 산문시, 독백, 항의 편지, 에세이, 우화, 연구 보고서(「보고 싶다」, 「헬렌과 바이」), 질문을 가린 문답(「배심원 의무」), (딸꾹질하는) 구술 기록, 팬픽션(「카프카, 저녁을 요리하다」는 카프카의 『밀레나에게 쓴 편지』의 구절들을 모아 가상의 인물 카프카를 탄생시켰으므로 팬픽션이라 불러도 될 것이다), 미스터리한 프랑스어 수업(「프랑스어 수업 1: Le Meurtre」. 그는 실제로 한 권을 다 읽고 나면 프랑스어 초급 과정을 마치게 되는 미스터리 소설을 계획했었다고 한다), 어색한 번역 투로 쓴 마리 퀴리 약전(「마리 퀴리, 너무나 고결한 여인」), 문법 질문, 그리고 우리가 흔히 떠올리는 단편소설까지 실로 다양하다.

리디아 데이비스는 자신이 "단편소설과 함께, 단편소설을 쓰는 사람들과 함께" 자랐다고 표현한다. 이 책에 실린 「보일러」를 비롯한 몇몇 이야기에 등장하는 영문학 교수 '아빠'처럼 실제 그의 아버지도 영문학 교수이자 비평가였으며 젊은 시절에는 단편소설을 썼다. 이 책에서 가장 긴 이야기인 「헬렌과 바이: 건강과 활기에 대한 연구」에 등장하는 노년 여성 호프와 이름이 같은 실제 어머니 호프 헤일 데이비스(1903~2004)는 미국 초창기 페미니스트 작가로 단편소설과 회고록을 썼으며, 백 세에 세상을 떠나기 몇 달 전까지도 글쓰기 강사로서 수강생들을 모집해 수업을 진행하기도 했다. 당연히 글쓰기는 데이비스 가족의 주요 관심사이자 가업이었다. 리디아 데이비스는 이 책에 실린 「보고 싶다: 4학년 어느 반 학생들의 위문편지 연구」를 엄마에게 물려받은 이야기라고 표현한다. 그는 엄마의 유품을 정리하다가 편지 꾸러미를 발견했고, 작가였던 엄마가 아마도 글의 소재로 쓰기 위해 모아 두었을 그 편지들을 토대로 4학년 학생들의 필체와 표현, 취미 활동, 심리를 분석한 보고서 형식의 이야기를 썼다.

대학 시절에 데이비스는 주로 시를 썼고, 대학을 졸업한 뒤에는 출판사에서 보조 편집자로 잠시 일하며 돈을 모은 뒤 프랑스로 갔다. 1971년 프랑스에 도착한 그는 그곳에 먼저 와 있던 남자친구 폴 오스터와 함께 예술 관련 책자들을 번역하며 글을 쓰기 시작했다. 두 사람은 한동안 남프랑스 시골에 농가 주택 관리인으로 머물며 번역하고 글을 썼는데, 「생마르탱」은 이때를 배경으로 쓰인 이야기이자, 잃어버린 개를 기억하는 비가이기도 하다.

이때 쓰인 「어느 포위된 집에」를 보면 이미 그가 '범주에 넣기 불가능한' 형식의 글을 쓰고 있었다는 것을 알 수 있다. '어느 포위된 집에 한 남자와 한 여자가 살았다'라는 첫 문장을 포함해 일곱 문장으로 구성된 이야기의 등장인물은 한 남자와 한 여자, 배경은 포위된 집이다. 이 포위된 집이 어디인지, 그들이 어떤 이유로 그곳에 있는지는 알 수 없지만 낯선 곳에 고립된 두 사람의 불안, 소통의 장벽, 그로 인해 느끼는 여자의 좌절이 짧은 한 문단 안에 절제된 문장으로 표현돼 있다. 데이비스는 미국의 산문시인 러셀 에드슨을 읽고 한 문단으로 응축된 이야기들을 쓰기 시작했다고 밝힌다. 러셀 에드슨의 시 같기도 하고 우화 같기도 한 글들은 가끔은 불완전하고 엉뚱하지만, 언제나 강렬한 감정을 전달했다. 데이비스는 그가 표현하기 어려운 감정들을 "의외의 형식, 가공되지 않고 때로는 말도 안 되는 형식으로 터뜨리는" 방식에 주목했다. 러셀 에드슨에 대한 이 묘사는 「조판공 앨빈」에 등장하는, 주간신문사의 파트타임 조판공이자 파트타임 스탠드업 코미디언 앨빈을 떠올리게 한다. 그가 신문사 직원들 앞에서 보여준 즉흥 공연에 대해 화자는 이렇게 논평한다. "그의 공연은 그다지 재미있지 않았고, 사실 그는 형편없는 연기자였지만, 그 공연의 무언가가 인상적이었다. 그의 엄숙한 결단, 그의 강렬한 감정." 기존 공연의 틀로 판단하기에는 어색하고 빈약하지만, 강렬한 인상을 남긴 앨빈의 즉흥 공연을 빌려 데이비스는 자신이 쓰려는 글에 대해 말하고 있을까? 혹시 파트타임 조판공이자 파트타임 코미디언인 앨빈의 모습에는 번역가이자 작가였던 데이비스 자신의 모습도 투영돼 있을까?(실제로 데이비스는 브루클린의 한 작은 신문사에서 조판공으로 일했던 이력도 있다.)

『이야기집』에 실린 여러 글이 데이비스처럼 번역가이거나 작가인 듯한 화자의 서술로 구성된 데다, 평범한 일상을 배경으로 관계와 결혼, 육아, 이별, 나이듦, 질병, 상실, 애도와 관련한 심리적 경험을 다루다 보니 이야기의 화자와 현실의 작가를 겹쳐보게 될 때가 적지 않다. 데이비스는 1974년에 폴 오스터와 결혼했고 아들 하나를 두었으며 1981년에 이혼했다. 관계의 균열과 파국, 그리고 그 과정에서 경험하는 감정을 그린 「치료」, 「이상의 다섯 가지 징후」, 「글렌 굴드」의 화자와, 아들을 전남편에게 보내고 혼자 남아 슬퍼하는 「시골에 사는 아내 1」의 화자는 데이비스 자신의 경험에서 나왔을까? 모르겠다.

그는 상당히 과묵한 편이어서 인터뷰에서나 에세이에서나 개인적인 이야기를 많이 하지 않는다. 이제까지 출간된 에세이집 두 권에는 창작과 번역, 책과 예술, 여행과 외국어 공부에 대한 생각들이 주로 담겨 있다. 이혼 뒤 데이비스는 한동안 혼자 아이를 키운 듯하고, 대학 강의와 그가 "정직한 생계 수단"이라 표현한 번역으로 생계를 꾸렸다. 1987년에 데이비스는 「갑상선 일기」에 등장하는 남편처럼 미술가인 앨런 코티와 재혼했고, 「우리의 여행」에 등장하는 가족처럼 아들 하나를 두었다. 물론 이 책에 실린 글들은 일기나 회고록이 아니라 작가가 구성한 이야기이므로 이야기의 효과를 위해 사실을 수정하거나 재배열하거나, 아예 새로 창조하기도 했을 테지만(그리고 물론 일기나 회고록이라고 해도 의식적, 무의식적 수정이 없지는 않을 테지만), 그가 겪은 심리적 현실에 뿌리를 두고 있기는 할 것이다. 그리고 「공포」에서 알 수 있듯 그는 심리적 현실의 위력을 잘 이해하는 사람이다.

리디아 데이비스는 독창적이고 대담한 형식, 정밀하게 구축한 문장, 짐짓 무심을 가장한 영리한 유머로 우리의 감정과 생각, 말과 행동의 한 단면을 포착해낸다. 그의 글을 읽는 동안 우리는 우리 안에 자리한 불안과 공포, 집착, 실망을 인자하게 어루만지는 현자를 만난다. 우리 안에 자리한 비합리적인 해석, 모순적인 동기, 터무니없는 착각, 자기기만을 재치 있게 풍자하는 스탠드업 코미디언을 만난다. 수수께끼 같은 문장을 툭 던지고 사라지는 선승의 뒷모습을 만난다. 평범한 일상의 한순간이 기이한 부조리극의 한 장면으로, 목가적인 전원 풍경이 어두운 미스터리의 배경으로 변신하고, 익숙한 일상의 난제 하나에서 사색의 실타래가 풀려나오는 마법을 경험한다. 그리고 우리처럼 오해하고 불화하고 불안해하고 늙어가는 사람을 만난다.

리디아 데이비스는 「번역에 대하여」(『에세이 2』에 실린)에서 번역을 마치고 나서도 오래도록 자신을 따라다니고, 의외의 순간에 다시 불쑥 떠오르는 번역 문제들, 무언가 미진한 느낌이 남거나 시원하게 해결되지 않는 의문들에 대해 언급한다. 이 책을 옮기는 동안 번역가이기도 한 저자가 만약에 한국어 사용자라면 이 부분에서 어떤 선택을 했을까, 더 나아가 혹시 저자가 한국어를 배워 이 책을 읽는다면 어떨까 하는 가정을 해보곤 했다. 아주 터무니없는 가정도 아닌 것이 그는 낯선 언어와 문화를 배우는 데 관심이 많고, 종종 자신의 작품이 번역 출간된 언어를 공부해 그 언어로 쓰인 문학작품 하나를 영어로 옮겨본다고 한다. 리디아 데이비스는 단어 하나, 음절 하나까지 빈틈없이 챙기며 "시의 간결성과 정밀성"을 갖춘 글을 쓴다고 평가받는 작가다. 그의 글이 지닌 음악성, 중의적 표현, 때로는 의도된 어색함이 내는 효과를 우리말로 충분히 옮기지 못해서 아쉽다. 아마 내가 뒤늦게 해답을 찾게 될 문제들, 글을 옮길 때는 알아차리지도 못했던 또 다른 번역 문제들이 있을 것이다.

리디아 데이비스가 젊은 시절부터 삼십 년에 걸쳐 쓴 글들을 읽고 옮기는 몇 달 동안 나는 그와 함께 인생을 다시 살거나, 다르게 살거나, 당겨 사는 듯한 느낌이 들었다. 그의 글들이 관계, 나이듦, 질병, 상실, 애도처럼 우리가 보편적으로 경험할 수 있는 일들에 닿아 있기 때문일 것이다. 거기에 구절구절 마음에 박히는 이야기를 얻는 즐거움도 누렸다. 독자들도 데이비스의 이야기를 읽는 시간이 즐겁기를, 이 책에 실린 이야기들을 손에 잡히는 대로 한 편씩 읽어나가는 동안 자신의 이야기가 되고, 자기 삶의 한순간으로 기억될 만큼 인상적인 이야기를 발견하는 기쁨을 누리기를 바란다.

리디아 데이비스에 대하여

리디아 데이비스Lydia Davis는 1947년 매사추세츠주 노샘프턴에서 태어났다. 아버지 로버트 고럼 데이비스는 스미스 대학교에서 영문학을 가르쳤고, 미국의 초창기 페미니스트이자 공산주의자였던 어머니 호프 헤일 데이비스는 《뉴요커》를 비롯한 잡지에 단편소설을 쓰는 작가였다. 데이비스가 열 살 때 아버지가 컬럼비아 대학교 영문학과로 옮겨 가면서 가족 모두 뉴욕으로 이사했다. 가족의 집에는 에드워드 사이드, 라이어널 트릴링, 그레이스 페일리, 에리카 종을 비롯한 문학계 인사들이 드나들었고, 데이비스는 글 쓰는 사람들에 둘러싸여 성장기를 보냈다.

1965년 바너드 대학교에 입학했고 1학년 때 당시 컬럼비아 대학교에 다니던 폴 오스터를 만났다. 1970년 대학을 졸업한 뒤에는 W. W. 노튼 출판사에서 보조 편집자로 잠시 일했다. 1971년 프랑스로 가서 이미 그곳에서 《뉴욕 타임스》 파리 지국의 전화 교환수로 일하며 생계를 꾸리던 남자친구 폴 오스터와 함께 지냈다. 두 사람은 파리에 머물며 프랑스 소설과 시, 시나리오, 전시회 카탈로그를 번역하며 글을 썼다. 이 무렵 두 사람이 함께 작업한 대표적인 번역서로는 『70년대의 사르트르: 인터뷰와 에세이』와 조르주 심농의 소설 『아키텐호에서』(프랑스어 원제는 '45° à l'ombre')가 있다. 1973년 여름부터 두 사람은 남프랑스의 한 농가 주택에 관리자로 머물며 번역하고 글을 썼다. 또한 이 무렵 오스터가 시작한 잡지사이자 독립출판사인 리빙 핸드에서 발행하는 동명의 문예지를 함께 편집했다.

1974년 두 사람은 미국으로 돌아와 결혼했다. 1976년 데이비스는 『열세 번째 여자와 그 밖의 이야기들 The Thirteenth Woman and Other Stories』이라는 첫 소설집을 리빙 핸드 출판사에서 500부 한정으로 출간한다. 1977년 두 사람은 뉴욕주 더치스 카운티의 한 오래된 주택으로 이사하고, 그곳에서 아들 대니얼이 태어났다. 대니얼이 18개월 될 무렵 두 사람은 헤어졌고 오스터는 뉴욕 시티로 돌아갔다. 얼마 뒤 데이비스는 어린 아들과 전남편이 자주 만날 수 있도록 다시 뉴욕으로 이주했고, 한동안 브루클린의 작은 신문사에서 조판공으로 일했다. 「쥐」, 「치료」, 「이상의 다섯 가지 징후」가 이 시기를 배경으로 한다. 1981년 데이비스는 얇은 소책자 형태의 『바실리 평전을 위한 스케치 Sketches for a Life of Wassilly』를, 1983년에는 피겨스라는 작은 출판사에서 『이야기와 그 밖의 이야기들 Story and Other Stories』이라는 소설집을 출간했다.

1986년에는 이미 발표됐던 소설집의 글과 새로운 글들을 모아 『분석하다 Break It Down』라는 소설집을 크노프 출판사에서 출간했다. 이 책으로 1986년 펜/헤밍웨이상 최종 후보에 올랐으며 작가와 비평가들에게 주목받기 시작했다.

1987년 화가이자 바드 칼리지 교수인 앨런 코티와 결혼했고, 뉴욕주 북부 시골의 오래된 작은 학교 건물을 개조해 작업실과 주거지로 삼았다. 두 사람 사이에는 아들이 하나 있다. 1988년 와이팅 픽션상과 래넌 문학상을 수상했으며, 1995년 유일한 장편소설 『이야기의 끝 The End of the Story』을 발표했다. 1997년에는 소설집 『거의 없는 기억*Almost No Memory*』을 출간했고, 1999년에는 창작과 번역에 대한 공로로 프랑스 문화예술 공로 훈장 기사장을 받았다. 2001년에는 소설집 『새뮤얼 존슨은 분개한다*Samuel Johnson Is Indignant*』를 출간했으며, 2007년에 출간한 소설집 『불안의 변이들*Varieties of Disturbance*』로 전미도서상 최종 후보에 올랐다. 2009년에는 『분석하다』, 『거의 없는 기억』, 『새뮤얼 존슨은 분개한다』, 『불안의 변이들』에 이르는 네 권의 소설집을 단권으로 모은 『리디아 데이비스의 이야기집*The Collected Stories of Lydia Davis*』을 출간했다. 그의 작품 세계를 한눈에 볼 수 있는 『이야기집』의 출간으로 문학 애호가들을 넘어 더 넓은 독자층에 알려지기 시작했다. 『이야기집』을 출간한 FSG 출판사의 대표이자 시인이자 번역가 조너선 갈라시는 드디어 사람들이 데이비스를 "따라잡았다"라고 표현했다. 2013년 리디아 데이비스는 맨부커상을 수상했다. 이후 2014년에 소설집 『Can't와 Won't*Can't and Won't*』를 출간했으며, 창작과 번역, 예술과 여행 등에 대한 글을 모은 에세이집 『에세이 1*Essays One*』(2019)과 『에세이 2*Essays Two*』(2021)를 출간했다.

1970년대 프랑스에서 번역을 시작한 이래 오랫동안 번역은 데이비스에게 주요 생계 수단이었고, 그는 작가로서 명성을 얻기 전부터 이미 번역가로서 국제적 명성을 얻고 있었다. 『죽음의 선고』를 포함해 모리스 블랑쇼의 저작 다섯 권과 초현실주의 시인 미셸 레리의 자서전 두 권을 옮겼다. 무엇보다 프루스트의 『스완네 집 쪽으로』와 플로베르의 『마담 보바리』의 번역으로 잘 알려졌다. 그 외에 토크빌과 마리 퀴리 전기, 피에르 장 주브와 콘라드 데트레즈의 소설 등 스무 권이 넘는 프랑스 책을 옮겼다.

책은 종잡을 수 없으나 종착지는 아직입니다

이주혜(소설가, 번역가)

이상한 나라의 산책자

리디아 데이비스의 『이야기집』이 출간되고 일 년 후인 2010년 영국 《가디언》 기자 크리스토퍼 테일러는 "선은 점의 산책, 그림은 선의 산책"이라는 스위스 태생 독일 화가 파울 클레의 말을 인용해 데이비스의 독특한 글쓰기 방식을 비유했다. 데이비스의 이야기들은 정해진 목적 없이 자유로운 단어들의 산책이라는 말이었다. 실제로 데이비스는 산문집 『에세이 1』에서 이렇게 말한 바 있다.

나는 대체로 '실험적이다'라는 평가를 거부한다. 그 말은 보통 전통에서 벗어난 형식의 소설이나 시, 혹은 어떤 형식이든 당혹스럽거나 기이하고 낯설게 보이는 것들에 반사적으로 붙이는 딱지이다. 내게 '실험적이다'라는 말은 이미 작가의 의식에 있는 어떤 글쓰기 전략을 시험해보고 그것이 효과적인지, 그 결과가 무엇을 입증하는지 혹은 입증하지 못하는지, 성공적일지 혹은 성공하지 못할지 살펴볼 계획이 있다는 뜻으로 보인다. 즉 사전계획적이고 의도적이며 개념적인 동시에 다소 불확실하게 보인다. 나는 대체로 별다른 계획 없이,

내가 뭘 하는지 정확히 모르는 채로 글을 쓰기 시작하는 편을 선호하기 때문에 내가 쓰게 될 이야기들이 어떤 식이든 실험적이라고 생각하지는 않는다.

독특한 글쓰기로 '급진적' 글쓰기의 전범, '작가들의 작가들의 작가'로 불리며 자신만의 문학 세계를 일구어낸 데이비스가 '실험적'이라는 평가를 거부하면서까지 '의도 없음' '사전 계획 없음'을 강조하는 걸 보면 테일러 기자의 비유는 어느 정도 적확하다. 그러나 유유자적 자유롭게 언어를 산책시킨 결과물이 이토록 날카롭고 압축적인 글이라면, 그래서 '기이하고 낯설게 보이는' 이야기들이라면 데이비스의 의도 없고 계획 없는 펜을 움직이는 추동력은 과연 무엇일까, 진심으로 궁금해진다.

「장례식장에 보내는 편지」의 화자는 아빠의 장례식을 마치고 장례식장 직원이 사용한 '크리메인스'라는 단어에 뒤늦게 이의를 제기한다. cremation(화장)과 remains(유골)을 합쳐서 화장한 뒤의 유골을 뜻하는 말이 된 이 신조어는 장례업계에서 처음 만들어지고 정착되는 과정에서는 그저 효율과 전문성의 영역에 불과했겠지만, 유족에게는 전혀 다른 영역의 언어가 된다. 특히 그 유족이 언어 사용에 관해 유난히 민감하고 까다롭기로 유명한 리디아 데이비스일 때는 단단히 각오하고 신조어를 들이밀었어야 했다.

말로 밥벌이를 하는 사람으로서 제가 생각하기에 귀사는 크리메인스라는 단어를 고안할 때 그런 것을 의도하지는 않았던 것 같습니다. 사실, 한때 영문학 교수였고 이제는 크리메인스라 불리게 된 저희 아빠였다면 포타포피(휴대용 화장실)의 두운과 푸퍼스쿠퍼(개똥을 치우는 도구)의 각운을 당신에게 지적하셨을 것입니다. (중략)

단어를 만드는 일은, 특히 전문업계에서는, 조금도 잘못된 일이 아닙니다. 하지만 슬픔에 잠긴 가족은 크리메인스라는 신조어를 들을 준비가 돼 있지 않습니다. 우리는 사랑하는 사람이 떠났다는 것조차 익숙하지 않습니다. 어쩌면 귀사에서는 재라는 용어를 계속 사용하실 수도 있을 겁니다. (중략) 우리는 오해하지 않을 겁니다. 그 재가 난로의 재와 같지 않다는 걸 잘 알 겁니다.

이 이야기의 산책에서 데이비스는 성의 없는 신조어를 향한 신랄한 비판과 동시에 사랑하는 사람을 잃은 후의 지독한 슬픔, 그리고 여전한 애정이 남긴 유머 감각까지 놓치지 않고 담아낸다. 이토록 짧디짧은 이야기 속에 말이다. 언어를 향한 이 깐깐함과 정교함은 어디에서 왔을까? 영문학자였던 아버지에게서 왔을 수도 있고 단편소설 작가 어머니에게서 왔을 수도 있으며 물려받은 언어감각을 데이비스 스스로 더 예리하게 갈고닦은 결과일 수도 있겠다. 그러나 내가 궁금한 건 데이비스의 문학적 유전자가 아니라 언어를 향한 예민함의 바탕에 무엇이 도사리고 있는가다.

나는 백이십 년쯤 된 오래된 사전을 갖고 있는데, 올해 내가 하고 있는 일을 위해 이 사전을 사용해야 한다. (중략) 사전을 들춰볼까 생각할 때마다, 나는 그 단어 하나를 찾아보기 위해 사전을 더 망가뜨릴 위험을 무릅쓸 가치가 있는지 결정해야 한다. (중략) 그런데 오늘 책장에서 사전을 꺼내면서 나는 내가 어린 아들보다 이 사전을 훨씬 더 조심스럽게 다룬다는 것을 깨달았다. (중략) 오늘 문득 들었던 생각은 내 아들이 사전보다 더 중요할 텐데도 아들을 대할 때마다 내 주된 관심이 그를 다치게 하지 않는 데 있다고 말할 수 없다는 것이다. (중략) 내가 오래된 사전을 위해 하는 일의 전부는 아니라도 일부는 내 아들을 위해서도 할 수 있을 텐데. 예를 들어, 나는 사전을 천천히, 신중하게, 부드럽게 대한다. 사전의 나이를 고려한다. 사전의 의견을 존중한다. 사전을 쓰기 전에 멈춰 생각한다. 사전의 한계를 안다.

「오래된 사전」은 사전에 관한 이야기인가, 아들에 관한 이야기인가? 대상을 향한 나의 태도에 관해 말하고 있는가, 대상과의 관계에 대해 말하고 있는가? 분명 오래된 사전과 그 사전을 대하는 나의 태도에 관해 말하고 있는데 읽는 나는 어느새 아들을 향한 애정과 돌봄이 얼마나 시시때때로 불확실하고 불안한 영역인가 하는 화자의 토로를 듣고 있다. 데이비스의 이야기가 시종일관 예리하고 정확한 언어로 구성되어 있으나 이야기가 향하는 향방만은 종잡을 수 없는 이유가 바로 그것이다. 그와 함께, 그의 이야기와 함께 산책하려면 엉뚱한 장소에 가 있는 자신을 발견해야 하는 각오가 필요하다.

문장을 부수고 얻은 파편으로 새롭게 말하라

　리디아 데이비스의 이야기를 처음 접한 것은 『모든 빗방울의 이름을 알았다』(다른, 2021)의 번역 작업 때였다. 미국의 문학 계간지 《파리 리뷰》에 수록된 단편소설 중 세계적인 명성의 작가 열다섯 명이 추천한 열다섯 편의 단편으로 이루어진 이 책에는 앨리 스미스의 추천으로 리디아 데이비스의 「플로베르가 보낸 열 가지 이야기」가 실려 있다. 프랑스 문학 번역가이기도 한 데이비스는 『보바리 부인』을 번역하다가 플로베르가 이 작품을 쓸 때 연인이었던 시인 루이즈 콜레에게 쓴 편지를 찾아 읽기로 했다. 당시 루앙과 파리에 각각 떨어져 살았던 연인은 소설 작법에 관해, 작품과 인물에 관해 솔직한 이야기를 주고받았는데, 정작 번역자 데이비스의 눈길을 끈 것은 플로베르가 콜레에게 전한 일상 이야기들이었다. 데이비스는 플로베르의 편지글에서 문장을 자르거나 두 문장을 한 문장으로 바꾸는 식으로 「플로베르가 보낸 열 가지 이야기」를 완성했다. 『이야기집』에도 비슷한 경로로 탄생한 이야기들이 담겨 있다. 「마리 퀴리, 너무나 고결한 여인」은 마리 퀴리 전기를 번역하던 데이비스가 다소 '귀여운' 문체로 쓰인 프랑스어 원본 중에서 '가장 말이 안 되는 부분이나 문장들을 어색한 영어로 옮겨보기' 시작하면서 탄생한 단편이다. 마리 퀴리의 축약된 삶을 어색한 번역어로 구성한 일종의 '전기적 단편'인데, 이런 작품을 만날 때마다 우린 데이비스가 정교하게 설치한 덫 같은 질문에 빠지고 만다. 이 이야기는 누구의 것인가? 플로베르의 이야기인가, 데이비스의 이야기인가? 마리 퀴리의 생애를 재현하는 이 문장들은 프랑스어 원본에 속하는가, 데이비스에게 속하는가? 이에 관해 데이비스는 '나의 플로베르 이야기는 전적으로 나의 것이 아니며, 플로베르의 편지를 대체하지도 않는다'라고 단언하면서 이야기가 펼쳐지는 맥락을 강조한다. 플로베르의 편지 안에서 만나는 이야기와 데이비스의 소설 안에서 만나는 플로베르의 이야기는 다른 맥락에서 다른 이야기로 물질화된다. 원본에서 떨어져 나온 이야기의 파편은 누가 주워 새롭게 활용하는가에 따라 전혀 다른 이야기로 변모하는데, 우린 이 현상을 두고 복제라고 말하지 않는다. 그러나 복제의 혐의를 무릅쓰고 데이비스가 굳이 이런 작업을 고집하는 이유가 무엇인지 나는 아직 정확히 모르겠다. 계속 부수고(「분석하다Break It Down」라는 제목의 이야기가 있을 정도로) 거기서 파생된 파편들을 모아 전혀 다른 이야기로 변신시키는 수고를 감내하는 데는 단순한 흥미와 재미를 뛰어넘는 어떤 추동력이 있어야 하는 게 아닐까? 질문은 없고 대답만 있는 Q&A 형식의 단편이랄지, 프랑스어 초급반 강의록만으로 구성된 스릴러라든지, 딸꾹질을 고스란히 표현한 구술의 이야기라든지, 분석적 논문 자체가 소설이 된다든지, 이렇듯 데이비스가 해체와 재조합을 통해 새로움과 낯섦을 끊임없이 주조해내는 비결이 뭐란 말인가?

적어도 한 가지는 변했다

　당신은 앞으로 나가기에 대해, 또는 앞으로 나가기와 한자리에 머물기의 차이에 대해 고민한다. 하루에 여러 번 반복해야 하는 일들, 하루에 한 번씩 해야 하는 일들, 며칠에 한 번씩 해야 하는 일들 등을 알아차리기 시작했고, 이 모든 일은 당신을 앞으로 나가기보다 시간을 확인하며 한자리에 머물게, 아니 정확히 말해, 뒤로 미끄러지지 않게 막아주는 반면, 오직 한 번만 하면 되는 일들도 있다. (중략) 이렇게 딱 한 번만 일어나는 일이 일어난다면, 그날은 다른 날들과 다르게 느껴지고, 이런 날에는 당신의 삶이 앞으로 나가는 것처럼 느껴져서, 아기를 안고 가만히 벽을 바라보며 앉아 있기가 더 쉬워지는데, 적어도 당신의 삶이 앞으로 나가고는 있다고 생각하기 때문이다. 한 가지 변화가 있었으니까, 그게 아무리 작은 변화일지라도.

　데이비스의 펜을 움직이는 힘에 관해 고민하다가 「당신이 아기에 대해 배우는 것」이라는 단편의 한 문단에서 나름의 대답을 찾았다. 아니, 찾은 것도 같다. 사실 나는 데이비스의 집요한 작업을 지탱하는 힘은 언어와 이야기를 향한 애정이 아니겠냐고 말하려 했다. 그러나 데이비스가 들으면 질색할 것이다. (곧장 항의 편지를 쓸지도 모른다.) 데이비스의 일이 산책이라면 그는 아직 종착지에 도달하지 못했다. 여전히 걷고 있다.

한 번에 한 가지씩 변화하면서. 그게 아무리 작은 변화일지라도. 그렇게 조금씩 앞으로 나가고 있다는 사실이 중요할 뿐이다. 그러니 독자인 나도 그의 펜을 움직이는 비결을 추적할 게 아니라 그의 펜을 따라 산책해야 할 것이다. 번역과 창작 사이 경계에 죽죽 선을 긋고 해체와 조합의 경계마저 북북 찢어버리는 그의 작업에 경탄할 것이다. 그러다 문득 '플로베르의 이야기를 해체해 새롭게 쓴 데이비스의 이야기'에서 영감을 받아 '플로베르의 이야기를 해체해 새롭게 쓴 데이비스의 이야기를 해체한 나의 이야기'가 쓰고 싶어질지도 모른다. 하지만 아직 당도하지 않은 먼 이야기다. 언제 찾아올지 모르는 일이다. 그 산책 역시 종착지가 정해지지 않았고 내가 아는 건 오직 보폭뿐인데, 일단 하루에 한 단어씩이라고 말해둔다. 지금은 데이비스와 산책 중이다.

빛나는 더듬거림

김멜라(소설가)

리디아 데이비스의 책을 처음 읽었을 때 나는 이 작가에게 푹 빠지지 않겠다고 다짐했다. 글에서 뿜겨져 나오는 에너지가 강하고 촘촘해서 글을 읽는 나 자신마저 그 응집력으로 빨려들 것 같았기 때문이다. 글 속의 문장들은 칠 없는 밋밋한 벽을 기어가는 환형동물처럼 느리고 끈질기게 나아갔다. 이와 같은 문장으로 만든 질서와 일관된 호흡에는 자신과 세계를 바라보는 정직한 태도가 깃들어 있었다. 그 시선의 순결함에 공포감이 들 정도여서 나는 소설 속 인물들의 불안한 내면을 따라가는 동시에 그 인물을 써 내려간 글쓴이를 떠올렸다.

이 사람은 이렇게 쓰는 동안 얼마나 힘들었을까.

하나의 점을 향해 쏘아대고 또 쏘아대는 집중된 작가의 시선이 햇빛에 서서히 달궈지는 유리처럼 내 안에서 균열을 일으키며 총알처럼 튀어 올랐다. 그래서 책을 덮은 후 (혹은 덮기도 전에) 나는 책 속의 인물처럼 생각하고, 책 속의 문장처럼 내 앞에 펼쳐진 상황을 하나의 진술문으로 바꿔보게 되었다. 나에게 온 빽빽한 그 문장들은 다른 것과 섞이지 않고 떠오르는 기름이었고, 하늘을 뒤덮은 "특이한 누런 먹구름"이었다. 또 한편으론 반복적 패턴으로 허공에 쳐놓은 그물 같았는데, 정말이지 나는 그 줄에 포획된 먹잇감이 되고 싶지 않았다. 하지만 사로잡힌다면 그 세계로 깊숙이 빠져들길 바랐고, 이 책은 최선을 다해 자신의 깊이를 열어주었다. 무엇보다 이 글들은 사냥의 유희를 위한 덫으로 쓰인 게 아니었다. 거미처럼 그물을 친 자신이 방사형 줄 위에 가볍고 우아하게 서 있지도 않았다. 오히려 직물을 짠 본인이 가장 먼저 빠져 깊이 허우적거리는 모습을 낱낱이 보여주었다. 얼핏 기계적인 출력물처럼 보이는 객관적이고 건조한 서술들도 언어를 순수하게 만들려는 의도나 온갖 인간사를 초월한 특권적인 시선을 욕망하는 것이 아니었다. 다만 정직과 성실을 본거지 삼아 한 걸음, 한 걸음 꾸준히 나아가는 문장이 가질 수밖에 없는 불가피한 형식, 남을 수밖에 없는 발자국, 끌려간 흔적이었다. 그게 아니라면 어떻게 자기의 심장 박동을 듣다 잠들어 "경찰서가 된 심장"을 꿈꿀 수 있을까.

일부러 꼬아 만든 위악의 포즈나 인간관계의 통속성을 냉소적으로 비트는 글에는 같이 웃을 수 있지만, 리디아 데이비스의 글처럼 "원문의 문체에 대한 정확성과 충실성"을 지켜가기 위해 필연적으로 딱딱해지는 글 앞에선 눈물이 난다. 이 작가는 "이중부정"으로 의미 해석이 난해질지언정 "텅 빈 수사학적 장식"으로 내달리지 않고, 끊임없이 "천천히 가도록 자신을 단련"한다. 첫 소설집인 『분석하다』를 쓴 30대 후반부터 60대에 발표한 『불안의 변이들』까지 그 명료한 구심점은 변하지 않았다. 정체되어 머무르지 않고 자신이 던지는 질문을 집요하게 파고들면서도 그 탐구 과정이 자기애로 빠지거나 오락거리로 휩쓸리지 않았다. 푸코, 카프카, 마리 퀴리, 글렌 굴드, 베케트의 시선을 경유하지만, 그들 또한 리디아 데이비스라는 렌즈를 통해 들여다본 풍경이다. 사과 따는 사람의 손에 사과 향이 배어 있듯 요약과 독백, 독서의 경험으로 서술된 그들의 의식은 한결같이 리디아 데이비스라는 손길을 따라 다시 배열되고 경험된다. 그러니 도리어 그 텍스트의 열매들이 작가의 손을 기다리며 또 다른 문장으로 한 번 더 땅에 심어지기를 열망하지 않았을까.

이야기란 일단 시작하고 나면 끝나는 지점에선 무언가 변화해야 한다는 것이 소설의 암묵적인 작법이라면, 리디아 데이비스의 인물들은 그 변화를 애초에 숨김없이 드러낸다. 꿰뚫어 통찰하고 시작과 동시에 마침표를 찍는 회고의 서사. 이런 식의 고요한 충격은 첫 소절부터 귀를 사로잡으려는 변칙음이나 흥미를 붙들어두기 위한 스토리텔링의 전략과는 거리가 멀다. 끝을 알고서도 시작하는 사람의 무표정한 받아들임이랄까. 그것은 마치 "나폴레옹이 러시아 원정의 결과를 정확히 알았다면 그 원정을 계획할 때 느꼈을 만한 기분"이다. 마지막 장과 하나로 포개어진 첫 장을 설렘이나 기대 없이 담담히 펼쳐보는 것. 먼 이국이든 북쪽 지방이든 인물들이 떠나는 여행은 첫날부터 이미 끝이 예정돼 있고, 그것은 삶이라는 전체의 여정으로 넓혀봐도 그리 다르지 않다. 삶의 형식(몸과 관계와 그것들은 연결하는 언어)에 어색해하는 인물, 환상과 실제를 구분하기 힘든 지각과 의식의 꼬리 물기, 낯선 곳에서의 고립, 그러면서도 제 발로 그 관을 열고 들어가는 불가해한 충동의 이유는 결국 삶이 그곳에서 시작하고 끝나기 때문이다. 어긋난 관계를 곱씹어보고 함정 같은 착오와 오해를 계산한다고 해도 재정에 관한 것이든 결혼 생활이든 그 모든 에피소드가 결국 같은 결말을 위한 변주들일 뿐이니까. 하나의 점으로 수렴하는 삶, 죽음이라는 결론 말이다. 그렇게 인간은 "느리게 움직이는 구간 열차"를 탄 채 한 방향으로 가다가 어느 순간 "아무런 진행도 없이" 우리를 정복해버리는 시간에 압도당한다.

그러나 우리의 삶이 단지 죽음이라는 결말의 징후일 뿐이라면 우리는 어떻게 하루하루를 지속할 수 있을까. 삶의 본질이 "오늘이 아니면 내일이라도" 망가뜨리게 되고 마는 낡아빠진 사전일 뿐이라면, 우리는 어떻게 그 사전을 펼쳐 생의 의미를 찾아볼 수 있을까. "가기 오래전부터 깨져버린 항아리"를 들고 어떻게 계속 우물로 걸어갈 수 있을까.

헬렌은 인내심이 대단하기 때문에 빛과 어둠 정도밖에는 보이지 않을 때도 저녁에 먹을 감자를 천천히 깎곤 했는데, 손끝으로 더듬으며 감자 싹을 찾아내 감자칼로 하나씩 파냈다.

이 책에서 내가 좋아하는 글 중 하나인 「헬렌과 바이: 건강과 활기에 대한 연구」는 두 노인의 일대기를 통해 삶을 지속하게 하는 힘을 보여준다. 나는 작가가 '자연'이라는 가름끈으로 포개어놓은 두 여자의 장수 비결(사는 날까지 충분히 살아 있음을 누리는 방법)을 내 몸에 흡수시키듯 천천히 여러 번 읽었다. '헬렌'과 '바이'가 함부로 헤집지 않았던 인생의 테두리는 "맨발"로 끊임없이 접촉하는 자연이었다. 명백한 비관주의에서 오는 독백을 멈추게 하는 마법 모자가 있다면, 바로 그 자연에서 온다. 우리를 짓누르는 삶과 죽음이 자연에 속해 있다는 것을 깨달을 때, 그러니 그게 전혀 잘못된 것이 아님을 확인할 때 우리는 우리의 머리카락 위에 차분히 놓인 죽음이라는 끝인사를 올려다보며 초조함에서 풀려난다. 작가는 한시도 떨칠 수 없는 불안을 못 본 척하지 않듯 불안이 사라진 찰나들 또한 삶의 유한성이라는 한계로 누락시키지 않는다.

단순하면서도 명료하게 직조된 풍경 묘사들. 그 묘사를 따라가다 보면 각각의 음표를 뭉개지 않고 건반 하나하나를 충분히 누르는 연주자를 마주하는 듯하다. 푹 빠져 사로잡히지 않겠다고 다짐했지만, 나는 밑줄을 그으며 되새길 수밖에 없는 문장을 만날 때마다 배음처럼 퍼지는 묘사의 여운에 매료되지 않을 수 없었다. 인물의 내면이나 관계의 변질을 예리하게 파고들었던 것처럼, 작가는 우리 주변의 빛과 나무, 흙, 집, 벌레, 세상의 무수한 질료들을 성실한 언어로 옮겼다. 자연과 문자 사이의 그 번역은 완벽한 복사나 모방을 위해서가 아니라 결핍을 인정한 겸손한 관찰과 인내심으로 만들어졌기에 진실로 살아 있다. 최초의 의도나 최후의 결과를 개의치 않는 있는 그대로의 자연을 느끼게 한다. 「생마르탱」에 담긴 숲길과 헛간은 「인내심 오토바이 경주」에서 유머러스하게 바라본 엔진 장치들과 어떤 위계로도 구획되지 않으며 똑같이 투명하게 존재를 드러낸다. 리디아 데이비스라는 칼이 도려내고 다듬었던 것, 평생 움켜쥐며 세공했던 것은 그 살아 있음이 아니었을까. 비록 그것이 "빈 중심"이라고 해도, 그 비어 있는 곳으로 가기 위해선 길고 질기게 시달리는 감각의 지층들을 충실하게 통과해야 한다.

그러니 언뜻 보기엔 신경증의 사례들로 보이는 이 글들은 실은 불안의 부재를 발견하고 포착하려는 시선의 모음집이다. 자기가 먹을 감자를 손에 쥔 채 천천히 서두르지 않고 더듬어가며 깎는 손길. 나는 그 손과 연결된 팔을 따라 올라가 한 사람의 얼굴을 바라본다. 알맞은 단어를 찾아 골똘히 '비어 있는' 얼굴을 바라본다. 깎이는 감자마저 신뢰 어린 눈으로 올려다보는 그 주름진 사람은 「머리, 심장」에서처럼 자신이 느끼는 슬픔의 통증을 추적하고 있다. 손끝으로 생의 이음새들을 매만지고 있다.

리디아 데이비스 작품집

불안의 변이

초판1쇄 발행 2023년 5월 31일
옮긴이 강경이

발행인 박지홍
발행처 봄날의책
등록 제311-2012-000076호 (2012년 12월 26일)
서울 종로구 창덕궁4길 4-1 401호
전화 070-4090-2193
E-mail springdaysbook@gmail.com

기획·편집 박지홍 윤희영
디자인 공미경
인쇄·제책 한영문화사

ISBN 979-11-92884-25-7 03840

종이 표지 플로라 244g, 본문 프런티어터프 65g, 면지 매직칼라 120g